HEYNE BÜCHER

Das Buch

Zusammen mit ihrer jüngeren Schwester kehrt die junge Ärztin Jenny Paige heim nach Snowfield, einen beschaulichen kleinen Ort in den kalifornischen Bergen. Die beiden Heimkehrenden erwartet jedoch eine schaurige Entdeckung: Alle 500 Bewohner sind entweder tot oder spurlos verschwunden. Da die Umstände den Verdacht nahelegen, ein biologischer oder chemischer Kampfstoff sei für diese Tragödie verantwortlich, soll ein Spezial-Einsatzkommando den unerklärlichen Vorfall untersuchen. Doch nach und nach fallen auch die Männer des Krisenteams dem grausamen, unbegreiflichen Wesen zum Opfer, das seine Gestalt verändern und an verschiedenen Orten gleichzeitig erscheinen kann. Ist es überhaupt möglich, diesen Dämon zu besiegen?

Phantom ist die Neufassung des Romans *Unheil über der Stadt* (Heyne-Taschenbuch 01/6667), der von Dean Koontz gründlich überarbeitet und modernisiert wurde.

Der Autor

Dean Koontz wurde 1945 in Pennsylvania geboren. Er wuchs in ärmlichen Verhältnissen auf, sein Vater war Alkoholiker. Schon als Jugendlicher begann Koontz zu schreiben, und auch während seiner Tätigkeit als Englischlehrer gab er das Schreiben nie ganz auf. Seit 1969 ist Koontz freier Schriftsteller, und als 1980 *Flüstern in der Nacht* erschien, stieg er in die Riege der absoluten Bestseller-Autoren auf. Weltweit wurden bereits mehr als 60 Millionen Exemplare seiner 55 Bücher in 18 Ländern verkauft.

Dean Koontz lebt mit seiner Frau und seiner umfangreichen Bibliothek (25000 Bände) in Orange, Kalifornien.

DEAN KOONTZ

PHANTOM

»Unheil über der Stadt«

Roman

Vom Autor überarbeitete Fassung

Aus dem Amerikanischen
neu übersetzt
von Ulrike Laszlo

WILHELM HEYNE VERLAG
MÜNCHEN

HEYNE ALLGEMEINE REIHE
Nr. 01/10688

Titel der Originalausgabe
PHANTOMS

Umwelthinweis:
Das Buch wurde auf
chlor- und säurefreiem Papier gedruckt.

Der Titel erschien bereits in der Allgemeinen Reihe
mit dem Titel »Unheil über der Stadt« (01/6667).

Redaktion: Werner Bauer

Printed in Germany 1998
Umschlagillustration: Tony Stone Images/John Lund
Umschlaggestaltung: Atelier Ingrid Schütz, München
Satz: (3022) IBV Satz- und Datentechnik GmbH, Berlin
Druck und Bindung: Ebner Ulm

ISBN 3-453-13965-8

Dieses Buch ist dem Menschen gewidmet,
der immer für mich da ist,
der sich immer um mich bemüht,
der mich immer versteht,
der einzigartig ist:

Gerda,

meiner Ehefrau und besten Freundin.

Teil I

Opfer

Da kam mich Furcht und Zittern an
Das Buch Hiob, 4:14

Der zivilisierte menschliche Geist ... kann ein Gefühl des Unheimlichen nicht ablegen
Dr. Faustus, Thomas Mann

1
Das Stadtgefängnis

Der kurze Schrei kam aus weiter Entfernung; es war der Schrei einer Frau.

Deputy Paul Henderson sah von seiner Zeitschrift auf und horchte.

Staubkörner tanzten träge in einem Sonnenstrahl, der durch das Fenster hereinfiel. Der dünne rote Sekundenanzeiger der Wanduhr kreiste lautlos um das Zifferblatt.

Das einzige Geräusch war das Knarren von Hendersons Stuhl, als er sein Gewicht darauf verlagerte.

Durch die großen Fenster an der Vorderseite konnte er einen Teil der Hauptstraße von Snowfield, der Skyline Road, sehen. Im goldenen Licht der Abendsonne wirkte alles still und friedlich. Nur die Blätter der Bäume rauschten in der sanften Brise.

Nachdem Henderson einige Sekunden angestrengt gelauscht hatte, war er sich nicht mehr sicher, ob er tatsächlich etwas gehört hatte.

Einbildung, sagte er sich. Reines Wunschdenken.

Fast wäre es ihm lieber gewesen, wenn tatsächlich jemand geschrien hätte. Er war ruhelos.

Während der Nebensaison von April bis September war er der einzige Hilfssheriff, der ganztags in der Außenstelle in Snowfield arbeitete; und der Dienst war langweilig. Im Winter, wenn einige Tausend Skifahrer in der Stadt waren, mußte er sich mit Betrunkenen herumplagen, Schlägereien schlichten und Einbrüche in den Gasthäusern, Hotels und Pensionen aufklären. Doch jetzt, Anfang September, hatten nur das Candleglow Inn, ein Ferienhotel und zwei kleine Pensionen geöffnet. Die Einwohner der Stadt verhielten sich ruhig, und Henderson – gerade 24 Jahre alt und erst seit einem Jahr Hilfssheriff – langweilte sich.

Seufzend richtete er seinen Blick wieder auf die Zeitschrift auf seinem Schreibtisch – und hörte erneut einen Schrei. Wie beim ersten Mal war er kurz und kam aus weiter Entfernung, klang jetzt aber so, als hätte ein Mann ihn ausgestoßen. Das war nicht nur ein aufgeregter Ausruf oder ein Schmerzensschrei gewesen – in der Stimme lag ein Ausdruck des absoluten Grauens.

Henderson runzelte die Stirn, ging auf die Tür zu und drückte seine Pistole in dem Halter auf der rechten Hüfte zurecht. Er trat durch die Schwingtür, die den Bereich für den Publikumsverkehr von den Diensträumen trennte. Als er die Eingangstür beinahe erreicht hatte, hörte er hinter sich ein Geräusch.

Das war unmöglich. Er hatte den ganzen Tag allein im Büro verbracht. Seit der letzten Woche waren die Arrestzellen leer, die Hintertür war abgeschlossen, und sonst gab es zu dem Polizeirevier keinen Zugang.

Als er sich umdrehte, entdeckte er jedoch, daß er nicht mehr allein war. Und plötzlich war seine Langeweile verflogen.

2
Heimkehr

An diesem Sonntag in der ersten Septemberhälfte trugen die Berge nur zwei Farben: grün und blau. Die Bäume – Pinien, Tannen und Fichten – sahen aus, als seien sie mit dem Filz bedeckt, der für Billardtische verwendet wird. Überall breiteten sich kühle blaue Schatten aus, die mit jeder Minute tiefer und dunkler wurden.

Jennifer Paige saß lächelnd hinter dem Steuer ihres Pontiac Trans Am; sie freute sich an der Schönheit der Berge und hatte das Gefühl heimzukehren. Hier war ihr Zuhause.

Sie bog von der dreispurigen Staatsstraße in die zweispurige, asphaltierte Landstraße ein, die kurvenreich die vier Meilen über den Paß nach Snowfield hinaufführte.

»Es ist herrlich hier oben«, sagte Lisa, ihre vierzehnjährige Schwester neben ihr auf dem Beifahrersitz.

»Das finde ich auch.«

»Wann wird es schneien?«

»Ungefähr in einem Monat – vielleicht aber auch schon eher.«

Dichte Baumreihen säumte die Straße. Der Trans Am fuhr in einen Tunnel aus überhängenden Ästen, und Jenny schaltete die Scheinwerfer ein.

»Ich kenne Schnee nur von Bildern«, erklärte Lisa.

»Bis zum nächsten Frühjahr wirst du ihn gründlich satt haben.«

»Niemals, ich doch nicht. Ich habe schon immer davon geträumt, wie du in einem Schneegebiet zu wohnen.«

Jenny warf dem Mädchen von der Seite einen Blick zu. Die Schwestern sahen sich auffallend ähnlich: die gleichen grünen Augen, das gleiche kastanienbraune Haar, die gleichen hohen Wangenknochen.

»Bringst du mir dann Skifahren bei?« fragte Lisa.

»Tja, Liebes, wenn die Skiurlauber in der Stadt sind, werde ich mich mit den üblichen Knochenbrüchen, verstauchten Knöcheln, Rückenschmerzen und Bänderzerrungen befassen müssen ... Ich habe dann meistens alle Hände voll zu tun.«

»Ach so«, sagte Lisa und konnte ihre Enttäuschung nicht verbergen.

»Warum sollte ich dir Skifahren beibringen, wenn du bei einem echten Profi Unterricht nehmen kannst?«

»Bei einem Profi?« fragte Lisa mit erneutem Interesse.

»Klar. Hank Sanderson wird dir Ski-Unterricht geben, wenn ich ihn darum bitte.«

»Wer ist das?«

»Ihm gehört die Skihütte Pine Knoll Lodge. Er gibt manchmal Unterricht im Skifahren, aber nur einigen wenigen Auserwählten.«

»Ist er dein Freund?«

Jenny erinnerte sich lächelnd daran, daß auch sie mit vierzehn fast ausschließlich an Jungs gedacht hatte. In diesem Alter kreisten beinahe alle Gedanken nur um sie.

»Nein, Hank ist nicht mein Freund – nicht so, wie du meinst. Ich kenne ihn schon seit zwei Jahren, also seit ich nach Snowfield gezogen bin. Er ist nur ein guter Bekannter.«

Sie kamen an einem grünen Schild mit weißer Beschriftung vorbei: SNOWFIELD – 3 MEILEN.

»Ich wette, hier gibt es eine Menge tolle Jungs in meinem Alter.«

»Snowfield ist nicht sehr groß«, warnte Jenny. »Ich glaube aber schon, daß du einige Jungen kennenlernen wirst, die dir gefallen.«

»Während der Hauptsaison muß es davon doch Dutzende geben!«

»Langsam, Mädchen! Mit Touristen wirst du dich nicht verabreden – zumindest nicht in den nächsten Jahren.«

»Warum denn nicht?«

»Weil ich das sage.«

»Aber warum?«

»Bevor du dich mit einem Jungen triffst, solltest du wissen, woher er kommt, welchen Charakter er hat und aus welcher Familie er stammt.«

»Ach, da brauchst du dir keine Gedanken zu machen. Ich habe ein unheimlich gutes Urteilsvermögen«, erwiderte Lisa. »Auf meinen ersten Eindruck kann ich mich immer verlassen. Ich werde mich bestimmt nicht mit einem Lustmörder oder Sittenstrolch einlassen.«

»Da bin ich ganz sicher«, meinte Jenny und bremste vor einer scharfen Kurve leicht ab. »Du wirst nämlich nur mit Jungs aus dem Ort ausgehen.«

Lisa seufzte und schüttelte theatralisch den Kopf. »Du hast wohl noch nicht bemerkt, daß ich die Pubertät bereits hinter mich gebracht habe, während du weg warst, Jenny.«

»O doch, das ist meiner Aufmerksamkeit nicht entgangen.«

Nach der Kurve lag ein gerade Straßenabschnitt vor ihnen, und Jenny beschleunigte wieder.

»Auch mein Busen ist gewachsen«, erklärte Lisa.

»Das habe ich gesehen.« Jenny ließ sich von der unverblümten Bemerkung des Mädchens nicht aus der Fassung bringen.

»Ich bin kein Kind mehr.«

»Erwachsen bist du aber auch noch nicht. Du bist eine Jugendliche.«

»Ich bin eine junge Frau.«

»Jung? Ja. Frau? Noch nicht.«

»Meine Güte!«

»Jetzt hör mir mal zu. Ich bin deine Erziehungsberechtigte und damit für dich verantwortlich. Außerdem bin ich deine Schwester, und ich liebe dich. Ich werde tun, was ich für dich für richtig halte.«

Lisa seufzte laut.

»Weil ich dich liebe«, betonte Jenny.

Lisa runzelte die Stirn. »Du bist genauso streng wie Mom.«

Jenny nickte. »Wahrscheinlich noch strenger.«

»O Gott!«

Rasch warf Jenny dem Mädchen einen Blick zu. Lisa starrte aus dem Fenster, und ihr Gesicht war nur teilweise zu sehen. Anscheinend war sie nicht wütend. Sie schmollte nicht. Im Gegenteil – ihre Lippen verzogen sich zu einem leichten Lächeln.

Auch wenn sie es nicht immer verstehen – alle Kinder brauchen gewisse Regeln, dachte Jenny. Vorschriften sind auch ein Zeichen von Besorgnis und Liebe. Man muß nur den Trick beherrschen, es damit nicht zu übertreiben.

Sie richtete ihre Aufmerksamkeit wieder auf die Straße, legte ihre Hände fest auf das Lenkrad und meinte: »Ich werde dir sagen, was du tun darfst.«

»Was denn?«

»Du darfst dir deine Schuhe selbst zubinden.«

Lisa blinzelte. »Was?«

»Und du darfst zur Toilette gehen, wann immer du willst.«

Lisa gelang es nicht länger, gekränkt und gleichzeitig würdevoll auszusehen. Sie kicherte. »Darf ich auch etwas essen, wenn ich Hunger habe?«

»Selbstverständlich.« Jenny grinste. »Du darfst sogar jeden Morgen dein Bett machen.«

»Du bist wirklich sehr tolerant!«

In diesem Augenblick schien Lisa noch jünger zu sein, als sie war. Mit ihren Turnschuhen, den Jeans und der karierten Bluse sah sie sehr zart und verletzlich aus.

»Sind wir also Freundinnen?« fragte Jenny.

»Na klar.«

Jenny war freudig überrascht, wie leicht es ihr und Lisa gelungen war, auf der langen Fahrt von Newport Beach einander näherzukommen. Trotz ihrer Blutsverwandtschaft waren sie eigentlich Fremde. Jenny war mit ihren einunddreißig genau siebzehn Jahre älter als Lisa. Sie war vor Lisas zweitem Geburtstag ausgezogen, und sechs Monate später war ihr Vater gestorben. Während ihres Studiums und ihres Praktikums im Columbia Presbyterian Hospital in New York war Jenny zu überarbeitet und zu weit entfernt von zu Hause gewesen, um ihre Mutter und Lisa regelmäßig besuchen zu können. Danach war sie nach Kalifornien zurückgekehrt und hatte in Snowfield eine Praxis eröffnet. In den letzten beiden Jahren hatte sie sehr hart daran gearbeitet, die medizinische Versorgung in Snowfield und einigen anderen kleinen Städten in den Bergen gewinnbringend zu übernehmen. Vor kurzem war ihre Mutter gestorben, und erst dann hatte Jenny festgestellt, daß sie es sehr bedauerte, keinen anderen Kontakt zu Lisa zu haben. Vielleicht konnten sie jetzt die verlorenen Jahre nachholen – schließlich waren jetzt von der Familie nur noch sie beide übrig.

Die Landstraße stieg weiter an, und das Licht der Abendsonne wurde einen Augenblick lang heller, als der Trans Am das schattige Tal verließ.

»Ich habe das Gefühl, als wären meine Ohren mit Watte verstopft«, erklärte Lisa und gähnte, um den Druck auszugleichen.

Sie bogen um eine scharfe Kurve, und Jenny bremste ab. Vor ihnen lag eine lange, gerade Steigung, nach der die Landstraße in die Hauptstraße von Snowfield, der Skyline Road, mündete.

Lisa sah angestrengt durch die Windschutzscheibe und musterte die Stadt mit offensichtlicher Begeisterung. »So hatte ich mir das nicht vorgestellt!«

»Was hast du denn erwartet?«

»Ach, du weißt schon. Viele häßliche kleine Motels mit Neonbeleuchtung und jede Menge Tankstellen. Aber ich finde es toll hier. Ganz ehrlich!«

»Wir haben hier sehr strenge Baubestimmungen«, erklärte Jenny. »Neonleuchten, Plastikschilder und grelle Farben sind ebenso verboten wie Cafés, die wie Kaffeekannen aussehen.«

»Toll!« Lisa starrte begeistert aus dem Fenster, als sie in die Stadt hineinfuhren.

Die Ladenbesitzer durften nur mit rustikalen Holzschildern werben, die den Namen und die Spezialität ihres Geschäfts verkündeten. Die Häuser waren in den verschiedensten architektonischen Stilrichtungen aus den Bergen in Norwegen, der Schweiz oder aus Bayern, Frankreich oder Italien erbaut worden. Alle hatte man großzügig mit Schieferplatten, Ziegeln, Holzbalken und Sprossen-, Bunt- oder Bleiglasfenstern ausgestattet. Die Privathäuser waren mit Blumenkästen geschmückt, und auf den Balkonen und Terrassen sah man kunstvoll geschnitzte Geländer.

»Wirklich hübsch«, meinte Lisa, während sie den langen Hügel bis zu den Skiliften am anderen Ende der Stadt hinauffuhren. »Aber ist es hier immer so ruhig?«

»O nein«, erwiderte Jenny. »Im Winter ist hier immer viel los und ...«

Sie verstummte, als sie bemerkte, daß die Stadt nicht nur außergewöhnlich ruhig war. Sie sah tot aus.

Normalerweise wären an einem so milden Sonntagnachmittag zumindest einige Einwohner auf den gepflasterten Straßen spazieren gegangen oder hätten auf ihren Balkonen oder Terrassen gesessen, die den Blick auf die Skyline Road boten. Der Winter stand vor der Tür, und die letzten warmen Tage mußte man doch genießen. Heute aber wirkten die Straßen, Balkone und Terrassen wie ausgestorben, obwohl sich der Nachmittag erst langsam dem Abend zuneigte. Selbst in den Läden und Wohnungen, in denen Licht brannte, war kein Lebenszeichen zu entdecken. Jennys Trans Am war das einzige fahrende Auto auf der langen Straße.

Jenny bremste an dem Stopschild an der ersten Kreuzung, wo der St. Moritz Way in die Skyline Road mündete und sich nach Westen und Osten erstreckte. Sie warf einen Blick in beide Richtungen, konnte aber niemanden entdecken.

Auch der nächste Block der Skyline Road wirkte wie ausgestorben. Die folgende Häuserzeile ebenfalls.

»Seltsam«, sagte Jenny.

»Anscheinend läuft ein toller Film im Fernsehen«, meinte Lisa.

»Scheint so.«

Sie kamen an dem Restaurant Mountainview an der Kreuzung Skyline Road und Vail Lane vorbei. Es war hell erleuchtet, und durch die großen Fenster konnte man beinahe das ganze Lokal überblicken, aber es war niemand zu sehen. Montainview war sowohl im Winter als auch außerhalb der Saison ein beliebter Treffpunkt, und es war ungewöhnlich, daß das Restaurant zu dieser Tageszeit völlig verlassen schien. Nicht einmal Kellnerinnen ließen sich blicken.

Lisa hatte mittlerweile ihr Interesse an der unheimlichen Stille verloren, obwohl sie ihr zuerst aufgefallen war, und sah sich wieder interessiert die ungewöhnliche Architektur des Ortes an.

Jenny konnte jedoch nicht glauben, daß alle vor ihren Fernsehgeräten saßen, wie Lisa meinte. Stirnrunzelnd spähte sie beim Vorüberfahren in jedes Fenster, konnte aber nicht das geringste Lebenszeichen entdecken.

Snowfields steile Hauptstraße war sechs Blocks lang. Jennys Haus stand oben in der Mitte des letzten Blocks. Es war ein zweistöckiges Fachwerkhaus mit drei Dachfenstern, die vom Speicher zur Straße hinausführten, und einem verwinkelten, schwarz-blau gefleckten Schieferdach. Das Haus stand etwa sechs Meter von der kopfsteingepflasterten Straße zurückgesetzt hinter einer hüfthohen, immergrünen Hecke. An einer Ecke des Vorbaus hing ein Schild mit der Aufschrift: Dr. med. JENNIFER PAIGE; darunter waren die Sprechzeiten vermerkt.

Jenny parkte den Trans Am in der kurzen Einfahrt.

»Das ist ja ein tolles Haus!« rief Lisa.

Es war Jennys erstes eigenes Haus; sie liebte es und war stolz darauf. Allein bei dem Anblick entspannte sie sich, und für einen Augenblick vergaß sie die eigenartige Stille, die in Snowfield herrschte.

»Es ist ein wenig zu klein. Das Sprechzimmer und das Wartezimmer nehmen über die Hälfte des Erdgeschosses ein. Außerdem gehört es noch mehr der Bank als mir. Aber es hat irgendwie Stil, oder?«

»Und wie«, bestätigte Lisa.

Sie stiegen aus dem Auto, und Jenny bemerkte, daß mit dem Sonnenuntergang ein kühler Wind aufgekommen war. Obwohl sie einen langärmeligen grünen Pullover zu ihren Jeans trug, fröstelte sie. Der Herbst in der Sierra brachte milde Tage, aber auch sehr frische Nächte mit sich.

Jenny streckte sich, um die von der langen Fahrt verkrampften Muskeln zu lockern, und schlug dann die Autotür zu. Das Geräusch hallte von den Bergen in die Stadt zurück. Es war das *einzige* Geräusch in der Stille der Dämmerung.

Am Heck ihres Wagens blieb sie kurz stehen und sah hinunter zur Skyline Road im Zentrum von Snowfield. Nichts rührte sich.

»Hier könnte ich ewig bleiben«, erklärte Lisa, verschränkte die Arme vor der Brust und sah begeistert auf die Stadt hinunter.

Jenny lauschte. Das Echo der zugeschlagenen Tür war verklungen, und jetzt war nur noch das sanfte Rauschen des Windes zu hören.

Es gibt viele verschiedene Arten von Stille. Keine gleicht der anderen. Es gibt die Stille der Trauer, die sich in einem Bestattungsunternehmen mit Samtvorhängen und Plüschteppichen ausbreitet. Ganz anders ist die bedrückende Stille, die in dem Schlafzimmer eines einsamen Witwers herrscht. Jenny hatte den Eindruck, daß die Stille in Snowfield ein Anlaß für Trauer war. Allerdings wußte sie nicht, warum sie so empfand und was sie auf diesen seltsamen Gedanken gebracht hatte. Sie dachte an die Stille einer lauen Sommernacht, die eigentlich nicht wirklich ruhig ist. Die Geräusche von Motten, die gegen Fensterscheiben fliegen, von Heuschrecken, die sich im Gras bewegen, und von leise quietschenden Hollywoodschaukeln auf den Terrassen bilden einen sanften Chor. Auch Snowfields lautloses Schlummern wies einen Hauch von fieberhafter Erregung auf – Stimmen, Bewegungen, Kampf –, aber das war kaum wahrnehmbar. Und da war noch etwas anderes. Es gibt auch die Stille einer kalten, grausamen, dunklen Winternacht, die jedoch bereits an die fröhlichen Geräusche des Wachstums im Frühjahr denken läßt. *Diese* Stille war auch mit einer gewissen Erwartung erfüllt, und das machte Jenny nervös. Am liebsten hätte sie laut gerufen und gefragt, ob da jemand sei, doch dann würden vielleicht die Nachbarn herauskommen, alle gesund und munter und völlig verblüfft über ihr Geschrei. Sie würde sich blamieren, und eine Ärztin, die sich am Montag seltsam benimmt, hat am Dienstag keine Patienten mehr.

»Für immer und ewig könnte ich hier bleiben«, schwärmte Lisa, den Blick immer noch auf die schöne Stadt in den Bergen gerichtet.

»Macht dich das hier nicht unruhig?« fragte Jenny ihre Schwester.

»Was meinst du?«

»Die Stille.«

»Nein. Es gefällt mir, daß es hier so friedlich ist.«

Es war tatsächlich friedlich. Nichts deutete darauf hin, daß etwas nicht stimmte. Warum bin ich nur so nervös? fragte sich Jenny.

Sie schloß den Kofferraum auf und hob zwei von Lisas Koffern heraus. Lisa nahm einen davon in die Hand und griff nach einer Tasche mit Büchern.

»Nicht alles auf einmal«, mahnte Jenny. »Wir müssen ohnehin noch ein paar Mal hin- und herlaufen.«

Sie überquerten den Rasen und gingen auf dem gepflasterten Weg zur Veranda. In den bernsteinfarbenen und violetten Strahlen der untergehenden Sonne wurden die Schatten immer länger. Sie schienen sich zu entfalten wie die aufgehenden Blüten von Nachtschattengewächsen.

Jenny öffnete die Tür und betrat das dunkle Foyer. »Hilda, wir sind da!«

Keine Antwort. Das einzige Licht im Haus schimmerte am Ende des Gangs durch die offenstehende Küchentür. Jenny stellte den Koffer ab und schaltete das Licht im Flur ein.

»Hilda?«

»Wer ist Hilda?« fragte Lisa und ließ ihren Koffer und die Tasche mit den Büchern einfach auf den Boden fallen.

»Meine Haushälterin. Sie wußte, wann sie uns ungefähr erwarten konnte. Ich dachte, sie sei gerade dabei, unser Abendessen vorzubereiten.«

»Wow, eine Haushälterin! Wohnt sie etwa hier?«

»Ja, in dem Apartment über der Garage.« Jenny legte ihre Handtasche und die Wagenschlüssel auf den kleinen Tisch, der im Flur unter einem großen, messingfarbenen Spiegel stand.

Lisa war beeindruckt. »Meine Güte! Bist du etwa reich?«

Jenny lachte. »O nein. Eigentlich kann ich mir Hilda gar nicht leisten, aber ich komme einfach nicht ohne sie aus.« Sie fragte sich, warum das Licht in der Küche brannte, wenn Hilda nicht im Haus war, und ging rasch den Gang entlang. Lisa folgte ihr.

»Ich habe regelmäßige Sprechzeiten in meiner Praxis und mache im Notfall auch Hausbesuche in drei anderen Städten hier in den Bergen. Gäbe es Hilda nicht, würde ich mich nur von Käsebroten und Doughnuts ernähren.«

»Kocht sie gut?« erkundigte sich Lisa.

»Hervorragend. Fast zu gut, was die Nachspeisen betrifft.«

Die Küche war ein großer Raum mit einer hohen Decke. Töpfe, Pfannen, Schöpflöffel und andere Küchenutensilien hingen an einem glänzenden Halter aus rostfreiem Stahl über dem Herd mit vier Platten, einem Grill und einer angrenzenden, gefliesten Arbeitsfläche. Die Schränke waren aus dunklem Eichenholz. An der Wand gegenüber befanden sich zwei Spülbecken, zwei Backröhren, ein Mikrowellengerät und der Kühlschrank.

Jenny betrat die Küche und ging nach links zu der eingebauten Schreibplatte, wo Hilda ihre Menüs entwarf und Einkaufslisten schrieb. Wenn sie eine Nachricht hinterließ, dann hier. Jenny konnte jedoch nichts entdecken und wandte sich von dem kleinen Tisch ab, als sie Lisa plötzlich stöhnen hörte.

Das Mädchen war um den Herd herumgegangen, stand nun neben dem Kühlschrank und starrte auf etwas, das vor dem Spülbecken auf dem Boden lag. Ihr Gesicht war leichenblaß, und sie zitterte.

Jenny erschrak und ging rasch zu ihr.

Hilda Beck lag tot auf dem Boden. Sie starrte mit blicklosen Augen an die Decke, und ihre verfärbte Zunge war starr zwischen ihren geschwollenen Lippen herausgestreckt.

Lisa wandte den Blick von der toten Frau ab und sah Jenny an. Sie wollte etwas sagen, brachte aber keinen Ton hervor.

Jenny nahm ihre Schwester bei der Hand, führte sie um den Herd herum, so daß sie die Leiche nicht mehr sehen konnte, und nahm Lisa in die Arme. Das Mädchen klammerte sich an ihr fest.

»Alles in Ordnung, Liebes?«

Lisa antwortete nicht. Sie zitterte unkontrolliert.

Erst sechs Wochen zuvor war Lisa nachmittags von einem Kinobesuch heimgekommen und hatte ihre Mutter in ihrem Haus in Newport Beach tot auf dem Küchenboden liegend vorgefunden: Gehirnschlag. Lisa war verzweifelt gewesen. Ihr Vater hatte sterben müssen, als sie erst zwei Jahre alt gewesen war – daher hatte sie eine besonders enge Beziehung zu ihrer Mutter gehabt. Eine Zeitlang war sie durch diesen Verlust zutiefst erschüttert, verwirrt und deprimiert gewesen, und dann hatte sie allmählich den Tod ihrer Mutter akzeptiert und sogar wieder lachen gelernt. In den vergangenen Tagen hatte sie den Eindruck gemacht, wieder zu sich gefunden zu haben – und nun das!

Jenny führte ihre Schwester zu einem Stuhl, drückte sie sanft darauf und hockte sich vor sie. Dann zog sie ein Papiertaschentuch aus der Schachtel auf dem Tisch und tupfte Lisa die Stirn ab. Die Haut des Mädchens war nicht nur so weiß wie Schnee, sondern auch ebenso kalt.

»Was kann ich für dich tun, Schwesterchen?«

»Es ... es geht schon wieder«, sagte Lisa mit zitternder Stimme und umklammerte Jennys Hand so heftig, daß es beinahe schmerzte.

»Ich weiß, es klingt verrückt«, sagte sie. »Aber ... als ich sie auf dem Boden liegen sah ... ich dachte zuerst, es wäre Mom.« Lisa versuchte, die aufsteigenden Tränen zu unterdrücken. »Ich weiß, daß Mom schon lange tot ist ... Und diese Frau sieht ihr auch nicht ähnlich. Aber ich ... ich war so erschrocken. Es war ein Schock ... Ich war total durcheinander.«

Nach einer Weile lockerte sich Lisas Griff etwas.

»Fühlst du dich jetzt besser?« fragte Jenny.

»Ja, ein wenig.«

»Möchtest du dich hinlegen?«

»Nein.« Lisa ließ Jennys Hand los, zog ein Taschentuch aus der Schachtel und putzte sich die Nase. Dann sah sie zum Herd hinüber, hinter dem die Leiche lag. »Ist das Hilda?«

»Ja«, bestätigte Jenny.

»Das tut mir leid.«

Jenny hatte Hilda Beck sehr gern gemocht. Ihr Tod ging ihr nahe, aber im Augenblick machte sie sich hauptsächlich Gedanken um Lisa.

»Hör mal, ich halte es für besser, wenn du jetzt die Küche verläßt. Warte im Sprechzimmer auf mich. Ich werde mir die Leiche noch etwas genauer ansehen, bevor ich den Sheriff und den Coroner verständige.«

»Ich bleibe hier bei dir.«

»Es wäre wirklich besser, wenn du ...«

»Nein!« rief Lisa und begann wieder zu zittern. »Ich möchte nicht allein sein.«

»Na gut«, sagte Jenny beschwichtigend. »Dann bleib hier sitzen.«

»O Gott«, jammerte Lisa leise. »Wie sie aussieht! Überall geschwollen und blau! Und dieser Gesichtsausdruck.« Sie wischte sich mit dem Handrücken über die Augen. »Warum ist sie nur so aufgedunsen und dunkel verfärbt?«

»Offensichtlich ist sie schon seit einigen Tagen tot«, erwiderte Jenny. »Aber darüber solltest du dir jetzt keine Gedanken machen.«

»Wenn sie schon vor Tagen gestorben ist, warum stinkt es dann hier nicht?« fragte Lisa mit zitternder Stimme. »Würde sie dann nicht stinken?«

Jenny runzelte die Stirn. Natürlich, wenn Hilda Beck schon so lange tot war, daß sich ihre Haut dunkel verfärbte und ihr Gewebe so stark anschwoll, müßte man das auch riechen. Es stank aber nicht.

»Jenny, was ist denn nur mit ihr geschehen?«

»Das weiß ich doch nicht.«

»Ich habe Angst.«

»Dafür gibt es keinen Grund.«

»Aber dieser schreckliche Ausdruck in ihrem Gesicht ...«

»Wie auch immer es passiert ist – sie muß einen schnellen Tod gehabt haben. Anscheinend war sie nicht krank, noch mußte sie sich zur Wehr setzen. Sicher hat sie keine großen Schmerzen erleiden müssen.«

»Aber ... es sieht so aus, als hätte sie geschrien, als sie starb.«

3
Die tote Frau

Eine solche Leiche hatte Jenny Paige noch nie gesehen. Weder während ihres Studiums noch durch ihre Berufserfahrung war sie auf den eigenartigen Zustand von den sterblichen Überresten Hilda Becks vorbereitet worden. Sie kniete neben der Leiche nieder und untersuchte sie voller Trauer und Abscheu, aber zugleich mit erheblicher Neugier und zunehmender Verwirrung.

Das Gesicht der Toten war zu einer runden, glatten und glänzenden Karikatur ihres früheren Aussehens geworden. Auch ihr Körper war aufgedunsen. Das Fleisch sah weich und glatt aus und drückte an manchen Stellen gegen die Nähte ihrer grau-gelb gemusterten Kittelschürze. Nacken, Unterarme, Hände, Waden und Knöchel wirkten wie aufgeblasen. Es schien sich jedoch nicht um die gasige Aufgequollenheit zu handeln, die beim Verwesungsprozeß eintrat. Der Magen hätte dann auffällig aufgebläht sein müssen. Außerdem war kein Verwesungsgeruch wahrzunehmen.

Die dunklen Flecken auf der Haut waren nicht typisch für eine Leiche. Es gab keine Läsionen, keine Hautbläschen oder nässende Pusteln. Selbst die Augen, die sonst wegen ihres weichen Gewebes noch vor den anderen Körperteilen Anzeichen von Verfall zeigten, waren völlig klar und wiesen keine geplatzten Blutgefäße auf. Hilda Becks Augen waren weder gelblich verfärbt noch milchig.

Zu Lebzeiten hatten sie gewöhnlich einen heiteren, gütigen Ausdruck gehabt. Hilda war zweiundsechzig gewesen, eine mütterliche Frau mit grauem Haar und einem netten Gesicht. In ihrer überraschend sanft klingenden Stimme hatte ein leichter deutscher Akzent mitgeschwungen. Beim Putzen oder Kochen hatte sie oft gesungen und sich auch an Kleinigkeiten erfreut.

Jenny wurde mit plötzlicher Trauer klar, wie sehr sie Hilda vermissen würde. Sie schloß einen Moment lang die Augen, weil sie den Anblick der Leiche nicht mehr ertragen konnte. Dann nahm sie sich zusammen und unterdrückte ihre Tränen. Als sie den für ihren Beruf nötigen inneren Abstand wiedergefunden hatte, schlug sie ihre Augen wieder auf und setzte ihre Untersuchung fort.

Je länger Jenny sich die Leiche ansah, um so mehr war sie davon überzeugt, daß die schwarzen, blauen und mattgelben Verfärbungen von schweren Prellungen herrührten. Solche Quetschungen hatte sie allerdings noch nie gesehen. Soweit sie das erkennen konnte, war jeder Quadratzentimeter der Haut geprellt. Vorsichtig schob sie einen Ärmel des Kittels der Toten über den Arm, soweit es ging. Darunter war die Haut ebenfalls dunkel verfärbt. Jenny hatte jetzt den starken Verdacht, daß tatsächlich der ganze Körper mit ineinander übergehenden Blutergüssen bedeckt war.

Sie sah sich noch einmal das Gesicht an. Die Haut war vollständig mit Prellungen bedeckt. Manchmal hatten Opfer von schweren Autounfällen Prellungen im ganzen Gesicht, aber sie waren dann immer von weiteren Verletzungen wie einer gebrochenen Nase, aufgeplatzten Lippen oder einem zersplitterten Kinn begleitet. Wie war es möglich, daß Mrs. Beck derart groteske Quetschungen erlitten hatte, aber keine anderen, schwereren Verletzungen zu sehen waren?

»Jenny?« fragte Lisa. »Warum brauchst du so lange?«

»Es dauert nur noch eine Minute. Bleib bitte sitzen.«

Also waren die Prellungen, die Mrs. Becks Körper bedeckten, vielleicht nicht die Folge von äußerlichen Verletzungen. War es möglich, daß die Verfärbungen statt dessen auf inneren Druck, auf die Schwellungen des Gewebes unter der Haut zurückzuführen waren? Es war deutlich sichtbar, daß der Körper aufgedunsen war. Allerdings mußte die Schwellung dann plötzlich und mit ungeheurer Gewalt aufgetreten sein. Das ergab aber auch keinen Sinn, weil lebendes Gewebe nicht so rasch anschwellen konnte. Nur bei bestimmten Allergien, wie zum Beispiel gegen Penicillin, trat eine solche Reaktion auf. Jenny war jedoch nichts bekannt, was eine solche heftige Schwellung so plötzlich auslösen konnte und so scheußliche Prellungen am ganzen Körper erzeugte.

Wenn es sich allerdings bei der Schwellung nicht um die klassische Form handelte, die nach dem Tod eintritt und Verfärbungen verursacht – und Jenny war sich da ziemlich sicher –, was um alles in der Welt hatte den Körper so anschwellen lassen? Eine Allergie schloß sie aus.

Eine Vergiftung kam ebensowenig in Frage, denn dann müßte es sich um ein äußerst toxisches Gift handeln. Wie hätte Hilda damit in Berührung kommen sollen? Sie hatte keine Feinde. Der bloße Gedanke an Mord war absurd. Ein Kind würde vielleicht eine ihm unbekannte Flüssigkeit probieren, um festzustellen, ob sie gut schmeckte, aber Hilda wäre nie so unvorsichtig gewesen. Nein, Gift konnte es nicht sein.

Eine Krankheit?

Wenn es sich um eine durch Bakterien oder Viren verursachte Erkrankung handelte, war sie Jenny nicht bekannt. Und wenn diese Krankheit ansteckend war?

»Jenny?« rief Lisa.

Eine Krankheit.

Jenny war erleichtert, daß sie die Leiche nicht berührt hatte – sie wünschte, sie hätte den Ärmel des Kittels nicht angefaßt. Hastig erhob sie sich, taumelt und trat rasch einige Schritte zurück.

Plötzlich überfiel sie ein Gefühl der Angst.

Dann sah sie, daß auf der Arbeitsfläche neben der Spüle vier große Kartoffeln, ein Kohlkopf, ein Beutel Karotten, ein langes Messer und ein Kartoffelschäler lagen. Hilda hatte anscheinend gerade das Abendessen vorbereitet, als sie tot umgefallen war. Einfach so, einfach Vorwarnung. Offensichtlich war sie nicht krank gewesen. Ein so plötzlich eintretender Tod wies nicht auf eine Krankheit hin.

Es gab keine tödlichen Krankheiten, bei der der Betroffene nicht vorher verschiedene Stadien von Unwohlsein, Schwäche und körperlichem Verfall durchmachte. Zumindest keine, die der modernen Medizin bekannt war.

»Jenny, können wir jetzt endlich weg von hier?« fragte Lisa.

»Psst! Einen Augenblick noch. Laß mich überlegen.« Jenny lehnte sich an die Spüle und sah auf die tote Frau hinunter.

Ihr war ein düsterer und beängstigender Gedanke gekommen: *Pest.* Beulenpest und auch andere Formen der Pest waren in einigen Teilen Kaliforniens und des Südwestens nicht unbekannt. In den letzten Jahren waren einige Dutzend Fälle gemeldet worden – allerdings starb heutzutage nur noch selten jemand an der Pest, denn sie ließ sich meist durch Streptomycin, Chloramphenicol oder eines der anderen Tetrazycline heilen. Bei einigen Arten traten sogenannte Petechien, kleine dunkelrot blutende Flecken auf der Haut auf. In schweren Fällen nahmen sie eine beinahe schwarze Färbung an und breiteten sich über große Teile des Körpers aus; deshalb wurde die Pest im Mittelalter oft ›der Schwarze Tod‹ genannt. War es aber tatsächlich möglich, daß die Petechien in so großer Anzahl auftraten und, wie bei Hilda, den ganzen Körper dunkel verfärbten?

Außerdem war Hilda ganz plötzlich beim Kochen gestorben, ohne vorher unter Erbrechen, Fieber oder Blasenschwäche gelitten zu haben. Diese Tatsache schloß die Pest wohl ebenso aus wie alle anderen ihr bekannten Infektionskrankheiten.

Aber es gab auch keine Anzeichen für Gewaltanwendung. Keine Schußverletzungen, keine Messerstiche und keine Striemen oder Würgemale.

Jenny ging um die Leiche herum und berührte den Kohlkopf. Überrascht stellte sie fest, daß er vom Aufbewahren im Kühlschrank noch kalt war – er konnte noch nicht länger als etwa eine Stunde auf der Arbeitsplatte liegen. Noch beunruhigender als zuvor sah sie noch einmal auf Hilda hinunter.

Die Frau war innerhalb der letzten Stunde gestorben. Möglicherweise war ihr Körper sogar noch warm.

Aber woran war sie gestorben?

Auch nach der Untersuchung der Leiche konnte Jenny darauf keine Antwort finden. Obwohl es sich anscheinend nicht um eine Krankheit handelte, konnte die Möglichkeit einer Ansteckung nicht ausgeschlossen werden. Dieser Gedanke war beängstigend.

Jenny verschwieg Lisa ihre Befürchtung. »Komm jetzt, Schätzchen. Ich werde in meinem Sprechzimmer telefonieren.«

»Mir geht es schon viel besser«, erklärte Lisa, stand aber sofort auf. Offensichtlich war sie erleichtert, endlich gehen zu können. Jenny legte ihr einen Arm um die Schultern und führte sie aus der Küche.

Im Haus war es unheimlich ruhig – die Stille war so tief, daß ihre leisen Schritte auf dem Teppich im Gang beinahe wie Donnerschläge hallten.

Trotz der Neonröhren an der Decke war Jennys Sprechzimmer nicht so kahl und unpersönlich, wie viele andere Ärzte es neuerdings bevorzugten. Der Raum wirkte eher wie die Praxis eines altmodischen Landarztes, wie sie auf einem in der *Saturday Evening Post* abgedruckten Bild von Norman Rockwell zu sehen war. Die Regale quollen über mit Büchern und medizinischen Fachzeitschriften. Jenny hatte sechs antike Aktenschränke aus Holz auf einer Auktion zu einem günstigen Preis erworben. An den Wänden hingen Diplome, anatomische Schaubilder und zwei große Aquarelle, die Snowfield zeigten. Neben dem verschlossenen Aktenschrank stand eine Waage, und daneben auf einem kleinen Tisch befand sich eine Kiste mit billigen Spielsachen – kleine Plastikautos, winzige Soldaten und Miniaturpuppen –, sowie zuckerfreier Kaugummi. Die Kinder wurden damit belohnt, wenn sie während der Untersuchung nicht weinten – oder bereits vorher geködert.

In der Mitte des Raums stand ein großer, abgestoßener Schreibtisch aus dunkel gebeiztem Pinienholz. Jenny führte Lisa zu dem ausladenden Ledersessel dahinter.

»Es tut mir leid«, sagte das Mädchen.

»Was denn?« Jenny setzte sich auf die Schreibtischkante und zog das Telefon zu sich heran.

»Daß ich so ausgerastet bin, als ich die Leiche gesehen habe. Ich ... ich habe mich hysterisch verhalten.«

»Keineswegs. Du hattest eben einen Schock und hast dich gefürchtet. Das ist durchaus verständlich.«

»Aber du warst weder schockiert noch verängstigt.«

»O doch«, erwiderte Jenny. »Mehr als das – ich war wie gelähmt.«

»Aber du hast dich nicht so gefürchtet wie ich mich.«

»Ich hatte auch Angst, und ich habe sie immer noch.« Jenny zögerte, beschloß aber dann, die Wahrheit nicht länger vor ihrer Schwester zu verbergen. Sie erzählte ihr von der bestürzenden Möglichkeit einer Ansteckung. »Ich glaube zwar nicht, daß wir es hier mit einer Krankheit zu tun haben, aber wenn ich mich täusche ...«

Das Mädchen starrte Jenny verblüfft an. »Du hast dich also genauso gefürchtet wie ich und trotzdem die Leiche so lange untersucht. Meine Güte, das würde ich nie fertigbringen. Niemals.«

»Na ja, ich bin eben Ärztin. Dafür bin ich ausgebildet.«

»Trotzdem ...«

»Deine Reaktion war völlig normal«, versicherte Jenny ihr.

Das Mädchen nickte, schien aber nicht überzeugt zu sein.

Jenny hob den Hörer ab, um den Sheriff in Snowfield anzurufen. Danach wollte sie den Coroner in Santa Mira verständigen, der für den Landkreis zuständig war. Es war jedoch kein Freizeichen zu hören, sondern nur ein leises Zischen. Sie drückte mehrmals auf die Gabel, doch die Leitung blieb tot.

Es war irgendwie unheimlich, daß das Telefon nicht funktionierte, während in der Küche die tote Frau auf dem Boden lag. Vielleicht war Mrs. Beck ja doch ermordet worden. Wenn nun jemand die Telefonleitungen durchgeschnitten hatte und unbemerkt in das Haus eingedrungen war ... Er hätte sich leise an Hilda heranschleichen und ihr ein langes Messer tief in den Rücken durch das Herz stoßen können. Hilda wäre daran sofort gestorben, und Jenny hatte die Wunde vielleicht nicht bemerkt, weil sie die Leiche nicht auf den Bauch gedreht hatte. Das erklärte allerdings weder das völlige Fehlen von Blut, noch die Prellungen und Schwellungen am ganzen Körper. Trotzdem war es möglich, daß die Haushälterin am Rücken verletzt war, und der Mörder – sollte es tatsächlich einen geben – sich noch im Haus versteckt hielt.

Meine Fantasie geht mit mir durch, sagte sich Jenny, beschloß aber, vorsichtshalber sofort das Haus mit Lisa zu verlassen.

»Wir müssen Vince oder Angie Santini von nebenan bitten, für uns zu telefonieren.« Jenny stand ruhig auf. »Unser Apparat funktioniert nicht.«

Lisa blinzelte. »Hat das irgend etwas mit … mit diesem Vorfall zu tun?«

»Ich weiß es nicht«, erwiderte Jenny.

Ihr Herz klopfte heftig, als sie durch das Sprechzimmer auf die halboffene Tür zuging und sich fragte, ob möglicherweise jemand auf der anderen Seite wartete.

Lisa folgte ihr. »Irgendwie ist es komisch, daß das Telefon ausgerechnet jetzt nicht funktioniert, oder?«

»Ein bißchen schon.«

Fast erwartete Jenny, gleich einem riesigen, grinsenden Fremden mit einem Messer in der Hand gegenüberzustehen, einem jener Verrückten, die es heutzutage so häufig zu geben schien; einem dieser Nachahmer von Jack the Ripper, deren Bluttaten den Fernsehreportern schaurige Bilder für die Sechs-Uhr-Nachrichten lieferten.

Sie spähte in den Flur, bereit, sofort zurückzuspringen und die Tür zuzuschlagen, falls sie jemanden entdecken sollte. Der Gang war leer.

Jenny warf Lisa einen Blick zu – das Mädchen schien die Situation sofort erkannt zu haben.

Sie eilten durch den Flur zum vorderen Teil des Hauses. Als sie auf die Treppe zum ersten Stock zugingen, waren Jennys Nerven zum Zerreißen gespannt. Der Mörder – falls es wirklich einen gab – lauerte vielleicht auf der Treppe und lauschte ihren Schritten. Möglicherweise würde er sich gleich mit hocherhobenem Messer auf sie stürzen …

Aber niemand wartete auf den Stufen.

Im Foyer und auf der Terrasse auch nicht.

Draußen wurde es rasch dunkel. In dem rötlichen Dämmerlicht brach eine Armee von unheimlichen Schatten aus all den Orten hervor, die sich bisher vor der Sonne versteckt hatten. In zehn Minuten würde es ganz finster sein.

4
Das Nachbarhaus

Das Haus der Santinis aus Stein und Holz war in einem etwas moderneren Stil gebaut als Jennys Heim. Die abgerundeten Ecken und sanften Winkel waren den Konturen des Hangs angepaßt, so daß es vor dem Hintergrund der großen Kiefern fast wie eine natürliche Gesteinsformation aussah. In einigen Zimmern im Erdgeschoß brannte Licht.

Die Haustür war nur angelehnt. Von innen erklang klassische Musik.

Jenny drückte auf die Klingel und trat einige Schritte zu Lisa zurück. Sie sollten beide besser Abstand zu den Santinis halten; möglicherweise hatten sie sich ja schon allein dadurch angesteckt, daß sie sich bei Mrs. Becks Leiche in der Küche aufgehalten hatten.

»Bessere Nachbarn kann man sich nicht wünschen«, erklärte sie Lisa und wünschte, der harte, kalte Knoten in ihrem Magen würde sich lösen. »Wirklich nette Leute.«

Niemand reagierte auf die Klingel.

Jenny trat wieder vor und klingelte noch einmal. Dann stellte sie sich neben Lisa. »Sie besitzen ein Sportgeschäft und einen Souvenirladen in der Stadt.«

Die Musik schwoll an, wurde leiser und dann wieder lauter. Beethoven.

»Vielleicht ist niemand zu Hause«, meinte Lisa.

»Das kann ich mir nicht vorstellen. Die Musik, die Lichter ...«

Ein plötzlicher Windstoß fegte unter das Verandadach, verwehte die Musik Beethovens und verwandelte die herrlichen Klänge für einen Augenblick lang in unharmonische Mißtöne.

Jenny drückte die Tür auf. Aus dem Arbeitszimmer auf der linken Seite des Flurs fiel milchiges Licht auf den Gang und die Schwelle des dunklen Wohnzimmers.

»Angie? Vince?« rief Jenny.

Keine Antwort. Nur die Musik war zu hören. Der Wind

hatte sich gelegt, und die zerrissenen Klänge verbanden sich in der Stille wieder miteinander. Es war Beethovens dritte Symphonie, die *Eroica*.

»Hallo? Ist jemand zu Hause?«

Das Musikstück steigerte sich zu einem donnernden Finale. Danach herrschte Stille. Anscheinend hatte sich die Anlage automatisch abgestellt.

»Hallo?«

Nichts. Die Nacht draußen war ruhig, und nun war es auch im Haus still geworden.

»Du willst doch nicht etwa hineingehen?« fragte Lisa beunruhigt.

Jenny warf dem Mädchen einen kurzen Blick zu. »Was hast du denn?«

Lisa biß sich auf die Lippe. »Irgend etwas stimmt da nicht. Du spürst es doch auch, oder?«

Jenny zögerte. »Ja, ich spüre es auch«, gab sie widerwillig zu.

»Es ist ... als wären wir beide allein hier ... nur du und ich ... und irgendwie doch nicht allein.«

Jenny hatte das seltsame Gefühl, beobachtet zu werden. Sie drehte sich um und sah über den Rasen zu den Büschen hinüber, die mittlerweile fast völlig von der Dunkelheit verschluckt worden waren. Die Fenster, die zur Veranda hinausführten, glänzten dunkel. Nur im Arbeitszimmer brannte Licht. Irgend jemand konnte hinter einer der Fensterscheiben im Schatten stehen und sie beobachten, ohne selbst gesehen zu werden.

»Bitte laß uns gehen«, sagte Lisa. »Wir könnten die Polizei holen oder irgend etwas anderes tun. Laß uns nur von hier verschwinden. Bitte!«

Jenny schüttelte den Kopf. »Wir sind einfach übernervös. Unsere Fantasie geht mit uns durch. Ich sollte auf jeden Fall nach dem Rechten sehen. Es könnte jemand verletzt sein – Angie, Vince oder vielleicht eines der Kinder ...«

»Bitte nicht.« Lisa packte Jennys Arm und hielt sie fest.

»Ich bin Ärztin. Es ist meine Pflicht zu helfen.«

»Aber wenn du dich bei Mrs. Beck angesteckt haben solltest, könntest du die Santinis infizieren. Das hast du selbst gesagt.«

»Schon, aber vielleicht sterben sie gerade an ... nun, an dieser Sache, die Hilda das Leben gekostet hat. Was dann? Möglicherweise brauchen sie ärztliche Versorgung.«

»Ich glaube nicht, daß es sich um eine Krankheit handelt«, erwiderte Lisa düster und bestätigte damit Jennys eigene Befürchtungen. »Es ist etwas Schlimmeres.«

»Was könnte denn schlimmer sein?«

»Ich weiß es nicht. Aber ich ... ich fühle es. Das ist etwas Schlimmeres.«

Der Wind frischte wieder auf und fuhr raschelnd durch die Büsche neben der Veranda.

»Okay«, sagte Jenny. »Du wartest hier, und ich werde mich umsehen.«

»Nein«, widersprach Jenny hastig. »Wenn du hineingehst, komme ich mit.«

»Hör mal, du läßt mich nicht im Stich, wenn du ...«

»Ich komme mit«, beharrte Lisa und ließ Jennys Arm los. »Bringen wir's hinter uns.«

Sie betraten das Haus und blieben im Gang stehen. Jenny sah nach links durch die offene Tür in Vince Santinis Arbeitszimmer hinein.

»Vince?«

Zwei Lampen warfen einen warmen, goldfarbenen Schein in alle Ecken, doch der Raum war leer.

»Angie? Vince? Ist jemand hier?«

Kein Laut durchbrach die unheimliche Stille, aber die Dunkelheit schien die beiden wachsam zu belauern wie ein riesiges Tier auf dem Sprung.

Undurchdringliche Schatten im Wohnzimmer rechts von Jenny vermittelten den Eindruck, als sei der Raum mit dichtgewobenen Tücher verdeckt. Nur durch die Doppeltüren, die am anderen Ende zum Eßzimmer führten, schimmerte ein schwacher Lichtstrahl, der die Dunkelheit jedoch nicht durchdringen konnte.

Jenny fand einen Lichtschalter, und als die Lampe anfing, fanden sie das Zimmer leer vor.

»Siehst du«, sagte Lisa. »Niemand zu Hause.«

»Werfen wir noch einen Blick in das Eßzimmer.«

Die beiden durchquerten das Wohnzimmer mit den bequemen beigefarbenen Sofas und den eleganten smaragdgrünen Lehnsesseln im Queen-Anne-Stil. Der CD-Spieler, der Radioapparat und der Verstärker waren unauffällig in einem Wandregal untergebracht. Von dort war die Musik gekommen; die Santinis waren wohl ausgegangen, ohne das Gerät auszuschalten.

Am anderen Ende des Raums öffnete Jenny die Doppeltüren, die leise quietschten.

Auch das Eßzimmer war leer, aber der Kronleuchter warf seinen Schein auf eine seltsame Szene. Der Tisch war für ein Sonntagsdinner am frühen Abend gedeckt: vier Platzdeckchen, vier saubere Teller, vier dazu passende Salatschüsseln – drei davon waren unbenützt, in dem vierten befand sich eine Portion Salat –, Besteck für vier Personen aus rostfreiem Stahl, vier Gläser – zwei davon enthielten Milch, eines Wasser und das vierte eine bernsteinfarbene Flüssigkeit, wahrscheinlich Apfelsaft. In dem Saft und dem Wasser schwammen Eiswürfel, die erst teilweise geschmolzen waren. In der Mitte des Tisches standen die Schüsseln mit dem Essen: eine Salatschale, ein Teller mit Fleisch, eine Kasserolle mit überbackenen Kartoffeln und eine große Schüssel mit Erbsen und Karotten. Bis auf den Salat waren alle Speisen unberührt. Das Fleisch war kalt geworden, aber die Käsekruste bedeckte die Kartoffeln noch, und als Jenny eine Hand gegen die Kasserolle legte, spürte sie, daß sie noch warm war. Das Essen war innerhalb der letzten Stunde, wenn nicht sogar erst vor dreißig Minuten auf den Tisch gekommen.

»Sieht aus, als hätten sie es ziemlich eilig gehabt«, meinte Lisa.

Jenny runzelte die Stirn. »Ich habe eher den Eindruck, sie sind gegen ihren Willen aus dem Haus geschafft worden.«

Da waren einige beunruhigende Einzelheiten. Wie der umgeworfene Stuhl, der etwa einen Meter vom Tisch entfernt auf dem Boden lag. Die anderen Stühle standen zwar, aber neben einem lag ein Soßenlöffel und eine zweizinkige Fleischgabel. In einer Ecke befand sich eine zusammengeknüllte Serviette – es sah aus, als sei sie dort nicht fallengelassen, sondern hingeschleudert worden. Der Salzstreuer auf dem Tisch war umgekippt.

Kleinigkeiten. Nichts Dramatisches. Nichts Eindeutiges. Trotzdem war Jenny beunruhigt.

»Gegen ihren Willen aus dem Haus geschafft?« fragte Lisa erstaunt.

»Möglicherweise.« Jenny sprach ebenso leise wie ihre Schwester. Sie hatte immer noch das unangenehme Gefühl, daß jemand in der Nähe lauerte, sie beobachtete oder belauschte.

Nur Wahnvorstellungen, redete sie sich ein.

»Ich habe noch nie gehört, daß jemand eine ganze Familie gekidnappt hat«, sagte Lisa.

»Nun … vielleicht täusche ich mich ja. Möglicherweise ist eines der Kinder krank geworden und mußte sofort ins Krankenhaus in Santa Mira gebracht werden. Irgend so etwas.«

Lisa sah sich noch einmal in dem Zimmer um und lauschte mit geneigtem Kopf der Grabesstille im Haus. »Nein, das glaube ich nicht.«

»Ich eigentlich auch nicht«, gab Jenny zu.

Lisas Neugier war stärker als ihre Angst. Langsam ging sie um den Tisch herum und sah ihn sich genau an, als erwartete sie, dort eine geheime Botschaft der Santinis vorzufinden. »Das erinnerte mich an eine Geschichte, die ich in einem Buch über unerklärliche Ereignisse gelesen habe – so etwas in der Art wie *Das Bermuda-Dreieck*. Es war ungefähr im Jahr 1870, als ein großes Segelschiff, die *Mary Celeste*, im Atlantik treibend gefunden wurde. Die Tische waren gedeckt, aber die ganze Crew verschwunden. Das Schiff war weder in einem Sturm beschädigt worden, noch hatte es ein Leck oder ähnliches. Es gab keinen Grund, warum die Mannschaft das Schiff verlassen haben sollte. Außerdem waren alle Rettungsboote noch da. Die Lichter brannten, die Segel waren gesetzt und das Essen stand auf dem Tisch. Alles war in Ordnung, bis auf die Tatsache, daß kein Mensch mehr an Bord war. Das ist eines der großen Geheimnisse des Meers.«

»Ich bin sicher, daß hinter dieser Sache kein großes Geheimnis steckt«, meinte Jenny gezwungen. »Die Santinis sind bestimmt nicht für immer verschwunden.«

Auf der anderen Seite des Tisches blieb Lisa plötzlich stehen, hob den Blick und zwinkerte. »Wenn sie tatsächlich gegen ihren Willen weggebracht wurden, kann das dann etwas mit dem Tod deiner Haushälterin zu tun haben?«

»Vielleicht. Wir wissen noch nicht genug, um das zu beurteilen.«

»Meinst du, wir sollten uns eine Waffe besorgen?« fragte Lisa kaum hörbar.

»Nein, nein.« Jenny betrachtete noch einmal die unberührten Speisen, das verschüttete Salz und den umgestoßenen Stuhl, dann wandte sie sich ab. »Komm, Liebes.«

»Wo willst du hin?«

»Wir werden nachsehen, ob das Telefon funktoniert.«

Sie gingen in die angrenzende Küche, und Jenny schaltete das Licht ein.

Das Telefon hing neben der Spüle an der Wand. Jenny hob den Hörer ab, lauschte und drückte mehrmals auf die Gabel. Wieder kein Freizeichen.

Dieses Mal war die Leitung nicht tot wie in ihrem Haus. Das leise Rauschen der statischen Elektrizität war zu hören. Auf dem Telefon klebte ein Schild mit der Nummer der Feuerwehr und der Polizeistation. Obwohl sie kein Freizeichen hörte, wählte Jenny die siebenstellige Nummer des Sheriffs, bekam aber keine Verbindung.

Gerade als sie ihre Finger wieder auf die Gabel legte, hatte sie plötzlich den Verdacht, daß jemand in der Leitung war und ihr zuhörte.

»Hallo?« rief sie in die Sprechmuschel.

Aus weiter Entfernung zischte es, als würden Eier in einer Pfanne gebraten.

»Hallo?« wiederholte sie.

Nur das statische Rauschen. ›Weißes Rauschen‹ nannte man das wohl.

Sie sagte sich selbst, daß es sich nur um das übliche Geräusch in einer offenen Leitung handelte. Aber sie wurde das Gefühl nicht los, von jemandem belauscht zu werden, während sie selbst angestrengt horchte.

Unsinn.

Trotzdem lief es ihr kalt den Rücken hinunter, und sie legte hastig auf.

»In einer so kleinen Stadt kann das Büro das Sheriffs doch nicht weit entfernt sein«, meinte Lisa.

»Nur ein paar Blocks von hier.«

»Warum gehen wir nicht einfach hin?«

Eigentlich hatte Jenny vorgehabt, das Haus zu durchsuchen, falls die Santinis krank oder verletzt irgendwo lagen. Nun aber kam ihr der Verdacht, daß jemand möglicherweise an einem anderen Anschluß im Haus saß und ihr zugehört hatte. Diese Möglichkeit änderte alles. Jenny nahm ihre Pflichten als Ärztin keineswegs auf die leichte Schulter – im Gegenteil. Sie genoß die besondere Verantwortung, die ihr Beruf mit sich brachte, denn sie gehörte zu den Menschen, die ihr Urteilsvermögen, ihren Verstand und ihre Ausdauer regelmäßig überprüfen wollen. Herausforderungen spornten sie an. In dieser Situation war sie allerdings in erster Linie für Lisa und sich selbst verantwortlich. Vielleicht war es tatsächlich am besten, Hilfssheriff Paul Henderson zu holen und erst dann das Haus zu durchsuchen.

Obwohl sie versuchte zu glauben, daß sie sich das nur einbildete, spürte sie immer noch neugierige Augen auf sich gerichtet, jemand beobachtete sie … und wartete.

»Gehen wir«, sagte sie zu Lisa. »Komm.«

Mit unverhohlener Erleichterung rannte das Mädchen vor ihr her durch das Eßzimmer und das Wohnzimmer zur Eingangstür.

Inzwischen war es Nacht geworden. Die Luft war kühler als während der Dämmerung, und schon bald würde es ausgesprochen kalt werden. Das Thermometer würde höchstens vier bis fünf Grad Celsius anzeigen, vielleicht sogar noch weniger – eine Erinnerung daran, daß der Herbst in den Sierras immer sehr kurz war und der Winter rasch hereinbrach.

Die Straßenlampen an der Skyline Road hatten sich bei Einbruch der Dunkelheit automatisch eingeschaltet. Auch in einigen Läden war die Abendbeleuchtung durch lichtempfindliche Dioden aktiviert worden. Jenny und Lisa blieben vor dem Haus der Santinis kurz stehen und bewunderten die Aussicht.

Die an den Gebirgshang geschmiegten Häuser mit den verwinkelten Dächern und Erkern ließen die Stadt unter dem Nachthimmel noch schöner erscheinen als in der Dämmerung. Aus einigen Kaminen stiegen Rauchfäden wie von Geisterhand bewegte Federn nach oben. Hinter manchen Fenstern brannte Licht, doch die meisten schimmerten wie schwarze Spiegel und reflektierten die Strahlen der Straßenlampen. Die Bäume wiegten sich sanft in der leichten Brise, und die Blätter raschelten leise. Das Rauschen ließ an ein Schlaflied und an tausend friedlich schlummernde Kinder denken, die im Traum kaum hörbar seufzten und murmelten.

Nicht nur die Schönheit der Umgebung hatte die beiden aufgehalten. Jenny war vor allem wegen der vollkommenen Stille stehengeblieben. Bei ihrer Ankunft hatte sie sie nur merkwürdig gefunden. Jetzt kam sie ihr bedrohlich vor.

»Das Büro des Sheriffs ist an der Hauptstraße«, erklärte sie Lisa. »Nur zweieinhalb Blocks von hier.«

Sie hasteten auf das tote Herz der Stadt zu.

5
Drei Kugeln

In dem düsteren Stadtgefängnis brannte nur ein einziges Licht. Es kam von einer Tischlampe, die so nach unten gebogen war, daß ihr Schein nur den Schreibtisch erhellte –

der Rest des großen Raums war kaum zu erkennen. Auf der Tischplatte lag ein aufgeschlagenes Magazin direkt im Lichtkegel. Das Zimmer war dunkel, bis auf den blassen Schimmer der Straßenlaternen, der durch die Fenster hereinfiel.

Jenny öffnete die Tür und betrat das Büro. Lisa folgte ihr.

»Hallo? Paul? Sind Sie da?«

Sie entdeckte einen Wandschalter, knipste die Deckenbeleuchtung an – und wich ruckartig zurück, als sie sah, was vor ihr auf dem Boden lag.

Paul Henderson. Dunkle, verfärbte Haut. Aufgedunsen. Tot.

»O mein Gott!« stieß Lisa hervor und drehte sich hastig um. Sie stolperte zu der offenen Tür, lehnte sich gegen den Türrahmen und sog zitternd die kühle Nachtluft in ihre Lungen.

Nur mit Mühe gelang es Jenny, die Angst zu unterdrücken, die jetzt wieder in ihr aufstieg. Sie ging zu Lisa hinüber, legte ihr die Hand auf die Schulter und fragte: »Bist du okay? Ist dir schlecht?«

Lisa kämpfte offensichtlich dagegen an, sich übergeben zu müssen. Schließlich schüttelte sie den Kopf. »Nein, es geht schon wieder. K-komm, schnell raus hier.«

»Gleich«, erwiderte Jenny. »Zuerst möchte ich mir die Leiche ansehen.«

»Das kannst du doch nicht wirklich wollen!«

»Du hast recht. Ich *will* es nicht, aber es könnte mir Aufschluß darüber geben, womit wir es hier zu tun haben. Du kannst ja hier an der Tür warten.«

Das Mädchen seufzte resigniert.

Jenny ging zu der Leiche auf dem Boden und kniete sich neben sie.

Paul Henderson befand sich im gleichen Zustand wie Hilda Beck. Jedes sichtbare Stück Haut war von Prellungen überzogen. Der Körper war angeschwollen, das Gesicht verquollen und verzerrt, der Nacken beinahe so breit wie der Kopf. Die Finger glichen einer Wurstkette, und der Bauch war aufgebläht. Trotzdem konnte Jenny keinerlei Verwesungsgeruch wahrnehmen.

Die blicklosen Augen quollen aus dem fleckigen, dunkel verfärbten Gesicht und verrieten – ebenso wie der weit aufgerissene, verzerrte Mund – unverkennbar ein starkes Gefühl: Angst. Wie Hilda, so war auch Paul Henderson anscheinend ganz plötzlich gestorben – und ihn hatte dabei ebenfalls lähmendes Entsetzen gepackt.

Jenny war mit dem Toten nicht eng befreundet gewesen. Natürlich hatte sie ihn gekannt, denn in einer so kleinen Stadt wie Snowfield kannte jeder jeden. Er war ein freundlicher Mann und guter Polizeibeamter gewesen, und sie war tief betroffen, daß ihm so etwas zugestoßen war. Sie sah in sein verzerrtes Gesicht, bis sich ihr Magen verkrampfte und Übelkeit in ihr aufstieg. Rasch wandte sie den Blick ab.

Die Waffe des Hilfssheriffs steckte nicht in seinem Halfter. Sie lag neben der Leiche auf dem Boden. Eine Pistole.

Jenny starrte auf die Waffe und überlegte. Möglicherweise war sie aus dem Halfter gerutscht, als Henderson auf den Boden gefallen war. Vielleicht – aber sie bezweifelte es. Viel eher lag die Schlußfolgerung auf der Hand, daß der Hilfssheriff die Pistole gezogen hatte, um sich gegen irgendeinen Angreifer zu wehren.

Wenn das der Fall war, hatten ihn weder eine Krankheit noch Gift getötet. Jenny warf einen Blick über die Schulter. Lisa stand immer noch an den Türrahmen gelehnt und starrte auf die Skyline Road.

Jenny richtete sich auf, wandte sich von der Leiche ab und beugte sich über die Pistole. Sie überlegte lange, ob sie die Waffe anfassen sollte oder nicht. Sie machte sich nicht mehr so viele Gedanken um die Möglichkeit einer Ansteckung wie bei Mrs. Beck, denn das alles sah immer weniger nach einer ungewöhnlichen Krankheit aus. Außerdem hatte sie sich bestimmt ohnehin bereits angesteckt, wenn Snowfield wirklich von einer exotischen Epidemie heimgesucht worden war, denn die Erreger mußten sich erschreckend schnell ausbreiten. Sie hatte also nichts zu verlieren, wenn sie die Pistole in die Hand nahm und sie sich genauer ansah. Allerdings machte sie sich Sorgen, daß sie dadurch belastende Fingerabdrücke verwischen oder anderes wichtiges Beweismaterial vernichten könnte.

Doch selbst wenn Henderson wirklich ermordet worden war, hatte sein Mörder wohl kaum die Waffe seines Opfers benutzt und seine Fingerabdrücke darauf hinterlassen. Es sah auch nicht so aus, als sei Paul erschossen worden. Im Gegenteil – er selbst schien geschossen zu haben.

Jenny hob die Waffe auf und untersuchte sie. Das Magazin faßte zehn Schuß, aber drei Kugeln fehlten. Der scharfe Geruch von Pulver ließ darauf schließen, daß die Schüsse erst vor kurzem abgefeuert worden waren – möglicherweise sogar innerhalb der vergangenen Stunde. Mit der Pistole in der Hand suchte sie sorgfältig den blaugefliesten Boden ab. Sie stand auf und ging von einem Ende des Raums zum anderen. Dann entdeckte sie ein glitzerndes Metallstück, ein weiteres und noch eines: drei Patronenhülsen.

Keiner der Schüsse war nach unten abgefeuert worden – die glänzenden blauen Fliesen wiesen keine Löcher auf.

Jenny schob die Schwingtür in dem hölzernen Geländer und betrat den Raum, den die Polizisten im Fernsehen immer ›die Großraumzelle‹ nannten. Sie ging den Gang entlang, vorbei an Schreibtischen, die sich jeweils paarweise gegenüberstanden, den Aktenschränken und den Arbeitstischen. In der Mitte des Raums blieb sie stehen und ließ ihren Blick langsam über die blaßgrünen Wände und die weiße Akustikdecke wandern, konnte aber keine Einschußlöcher entdecken.

Das überrascht sie. Wenn mit der Pistole nicht auf den Boden oder gegen die Fenster gefeuert worden war – und das war unmöglich, denn es gab keine Scherben –, dann mußte die Mündung etwa hüfthoch in den Raum gezeigt haben. Wo aber waren die Kugeln geblieben?

Das Mobiliar war nicht beschädigt; es gab kein zersplittertes Holz, kein verbeultes Blech oder zerstörtes Plastikmaterial, und Jenny wußte, daß der Einschlag einer Kugel mit einem Durchmesser von 9 mm beträchtlichen Schaden anrichtete.

Da die abgefeuerten Kugeln in diesem Raum nicht zu finden waren, gab es nur eine Möglichkeit: sie mußten im Körper des Angreifers – oder der Angreifer – stecken, auf die Paul Henderson gezielt hatte.

Wenn der Hilfssheriff jedoch eine oder mehrere Personen mit drei Schüssen aus einer Polizeiwaffe so getroffen hatte, daß die Kugeln im Körper steckengeblieben waren, hätte es überall Blutspuren geben müssen. Es war jedoch kein Tropfen zu sehen.

Verwirrt drehte Jenny sich zu dem Schreibtisch um, wo da Licht der Lampe auf die aufgeschlagene Ausgabe des *Time-Magazins* schien. Auf einem metallenen Namensschild stand: SERGEANT PAUL J. HENDERSON. Hier hatte er gesessen und einen scheinbar langweiligen Nachmittag verbracht, als geschehen war ... was immer auch geschehen sein mochte.

Sie nahm den Hörer von dem Telefon auf Hendersons Schreibtisch, obwohl sie bereits wußte, was sie hören würde. Kein Freizeichen. Nur das elektronische Zischen einer offenen Leitung, das an schwirrende Insektenflügel denken ließ. Wie in der Küche der Santinis hatte sie auch jetzt das Gefühl, daß jemand in der Leitung war. Sie warf den Hörer auf die Gabel – zu abrupt, zu heftig. Ihre Hände zitterten.

An der Rückwand des Hauses befanden sich zwei Anschlagtafeln, ein Fotokopierer, ein verschlossener Waffenschrank, ein Funkgerät, ein Faxgerät und der Rechner für die Computeranlage. Das Faxgerät schien defekt zu sein, und auch das Funkgerät ließ sich nicht einschalten; obwohl der Schalter nach oben auf Sendeposition gekippt war, leuchtete die Kontrollampe nicht auf, und auch das Mikrofon blieb stumm. Der Computer, mit einem Modem ausgerüstet, hätte eine Verbindung zur Außenwelt herstellen können, aber auch er funktionierte nicht.

Als Jenny in den vorderen Teil des Raum zurückkehrte, sah sie Lisa nicht mehr an der Tür stehen. Für einen Augenblick blieb ihr beinahe das Herz stehen. Dann bemerkte sie, daß ihre Schwester neben Paul Hendersons Leiche kniete und sie genau betrachtete.

Das Mädchen sah auf, als Jenny durch die Schwingtür kam, und deutete auf den aufgedunsenen Leichnam. »Ich hätte nie gedacht, daß Haut sich so stark dehnen läßt, ohne aufzuplatzen.« Es war leicht zu durchschauen, daß ihre wissenschaftliche Neugier und ihre betonte Gleichgültigkeit bei diesem schrecklichen Augenblick nur gespielt waren. Der gehetzte Ausdruck in ihren Augen verriet sie. Lisa wandte den Blick von der Leiche ab und stand langsam auf, bemüht, sich so zu geben, als mache ihr das alles nicht das geringste aus.

»Warum bist du denn nicht an der Tür geblieben, Kleines?«

»Ich habe mich über mich selbst geärgert, weil ich mich benommen habe wie ein Feigling.«

»Hör zu, Schwesterchen, ich habe dir doch gesagt ...«

»Ich habe natürlich Angst davor, daß uns hier in Snowfield etwas ganz Schlimmes passieren könnte, vielleicht noch heute, vielleicht schon in den nächsten Minuten, aber deshalb schäme ich mich nicht. Es ist nur normal, sich zu fürchten, wenn man so etwas gesehen hat. Aber ich hatte sogar vor dieser Leiche hier Angst, und das ist einfach kindisch.«

Lisa stockte, aber Jenny sagte nichts. Sie wußte, daß ihre Schwester sich noch mehr von der Seele reden wollte.

»Er ist tot. Er kann mir nichts tun. Es gibt keinen Grund, sich vor ihm zu fürchten. Irrationalen Ängsten soll man nicht nachgeben. Das ist falsch, schwach und dumm. Jeder sollte sich solchen Ängsten stellen. Nur dann kann man damit fertig werden. Stimmt doch, oder? Also habe ich beschlossen, mich *damit* auseinanderzusetzen.« Sie deutete mit einer Kopfbewegung auf den toten Mann zu ihren Füßen.

Jenny sah den Ausdruck der Qual in ihren Augen. Es war sicher nicht nur die Situation in Snowfield, die Lisa zu schaffen machte. Sie wurde dadurch wieder daran erinnert, wie sie ihre Mutter nach dem Schlaganfall an einem heißen Nachmittag im Juli tot im Haus gefunden hatte. Plötzlich hatten ihr diese Ereignisse mit Macht alles wieder ins Gedächtnis zurückgerufen.

»Es geht mir jetzt wieder gut«, erklärte Lisa. »Ich habe immer noch Angst davor, was uns zustoßen könnte, aber ich fürchte mich nicht mehr vor *ihm.*« Sie starrte noch einmal auf die Leiche, um ihre Worte zu beweisen, und sah Jenny dann direkt in die Augen. »Siehst du? Du kannst mir nun vertrauen. Ich werde dich nicht mehr im Stich lassen.«

Erst jetzt wurde Jenny bewußt, daß sie Lisas Vorbild war. Das Mädchen zeigte mit ihren Augen, ihrem Gesichtsausdruck, ihrer Stimme und ihren Händen auf verschiedene subtile Arten, wie sehr sie Jenny respektierte und verehrte, und sie sagte ihr ohne Worte etwas, das Jenny tief berührte: *Ich liebe dich; aber noch mehr als das – ich mag dich und bin stolz auf dich; ich finde dich großartig, und wenn du Geduld mit mir hast, werde ich dafür sorgen, daß du stolz und glücklich bist, mich als kleine Schwester zu haben.*

Es überraschte Jenny, daß Lisa sie so sehr schätzte. Sie hatte angenommen, daß sie für ihre Schwester eigentlich eine Fremde wäre – der Altersunterschied war beachtlich, und außerdem war sie seit Lisas zweitem Lebensjahr kaum zu Hause gewesen. Diese neue Erkenntnis über Lisas Beziehung zu ihr schmeichelte Jenny, beschämte sie aber auch.

»Ich weiß, daß ich mich auf dich verlassen kann«, versicherte sie dem Mädchen. »Ich habe nie etwas anderes angenommen.«

Lisa lächelte verlegen.

Jenny nahm sie in die Arme, und einen Augenblick lang klammerte Lisa sich an ihr fest. »Und ... hast du eine Ahnung, was passiert sein könnte?« fragte sie schließlich.

»Nein. Es ergibt alles keinen Sinn.«

»Das Telefon funktioniert hier auch nicht, oder?«

»Nein, nicht einmal das in der Telefonzelle.«

»Ganz bestimmt sind alle Telefone in der Stadt außer Betrieb.«

»Wahrscheinlich.«

Sie gingen zur Tür und auf die kopfsteingepflasterte Straße hinaus.

Lisa starrte auf die stille, menschenleere Straße. »Sie sind alle tot.«

»Das können wir jetzt noch nicht sagen.«

»Doch«, widersprach Lisa düster. »Die ganze Stadt. Alle sind tot. Ich spüre es.«

»Die Santinis sind nicht tot – wir konnten sie nur nicht finden«, erinnerte Jenny sie. Während sie sich mit Lisa im Büro des Sheriffs aufgehalten hatte, war der Mond aufgegangen. Das silbrige Licht umriß die Schatten in den dunklen Ecken, die weder die Straßenlampen noch die Nachtbeleuchtung der Geschäfte erhellten. Der Mondschein enthüllte jedoch nichts. Er lag wie ein Schleier über der Stadt und ließ sie noch geheimnisvoller erscheinen als in der Dunkelheit.

»Ein Friedhof«, sagte Lisa. »Die ganze Stadt ist ein Friedhof. Können wir uns nicht einfach ins Auto setzen und Hilfe holen?«

»Du weißt, daß das nicht geht. Wenn hier eine Krankheit ...«

»Das ist keine Krankheit.«

»Absolut sicher ist das nicht.«

»Doch. Ich weiß es. Außerdem hast du selbst gesagt, das sei unwahrscheinlich.«

»Solange auch nur der leiseste Verdacht besteht, müssen wir hier in Quarantäne bleiben.«

Jetzt erst schien Lisa die Pistole zu bemerken. »Ist das die Waffe des Sheriffs?«

»Ja.«

»Ist sie geladen?«

»Er hat drei Schüsse abgefeuert, aber sieben Kugeln sind noch im Magazin.«

»Auf wen oder was hat er geschossen?«

»Ich wünschte, das wüßte ich.«

»Willst du sie behalten?« fragte Lisa mit zitternder Stimme.

Jenny starrte auf die Pistole in ihrer rechten Hand und nickte. »Das ist wohl besser.«

»Stimmt. Aber andererseits ... *ihm* hat sie auch nichts genützt, oder?«

6
Neuigkeiten und Ahnungen

Sie gingen die Skyline Road entlang und tauchten dabei immer wieder von den geblichen Lichtkegeln der Straßenlampen und dem phosphoreszierenden Mondschein in die Dunkelheit ein. Zu ihrer linken Seite zierten in regelmäßigen Abständen heranwachsende Bäume in Töpfen den Gehsteig. Rechts befand sich ein Andenkenladen, ein kleines Café und das Sportartikelgeschäft der Santinis. Vor jedem Laden blieben sie stehen und spähten durch die Fenster, konnten aber kein Lebenszeichen entdecken.

Bei jedem Privathaus, an dem sie vorbeikamen, stieg Jenny die Treppe hinauf und klingelte, doch selbst bei den Häusern, in denen Licht durch die Fenster schimmerte, öffnete niemand die Tür. Sie überlegte, ob sie an den Türknöpfen drehen und die Häuser betreten sollte, die unverschlossen waren, entschied sich aber dagegen, weil sie, wie Lisa, befürchtete, die Bewohner – falls sie überhaupt im Haus waren – könnten sich in dem gleichen entsetzlichen Zustand befinden wie Hilda Beck und Paul Henderson. Von Leichen konnte sie nichts mehr erfahren – sie brauchte Überlebende, Zeugen.

»Gibt es hier in der Gegend ein Kraftwerk?« fragte Lisa.

»Nein. Warum?«

»Eine große Militärbasis?«

»Nein.«

»Nun, ich dachte an ... Strahlung.«

»So schnell wirkt Strahlung nicht tödlich.«

»Auch nicht, wenn sie enorm stark ist?«

»Dann würden die Opfer nicht so aussehen. Sie hätten Verbrennungen, Blasen und Wunden.«

Sie kamen zu dem Friseursalon ›Lovely Lady‹, wo Jenny sich immer die Haare schneiden ließ. Der Laden war leer wie an jedem gewöhnlichen Sonntag. Jenny fragte sich, was wohl aus Madge und Dani, den beiden Kosmetikerinnen und Besitzerinnen des Geschäfts geworden war. Sie hoffte verzweifelt, die beiden hätten sich tagsüber nicht in der Stadt aufgehalten, sondern ihre Freunde in Mount Larson besucht.

»Gift?« fragte Lisa, als sie weitergingen.

»Wie könnten denn die Bewohner einer ganzen Stadt gleichzeitig vergiftet werden?«

»Vielleicht durch verdorbenes Essen.«

»Das wäre nur möglich, wenn die ganze Stadt sich zu einem Picknick versammelt hätte, und alle schlechten Kartoffelsalat oder verdorbenes Fleisch gegessen hätten. Das kann aber nicht sein, denn es gibt nur ein Festessen im Jahr, und das findet am Nationalfeiertag, also am 4. Juli statt.«

»Gift in der Wasserversorgung?«

»Dann müßten alle zur gleichen Zeit Wasser getrunken haben, denn sonst hätten die anderen noch gewarnt werden können.«

»Das ist allerdings kaum möglich.«

»Außerdem sieht das hier nicht nach der Reaktion auf ein Gift aus, das mir bekannt ist.«

Die Bäckerei der Liebermanns befand sich in einem sauberen weißen Gebäude mit einer blauweiß gestreiften Markise. Während der Ski-Saison standen die Touristen jeden Tag der Woche Schlange, um sich die großen Zimtkringel aus Blätterteig, die Mandelplätzchen mit dem klebrigen Überzug aus Mandarinenmarmelade und Schokolade oder eine der anderen Köstlichkeiten zu kaufen, die Jakob und Aida Liebermann mit großem Stolz und Geschick herstellten. Die Liebermanns liebten ihre Arbeit so sehr, daß sie sich dazu entschlossen hatten, die Wohnung über der Bäckerei zu beziehen, und ihre Backwaren auch außerhalb der Saison von April bis Oktober anboten. Obwohl das Geschäft dann lange nicht so gut ging, hielten sie den Laden von Montag bis Samstag geöffnet. Aus den umliegenden Städten in den Bergen wie Mount Larson, Shady Roost und Pineville reisten oft Leute an, um sich einige Tüten oder Kartons mit den begehrten Süßwaren der Liebermanns zu besorgen. Heute brannte jedoch kein Licht in der Wohnung.

Jenny lehnte sich an das große Schaufenster, und Lisa

drückte ihre Stirn dagegen. Von dem hinteren Raum, wo die Backöfen standen, fiel helles Licht durch eine geöffnete Tür in den Laden und das Café mit den kleinen Tischen und Stühlen. Die weiß emallierten, vorne verglasten Schaukästen waren leer.

Jenny betet im stillen dafür, daß Jakob und Aida von dem Schicksal verschont geblieben waren, das anscheinend den Rest von Snowfield getroffen hatte. Die beiden gehörten zu den sanftesten und freundlichsten Menschen, die sie je kennengelernt hatte. Leute wie die Liebermanns machten Snowfield zu einem Ort, wo man sich wohlfühlen konnte, einem sicheren Hafen in einer Welt, in der es immer rauher zuging und in der Gewalt und Unfreundlichkeit an der Tagesordnung waren.

Lisa wandte sich von dem Schaufenster ab und sagte: »Wie steht es mit Giftmüll? Einer Chemikalie oder einer Giftgaswolke?«

»Nein, hier in den Bergen gibt es weder Deponien für Sondermüll noch chemische Fabriken«, erklärte Jenny.

»Manchmal passiert so etwas, wenn ein Zug entgleist und dabei ein Tank mit Chemikalien aufplatzt.«

»Die nächsten Eisenbahnschienen sind zwanzig Meilen von hier entfernt.«

Lisa runzelte nachdenklich die Stirn und ging weiter.

»Warte. Ich möchte mich in dem Laden umsehen«, sagte Jenny und ging zur Eingangstür.

»Warum? Es ist doch niemand da.«

»Das wissen wir noch nicht sicher.« Jenny versuchte vergeblich, die Tür zu öffnen. »In der Backstube und in der Küche brennt Licht. Vielleicht sind sie dort hinten, bereiten gerade alles für morgen vor und habe nicht bemerkt, was in der Stadt geschehen ist. Diese Tür ist abgeschlossen. Versuchen wir es auf der Rückseite des Hauses.«

Hinter einer massiven Holztür führte ein schmaler, überdachter Gang von der Bäckerei der Liebermanns zu dem Friseursalon ›Lovely Lady‹. Jenny schob den Riegel zurück und öffnete die quietschende Tür, deren Angeln offensichtlich schon lange nicht mehr geölt worden waren. Der Tunnel vor ihnen war beängstigend dunkel – nur am Ende, wo er in die kleine Straße mündete, schimmerten die grauen Umrisse eines Torbogens.

»Das gefällt mir gar nicht«, meinte Lisa.

»Alles in Ordnung, Liebes. Bleib dicht hinter mir. Solltest du die Orientierung verlieren, dann taste dich einfach mit einer Hand an der Wand voran.«

Jenny wollte ihrer Schwester nicht noch mehr Angst einjagen, deshalb sagte sie nichts davon, daß der unbeleuchtete Gang sie auch nervös machte. Mit jedem Schritt schien er enger und bedrückender zu werden.

Als sie ein Viertel des Wegs durch den Tunnel hinter sich gebracht hatten, überfiel Jenny plötzlich das unheimliche Gefühl, daß sie und Lisa nicht allein waren. Einen Augenblick später bemerkte sie, daß sich etwa zwei bis drei Meter über ihnen an der dunkelsten Stelle unter dem Dach etwas bewegte. Sie hätte nicht erklären können, *wie* sie das bemerkte. Nur das Echo ihrer eigenen und Lisa Schritte war zu hören, auch konnte sie kaum etwas erkennen. Doch mit einemmal fühlte sie, daß da etwas war, was ihnen feindlich gesonnen war, und als sie an die kohlschwarze Decke des Durchgangs starrte, war sie davon überzeugt, daß die Finsternis … sich veränderte.

Sie verschob und bewegte sich. Veränderte sich dort oben zwischen den Dachbalken.

Jenny redete sich ein, daß sie sich das nur einbildete, aber als sie den Tunnel zur Hälfte hinter sich gebracht hatten, schrien ihr all ihre Instinkte zu, loszulaufen und so schnell wie möglich von hier zu verschwinden. Ärzte durften nicht in Panik geraten – während ihrer Ausbildung wurde Gelassenheit geübt. Trotzdem ging sie etwas schneller, nur ein wenig, ohne Panik; nach einigen Schritten beschleunigte sie ihr Tempo weiter, bis sie schließlich gegen ihren Willen losrannte und auf den Fußweg hinauslief. Dort war es ebenfalls düster, aber nicht so dunkel wie in dem Tunnel. Lisa kam stolpernd hinter ihr hergerannt und wäre beinahe auf dem nassen Asphalt ausgerutscht. Jenny packte sie und konnte sie gerade noch festhalten.

Sie wichen zurück und behielten dabei den Ausgang der dunklen überdachten Passage im Auge. Jenny hob die Pistole, die sie vom Büro des Sheriffs mitgenommen hatte.

»Hast du das auch gespürt?« fragte Lisa atemlos.

»Da war etwas unter dem Dach. Wahrscheinlich nur ein paar Vögel oder schlimmstenfalls einige Fledermäuse.«

Lisa schüttelte den Kopf. »N-nein, nein. Nicht unter dem Dach. Irgend etwas kauerte an der Wand.«

Beide starrten immer noch auf den Ausgang des Tunnels.

»Ich habe etwas zwischen den Dachbalken gesehen«, stieß Jenny atemlos hervor.

»Nein«, Lisa schüttelte entschlossen den Kopf.

»Was hast du denn gesehen?«

»Es war auf der linken Seite der Wand. Etwa in der Mitte des Tunnels. Ich wäre beinahe dagegen gelaufen.«

»Was war es denn?«

»Ich ... ich weiß nicht genau. Richtig gesehen habe ich es nicht.«

»Hast du etwas gehört?«

»Nein«, erwiderte Lisa, ohne den Blick vom Ausgang des Tunnels abzuwenden.

»Oder gerochen?«

»Nein, aber ... die Dunkelheit war ... nun, sie war an einer bestimmten Stelle irgendwie anders. Ich spürte, daß sich etwas bewegte ... verschob ...«

»Das habe ich auch zu sehen geglaubt – aber zwischen den Dachbalken.«

Sie warteten eine Weile. Als am Ausgang des Tunnels nichts erschien, beruhigte sich Jennys rasender Plus etwas, und sie ließ die Pistole sinken.

Beide atmeten wieder ruhiger in der undurchdringlichen Stille der Nacht. Jenny kamen Zweifel. Sie vermutete, daß sie und Lisa sich in einen hysterischen Anfall hineingesteigert hatten. Diese Erklärung gefiel ihr ganz und gar nicht, weil sie nicht zu dem Bild paßte, das sie von sich selbst hatte, aber sie war zumindest ehrlich genug, sich einzugestehen, daß sie dieses eine Mal eben in Panik geraten war.

»Wir sind einfach nur nervös«, erklärte sie Lisa. »Hätte sich dort drin ein gefährliches Wesen befunden, wäre es uns sicher gefolgt – meinst du nicht auch?«

»Vielleicht.«

»Weißt du, was es gewesen sein könnte?«

»Was?« fragte Lisa.

Der kühle Wind frischte wieder auf und fegte über die Straße.

»Ein paar Katzen. Sie halten sich gern in diesen überdachten Passagen auf.«

»Ich glaube nicht, daß das Katzen waren.«

»Warum nicht? Einige saßen oben im Gebälk und eine oder zwei kauerten am Boden an der Wand, dort, wo du etwas gesehen hast.«

»Das war größer als eine Katze. Viel größer«, erwiderte Lisa beunruhigt.

»Na gut, dann waren es eben keine Katzen. Wahrscheinlich war da gar nichts. Wir sind einfach überdreht und nervös.« Jenny seufzte. »Komm, wir sehen nach, ob die Hintertür offen ist. Deshalb sind wir schließlich hierhergekommen.«

Sie gingen zur Rückseite der Bäckerei und warfen dabei immer wieder rasche Blicke zum Ausgang des Tunnels zurück.

Die Hintertür war unverschlossen, und in dem Lagerraum dahinter war es hell und warm.

Jenny und Lisa gingen weiter in die riesige Küche, in der es verführerisch nach Zimt, Mehl, Walnüssen und Orangenaroma roch. Jenny atmete tief ein. Die appetitlichen Düfte waren so anheimelnd und natürlich und erinnerten sie so stark an normale Zeiten, daß ihre innere Spannung ein wenig nachließ.

Die Küche war mit mehreren Spülbecken, einer Kühlkammer, Backöfen, etlichen weiß emaillierten Schränken, einer Teigknetmaschine und einer Reihe von anderen Küchenutensilien ausgestattet. In der Mitte des Raums stand ein langer, breiter Tisch, der als Arbeitsfläche diente. Ein Ende war mit

Edelstahl bezogen, das andere mit einem Hackbrett versehen. Auf der Edelstahlfläche vor Jenny und Lisa stapelten sich Töpfe, Kuchenformen, Backbleche, Pfannen und Kasserollen – alle sorgfältig abgespült. Die ganze Küche blitzte vor Sauberkeit.

»Hier ist niemand«, meinte Lisa.

»Scheint so.« Erleichtert ging Jenny weiter. Wenn die Familie Santini entkommen war, und Jakob und Aida verschont geblieben waren, dann war doch nicht die ganze Stadt betroffen. Vielleicht –

O Gott!

Mitten auf dem Hackbrett lag ein großer Teigfladen. Auf dem Teig befand sich ein Nudelholz. Zwei Hände umklammerten die Griffe. Zwei abgetrennte menschliche Hände.

Lisa trat rasch zurück und stieß so heftig gegen einen Metallschrank, daß der Inhalt laut klapperte. »Was, zum Teufel, geht hier vor? Verdammt, was ist nur los?«

Morbide Faszination und das unbezwingbare Verlangen, zu verstehen, was hier vor sich ging, trieben Jenny näher an den Tisch heran. Sie starrte auf die körperlosen Hände und betrachtete sie mit einer Mischung aus Ekel und Ungläubigkeit – und einem Gefühl der Angst, das sie messerscharf durchdrang. Die Hände waren weder geschwollen noch mit Blutergüssen bedeckt. Sie waren beinahe fleischfarben und nur leicht grau verfärbt. Blut – das erste Blut, das sie bisher bei einem der Opfer sah – tropfte naß und glänzende aus den abgehackten Händen und hinterließ eine schmale Spur in dem feinen Mehlstaub. Die Hände waren kräftig – zumindest waren sie es einmal gewesen. Rauhe Fingerkuppen, starke Knöchel. Der dunkle Haarbewuchs auf den Handrücken ließ keinen Zweifel daran, daß es sich um Männerhände handelte. Jakob Liebermanns Hände.

»Jenny!«

Jenny zuckte zusammen und hob den Blick.

Lisa deutete mit erhobenem Arm auf die andere Seite der Küche.

Am anderen Ende des Raums, hinter dem Arbeitstisch, befanden sich drei in die Mauer eingelassene Backöfen. Einer davon war riesig und hatte eine doppelte Edelstahltür. Die anderen beiden waren eher etwas kleiner und mit einem Glasfenster in der Tür ausgestattet. Sie waren größer als die üblichen Modelle, die in den meisten Haushalten verwendet wurden, und im Augenblick nicht eingeschaltet. Das war auch gut so, denn sonst wäre der Gestank in der Küche wohl unerträglich gewesen.

In jedem der kleineren Backöfen lag ein abgetrennter Kopf.

Tote Gesichter drückten gespenstisch ihre Nasen an die Scheiben und starrten in die Küche.

Jakob Liebermann. Das weiße Haar mit Blut bespritzt. Ein Auge halb geschlossen, das andere weit aufgerissen. Die Lippen schmerzvoll zusammengepreßt.

Aida Liebermann. Beide Augen weit geöffnet. Der Mund so weit aufgesperrt, als sei die Kinnlade ausgerenkt.

Einen Augenblick lang wollte Jenny nicht glauben, daß die Köpfe echt waren. Das war zu schockierend, kaum zu begreifen. Sie dachte an die teuren, lebensechten Halloween-Masken, die durch Zellophanverpackungen starrten, an die gräßlichen Wachsköpfe mit künstlichem Haar und Glasaugen in den Scherzartikelläden, über die sich viele Jungen köstlich amüsierten (natürlich – um so etwas mußte es sich handeln!) – und dann fiel ihr mit einemmal eine Zeile aus einem Werbespot für eine Backmischung ein: *Ofenfrisch auf Ihren Tisch!*

Ihr Herz klopfte heftig und ihr war schwindlig, als hätte sie Fieber.

Auf dem Hackbrett hielten die abgetrennten Hände immer noch das Nudelholz fest. Jenny erwartete beinahe, sie würden plötzlich wie zwei Krabben über den Tisch laufen.

Wo waren die enthaupteten Leichen der Liebermanns? In dem großen Backofen hinter den fensterlosen Stahltüren? Oder tiefgefroren und steif in der Kühlkammer?

Sie würgte und schluckte die bittere Flüssigkeit in ihrer Kehle hinunter. Die Pistole schien gegen diesen unglaublich brutalen, unbekannten Feind keinen Schutz bieten zu können.

Wieder hatte Jenny das Gefühl, beobachtet zu werden. Ihr Herzschlag dröhnte in ihren Ohren wie ein Trommelwirbel.

Sie drehte sich zu Lisa um. »Komm, raus hier!«

Das Mädchen lief auf den Lagerraum zu.

»Nein, nicht da entlang!« befahl Jenny scharf.

Lisa zwinkerte verwirrt.

»Nicht noch einmal durch den dunklen Tunnel.«

»Natürlich nicht«, stimmte Lisa ihr zu.

Sie hasteten durch die Küche in den Laden, vorbei an den leeren Schaukästen, den Tischen und Stühlen im Café. Jenny hatte Schwierigkeiten, den Riegel an der Vordertür zu bewegen. Sie dachte schon, sie würden doch durch die Hintertür gehen müssen, als sie bemerkte, daß sie die Entriegelung in die falsche Richtung geschoben hatte. Beim nächsten Versuch löste sich der Bolzen, Jenny stieß die Tür auf und rannte mit Lisa in die kühle Nachtluft hinaus.

Lisa lief über den Gehsteig zu einer großen Pinie und lehnte sich dagegen. Jenny folgte ihr, nachdem sie noch einmal einen ängstlichen Blick zur Bäckerei geworfen hatte. Es hätte sie nicht überrascht, wenn zwei enthauptete Leichen bedrohlich auf sie zugewankt wären. Aber hinter ihr bewegte sich nur die blauweiß gestreifte Markise im Wind.

Die Nacht war immer noch still. Der Mond stand jetzt höher am Himmel als zu dem Zeitpunkt, bevor Jenny und Lisa die überdachte Passage betreten hatten.

»Strahlung, Krankheit, Gift, Gas – meine Güte, wir waren wirklich auf der falschen Spur«, sagte Lisa nach einer Weile. »Das kann nur ein Irrer getan haben, oder? Ein Psychopath.«

Jenny schüttelte den Kopf. »Nein, ein einzelner Mensch kann das nicht angerichtet haben. Um eine Stadt mit fünfhundert Einwohnern auszulöschen, wäre eine ganze Armee psychopathischer Mörder nötig.«

»Dann muß es wohl so etwas gewesen sein«, meinte Lisa mit zitternder Stimme.

Jenny sah sich nervös auf der menschenleeren Straße um. Wahrscheinlich war es unklug, daß sie hier stehenblieben, wo man sie gut sehen konnte, aber sie wußte keinen Ort, an dem sie sicherer wären.

»Psychopathen schließen sich nicht in einem Club zusammen und planen Morde wie eine Tanzveranstaltung zu Wohltätigkeitszwecken. Meistens handelt es sich um Einzelgänger.«

Lisa ließ ihren Blick über die Schatten am Straßenrand wandern, als erwartete sie, daß sie Gestalt annahmen und über sie herfielen. »Und was ist mit dieser Kommune von Charles Manson, die damals in den 60er Jahren diese Filmschauspielerin umgebracht haben? Wie hieß sie noch gleich?«

»Sharon Tate.«

»Genau. Könnte es sich hier nicht auch um eine solche Gruppe von Verrückten handeln?«

»Der harte Kern der Manson-Familie bestand aus höchstens sechs Leuten, und schon das war eine ungewöhnliche Abweichung vom üblichen Muster. Ein halbes Dutzend hätte das hier in Snowfield nie geschafft. Dazu wären mindestens fünfzig, hundert oder sogar noch mehr Menschen nötig gewesen, und so viele Psychopathen würden niemals gemeinsam vorgehen.«

Sie schwiegen eine Weile. »Da gibt es noch etwas, das mich stutzig macht«, sagte Jenny schließlich. »Warum war in der Küche nicht mehr Blut?«

»Eine kleine Spur war schon zu sehen.«

»Ja, aber sie bestand eigentlich nur aus ein paar Spritzern auf der Arbeitsplatte. Eigentlich hätte alles in Blut schwimmen müssen.«

Lisa rieb sich die Arme, um sich aufzuwärmen. In dem gelblichen Schein der Straßenlaterne wirkte ihr Gesicht wächsern. Sie sah viel älter aus als vierzehn. Durch die entsetzlichen Erlebnisse schien sie reifer geworden zu sein. »Außerdem gab es keine Anzeichen eines Kampfes«, sagte sie.

Jenny runzelte die Stirn. »Das stimmt.«

»Das ist mir sofort aufgefallen«, fuhr Lisa fort. »Seltsam – anscheinend haben sie sich nicht gewehrt. Keine Gegenstände sind durch die Luft geflogen, nichts wurde zerbrochen. Das

Nudelholz hätte eine gute Waffe abgegeben, aber er hat es nicht benutzt. Kein Möbelstück wurde umgeworfen.«

»Ja, es sieht so aus, als hätten sie sich nicht zur Wehr gesetzt. Als hätten sie ... sich freiwillig den Kopf abhacken lassen.«

»Aber warum hätten sie das tun sollen?«

Warum? Jenny starrte die Skyline Road entlang zu ihrem Haus hinüber, das nur drei Häuserblocks entfernt war. Dann warf sie einen Blick auf die Taverne ›Ye Olde Towne‹, das Kaufhaus ›Big Nickle‹, die Eisdiele der Pattersons und Marios Pizzeria.

Es gibt verschiedene Arten von Stille, und keine gleicht der anderen. Auf Friedhöfen, in den klimatisierten Leichenschauhäusern einer Stadt und in manchen Krankenzimmern einer Klinik herrscht die Stille des Todes – eine undurchdringliche Stille der Leere. Als Ärztin, die schon oft unheilbar kranke Patienten betreut hatte, war Jenny mit dieser besonderen, unerbittlichen Stille vertraut.

Und dies hier war die Stille des Todes.

Sie hatte es sich nicht eingestehen wollen. Deshalb hatte sie auch nicht laut auf die ausgestorbenen Straßen hinausgeschrien. Sie hatte befürchtet, niemand würde ihr antworten.

Nun aber blieb sie ruhig, weil sie Angst hatte, jemand *würde* ihr antworten. Jemand oder etwas Gefährliches.

Es blieb ihr keine andere Wahl mehr, als die Tatsachen zu akzeptieren. Snowfield war zweifellos keine Stadt mehr, sondern ein Friedhof mit einer kunstvoll gearbeiteten, mit Balkonen geschmückten Anzahl von Grabmälern aus Stein, Ziegeln und Holzbalken, der wie ein Dorf in den Bergen aussah.

Der Wind wurde wieder stärker und pfiff durch die Giebel. Er hörte sich an wie der Klang der Ewigkeit.

7
Der County-Sheriff

Die Beamten der County-Verwaltung in Santa Mira wußten noch nichts von der Krise in Snowfield – sie hatten ihre eigenen Probleme.

Lieutenant Talbert Whitman betrat das Vernehmungszimmer, als Sheriff Bryce Hammond gerade das Tonbandgerät einschaltete und den Verdächtigen über seine Rechte belehrte. Tal schloß die Tür lautlos. Um das Verhör nicht zu stören, setzte er sich nicht zu den drei Männern an den großen Tisch, sondern ging durch den langen, schmalen Raum zu dem einzigen Fenster hinüber.

Das Department des Sheriffs von Santa Mira County befand sich in einem Gebäude, das in den späten 30er Jahren im spanischen Stil erbaut worden war. Die massiven Türen waren schalldicht und die Wände so dick, daß alle Fensterbänke – wie auch die, auf der Tal Whitman sich nun niederließ – mit einer Tiefe von zirka 45 cm angebracht werden konnten.

Das Fenster bot einen guten Ausblick auf Santa Mira, die Hauptstadt des Landkreises mit 18000 Einwohnern. Wenn morgens die Sonne hinter den Sierras aufleuchtete und die Schatten in den Bergen vertrieb, ließ Tal manchmal beinahe ungläubig und begeistert seinen Blick über die sanften, bewaldeten Hügel gleiten, an die sich Santa Mira schmiegte. Die Stadt war außergewöhnlich hübsch und sauber. Beim Bau der Fundamente aus Beton und Stahl hatte man Rücksicht auf die Schönheit der Umgebung genommen. Jetzt, bei Nacht, glitzerten einige tausend Lichter auf den flachen Hügeln zwischen den Bergen und erweckten den Anschein, als seien dort etliche Sterne vom Himmel gefallen.

Tal Whitman, schwarz wie ein Schatten im Winter, war in Harlem in Armut und Unwissenheit aufgewachsen. Jetzt war er dreißig und völlig unerwartet in Santa Mira gelandet – und er fand es herrlich hier.

Das Bild, das sich ihm in dem Raum bot, war allerdings weniger bemerkenswert. Hier sah es aus wie in zahllosen anderen Polizeirevieren überall im Land. Ein billiger Linoleum-Fußboden, abgestoßene Aktenschränke und ein runder Konferenztisch mit fünf Stühlen. Grün gestrichene Wände und nackte Glühbirnen.

Am Tisch in der Mitte des Raums saß der Verdächtige; Fletcher Kale, ein gutaussehender, sechsundzwanzigjähriger Immobilienmakler, der sich gerade in eine beeindruckend dargestellte Empörung hineinsteigerte.

»Jetzt hören Sie mal, Sheriff«, sagte Kale. »Können wir nicht mit diesem Mist aufhören? Verdammt, Sie müssen mich wirklich nicht schon wieder über meine Rechte belehren! Das haben wir doch in den letzten drei Tagen schon ein dutzendmal hinter uns gebracht, oder?«

Bob Robine, Kales Anwalt, legte rasch seine Hand auf den Arm seines Klienten, um ihn zum Schweigen zu bringen. Robine war dicklich, hatte ein rundes Gesicht und ein freundliches Lächeln, aber seine Augen waren so kalt wie die eines Spielkasinobesitzers.

»Sheriff Hammond weiß, daß er Sie aufgrund seines Verdachts jetzt so lange festgehalten hat, wie das Gesetz es erlaubt, Fletch«, sagte Robine. »Er weiß genau, daß ich das auch weiß. Also wird er diesen Fall innerhalb der nächsten Stunde zu Ende bringen.«

Kale blinzelte, nickte und änderte seine Taktik. Er sank scheinbar bekümmert in seinem Stuhl zusammen und sagte mit leicht zitternder Stimme: »Tut mir leid, Sheriff. Ich habe wohl für einen Moment den Kopf verloren. Ich hätte Sie nicht so anfahren dürfen. Es ist eben so schwer für mich ... so unsagbar schwer.« Sein Gesicht wirkte mit einemmal eingefallen, und das Zittern in seiner Stimme wurde ausgeprägter. »Mein Gott, ich habe schließlich meine Familie verloren. Meine Frau ... mein Sohn ... beide tot.«

»Wenn Sie sich ungerecht behandelt fühlen, so tut mir das leid, Mr. Kale«, erwiderte Bryce Hammond. »Ich versuche nur, mein Bestes zu tun. Manchmal habe ich recht, aber vielleicht täusche ich mich dieses Mal.«

Fletcher Kale kam offensichtlich zu der Überzeugung, daß

seine Lage doch nicht ganz aussichtslos war, und er es sich jetzt leisten konnte, Großmütigkeit zu zeigen. Er richtete sich auf, wischte seine Tränen von den Wangen und sagte: »Na ja, ich … ich glaube, ich verstehe Ihre Situation, Sheriff.«

Kale unterschätzte Bryce Hammond.

Bob Robine kannte den Sheriff besser als sein Klient. Er runzelte die Stirn, warf Tal einen Blick zu und starrte dann unentwegt Bryce an.

Tal Whitman hatte gelernt, daß die meisten Menschen, die mit dem Sheriff zu tun hatten, ihn gründlich unterschätzten – so auch Fletcher Kale. Das war verständlich. Bryce war keine beeindruckende Erscheinung. Er war neununddreißig, sah aber viel jünger aus. Sein dichtes sandfarbenes Haar fiel ihm leicht zerzaust in die Stirn und ließ ihn jungenhaft wirken. Seine Stupsnase und seine Wangen waren mit Sommersprossen übersät. Die scharfen, klaren blauen Augen wurden halb von den schweren Lidern bedeckt und vermittelten den Eindruck, er sei schwerfällig, gelangweilt oder schläfrig. Auch seine sanfte, melodische Stimme und seine langsame, bedächtige Sprechweise ließen manche Leute glauben, es mache ihm Mühe, seine Gedanken in Wort zu fassen, doch das war ein Trugschluß. Bryce Hammond war sich durchaus bewußt, wie er auf andere wirkte, und wenn es zu seinem Vorteil war, bestärkte er diesen Eindruck, indem er gewinnend, aber beinahe einfältig lächelte und noch langsamer sprach, bis er das klassische Bild eines Landpolizisten abgab.

Tal hätte diese Vorstellung noch mehr genießen können, wäre ihm nicht bewußt gewesen, daß der Fall Kale Bryce Hammond tief und persönlich berührte. Bryce war zutiefst erschüttert über den sinnlosen Tod von Joanna und Danny Kale, denn auf seltsame Weise spiegelte dieser Fall die tragischen Ereignisse seines eigenen Lebens wider. Wie Fletcher Kale, hatte auch er seine Frau und seinen Sohn verloren – allerdings unter ganz anderen Umständen.

Vor einem Jahr war Ellen Hammond bei einem Autounfall ums Leben gekommen. Ihr siebenjähriger Sohn Timmy hatte auf dem Beifahrersitz neben ihr gesessen und so schwere

Schädelverletzungen erlitten, daß er seitdem im Koma lag. Die Ärzte gaben ihm keine große Chance, jemals wieder daraus zu erwachen.

Bryce wäre an dieser Tragödie beinahe zerbrochen. Erst in letzter Zeit hatte Tal Whitman gespürt, daß sein Freund seine Verzweiflung langsam überwand.

Der Fall Kale hatte seine Wunden wieder aufgerissen, aber Bryce Hammond ließ es nicht zu, daß sein Schmerz sein Urteilsvermögen überschattete. Tal Whitman hatte am vergangenen Donnerstag an dem kalten, unversöhnlichen Ausdruck in den Augen des Sheriffs erkannt, daß er Kale eines vorsätzlichen Doppelmords verdächtigte.

Nun kritzelte der Sheriff scheinbar geistesabwesend etwas auf seinen gelben Notizblock. »Mr. Kale, ich möchte Ihnen nicht noch einmal eine Menge Fragen stellen, die Sie uns bereits beantwortet haben. Ich würde gern zusammenfassen, was Sie uns bisher erzählt haben. Wenn Sie mit meinem Bericht einverstanden sind, können wir die Dinge besprechen, die noch nicht erörtert wurden.«

»Klar. Bringen wir es hinter uns, damit ich endlich hier rauskomme«, erwiderte Kale.

»Also gut. Nach Ihrer Aussage fühlte sich Ihre Frau Joanna in der Ehe eingeengt und noch zu jung, um die Verantwortung für das Kind zu übernehmen«, begann Bryce. »Sie hatte das Gefühl, einen großen Fehler begangen zu haben und dafür ihr restliches Leben büßen zu müssen. Also suchte sie einen Ausweg und griff zu Rauschmitteln. Habe ich Ihrer Meinung nach den Zustand Ihrer Frau richtig beschrieben?«

»Ja«, bestätigte Kale. »So war es.«

»Gut«, sagte Bryce. »Sie begann also, Haschisch zu rauchen. Nach kurzer Zeit war sie tagein, tagaus high. Zweieinhalb Jahre lebten Sie mit einer Süchtigen, hofften aber ständig, die Situation verändern zu können. Vor einer Woche drehte sie dann durch, zerbrach Geschirr und warf das Essen an die Wand, und Sie konnten sie nur mit Mühe beruhigen. Da entdeckten Sie, daß sie seit kurzem PCP nahm – auch bekannt als ›Angel Dust‹. Sie waren schockiert, weil Sie wußten, daß manche Leute davon verrückt und gewalttätig werden. Also haben Sie sie gezwungen, Ihnen zu zeigen, wo sie ihren Vorrat versteckte. Sie haben das Zeug vernichtet und ihr dann gesagt, daß Sie sie ordentlich verprügeln würden, wenn sie noch einmal in Gegenwart des kleinen Danny Drogen nehmen würde.«

Kale räusperte sich. »Sie hat mich nur ausgelacht. Ich sei kein Mann, der Frauen schlagen könnte. Die Macho-Tour passe nicht zu mir. ›Hey, Fletch‹, sagte sie, ›wenn ich dir einen Tritt in die Eier verpassen würde, wärst du mir noch dankbar dafür.‹«

»Und dann brachen Sie zusammen und weinten?« fragte Bryce.

»Ja … ich begriff, daß ich keinen Einfluß auf sie hatte.«

Tal Whitman betrachtete von der Fensterbank aus, wie Kale schmerzlich sein Gesicht verzog – oder zumindest so tat. Der Kerl war wirklich gut.

»Und als sie Sie weinen sah, kam sie zur Vernunft«, fuhr Bryce fort.

»Genau. Ich nehme an … nun, es hat sie wohl mitgenommen, einen so starken Kerl wie ein Baby heulen zu sehen. Unter Tränen versprach sie mir, nie wieder PCP zu nehmen. Wir sprachen über die Vergangenheit, darüber, was wir uns von unserer Ehe erwartet hatten, sagten uns viele Dinge, die wir schon längst hätten aussprechen sollen, und fühlten uns stärker miteinander verbunden als in den letzten Jahren. Zumindest empfand ich so, aber ich denke, ihr ging es ebenso. Sie schwor sogar, ihren Haschischkonsum einzuschränken.«

Bryce kritzelte noch immer auf seinem Block herum. »Am letzten Donnerstag kamen Sie früher als erwartet von der Arbeit nach Hause und fanden Ihren kleinen Sohn Danny tot im Schlafzimmer. Sie hörten ein Geräusch hinter sich. Joanna stand da und hielt das Fleischmesser in der Hand, mit dem sie Danny umgebracht hatte.«

»Sie war high«, sagte Kale. »PCP. Das sah ich sofort. Sie hatte einen wilden Ausdruck in den Augen – wie ein Tier.«

»Sie schrie Sie an und stammelte wirres Zeug von bösen Schlangen, die in den Köpfen der Menschen lebten und sie kontrollierten. Als Sie ihr auswichen, folgte sie Ihnen. Sie haben nicht versucht, Ihrer Frau das Messer abzunehmen.«

»Ich hatte Angst, sie würde mich umbringen, also versuchte ich, sie mit Worten zu beruhigen.«

»Sie gingen also weiter zurück bis zu dem Nachttisch, in dem Sie eine 38er Automatik aufbewahrten.«

»Ich habe ihr gesagt, sie soll das Messer fallenlassen. Ich habe sie gewarnt.«

»Sie ging aber mit erhobenem Messer auf Sie zu. Dann schossen Sie auf sie. Einmal. In die Brust.«

Kale verbarg sein Gesicht in den Händen und beugte sich vor.

Der Sheriff legte seinen Stift zur Seite und verschränkte die Arme vor der Brust. »Ich hoffe, Sie haben noch ein wenig Geduld mit mir, Mr. Kale. Ich habe nur noch einige Fragen. Dann können wir alle von hier verschwinden und weiter unser Leben führen.«

Kale nahm die Hände vom Gesicht. Tal Whitman war sicher, daß Kale sich jetzt erhoffte, endlich auf freien Fuß gesetzt zu werden.

»Natürlich, Sheriff. Machen Sie weiter.«

Bob Robine sagte kein Wort.

Bryce Hammond ließ sich scheinbar entspannt zurücksinken. »Da Sie unter Verdacht stehen, müssen wir noch einige Dinge klären, damit wir diese schreckliche Sache endlich abschließen können, Mr. Kale. Es handelt sich hauptsächlich um Kleinigkeiten, für die weder Sie noch ich viel Zeit verschwenden wollen, das gebe ich zu. Leider muß ich Sie damit belästigen ... nun, ja, ich möchte im nächsten Jahr wiedergewählt werden. Wenn meine Gegner auch nur eine Spur wittern, daß ich eine winzige Kleinigkeit nicht beachtet habe, bauschen sie die ganze Sache zu einem Skandal auf. Sie werden behaupten, ich sei faul oder nachlässig.« Bryce grinste Kale tatsächlich an – Tal konnte es kaum fassen.

»Schon kapiert, Sheriff.«

Tal beugte sich gespannt vor.

»Zum einen habe ich mich gefragt, warum Sie Ihre Frau erschossen haben«, sagte Bryce. »Und warum Sie dann eine Menge Wäsche gewaschen haben, bevor Sie uns informierten.«

8
Barrikaden

Abgetrennte Hände. Abgehackte Köpfe.

Jenny wurde dieses schreckliche Bild einfach nicht los, während sie neben Lisa herlief.

Zwei Häuserblocks östlich der Skyline, in der Vail Lane, war die Stille der Nacht ebenso unheimlich wie überall in Snowfield. Hier wuchsen die Bäume höher als an der Hauptstraße und verdunkelten den Mond beinahe ganz. Die Straßenlaternen waren in größerer Entfernung aufgestellt, und zwischen den gelben Lichtkegeln lagen bedrohliche, in Dunkelheit getauchte Flächen.

Jenny betrat den gepflasterten Weg, der zwischen zwei Pfosten zu einem einstöckigen Haus im englischen Stil führte. Warmes Licht schimmerte durch die schönen ovalen, bleigefaßten Fenster.

Tom und Karen Oxley wohnten in dem Landhaus, das von außen so klein wirkte, aber sieben Zimmer und zwei Bäder hatte. Tom erledigte die Buchhaltung für die meisten der Gasthäuser und Motels in der Stadt, und Karen führte während der Hauptsaison ein nettes Café im französischen Stil. Beide waren Amateurfunker und besaßen einen Kurzwellensender. Deshalb war Jenny hierhergekommen.

»Wenn jemand das Funkgerät im Büro des Sheriffs zerstört hat, kann er das doch hier ebenso getan haben, oder?« fragte Lisa.

»Vielleicht wußte er davon nichts. Einen Versuch ist es auf jeden Fall wert.«

Jenny klingelte, und als sich niemand meldete, versuchte sie, die Tür zu öffnen. Sie war verschlossen.

Die beiden gingen um das Haus herum zur Hinterseite, wo gelbliches Licht durch die Fenster schimmerte. Jenny warf einen argwöhnischen Blick auf den Rasen hinter dem Haus, wo die großen Bäume den Mond verdunkelten. Ihre Schritte hallten dumpf auf dem Holzboden der Veranda. Jenny rüttelte an der Küchentür, doch sie war ebenfalls abgeschlossen.

Die Vorhänge waren nicht zugezogen. Jenny spähte durch das Fenster in die Küche: grüne Schränke, beigefarbene Tapeten, Eichentruhen und blitzende Küchengeräte. Kein Anzeichen von Gewaltanwendung.

Hinter einem weiteren Fenster auf dieser Seite lag das Arbeitszimmer. Jenny sah Licht, aber die Vorhänge waren zugezogen. Sie klopfte gegen die Scheibe, doch niemand antwortete. Als sie versuchte, das Fenster aufzudrücken, stellte sie fest, daß es von innen verriegelt war. Sie packte die Pistole am Griff und schlug die ovale Scheibe neben dem Fensterkreuz ein. Das Glas zerbrach mit lautem Klirren. Obwohl es sich um einen Notfall handelte, fühlte Jenny sich wie eine Einbrecherin. Sie griff durch die zerbrochene Scheibe, schob den Riegel zurück und kletterte über das Fensterbrett in das Haus. Dann zog sie die Vorhänge auf, damit Lisa ihr folgen konnte.

In dem kleinen Arbeitszimmer lagen zwei Leichen. Tom und Karen Oxley.

Karen lag auf der Seite auf dem Boden. Wie ein Embryo hatte sie ihre Beine hochgezogen, die Schultern nach vorne gebeugt und die Arme vor der Brust verschränkt. Ihr Körper war verfärbt und aufgedunsen. In ihren hervorquellenden Augen lag ein Ausdruck des Entsetzens, und ihr Mund stand weit offen, für alle Zeiten zu einem lautlosen Schrei verzogen.

»Die Gesichter sind am schlimmsten«, brachte Lisa mühsam hervor.

»Ich verstehe einfach nicht, warum sich die Gesichtsmuskeln nach dem Tod nicht entspannt haben. Es ist unbegreiflich, warum sie so steif bleiben.«

»Was haben sie nur gesehen?« überlegte Lisa.

Tom Oxely saß zusammengesunken vor seinem Funkgerät. Sein Kopf lag auf der Seite, und er war ebenso angeschwollen und mit Blutergüssen übersät wie Karen. Mit der rechten Hand umklammerte er das Mikrofon, als hätte er sich geweigert, es herzugeben, während er starb. Offensichtlich war es ihm nicht gelungen, um Hilfe zu rufen. Wäre es ihm geglückt, eine Nachricht zu senden, müßte die Polizei mittlerweile bereits eingetroffen sein.

Das Funkgerät war tot.

Jenny hatte das schon befürchtet, als sie die Leichen entdeckt hatte. Interessanter als der Zustand des Funkgeräts und der Leichen waren jedoch die Barrikaden. Die Tür des Arbeitszimmers war verschlossen. Karen und Tom hatten einen schweren Schrank davorgeschoben und ihn mit Sesseln und dem Fernsehgerät festgeklemmt.

»Sie wollten irgend etwas oder irgend jemanden daran hindern, hier hereinzukommen«, meinte Lisa.

»Es ist ihm offensichtlich trotzdem gelungen.«

»Aber wie?«

Sie sahen beide zu dem Fenster hinüber, durch das sie hereingeklettert waren.

»Es war von innen verschlossen«, sagte Jenny.

Als sie die Vorhänge von dem zweiten Fenster im Raum zurückzogen, stellten sie fest, daß auch hier der Riegel vorgeschoben war.

Jenny starrte in die Nacht hinaus, bis sie plötzlich das Gefühl hatte, daß sich jemand in der Dunkelheit versteckt hielt und sie beobachtete. Sie fühlte sich schutzlos an dem hell erleuchteten Fenster und zog rasch die Vorhänge zu.

»Ein verschlossener Raum«, sagte Lisa.

Jenny drehte sich langsam um und ließ ihren Blick durch das Zimmer wandern. Am Heizungsrohr befand sich eine kleine Öffnung, die jedoch mit einem Metallgitter abgedeckt war, und der Spalt zwischen der verbarrikadierten Tür und dem Boden betrug nur etwa ein bis zwei Zentimeter. Es war ausgeschlossen, daß sich jemand Zugang zu dem Raum verschafft hatte.

»Soweit ich das beurteilen kann, können sie nur durch Bakterien, Giftgas oder Strahlung getötet worden sein«, sagte Jenny.

»Aber nichts davon hat die Liebermanns getötet.«

Jenny nickte. »Außerdem würde niemand versuchen, sich mit einer Barrikade gegen Strahlung, Gas oder Bakterien zu schützen.«

Wie viele Einwohner von Snowfield hatten sich wohl eingeschlossen und geglaubt, sich damit zu schützen – und waren dann auf ebenso schnell und mysteriöse Weise gestorben wie diejenigen, denen keine Zeit mehr blieb davonzulaufen? Und was war das bloß, das in verschlossene Räume eindringen konnte, ohne Türen und Fenster zu öffnen? Was hatte diese Barrikade überwunden, ohne sie zu beschädigen?

In dem Haus der Oxleys herrschte eine unheimliche Stille.

»Was nun?« fragte Lisa schließlich.

»Ich denke, wir müssen jetzt eine Ansteckung riskieren. Wir werden aus der Stadt zur nächsten Telefonzelle fahren, den Sheriff in Santa Mira anrufen und ihm die Lage schildern. Dann soll er entscheiden, wie es weitergeht. Wir fahren dann wieder zurück und warten hier. So nehmen wir mit niemandem direkten Kontakt auf, und wenn es nötig ist, können sie die Telefonzelle später keimfrei machen.«

»Der Gedanke, wieder in die Stadt zurückzukehren, gefällt mir gar nicht«, sagte Lisa ängstlich.

»Mir auch nicht, aber wir haben eine gewisse Verantwortung zu tragen. Laß uns gehen.« Jenny ging auf das Fenster zu, durch das sie hereingekommen waren.

Plötzlich klingelte das Telefon.

Jenny zuckte bei dem schrillen Geräusch zusammen. Der Apparat stand auf dem Tisch neben dem Funkgerät. Nach dem nächsten Klingeln riß Jenny den Hörer von der Gabel.

»Hallo?«

Keine Antwort.

»Hallo?«

Eisiges Schweigen.

Jenny umklammerte den Hörer. Irgend jemand hörte ihr schweigend zu und wartete auf ihre Reaktion. Sie war entschlossen, dem Anrufer diesen Triumph nicht zu gönnen, und preßte wortlos den Hörer an ihr Ohr. Obwohl sie angestrengt lauschte, hörte sie nicht einmal ein Rauschen in der Leitung, aber sie spürte, daß jemand am anderen Ende war – ebenso wie im Haus der Santinis und im Büro des Sheriffs. Sie stand bewegungslos in dem verbarrikadierten Zimmer eines stillen Hauses, in das sich der Tod heimlich eingeschlichen hatte, und fühlte mit einemmal eine eigenartige Veränderung in sich. Jenny Paige war eine gebildete Frau, die normalerweise vernünftig und logisch dachte. Aberglaube war ihr fremd. Daher hatte sie bisher versucht, das Geheimnis von Snowfield mit Vernunft und Logik zu lösen, aber zum ersten Mal in ihrem Leben kam sie damit nicht weiter. Nun verschob sich etwas in ihr, als würde ein schwerer Eisendeckel von einem dunklen Bereich in ihrem Unterbewußtsein gehoben. Darunter befanden sich ursprüngliche Empfindungen und Wahrnehmungen und eine ehrfürchtige Scheu, die ihr vollkommen neu war. Es schien, als könne sie aufgrund der ihr von ihren Vorfahren vermittelten Gene spüren, was hier in Snowfield vor sich ging. Diese Erkenntnis war jedoch so fremdartig und zutiefst unlogisch, und sie wehrte sich heftig gegen diesen aufkommenden Aberglauben.

Jenny packte den Telefonhörer noch fester und lauschte der Stille in der Leitung, während ihre die verrücktesten Gedanken durch den Kopf schossen.

›Das ist kein Mensch, das ist ein Ding.‹

›Unsinn.‹

›Es ist nicht menschlich, hat aber ein Bewußtsein.‹

›Jetzt wirst du hysterisch.‹

›Unglaublich bösartig. Die perfekte, reine Verkörperung des Bösen.‹

›Aufhören, hör sofort auf damit!‹

Sie wollte den Hörer auf die Gabel knallen, brachte es aber

nicht fertig. Das Ding am anderen Ende der Leitung hatte sie in seinen Bann geschlagen.

Lisa kam auf sie zu. »Was ist los mit dir? Was ist denn passiert?«

Jenny begann zu zittern und zu schwitzen. Gerade als sie sich von diesem scheußlichen Etwas losreißen und den Hörer auflegen wollte, hörte sie ein Zischen, dann ein Klicken – und plötzlich ertönte das Freizeichen.

Einen Augenblick lang war sie so verblüfft, daß sie nicht reagieren konnte. Dann wählte sie leise wimmernd das Amt.

Es klingelte – ein wunderbar normales, beruhigendes Geräusch.

»Vermittlung.«

»Hallo, das ist ein Notruf«, sagte Jenny. »Bitte verbinden Sie mich sofort mit dem Büro des Sheriffs in Santa Mira.«

9
Ein Hilferuf

»Wäsche?« fragte Kale. »Welche Wäsche?«

Bryce sah, daß die Frage ihn verunsicherte, und er nur vorgab, sie nicht zu verstehen.

»Was soll das, Sheriff?« fragte Bob Robine.

Bryce senkte den Blick und erwiderte mit ruhiger Stimme: »Meine Güte, Bob, ich versuche nur, den Dingen auf den Grund zu gehen, damit wir alle endlich von hier verschwinden können. Auch ich arbeite nicht gern am Sonntag, das dürfen Sie mir glauben. Das Wochenende ist so gut wie vorbei, und ich habe noch einige Fragen an Mr. Kale. Er muß keine einzige davon beantworten, aber ich werde sie stellen. Dann kann ich endlich nach Hause gehen, meine Füße auf den Tisch legen und ein Bier trinken.«

Robine seufzte und sah Kale an. »Antworten Sie nicht, bevor ich es Ihnen erlaube.«

Kale nickte beunruhigt.

»Also gut, machen wir weiter«, sagte Robine zu Bryce und runzelte die Stirn.

»Als Mr. Kale uns am vergangenen Donnerstag die Todesfälle gemeldet hatte und wir in seinem Haus eintrafen, fiel mir auf, daß der Bund seines Pullovers und ein Hosenaufschlag feucht waren. Es war kaum zu bemerken, aber ich hatte den Eindruck, daß er alles, was er trug, kurz zuvor gewaschen und nicht lange genug im Trockner gelassen hatte. Also habe ich mir den Waschraum angesehen und etwas Interessantes gefunden. In dem Regal neben der Waschmaschine, wo Mrs. Kale ihre Waschmittel und Weichspüler aufbewahrte, entdeckte ich zwei blutige Fingerabdrücke auf einer Waschmittelpackung. Einer davon war verschmiert, aber der andere deutlich zu erkennen. Nach dem Laborbericht stammt er von Mr. Kale.«

»Von wem stammt das Blut auf der Packung?« fragte Robine scharf.

»Mrs. Kale und Danny hatten Blutgruppe o – ebenso wie Mr. Kale. Deshalb ist es schwierig für uns ...«

»Und das Blut auf der Packung?« unterbrach Robine.

»Blutgruppe o.«

»Dann könnte es sich um das Blut meines Klienten handeln. Vielleicht hat er diese Abdrücke letzte Woche hinterlassen, nachdem er sich bei der Gartenarbeit verletzt hat.«

Bryce schüttelte den Kopf. »Wie Sie wissen, sind die Untersuchungsmethoden heutzutage so weit fortgeschritten, daß man eine Blutprobe durch eine DNA-Analyse einem Fingerabdruck gleichsetzen kann. Es steht eindeutig fest, daß das Blut auf der Packung – also das Blut an Mr. Kales Händen – von dem kleinen Danny Kale stammt.«

Fletcher Kales graue Augen blieben ausdruckslos, aber sein Gesicht wurde blaß. »Ich kann das erklären«, sagte er.

»Einen Augenblick!« warf Robine rasch ein. »Erklären Sie es erst mir – unter vier Augen.« Der Anwalt zog sich mit seinem Mandanten in eine Ecke des Raums zurück.

Bryce ließ sich in seinem Stuhl zusammensinken. Er fühlte sich ausgelaugt. Seit dem vergangenen Donnerstag, als er die zusammengekrümmte Leiche des kleinen Danny gesehen hatte, ging es ihm nicht gut.

Er hatte erwartet, sich besser zu fühlen, wenn er Kale beobachten konnte, wie er versuchte, sich aus dieser Lage herauszuwinden, doch jetzt empfand Bryce keine Befriedigung dabei.

Robine und Kale kamen zurück. »Sheriff, ich fürchte, mein Mandant hat eine Dummheit begangen.«

Kale gab sich Mühe, einen zerknirschten Eindruck zu machen.

»Was er getan hat, könnte falsch ausgelegt werden – wie Sie das ja bereits getan haben. Mr. Kale war erschrocken, völlig durcheinander und von Trauer überwältigt. Er konnte in diesem Moment nicht klar denken. Ich bin sicher, die Mitglieder einer Jury würden das verstehen. Als er die Leiche seines kleinen Sohns entdeckte, hob er sie auf ...«

»Uns sagte er aber, er habe den Kleinen nicht angerührt.«

Kale sah Bryce direkt in die Augen. »Als ich Danny gefunden habe, konnte ich ... einfach nicht glauben, daß er ... daß er tot war«, sagte er. »Also hob ich ihn auf ... Ich wollte ihn ins Krankenhaus bringen. Später, nachdem ich Joanna erschossen hatte, sah ich, daß meine Kleidung mit ... mit Dannys Blut beschmiert war. Ich hatte meine Frau erschossen und begriff plötzlich, daß man denken könnte, ich hätte auch meinen Sohn umgebracht.«

»Ihre Frau hielt immer noch das Fleischmesser in der Hand«, sagte Bryce. »Und auch an ihrer Kleidung war überall Dannys Blut. Außerdem haben Sie sicherlich daran gedacht, daß man bei der Autopsie PCP in ihrem Körper finden würde.«

»Ja, das ist mir jetzt auch klar.« Kale zog ein Taschentuch hervor und wischte sich damit über seine Augen. »Aber in diesem Augenblick hatte ich einfach Angst, man würde mir etwas anhängen, was ich nicht getan habe.«

Fletcher Kale war in Bryces Augen kein Psychopath. Er war weder verrückt noch unfähig, eine soziale Bindung einzugehen. Eigentlich gab es keinen Begriff, der auf ihn zutraf. Ein guter Polizeibeamter war jedoch fähig, diesen Typ Mensch zu erkennen und zu begreifen, daß er ein Gewaltpotential in sich trug und auch brutal vorgehen konnte. Er gehörte zu der Art von Menschen, die sehr vital wirken und ständig in Bewegung sind. Er war einer der Männer, die seichten Charme versprühen, Kleidung tragen, die teurer ist, als sie sich eigentlich leisten können, kein einziges Buch besitzen, keine fundierte Meinung über Politik, Kunst, Wirtschaft oder andere wichtige Belange haben, nur gläubig sind, wenn ihnen ein Unglück widerfährt oder sie jemanden mit ihrer Religiosität beeindrucken wollen. (Kale gehörte keiner Glaubensgemeinschaft an, las aber in der Zelle mindestens vier Stunden am Tag in der Bibel.) Er gehörte zu denjenigen, die einen athletischen Körperbau hatten, jedoch anscheinend jegliche Art der Körperertüchtigung verabscheuten, statt dessen ihre Freizeit in Bars und Clubs verbrachten, ihre Frau ständig betrogen (und das tat Kale nachweislich), impulsiv und unzuverlässig waren, zu allen Verabredungen zu spät erschienen (wie Kale) und deren Ziele entweder sehr unbestimmt oder unrealistisch waren. (Fletcher Kale? Ein Träumer!) Diese Männer überzogen immer wieder ihr Konto, erzählten Lügen über ihre finanzielle Situation, borgten sich oft Geld, das sie erst nach langer Zeit wieder zurückzahlten, übertrieben maßlos, gaben vor zu wissen, daß sie eines Tages reich sein würden, hatten aber keinen genauen Plan, wie sie sich ein Vermögen verschaffen wollten, machten sich niemals Gedanken über das kommende Jahr, kümmerten sich nur um sich selbst, und das erst, wenn es bereits zu spät war. Fletcher Kale war ein Musterexemplar dieses Typs von Mann.

Bryce kannte diese Art von Männern. Ihre Augen waren immer ausdruckslos – man konnte nichts darin erkennen. Ihr Gesichtsausdruck war der jeweiligen Situation angepaßt und schien fast zu genau zu stimmen. Wenn sie Anteilnahme für eine andere Person zeigten, waren sie immer unaufrichtig. Sie kannten keine Reue, keine Moral, Liebe oder Einfühlungsvermögen. Oft ließen sie eine Spur der Zerstörung hinter sich, ruinierten und verbitterten die Menschen, von denen sie geliebt wurden, zerstörten das Leben ihrer Freunde, die sich auf sie verlassen und ihnen vertraut hatten. Sie veruntreuten ihnen anvertraute Vermögen, überschritten dabei aber niemals die Grenze zur Kriminalität. Hin und wieder ging ein solcher Mann jedoch zu weit – und da er ein Mensch war, der sich nicht mit halben Sachen zufrieden gab, hatte das meist verheerende Folgen.

Danny Kale. Ein kleiner, blutiger Körper, der zusammengekrümmt am Boden lag.

Der graue Nebel, der sich auf Bryces Gemüt gelegt hatte, wurde so dick wie kalter, öliger Rauch. »Sie haben uns erzählt, Ihre Frau sei seit zweieinhalb Jahren eine starke Marihuanaraucherin gewesen«, sagte er zu Kale.

»Das stimmt.«

»Deshalb hat sich der Coroner auf meine Anweisung hin für ein paar Dinge interessiert, die er üblicherweise nicht untersuchen läßt. Der Zustand von Joannas Lungen war eindeutig. Sie hat nicht geraucht – Rauschgift schon gar nicht. Ihre Lungen waren sauber.«

»Ich sprach nicht von Tabak, sondern von Marihuana«, entgegnete Kale.

»Sowohl Tabak als auch Marihuana greifen die Lungen an«, erklärte Bryce. »Bei Joanna ist keinerlei Schädigung festgestellt worden.«

»Aber ich ...«

»Sagen Sie nichts«, riet Robine seinem Mandanten und deutete mit seinem langen, schlanken Zeigefinger auf Bryce. »Vor allem ist doch wichtig, ob PCP in ihrem Blut gefunden wurde oder nicht.«

»Ja, sie hatte es im Blut, aber sie hat es nicht geraucht, sondern eingenommen. In ihrem Magen war noch eine Menge davon.«

Robine blinzelte überrascht, faßte sich aber schnell wieder. »Na bitte«, sagte er. »Sie hat es also eingenommen. Auf welche Weise ist doch egal, oder?«

»Nun, in ihrem Magen befand sich mehr davon als in ihrem Blut«, erwiderte Bryce.

Kale versuchte interessiert, besorgt und unschuldig zugleich auszusehen – trotz seiner anpassungsfähigen Gesichtszüge bereitete ihm das Mühe.

Bob Robine runzelte die Stirn. »Also gut, es befand sich mehr PCP in ihrem Magen als in ihrem Blut. Na und?«

»Angel Dust wird sehr schnell resorbiert. Es bleibt also nicht sehr lange im Magen. Joanna hatte zwar genügend geschluckt, um sich zu berauschen, aber der Zeitraum war nicht ausreichend, um das Zeug wirken zu lassen. Offensichtlich hat sie das PCP zusammen mit dem Speiseeis gegessen, das sich an ihren Magenwänden abgesetzt und die Aufnahme des Rauschgifts verzögert hat. Bei der Autopsie wurde festgestellt, daß sie das Schokoladeneis erst teilweise verdaut hatte. Also war die Zeit zu kurz, um Halluzinationen oder rasende Wut zu verursachen.« Bryce legte eine Pause ein und atmete tief durch. »Auch in Dannys Magen wurde Schokoladeneis gefunden, allerdings ohne eine Spur von PCP. Als Mr. Kale uns erzählte, er sei am Donnerstag früh von der Arbeit nach Hause gekommen, erwähnte er nichts davon, daß er seiner Familie eine große Packung Schokoladeneis mitbrachte.«

Fletcher Kales Gesicht war ausdruckslos. Zumindest schien er keine Kraft mehr aufzubringen, sich zu verstellen.

»Wir fanden eine halbvolle Packung Eiscreme in Kales Eisschrank. Meine Meinung nach haben Sie, Mr. Kale, allen eine Portion Eis gegeben, ihrer Frau allerdings heimlich PCP darunter gemischt. So konnten Sie später behaupten, sie sei unter dem Einfluß der Droge in Raserei geraten. Sie haben nicht damit gerechnet, daß die Autopsie das ans Tageslicht bringen würde.«

»Einen Augenblick!« rief Robine.

»Dann haben Sie Ihre blutige Kleidung gewaschen«, fuhr Bryce unbeirrt fort. »Sie spülten das schmutzige Geschirr und räumte es auf, damit Sie dann später behaupten konnten, der kleine Danny sei bei Ihrer Heimkehr bereits tot gewesen und Ihre Frau hätte sich im PCP-Rausch befunden.«

»Das sind doch nur Vermutungen«, wandte Robine ein.

»Haben Sie das Motiv vergessen? Warum sollte mein Klient ein so scheußliches Verbrechen begehen?«

Bryce sah Kale direkt in die Augen. »High Country Investments«, sagte er.

Kales Gesicht blieb unbeweglich, aber in seinen Augen flackerte etwas auf.

»Haben Sie Eiscreme gekauft, bevor Sie letzten Donnerstag nach Hause fuhren?« fragte Bryce, ohne seinen Blick abzuwenden.

»Nein«, antwortete Kale tonlos.

»Der Geschäftsführer von 7-Eleven an der Calder Street kann sich aber daran erinnern.«

Kale biß so wütend die Zähne zusammen, daß die Muskeln an seinem Kinn hervortraten.

»Was hat es mit High Country Investments auf sich?« wollte Robine wissen.

Bryce ging nicht darauf ein. »Kennen Sie einen Mann namens Gene Terr?« fragte er Kale scharf.

Kale starrte ihn wortlos an.

»Manche Leute nennen ihn nur ›Jeeter‹.«

»Wer ist denn das?« warf Robine ein.

»Der Anführer der Chrome Demons«, erklärte Bryce, ohne den Blick von Kale abzuwenden. »Das ist eine Motorradgang. Jeeter handelt mit Drogen. Es ist uns noch nicht gelungen, ihn dabei zu erwischen, aber einige seiner Leute haben wir bereits geschnappt. Wir haben Jeeter ein wenig unter Druck gesetzt, bis er uns schließlich den Namen eines anderen Dealers verraten hat, der Mr. Kale regelmäßig Gras verkauft hat. Mrs. Kale hat allerdings nie etwas gekauft.«

»Wer sagt das?« fragte Robine aufgebracht. »Dieser Rocker etwa? Dieser Asoziale, der mit Drogen handelt? Das ist kein zuverlässiger Zeuge!«

»Nach unseren Informationen hat Mr. Kale am letzten Donnerstag nicht nur Gras, sondern auch Angel Dust gekauft. Der Mann, bei dem er es sich besorgt hat, wird das auch vor Gericht beeiden, wenn wir ihm Straffreiheit gewähren.«

Geschickt und schnell wie ein Raubtier sprang Kale auf,

packte den leeren Stuhl neben sich, schleuderte ihn über den Tisch Bryce Hammond entgegen und lief zur Tür. Doch noch während der Stuhl durch die Luft flog, erhob Bryce sich blitzschnell, und das Geschoß flog an ihm vorbei, ohne ihn zu berühren. Als der Stuhl hinter ihm auf den Boden knallte, war er bereits um den Tisch herumgelaufen.

Kale riß die Tür auf und rannte auf den Flur hinaus. Bryce war nur wenige Schritte hinter ihm, und Tal Whitman, der von dem Fensterbrett heruntergesprungen war, als sei eine Landung Sprengstoff unter ihm explodiert, folgte ihm auf dem Fuß.

Im Korridor sah Bryce, daß Fletcher Kale auf die gelbe Tür zum Notausgang zulief. Kale riß die Metalltür auf und flüchtete auf den Parkplatz, doch Bryce gelang es, ihn einzuholen.

Als Kale die Nähe seines Verfolgers spürte, drehte er sich geschmeidig wie eine Katze um und versuchte, Bryce einen Faustschlag zu verpassen.

Bryce wich dem Hieb aus und landete einen Schlag in Kales Magen. Dann holte er noch einmal aus und traf Kale am Hals. Kale taumelte, umfaßte seinen Hals mit den Händen und keuchte und würgte.

Bryce griff ihn wieder an, Kale aber war nicht so schwer getroffen, wie er vorgegeben hatte. Er machte einen Satz nach vorne und packte Bryce mit beiden Armen.

»Bastard!« schrie er und versprühte dabei Speichel. Seine grauen Augen waren weit aufgerissen, und er zog die Lippen wie eine Raubkatze zurück und entblößte sein Gebiß. Obwohl Bryce ein starker Mann war, gelang es ihm nicht, sich aus Kales eisernem Griff zu befreien. Die beiden taumelten einige Schritte zurück, stolperten und stürzten dann zu Boden. Kale lag oben, und Bryce prallte mit dem Hinterkopf so heftig auf den Asphalt, daß er einen Augenblick lang befürchtete, das Bewußtsein zu verlieren.

Kale schlug wieder zu, traf jedoch nicht richtig. Schnell rollte er sich herunter und kroch davon. Bryce schüttelte den Kopf, um die Dunkelheit zu vertreiben, die hinter seinen Augen aufstieg. Er war überrascht, daß sein Gegner seinen Vorteil nicht ausgenützt hatte, doch dann erkannte er plötzlich, was Kale vorhatte.

Die Pistole.

Sie lag einige Meter entfernt auf dem Boden, matt schimmernd im gelblichen Schein der Lampen.

Bryce tastete nach seinem Halfter. Leer. Die Pistole auf dem Asphalt war seine eigene. Anscheinend war sie ihm bei dem Sturz aus dem Halfter gerutscht und über den Boden geschlittert.

Die Hand des Mörders griff nach der Waffe.

In diesem Augenblick war Tal Whitman zur Stelle und gab Kale mit seinem Gummiknüppel eins ins Genickt. Der hochgewachsene Mann brach bewußtlos über der Waffe zusammen.

Tal kniete sich neben Kale und fühlte seinen Puls.

Bryce legte eine Hand auf seinen schmerzenden Hinterkopf und humpelte zu ihnen hinüber. »Ist er in Ordnung, Tal?«

»Ja. In ein paar Minuten wird er wohl wieder zu sich kommen.« Er nahm Bryces Pistole an sich und stand auf.

Bryce nahm seine Waffe entgegen. »Dafür schulde ich Ihnen etwas.«

»Nicht der Rede wert. Wie geht es Ihrem Kopf?«

»Jetzt wäre ich gern Besitzer einer Aspirin-Fabrik?«

»Ich hätte nicht gedacht, daß er wegläuft.«

»Ich auch nicht«, sagte Bryce. »Wenn es solchen Typen an den Kragen geht, werden sie gewöhnlich nur ruhiger, beherrschter und vorsichtiger.«

»Er hat sich wohl schon in der Zelle gesehen.«

Bob Robine stand an der offenen Tür, starrte sie an und schüttelte bestürzt den Kopf.

Als Bryce Hammond einige Minuten später an seinem Schreibtisch saß und die Formulare ausfüllte, mit denen Fletcher Kale eines Doppelmords beschuldigt wurde, klopfte Bob Robine an die offene Tür.

Bryce sah auf. »Ah, der Anwalt. Wie geht es Ihrem Mandanten?«

»Es geht ihm gut, aber mein Mandant ist er nicht mehr.«

»Oh? War das seine oder Ihre Entscheidung?«

»Meine. Ich kann niemanden vertreten, der mir nur Lügen erzählt. Ich mag es nicht, wenn man mich an der Nase herumführt.«

»Will er einen anderen Anwalt anrufen?«

»Nein. Er möchte den Haftrichter um einen Pflichtverteidiger bitten.«

»Ich werde ihn gleich morgen früh vorführen lassen.«

»Sie wollen wohl keine Zeit verschwenden.«

»Nicht mit diesem Kerl«, erwiderte Bryce.

Robine nickte. »Ganz richtig. Das ist ein übler Bursche, Bryce. Vor fünfzehn Jahren bin ich aus der katholischen Kirche ausgetreten, weil ich mir sicher war, daß es weder Engel noch Dämonen noch Wunder gibt. Ich hielt mich für zu gebildet, um mir einreden zu lassen, das Böse schleiche sich in Gestalt des Teufels auf diese Welt. Als ich jedoch vorhin in der Zelle war, drehte Kale sich plötzlich zu mir um und sagte: ›Mich kriegen sie nicht. Sie werden mich nicht vernichten. Das schafft niemand. Ich komme bald wieder frei.‹ Ich warnte ihn vor übertriebenem Optimismus. ›Ich habe keinen Mord begangen‹, gab er mir zur Antwort. ›Ich habe mir lediglich Abfall vom Hals geschafft, der in meinem Leben keinen Platz mehr hatte.‹«

»O Gott«, sagte Bryce. »Ich wünschte, Sie könnten das vor Gericht bezeugen.«

Beide schwiegen eine Weile. Schließlich seufzte Robine. »Was hat es mit High Country Investments auf sich? Was hat die Firma mit seinem Motiv zu tun?«

Bevor Bryce es ihm erklären konnte, kam Tal Whitman hereingestürzt. »Bryce, kann ich Sie sprechen?« Er warf Robine einen Blick zu. »Unter vier Augen.«

»Natürlich.« Robine verließ den Raum, und Tal schloß die Tür hinter dem Anwalt.

»Bryce, kennen Sie Dr. Jennifer Paige?«

»Sie hat vor einiger Zeit in Snowfield eine Praxis eröffnet.«

»Richtig. Was für ein Mensch ist sie?«

»Ich kenne sie nicht persönlich, habe aber gehört, sie soll eine gute Ärztin sein. Und die Leute in den kleinen Bergdörfern sind froh, nicht mehr bis nach Santa Mira fahren zu müssen, wenn sie ärztliche Hilfe brauchen.«

»Ich habe sie auch noch nie gesehen. Mich würde interessieren, ob sie vielleicht ... haben Sie schon einmal etwas gehört, daß sie ... nun, daß sie trinkt?«

»Nein. Wieso? Was ist denn los?«

»Sie hat vor ein paar Minuten angerufen. Angeblich hat es in Snowfield eine Katastrophe gegeben.«

»Eine Katastrophe? Was meint sie damit?«

»Nun, sie sagte, sie wisse es selbst nicht genau.«

Bryce blinzelte. »Klang ihre Stimme hysterisch?«

»Nein, aber völlig verängstigt. Sie sagt, sie will nur mit Ihnen darüber reden. Wir haben Sie auf Leitung drei gelegt.«

Bryce griff zum Telefonhörer.

»Da ist noch etwas«, fügte Tal stirnrunzelnd hinzu.

Bryce ließ seine Hand auf dem Hörer liegen.

»Sie sagte mir etwas, aber das ergibt keinen Sinn. Sie glaubt, daß ...«

»Ja?«

»Sie denkt, dort oben seien alle tot. Alle Einwohner von Snowfield. Nur sie und ihre Schwester seien noch am Leben.«

10
Schwestern und Polizisten

Jenny und Lisa verließen das Haus der Oxleys so, wie sie hineingekommen waren: durch das Fenster.

Die Nacht wurde immer kälter, und der Wind frischte wieder auf.

Die beiden kehrten zu Jennys Haus zurück, um sich warme Jacken zu holen, Jenny probierte ihr Autotelefon aus, aber es funktionierte nicht.

Sie gingen den Hügel hinunter zum Polizeirevier, setzten

sich vor dem Stadtgefängnis auf eine hölzerne Bank und warteten auf Hilfe aus Santa Mira.

»Wie lange wird es dauern, bis sie hier sind?« fragte Lisa.

»Na ja, Santa Mira liegt etwa dreißig Meilen von hier entfernt. Die Straße ist sehr kurvenreich, und die Männer werden wahrscheinlich besondere Vorsichtsmaßnahmen treffen.« Jenny sah auf ihre Armbanduhr. »Ich denke, sie werden in einer Dreiviertelstunde kommen. Spätestens in einer Stunde.«

»O Gott.«

»So lange ist das auch wieder nicht, Liebes.«

Lisa schlug den Kragen ihrer mit Vlies gefütterten Jeansjacke hoch. »Jenny, als bei den Oxleys das Telefon klingelte, und du abgehoben hast ...«

»Ja?«

»Wer war da dran?«

»Niemand.«

»Aber was hast du gehört?«

»Nichts«, log Jenny.

»Du sahst aber aus, als würdest du dich bedroht fühlen.«

»Nun, ich war natürlich aufgeregt. Als das Telefon klingelte, dachte ich, es würde wieder funktionieren, aber dann war die Leitung doch tot. Das hat mich ... sehr enttäuscht. Das war alles.«

»Und dann hast du das Freizeichen gehört?«

»Ja.«

Wahrscheinlich glaubt sie mir nicht, dachte Jenny. Sie denkt, ich würde versuchen, sie vor etwas zu beschützen. Und damit hat sie natürlich recht. Wie soll ich ihr aber erklären, daß ich das Gefühl hatte, etwas Böses sei am anderen Ende? Ich verstehe es ja selbst nicht. Warum hat er – oder *es* – mir plötzlich die Leitung geöffnet?«

Der Wind blies einen Papierfetzen über die Straße. Sonst rührte sich nichts. Eine zarte Wolke wanderte langsam über die eine Hälfte des Mondes.

»Jenny, falls mir heute nacht etwas zustoßen sollte ...«

»Dir wird nichts geschehen, Liebes.«

»Falls mir aber doch etwas passieren sollte«, fuhr Lisa unbeirrt fort. »Ich möchte dir nur sagen, daß ich ... daß ich sehr stolz auf dich bin.«

Jenny legte ihrer Schwester einen Arm um die Schulter, und die beiden rückten noch enger zusammen. »Es tut mir sehr leid, daß wir bisher so wenig Zeit miteinander verbracht haben, kleine Schwester.«

»Du hast uns besucht, so oft du konntest«, erwiderte Lisa. »Ich weiß, daß es nicht leicht für dich war. Ich habe bestimmt ein Dutzend Bücher darüber gelesen, was man alles tun muß, um Ärztin zu werden. Es war mir immer bewußt, daß du viel Arbeit und Sorgen hattest.«

»Ich hätte trotzdem öfter nach Hause kommen können«, sagte Jenny überrascht.

Manchmal war sie nicht heimgefahren, weil sie den stummen Vorwurf in den Augen ihrer Mutter nicht ertragen konnte – er wurde nie ausgesprochen, doch gerade das hatte sie so stark berührt. *Du hast deinen Vater auf dem Gewissen, Jenny. Du hast ihm das Herz gebrochen, und das hat ihn umgebracht.*

»Und Mama war auch immer so stolz auf dich«, betonte Lisa.

Diese Bemerkung war mehr als eine Überraschung für Jenny – sie brachte sie völlig aus dem Gleichgewicht.

»Mom erzählte allen Leuten ständig von ihrer Tochter, der Ärztin«, fuhr Lisa fort. »Ich glaube, ihre Freundinnen waren manchmal kurz davor, sie aus dem Bridge-Club zu werfen, wenn sie auch nur noch ein Wort von deinem Stipendium und deinen guten Noten gesagt hätte.«

Jenny zwinkerte. »Meinst du das ernst?«

»Natürlich.«

»Aber hat Mom nicht ...«

»Was?« fragte Lisa.

»Nun ... hat sie nie etwas über ... über Dad gesagt? Er ist vor zwölf Jahren gestorben.«

»Ja, das weiß ich doch. Er starb, als ich zweieinhalb Jahre alt war.« Lisa runzelte die Stirn. »Wovon sprichst du eigentlich?«

»Hat Mom mir denn nie die Schuld gegeben?«

»Schuld? Woran?«

Bevor Jenny antworten konnte, war die Grabesstille in Snowfield vorüber. Alle Lichter gingen aus.

Drei Polizeiwagen machten sich mit rot blinkenden Lichtern von Santa Mira auf den Weg über die dunklen Hügel zu den mondbeschienenen Hängen der Sierras und steuerten Snowfield an.

Tal Whitman fuhr den ersten Wagen der Kolonne. Sheriff Hammond saß neben ihm, und auf dem Rücksitz hatten Gordy Brogan und Jake Johnson, ein weiterer Hilfssheriff Platz genommen.

Gordy hatte Angst.

Er wußte, daß man ihm seine Furcht nicht ansah, und darüber war er froh. Im Grunde sah er aus, als sei ihm das Gefühl der Angst vollkommen unbekannt. Er war hochgewachsen, kräftig gebaut und muskulös. Seine Hände waren so groß und stark wie die eines professionellen Basketballspielers, und er erweckte den Anschein, als könne er sich problemlos mit jedem auseiandersetzen, der sich mit ihm anlegte. Er wußte, daß sein Gesicht hart, aber nicht unattraktiv war – einige Frauen hatten ihm das bestätigt. Seine Miene wirkte allerdings meist düster, und seine dünnen Lippen gaben seinem Mund einen leicht grausamen Zug. Jake Johnson hatte ihn einmal so beschrieben. »Gordy, wenn du die Stirn runzelst, siehst du aus, als würdest du lebendige Hühner zum Frühstück verzehren.«

Obwohl er aussah wie ein harter Mann, hatte Gordy Brogan Angst. Er fürchtete sich nicht vor einer möglichen Seuche oder Giftgas. Der Sheriff hatte gesagt, es gebe Anzeichen, daß die Einwohner von Snowfield nicht durch Bakterien oder giftige Substanzen, sondern von anderen Menschen getötet worden seien. Gordy hatte Angst davor, zum ersten Mal in den achtzehn Monaten, seit er Hilfssheriff war, seine Waffe benützen zu müssen. Er fürchtete sich davor, auf jemanden schießen zu müssen – entweder um sein eigenes Leben, das eines Kollegen oder eines Opfers zu schützen.

Er glaubte nicht, daß er das jemals fertigbringen würde.

Vor fünf Monaten entdeckte er diese gefährliche Schwäche an sich, nachdem er einen Notruf von dem Sportgeschäft Donner's entgegengenommen hatte. Ein verärgerter ehemaliger Angestellter, ein stämmiger Angestellter namens Leo Sipes, war zwei Wochen nach seiner Kündigung in den Laden gekommen, hatte den Geschäftsführer verprügelt und seinem Nachfolger den Arm gebrochen. Als Gordy eintraf, war der grobschlächtige, betrunkene Kerl gerade dabei, mit einem Holzfällerbeil die Einrichtung zu zertrümmern. Gordy gelang es nicht, ihn zur Aufgabe zu überreden. Als Sipes mit erhobenem Beil auf ihn zuging, zog Gordy seine Pistole. Und dann stellte er fest, daß er sie nicht benutzen konnte. Sein Finger, den er um den Abzug krümmte, wurde mit einemmal steif und kalt wie Eis. Er mußte die Waffe wieder wegstecken und eine direkte Konfrontation mit dem Täter riskieren. Irgendwie gelang es ihm dann, Sipes das Beil abzunehmen.

Jetzt, fünf Monate später, saß er auf dem Rücksitz des Streifenwagens und hörte dem Gespräch zwischen Jake Johnson und Sheriff Hammond zu. Gordys Magen krampfte sich zusammen, als er daran dachte, was ein 45er Hohlspitzgeschoß anrichten konnte. Es würde einen Menschen buchstäblich den Kopf abreißen. Eine Schulter würde sich in Fleischfetzen und Knochensplitter verwandeln. Es würde die Brust eines Menschen aufreißen und dabei das Herz und andere Organe zerfetzen, ein Bein zerschmettern, wenn es die Kniescheibe traf, ein Gesicht in blutigen Brei verwandeln. Und Gordy Brogan, Gott möge ihm helfen, war einfach nicht fähig, jemandem so etwas anzutun.

Das war seine geheime Schwäche. Er wußte zwar, daß manche seine Unfähigkeit, auf einen Menschen zu schießen, nicht als Schwäche, sondern als Zeichen moralischer Überlegenheit bezeichnen würden, aber ihm war auch klar, daß das nicht immer zutraf. Es gab Gelegenheiten, bei denen es moralischer war, die Waffe abzufeuern. Als Polizeibeamter hatte er sich verpflichtet, die Öffentlichkeit zu schützen, und deshalb war seine Unfähigkeit, auf jemanden zu schießen, wenn es nötig war, nicht nur eine Schwäche, sondern Verrücktheit oder sogar eine Sünde.

Nach der beunruhigenden Episode in Donner's Sportartikelladen hatte Gordy Glück gehabt. Nur bei einigen wenigen Einsätzen hatte er es mit Gewalttätern zu tun gehabt, und es war ihm jedesmal gelungen, sie einzuschüchtern beziehungsweise mit Faustschlägen oder dem Einsatz seines Gummiknüppels zur Vernunft zu bringen. Einige Male hatte er Warnschüsse in die Luft abgegeben, und einmal, als es unvermeidlich schien, auf jemanden zu schießen, hatte sein Kollege Frank Autry zuerst gefeuert und den bewaffneten Täter zur Strecke gebracht, bevor Gordy sich vor die unüberwindbare Aufgabe gestellt sah, abdrücken zu müssen.

Doch jetzt war es offensichtlich in Snowfield zu unvorstellbaren Gewalttaten gekommen, und Gordy wußte genau, daß man Gewalt nur allzuoft mit Gewalt begegnen mußte.

Die Pistole an seiner Hüfte schien mehr als tausend Pfund zu wiegen.

Er fragte sich, ob nun der Zeitpunkt gekommen war, an dem er seine Schwäche nicht mehr verbergen konnte. Würde er in dieser Nacht vielleicht sterben – oder durch seine Schwäche den sinnlosen Tod eines anderen Menschen verursachen?

Gordy betete verzweifelt, daß er es schaffen würde, dagegen anzukämpfen. Es mußte einem von Natur aus friedliebenden Menschen doch gelingen, notfalls sich selbst, seine Freunde oder Kollegen zu schützen.

Die drei weiß-grünen Streifenwagen mit den blinkenden roten Signalleuchten auf dem Dach fuhren die kurvenreiche Straße hinauf, den Gipfeln entgegen, wo das Mondlicht den Anschein erweckte, als wäre der erste Schnee bereits gefallen.

Gordy Brogan hatte immer noch Angst.

Die Straßenlaternen und alle anderen Lichter gingen aus und tauchten die Stadt in tiefe Dunkelheit.

Jenny und Lisa sprangen von der Bank auf.

»Was ist passiert?«

»Psst!« sagte Jenny. »Hör doch!«

Es blieb jedoch weiterhin totenstill.

Der Wind hatte sich so abrupt gelegt, als hätte ihn die plötzliche Dunkelheit über der Stadt erschreckt. Die Äste der Bäume wirkten so unbeweglich wie alte Kleider in einem Schrank.

Gott sei Dank scheint der Mond, dachte Jenny.

Mit klopfendem Herzen drehte sie sich um und ließ ihren Blick über die Gebäude hinter ihnen wandern. Das Stadtgefängnis. Ein kleines Café. Die Läden und Wohnhäuser.

Alle Türen lagen so tief im Schatten, daß Jenny nicht erkennen konnte, ob sie offen oder geschlossen waren – oder ob sie sich in diesem Augenblick langsam öffneten, um die abscheulichen, aufgedunsenen Toten auf die Straße zu lassen, die von Dämonen wiederauferweckt worden waren.

Hör auf damit, befahl Jenny sich. Die Toten erwachen nicht wieder zum Leben.

Ihr Blick blieb an dem Tor zu der Passage zwischen den Polizeirevier und dem Souvenirladen daneben. Der Tunnel war genauso eng und düster wie der Durchgang neben der Bäckerei der Liebermanns.

Lauerte auch dort etwas? Kam es nun, da die Lichter erloschen waren, unaufhaltsam auf den dunklen Bürgersteig geschlichen?

Da war wieder diese ursprüngliche Angst.

Das Gefühl, das Böse zu spüren.

Die abergläubische Furcht.

»Komm«, sagte sie zu Lisa.

»Wohin?«

»Auf die Straße. Dort kommt nichts an uns heran.«

»Ohne daß wir es vorher sehen«, beendete Lisa den Satz.

Sie gingen zum Mittelstreifen der vom Mondschein erhellten Straße.

»Wie lange dauert es noch, bis der Sheriff eintrifft?« fragte Lisa.

»Mindestens noch fünfzehn oder zwanzig Minuten.«

Plötzlich gingen abrupt alle Lichter wieder an. Die beiden

waren überrascht und geblendet von dem unerwarteten Feuerwerk – dann wurde es wieder dunkel.

Jenny hob die Pistole, wußte aber nicht, wohin sie zielen sollte. Ihre Kehle war wie zugeschnürt, ihr Mund trocken.

Ein markerschütterndes Geräusch – ein durchdringendes Heulen – hallte durch Snowfield.

Jenny und Lisa schrien beide entsetzt auf, drehten sich so rasch um, daß sie zusammenstießen und blinzelten in die Dunkelheit.

Dann herrschte wieder Stille.

Wieder gellendes Geheul.

Stille.

»Woher kam das?« fragte Lisa.

»Von der Feuerwache!«

Noch einmal ertönte kurz die ohrenbetäubende Sirene aus dem Gebäude der Freiwilligen Feuerwehr von Snowfield, das auf der östlichen Seite des St. Moritz Way lag.

Bong!

Jenny zuckte wieder zusammen und drehte sich hastig um.

Bong! Bong!

»Eine Kirchenglocke«, sagte Lisa.

»Ja, von der katholischen Kirche westlich der Vail Lane.«

Noch einmal läuteten die Glocken mit einem lauten, trauererfüllten Klang, der die dunklen Fensterscheiben der Häuser in der Skyline Road und den anderen Straßen der toten Stadt zum Vibrieren brachte.

»Irgend jemand muß doch am Seil ziehen, um die Glocke zum Läuten zu bringen«, meinte Lisa. »Oder auf den Knopf drücken, der die Sirene auslöst. Also *muß* außer uns noch jemand hier sein.«

Jenny antwortete nicht.

Erneut heulte die Sirene auf, erstarb wieder und gellte noch einmal durch die Nacht. Dann begann die Glocke wieder zu läuten, bis Sirene und Glocke gleichzeitig ertönten, immer und immer wieder, als wollten sie ein Ereignis von ungeheurer Bedeutung ankündigen.

In den Bergen, eine Meile vor der Abzweigung nach Snowfield, war die Landschaft abwechselnd in Dunkelheit und das silbrige Licht des Mondes getaucht. Die Bäume wirkten wie bedrohliche Schatten mit weißlich umsäumten, schwer zu erkennenden Blättern und Nadeln.

Im Gegensatz dazu wurde der Straßenrand von den sich drehenden Signalleuchten auf den Dächern der drei Ford Sedans blutrot erhellt. Alle drei Wagen trugen das Zeichen des Polizeireviers von Santa Mira an den vorderen Türen.

Hilfssheriff Frank Autry fuhr den zweiten Wagen. Sein Kollege Stu Wargle saß zusammengesunken auf dem Beifahrersitz.

Frank Autry war ein schlanker, sehniger Mann mit ordentlich frisiertem, graumeliertem Haar. Seine Gesichtszüge waren hager und scharf geschnitten, als wäre Gott an dem Tag, an dem er Franks genetischen Plan zusammengestellt hatte, nicht in der Laune gewesen, unnötig Zeit zu verschwenden. Frank hatte haselnußbraune Augen, fein geschwungene Augenbrauen, eine schmale, aristokratische Nase, Lippen, die weder zu schmal noch zu fleischig wirkten und kleine, enganliegende Ohren mit winzigen Ohrläppchen. Sein Schnurrbart war sorgfältig gestutzt.

Er trug eine Uniform genau nach Dienstvorschrift – die schwarzen Stiefel waren auf Hochglanz poliert, die braune Hose wies eine messerscharfe Bügelfalte auf, Koppel und Halfter glänzten gut eingefettet, und das braune Hemd war frisch gewaschen.

»Das ist einfach eine beschissene Ungerechtigkeit«, murrte Stu Wargle.

»Vorgesetzte müssen nicht immer gerecht sein – nur recht haben.«

»Welcher Vorgesetzte?« fragte Wargle streitlustig.

»Sheriff Hammond. Den meinen Sie doch, oder?«

»Den betrachte ich nicht als Vorgesetzten.«

»Aber genau das ist er«, erwiderte Frank.

»Dieser Bastard will mich fertigmachen«, erklärte Wargle.

Frank gab keine Antwort.

Bevor er Polizeibeamter geworden war, hatte Frank Autry als Offizier bei der Armee gedient. Mit sechsundvierzig hatte er nach achtundzwanzig Jahren ausgezeichneter Arbeit den Dienst quittiert und war wieder in seine Heimatstadt Santa Mira gezogen. Eigentlich hatte er geplant, ein kleines Geschäft aufzumachen, um seine Pension aufzustocken und eine Beschäftigung zu haben, aber er hatte nichts gefunden, was ihn interessierte. Schließlich hatte er begriffen, daß eine Aufgabe ohne Uniform, ohne Risiken, ohne militärische Struktur und das Bewußtsein, der Nation zu dienen, für ihn nicht in Frage kam. Vor fünf Jahren hatte er sich dann als Deputy verpflichtet. Obwohl das für ihn, einen ehemaligen Major, eine Degradierung bedeutete, fühlte er sich wohl in diesem Job.

Allerdings bereute er seinen Entschluß meist einmal im Monat, wenn er eine Woche lang mit Stu Wargle zum Dienst eingeteilt war. Wargle war unerträglich, und Frank tolerierte ihn nur, weil er im Umgang mit ihm seine Selbstbeherrschung üben konnte.

Wargle war schlampig. Er wusch sein Haar zu selten, rasierte sich unsauber, trug ständig eine zerknitterte Uniform und schmutzige Stiefel. Außerdem waren sein Bauch, seine Hüften und sein Hinterteil viel zu fett.

Wargle war ein Langweiler ohne jeglichen Sinn für Humor. Er las nicht, wußte nichts, hatte aber zu jeder sozialen und politischen Frage eine unumstößliche Meinung.

Wargle war ein widerlicher Kerl: fünfundvierzig Jahre alt, bohrte aber immer noch in der Öffentlichkeit in der Nase und rülpste und furzte laut, ohne sich jemals dabei etwas zu denken.

Jetzt lehnte er sich gegen die Beifahrertür und sagte: »Eigentlich habe ich ab zehn Uhr dienstfrei! Um zehn Uhr verdammt! Es ist nicht fair von Hammond, mich für diese blödsinnige Fahrt nach Snowfield einzuteilen! Noch dazu wartet eine heiße Braut auf mich!«

Frank reagierte nicht darauf. Er fragte nicht nach, mit wem Wargle verabredet war. Schweigend fuhr er weiter und hoffte, Wargle würde ihm heute Abend nicht sagen, wer die ›heiße Braut‹ war.

»Sie ist Kellnerin in Spankys Schnellimbiß«, erklärte Wargle. »Vielleicht haben Sie sie schon einmal gesehen. Eine Blondine. Sie heißt Beatrice, aber alle nennen sie Bea.«

»Ich gehe selten zu Spankys«, erwiderte Frank.

»Ach so. Ihr Gesicht ist nicht so übel, und sie hat großartige Titten. Na ja, vielleicht ein paar Pfund zuviel, aber sie hält sich für viel häßlicher, als sie ist. Total unsicher, verstehen Sie? Man muß sie richtig behandeln, also zuerst ihre Selbstzweifel noch bestärken, ihr dann aber sagen, daß man sie trotzdem will, obwohl sie eigentlich zu fett ist. Mann, ich sage Ihnen, dann tut sie alles, was man will. Einfach alles.«

Der Kerl lachte, als hätte er etwas unglaublich Komisches gesagt.

Frank hätte ihm zu gern ins Gesicht geschlagen, beherrschte sich aber.

Wargle war ein Frauenhasser. Er sprach von Frauen, als gehörten sie einer anderen, niedrigeren Gattung an. Die Vorstellung, daß man sein Leben mit einer Frau teilen und über tiefe Gefühle mit ihr sprechen konnte, daß man eine Frau lieben, verehren, bewundern und respektieren konnte und ihr Wissen, ihr Verständnis und ihren Humor schätzte, war Stu Wargle völlig fremd.

Frank Autry war seit sechsundzwanzig Jahren mit seiner bezaubernden Ruth verheiratet. Er liebte sie über alles. Obwohl er wußte, daß das ein egoistischer Gedanke war, betete er manchmal, sie möge erst nach ihm sterben, damit er nicht ohne sie zu leben brauchte.

»Dieser Scheißkerl Hammond will mich fertigmachen. Ständig meckert er an mir herum.«

»Weswegen?«

»Wegen allem. Es paßt ihm nicht, wie meine Uniform aussieht. Er mag es nicht, wie ich meine Berichte schreibe. Sagt mir der Kerl doch, ich solle meine Einstellung ändern. Meine Einstellung, das muß man sich vorstellen! Er will mir an den Karren fahren, aber das schafft er nicht. Die nächsten fünf

Jahre bringe ich auch noch hinter mich, und dann bekomme ich meine Pension für dreißig Dienstjahre. Der Bastard wird mich nicht um meine Pension bringen.«

Vor knapp zwei Jahren hatten die Einwohner von Santa Mira durch einen Volksentscheid beschlossen, die Polizei der Stadt dem County zu unterstellen. Mit dieser Abstimmung wurde Bryce Hammond das Vertrauen ausgesprochen, denn er hatte die Polizeistation im Landkreis aufgebaut. Bedingung war allerdings, daß keiner der bisher städtischen Polizeibeamten ihren Job oder ihren Pensionsanspruch verlieren durften. Also mußte Bryce Hammond sich mit Stewart Wargle abfinden.

Sie erreichten die Ausfahrt nach Snowfield. Frank sah in den Rückspiegel und beobachtete, wie der dritte Streifenwagen des Konvois sich wie verabredet querstellte, um eine Straßensperre aufzubauen.

Sheriffs Hammonds Wagen fuhr weiter in Richtung Snowfield, und Frank folgte ihm.

»Warum, zum Teufel, haben wir das Wasser mitgebracht?« fragte Wargle. Hinten im Wagen standen drei Zwanzig-Liter-Kanister mit Wasser.

»Das Trinkwasser in Snowfield könnte verseucht sein«, erklärte Frank.

»Und was soll der Fraß im Kofferraum?«

»Auch die Nahrungsmittel könnten vergiftet sein.«

»Ich glaube nicht, daß sie alle tot sind.«

»Der Sheriff konnte Paul Henderson im Polizeirevier nicht erreichen.«

»Na und? Henderson macht doch ständig blau.«

»Die Ärztin dort oben sagte, Henderson sei tot, und die anderen ...«

»Meine Güte, die Ärztin ist entweder verrückt oder besoffen. Wer, zum Teufel, würde schon zu einer Ärztin gehen? Wahrscheinlich hat sie ihr Examen nur bestanden, weil sie sich während ihrer Ausbildung von den richtigen Leuten aufs Kreuz legen lassen hat.«

»Was?«

»Keine Braut hat genügend Grips, um das Studium ohne Hilfe zu schaffen.«

»Wargle, Sie überraschen mich immer wieder.«

»Wieso? Was haben Sie denn?«

»Nichts. Vergessen Sie es.«

Wargle rülpste. »Egal, ich glaube auf jeden Fall nicht, daß sie alle tot sind.«

Ein weiteres Problem mit Stu Wargle war, daß er keinerlei Einbildungskraft besaß.

»So ein Mist. Und das, wo ein geiles Püppchen auf mich wartet.«

Frank Autry dagegen hatte ein sehr gutes Vorstellungsvermögen. Vielleicht war es sogar zu stark ausgeprägt. Während er in die Berge hinauffuhr und das Schild mit der Aufschrift SNOWFIELD – 3 MEILEN hinter sich ließ, arbeitete seine Fantasie wie eine gut geölte Maschine. Er hatte das beunruhigende Gefühl – war es eine Vorahnung oder Eingebung? –, daß sie direkt in die Hölle fuhren.

Die Feuerwehrsirene heulte, und die Glocke schlug immer schneller. In der Stadt herrschte ein ohrenbetäubender Lärm.

»Jenny!« rief Lisa.

»Halt die Augen offen! Paß auf, ob sie etwas bewegt!«

Die Straße war ein Flickenteppich aus zehntausend Schatten; es gab zu viele dunkle Stellen, um sie alle im Auge zu behalten.

Die Sirene heulte, die Glocke dröhnte, und dann begannen alle Lichter – in den Häusern, in den Läden und auf der Straße – so rasch an- und auszugehen, daß der Eindruck entstand, ein riesiges Stroboskop wäre angestellt worden. In dem flackernden Licht schienen sich die Häuser der Skyline Road rasch vor- und zurückzubewegen. Die Schatten tanzten ruckartig hin und her. Jenny hielt den Revolver mit ausgestreckten Armen vor sich und drehte sich einmal um die eigene Achse.

Falls etwas auf sie zukam, konnte sie es in dem stroboskopischen Feuerwerk nicht erkennen.

Was ist, wenn der Sheriff eintrifft und mitten auf der Straße zwei abgetrennte Köpfe findet? fuhr es Jenny durch den Kopf. Meinen und Lisas.

Die Kirchenglocke läutete noch lauter in einem ununterbrochenen, nervenzerrüttenden Rhythmus. Die Sirene schwoll zu einem mißtönenden, markerschütternden Heulen an. Es war erstaunlich, daß die Fensterscheiben nicht zersplitterten.

Lisa hielt sich die Ohren zu. Jennys Hand, in der sie die Pistole hielt, begann unkontrolliert zu zittern.

Dann hörte der Höllenlärm so abrupt auf, wie er begonnen hatte. Die Sirene und die Glocke verstummten. Die Lichter blieben an.

Jenny sah sich angestrengt um und wartete darauf, daß etwas passieren würde – irgend etwas noch Schlimmeres, doch alles blieb ruhig.

Die Stadt war wieder so totenstill wie ein Friedhof. Plötzlich fegte der Wind wieder durch die Straßen und ließ die Bäume schwanken, als tanzten sie zu einer ätherischen, für das menschliche Ohr nicht wahrnehmbaren Musik.

Benommen schüttelte Lisa den Kopf. »Es ist fast so, als ... als wollte uns jemand Angst einjagen ... oder mit uns spielen.«

»Ja, genau so war es«, sagte Jenny leise. »Als wollte jemand mit uns spielen. Wie eine Katze mit einer Maus.«

Sie standen bewegungslos mitten auf der stillen Straße. Beide wagten es nicht, wieder zu der Bank vor dem Stadtgefängnis zurückzugehen, weil sie befürchteten, mit einer Bewegung möglicherweise die Sirene und die Glocke wieder in Gang zu setzen.

Plötzlich hörten sie ein tiefes Brummen. Einen Augenblick lang krampfte sich Jennys Magen zusammen. Sie hob wieder die Waffe, obwohl sie nichts sah, worauf sie zielen konnte. Dann erkannte sie das Geräusch: das waren die Motoren der Autos, die mühsam die steile Gebirgsstraße heraufschlichen.

Sie drehte sich um und sah die Straße hinunter. Das Dröhnen der Motoren wurde lauter, und dann bogen zwei Streifenwagen mit blinkenden roten Lichtern auf den Dächern um die Kurve.

»Gott sei Dank«, sagte Lisa.

Jenny führte ihre Schwester rasch zu dem kopfsteingepflasterten Gehweg vor dem Polizeirevier.

Die zwei grün-weißen Streifenwagen fuhren langsam die Straße entlang und hielten vor der Holzbank. Beide Motoren wurden gleichzeitig abgestellt. Wieder senkte sich Totenstille über Snowfield.

Ein gutaussehender Schwarzer in der Uniform eines Hilfssheriffs stieg aus dem ersten Wagen und ließ die Tür offen. Er sah Jenny und Lisa an, sagte aber kein Wort. Seine Aufmerksamkeit wurde von der unnatürlich stillen, menschenleeren Straße gefangengenommen. Ein zweiter Mann kletterte vom Vordersitz des Wagens. Er hatte widerspenstiges, sandfarbenes Haar, und seine Augenlider waren so schwer, daß er aussah, als würde er gleich einschlafen. Er trug Zivilkleidung – eine graue Hose, ein blaßblaues Hemd, und eine dunkelblaue Nylonjacke –, doch an seiner Jacke steckte der Sheriffstern.

Weitere vier Männer stiegen aus den Autos. Alle sechs Neuankömmlinge blieben eine Weile sprachlos stehen und betrachteten die ausgestorbenen Läden und Wohnhäuser.

In diesem seltsamen Moment, in dem die Zeit stillzustehen schien, hatte Jenny plötzlich eine schreckliche Vorahnung, an die sie selbst nicht glauben wollte. Sie spürte – nein, sie wußte mit Sicherheit –, daß nicht alle diesen Ort lebend wieder verlassen würden.

11
Untersuchungen

Bryce kniete neben der Leiche Paul Hendersons. Die anderen sieben – seine Leute, Dr. Paige und Lisa – standen dicht beieinander vor dem Holzgeländer im Polizeirevier; sie schwiegen in Gegenwart des Todes.

Paul Henderson war ein guter, anständiger Mensch gewesen, und sein Tod war ein großer Verlust.

»Dr. Paige?«

»Ja, Sheriff?« Jenny kauerte sich auf der anderen Seite der Leiche nieder.

»Sie haben die Leiche doch nicht bewegt?«

»Ich habe sie nicht einmal angefaßt, Sheriff.«

»Und es war kein Blut zu sehen?«

»Genau wie jetzt – kein Blut.«

»Vielleicht hat er eine Verletzung am Rücken«, meinte Bryce.

»Selbst dann müßte Blut auf dem Boden sein.«

»Wahrscheinlich.« Er sah Jenny in die Augen und fand sie sehr hübsch – grün mit goldfarbenen Sprenkeln. »Normalerweise würde ich eine Leiche nicht anrühren, bevor der Coroner sie untersucht hat, aber dies ist eine Ausnahmesituation. Ich muß den Mann umdrehen.«

»Ich weiß nicht, ob es ungefährlich ist, ihn zu berühren.«

»Irgend jemand muß es ja tun«, erwiderte Bryce.

Dr. Paige erhob sich, und alle traten ein paar Schritte zurück.

Bryce legte eine Hand auf Hendersons schwarzblaues, verzerrtes Gesicht. »Die Haut ist ja noch etwas warm«, sagte er überrascht.

»Ich glaube nicht, daß sie schon lange tot sind«, erklärte Dr. Paige.

»Aber eine Leiche verfärbt sich nicht in wenigen Stunden auf diese Weise und schwillt derartig an«, warf Tal Whitman ein.

»Diese Leichen hier schon«, erwiderte die Ärztin.

Bryce drehte die Leiche um, konnte aber keine Wunde auf dem Rücken entdecken. Er schob eine Hand in das dichte Haar des Hilfssheriffs und tastete die Knochen ab. Möglicherweise hatte Henderson einen harten Schlag auf den Hinterkopf bekommen. Doch das war offensichtlich nicht der Fall – der Schädel war nicht eingeschlagen.

Bryce stand auf. »Sie haben doch von zwei enthaupteten

Leichen gesprochen, Dr. Paige. Ich denke, wir sollten sie uns jetzt ansehen.«

»Könnte währenddessen einer Ihrer Männer bei meiner Schwester bleiben?« fragte Jenny.

»Ich kann Ihre Gefühle verstehen«, sagte Bryce. »Aber ich glaube nicht, daß es klug wäre, wenn wir uns trennten. Vielleicht nützt es uns nichts, wenn wir alle zusammenbleiben, doch die Möglichkeit besteht.«

»Schon gut«, versicherte Lisa. »Ich wäre sowieso nicht hier geblieben.«

Ein mutiges Mädchen, dachte Bryce. Sowohl Lisa als auch ihre ältere Schwester erstaunten ihn. Sie waren blaß, und in ihren Augen lag ein Ausdruck des Entsetzens. Zweifellos hatten beide einen Schock erlitten, aber sie kamen mit dieser Situation besser zurecht, als die meisten Menschen das in diesem bizarren Alptraum geschafft hätten.

Sie führten den Sheriff und seine Männer die Straße entlang zur Bäckerei.

Bryce konnte kaum glauben, daß Snowfield noch vor kurzer Zeit ein normaler, belebter Ort gewesen war. Jetzt wirkte die Stadt so ausgebrannt und tot wie eine der Geisterstädte in einer abgelegenen Wüste am Ende der Welt, wo selbst der Wind manchmal vergaß zu wehen. Die unheimliche Stille schien die Stadt schon jahrelang zu umhüllen, vielleicht sogar seit Jahrzehnten, Jahrhunderten oder noch viel länger.

Kurz nach der Ankunft in Snowfield hatte Bryce ein Megaphon benützt, in der Hoffnung, eine Reaktion aus einem der scheinbar verlassenen Häuser zu bekommen. Jetzt kam es ihm dumm vor, eine Antwort erwartet zu haben.

Sie betraten die Bäckerei der Liebermanns durch die Vordertür und gingen nach hinten in die Backstube.

Auf dem Hackbrett umklammerten immer noch zwei abgetrennte Hände die Griffe des Nudelholzes.

Zwei abgehackte Köpfe starrten durch die Sichtfenster der Backöfen.

»Mein Gott«, sagte Tal leise.

Bryce schüttelte sich, und Jake Johnson lehnte sich kraftlos gegen einen großen weißen Schrank.

»Meine Güte, die sind ja abgeschlachtet worden wie Kühe«, sagte Wargle. Dann fingen alle gleichzeitig zu reden an.

»... warum, zum Teufel, jemand so etwas ...«

»... geisteskrank, verrückt ...«

»... wo sind wohl die Körper?«

»Richtig«, sagte Bryce laut, um sich Gehör zu verschaffen. »Wo sind die Leichen? Wir müssen sie finden.«

Bei dem Gedanken daran, was sie wohl erwarten würde, erstarrte die ganze Gruppe für einen Moment.

»Es geht ohne Ihre und Lisas Hilfe, Dr. Paige«, fügte Bryce hinzu. »Warten Sie hier.«

Die Ärztin nickte, und Lisa lächelte dankbar.

Beklommen durchsuchten die Männer alle Schränke, öffneten eine Schublade und Tür nach der anderen. Gordy Brogan warf einen Blick in den großen Backofen, der nicht mit einem Sichtfenster ausgestattet war, und Frank Autry sah sich den begehbaren Eisschrank an. Bryce untersuchte den kleinen, blitzsauberen Waschraum am anderen Ende der Backstube. Die Männer konnten jedoch die Leichen – oder weitere Leichenteile – des älteren Ehepaars nicht finden.

»Warum haben die Mörder die Leichen wohl weggeschafft?« überlegte Frank.

»Vielleicht haben wir es mit den Anhängern einer Sekte zu tun, die die Körper für irgendein verrücktes Ritual brauchen«, meinte Jake Johnson.

»Wenn es sich tatsächlich um ein Ritual handelt, dann ist es wohl hier abgehalten worden«, sagte Frank.

Gordy Brogan rannte stolpernd zur Toilette. Er schwankte und wirkte wie ein zu groß geratenes Kind mit langen Beinen und baumelnden Armen, die nur durch seine Ellbogen und Knie zusammengehalten wurden. Nachdem er die Tür hinter sich zugeschlagen hatte, hörte man Würgegeräusche.

Stu Wargle lachte. »Meine Güte, so ein Schwächling.«

Bryce drehte sich um und fuhr ihn mit finsterer Miene an: »Was finden Sie hier so witzig, Wargle? Hier wurden Menschen ermordet. Ich finde Gordys Reaktion weitaus natürlicher als unsere.«

Wargle kniff seine kleinen Augen zusammen und schob wütend das schwabbelige Kinn vor. Er besaß nicht einmal den Anstand, sein Verhalten zu bedauern.

O Gott, ich verachte diesen Mann, dachte Bryce.

Als Gordy von der Toilette zurückkam, machte er ein verlegenes Gesicht. »Tut mir leid, Sheriff.«

»Dazu besteht kein Anlaß, Gordy.«

Die Gruppe ging durch die Backstube und den Verkaufsraum auf die Straße hinaus.

Bryce wandte sich sofort der niedrigen Holztür zu, die sich zwischen der Bäckerei und dem Laden nebenan befand. Er starrte darüber hinweg in die dunkle, überdachte Passage. Als Jenny sich zu ihm gesellte, fragte er: »Haben Sie dort drin geglaubt, etwas an den Dachbalken zu sehen?«

»Ja, aber Lisa dachte, irgend etwas würde sich an die Wand kauern.«

»Aber das war in diesem Durchgang, oder?«

»Ja.«

Der Tunnel war rabenschwarz.

Bryce nahm Tals Taschenlampe mit dem langen Griff, zog seine Pistole, öffnete die knarrende Tür und betrat den Gang. Ein leicht muffiger Geruch hing in der Luft. Das Quietschen der rostigen Türangeln und Bryces Schritte hallten in dem Tunnel vor ihm. Der starke Strahl der Taschenlampe reichte bis über die Hälfte des Durchgangs. Der Sheriff leuchtete die nähere Umgebung ab und sah sich die Mauern und die Decke genau an. Zumindest in diesem Teil der Passage war in den Dachbalken nichts zu entdecken.

Mit jedem Schritt wuchs Bryces Überzeugung, daß es unnötig gewesen war, die Waffe zu ziehen – bis er sich in der Mitte des Tunnels befand. Plötzlich spürte er etwas ... etwas Eigenartiges ... ein Kribbeln, eine Vorahnung, die ihm einen eisigen Schauder über den Rücken jagte. Er hatte das Gefühl, nicht mehr allein zu sein.

Bryce war ein Mann, der seinen Gefühlen vertraute, und

auch dieses Mal ignorierte er seine Vorahnung nicht. Er blieb stehen, hob die Pistole, lauschte angestrengt und ließ den Strahl seiner Taschenlampe rasch über die Mauern und die Decke wandern. Sorgfältig suchte er die Dachbalken ab, sah nach vorn bis ans Ende des Tunnels und warf sogar einen Blick zurück, um sich zu vergewissern, daß sich inzwischen nicht jemand wie durch Zauberei von hinten angeschlichen hatte. Es war nichts zu entdecken, aber Bryce fühlte sich immer noch von feindseligen Augen beobachtet.

Langsam ging er weiter, und plötzlich entdeckte er etwas im Strahl der Taschenlampe. Vor ihm befand sich ein Gully, etwa einen Quadratmeter groß und mit einem Gitter abgedeckt. Irgend etwas Undefinierbares glitzerte in dem Schacht und reflektierte das Licht der Taschenlampe; es *bewegte* sich.

Vorsichtig trat Bryce näher und leuchtete direkt in den Gully hinein. Was auch immer darin geglänzt hatte, war verschwunden. Er kauerte sich hin und spähte durch das Gitter. Der Lichtkegel fiel auf ein Abflußrohr mit einem Durchmesser von etwa 45 Zentimeter. Es war trocken – das bedeutete, daß er kein Wasser gesehen hatte.

Eine Ratte? Die Urlauber in Snowfield waren meist recht wohlhabend. Deshalb achtete die Stadtverwaltung streng darauf, daß sich hier keine Schädlinge ausbreiteten. Trotz gründlicher Vorsichtsmaßnahmen war es natürlich möglich, daß sich ein oder zwei Ratten eingeschlichen hatten, aber Bryce glaubte nicht, daß es eine gewesen war.

Er ging weiter bis zum Ende des Tunnels und kehrte dann zum Eingang zurück, wo Tal und die anderen auf ihn warteten.

»Haben Sie etwas gesehen?« fragte Tal.

»Nicht viel.« Bryce betrat den Gehsteig und schloß die Holztür hinter sich. Er erzählte ihnen von seinem Gefühl, beobachtet worden zu sein, und von der Bewegung in dem Abflußrohr.

»Die Liebermanns sind von Menschen getötet worden«, sagte Frank Autry. »Nicht von etwas, das so klein ist, um durch ein Abflußrohr kriechen zu können.«

»Das sollte man annehmen«, stimmte Bryce ihm zu.

»Aber Sie haben dort drin doch auch etwas gespürt, oder?« fragte Lisa eindringlich.

»Ja, ich habe etwas gespürt«, bestätigte Bryce. »Offensichtlich hat es mich nicht so stark berührt wie Sie beide. Aber es war sehr ... eigenartig.«

»Gut«, sagte Lisa. »Ich bin froh, daß Sie uns nicht für hysterische Weiber halten.«

»Wenn man bedenkt, was Sie beide durchgemacht haben, sind Sie alles andere als hysterisch.«

»Na ja, Jenny ist Ärztin«, erwiderte Lisa. »Und ich will diesen Beruf vielleicht auch einmal ergreifen. Als Ärztin kann man es sich einfach nicht leisten, hysterisch zu werden.«

Sie war ein hübsches Mädchen, aber Bryce mußte sich eingestehen, daß ihre ältere Schwester noch attraktiver war. Beide hatten das gleiche dichte rotbraune Haar, das an die Farbe von Kirschbaumholz erinnerte, und einen goldfarbenen Teint. Dr. Paiges Gesichtszüge waren allerdings reifer und daher für Bryce interessanter und anziehender. Außerdem leuchteten ihre Augen in einem intensiveren Grünton als die ihrer Schwester.

»Ich würde jetzt gern das Haus sehen, in dem die Opfer sich im Arbeitszimmer verbarrikadierten, Dr. Paige«, sagte Bryce.

»Ja«, stimmte Tal zu. »Die beiden Leute, die in einem verschlossenen Raum getötet wurden.«

»Das Haus der Oxleys liegt an der Ecke Vail Lane und Skyline Road.« Jenny führte die Männer zu der Kreuzung.

Das trockene Hallen ihrer Schritte war das einzige wahrnehmbare Geräusch. Bryce mußte unwillkürlich an eine verlassene Stadt in der Wüste denken, in der Skarabäen in Grabstätten über alte Papyrusrollen huschten.

Dr. Paige bog an der Vail Lane um die Ecke und blieb stehen. »Tom und Karen Oxley wohnen ... ich meine, sie wohnten zwei Blocks von hier.«

Bryce sah sich um. »Auf dem Weg dorthin sollten wir uns alle Häuser und Läden ansehen – zumindest auf dieser Straßenseite. Ich glaube, es ist sicherer, wenn wir uns in zwei Verergruppen aufteilen. Wir werden uns nicht allzu weit voneinander entfernen, so daß wir uns gegenseitig helfen können, sollte es Schwierigkeiten geben. Dr. Paige und Lisa bleiben bei Tal und mir. Frank, Sie übernehmen die zweite Gruppe.«

Frank nickte.

»Ihr vier bleibt aber zusammen«, ermahnte Bryce seine Männer. »Und das meine ich wörtlich. Ihr dürft euch nicht aus den Augen verlieren. Ist das klar?«

»Ja, Sheriff«, bestätigte Frank Autry.

»Gut. Ihr vier seht euch das erste Gebäude neben dem Restaurant an, und wir übernehmen das nächste Haus. So tasten wir uns langsam vor und vergleichen dann am Ende des Häuserblocks unsere Informationen. Wenn ihr etwas Interessantes bemerkt – und damit meine ich nicht nur weitere Leichen –, dann holt mich. Solltet ihr Hilfe brauchen, feuert zwei oder drei Schüsse ab. Selbst wenn wir gerade in einem der anderen Häuser sind, hören wir auch dann. Und ihr achtet ebenfalls darauf, ob wir Schüsse abgeben.«

»Darf ich noch etwas vorschlagen?« fragte Dr. Paige.

»Natürlich.«

Jenny wandte sich an Frank Autry. »Wenn Sie Leichen finden, die aus Augen, Ohren, Nase oder Mund bluten, geben Sie mir bitte sofort Bescheid. Auch wenn Sie Anzeichen von Erbrechen oder Durchfall bemerken.«

»Weil das auf eine Krankheit hindeuten könnte?« fragte Bryce.

»Ja«, erwiderte sie. »Oder auf eine Vergiftung.«

»Aber diese Möglichkeit haben wir doch bereits ausgeschlossen«, meinte Gordy Brogan.

Jake Johnson, der mittlerweile viel älter als achtundfünfzig wirkte, sagte: »Das war keine Krankheit, die den Leuten den Kopf abgehackt hatte.«

»Das habe ich mir auch schon überlegt«, erklärte Dr. Paige. »Es könnte sich allerdings um eine Krankheit oder ein Gift handeln, das uns noch nicht bekannt ist – zum Beispiel eine

Abart der Tollwut, die einige Menschen tötet und andere so in den Wahnsinn treibt, daß sie ihre Mitmenschen verstümmeln.«

»Halten Sie das denn für wahrscheinlich?« fragte Tal Whitman.

»Nein, aber wir können es auch nicht ausschließen. Was ist im Augenblick unwahrscheinlich? Wer hätte es jemals für möglich gehalten, daß so etwas in einer Stadt wie Snowfield passiert?«

Frank Autry zupfte an seinem Schnurrbart. »Wenn aber hier einige tollwütige Verrückte herumstreifen, wo sind sie dann?«

Alle sahen sich auf der menschenleeren Straße um. Die Grünflächen, Gehsteige und geparkten Autos lagen im Schatten, und hinter den Fenstern der Häuser brannte kein Licht.

»Sie verstecken sich«, meinte Wargle.

»Und lauern«, fügte Gordy Brogan hinzu.

»Nein, das ergibt keinen Sinn«, sagte Bryce. »Tollwütige Wahnsinnige würden sich nicht verstecken, einen Plan schmieden und uns belauern – sie würden uns angreifen.«

»Außerdem ist das nicht einfach Tollwut«, flüsterte Lisa. »Das ist etwas viel Merkwürdigeres.«

»Wahrscheinlich hat sie recht«, meinte Dr. Paige.

»Wenn wir Anzeichen von Erbrechen, Durchfall oder Blutungen finden, wissen wir auf jeden Fall Bescheid«, sagte Bryce. »Und wenn nicht ...«

»Dann muß ich eine neue Hypothese aufstellen«, erwiderte Dr. Paige.

Die anderen schwiegen. Alle zögerten, mit der Suche zu beginnen, da sie nicht wußten, was sie finden würden – oder was *sie* finden würde.

Die Zeit schien stillzustehen.

Die Morgendämmerung wird nie kommen, wenn wir uns nicht endlich in Bewegung setzen, dachte Bryce.

»Also los«, sagte er.

Das erste Gebäude war klein und schmal. Im Erdgeschoß befanden sich eine Galerie und ein Kunstgewerbeladen. Frank Autry schlug eine Scheibe in der Eingangstür ein, griff hinein und öffnete das Schloß. Dann ging er ins Haus und schaltete das Licht an.

Er winkte den anderen zu. »Verteilt euch«, forderte er alle auf. »Bleibt nicht zu eng zusammen. Wir wollen kein einfaches Ziel bieten.«

Sein Befehl erinnerte ihn an zwei Einsätze, die er vor annähernd dreißig Jahren in Vietnam geleitet hatte. Diese Operation war ebenso nervenaufreibend gewesen wie die Missionen im Gebiet der Guerillas.

Vorsichtig schlichen sie durch die Galerie, konnten aber niemanden entdecken. Auch das kleine Büro dahinter war leer. Von dort aus führte eine Treppe in den ersten Stock.

Sie gingen vor wie bei einem militärischen Angriff. Frank stieg allein mit gezogener Waffe die Treppe hinauf, während die anderen unten warteten. Er fand den Lichtschalter an der Wand, drückte darauf und sah, daß er sich in einer Ecke des Wohnzimmers befand. Nachdem er sich versichert hatte, daß er allein in dem Raum war, winkte er die anderen zu sich. Während seine Männer die Treppe heraufkamen, sah er sich in dem Wohnzimmer um, wobei er sich vorsichtig an der Wand entlangtastete.

Gemeinsam durchsuchten sie dann die übrigen Räume im ersten Stock. Arbeitszimmer und Eßzimmer waren leer.

Auf dem Küchenboden entdeckten sie jedoch einen Toten; der Mann trug lediglich eine blaue Pyjamahose. Mit seinem verfärbten, angeschwollenen Körper lag er vor dem geöffneten Kühlschrank. Er wies keine sichtbaren Verletzungen auf, und sein Gesicht war nicht vor Entsetzen verzerrt. Anscheinend war er gestorben, noch bevor er seinen Angreifer hatte sehen können – und ohne die leiseste Warnung, daß der Tod nahe war. Auf dem Boden um ihn herum waren die Zutaten für ein Sandwich verteilt: ein zerbrochenes Senfglas, eine Stange Salami, eine zerquetschte Tomate und eine Packung Schweizer Käse.

»Der ist ohne Zweifel nicht an einer Krankheit gestorben«, stellte Jake Johnson fest. »Wäre er krank gewesen, hätte er bestimmt keine Salami mehr essen wollen.«

»Und es muß sehr schnell geschehen sein«, meinte Gordy. »In den Händen hielt er noch die Sachen aus dem Kühlschrank, und als er sich umdrehte, ist es passiert. Einfach so.«

Im Schlafzimmer entdeckten sie eine weitere Leiche; die Frau lag nackt im Bett. Sie war zwischen zwanzig und vierzig – wegen der Verfärbungen und der Schwellungen war ihr Alter schwer zu schätzen. Ihr Gesicht war wie das Paul Hendersons vor Grauen verzerrt, ihr Mund zu einem Schrei geöffnet.

Jake Johnson holte einen Stift aus der Tasche seines Hemds und schob ihn vorsichtig durch den Abzug der 22er Automatik, die auf den zerknüllten Laken neben der Leiche lag.

»Ich glaube nicht, daß wir damit besonders vorsichtig umgehen müssen«, meinte Frank. »Sie wurde nicht erschossen. Keine Wunden, kein Blut. Wenn jemand die Waffe benützt hat, dann sie selbst. Geben Sie mal her.«

Er nahm Jake die Waffe aus der Hand und zog das Magazin heraus. Es war leer. Im Schein der Nachttischlampe spähte er in den Lauf. Es war keine Kugel zu sehen. Er roch an der Mündung.

»Ist sie vor kurzem abgefeuert worden?« fragte Jake.

»Ja. Scheint noch nicht lange her zu sein. Wenn das Magazin voll war, hat sie zehn Schuß abgegeben.«

»Da, sehen Sie.« Wargle deutete auf ein Einschußloch in der Wand gegenüber, das sich in etwa zwei Meter Höhe befand.

»Und hier«, sagt Gordy Brogan und zeigte auf eine weitere Kugel, die das dunkle Holz einer Kommode durchschlagen hatte.

Sie fanden die zehn leeren Patronenhülsen im und in der Nähe des Betts, konnten aber keine Kugeln mehr entdecken.

»Glauben Sie, daß sie tatsächlich achtmal getroffen hat?« fragte Gordy Frank.

»Natürlich nicht!« Wargle zog seinen Revolvergurt über

seine fetten Hüften. »Wenn sie acht Treffer gelandet hätte, wäre sie nicht die einzige verdammte Leiche in diesem Raum.«

»Richtig«, sagte Frank, obwohl er Stu Wargle nur ungern recht gab. »Außerdem gibt es keine Blutspuren. Hätte sie achtmal getroffen, müßte hier alles voller Blut sein.«

Wargle ging zum Fußende des Betts und starrte auf die Tote hinab. Sie lehnte an etlichen Kissen, und ihre Beine waren in einer grotesken Parodie von Lust weit gespreizt. »Der Typ in der Küche muß die Braut hier gevögelt haben«, sagte Wargle. »Als er fertig war, ist er wohl in die Küche gegangen, um etwas zu essen. Dann muß sich jemand hereingeschlichen und die beiden umgelegt haben.«

»Der Mann in der Küche wurde zuerst umgebracht«, stellte Frank fest. »Er wäre unmöglich auf diese Weise überrascht worden, wenn sie die zehn Schüsse vorher abgefeuert hätte.«

»Mann, ich wünschte, ich hätte auch den ganzen Tag mit einer so heißen Braut im Bett verbringen können«, sagte Wargle.

Frank starrte ihn ungläubig an. »Wargle, Sie sind einfach widerlich. Macht Sie denn sogar eine aufgequollene Tote an – nur weil sie nackt ist?«

Wargle wurde rot. Rasch wandte er den Blick von der Leiche ab. »Was, zum Teufel, ist los mit Ihnen, Frank? Halten Sie mich etwa für pervers? Verdammt, ich habe das Bild auf dem Nachttisch gesehen.« Er deutete auf eine silbergerahmte Fotografie neben der Lampe. »Sie trägt einen Bikini, sehen Sie? Ein hübsches Weibsbild. Große Titten und lange Beine. *Das* hat mich angemacht, Kumpel.«

Frank schüttelte den Kopf. »Es verblüfft mich nur, daß Sie unter solchen Umständen – beim Anblick einer Leiche – an so etwas denken können.«

Wargle hielt das noch für ein Kompliment und zwinkerte ihm zu.

Wenn ich diese Sache hier lebend überstehe, dachte Frank, werde ich mich von Bryce Hammond nie wieder mit Wargle zum Dienst einteilen lassen. Eher kündige ich.

»Wie ist es nur möglich, daß sie achtmal getroffen hat, ohne etwas zu bewirken? Und warum gibt es keine Blutspuren?« fragte Gordy Brogan.

Jake Johnson fuhr sich mit der Hand durch sein weißes Haar. »Ich habe keine Ahnung, Gordy, aber eines weiß ich genau – ich wünschte, Bryce hätte mich nicht für diesen Einsatz ausgesucht.«

Neben der Galerie befand sich ein altmodisches, einstöckiges Haus, an dem ein Schild befestigt war: BROOKHART'S/BIER * WEIN * SPIRITUOSEN * TABAKWAREN * ZEITSCHRIFTEN * ZEITUNGEN * BÜCHER.

Die Lichter brannten, die Tür war nicht verschlossen. Der Laden war selbst außerhalb der Saison am Sonntag bis neun Uhr geöffnet.

Bryce ging voran, gefolgt von Jennifer und Lisa Paige. Tal Whitman betrat den Laden als letzter. In einer gefährlichen Situation suchte Bryce Hammond sich immer Tal Whitman für die Rückendeckung aus. Nicht einmal Frank Autry vertraute er so sehr wie ihm.

Der Raum wirkte ein wenig unordentlich, aber warm und gemütlich. In den großen Kühlschränken mit den Glastüren stapelten sich Dosen und Bierflaschen, auf den Regalen türmten sich Wein- und Schnapsflaschen neben Taschenbüchern, Magazinen und Zeitungen. Zigarren, Zigaretten und etliche Dosen mit Pfeifentabak lagen in gefährlich wackeligen Stößen auf mehreren Ladentischen. Dazwischen waren überall Süßigkeiten verteilt.: Schokoriegel, Kaugummis, Erdnüsse, Popcorn, Dauerbrezen, Kartoffelchips, gerösteter Mais und Tortilla Chips.

Bryce ging durch den Laden und hielt Ausschau nach weiteren Leichen. Nichts zu sehen. Auf dem Boden befand sich jedoch eine riesige, einige Zentimeter tiefe Pfütze. Sie gingen vorsichtig um sie herum.

»Wo kommt nur all das Wasser her?« fragte Lisa.

»Das muß wohl aus einem der Kühlschränke herausgelaufen sein«, meint Tal Whitman.

Sie sahen sich die leise summenden Kühlgeräte neben dem Weinregal genau an, konnten aber kein Leck finden.

»Vielleicht ist ein Wasserrohr undicht«, sagte Jennifer Paige.

Sie suchten weiter und stiegen in den Keller hinunter, in dem etliche Kartons mit Wein und Spirituosen gelagert wurden. Dann gingen sie in den ersten Stock, in dem sich das Büro befand. Auch hier fanden sie nichts Ungewöhnliches.

Als sie durch den Laden auf die Eingangstür zugingen, blieb Bryce stehen und bückte sich neben der Pfütze. Er tauchte einen Finger in die Flüssigkeit. Sie fühlte sich an wie Wasser und war geruchlos.

»Was ist los?« fragte Tal.

Bryce richtete sich wieder auf. »Seltsam – all das Wasser hier.«

»Höchstwahrscheinlich kommt es von einem undichten Wasserrohr, wie Dr. Paige schon sagte.«

Bryce nickte, aber diese große Lache schien wichtig zu sein – auch wenn er nicht sagen konnte, warum.

Taytons Apotheke war nur klein, versorgte aber Snowfield und die umliegenden Bergdörfer. In den beiden Stockwerken darüber lag eine Wohnung. Sie war in beige- und pfirsichfarbenen Tönen mit einigen smaragdgrünen Akzenten gehalten und antik möbliert.

Frank Autry führte seine Männer durch das ganze Haus, doch sie fanden nichts Auffälliges – bis auf den nassen Teppich im Wohnzimmer; er quietschte buchstäblich vor Nässe unter ihren Schuhen.

Der Gasthof Candleglow Inn mit dem überhängenden Dach, den kunstvoll geschnitzten Holzbalken, den geteilten Fenstern und weiß gestrichenen Läden vermittelte einen Eindruck von Gemütlichkeit und Wärme. An den beiden Steinsäulen auf der kurzen Auffahrt hingen zwei Laternen. Drei kleine Scheinwerfer zauberten Lichteffekte auf die Vorderseite des Hauses.

Jenny, Lisa, der Sheriff und Lieutenant Whitman blieben auf dem Gehsteig davor stehen. »Ist es um diese Jahreszeit geöffnet?« fragte Hammond.

»Ja«, erwiderte Jenny. »Selbst außerhalb der Saison ist das Haus meist zur Hälfte belegt, und es genießt auch bei anspruchsvollen Gästen einen sehr guten Ruf. Es gibt allerdings nur sechzehn Zimmer.«

»Na gut ...« sehen wir uns ein wenig um.«

Durch die Eingangstür gelangten sie in die kleine, gemütlich eingerichtete Lobby. Auf dem Eichenparkett lag ein dunkler orientalischer Teppich. Neben den beigefarbenen Sofas standen einige altrosa gepolsterte Sessel im Queen-Anne-Stil, und auf den Tischen auf Kirschbaumholz befanden sich stilvolle Messinglampen.

Jenny schlug rasch einige Male auf die Glocke an der Rezeption – wie erwartet, bekam sie keine Antwort.

»Dan und Sylvia haben hinter dem Büro ein Apartment«, erklärte sie und deutete auf einen kleinen Raum hinter der Rezeption.

»Gehört ihnen der Gasthof?« fragte der Sheriff.

»Ja. Dan und Sylvia Kanarsky.«

»Freunde von Ihnen?« Der Sheriff sah sie nachdenklich an.

»Ja, sehr gute sogar.«

»Dann sollten Sie besser nicht in ihre Wohnung gehen.«

Seine blauen Augen mit den schweren Lidern spiegelten Mitgefühl und Verständnis wider. Jenny registrierte überrascht die Freundlichkeit und Intelligenz, die seine Gesichtszüge prägten. Sie hatte ihn in der vergangenen Stunde bei seiner Arbeit beobachtet und allmählich begriffen, daß er viel wachsamer und tüchtiger war, als es den Anschein hatte. Jetzt sah sie in seine gefühlvollen, warmherzigen Augen und stellte fest, daß er ein scharfsichtiger, interessanter und beeindruckender Mann war.

»Wir können nicht einfach davonlaufen«, sagte sie. »Früher oder später muß das Hotel ohnehin durchsucht werden – ebenso wie die ganze Stadt. Also bringen wir diesen Teil hinter uns.«

Sie klappte das Brett an der Rezeption nach oben und wollte durch die Schwingtür in das Büro gehen.

»Bitte lassen Sie immer mich oder Lieutenant Whitman vorausgehen«, sagte der Sheriff.

Jenny trat bereitwillig zur Seite, und er ging an ihr vorbei in das Apartment der Kanarskys. Es war leer. Keine Leichen. Gott sei Dank.

Sie kehrten zur Rezeption zurück, und Whitman blätterte im Gästebuch. »Im Augenblick sind nur sechs Zimmer vermietet. Sie sind alle im ersten Stock.«

Der Sheriff entdeckte einen Generalschlüssel an einem Brett neben den Briefkästen.

Mit routinemäßiger Vorsicht gingen sie die Treppe nach oben und durchsuchten sechs Zimmer. In den ersten fünf fanden sie Gepäck, Kameras, halb beschriebene Postkarten und andere Anzeichen, daß sie tatsächlich bewohnt waren. Von den Gästen fehlte jedoch jede Spur.

Als der Lieutenant im sechsten Zimmer ins Bad gehen wollte, fand er die Tür verschlossen. Er hämmerte dagegen. »Polizei! Ist da jemand?«

Keine Antwort.

Whitman sah sich den Türknauf an und wandte sich dann an den Sheriff. »Auf dieser Seite ist kein Verriegelungsknopf, also muß jemand dort drin sein. Soll ich die Tür aufbrechen?«

»Sie sieht sehr massiv aus«, meinte Hammond. »Es nützt uns nichts, wenn Sie sich dabei die Schulter auskugeln. Schießen Sie das Schloß auf.«

Jenny zog Lisa am Arm zur Seite, damit sie nicht von Splittern getroffen wurde.

Lieutenant Whitmann rief eine Warnung, bevor er einen Schuß auf das Schloß abgab. Dann trat er die Tür auf und stürmte ins Badezimmer. »Hier ist niemand.«

»Vielleicht sind sie aus dem Fenster geklettert«, sagte der Sheriff.

Whitman runzelte die Stirn. »Hier gibt es keine Fenster.«

»Sind Sie sicher, daß die Tür verschlossen war?«

»Absolut. Und sie läßt sich nur von innen absperren.«

»Aber wie? Wenn niemand drin war?«

Whitman zuckte mit den Schultern. »Hier ist allerdings etwas, was Sie sich ansehen sollten.«

Das Badezimmer war groß genug für alle vier, also sahen sie es sich gemeinsam an. Auf dem Spiegel über dem Waschbecken hatte jemand eine hastig hingekritzelte Nachricht in dicken fetten schwarzen Buchstaben hinterlassen:

TIMOTHY FLYTE
DER ALTE FEIND

In einer anderen Wohnung über einem anderen Laden fanden Frank Autry und seine Männer wieder einen durchtränkten Teppichboden vor. Im Wohnzimmer, Eßzimmer und in den Schlafzimmern war der Teppich trocken, aber in dem Gang zur Küche war er tropfnaß. Und in der Küche waren bis zu zwei Zentimeter tiefe Pfützen auf dem Linoleum.

Jake Johnson stand im Flur und starrte auf den Küchenboden. »Das muß ein undichtes Wasserrohr sein.«

»Das haben Sie in dem anderen Haus auch schon vermutet«, erinnerte Frank ihn. »Glauben Sie tatsächlich an einen solchen Zufall?«

»Aber das ist doch nur Wasser«, warf Gordy Brogan ein. »Das kann doch wohl nichts mit ... mit all diesen Morden zu tun haben.«

»Mist«, sagte Stu Wargle. »Wir verschwenden nur unsere Zeit. Hier ist nichts. Los, gehen wir.«

Frank ignorierte ihn und ging in der Küche vorsichtig um den See herum zu einer trockenen Stelle neben den Küchenschränken. Er öffnete einige Türen, bis er eine kleine Plastikschüssel fand, die normalerweise für die Aufbewahrung von Resten benützt wurde. Sie war sauber und trocken und hatte einen luftdichten Deckel. In einer Schublade entdeckte er einen großen Löffel, mit dem er etwas von dem Wasser auf dem Boden in den Plastikbehälter füllte.

»Was tun Sie denn da?« fragte Jake.

»Ich nehme eine Probe mit.«

»Eine Probe? Wozu? Das ist doch nur Wasser.«

»Schon«, erwiderte Frank. »Aber irgend etwas daran ist komisch.«

Das Badezimmer. Der Spiegel. Die Buchstaben.

Jenny starrte auf die fünf Worte.

»Wer ist Timothy Flyte?« fragte Lisa.

»Vielleicht der Kerl, der das geschrieben hat«, meinte Lieutenant Whitman.

»Ist das Zimmer an Flyte vermietet?« fragte der Sheriff.

»Ich glaube nicht, daß dieser Name im Gästebuch steht«, antwortete der Lieutenant. »Wir können ja unten noch einmal nachsehen, aber eigentlich bin ich mir ganz sicher.«

»Vielleicht ist Timothy Flyte einer der Mörder«, meinte Lisa. »Möglicherweise hat ihn der Mann, der dieses Zimmer gemietet hat, erkannt und diese Nachricht hinterlassen.«

Der Sheriff schüttelte den Kopf. »Nein. Hätte Flyte wirklich etwas mit der Sache zu tun, hätte er doch nicht seinen Namen auf dem Spiegel gelassen. Er hätte ihn abgewischt.«

»Aber nur, wenn er die Nachricht auch gesehen hat«, sagte Jenny.

»Vielleicht wußte er davon, gehört aber zu diesen Verrückten, von denen Sie gesprochen haben, und es ist ihm gleichgültig, ob wir ihn schnappen oder nicht«, meinte der Lieutenant.

Bryce Hammond sah Jenny an. »Gibt es hier in der Stadt einen Flyte?«

»Nie von ihm gehört.«

»Kennen Sie jeden in Snowfield?«

»Ja.«

»Alle fünfhundert Einwohner?«

»Fast alle.«

»So, fast alle. Es könnte also doch einen Timothy Flyte hier geben, oder?«

»Selbst wenn ich ihn nicht persönlich kennengelernt hätte, würde ich seinen Namen kennen. Das ist ein kleines Nest, Sheriff – zumindest außerhalb der Saison.«

»Möglicherweise handelt es sich um jemanden aus Mount Larson, Shady Roost oder Pineville«, sagte der Lieutenant.

Jenny wünschte, sie könnten die Nachricht auf dem Spiegel an einem anderen Ort besprechen. Draußen, an der frischen Luft. Wo sich nichts unbemerkt anschleichen konnte. Sie wurde das unerklärliche, unheimliche Gefühl nicht los, daß in diesem Augenblick etwas Fremdes in einem anderen Teil des Hotels umherschlich und heimlich etwas Schreckliches tat, wovon sie, der Sheriff, Lisa und der Hilfssheriff nichts bemerkten.

»Und was soll der zweite Teil bedeuten?« fragte Lisa und deutete auf die Worte DER ALTE FEIND.

Nach einer Weile sagte Jenny: »Lisa hat wohl recht. Anscheinend wollte der Mann, der das geschrieben hat, uns sagen, daß Timothy Flyte sein Feind war. Und unserer auch, denke ich.«

»Möglich«, sagte Bryce zweifelnd. »Aber dann hat er sich seltsam ausgedrückt – ›der Alte Feind‹. Klingt merkwürdig – beinahe archaisch. Wenn er sich vor Flyte in das Badezimmer geflüchtet hat und schnell eine Nachricht hinterlassen wollte, warum hat er dann nicht geschrieben, ›Timothy Flyte ist mein alter Feind‹ oder etwas Ähnliches?«

Lieutenant Whitman war der gleichen Meinung. »Ja, dann hätte er geschrieben ›Timothy Flyte hat das getan‹ oder ›Flyte hat alle umgebracht‹. Sicher hätte er uns keine Rätsel aufgeben wollen.«

Der Sheriff sah sich die Toilettenartikel in dem breiten Regal über dem Waschbecken an. Direkt unter dem Spiegel stand eine Flasche Gesichtswasser, After-shave, das nach Limonen duftete, ein elektrischer Rasierapparat, zwei Zahnbürsten und eine Tube Zahnpasta. Daneben lagen einige Kämme, Haarbürsten und ein Make-up-Set. »So wie es aussieht, benützten zwei Leute dieses Badezimmer. Wahrscheinlich haben sie sich auch zu zweit hier eingeschlossen. Das würde bedeuten, zwei Menschen sind spurlos verschwunden. Aber womit haben sie auf den Spiegel geschrieben?«

»Ich denke, mit einem Augenbrauenstift«, sagte Lisa.

Jenny nickte. »Das glaube ich auch.«

Sie suchten das Bad nach einem schwarzen Augenbrauenstift ab, konnten aber keinen finden.

»Na großartig.« Der Sheriff seufzte. »Der Augenbrauenstift ist also zusammen mit den beiden Leuten verschwunden, die sich hier eingeschlossen haben und trotzdem gekidnappt wurden.«

Sie gingen wieder zur Rezeption hinunter. Im Gästebuch waren unter der Zimmernummer Mr. und Mrs. Harold Ordnay aus San Francisco verzeichnet.

»Keiner der anderen Gäste heißt Timothy Flyte«, sagte Sheriff Hammond und klappte das Buch zu.

»Mehr können wir hier im Augenblick wohl nicht tun«, meinte Lieutenant Whitman.

Jenny war erleichtert, das zu hören.

»Okay«, rief Bryce Hammond. »Gehen wir zu Frank und den anderen. Vielleicht haben sie etwas entdeckt.«

Sie gingen durch die Lobby, als Lisa plötzlich aufschrie.

Alle sahen sie – wenige Sekunden, nachdem sie dem Mädchen aufgefallen war. Sie lag auf einem kleinen Tisch, direkt im Schein einer Lampe mit rosafarbenem Schirm, die sie so vorteilhaft beleuchtete, daß sie wie ein Kunstwerk in einer Ausstellung aussah. Eine Männerhand. Eine abgehackte Hand.

Lisa wandte sich von dem makabren Anblick ab.

Jenny nahm ihre Schwester in den Arm und betrachtete die Hand mit morbider Faszination. Eine Hand – das schien unmöglich zu sein.

Zwischen Daumen und Zeige- und Mittelfinger hielt sie einen Stift umklammert. Einen Augenbrauenstift. Das mußte *der* Stift sein.

Jenny war so entsetzt wie Lisa, biß sich aber auf die Lippen und unterdrückte einen Schrei. Es war nicht nur der Anblick der Hand, der sie in Angst und Schrecken versetzte und ihr beinahe die Luft abschnürte, sondern die Tatsache, daß diese Hand vor kurzem noch nicht dort gelegen hatte. Irgend jemand mußte sie dort hingelegt haben, während sie im ersten Stock waren, und dieser jemand hatte genau gewußt, daß sie sie finden würden. Jemand verspottete sie – und er hatte einen äußerst perversen Sinn für Humor.

Bryce Hammond öffnete seine Augen so weit, wie Jenny es bei ihm noch nie gesehen hatte. »Verdammt, dieses Ding war doch vorher noch nicht hier, oder?«

»Nein«, sagte Jenny.

Der Sheriff und sein Deputy hoben ihre Waffen, mit denen sie bisher auf den Boden gezielt hatten, als befürchteten sie, die abgetrennte Hand würde den Stift fallen lassen, vom Tisch springen und einem von ihnen die Augen ausstechen.

Sie waren sprachlos.

Das geringelte Muster des orientalischen Teppichs schien sich mit einemmal in Spiralen eines Kühlgeräts zu verwandeln und eisige Kälte auszustrahlen.

Irgendwo im Obergeschoß knarrte ein Bretterboden oder eine ungeölte Tür.

Bryce Hammond sah zur Decke hinauf. Wahrscheinlich handelte es sich nur um ein völlig natürliches Geräusch. Es konnte aber auch etwas anderes sein.

»Jetzt besteht kein Zweifel mehr daran«, sagte der Sheriff.

»Woran?« fragte Lieutenant Whitman und richtete seinen Blick auf die Zugänge zur Lobby.

Der Sheriff wandte sich an Jenny. »Bevor wir hierherkamen, und als Sie die Sirene und die Kirchenglocke hörten, hatten Sie doch das Gefühl, daß das, was sich in Snowfield abspielt, wahrscheinlich noch nicht vorüber sei.«

»Ja.«

»Und jetzt wissen wir, daß Sie recht hatten.«

12
Schlachtfeld

Jake Johnson wartete mit Frank, Gordy und Stu Wargle am Ende des Häuserblocks auf einem sehr hell erleuchteten Teil des Bürgersteigs vor dem Lebensmittelgeschäft Gilmartin's Market.

Er beobachtete, wie Bryce Hammond das Candleglow Inn verließ und wünschte sich verzweifelt, der Sheriff würde schneller gehen. Es gefiel ihm nicht, hier im Licht zu stehen. Verdammt, das war wie auf einer Bühne. Jake fühlte sich sehr verwundbar.

Als sie allerdings vor ein paar Minuten einige Häuser in der Straße durchsucht hatten und dabei durch dunkle Abschnitte gehen mußten, in denen sich Schatten wie lebende, pulsierende Wesen bewegt hatten, hatte Jake sehnsüchtig nach dem hellerleuchteten Gehsteig geschielt und dabei die Dunkelheit ebenso gefürchtet wie jetzt das Licht.

Nervös fuhr er sich mit einer Hand durch sein dichtes weißes Haar. Die andere Hand lag auf dem Griff seiner Pistole an seiner Hüfte.

Jake Johnson war nicht nur ein Freund von Vorsicht. Er verehrte sie geradezu – Vorsicht war sein Gott. *Vorsicht ist die Mutter der Porzellankiste; lieber ein Spatz in der Hand als die Taube auf dem Dach; Vorsicht ist besser als Nachsicht* ... Solche Sprichwörter waren ihm geläufig. Für ihn waren sie die Leitsätze für den einzig sicheren Weg. Abseits davon lag nur das kalte Nichts von Risiko, Gefahr und Chaos.

Jake hatte nie geheiratet. Eine Ehe hätte ihm zusätzliche Verantwortung aufgebürdet. Außerdem hätte er damit sein Gefühlsleben, sein Geld und seine gesamte Zukunft aufs Spiel gesetzt.

Auch in finanziellen Dingen war er extrem vorsichtig. Er führte ein sparsames Leben und hatte sich eine beträchtliche Summe angespart, die er auf verschiedene Anlagemöglichkeiten verteilt hatte.

Jake war jetzt achtundfünfzig und arbeitete seit siebenunddreißig Jahren für die Polizei in Santa Mira. Eigentlich hätte er sich schon vor einiger Zeit in den Ruhestand versetzen lassen und seine Pension beantragen können, aber da er Angst vor einer Inflation hatte, arbeitete er noch und sparte er fleißig weiter.

Die Entscheidung, Polizist zu werden, war vielleicht die einzige unvorsichtige Handlung seines ganzen Lebens. Er hatte kein Polizist werden wollen. Lieber Himmel, nein! Sein Vater, Big Ralph Johnson, war in den 60er und 70er Jahren County Sheriff gewesen und hatte von seinem Sohn erwartet, daß er in seine Fußstapfen trat. Big Ralph hatte niemals eine Weigerung akzeptiert. Jake war sicher, daß sein Vater ihn enterbt hätte, wäre er nicht Polizist geworden. Die Familie besaß zwar keine großen Reichtümer, aber ihr gehörte ein schönes Haus und ein stattliches Bankkonto. Außerdem lagen hinter der Garage, einen Meter unter der Erde vergraben, etliche Einmachgläser mit Bündeln von eingerollten Zwanzig-, Fünfzig- und Hundertdollarscheinen. Big Ralph hatte sich hin und wieder bestechen lassen und dieses Geld für schlechte Zeiten aufbewahrt. So war Jake Polizist geworden, und als sein Vater im Alter von zweiundachtzig Jahren starb, war er selbst bereits einundfünfzig. Es blieb ihm nichts anderes übrig, als Polizist zu bleiben, denn er hatte nichts anderes gelernt.

Aber er war ein sehr vorsichtiger Polizist. Er vermied Einsätze, bei denen es um häusliche Streitigkeiten ging, denn dabei wurden manchmal Polizisten getötet, wenn sie sich zwischen die aufgebrachten Ehepartner stellten. Bei solchen Konfrontationen mußte man immer mit leidenschaftlichen Gefühlsausbrüchen rechnen. Der Fall des Immobilienmaklers Fletcher Kale war ein gutes Beispiel dafür. Vor einem Jahr hatte er Jake ein Grundstück in den Bergen vermittelt und einen vollkommen normalen Eindruck gemacht. Und nun hatte er seine Frau und seinen Sohn umgebracht. Wäre ein Polizist dazwischengetreten, hätte Kale ihn sicher auch getötet. Wenn über Funk ein Raubüberfall gemeldet wurde, gab Jake oft einen falschen Standort an, damit ein anderer Kollege zum Tatort geschickt wurde. Er selbst ließ sich dann erst später dort blicken, wenn die Sache vorüber war.

Allerdings war er kein Feigling. Es hatte schon gefährliche Situationen gegeben, in denen er wie ein Tiger, ein Löwe oder ein wütender Bär gekämpft hatte. Aber er war eben vorsichtig, trotz allem.

Manche Aufgaben machten ihm sogar Spaß. Er regelte gern den Verkehr, und die Büroarbeit lag ihm besonders. Wenn er jemanden verhaftete, freute er sich immer darauf, anschließend die vielen benötigten Formulare auszufüllen und somit für einige Stunden sicher im Revier zu sitzen.

Leider war es ihm dieses Mal zum Verhängnis geworden, daß er so lange an seinem Schreibtisch getrödelt hatte. Als Dr. Paiges Anruf einging, hatte er gerade einige Formulare ausgefüllt. Wäre er schon wieder auf Streife gewesen, hätte er sich vor diesem Auftrag drücken können.

Doch jetzt stand er hier im hellen Licht und gab eine perfekte Zielscheibe ab. Verdammt!

Und es kam noch schlimmer. In dem Supermarkt Gilmartin's war offensichtlich jemand gewalttätig geworden. Zwei der fünf großen Schaufenster waren von innen eingeschlagen worden. Auf dem Gehsteig lagen überall Glasscherben und Büchsen mit Hundefutter und Getränkedosen, die herausgeschleudert worden waren. Jake befürchtete, der Sheriff würde ihnen befehlen, in den Laden hineinzugehen und nachzusehen, was dort passiert war. Und er hatte Angst, daß dort drin irgend etwas Gefährliches lauerte.

Endlich erreichten der Sheriff, Tal Whitman und die beiden Frauen den Supermarkt. Frank Autry zeigte ihnen den Plastikbehälter mit der Wasserprobe. Der Sheriff berichtete, er habe bei Brookhart's ebenfalls eine riesige Pfütze entdeckt, und alle waren sich einig, daß das von Bedeutung sein könnte. Tal Whitmann erzählte von der Nachricht auf dem Spiegel und der abgehackten Hand im Candleglow Inn. Meine Güte! Niemand konnte sich einen Reim darauf machen.

Sheriff Hammond drehte sich um und bestätigte Jakes Befürchtungen. »Wir werden uns das jetzt anschauen«, sagte er.

Jake wollte weder als erster noch als letzter hineingehen und schob sich in die Mitte der Gruppe.

In dem Laden sah es schlimm aus. Neben den drei Kassen waren die Schaukästen aus schwarzem Metall umgekippt worden. Kaugummis, Süßigkeiten, Rasierklingen, Taschenbücher und andere kleine Gegenstände lagen verteilt auf dem Boden.

Sie gingen durch das Geschäft und sahen in jeden Gang. Überall waren Waren aus den Regalen gerissen worden. Packungen mit Corn-flakes und anderen Getreideflocken lagen zerfetzt auf dem Boden. Zerbrochene Essigflaschen verbreiteten einen scharfen Geruch, und Gläser mit Marmelade, sauren Gurken, Senf und Mayonnaise waren zu einem klebrigen Splitterhaufen aufgetürmt.

Beim letzten Gang drehte Bryce Hammond sich zu Dr. Paige um. »Wäre der Supermarkt normalerweise heute abend geöffnet gewesen?«

»Nein«, sagte die Ärztin. »Aber manchmal werden am Sonntagabend die Bestände aufgefüllt. Nicht immer, aber hin und wieder.«

»Sehen wir uns doch einmal hinten um«, sagte der Sheriff. »Vielleicht finden wir dort etwas Interessantes.«

Genau das befürchte ich, dachte Jake.

Sie folgten Bryce Hammond den letzten Gang hinunter und stiegen über einige Fünf-Pfund-Säcke mit Zucker und Mehl, die teilweise aufgeschlitzt waren. Im hinteren Raum stand eine Reihe von hüfthohen Kühlgeräten für Fleisch, Käse, Eier und Milch. Dahinter befand sich die blitzsaubere Theke, auf der das Fleisch geschnitten, gewogen und zum Verkauf abgepackt wurde.

Nervös ließ Jake seinen Blick über den Tisch mit den Schneidebrettern wandern. Er seufzte erleichtert auf, als er nichts entdecken konnte. Es hätte ihn nicht überrascht, hier den Geschäftsführer sauber zu Steaks, Braten und Koteletts verarbeitet zu sehen.

»Werfen wir noch einen Blick in das Lager«, schlug Bryce Hammond vor.

Lieber nicht, dachte Jake.

»Vielleicht sollten wir auch...«, begann Hammond, als plötzlich die Lichter ausgingen.

Die einzigen Fenster des Ladens befanden sich an der Vorderseite, doch auch dort war es dunkel. Sogar die Straßenlaternen waren erloschen. Hier war die Finsternis undurchdringlich und erdrückend.

Verschiedene Stimmen wurden zur gleichen Zeit laut:

»Taschenlampen!«

»Jenny!«

»Taschenlampen!«

Dann passierte sehr schnell eine ganze Menge.

Tal Whitman knipste eine Taschenlampe an, und der scharfe Lichtstrahl fiel vor ihm auf den Boden. Im gleichen Augenblick versetzte ihm etwas von hinten einen Schlag, etwas, das sich im Schutz der Dunkelheit mit unglaublicher Geschwindigkeit und Lautlosigkeit ungesehen angepirscht hatte. Whitman wurde nach vorn geschleudert und prallte gegen Stu Wargle.

Autry zog rasch seine Taschenlampe mit dem langen Griff aus der Schlaufe an seinen Gürtel. Bevor er sie jedoch anschalten konnte, fielen Wargle und Tal Whitman auf ihn, und alle drei stürzten zu Boden. Dabei rutschte Tal die Taschenlampe aus der Hand.

Für einen Moment fiel der Lichtkegel auf Bryce Hammond. Er griff nach der Lampe, verfehlte sie aber.

Die Taschenlampe prallte auf den Boden, rollte wie ein Kreisel davon und warf wild zuckende Schatten an die Wände, ohne etwas zu enthüllen.

Etwas Kaltes berührte Jake am Nacken. Kalt und feucht, aber trotzdem lebendig. Er zuckte zurück und versuchte, der Berührung auszuweichen und sich umzudrehen.

Blitzartig legte sich etwas wie eine Peitschenschnur um seinen Hals.

Jake schnappte nach Luft.

Noch bevor er seine Hände heben konnte, um sich gegen den Angreifer zu wehren, wurden seine Arme gepackt und festgehalten.

Dann wurde er wie ein Kind in die Luft gehoben.

Er versuchte zu schreien, doch eine eiskalte Hand legte sich auf seinen Mund. Zumindest glaubte er, es sei eine Hand. Sie fühlte sich jedoch an wie das Fleisch eines Aals, kalt und feucht.

Außerdem roch sie unangenehm. Es ging kein beißender Gestank von ihr aus, aber einen so seltsamen Geruch hatte Jake noch nie wahrgenommen – er war so bitter, scharf und undefinierbar, daß schon der leiseste Hauch beinahe unerträglich war.

Eine Welle des Ekels und Entsetzens überkam ihn, und er spürte, daß er sich in der Gegenwart von etwas unvorstellbar Fremdem und zweifellos Bösem befand.

Die Taschenlampe rollte immer noch über den Boden. Es waren erst wenige Sekunden vergangen, seit sie Tal aus der Hand gefallen war, aber Jake kam der Zeitraum viel länger vor. Jetzt drehte sie sich ein letztes Mal im Kreis und knallte gegen die Ecke der Kühltruhe mit der Milch. Das Glas zerbarst in unzählige Splitter, und jetzt war auch diese dürftige Lichtquelle verloren. Sie hatte zwar nichts erhellt, aber zumindest die totale Finsternis verhindert. Mit ihr war jegliche Hoffnung erloschen.

Jake bäumte sich auf, wand sich hin und her und streckte sich. Seine Glieder zuckten panisch in einem unkontrollierten Tanz, einem spasmodischen Fandango, um sich zu befreien. Es gelang ihm jedoch nicht einmal, nur eine Hand zu befreien. Sein unsichtbarer Gegner umklammerte ihn nur noch fester.

Jake hörte, wie die anderen sich etwas zuriefen – es klang, als seien sie sehr weit entfernt.

13
Plötzlich

Jake Johnson war verschwunden.

Bevor Tal die intakte Taschenlampe finden konnte, die Frank Autry fallengelassen hatte, flackerten die Lichter im Supermarkt und brannten dann wieder hell wie zuvor. Es war nicht länger als fünfzehn oder zwanzig Sekunden dunkel gewesen.

Aber Jake war nicht mehr da.

Alle suchten nach ihm. Er war weder in den Gängen, noch in dem Kühlraum, dem Lager, dem Büro oder der Toilette für das Personal.

Sie verließen den Supermarkt – jetzt nur noch siebt. Mit äußerster Vorsicht folgten sie Bryce Hammond und hofften, Jake draußen auf der Straße zu finden. Aber dort war er auch nicht.

Snowfield war totenstill, wie ein lautloser Schrei, der sie zu verspotten schien.

Tal Whitman hatte das Gefühl, daß es jetzt viel dunkler war als noch vor wenigen Minuten. Die Nacht war wie ein riesiger Schlund, in den sie hineingezogen wurden ohne sich dessen bewußt zu werden. Und sie wurden mit hungrigen Augen von dieser tiefen Nacht beobachtet.

»Wo könnte er nur hingegangen sein?« fragte Gordy. Wie immer, wenn er die Stirn runzelte, sah er brutal aus, obwohl er im Augenblick nur Angst hatte.

»Er ist nirgendwo hingegangen«, sagte Stu Wargle. »Er wurde geholt.«

»Aber er hat nicht um Hilfe gerufen.«

»Dazu hatte er keine Gelegenheit mehr.«

»Meinen Sie, er lebt noch, oder ist er ... ist er tot?« fragte die jüngere der beiden Schwestern.

»Hör zu, Kleine«, sagte Wargle und rieb sich mit der Hand über seine Bartstoppeln am Kinn. »An deiner Stelle würde ich mir keine großen Hoffnungen machen. Ich wette meinen letzten Dollar darauf, daß wir Jake irgendwo finden werden, steif wie ein Brett, dunkelrot und aufgedunsen wie die anderen auch.«

Das Mädchen zuckte zusammen und drückte sich an ihre Schwester.

»Einen Moment mal«, sagte Bryce Hammond. »So rasch wollen wir Jake doch nicht abschreiben.«

»Das finde ich auch«, stimmte Tal ihm zu. »Es gibt zwar einige Tote hier in der Stadt, aber so wie es aussieht, sind die meisten nicht tot, sondern nur vermißt.«

»Sie sind ebenso tot wie mit Napalm verbrannte Babys. Habe ich nicht recht, Frank?« sagte Wargle, der nie eine Gelegenheit ausließ, Autry hämisch auf seine Militärzeit in Vietnam hinzuweisen, die schon so lange zurücklag. »Wir haben sie nur noch nicht gefunden.«

Frank war zu klug und zu selbstbeherrscht, um sich provozieren zu lassen. »Ich verstehe nicht, warum es uns nicht alle geholt hat, solange es die Chance dazu hatte. Warum hat es Tal nur umgestoßen?«

»Ich wollte die Taschenlampe anknipsen, und das wollte es nicht.«

»Ja«, stimmte Frank zu. »Aber warum hat es sich nur Jake geschnappt und ist dann sofort wieder verschwunden?«

»Es will uns ärgern«, sagte Dr. Paige. Das Licht der Straßenlaterne ließ ihre Augen grün aufblitzen. »Genau wie mit der Kirchenglocke und der Sirene. Es spielt mit uns wie die Katze mit der Maus.«

»Aber warum?« fragte Gordy aufgebracht. »Was hat es davon? Was will es denn nur?«

»Augenblick mal«, warf Bryce Hammond ein. »Wieso sprechen alle plötzlich von einem ›es‹? Als wir uns das letzte Mal darüber unterhalten haben, waren sich doch alle einig, daß wir es hier mit einer Bande von psychopathischen Mördern zu tun haben. Verrückte. *Menschen.*«

Sie sahen sich unbehaglich an. Keiner war bereit, auszusprechen, was er insgeheim dachte. Unvorstellbare Dinge schienen mit einemmal möglich – Dinge, die vernünftige Menschen nicht leicht in Worte fassen konnten.

Plötzlich fuhr ein Windstoß so heftig durch die Bäume, daß sie sich ehrerbietig zu verneigen schienen.

Die Straßenlampen flackerten, und alle fuhren erschrocken zusammen. Tal legte seine Hand auf den Griff seines Revolvers. Die Lichter gingen nicht aus.

Sie lauschten der Grabesstille in der Stadt. Das einzige Geräusch war das Rauschen der Bäume im Wind, das klang wie der schwere Atem eines Todgeweihten, wie ein langgezogener Todesseufzer.

Jake ist tot, dachte Tal. Wargle hat ausnahmsweise recht. Jake ist tot, und wir vielleicht bald ebenso, auch wenn wir es noch nicht wissen.

Bryce wandte sich an Frank Autry. »Warum haben Sie ›es‹ gesagt, Frank? Und nicht ›sie‹ oder irgend etwas anderes?«

Frank sah Tal hilfesuchend an, aber Tal wußte selbst nicht, warum er ›es‹ gesagt hatte. Frank räusperte sich, trat von einem Fuß auf den anderen, sah Bryce an und zuckte mit den Schultern. »Sir, ich glaube, ich hab ›es‹ gesagt, weil ... nun, weil ein Angreifer, ein Feind in Menschengestalt uns dort in dem Supermarkt sofort alle erledigt hätte, als er in der Dunkelheit die Gelegenheit dazu hatte.«

»Wollen Sie damit sagen, daß wir es hier nicht mit einem menschlichen Wesen zu tun haben?«

»Vielleicht ist es eine Art Tier.«

»Ein Tier? Glauben Sie das wirklich?«

Frank sah betreten drein. »Nein, Sir.«

»Was glauben Sie dann?«

»Zum Teufel, ich weiß einfach nicht, was ich denken soll«, erklärte Frank unsicher. »Wie Sie wissen, habe ich eine militärische Ausbildung. Ein Soldat stürzt sich nicht gern blindlings in eine Situation. Er legt sich eher eine sorgfältig geplante Strategie zurecht. Aber eine gute, fundierte strategische Planung erfordert Erfahrungen, auf die man zurückgreifen kann. Was passierte in vergleichbaren Schlachten in einem anderen Krieg? Wie haben sich die Leute in ähnlichen Umständen verhalten? Hatten sie Erfolg oder sind sie gescheitert?

In unserer Situation gibt es aber keine vergleichbaren Schlachten, und wir haben keine Erfahrungen damit gemacht. Es ist alles so fremdartig, daß ich den Feind als gesichtsloses, neutrales ›Es‹ betrachte.«

Bryce wandte sich an Dr. Paige. »Und warum haben Sie das Wort ›es‹ gebraucht?«

»Ich bin nicht sicher. Vielleicht, weil Officer Autry es verwendet hat.«

»Aber von Ihnen stammt doch die Theorie, daß es sich hier um eine Abart der Tollwut handeln könnte, die eventuell aus einigen Menschen eine gemeingefährliche Bande von wahnsinnigen Mördern macht. Schließen Sie diese Möglichkeit jetzt aus?«

Sie runzelte die Stirn. »Nein. Zum jetzigen Zeitpunkt ist das wohl nicht möglich. Ich habe aber nie behauptet, daß das die einzig mögliche Theorie sei.«

»Haben Sie denn noch weitere?«

»Nein.«

Bryce sah zu Tal hinüber. »Und Sie?«

Tal fühlte sich offensichtlich ebensowenig wohl in seiner Haut wie Frank. »Nun, ich habe wohl ›es‹ gesagt, weil ich die Theorie, es handle sich hier um Wahnsinnige, nicht mehr akzeptieren kann.«

Bryce zog seine schweren Augenbrauen nach oben. »So? Und warum nicht?«

»Wegen der Sache, die im Candleglow Inn passiert ist«, erwiderte Tal. »Als wir die Treppe herunterkamen und die Hand mit dem Augenbrauenstift auf dem Tisch in der Lobby fanden, dachte ich ... nun, daß ein Irrer so etwas nicht tun würde. Wir sind alle schon lange Zeit im Polizeidienst und kennen eine Menge gestörter Menschen. Hat einer von euch jemals auch nur eine Spur von Humor an diesen Typen bemerkt? Selbst einen häßlichen, kranken Sinn für Humor? Solche Menschen sind völlig humorlos. Sie haben die Fähigkeit verloren, über irgend etwas zu lachen. Wahrscheinlich ist das zum Teil der Grund dafür, daß sie verrückt sind. Als ich die Hand auf dem Tisch sah, wußte ich, daß etwas nicht stimmte. Ich stimmte mit Frank überein; von jetzt an ist unser Gegner für mich ein gesichtsloses ›Es‹.«

»Warum will keiner von euch zugeben, was er wirklich denkt?« fragte Lisa Paige leise. Sie war vierzehn, eine Halbwüchsige, auf dem Weg, eine hübsche junge Frau zu werden, doch jetzt sah sie alle der Reihe nach mit der Unbefangenheit eines Kindes an. »Tief in unserem Inneren wissen wir doch alle, daß das kein Mensch getan hat. Es handelt sich um etwas Schreckliches, Fremdes und Widerwärtiges. Meine Güte, das fühlen wir doch alle. Und wir haben Angst davor – deshalb bemühen wir uns, zu verleugnen, daß es da ist.«

Nur Bryce erwiderte den Blick des Mädchens und musterte Lisa nachdenklich. Die anderen sahen zur Seite und vermieden es auch, sich gegenseitig in die Augen zu schauen.

Wir wollen unsere Gefühle nicht betrachten, dachte Tal. Und genau das versucht das Mädchen uns zu sagen. Wir wollen unseren Blick nicht nach innen richten und dort primitiven Aberglauben finden. Wir sind doch alle zivilisierte, relativ gebildete Erwachsene, die nicht mehr an den Schwarzen Mann glauben.

»Lisa hat recht«, meinte Bryce. »Wir können dieses Problem nur lösen – und vermeiden, daß wir nicht selbst alle noch Opfer werden –, wenn wir nichts ausschließen und unserer Fantasie freien Lauf lassen.«

»Das finde ich auch«, stimmte Dr. Paige zu.

Gordy Brogan schüttelte den Kopf. »Aber wovon sollen wir dann ausgehen? Gibt es Grenzen? Sollen wir alles in Betracht ziehen? Geister, Zombies, Werwölfe und Vampire? Es muß doch auch Möglichkeiten geben, die wir ausschließen können, oder?«

»Natürlich«, sagte Bryce geduldig. »Niemand behauptet, wir hätten es hier mit Geistern und Werwölfen zu tun, Gordy. Aber wir müssen uns klarmachen, daß wir mit etwas Unbekanntem konfrontiert sind. *Dem* Unbekannten.«

»Quatsch«, meinte Stu Wargle ungehalten. »Das Unbekannte! So ein Mist! Wenn das hier vorbei ist, werden wir feststellen, daß das irgendein perverser Drecksack war, der allen Widerlingen gleicht, mit denen es wir bisher zu tun hatten.«

»Wargle, das ist genau die Art zu denken, die uns dazu bringen könnte, wichtige Beweise zu übersehen«, sagte Frank. »Und das könnte uns alle das Leben kosten.«

»Wartet nur ab. Ihr werdet schon sehen, daß ich recht habe.« Wargle spuckte auf den Bürgersteig, steckte die Daumen in seinen Gürtel und tat so, als sei er der einzige in der Gruppe, der noch klar denken konnte.

Tal Whitman durchschaute die übertrieben männliche Pose und sah, daß auch Wargle das Entsetzen gepackt hatte. Obwohl er einer der unsensibelsten Männer war, die Tal jemals kennengelernt hatte, war auch Stu sich der ursprünglichen Kraft bewußt, von der Lisa Paige gesprochen hatte. Auch wenn er es nicht zugab, spürte er offensichtlich wie alle anderen eine Eiseskälte in seinen Knochen.

Auch Frank Autry sah, daß Wargles Gelassenheit nur gespielt war. Mit unaufrichtiger, übertriebener Bewunderung sagte er: »Stu, Sie gehen mit gutem Beispiel voran und bestärken und stützen uns dadurch. Was würden wir nur ohne Sie tun?«

»Ohne mich würden Sie sofort zur Hölle fahren, Frank«, erwiderte Wargle säuerlich.

Mit gespieltem Entsetzen sah Frank der Reihe nach Tal, Gordy und Bryce an. »Klingt das nicht ein wenig aufgeblasen?«

»Allerdings«, stimmte Tal ihm zu. »Aber nehmen Sie es Stu nicht übel. In seinem Fall ist ein aufgeblasener Kopf nur die Folge des gewaltsamen Bestrebens der Natur, ein Vakuum zu füllen.«

Es war kein besonders guter Witz, aber alle brachen in schallendes Gelächter aus. Sogar Stu, der sonst lieber austeilte als einsteckte, zwang sich zu einem Lächeln.

Tal wußte, daß sie alle nicht eigentlich über den Witz lachten, sondern dem Tod in sein skelettartiges Gesicht.

Doch als das Gelächter verebbte, war es draußen immer noch dunkel.

Die Stadt war immer noch unnatürlich still.

John Jakes blieb verschwunden.

Und *es* lauerte immer noch in der Nacht.

Dr. Paige wandte sich an Bryce Hammond. »Wollen Sie sich jetzt das Haus der Oxleys ansehen?«

Bryce schüttelte den Kopf. »Noch nicht. Ich denke, es wäre unvorsichtig, weitere Häuser zu durchsuchen, bevor wir Verstärkung bekommen. Ich möchte nicht noch einen Mann verlieren, wenn ich es irgendwie vermeiden kann.«

Tal sah die Qual in Bryces Augen, als er Jake erwähnte. Mein Freund, du bürdest dir wie immer zuviel Verantwortung auf, sobald etwas schiefgeht, dachte er. Und wenn etwas klappt, das nur dir zuzuschreiben ist, bist du jederzeit bereit, deinen Erfolg mit anderen zu teilen.

»Wir sollten wieder zum Polizeirevier zurückgehen«, fuhr Bryce fort. »Ich muß telefonieren, und dann werden wir uns genau überlegen, wie wir weiter vorgehen.«

Sie gingen den gleichen Weg zurück, den sie gekommen waren. Stu Wargle war offensichtlich immer noch fest entschlossen, seine Furchtlosigkeit unter Beweis zu stellen und bestand darauf, dieses Mal die Nachhut zu bilden. Übertrieben lässig schlenderte er hinter den anderen her.

Als sie die Skyline Road erreichten, ertönte wieder der Klang einer Kirchenglocke. Alle fuhren erschrocken zusammen. Sie läutete wieder, ganz langsam, und dann noch einmal ...

Tal spürte, wie das metallische Geräusch seine Zähne vibrieren ließ.

An der Ecke blieben sie alle stehen, lauschten der Glocke und starrten nach Westen zum anderen Ende der Vail Lane. Einen Block weiter überragte ein Kirchturm aus Ziegelsteinen die Häuser. An jeder Ecke des spitz zulaufenden Schieferdachs brannte ein kleines Licht.

»Das ist die katholische Kirche«, erklärte Dr. Paige mit erhobener Stimme, um die Glocke zu übertönen. »Die Schutzpatronin der Berge. Die Leute aus allen umliegenden Dörfern kommen hierher.«

Der Klang einer Kirchenglocke konnte wie fröhliche Musik klingen, aber dieses Geräusch hörte sich nach Tals Meinung keineswegs so an.

»Wer mag sie wohl läuten?« überlegte Gordy laut.

»Vielleicht niemand. Möglicherweise ist sie an eine Art Schaltuhr angeschlossen und läutet automatisch«, meinte Frank.

In dem beleuchteten Turm schwang die Glocke schimmernd hin und her und gab immer wieder den gleichen kristallklaren Ton von sich.

»Läutet sie normalerweise an einem Sonntag um diese Uhrzeit?« fragte Bryce Dr. Paige.

»Nein.«

»Dann handelt es sich auch nicht um eine Schaltuhr.«

Hoch über den Dächern läutete die Glocke wieder und blitzte im Licht auf.

»Aber wer in aller Welt zieht dann am Glockenseil?« fragte Gordy Brogan.

Vor Tal Whitmans Augen entstand ein makabres Bild: Jake Johnson, wie er mit verfärbtem, aufgedunsenem Körper, tot am Fuß des Kirchturms stand, das Glockenseil in den blutleeren Händen – tot, aber durch dämonische Kräfte belebt. Immer und immer wieder zog er daran, das tote Gesicht nach oben gerichtet, auf den Lippen des breite, freudlose Grinsen einer Leiche, und starrte mit hervorquellenden Augen auf die Glocke, die über ihm unter dem spitzen Dachstuhl hin- und herschwang und läutete.

Tal lief ein Schauder über den Rücken.

»Vielleicht sollten wir zu der Kirche gehen und nachsehen, wer dort ist«, schlug Frank vor.

»Nein«, erwiderte Bryce sofort. »Genau das will es doch. Es möchte, daß wir kommen und uns umsehen. Wir sollen in die Kirche hineingehen, und dann schaltet es wieder das Licht aus ...«

Tal bemerkte, daß auch Bryce jetzt von ›es‹ sprach.

»Ja«, stimmte Lisa ihm zu. »Es befindet sich in diesem Augenblick dort drüben und wartet auf uns.«

Selbst Stu Wargle war nicht bereit, sie zu ermutigen, zu der Kirche zu gehen.

In dem offenen Kirchturm schwang die Glocke weiterhin für alle sichtbar hin und her und blitzte immer wieder auf, als wollte sie ein optisches Signal von hypnotischer Kraft aussenden, während sie weiterhin monoton läutete: *Ihr werdet müde und schläfrig, immer müder und schläfriger ... jetzt schlaft ihr ein, befindet euch in Trance ... und in meiner Gewalt ... ihr werdet jetzt zur Kirche kommen ... sofort ... kommt hierher, kommt zur Kirche und schaut euch die wunderbare Überraschung an, die hier auf euch wartet ... kommt doch ... kommt ...*

Bryce schüttelte sich, als wolle er einen Alptraum abstreifen, und sagte: »Wenn es will, daß wir zur Kirche kommen, ist das ein guter Grund, nicht dorthin zu gehen. Bevor es hell wird, werden wir keine Untersuchungen mehr durchführen.«

Sie bogen alle von der Vail Lane in die Skyline Road ein, gingen an dem Restaurant Mountainview vorbei und machten sich auf den Weg zur Polizeiwache. Nachdem sie kaum sechs Meter weit gegangen waren, hörte die Glocke auf zu läuten.

Wieder legte sich eine unheimliche Stille wie eine zähflüssige Masse über die Stadt, die alles bedeckte.

Als die das Polizeirevier entdeckten, stellten sie fest, daß Paul Hendersons Leiche verschwunden war. Es schien beinahe so, als sei der tote Hilfssheriff einfach aufgestanden und weggegangen. Wie Lazarus.

14
Abriegelung

Bryce saß an Paul Hendersons Schreibtisch. Er hatte die aufgeblätterte Ausgabe des *Time-Magazins* zur Seite geschoben, in dem Paul offensichtlich gelesen hatte, während Snowfield ausgelöscht worden war. Auf dem Dienstbuch vor ihm lag ein gelbes Blatt Papier, das er in seiner präzisen Handschrift dicht beschrieben hatte.

Um ihn herum beschäftigten sich die anderen sechs mit den Aufgaben, die er ihnen zugeteilt hatte. In der Polizeistation herrschte eine Stimmung wie in Kriegszeiten. Ihre grimmige Entschlossenheit, zu überleben, hatte eine noch ungefestigte, aber immer stärker werdende Kameradschaft zwischen ihnen geschaffen. Langsam machte sich sogar vorsichtiger Optimismus breit, der vielleicht darauf zurückzuführen war, daß sie noch am Leben waren, während so viele andere hier den Tod gefunden hatten.

Bryce überflog die Liste, die er aufgestellt hatte, um festzustellen, ob er auch nichts übersehen hatte. Schließlich zog er das Telefon zu sich heran. Er war froh, als er sofort das Freizeichen hörte – Jennifer Paige hatte schließlich auch damit Schwierigkeiten gehabt.

Einen Moment zögerte er, bevor er die erste Nummer wählte. Er wußte, daß dieser Moment ungeheuer wichtig war, und das belastete ihn sehr. Die brutale Vernichtung der gesamten Bevölkerung von Snowfield war ein noch nie dagewesenes Ereignis. Innerhalb von Stunden würde es im Umkreis von Santa Mira von Journalisten wimmeln. Sie würden in Hundertscharen von überall herkommen, und morgen früh würde Snowfields Geschichte in allen Zeitungen Schlagzeilen machen. Die Fernsehsender CBS, ABC und NBC würden in regelmäßigen Abständen die neuesten Meldungen einblenden, solange die Krise anhielt. Alle Medien würden sich einschalten. Bis die ganze Welt wußte, ob irgendein mutierter Virus für diese Ereignisse verantwortlich war, würden Millionen von Menschen in atemloser Spannung darauf warten, ob in Snowfield auch ihr eigenes Todesurteil gefällt worden war. Selbst wenn eine Krankheit ausgeschlossen werden konnte, würde die allgemeine Aufmerksamkeit nicht nachlassen, bis das Geheimnis von Snowfield aufgeklärt war. Der Druck, eine Lösung zu finden, war beinahe unerträglich.

Auch Bryces Privatleben würde sich dadurch für immer

verändern. Er leitete die polizeilichen Untersuchungen und würde deshalb für die Medien im Mittelpunkt der Berichterstattungen stehen. Diese Aussicht entsetzte ihn. Er war kein Sheriff, der sich gern in den Vordergrund spielte. Ihm war es wesentlich lieber, unauffällig zu bleiben.

Doch schließlich konnte er sich jetzt nicht einfach davonstehlen und Snowfield den Rücken kehren.

Er wählte die Notrufnummer seines Büros in Santa Mira und umging es somit, mit der Telefonistin sprechen zu müssen. Der diensthabende Beamte dort war Sergeant Charlie Mercer, ein zuverlässiger Mitarbeiter, der genau das tun würde, was ihm befohlen wurde.

Charlie hob bereits beim zweiten Klingeln ab. »Büro des Sheriffs«, meldete er sich mit seiner nasalen Stimme.

»Charlie, hier ist Bryce Hammond.«

»Ja, Sir. Wir haben uns schon überlegt, was da oben wohl los sein könnte.«

Bryce schilderte ihm knapp die Lage.

»Meine Güte! Ist Jake auch tot?«

»Das wissen wir noch nicht genau. Wir hoffen, daß er noch lebt. Hören Sie zu, Charlie, in den nächsten Stunden ist hier einiges zu erledigen, und es wäre einfacher für uns, wenn wir die Sache zunächst einmal geheimhalten könnten, bis wir unsere Basis hier eingerichtet und die Gegend abgesichert haben. Die Parole heißt also *Abriegelung,* Charlie. Snowfield muß total abgeriegelt werden, und das wird uns leichter gelingen, wenn hier keine Reporter durch die Landschaft trampeln. Ich weiß, daß ich mich auf Ihre Diskretion absolut verlassen kann, aber einige der Männer ...«

»Keine Sorge«, erwiderte Charlie. »Für einige Stunden wird uns das bestimmt gelingen.«

»Gut. Zunächst brauche ich zwölf weitere Männer. Zwei von ihnen zur Verstärkung der Straßensperre an der Abzweigung nach Snowfield. Die anderen zehn sollen zu mir kommen. Suchen Sie möglichst keine Familienväter aus.«

»Sieht es denn wirklich so schlimm aus?«

»Ja, allerdings. Und schicken Sie mir keine Leute, die Verwandte in Snowfield haben. Noch etwas: sie sollen Trinkwasser und einen Lebensmittelvorrat für einige Tage mitbringen. Ich möchte nicht, daß sie hier etwas zu sich nehmen, solange nicht geklärt ist, ob das wirklich gefährlich ist.«

»Verstanden.«

»Jeder soll seine Pistole, sein Schrotgewehr und Tränengas mitbringen.«

»Alles klar.«

»Das Personal wird damit für Sie zu knapp, und das wird noch schlimmer werden, wenn die Journalisten über uns hereinbrechen. Sie werden dann einige Hilfskräfte anfordern müssen, um den Verkehr zu regeln und die Menschenmassen unter Kontrolle zu halten, Charlie. Sie kennen doch die Gegend hier recht gut, oder?«

»Ich wurde in Pineville geboren und bin auch dort aufgewachsen.«

»Wußte ich's doch. Soweit ich auf der Landkarte sehen kann, gibt es nur zwei Möglichkeiten, Snowfield zu erreichen. Einmal über den Highway, den wir bereits blockiert haben.« Bryce drehte seinen Stuhl herum und sah auf die große, gerahmte Landkarte an der Wand. »Dann gibt es noch die alte Straße für die Feuerwehr, die ungefähr zwei Drittel über die andere Seite der Berge führt. Danach schließt sich ein Pfad durch die Wildnis an. So wie es aussieht, ist das nur ein Fußweg, der genau in die höchste Stelle der längsten Skipiste mündet, die auf dieser Seite der Berge über Snowfield liegt.«

»Stimmt«, sagte Charlie. »Ich bin schon mit dem Rucksack auf dem Rücken durch diesen Teil der Wälder gewandert. Offiziell wird der Weg ›The Old Mountain Greentree Wilderniss Trail‹ genannt. Wir hier nennen ihn den ›Muskeltonic-Highway‹.«

»Wir müssen einige Beamte am Fuß der Feuerwehrzufahrt aufstellen, die jeden davon abhalten, der den Pfad benützen will.«

»Da müßte schon ein äußerst aufdringlicher Reporter kommen, um das zu versuchen.«

»Wir können kein Risiko eingehen. Gibt es noch einen anderen Weg nach Snowfield, der nicht auf der Karte eingezeichnet ist?«

»Nein«, erwiderte Charlie. »Da müßte man schon mitten durch die Wildnis marschieren. Diese Gegend ist wirklich kein Vergnügungspark für Wochenend-Camper. Selbst ein erfahrener Rucksacktourist würde nicht versuchen, dort durchzukommen. Das wäre einfach dumm.«

»Sehr gut. Ich brauche noch eine Telefonnummer aus unseren Akten. Erinnern Sie sich an das Seminar über Gesetzesvollzug, das ich in Chicago besucht habe? Ich glaube, es war vor etwa sechzehn Monaten. Einer der Sprecher dort war von der Armee. Hieß er nicht Copperfield? Ja, General Copperfield.«

»Stimmt«, sagte Charlie. »Gehörte er nicht der Abteilung der Sanitätstruppe an, die für chemische und biologische Waffen zuständig ist?«

»Genau.«

»Ich glaube, sie nennen Copperfields Division das Zivilschutzkorps. Warten Sie einen Moment.« Charlie war in einer knappen Minute wieder am Apparat und gab Bryce die gewünschte Telefonnummer. »Der Anschluß ist in Dugway, Utah. Meine Güte, glauben Sie tatsächlich, daß das ein Fall für diese Leute ist? Das jagt einem ja wirklich Angst ein.«

»Es ist furchterregend«, bestätigte Bryce. »Und es gibt da noch ein paar andere Dinge. Überprüfen Sie einen Mann für mich. Sein Name ist Timothy Flyte.« Bryce buchstabierte den Namen. »Ich habe weder eine Beschreibung noch eine Adresse von ihm. Finden Sie heraus, ob er irgendwo gesucht wird. Wenden Sie sich auch an das FBI. Danach kümmern Sie sich um Mr. und Mrs. Harold Ordnay aus San Francisco.« Bryce gab Charlie die Adresse aus dem Gästebuch des Candleglow Inn. »Noch etwas«, fuhr er fort. »Die Männer sollen Plastiksäcke aus dem Leichenschauhaus mitbringen.«

»Wie viele?«

»Erst einmal ... zweihundert.«

»Was? Zwei ... zwei*hundert*?«

»Wahrscheinlich werden wir noch viel mehr brauchen, bevor wir die Sache hier erledigt haben. Vielleicht müssen wir uns sogar einige von anderen Counties ausleihen. Prüfen Sie, ob das möglich ist. Viele Einwohner scheinen nur verschwunden zu sein, aber es ist möglich, daß wir ihre Leichen noch finden. Hier lebten etwa 500 Menschen, und so viele Leichensäcke werden wir möglicherweise auch benötigen.«

Vielleicht sogar noch mehr, dachte Bryce. Denn auch für uns könnten eventuell noch einige gebraucht werden.

Charlie hatte Bryce zwar aufmerksam zugehört und ihm auch geglaubt, daß anscheinend die ganze Stadt ausgelöscht worden war, aber den vollen Umfang dieser Katastrophe hatte er erst begriffen, als er die Bestellung von zweihundert Leichensäcken registriert hatte. Vor seinen Augen entstand das Bild von all diesen Leichen, wie sie, in undurchsichtigen Plastiksäcken verpackt, auf den Straßen von Snowfield übereinandergestapelt lagen.

»Großer Gott im Himmel«, stieß Charlie Mercer hervor.

Während Bryce Hammond mit Charlie Mercer telefonierte, begannen Frank und Stu das Polizeifunkgerät auseinanderzunehmen, das an die Wand gelehnt war. Bryce hatte ihnen gesagt, sie sollten es überprüfen, denn von außen war keine Beschädigung zu sehen.

Die vordere Platte war mit zehn Schrauben befestigt, die Frank jetzt nach und nach löste.

Stu war, wie gewöhnlich, keine große Hilfe. Er sah sich immer wieder nach Dr. Paige um, die sich gemeinsam mit Tal Whitman auf der anderen Seite des Raums einer Aufgabe widmete.

»Eine scharfe Braut«, sagte Stu mit einem gierigen Blick auf die Ärztin und bohrte sich in der Nase.

Frank gab keine Antwort.

Stu betrachtete das, was er aus seiner Nase gebohrt hatte, als wäre es eine Perle aus einer Auster. Dann sah er wieder zu der Ärztin hinüber. »Sehen Sie sich nur einmal an, wie ihre Jeans sitzen. Mann, der Frau würde ich wirklich gern mal einen reinschieben!«

Frank starrte auf die drei Schrauben, die er bereits gelockert hatte und zählte langsam bis zehn, um den Drang zu unterdrücken, Stu eins der Metallstücke in seinen dicken Schädel zu bohren. »Ich hoffe, Sie sind nicht so dumm, sie anzumachen.«

»Warum nicht? Sie ist doch eine heiße Braut und sicher scharf darauf.«

»Wenn Sie das versuchen, wird der Sheriff Ihnen einen Tritt verpassen.«

»Von dem Kerl lass' ich mich nicht einschüchtern.«

»Ich verstehe Sie nicht, Stu. Wie können Sie jetzt an Sex denken? Ist Ihnen nicht bewußt, daß wir alle sterben könnten – heute abend, vielleicht sogar schon in den nächsten Minuten?«

»Eben deshalb sollte ich es bei ihr versuchen«, sagte Wargle. »Wen kümmert das schon, wenn wir wirklich nur noch eine bestimmte Zeit zur Verfügung haben? Wer will schon sterben, ohne vorher Spaß gehabt zu haben? Stimmt doch, oder? Die andere ist auch nicht schlecht.«

»Die andere?«

»Ich meine das Mädchen«, sagte Stu.

»Sie ist doch erst vierzehn.«

»Aber ein süßes Mäuschen.«

»Sie ist noch ein Kind, Wargle.«

»Alt genug!«

»Das ist widerlich.«

»Würde es Ihnen etwas nicht gefallen, zwischen ihren festen schmalen Schenkeln zu liegen, Frank?«

Franks Stimme war beinahe unhörbar, verleidete Wargle allerdings sein Grinsen. »Sollte mir jemals zu Ohren kommen, daß Sie dieses oder irgendein anderes Mädchen mit Ihren schmutzigen Fingern angerührt haben, dann werde ich Sie nicht nur anzeigen, sondern mich persönlich um Sie kümmern, Wargle. Ich saß in der Armee nicht nur am Schreibtisch – ich war mitten im Geschehen und habe eine Menge gelernt. Mit Ihnen werde ich jederzeit fertig, glauben Sie mir. Haben Sie das verstanden?«

Einen Augenblick lang brachte Wargle kein Wort hervor und starrte Frank nur an. Aus den anderen Teilen des großen Raums waren Bruchstücke von Unterhaltungen zu hören, aber offensichtlich hatte niemand bemerkt, was sich vor dem Funkgerät abspielte.

Schließlich blinzelte Wargle, sah auf seine Schuhe und leckte sich über die Lippen. Dann hob er seinen Blick wieder und setzte ein beschwichtigendes Lächeln auf. »Meine Güte, Frank, werden Sie doch nicht gleich sauer. So habe ich das doch nicht gemeint.«

»Aber Sie glauben mir?« fragte Frank nach.

»Na klar. Es war wirklich nicht ernst gemeint. Ich habe einfach nur so vor mich hingeredet. Sie wissen doch, wie das ist. Es war einfach nur Gerede. Meine Güte, ich bin doch nicht pervers! Machen Sie nicht so ein böses Gesicht, Frank, okay?«

Frank starrte ihn noch einen Moment lang durchdringend an und sagte dann: »Gut, bauen wir das Funkgerät auseinander.«

Tal Whitmann öffnete den großen Waffenschrank.

»Mein Gott, das ist ja ein wahres Arsenal!« rief Jenny Paige.

Er reichte ihr die Waffen, und sie legte sie auf einen Arbeitstisch.

Für eine Stadt wie Snowfield enthielt der Schrank eine übertriebene Menge von Waffen: zwei großkalibrige Gewehre mit Infrarotvisier; zwei halbautomatische Gewehre; zwei Waffen, die mit Gummikugeln geladen waren und nur zur Abschreckung dienten; zwei Leuchtpistolen; zwei Gewehre, mit denen man Gasgranaten abfeuern konnte; drei Faustfeuerwaffen – zwei 38er und eine große Smith & Wesson .375er Magnum.

Während der Lieutenant die Munitionsschachteln auf den Tisch stapelte, sah Jenny sich die Magnum genauer an. »Eine gewaltige Kanonen, nicht wahr?«

»Allerdings. Damit könnten Sie einen Stier erledigen.«

»Es sieht so aus, als hätte Paul alles ausgezeichnet in Schuß gehalten.«

»Sie scheinen sich damit auszukennen«, bemerkte der Lieutenant, während er weitere Päckchen mit Munition auf dem Tisch aufstapelte.

»Ich habe Waffen immer gehaßt und niemals gedacht, daß ich selbst einmal eine besitzen würde«, sagte Jenny. »Nachdem ich jedoch drei Monate hier gewohnt habe, bekam ich Ärger mit einer Gang von Motorradfahrern, die hier an der Mount Larson Road ihr Sommerlager aufschlagen wollten.«

»Die Chrom-Dämonen.«

»Genau«, bestätigte Jenny. »Sie sehen nicht sehr vertrauenswürdig aus.«

»Das ist noch milde ausgedrückt.«

»Wenn ich nachts in Mount Larson oder Pineville Hausbesuche machen mußte, haben sie mich manchmal mit ihren Motorrädern begleitet. Sie fuhren an beiden Seiten meines Wagens so dicht nebenher, daß es schon gefährlich wurde, riefen mir etwas zu, winkten und verhielten sich einfach unvernünftig. Getan haben sie mir nichts, aber irgendwie war die Sache doch etwas ...«

»Bedrohlich?«

»Ja. Deshalb habe ich mir eine Waffe gekauft, gelernt, damit umzugehen, und mir einen Waffenschein zugelegt.«

Der Lieutenant begann die Schachteln mit der Munition zu öffnen. »Mußten Sie sie jemals gebrauchen?«

»Glücklicherweise brauchte ich nie auf jemanden zu schießen, aber einmal mußte ich zumindest zeigen, daß ich sie bei mir hatte. Es war kurz nach Einbruch der Dunkelheit. Diese Dämonen hatten wieder einmal beschlossen, mich zu begleiten, aber dieses Mal war es anders. Vier von ihnen kreisten mich ein, zwangen mich dazu, langsamer zu fahren und hielten mich schließlich in der Mitte der Straße an.«

»Das hat Ihnen sicher einen großen Schrecken eingejagt.«

»Allerdings. Mein Herz raste wie verrückt. Einer der Dämonen stieg von seinem Motorrad. Er war groß – ungefähr einsneunzig –, trug langes lockiges Haar, einen Bart, ein Stirnband und einen goldenen Ohrring. Er sah aus wie ein Pirat.«

»Hatte er auf beiden Handflächen ein Auge in Gelb und Rot tätowiert?«

»Ja! Nun, zumindest sah ich eine Tätowierung an der Hand, die er gegen die Fensterscheibe preßte, als er mich ansah.«

Der Lieutenant lehnte sich gegen den Tisch, auf dem die Waffen lagen. »Sein Name ist Gene Terr, genannt wird er aber meistens Jeeter. Er ist der Anführer der Chrom-Dämonen, ein äußerst übler Bursche. Zwei- oder dreimal war er schon im Knast, aber nie wegen eines schwerwiegenden Verbrechens und nie für längere Zeit. Immer, wenn es so aussieht, als könnten wie Jeeter endlich festnageln, nimmt einer von seinen Leuten die Schuld auf sich. Er besitzt eine unglaubliche Gewalt über die Mitglieder seiner Gang. Sie machen alles, was er will – sie scheinen ihn anzubeten. Wenn sie dann im Gefängnis landen, kümmert er sich um sie, schmuggelt Geld und Drogen hinein. Und sie bleiben ihm treu ergeben. Jeeter weiß genau, daß wir nicht an ihn herankommen, deshalb ist er immer scheißfreundlich und hilfsbereit und gibt vor, ein anständiger Bürger zu sein. Das macht ihm Spaß. Jeeter ist also zu Ihrem Auto gekommen und hat durch das Fenster geschaut. Und dann?«

»Er wollte, daß ich aussteige, aber ich habe mich geweigert. Dann verlangte er, ich solle zumindest das Fenster herunterkurbeln, damit wir nicht schreien müßten, um uns zu unterhalten. Ich sagte, es würde mir nichts ausmachen zu schreien. Daraufhin drohte er, das Fenster einzuschlagen. Ich wußte genau, daß er dann die Hand hereinstecken und die Tür öffnen würde, also beschloß ich, freiwillig auszusteigen. Ich sagte ihm, ich würde rauskommen, wenn er einen Schritt zurückginge. Er ließ sich darauf ein, und währenddessen holte ich rasch meine Pistole unter dem Sitz hervor. Ich öffnete die Tür, stieg aus und als er auf mich zukam, rammte ich ihm den Lauf der Waffe in den Bauch. Der Hahn war gespannt, und das hat er auch sofort bemerkt.«

»Meine Güte, seinen Gesichtsausdruck hätte ich zu gern gesehen«, sagte Lieutenant Whitman grinsend.

»Ich hatte eine Todesangst«, erzählte Jenny weiter. »Ich fürchtete mich vor ihm, aber auch davor, die Waffe abfeuern zu müssen. Ob ich das fertiggebracht hätte, weiß ich nicht, aber ich durfte Jeeter nicht zeigen, daß ich Zweifel hatte.«

»Wenn er das gemerkt hätte, wären Sie wohl verloren gewesen.«

»Das dachte ich mir auch. Also erklärte ich ihm kühl und bestimmt, daß ich Ärztin sei, einen Hausbesuch bei einem sehr kranken Patienten machen müsse und mich nicht länger aufhalten lassen könne. Ich sprach sehr leise. Die anderen drei Männer saßen noch auf ihren Motorrädern und konnten mich weder hören noch die Pistole sehen. Dieser Jeeter machte mir den Eindruck, als würde er eher sterben, als zuzulassen, daß jemand sieht, wie eine Frau ihm etwas befielt, also wollte ich ihn nicht bloßstellen und damit vermeiden, daß er eventuell eine Dummheit begeht.«

Der Lieutenant schüttelte den Kopf. »Da haben Sie ihm aber einen gewaltigen Dämpfer aufgesetzt.«

»Ja. Ich habe ihn dann auch noch daran erinnert, daß er vielleicht selbst eines Tages eine Ärztin brauchen würde. Er könnte schließlich einmal einen Unfall mit seinem Motorrad haben, schwer verletzt auf der Straße liegen, und ich die Ärztin sein, die zum Unfallort gerufen wird – und das, nachdem er mich verletzt und mir Grund dazu gegeben hat, mich an ihm zu rächen. Ich habe ihm erklärt, daß eine Ärztin in der Lage ist, dafür zu sorgen, daß der Heilungsprozeß eines Patienten lange dauert und sehr schmerzhaft ist. Dann bat ich ihn, darüber nachzudenken.«

Whitman starrte sie mit offenem Mund an.

»Ich weiß nicht, ob ihn das beeindruckt hat oder er nur Angst vor der Waffe hatte«, fuhr Jenny fort. »Er zögerte jedoch, zog für seine Freunde noch eine große Show ab und erklärte, ich sei die Freundin eines Freundes. Er sagte, er hätte mich bereits vor Jahren kennengelernt, mich aber erst jetzt erkannt, und ich würde ab sofort unter dem speziellen Schutz der Chrom-Dämonen stehen. Niemand solle mich jemals wieder belästigen. Dann stieg er wieder auf seine Harley und fuhr los. Die anderen drei folgten ihm.«

»Und Sie sind nach Mount Larson gefahren?«

»Was sonst? Ich mußte mich ja noch um einen Patienten kümmern.«

»Unglaublich.«

»Allerdings muß ich zugeben, daß mir auf der Fahrt nach Mount Larson der Angstschweiß auf der Stirn stand, und ich zitterte wie Espenlaub.«

»Und seitdem wurden Sie nie wieder von der Gang belästigt?«

»Im Gegenteil. Wenn sie an mir vorbeifahren, lachen sie mich an und winkten mir zu.«

Whitman lachte ebenfalls.

»Die Antwort auf Ihre Frage lautet also: Ja, ich kann mit einer Pistole umgehen«, sagte Jenny. »Allerdings hoffe ich, daß ich niemals auf jemanden schießen muß.«

Sie sah die 375er Magnum in ihrer Hand, runzelte die Stirn, öffnete eine Schachtel mit Munition und begann, die Waffe zu laden.

Der Lieutenant holte ebenfalls einige Patronen aus einer Kiste und lud damit eine der Waffen.

Nach einer Weile brach er das Schweigen. »Hätten Sie wirklich getan, was Sie Gene Terr angedroht haben?«

»Was meinen Sie? Ob ich auf ihn geschossen hätte?«

»Nein. Wenn er Ihnen etwas angetan hätte, Sie vielleicht sogar vergewaltigt hätte und später einmal Ihr Patient gewesen wäre ... hätten Sie dann wirklich ...?«

Jenny schob das Magazin in die Magnum und legte die Waffe auf den Tisch. »Na ja, ich hätte mich schon versucht gefühlt, aber andererseits nehme ich meinen hippokratischen Eid sehr ernst. Wahrscheinlich bin ich zu gutmütig – ich hätte Jeeter natürlich medizinisch so gut versorgt, wie ich nur kann.«

»Ich habe gewußt, daß Sie das sagen würden.«

»Meine Worte klingen möglicherweise manchmal sehr

hart, aber im Grunde genommen habe ich ein viel zu weiches Herz.«

»Aber Sie haben sich diesem Kerl gegenüber sehr gut behauptet und ihm die Stirn geboten! Wenn er Sie jedoch verletzt hätte und Sie dann später Ihre Position als Ärztin dazu genützt hätten, um sich zu rächen ... Das wäre etwas anderes gewesen.«

Jenny schob ihren Blick von der 38er, die sie gerade auf den Tisch zu den anderen Waffen gelegt hatte, und sah dem Mann in die dunklen klaren Augen, die sie prüfend musterten.

»Sie sind in Ordnung, Dr. Paige. Wenn Sie möchten, können Sie mich Tal nennen – fast alle tun das. Es ist die Abkürzung für Talbert.«

»Einverstanden, Tal. Und Sie können auch Jenny zu mir sagen.«

»Oh. Ich weiß nicht so recht.«

»Warum nicht?«

»Sie sind Ärztin. Meine Tante Becky, bei der ich aufgewachsen bin, hatte immer großen Respekt vor Ärzten. Es kommt mir komisch vor, Ärzte – oder Ärztinnen – mit ihrem Vornamen anzusprechen.«

»Ärzte sind auch nur Menschen, und wenn man berücksichtigt, in welcher schwierigen Lage wir uns hier befinden...«

»Trotzdem ...« Tal schüttelte den Kopf.

»Wenn Sie das stört, sprechen Sie mich doch so an wie die meisten meiner Patienten.«

»Und wie ist das?«

»Einfach nur Doc.«

»Doc?« Er dachte einen Augenblick lang nach und lächelte dann. »Doc. Das erinnert mich an die grauhaarigen, streitsüchtigen Trottel, die Barry Fitzgerald in den 30er und 40er Jahren auf die Leinwand gebracht hat.«

»Tut mir leid, aber ich habe noch keine grauen Haare.«

»Sie sind auch kein alter Trottel.«

Jenny lachte leise.

»Da liegt eine gewisse Ironie darin«, meinte Tal Whitman.

»Doc. Ja, wenn ich mir vorstelle, wie Sie Gene Terry eine Waffe in den Bauch gedrückt haben, paßt das.«

Sie luden zwei weitere Waffen.

»Warum gibt es in einer kleinen Polizeistation wie Snowfield eigentlich so viele Waffen, Tal?«

»Um vom Staat und Bund Gelder zu bekommen, muß man eben einige Bestimmungen erfüllen, auch wenn sie manchmal lächerlich sind. Für Polizeistationen wie diese ist ein gewisses Waffenarsenal vorgeschrieben. Na ja ... vielleicht sollten wir jetzt froh darüber sein.«

»Bisher haben wir allerdings noch nichts gesehen, worauf wir hätten schießen können.«

»Ich habe den Verdacht, daß das noch kommen wird«, meinte Tal. »Und ich will Ihnen noch etwas sagen.«

»Was?«

Sein breites, dunkelhäutiges, attraktives Gesicht wirkte düster. »Ich glaube, Sie brauchen sich keine Sorgen darüber zu machen, auf Menschen schießen zu müssen. Irgendwie habe ich das Gefühl, daß wir uns nicht vor *Menschen* vorsehen müssen.«

Bryce wählte die geheime Privatnummer des Gouverneurs in Sacramento. Er sprach zuerst mit dem Dienstmädchen, das immer wieder betonte, der Gouverneur sei im Augenblick nicht einmal für einen guten alten Freund zu sprechen, selbst wenn es um Leben und Tod ginge. Er solle eine Nachricht hinterlassen. Dann meldete sich der Butler, der ebenfalls nur bereit war, eine Nachricht weiterzuleiten. Nachdem Bryce eine Weile warten mußte, wurde er mit Gary Poe, dem politischen Berater des Gouverneurs Jack Retlock, verbunden.

»Jack kann jetzt nicht mit Ihnen sprechen, Bryce«, sagte Gary. »Wir haben hier gerade ein wichtiges Abendessen mit dem japanischen Handelsminister und dem Generalkonsul aus San Francisco.«

»Gary ...«

»Wir versuchen gerade zu erreichen, daß die neue japanisch-amerikanische Elektronikfabrik in Kalifornien und nicht in Texas oder Arizona gebaut wird – wir befürchten sogar, der Standort könnte New York sein – meine Güte, ausgerechnet New York!«

»Gary ...«

»Es ist mir schleierhaft, wie jemand New York nur in Erwägung ziehen kann. Denken Sie nur an die vielen Streiks und die steuerlichen Probleme! Manchmal glaube ich ...«

»Gary, halten Sie den Mund.«

»Wie bitte?«

Bryce fuhr eigentlich nie jemanden so an. Selbst Gary Poe, der schneller und lauter reden konnte als ein Marktschreier, war so schockiert, daß er verstummte.

»Gary, dies ist ein Notfall. Holen Sie Jack ans Telefon.«

»Bryce, ich bin bevollmächtigt ...«, begann Poe beleidigt.

»Ich habe in den nächsten zwei Stunden verdammt viel zu tun, Gary – das heißt, wenn ich noch so lange lebe. Ich kann es mir nicht leisten, zuerst Ihnen und dann noch Jack jeweils eine Viertelstunde die Lage zu erklären. Hören Sie gut zu. Ich bin in Snowfield, und so wie es aussieht, sind hier alle Einwohner tot.«

»Was?«

»Ja, fünfhundert Menschen.«

»Bryce, wenn das ein Witz sein soll, dann ...«

»Fünfhundert Tote. Mindestens. Und jetzt holen Sie endlich Jack an den Apparat, verdammt!«

»Aber Bryce, fünfhundert ...«

»Zum Teufel, holen Sie endlich Jack!«

Poe zögerte einen Augenblick lang, dann sagte er: »Ich hoffe nur, Sie nehmen mich nicht auf den Arm.« Er legte den Hörer zur Seite und ging den Gouverneur holen.

Bryce kannte Jack Retlock bereits seit siebzehn Jahren. Als er bei der Polizei in Los Angeles angefangen hatte, war er Jack für sein Probejahr zugewiesen worden. Zu dieser Zeit war Jack bereits sieben Jahre im Dienst und ein erfahrener Mann. Er hatte sich so geschickt und klug verhalten, daß Bryce kaum zu hoffen gewagt hatte, seinen Job jemals auch nur halb so gut zu erledigen wie er. Nach einem Jahr hatte Bryce jedoch auch an Erfahrung gewonnen, woraufhin sie beschlossen, Partner zu bleiben. Doch dann, achtzehn Monate später, war Jack es müde, gegen ein System anzukämpfen, das die Verbrecher wieder auf freien Fuß setzte, die er mit Mühe hinter Gitter gebracht hatte, und entschloß sich für eine politische Laufbahn. Als Polizist hatte er einige Auszeichnungen bekommen. Er setzte seinen Ruf als Held geschickt ein, um einen Sitz im Stadtrat von Los Angeles zu bekommen und wurde später mit großer Mehrheit zum Bürgermeister gewählt. Danach schaffte er den Sprung zum Gouverneur. Seine Karriere war weitaus beeindruckender als Bryces berufliche Laufbahn – er war eben nur Sheriff im County Santa Mira – aber Jack war schon immer viel kämpferischer gewesen als Bryce.

»Doody, bist du das?« meldete sich Jack in Sacramento. Er benützte Bryces Spitznamen, den er ihm in Los Angeles gegeben hatte, weil er fand, daß er zu Bryces sandfarbenem Haar, seinen Sommersprossen, dem attraktiven Gesicht und den Augen paßte, die denen der Marionette Howdy Doody ähnelten.

»Ja, ich bin es, Jack.«

»Gary erzählte mir gerade irgendwelchen Schwachsinn ...«

»Es ist wahr«, erwiderte Bryce und schilderte Jack die Ereignisse in Snowfield.

Nachdem Jack sich die ganze Geschichte angehört hatte, holte er tief Luft. »Ich hoffe nur, du bist betrunken, Doody.«

»Nein, Jack, ich bin vollkommen nüchtern. Hör zu, ich brauche zuerst ...«

»Die Nationalgarde?«

»Nein!« rief Bryce. »Solange wir es vermeiden können, will ich sie hier nicht sehen.«

»Wenn ich die Nationalgarde nicht einsetze und alle anderen Mittel nütze, die mir zur Verfügung stehen, und sich das später als Fehler herausstellt, bin ich erledigt. Man wird mich fertigmachen.«

»Jack, ich zähle darauf, daß du die richtigen Entscheidungen triffst, und das nicht nur im politischen Bereich. Solange wir nicht mehr über die Situation hier wissen, will ich nicht, daß Leute von der Nationalgarde durch die Gegend trampeln. Bei einer Überschwemmung, einem Poststreik oder Ähnlichem mögen sie von Nutzen sein, aber sie sind keine ausgebildeten Soldaten. Die meisten von ihnen sind hauptberuflich Verkäufer, Anwälte, Lehrer oder Handwerker. Hier geht es aber um eine Aktion, die absolut gezielt durchgeführt werden muß, und dafür kommen nur gut ausgebildete Polizisten in Frage.«

»Und wenn deine Männer damit nicht fertig werden?«

»Dann bin ich natürlich der erste, der nach der Nationalgarde rufen wird.«

»Also gut«, sagte Retlock schließlich. »Keine Nationalgarde. Zumindest jetzt nicht.«

Bryce seufzte. »Und ich möchte auch das Gesundheitsministerium heraushalten.«

»Doody, sei doch vernünftig. Wie soll ich das anstellen? Wenn auch nur die geringste Möglichkeit besteht, daß es sich um eine ansteckende Krankheit handelt, die die Einwohner von Snowfield getötet hat, oder vielleicht ein Gift, das die Umwelt verseucht ...«

»Hör zu, Jack. Das Gesundheitsministerium ist sicher sehr hilfreich, wenn es darum geht, eine Seuche, Nahrungsmittelvergiftung oder Wasserverseuchung festzustellen und zu bekämpfen. Aber wir haben es dann mit Bürokraten zu tun, die sehr langsam arbeiten, und das können wir uns nicht leisten. Ich habe das Gefühl, daß es sich um einen Kampf gegen die Zeit handelt. Jeden Moment kann hier die Hölle los sein. Ich wäre eigentlich überrascht, wenn es nicht so käme. Außerdem haben die Leute vom Gesundheitsministerium nicht die Ausrüstung für diesen Fall, und sie sind auch nicht auf eine solche Situation vorbereitet, wo eine ganze Stadt ausgelöscht worden ist – das kommt in ihren Plänen nicht vor. Aber ich kenne jemanden, der dafür geeignet ist, Jack. Die medizinische Abteilung des Zivilschutzkorps könnte uns helfen.«

»Zivilschutzkorps?« Retlocks Stimme klang angespannt.

»Du meinst doch nicht etwa die Jungs von der Abteilung B- und C-Waffen?«

»Doch.«

»Meine Güte, glaubst du etwa, es handelt sich um Kriegsführung mit Nervengas oder Bakterien?«

»Wahrscheinlich nicht«, erwiderte Bryce und dachte dabei an die abgehackten Köpfe der Liebermanns, das beängstigende Gefühl, das ihn in der überdachten Passage überfallen hatte, und die unglaublich Geschwindigkeit, mit der Jake Johnson verschwunden war. »Aber ich weiß noch nicht genug, um biologische oder chemische Waffen auszuschließen.«

Jetzt war dem Gouverneur deutlich sein Ärger anzuhören. »Wenn die verdammte Armee mit ihren verflixten tödlichen Viren nicht sorgfältig genug umgegangen ist, dann werde ich sie mir vorknöpfen!«

»Ganz ruhig, Jack. Vielleicht handelt es sich auch nicht um einen Unfall. Möglicherweise haben Terroristen von einem Mitglied des Zivilschutzkorps eine Probe gestohlen. Oder irgendwelche Agenten aus dem Ausland testen unsere Fähigkeit, solche Situationen zu analysieren und uns zu verteidigen. Genau deshalb hat die Armee General Copperfield damit beauftragt, diese Abteilung des Zivilschutzkorps einzurichten.«

»Wer ist Copperfield?«

»General Galen Copperfield, der Kommandeur der Zivilschutzeinheit der Abteilung für chemische und biologische Kriegsführung. Wir befinden uns jetzt in genau der Situation, von der er wissen wollen würde. Innerhalb weniger Stunden könnte Copperfield ein Team von erstklassig ausgebildeten Wissenschaftlern nach Snowfield schicken – Biologen, Virologen, Bakteriologen und Pathologen, die über den neuesten Stand in der Gerichtsmedizin bestens Bescheid wissen. Zumindest einen Immunologen, einen Biochemiker könnte er uns besorgen – vielleicht sogar einen Neurologen. Copperfields Abteilung verfügt über gut ausgestattete, fahrbare Labors. Sie haben sie im ganzen Land deponiert, also müßte auch eines davon hier in der Nähe sein. Laß das Gesundheitsministerium aus dem Spiel, Jack. Dort gibt es nicht die Art von Leuten, die Copperfield mir besorgen kann. Außerdem ist ihre diagnostische Ausrüstung im Gegensatz zu Copperfields mobilen Geräten nicht auf dem neuesten Stand der Technik. Ich möchte den General anrufen – ich werde mich auf jeden Fall mit ihm in Verbindung setzen, aber ich hätte vorher gern deine Einwilligung dazu und die Garantie, daß hier keine Staatsbürokraten auftauchen und sich einmischen.«

Nach kurzem Zögern sagte Jack Retlock: »Doody, in welcher Welt leben wir eigentlich, wenn wir auf die Leute von Copperfields Abteilung angewiesen sind?«

»Hältst du mir das Gesundheitsministerium vom Hals?«

»Ja. Brauchst du sonst noch etwas?«

Bryce schaute auf die Liste, die er vor sich liegen hatte. »Du könntest die Telefongesellschaft anweisen, nur wirklich wichtige Telefonate nach Snowfield durchzustellen. Wenn erst einmal bekannt wird, was hier geschehen ist, wird jedes Telefon in der Stadt pausenlos klingeln, und wir werden keine Möglichkeit mehr haben, unsere lebensnotwendige Kommunikation aufrechtzuerhalten. Wenn man die Vermittlung der Gespräche von und nach Snowfield einigen Telefonisten überlassen könnte, die eine gewisse Auswahl treffen und dann ...«

»Ich werde mich darum kümmern«, erklärte Jack.«

»Es kann auch sein, daß die Leitungen plötzlich unterbrochen sind – selbst in den öffentlichen Telefonzellen. Dr. Paige hatte bei ihrem ersten Versuch zu telefonieren einige Schwierigkeiten. Ich bräuchte also einen Kurzwellensender – das Gerät hier ist anscheinend zerstört worden.«

»Ich kann dir einen mobilen Kurzwellensender in einem Wagen schicken, der einen benzinbetriebenen Generator besitzt. Das zuständige Amt für Katastrophen bei Erdbeben hält einige davon bereit. Noch etwas?«

»Ja, es wäre gut, wenn wir nicht vom Stromnetz abhängig wären, da unser Feind es offensichtlich manipulieren kann. Kannst du zwei große Generatoren für uns besorgen?«

»Wird erledigt. Und sonst?«

»Wenn mir noch etwas einfällt, lasse ich dich es wissen.«

»Ich möchte dir noch etwas sagen, Bryce. Du bist mein Freund, und deshalb tut es mir verdammt leid, daß du in diese Sache verwickelt bist. Andererseits bin ich heilfroh, daß du die Leitung des Unternehmens übernommen hast. Egal, worum es sich dort handelt – es gibt eine Menge Idioten, die damit todsicher überfordert wären. Wenn es sich wirklich um eine Krankheit handelt, könnte bereits der halbe Staat verseucht sein. Du bist genau der Mann, den wir jetzt brauchen.«

»Danke, Jack.«

Beide schwiegen einen Augenblick lang, dann sagte Retlock: »Doody?«

»Ja, Jack?«

»Paß auf dich auf.«

»Das werde ich, Jack«, erwiderte Bryce. »Jetzt muß ich mich mit Copperfield in Verbindung setzen. Ich rufe dich später wieder an.«

»Bitte tu das, Bryce. Und verschwinde du nicht auch noch, alter Freund.«

Bryce legte den Hörer auf und sah sich in der Polizeistation um. Stu Wargle und Frank waren damit beschäftigt, die vordere Platte des Funkgeräts zu entfernen. Tal und Dr. Paige luden einige Waffen, und Gordy Brogan und die junge Lisa – also der Größte und die Kleinste in der Gruppe – kochten Kaffee und stellten etwas zu essen auf einen der Schreibtische.

Sogar in einer derart katastrophalen Situation müssen wir Kaffee trinken und etwas essen, dachte Bryce. Das Leben geht weiter.

Er hob den Hörer wieder auf, um Copperfield in Dugway, Utah anzurufen, hörte aber kein Freizeichen. Nachdem er die Gabel heruntergedrückt hatte, meldete er sich: »Hallo?«

Nichts.

Bryce spürte, daß jemand oder etwas ihm zuhörte – genau wie Dr. Paige es beschrieben hatte.

»Wer ist da?« fragte er.

Eigentlich hatte er keine Antwort erwartet, doch er bekam eine. Es war keine Stimme, sondern ein eigenartiges, aber doch vertrautes Geräusch: der Schrei von Möwen, die bei stürmischem Wind über einem Strand kreisten.

Dann veränderte sich das Geräusch und klang nun wie ein Rasseln – beinahe so, als würde jemand Bohnen in einem hohlen Gefäß hin- und herschütteln. Oder wie die Warnung einer Klapperschlange. Ja, kein Zweifel, das mußte eine Klapperschlange sein.

Noch einmal veränderte sich das Geräusch, dieses Mal zu einem elektronischen Summen. Nein, eigentlich klang es eher wie ein Bienenschwarm. Dann kam wieder der Schrei von Möwen. Das fröhliche Zwitschern eines Singvogels. Ein Hecheln, wie von einem müden Hund. Das Knurren eines Lebewesens, das größer sein mußte als ein Hund. Und das wütende Fauchen kämpfender Katzen.

Obwohl die Geräusche eigentlich nicht ausgesprochen bedrohlich klangen – bis auf das Rasseln der Klapperschlangen und das Knurren –, überlief es Bryce eiskalt.

Die Tierlaute hörten plötzlich auf.

Bryce wartete, lauschte und fragte schließlich noch einmal: »Wer ist da?«

Keine Antwort.

»Was wollen Sie?«

Ein anderes Geräusch kam über die Leitung und durchfuhr Bryce wie ein Dolch. Schreie. Männer, Frauen und Kinder. Viele Menschen. Dutzende, vielleicht Hunderte. Keine gespielten Schreie wie auf einer Bühne, sondern durchdringende, erschütternde Laute von Verdammten, in denen sich der Schmerz, die Angst und die Verzweiflung gequälter Seelen widerspiegelte.

Bryce wurde übel. Sein Puls begann zu rasen. Fast hatte er das Gefühl, er sei direkt mit der Hölle verbunden.

Waren das die Schreie der Toten von Snowfield, die auf Band aufgenommen waren? Von wem? Und warum? War das Wirklichkeit oder nur Einbildung?

Ein letzter Schrei. Von einem Kind, einem kleinen Mädchen. Sie schrie vor Entsetzen auf, dann vor Schmerz und unvorstellbarer Qual, als würde sie in Stücke gerissen. Ihre Stimme wurde lauter und immer höher.

Stille.

Das Schweigen war noch schlimmer als die Schreie, weil das namenlose Wesen immer noch in der Leitung war. Bryce spürte seine Gegenwart noch stärker und war sich nun bewußt, daß es sich um etwas eindeutig Bösartiges handelte, das gnadenlos vorging.

Es war das.

Hastig legte er den Hörer auf. Obwohl er sich nicht direkt in Gefahr befunden hatte, zitterte er.

Er sah sich wieder in der Station um. Die anderen waren immer noch mit den Aufgaben beschäftigt, die er ihnen zugeteilt hatte. Offensichtlich hatte niemand bemerkt, daß sich sein letztes Telefonat ganz anders abgespielt hatte als das vorherige. Schweiß lief ihm über den Nacken.

Irgendwann würde er den anderen davon erzählen müssen, aber noch nicht sofort. Im Augenblick traute er seiner Stimme nicht. Sie würden ihm anhören, daß er nervös war und ihn dieses Erlebnis sehr mitgenommen hatte.

Bis Verstärkung eintraf, sie sich in Snowfield eine feste Basis geschaffen hatten, und alle sich sicherer fühlten, wollte er auf keinen Fall zeigen, daß er vor Angst zitterte. Die anderen erwarteten Führungsqualitäten von ihm, und er wollte sie auf keinen Fall enttäuschen.

Er holte tief Luft und nahm den Hörer wieder ab. Jetzt bekam er sofort ein Freizeichen. Erleichtert wählte er die Nummer der B- und C-Einheit des Zivilschutzes in Dugway, Utah.

Lisa mochte Gordy Brogan. Zuerst hatte sein finsteres Aussehen sie eingeschüchtert. Er war so groß, und seine Hände waren so gewaltig, daß sie an Frankensteins Monster erinnerten. Sein Gesicht war eigentlich recht nett, aber wenn er die Stirn runzelte, zogen sich seine Augenbrauen zusammen, seine tiefschwarzen Augen wirkten noch düsterer als gewöhnlich, und er sah furchterregend aus – selbst wenn er gar nicht wütend war oder sich über etwas Sorgen machte.

Wenn er jedoch lächelte, wirkte er ganz anders. Das war wirklich erstaunlich. Man sah dann sofort, daß man jetzt den Gordy Brogan vor sich hatte, so wie er eigentlich war. Der andere Gordy – von dem man zuerst glaubte, ihn zu sehen, wenn er die Stirn runzelte oder über etwas nachdachte – war nur ein Fantasieprodukt. Sein warmes, breites Lächeln zog die Aufmerksamkeit auf die Freundlichkeit und Sanftheit in seinen Augen unter den dichten Brauen.

Wenn man ihn näher kennenlernte, wirkte er wie ein zu groß geratener Welpe, der von allen geliebt werden wollte. Er war einer der wenigen Erwachsenen, die sich mit einem Kind unbefangen unterhalten konnten, ohne sich herablassend oder gönnerhaft zu verhalten. In dieser Hinsicht war er sogar noch besser als Jenny. Und er konnte sogar trotz dieser Umstände noch lachen.

Als sie das Essen auf den Tisch stellten – kaltes Fleisch, Brote, Käse, Obst, Doughnuts und Kaffee –, sagte Lisa: »Sie kommen mir gar nicht vor wie ein Cop.«

»Tatsächlich? Wie stellst du dir denn einen Cop vor?«

»Oh! Habe ich etwas Falsche gesagt. Ist ›Cop‹ ein beleidigender Ausdruck?«

»An manchen Orten schon. Zum Beispiel in Gefängnissen.«

Lisa war überrascht, daß sie immer noch lachen konnte, nach allem, was heute abend geschehen war. »Ich meine es ernst. Wie werden Beamte am liebsten bezeichnet? Als Polizisten?«

»Das spielt keine Rolle. Ich bin Hilfssheriff, Polizist, Cop – wie immer du mich auch bezeichnen möchtest. Aber du findest ja, daß ich nicht so aussehe.«

»Doch, das schon«, erwiderte Lisa. »Aber Sie wirken einfach nicht wie ein Cop.«

»Wie dann?«

»Lassen Sie mich nachdenken.« Dieses Spiel gefiel ihr, denn es lenkte sie einen Moment von dem Alptraum ab, der sich hier abspielte. »Vielleicht wie ein ... junger Geistlicher.«

»Ich?«

»Ja. Sie würden auf der Kanzel stehen und feurige Strafpredigten halten, aber in Ihrem Pfarrhaus würden Sie freundlich lächelnd dasitzen und sich geduldig die Probleme der Leute anhören.«

»Du siehst mich also als Priester«, sagte Gordon sichtlich erstaunt. »Bei deiner Vorstellungskraft solltest du später einmal Schriftstellerin werden.«

»Eher Ärztin wie Jenny. Eine Ärztin kann so viel Gutes tun.« Lisa schwieg einen Moment. »Wissen Sie, warum ich Sie mir nicht als Cop vorstellen kann? Weil ich mir nicht vorstellen kann, daß Sie dieses Ding jemals benützen könnten.« Sie deutete auf seinen Revolver. »Ich glaube nicht, daß Sie jemals auf jemanden schießen würden – selbst wenn er es verdient hätte.«

Der Ausdruck, der plötzlich über Gordy Brogans Gesicht glitt, erschreckte Lisa. Offensichtlich war er schockiert.

Bevor sie ihn fragen konnte, was in ihm vorging, flackerten die Lichter.

Sie sah sich um.

Wieder ein Flackern. Und dann noch einmal.

Lisa sah zum Fenster hinaus. Die Straßenlaternen gingen ebenfalls an und aus.

Nein, dachte sie. O Gott, bitte nicht schon wieder. Keine Dunkelheit mehr, bitte, bitte!

Die Lichter gingen aus.

15
Das Ding am Fenster

Bryce Hammond hatte zuerst über die Leitung für Notfälle mit dem diensthabenden Offizier des Zivilschutzes in Dugway, Utah gesprochen. Er mußte nicht viele Details preisgeben, sondern wurde rasch zu General Galen Copperfields Privatanschluß durchgestellt. Copperfield hatte ihm zugehört, aber nicht viel gesagt. Bryce wollte wissen, ob eine chemische oder biologische Waffe Snowfield zerstört haben könnte. Copperfield bejahte das knapp und erinnerte Bryce daran, daß sie dieses Gespräch über eine ungesicherte Leitung führten. Dann machte er einige vage, aber unmißverständliche Andeutungen über Dienstgeheimnisse und Sicherheitsmaßnahmen. Nachdem er die wichtigen Informationen von Bryce erhalten hatte, wollte er das Telefonat rasch beenden und schlug vor, alles weitere persönlich zu besprechen. »Ich habe genug gehört und bin davon überzeugt, daß meine Organisation hinzugezogen werden sollte.« Er versprach, bis zum Morgengrauen ein mobiles Labor und ein Team von Wissenschaftlern nach Snowfield zu schicken.

Als Bryce den Hörer auflegte, flackerten die Lichter, wurden schwächer und erloschen schließlich.

Er tastete auf dem Schreibtisch nach der Taschenlampe, fand sie und knipste sie an.

Nachdem sie vor einer Weile in die Polizeistation zurückgekehrt waren, hatten sie zwei weitere Taschenlampen mit langen Griffen gefunden. Gordy hatte eine davon an sich genommen, Dr. Paige die andere. Jetzt gingen beide gleichzeitig an und warfen lange helle Strahlen in den dunklen Raum.

Sie hatten bereits eine Strategie für den Fall besprochen, daß die Lichter wieder ausgingen. Jetzt gingen sie alle wie vereinbart weg von Fenstern und Türen in die Mitte des Raums und stellten sich Rücken an Rücken in einem Kreis auf, um weniger verwundbar zu sein.

Keiner sprach ein Wort. Alle lauschten angestrengt.

Lisa Paige stand links neben Bryce, schob ihre schmalen Schultern vor und zog den Kopf ein.

Tal Whitman befand sich auf Bryces rechter Seite. Er verzog wütend den Mund, bis seine Zähne blitzten, und starrte in die Dunkelheit jenseits der Lichtkegel der Taschenlampen.

Tal und Bryce hielten beide ihre Waffen in der Hand.

Die drei blickten in den hinteren Teil des Raums, während die anderen vier – Dr. Paige, Gordy, Frank und Stu – zur Tür sahen.

Bryce ließ den Lichtstrahl seiner Lampe überall herumwandern, denn selbst die Schatten der nüchternen Einrichtungsgegenstände wirkten mit einemmal bedrohlich. Doch nichts versteckte oder bewegte sich in der vertrauten Umgebung.

Stille.

In der hinteren Wand an der rechten Seite befanden sich zwei Türen. Eine führte zu den drei Arrestzellen. Sie hatten diesen Teil des Gebäudes bereits durchsucht. Die Zellen, der Raum, in dem die Verhöre stattfanden und die beiden Toiletten waren leer. Durch die zweite Tür erreichte man die Treppe zur Wohnung des Hilfssheriffs. Auch diese Räume waren verlassen. Trotzdem richtete Bryce beunruhigt seine Taschenlampe immer wieder auf die beiden halboffenen Türen.

In der Dunkelheit war ein leiser Aufprall zu hören.

»Was war das?« fragte Wargle.

»Es kam von dort drüben«, meinte Gordy.

»Nein, von da«, sagte Lisa Paige.

»Ruhe!« befahl Bryce mit scharfer Stimme.

Wieder war ein gedämpfter Aufprall zu hören, als würde jemand ein Kissen auf den Boden werfen.

Bryce ließ den Strahl seiner Lampe hin und her wandern, und Tal verfolgte seine Bewegungen mit der Pistole.

Was sollen wir nur tun, wenn die Lichter die ganze Nacht über nicht brennen? dachte Bryce. Und wenn die Batterien unserer Taschenlampen entladen sind? Was wird dann passieren?

Seit seiner Kindheit hatte er keine Angst mehr vor der Dunkelheit gehabt – jetzt erinnerte er sich wieder an dieses Gefühl.

Wieder ein Aufprall. Dieses Mal lauter, aber nicht näher.

»Die Fenster!« rief Frank.

Bryce drehte sich um und richtete seine Taschenlampe zur gleichen Zeit wie die anderen auf die vorderen Fenster. Die Lichtkegel wurden wie in einem Spiegel reflektiert und verbargen das, was sich auch immer dahinter befinden mochte.

»Richtet die Lampen auf den Boden oder die Decke!« befahl Bryce.

Ein Lichtstrahl ging nach oben, die beiden anderen nach unten. Jetzt waren die Fenster indirekt beleuchtet, und das Licht spiegelte sich nicht mehr in den Scheiben wider.

Etwas prallte gegen eines der Fenster, stieß gegen einen lockeren Rahmen und verschwand wieder in der Nacht. Bryce glaubte, Flügel gesehen zu haben.

»Was war das?«

»... ein Vogel ...«

»... kein Vogel, den ich schon einmal zuvor ...«

»... irgend etwas ...«

»... etwas Grauenhaftes ...«

Es kehrte zurück und flog nun mit größerer Entschlossenheit gegen das Glas.

Lisa schrie auf, Frank Autry schnappte nach Luft, und Stu Wargle sagte: »Verdammte Scheiße!«

Gordy brachte nur einen erstickten Ton heraus.

Bryce starrte auf das Fenster und hatte das Gefühl, durch einen Vorhang hindurch die Realität zu verlassen und einen Ort betreten zu haben, in dem es nur Illusionen und Alpträume gab.

Da die Straßenlaternen nicht brannten, lag die Skyline Road im Dunkeln, das Mondlicht gab jedoch einen unklaren Blick auf das Ding am Fenster frei.

Selbst in dieser schwachen Beleuchtung war der Anblick dieses flatternden Ungeheuers kaum zu ertragen. Bryce hatte den Eindruck, als sehe er in ein Kaleidoskop, in dem sich Schatten und Mondlicht abwechselten, und das Ding schien einem Fieberwahn zu entspringen. Seine Flügel hatten eine Spannweite von mindestens einem Meter. Es hatte einen insektenartigen Kopf, kurze, zitternde Fühler, kleine, spitz zulaufende, pausenlos arbeitende Kauwerkzeuge und einen zweigliedrigen Körper, der in Form und Größe an zwei aneinandergereihte Fußbälle denken ließ. Ebenso wie die Flügel war der Körper schmutzig-grau, haarig und sah verschimmelt und feucht aus. Bryce starrte auf die riesigen, hervorquellenden tintenschwarzen Augen mit den vielen Facetten, in denen sich das Licht brach und widerspiegelte. Sie glänzten gierig.

Das Ding am Fenster sah aus wie eine Motte, war aber so groß wie ein Adler. So etwas war doch verrückt!

Es schleuderte sich wieder wütend gegen das Fenster. Die Flügel schwirrten so schnell durch die Luft, daß sie kaum mehr zu erkennen waren. Es flog an den dunklen Fensterrahmen vorbei in die Nacht hinein, kehrte wieder zurück und versuchte mit aller Macht, die Scheibe zu zerbrechen. Da es jedoch keinen Panzer besaß, gelang es ihm trotz seiner unglaublichen Größe und seinem furchterregenden Aussehen nicht, mit seinem weichen Körper das Glas zu zerschmettern.

Noch ein Aufprall, dann war es plötzlich verschwunden.

Die Lichter gingen wieder an.

Das war wie eine schlechte Theatervorführung, dachte Bryce.

Als sie sahen, daß das Ding nicht zurückkommen würde, gingen sie alle in schweigendem Einverständnis zur Vorderseite des Raums und starrten verblüfft zum Fenster hinaus.

Die Skyline Road wirkte unverändert. Sie war verlassen. Nichts rührte sich.

Bryce setzte sich auf den quietschenden Stuhl an Paul Hendersons Schreibtisch. Die anderen versammelten sich um ihn.

»Und?« fragte Bryce.

»Tja ...«, sagte Tal.

Sie sahen sich nervös an.

»Irgendwelche Ideen?«

Keiner antwortete Bryce.

»Hat jemand eine Theorie, was das gewesen sein könnte?«

»Es war furchtbar groß«, sagte Lisa und schauderte.

»Das war es wirklich«, bestätigte Dr. Paige und legte ihrer jüngeren Schwester beruhigend eine Hand auf die Schulter.

Bryce war beeindruckt von ihrer Kraft und emotionalen Stärke. Sie schien jedes schlimme Erlebnis verarbeiten zu können, das ihr hier in Snowfield widerfuhr. Eigentlich hielt sie sich besser als seine Männer. Sie war die einzige, die seinem Blick nicht auswich, sondern ihn offen erwiderte.

Das ist eine ganz besondere Frau, dachte er.

»Unmöglich so etwas«, sagte Frank Autry. »Es war einfach unfaßbar.«

»Hey, was ist denn los mit euch, Leute?« fragte Wargle und verzog sein teigiges Gesicht. »Das war doch nur ein verdammter Vogel, nichts weiter.«

»Sicher nicht«, erklärte Frank.

»Nur ein blöder Vogel«, betonte Wargle. Als ihm die anderen widersprachen, sagte er: »Bei der schlechten Beleuchtung und all den Schatten dort draußen habt ihr einen falschen Eindruck bekommen. Ihr habt nicht gesehen, was ihr zu sehen geglaubt habt.«

»Was glauben Sie denn, was wir gesehen haben?« wollte Tal wissen.

Wargles Gesicht rötete sich.

»Haben wir nicht dasselbe gesehen wie Sie? Dieses Ding, an das Sie nicht glauben wollen?« fuhr Tal fort. »Eine Motte? Haben Sie nicht auch eine verdammt große, häßliche Motte gesehen? So groß, daß es eigentlich unmöglich ist?«

Wargle senkte den Blick und betrachtete seine Schuhe. »Ich habe nur einen Vogel gesehen.«

Bryce wurde klar, daß Wargle so fantasielos war, daß er selbst dann die Möglichkeit des Unmöglichen nicht in Betracht ziehen konnte, wenn er es mit eigenen Augen gesehen hatte.

»Woher ist das Ding gekommen?« fragte Bryce.

Keiner wußte darauf eine Antwort.

»Und was wollte es?«

»Es wollte uns«, sagte Lisa.

»Aber dieses Ding am Fenster kann unmöglich Jake weggeschleppt haben«, meinte Frank. »Es war viel zu schwach und wog zu wenig, um einen ausgewachsenen Menschen zu tragen.«

»Aber wer oder was hat Jake geholt?« fragte Gordy.

»Etwas Größeres«, antwortete Frank. »Etwas, was viel stärker und böser ist.«

Bryce beschloß, daß es jetzt an der Zeit war, den anderen doch davon zu erzählen, was er am Telefon gehört und gespürt hatte, nachdem er mit Gouverneur Retlock gesprochen und dann versucht hatte, General Copperfield zu erreichen: die stumme Anwesenheit, die einsamen Schreie der Möwen, das warnende Rasseln der Klapperschlange und – was man schlimmsten gewesen war – die verzweifelten Schmerzensschreie von Männern, Frauen und Kindern. Eigentlich hatte er bis zum Morgen damit warten wollen, bis es hell wurde und Verstärkung eintraf. Aber vielleicht würde den anderen etwas auffallen, was ihm entgangen war – irgendein Hinweis, der wichtig sein konnte. Außerdem war der Zwischenfall am Telefon nicht mehr so schockierend, nachdem sie alle das Ding am Fenster gesehen hatten.

Nachdem die anderen Bryces Bericht gehört hatten, wurde die Atmosphäre noch angespannter.

»Wie kann man so pervers sein und die Schreie seiner Opfer auf Band aufnehmen?« fragte Gordy.

Tal Whitman schüttelte den Kopf. »Vielleicht war es ganz anders. Möglicherweise …«

»Ja?«

»Ich weiß nicht, ob einer von euch das jetzt hören will.«

»Sie haben damit angefangen, also beenden Sie Ihren Satz«, sagte Bryce eindringlich.

»Nun, vielleicht haben Sie keine Tonbandaufnahme gehört. Wir wissen, daß viele Menschen aus Snowfield verschwunden sind. Es gibt mehr Vermißte als Tote, soweit wir das bisher beurteilen können. Vielleicht werden die Vermißten irgendwo als Geiseln gehalten und stießen die Schreie aus, weil sie gefoltert oder sogar umgebracht wurden, während Sie am Telefon zuhören mußten«, sagte Tal.

Bei dem Gedanken an die entsetzlichen Schreie lief es Bryce kalt über den Rücken.

»Auch wenn es sich um eine Tonbandaufnahme handelt, glaube ich nicht, daß wir davon ausgehen sollten, es gebe Geiseln«, meinte Frank Autry.

»Ja«, stimmte Dr. Paige ihm zu. »Wenn Mr. Autry damit sagen will, daß wir unsere Gedanken nicht nur auf konventionelle Situationen beschränken sollten, schließe ich mich seiner

Meinung an. Das sieht nicht aus wie ein Geiseldrama. Hier geschieht etwas verdammt Merkwürdiges, etwas, das wir alle noch nie erlebt haben. Wir sollten uns also nicht in die Irre führen lassen, nur weil uns eine vertraute, verständliche Erklärung angenehmer wäre. Außerdem paßt das Ding am Fenster nicht zu der Theorie, es könnte sich um Terroristen handeln, oder?«

Bryce nickte. »Sie haben recht. Ich glaube allerdings, daß Tal nicht sagen wollte, daß es sich um eine Entführung aus den üblichen Motiven handelt.«

»Stimmt, das meinte ich nicht«, erklärte Tal. »Es muß sich nicht um Terroristen oder Kidnapper handeln, die Leute in ihrer Gewalt haben. Selbst wenn es Geiseln geben sollte, müssen sie nicht von anderen Menschen festgehalten werden. Ich bin jetzt bereit, die Möglichkeit in Betracht zu ziehen, daß wir es hier mit etwas zu tun haben, das nicht menschlich ist. Sollten wir nicht aufgeschlossen dafür sein? Vielleicht hält *es* die Menschen nur fest, weil *es* das Vergnügen in die Länge ziehen will, sie zu töten – dieses *es*, von dem wir alle nicht wissen, was es ist. Möglicherweise will *es* uns mit den Schreien der Gefangenen quälen, so wie *es* das am Telefon mit Bryce getan hat. Meine Güte, wenn wir es wirklich mit etwas Außergewöhnlichem, nicht Menschlichem zu tun haben, sind auch die Motive für eine Geiselnahme für uns nicht verständlich.«

»Ihr quatscht Blödsinn. Man könnte glauben, ihr seid alle bescheuert«, schnaubte Wargle.

Keiner nahm Notiz von ihm.

Sie hatten die Grenze überschritten. Das Unmögliche war möglich. Der Feind war der Unbekannte.

Lisa Paige räusperte sich. Ihr Gesicht war blaß geworden. Mit kaum hörbarer Stimme sagte sie: »Vielleicht hat es irgendwo an einem dunklen Ort – in einem Keller oder einer Höhle – ein Netz gesponnen und alle Vermißten darin wie in einem Kokon bei lebendigem Leib aufgehängt. Es hebt sie sich möglicherweise auf, bis es wieder Hunger bekommt.«

Das Mädchen könnte recht haben, dachte Bryce. Wenn nichts mehr unmöglich war und selbst die gewagtesten

Theorien in Frage kamen, gab es vielleicht wirklich ein riesiges Netz irgendwo im Dunkeln, in dem hundert oder zweihundert in Frischhaltepackungen eingewickelte Menschen – nach Geschlecht und Größe sortiert – darauf warteten, bis sie gebraucht wurden. Vielleicht waren irgendwo in Snowfield menschliche Wesen dazu gezwungen worden, wie in Folie verpackte Lebensmittel darauf zu warten, von einem brutalen, unvorstellbar bösen und mit einer gefährlichen Intelligenz ausgestatteten Wesen verspeist zu werden, das aus einer anderen Dimension kam.

Nein, das war lächerlich.

Andererseits aber auch nicht unmöglich.

Bryce kniete vor dem Funkgerät und betrachtete die zerstörten Teile im Inneren. Das Schaltsystem des Geräts war unterbrochen worden. Einige Teile sahen aus, als seien sie gewaltsam zertrümmert oder mit einem Hammer flachgeklopft worden.

»Dafür muß die Frontplatte abgenommen worden sein«, stellte Frank fest.

»Aber warum haben sie sich die Mühe gemacht, sie wieder anzuschrauben, nachdem sie alles zu Schrott gemacht haben?« fragte Wargle.

»Und wozu diese Anstrengung?« überlegte Frank laut. »Sie hätten einfach nur das Kabel durchschneiden müssen, um das Gerät außer Betrieb zu setzen.«

Lisa und Gordy kamen hinzu, als Bryce sich von dem Funkgerät abwandte. »Der Kaffee und etwas zu essen stehen bereit, falls jemand Appetit darauf hat«, sagte das Mädchen.

»Ich bin total ausgehungert.« Wargle leckte sich die Lippen.

»Wir sollten alle etwas essen, auch wenn wir keinen Appetit haben«, meinte Bryce.

»Lisa und ich haben uns Gedanken darüber gemacht, was wohl mit den Haustieren geschehen ist, Sheriff«, sagte Gordy. »Das fiel uns ein, als Sie uns erzählt haben, daß Sie am Telefon Tierlaute gehört haben.«

»Niemand hat hier eine Katze oder einen Hund gesehen«, fügte Lisa hinzu. »Und auch kein Bellen gehört.«

Bryce dachte an die Stille auf den Straßen und runzelte die Stirn. »Ihr habt recht – das ist seltsam.«

»Jenny sagte, hier in der Stadt habe es ein paar ziemlich große Hunde gegeben. Einige Schäferhunde und mindestens einen Dobermann. Sogar eine Dogge. Glauben Sie nicht, sie hätten sich gewehrt?« fragte das Mädchen. »Zumindest ein paar der Hunde hätten doch eigentlich fliehen können.«

»Also gut«, sagte Gordy rasch, um Bryces Antwort zuvorzukommen. »Dann war *es* vielleicht groß genug, um einen wütenden Hund überwältigen zu können. Wir wissen ja, daß man es mit Kugeln nicht verletzen kann – möglicherweise gibt es nichts, womit man ihm etwas anhaben kann. Offensichtlich ist es groß und stark. Aber für eine Katze spielt das keine Rolle, Sir. Katzen sind blitzschnell. Wenn es alle Katzen in der Stadt erwischt haben soll, muß es sich verdammt leise anschleichen können.«

»Sehr leise und verflixt schnell«, sagte Lisa.

»Ja«, sagte Bryce beunruhigt. »Verflixt schnell.«

Jenny wollte gerade ein Sandwich essen, als Sheriff Hammond sich auf einen Stuhl neben sie setzte. »Störe ich Sie?«

»Keineswegs.«

»Tal Whitman hat mir erzählt, wie Sie die Rockerbande eingeschüchtert haben, die sich hier herumtreibt.«

Sie lächelte. »Tal übertreibt.«

»Dieser Mann kann gar nicht übertreiben«, sagte der Sheriff. »Lassen Sie mich Ihnen eine Geschichte über ihn erzählen. Vor sechzehn Monaten nahm ich in Chicago an einer Konferenz über Gesetzesvollzug teil. Als ich nach drei Tagen zurückkam, war er der erste, dem ich begegnete. Ich fragte ihn, ob während meiner Abwesenheit etwas Besonderes vorgefallen sei, und er sagte, es habe nur die üblichen Scherereien mit betrunkenen Autofahrern, Schlägereien in Bars, einigen Einbrechern und etlichen KITs gegeben.«

»Was ist ein KIT?« fragte Jenny.

»Das steht für einen Bericht über eine Katze im Baum.«

»Polizisten retten doch nicht wirklich Katzen, oder?«

»Halten Sie uns denn etwa für herzlos?« fragte Bryce in gespieltem Entsetzen.

»KITs? Jetzt aber raus mit der Sprache.«

Er grinste – sein Lächeln wirkte sehr sympathisch. »Natürlich müssen wir alle paar Monate einmal eine Katze vom Baum holen, aber KIT ist auch unser Kürzel für alle lästigen Kleinigkeiten, die uns von wichtigen Dingen abhalten.«

»Aha.«

»Tal erzählte mir also nach meiner Rückkehr von Chicago, es habe sich um drei ganz normale Tage gehandelt. Doch dann fügt er noch etwas lässig hinzu, als sei es ihm eben erst eingefallen. Tal war ohne Uniform als Kunde in dem Laden 7-Eleven gewesen, als sich ein Raubüberfall ereignete. Selbst wenn ein Polizist nicht im Dienst ist, muß er eine Waffe tragen, und Tal hatte sich seine Pistole um den Knöchel geschnallt. Er erzählte mir, einer dieser Kerle sei bewaffnet gewesen, also sei ihm nichts anderes übriggeblieben, als ihn zu erschießen. Ich solle mir keine Gedanken machen – es sei einwandfrei Notwehr gewesen. Als ich mir dann Sorgen um ihn machte und nachfragte, meinte er, das sei doch nur eine Lappalie gewesen. Später fand ich heraus, daß diese beiden Typen vorhatten, alle in dem Laden zu erschießen. Einer von ihnen hat Tal in den Arm geschossen, bevor er zurückschoß und ihn tötete. Die Kugel durchschlug Tals linken Arm, und eine Sekunde später hatte Tal ihn erwischt. Tals Verletzung war nicht lebensgefährlich, blutete aber sehr stark und muß verteufelt weh getan haben. Ich hatte den Verband natürlich nicht bemerkt, weil er unter dem Ärmel seines Hemds verborgen war und Tal die Sache zuerst nicht erwähnte. Tal blutete so heftig und stellte fest, daß er keine Munition mehr hatte. Der zweite Räuber, der jetzt die Waffe des anderen Täters in der Hand hielt, hatte ebenfalls keine Munition mehr und flüchtete. Tal verfolgte ihn durch den Laden und schlug ihn nieder, obwohl der Kerl um einiges größer und zwanzig Pfund schwerer als er gewesen sein muß. Außerdem war der Täter nicht verwundet. Wissen Sie, was mir die Polizisten erzählt haben, die später am Tatort eintrafen? Tal saß auf dem Ladentisch neben der Kasse, hatte sein Hemd ausgezogen und nippte an einer Tasse Kaffee, während der Verkäufer versuchte, den Blutstrom zu stillen. Einer der Täter war tot, der andere lag bewußtlos in einer klebrigen Masse von Süßigkeiten. Anscheinend hatten sie während des Kampfs ein Regal umgekippt. Ungefähr hundert aufgeplatzte Päckchen mit Knabbergebäck lagen auf dem Boden, und die beiden hatten in den halbflüssigen Überresten ihre Fußspuren hinterlassen – daran konnte man genau sehen, wie der Kampf abgelaufen war.«

Der Sheriff war mit seiner Geschichte am Ende angelangt und sah Jenny erwartungsvoll an.

»Meine Güte, und er hat Ihnen gesagt, es habe sich nur um eine Lappalie gehandelt.«

»Genau.« Der Sheriff lachte.

Jenny warf einen Blick zu Tal Whitman hinüber, der am anderen Ende des Raums ein Sandwich aß und sich dabei mit Officer Brogan und Lisa unterhielt.

»Sie sehen also, daß ich es glauben kann, wenn Tal mir erzählt, Sie hätten die Chrom-Dämonen eingeschüchtert. Übertreibungen sind einfach nicht seine Art.«

Jenny schüttelte beeindruckt den Kopf. »Als ich Tal von meiner kurzen Begegnung mit Gene Terr erzählt habe, reagierte er, als wäre das eine der mutigsten Taten, die jemals vollbracht wurden. Im Vergleich zu dieser ›Lappalie‹ muß ihm das doch eher wie ein Streit in einem Kindergarten vorgekommen sein.«

»Nein, nein«, widersprach Hammond. »Tal wollte Sie damit bestimmt nicht auf den Arm nehmen. Er hält es wirklich für außerordentlich tapfer, was Sie da getan haben. Und das tue ich auch. Jeeter ist gefährlich wie eine Giftschlange, Dr. Paige.«

»Sie können mich Jenny nennen, wenn Sie möchten.«

»Gern, wenn Sie Bryce zu mir sagen.«

Jenny hatte noch nie so tiefblaue Augen gesehen wie die

des Sheriffs. Wenn er lächelte, verzogen sich nicht nur seine Lippen, sondern seine Augen leuchteten zusätzlich auf.

Während sie aßen, unterhielten sie sich über belanglose Dinge. Bryce besaß eine beeindruckende Fähigkeit, trotz der Umstände eine gewisse Ruhe auszustrahlen, und Jenny war dankbar für die wenigen Minuten der Entspannung.

Nach dem Essen lenkte er jedoch das Gespräch wieder auf die gegenwärtige Krise. »Sie kennen sich in Snowfield besser aus als ich. Wir brauchen ein geeignetes Hauptquartier für diese Operation. Dieser Raum ist zu klein. Bald kommen weitere zehn meiner Männer, und morgen früh wird Copperfields Team eintreffen.«

»Wie viele Leute sind das?«

»Ungefähr ein Dutzend. Vielleicht sogar zwanzig. Ich brauche ein Hauptquartier, von dem aus wir alle Operationen koordinieren können. Wir werden möglicherweise noch einige Tage hierbleiben müssen, also benötigen wir einen Raum, in dem die Leute schlafen können, die dienstfrei haben, und eine Art Kantine, um sie zu verpflegen.«

»Dafür wäre wohl eine der Pensionen geeignet«, meinte Jenny.

»Möglich, aber ich möchte nicht, daß meine Männer zu zweit in verschiedenen Zimmern schlafen. Das könnte zu gefährlich sein. Wir müssen uns einen großen Schlafsaal suchen.«

»Dann kommt eigentlich nur das Hilltop Inn in Frage. Es liegt gegenüber auf der anderen Straßenseite.«

»Das ist doch das größte Hotel der Stadt, nicht wahr?«

»Richtig. Das Hilltop hat eine sehr große Lobby, weil dort auch die Hotelbar eingerichtet ist.«

»Ja, ich habe dort schon ein- oder zweimal was getrunken. Wenn wir die Möbel umstellen, könnten wir uns alle in der Lobby niederlassen.«

»Dort gibt es auch ein großes Restaurant, das sich über zwei Räume erstreckt. Ein Teil könnte uns als Kantine und der andere als Schlafsaal dienen.«

»Schauen wir es uns doch einmal an«, sagte Bryce, stellte seinen leeren Pappteller auf den Tisch und stand auf.

Jenny sah zu den Fenstern hinüber. Sie dachte an die seltsame Kreatur, die gegen die Scheiben geflogen war, und hörte dabei noch immer die dumpfen Geräusche beim Aufprall.

»Meinen Sie ... jetzt? Sofort?« fragte sie.

»Warum nicht?«

»Wäre es nicht klüger, auf Verstärkung zu warten?«

»Es wird wahrscheinlich noch eine Weile dauern, bis die Männer eintreffen. Es hat keinen Sinn, hier herumzusitzen und Däumchen zu drehen. Bestimmt geht es uns allen besser, wenn wir etwas Konstruktives unternehmen. Das wird uns ablenken von ... von den schlimmen Dingen, die wir gesehen haben.«

Jenny konnte den Anblick dieser schwarzen Insektenaugen nicht vergessen, die einen so bösartigen, hungrigen Ausdruck gehabt hatten. Sie starrte aus dem Fenster in die Nacht hinaus. Die Stadt war ihr mit einemmal nicht mehr vertraut. Sie wirkte fremd, wie ein feindlicher Ort, an dem sie ein unwillkommener Eindringling war.

»Wir sind hier drin kein bißchen sicherer als dort draußen«, sagte Bryce leise.

Jenny dachte an die Oxleys in dem verbarrikadierten Zimmer, nickte und stand auf. »Es gibt nirgendwo Sicherheit.«

16
Aus der Finsternis

Bryce Hammond ging voran, als sie die Polizeistation verließen. Sie überquerten die mondbeschienene, kopfsteingepflasterte Straßen, tauchten kurz in den bernsteinfarbenen Lichtkegel einer Straßenlaterne ein und wandten sich in Richtung Skyline Road. Bryce hatte ebenso wie Tal eine Schrotflinte in der Hand.

Die Stadt war atemlos still. In den Bäumen bewegte sich nichts, und die Häuser wirkten wie Schemen aus hauchdünnen Nebelfetzen.

Bryce trat aus dem Lichtstrahl heraus, ging noch ein Stück über den im Halbschatten liegenden Gehsteig und überquerte dann die Straße. Trotz des Mondscheins lag sie in der Mitte beinahe völlig im Dunkeln. Schatten überall.

Die anderen folgten ihm schweigend.

Irgend etwas knirschte unter Bryces Füßen und erschreckte ihn. Es war jedoch nur ein verwelktes Blatt.

Er konnte das Hilltop Inn jetzt sehen. Es war ein vierstöckiges graues Steingebäude, das düster wirkte. In einigen Fenstern im obersten Stockwerk spiegelte sich der fast volle Mond, aber im Hotel brannte kein einziges Licht.

Sie hatten alle die Mitte der Straße erreicht oder bereits überschritten, als plötzlich etwas aus der Finsternis kam. Bryce bemerkte zuerst den Schatten, der wellenförmig über die Straße huschte. Instinktiv duckte er sich. Er hörte Flügelschlagen und spürte, wie etwas leicht über seinen Kopf strich.

Stu Wargle schrie auf.

Bryce fuhr hoch und wirbelte herum.

Die Motte!

Sie hing an Wargles Gesicht, aber Bryce konnte nicht sehen, wie sie sich dort festhielt. Wargles ganzer Kopf war verdeckt.

Nicht nur Wargle schrie, auch die anderen stießen Schreie aus und wichen entsetzt zurück. Die Motte kreischte und gab hohe, durchdringende Laute von sich.

Im silbrigen Licht des Mondes flatterten die großen, fahlen, samtigen Flügel des unvorstellbaren Insekts, breiteten sich mit einer schrecklichen Grazie und Schönheit aus und schlugen Wargle gegen Kopf und Schultern.

Wargle taumelte blindlings bergab und versuchte mit seinen Händen das grauenhafte Wesen abzuwehren, das an seinem Gesicht klebte. Seine Schreie wurden rasch immer gedämpfter und verstummten nach wenigen Sekunden ganz.

Auch die anderen waren jetzt still – wie gelähmt, ungläubig und entsetzt standen sie da.

Wargle begann zu laufen, aber nach nur wenigen Metern ließ er seine Hände sinken und fiel auf die Knie.

Bryce erwachte abrupt aus seiner kurzen Trance, warf seine nutzlose Schrotflinte weg und rannte zu Stu.

Wargle fiel wider Erwarten nicht zu Boden, sondern richtete sich plötzlich mit durchgestreckten Knie stocksteif auf und riß die Schultern zurück. Sein Körper zuckte und zitterte, als habe er einen elektrischen Schlag bekommen.

Bryce versuchte, die Motte zu packen und sie Wargle vom Gesicht zu reißen, aber der Deputy tanzte in seiner Qual wie ein Besessener umher, und Bryce griff ins Leere. Wargle sprang ziellos über die Straße, wechselte ständig die Richtung, warf sich hin und her und wand sich wie eine Marionette in den Händen eines betrunkenen Puppenspielers. Seine Hände hingen schlaff nach unten. Sie zuckten schwach, hoben sich aber nicht, um den Angreifer abzuwehren. Dadurch wirkten seine spastischen Bewegungen noch gespenstischer. Es schien jetzt beinahe, als wäre er von Lust und nicht von Schmerz gepackt. Bryce folgte ihm und versuchte, ihn zu packen, kam ihm aber nicht nah genug.

Dann brach Wargle zusammen.

Im gleichen Moment stieg die Motte in die Luft auf, schlug heftig mit den Flügeln und schwebte dann kurz über ihm. Die dunklen Augen des Insekts wirkten finster und haßerfüllt. Es flog auf Bryce zu.

Die Arme vor dem Gesicht stolperte er rückwärts, fiel zu Boden und sah, wie die Motte über ihm kreiste.

Das Insekt von der Größe eines Drachen schwebte lautlos über die Straße auf die Gebäude auf der anderen Seite der Straße zu.

Tal Whitman hob seine Schrotflinte. Der Schuß hallte wie ein Kanonenschlag durch die stille Stadt.

Die Motte wurde in der Luft zur Seite geschleudert, taumelte fast bis zum Boden, stieg aber dann wieder auf und verschwand über die Dächer.

Stu Wargle lag bewegungslos auf dem Rücken.

Bryce stand hastig auf und lief zu ihm hinüber. Der Deputy befand sich in der Mitte der Straße an einer Stelle, die gerade noch hell genug war, um erkennen zu können, daß sein Gesicht nicht mehr da war. Großer Gott, es war verschwunden! Als sei es weggerissen worden. Sein Haar und Fetzen seiner Kopfhaut hingen über die weißen Knochen seiner Stirn. Ein Totenschädel grinste Bryce an.

17
Die Stunde vor Mitternacht

Tal, Gordy, Frank und Lisa saßen auf den roten Kunstledersesseln in einer Ecke der Lobby des Hilltop Inn. Das Hotel war seit dem Ende der letzten Skisaison geschlossen. Sie hatten die staubigen weißen Tücher von den Sesseln gezogen und sich dann, wie betäubt vor Entsetzen, hineinsinken lassen. Der ovale Kaffeetisch vor ihnen war noch verhängt; sie starrten ihn an, absolut unfähig, sich gegenseitig ins Gesicht zu sehen.

Am anderen Ende der Empfangshalle standen Bryce und Jenny über die Leiche von Stu Wargle gebeugt, die auf einem langen, niedrigen Tisch an der Wand lag. Von den anderen konnte sich niemand dazu überwinden, in diese Richtung zu schauen.

Den Blick auf den abgedeckten Kaffeetisch gerichtet, sagte Tal: »Ich habe auf das verdammte Ding geschossen und es getroffen – das weiß ich genau.«

»Wir haben alle gesehen, daß es die Schrotladung abbekommen hat«, stimmte Frank ihm zu.

»Und warum ist es dann nicht in Stücke zerfetzt worden?« fragte Tal. »Ein direkter Treffer mit einer großen Schrotflinte! Verdammt, es hätte eigentlich explodieren müssen!«

»Schußwaffen werden uns nicht retten«, erklärte Lisa.

»Es hätte jeden von uns treffen können«, sagte Gordy. Seine Stimme klang abwesend und gequält. »Dieses Ding hätte auch mich erwischen können. Ich stand direkt hinter Stu. Hätte er sich geduckt oder wäre seitlich ausgewichen ...«

»Nein«, sagte Lisa. »Es wollte Officer Wargle. Niemanden sonst. Nur ihn.«

Tal starrte das Mädchen an. »Wie meinst du das?«

Ihr Gesicht war leichenblaß geworden. »Officer Wargle weigerte sich zuzugeben, was er gesehen hatte, nachdem es gegen die Scheiben geflogen war. Er behauptete, es sei nur ein Vogel gewesen.«

»Na und?«

»Und deshalb wollte es ihn. Um ihm eine Lektion zu erteilen. Vor allem aber, um *uns* eine Lektion zu erteilen.«

»Es kann doch unmöglich verstanden haben, was Stu gesagt hat.«

»Doch. Es hat es gehört.«

»Ich glaube, du unterstellst ihm eine zu große Intelligenz«, meinte Tal. »Sicher, es war groß und mit nichts zu vergleichen, was wir jemals gesehen haben. Aber es war nur ein Insekt – eine Motte, oder?«

Das Mädchen schwieg.

»Es ist doch nicht allwissend«, fuhr Tal fort und versuchte, mehr sich selbst als die anderen davon zu überzeugen. »Es sieht nicht alles, hört nicht alles und weiß nicht alles.«

Lisa starrte wortlos auf den abgedeckten Kaffeetisch.

Jenny unterdrückte den aufsteigenden Brechreiz und untersuchte Wargles entsetzliche Verletzungen. Das Licht in der Halle war nicht hell genug, als benützte sie eine Taschenlampe, um die Wundränder zu untersuchen und in den Schädel hineinzusehen. Das Gesicht des Toten war in der Mitte bis auf die Knochen vollständig weggefressen worden. Von der Haut, dem Fleisch und den Sehnen war nichts mehr zu sehen. Selbst die Knochen schienen an einigen Stellen aufgelöst zu sein, als wären sie mit Säure bespritzt worden. Die Augen waren verschwunden. An den Wundrändern von den Außenseiten des Kiefers bis zu den Wangenknochen war das Fleisch jedoch unberührt. Auch vom Kinn abwärts und von der Stirn nach oben war die Haut glatt. Es sah aus, als habe ein Meister im Foltern ein künstlerisches Werk schaffen wollen, indem er einen Rand gesunder Haut ausgeschnitten hatte, um den grauenhaft entblößten Knochen in der Mitte des Schädels besonders hervorzuheben.

Jenny hatte genug gesehen und knipste die Lampe aus. Sie zog das Staubschutztuch, mit dem sie die Leiche vorher bedeckt hatte, über das Gesicht des Toten und war erleichtert, das Grinsen des Totenschädels nicht mehr sehen zu müssen.

»Und?« fragte Bryce.

»Keine Bißspuren«, sagte Jenny.

»Glauben Sie denn, so ein Ding könnte Zähne haben?«

»Ich weiß, daß es ein Maul und Kauwerkzeug aus Chitin hatte – ich sah es kauen, als es sich in der Polizeistation gegen die Fenster warf.«

»Ja, das ist mir auch aufgefallen.«

»Ein solches Maul würde Bißspuren hinterlassen, und man würde sehen, daß an der Haut gezerrt und gekaut wurde.«

»Und solche Spuren sind nicht vorhanden?«

»Nein. Es sieht auch nicht so aus, als wäre das Fleisch abgerissen worden. Anscheinend wurde es ... aufgelöst. Die Wundränder lassen darauf schließen, daß die Haut versengt und verätzt wurde.«

»Glauben Sie, das ... das Insekt hat eine Säure abgesondert?«

Jenny nickte.

»Und Stu Wargles Gesicht aufgelöst?«

»Ja, und dann das verflüssigte Fleisch aufgesaugt«, sagte Jenny.

»Meine Güte!« Bryces Gesicht war so blaß wie eine unbemalte Totenmaske, und seine Sommersprossen traten wie Feuermale hervor. »Das erklärt, warum es in wenigen Sekunden einen so großen Schaden anrichten konnte.«

Jenny versuchte nicht an den entblößten Schädel zu denken, der von Fleischrändern umgeben war und aussah wie ein monströses, entstelltes Gesicht ohne die Maske der Normalität.

»Ich glaube, sein gesamtes Blut ist weg«, fuhr sie fort.

»Was?«

»Lag die Leiche in einer Blutlache?«

»Nein.«

»An seiner Uniform sind auch keine Blutspuren.«

»Das ist mir aufgefallen«, sagte Bryce.

»Es müßte aber Blut daran kleben. Eigentlich hätte es wie eine Fontäne aus ihm herausspritzen müssen. Die Augenhöhlen müßten in Blut schwimmen, aber es ist kein Tropfen zu sehen.«

Bryce rieb sich mit der Hand so heftig über das Gesicht, daß wieder ein wenig Farbe in seine Wangen stieg.

»Werfen Sie einen Blick auf seinen Hals und sehen Sie sich die Halsschlagader an«, sagte Jenny.

Bryce rührte sich nicht.

»Und sehen Sie sich auch die Innenseite seiner Arme und seine Handrücken an. An den Adern ist keinerlei blaue Verfärbung mehr zu erkennen – keine Spur davon.«

»Eingesunkene Blutgefäße?«

»Ja. Ich glaube, er hat keinen Tropfen Blut mehr im Körper.«

Bryce holte tief Luft. »Ich habe ihn umgebracht – ich bin dafür verantwortlich. Wir hätten auf Verstärkung warten sollen, bevor wir die Polizeistation verlassen haben – so wie Sie gesagt haben.«

»Nein, nein. Sie hatten recht. Dort war es nicht sicherer als auf der Straße.«

»Aber er starb auf der Straße.«

»Verstärkung hätte daran nichts ändern können. Das verdammte Ding kam so schnell angeflogen, daß nicht einmal eine ganze Armee es hätte aufhalten können. Es kam zu überraschend.«

Der Ausdruck in Bryces Augen verdüsterte sich. Er betonte noch einmal, daß er die Verantwortung und deshalb die Schuld an dem Tod seines Officers trage.

»Es kommt noch schlimmer«, sagte Jenny zögernd.

»Das kann ich mir kaum vorstellen.«

»Sein Gehirn . . .«

Bryce wartete einen Augenblick und fragte dann: »Was ist mit dem Gehirn?«

»Es ist weg.«

»Weg?«

»Die Hirnschale ist völlig leer.«

»Woher wollen Sie das wissen? Sie haben doch seinen Schädel nicht geöffnet ...«

Jenny hielt ihm die Taschenlampe hin. »Leuchten Sie ihm damit in die Augenhöhlen«, unterbrach sie ihn.

Er machte keinen Versuch, ihrer Aufforderung nachzukommen. Seine Augen waren jetzt weit geöffnet und wirkten keineswegs mehr schläfrig.

Jenny bemerkte, daß sie die Taschenlampe nicht ruhig halten konnte – ihre Hand zitterte heftig.

Bryce sah es ebenfalls. Er griff nach der Lampe und legte sie auf den Tisch neben die verhüllte Leiche. Dann nahm er ihre Finger in seine schwieligen großen Hände, um sie sie zu wärmen.

»Hinter den Augenhöhlen ist nichts – gar nichts, außer der Rückseite seines Schädels.«

Bryce rieb beruhigend ihre beiden Hände.

»Nur eine feuchte, ausgeräumte Höhlung.« Jennys Stimme stieg an und überschlug sich. »Es hat sich durch sein Gesicht gefressen. Die Augen waren wahrscheinlich weg, noch bevor er blinzeln konnte. Dann hat es sich seinen Mund vorgenommen, seine Zunge herausgerissen, das Zahnfleisch von den Zähnen gezogen und alles aufgefressen. O Gott! Es hat sein Gehirn gefressen, sein Blut aufgesaugt und ...«

»Ganz ruhig«, sagte Bryce.

Aber die Worte strömten unaufhaltsam aus ihr hervor und reihten sich aneinander wie die Glieder einer Kette. »Alles aufgefressen – in nicht mehr als zehn oder zwölf Sekunden. Verdammt, das ist einfach umöglich! Das kann nicht sein! Es hat das alles pfundweise aufgefressen, verstehen Sie das? Allein das Gehirn wiegt sechs oder sieben Pfund. Und all das in zehn oder zwölf Sekunden!«

Jenny schnappte nach Luft. Bryce führte sie an der Hand zu einem Sofa, das mit einem weißen Tuch verhängt war, und sie setzten sich beide darauf.

Niemand von den anderen sah zu ihnen herüber. Jenny war erleichtert. Sie wollte nicht, daß Lisa sie in diesem Zustand sehen konnte.

Bryce legte ihr eine Hand auf die Schulter und sprach mit leiser, beruhigender Stimme auf sie ein.

Allmählich wurde sie ruhiger. Nicht weniger verstört oder verängstigt, nur ruhiger.

»Geht's besser?« fragte Bryce.

»Tut mir leid, ich bin wohl gerade ausgeflippt – so würde es zumindest meine Schwester bezeichnen.«

»Unsinn. Wollen Sie mich auf den Arm nehmen? Ich habe es doch nicht einmal geschafft, mit der Taschenlampe in seine Augenhöhlen zu leuchten und mir das anzusehen. Sie haben wirklich Nerven bewiesen, als Sie ihn untersuchten.«

»Vielen Dank, daß Sie mich beruhigt haben. Sie verstehen sich wirklich darauf, einem Menschen die nervliche Anspannung zu nehmen.«

»Ich? Aber ich habe doch gar nichts getan.«

»Dann haben Sie aber eine sehr tröstliche Art, nichts zu tun.«

Beide saßen eine Weile schweigend da und dachten über Dinge nach, die sie am liebsten aus ihren Gedanken verbannt hätten.

»Diese Motte ...« sagte Bryce schließlich.

Jenny wartete.

»Woher ist sie gekommen?«

»Aus der Hölle?«

»Noch andere Vorschläge?«

Jenny zuckte mit den Schultern. »Vielleicht aus dem Mesozoikum, dem Zeitalter der Dinosaurier«, meinte sie halb im Spaß.

Er sah sie interessiert an. »Gab es damals eventuell solche Motten?«

»Das weiß ich nicht«, gab sie zu.

»Ich könnte mir vorstellen, daß solche Dinger über die prähistorischen Sümpfe geflogen sind.«

»Ja, und bei der Suche nach Beutetieren haben sie einen Tyrannosaurus Rex so belästigt, wie uns heutzutage im Sommer diese kleinen Motten plagen.«

»Aber wenn das Ding aus dem Mesozoikum stammt, wo hat es sich dann in den vergangenen Jahrmillionen versteckt gehalten?«

Nach einer Weile fragte Jenny: »Könnte es aus einem Labor kommen, in dem genetische Versuche gemacht werden? Experimente mit DNA-Replikationen?«

»Sind sie denn schon so weit? Können sie eine neue Spezies erzeugen? Ich weiß nur, was darüber in den Zeitungen steht, aber ich dachte, solche Dinge wären erst in einigen Jahren möglich. Bisher beschränkten sie sich doch noch auf Bakterien.«

»Wahrscheinlich haben Sie recht«, sagte Jenny. »Aber trotzdem ...«

»Ja, nichts ist unmöglich, denn die Motte ist *hier*.«

Nach einer weiteren kurzen Stille fragte Jenny: »Was wohl sonst da draußen noch herumkriecht oder fliegt?«

»Denken Sie daran, was Jake Johnson passiert ist?«

»Ja. Was hat ihn geholt? Die Motte sicher nicht. Sie ist lebensgefährlich für uns, aber sie hätte ihn nicht lautlos töten und wegtragen können.« Jenny seufzte. »Wissen Sie, am Anfang wollte ich hierbleiben, weil ich befürchtete, wir könnten eine Seuche verbreiten, aber jetzt würde ich es nicht mehr wagen, die Stadt zu verlassen, weil ich weiß, daß wir nicht lebend hier hinauskommen würden. Wir würden aufgehalten werden.«

»Nein, nein. Ich bin sicher, wir kämen hier raus«, sagte Bryce. »Wenn wir beweisen können, daß dies nichts mit einer Krankheit zu tun hat, und natürlich auch General Copperfields Leute das ausschließen, werden Sie und Lisa sofort in Sicherheit gebracht.«

Jenny schüttelte den Kopf. »Nein. Da draußen ist irgend etwas, Bryce, etwas, das viel listiger und gefährlicher ist als diese Motte. Es will uns nicht weglassen, weil es mit uns spielen möchte, bevor es uns tötet. Keiner von uns wird vor ihm fliehen können, deshalb sollten wir so schnell wie möglich herausfinden, wie wir uns dagegen wehren können, bevor es das Spiel satt hat.«

In den beiden Räumen des Restaurants im Hilltop Inn waren die Stühle mit den Stuhlbeinen nach oben auf den Tischen gestapelt und mit grünen Plastikplanen bedeckt. Im ersten Raum hob Bryce mit den anderen die Schutzhüllen ab, nahm die Stühle von den Tischen und begann damit, eine Kantine einzurichten.

Aus dem zweiten Zimmer mußten die Möbel entfernt werden, damit sie später die Matratzen aus den oberen Stockwerken holen und auslegen konnten. Sie hatten gerade damit begonnen, den Raum auszuräumen, als sie das leise, aber unverkennbare Geräusch von Automotoren hörten.

Bryce ging zur Terrassentür und sah nach links auf die Sykline Road. Drei Polizeiwagen kamen mit rot blinkenden Lichtern den Hügel heraufgefahren.

»Sie sind da«, sagte er.

Bisher hatte er gedacht, die Verstärkung wäre ausreichend, um ihre geschwächte Gruppe zu unterstützen, doch jetzt begriff er, daß zehn zusätzliche Männer kaum mehr ausrichten konnten als einer.

Jenny Paige hatte recht gehabt: Stu Wargles Leben hätte wahrscheinlich auch nicht gerettet werden können, wäre die Verstärkung schon eingetroffen, bevor sie die Polizeistation verlassen hatten.

Alle Lichter im Hilltop Inn und auf der Hauptstraße flackerten, wurden schwächer und gingen dann aus. Nach nur einer Sekunde war es wieder hell.

Es war Sonntagnacht, 23.15 Uhr; bald kam die Geisterstunde.

18
London, England

Als es in Kalifornien Mitternacht wurde, war es in London acht Uhr früh am Montagmorgen.

Es war ein trüber Tag; graue Wolken lagen über der Stadt, und schon seit der Morgendämmerung nieselte es. Die durchnäßten Zweige hingen schlaff in den Bäumen, die Straßen glänzten dunkel, und fast jeder Fußgänger hielt einen schwarzen Schirm in der Hand.

Die Regentropfen schlugen gegen die Fenster des Churchill-Hotels am Portmain Square, liefen über die Scheiben und verzerrten die Sicht vom Speisesaal nach draußen. Hin und wieder erhellten grelle Blitze die Fenster und warfen die Schatten der Regentropfen auf die sauberen weißen Tischtücher.

Burt Sandler, der geschäftlich aus New York nach London gekommen war, saß an einem der Tische am Fenster und überlegte sich, wie er bei seiner Spesenabrechnung die Höhe der Rechnung für dieses Frühstück rechtfertigen könnte. Sein Gast hatte zuerst eine Flasche Sekte bestellt – Mumm's Dry Extra –, die nicht gerade billig war. Dazu wollte er Kaviar – Sekt und Kaviar zum Frühstück! – und zwei verschiedene Arten von frischem Obst. Und der alte Herr hatte seine Bestellung offensichtlich noch nicht abgeschlossen.

Ihm gegenüber saß Dr. Timothy Flyte und studierte zu Sandlers Überraschung mit kindlichem Entzücken schon wieder die Speisekarte.

»Ich hätte gerne einige Croissants«, sagte er zu dem Kellner.

»Ja, Sir.«

»Sind sie schön knusprig?«

»Aber ja, Sir.«

»Gut. Und Eier«, fuhr Flyte fort. »Zwei Eier, natürlich schön weich, mit gebuttertem Toast.«

»Toast?« fragte der Kellner. »Kommt das zu den Croissants dazu, Sir?«

»Ja, ja.« Flyte rückte den bereits etwas verschlissenen Kragen seines weißen Hemds zurecht. »Und zu den Eiern hätte ich gern gebratenen Schinken.«

Der Kellner blinzelte. »Ja, Sir.«

Schließlich sah Flyte Burt Sandler an. »Was wäre ein Frühstück ohne gebratenen Schinken? Habe ich recht?«

»Ich esse auch gern Eier mit Schinken«, stimmte Burt Sandler ihm zu und zwang sich zu einem Lächeln.

»Sehr klug von Ihnen«, meinte Flyte anerkennend. Seine Brille mit dem Metallgestell war heruntergeruscht und saß nun auf der runden roten Spitze seiner Nase. Mit einem seiner langen, dünnen Finger schob er sie wieder zurecht.

Sandler bemerkte, daß der Steg zerbrochen und ungeschickt zusammengeklebt war. Er nahm an, daß Flyte die Reparatur selbst vorgenommen hatte, um Geld zu sparen.

»Haben Sie gute Schweinswürstchen?« fragte Flyte den Kellner. »Ich will eine ehrliche Antwort. Wenn sie nicht von bester Qualität sind, lasse ich sie sofort zurückgehen.«

»Unsere Schweinswürstchen sind ausgezeichnet«, versicherte der Kellner ihm. »Ich esse sie selbst sehr gern.«

»Also gut, Schweinswürstchen.«

»Statt des Schinkens, Sir?«

»Nein, nein, dazu«, sagte Flyte, als sei die Frage des Kellners nicht nur neugierig, sondern auch dumm.

Flyte war achtundfünfzig, sah aber mindestens zehn Jahre älter aus. Sein borstiges weißes Haar lichtete sich über der Stirn und stand neben seinen großen Ohren ab, als sei es elektrisch aufgeladen. Sein Hals war dünn und faltig, seine Schultern schmal und sein Körper mager. So wie er aussah, zweifelte man daran, ob er wirklich alles essen konnte, was er bestellt hatte.

»Kartoffeln«, sagte Flyte.

»Sehr wohl, Sir«, erwiderte der Kellner und kritzelte die Bestellung auf seinen Block, auf dem mittlerweile kaum mehr Platz war.

»Haben Sie gute Nachspeisen?« wollte Flyte jetzt wissen.

Der Kellner, der sich bisher trotz der Umstände vorbildlich verhalten hatte und nicht die leiseste Anspielung auf Flytes erstaunliche Unersättlichkeit gemacht hatte, warf nun Burt Sandler einen Blick zu, als wollte er sagen: Ist Ihr Großvater senil, Sir, oder in seinem Alter noch Marathonläufer, der die Kalorien braucht?

Sandler lächelte nur.

»Ja, Sir, wir haben verschiedene Nachspeisen. Da gibt es zum Beispiel eine köstliche ...«

»Bringen Sie einfach eine Auswahl«, unterbrach Flyte ihn. »Natürlich erst nach dem Frühstück.«

»Ich werde mich darum kümmern, Sir.«

»Gut. Sehr gut. Ausgezeichnet.« Flyte strahlte und legte schließlich widerwillig die Speisekarte auf den Tisch.

Sandler hätte beinahe erleichtert aufgeseufzt. Er selbst bestellte nur Orangensaft und Eier mit Schinken und Toast, während Professor Flyte die leicht verwelkte Nelke am Aufschlag seines abgetragenen Anzugs zurechtrückte.

Als Sandler seine Bestellung aufgegeben hatte, beugte Flyte sich verschwörerisch zu ihm hinüber. »Trinken Sie auch etwas von dem Sekt, Mr. Sandler?«

»Ein oder zwei Gläschen könnten bestimmt nicht schaden«, antwortete Sandler und hoffte, der Sekt würde ihn entspannen und ihm helfen, sich eine glaubwürdige Erklärung für das extravagante Frühstück einfallen zu lassen – ein plausible Geschichte, die auch die knauserigen Angestellten von der Buchhaltung überzeugen würde, denn sie würden seine Spesenabrechnung sicher genau unter die Lupe nehmen.

Flyte sah den Kellner an. »Dann bringen Sie vielleicht besser gleich zwei Flaschen.«

Sandler, der gerade an seinem Eiswasser nippte, verschluckte sich beinahe.

Nachdem der Kellner gegangen war, sah Flyte durch das Fenster neben ihrem Tisch, über das Regentropfen liefen. »Scheußliches Wetter. Ist es in New York im Herbst auch so schlimm?«

»Es gibt viele Regentage, aber der Herbst in New York kann auch wunderschön sein.«

»Hier auch«, sagte Flyte. »Aber ich denke, wir haben mehr

solche Tage als ihr in New York. Londons schlechter Ruf für scheußliches Wetter ist nicht ganz unbegründet.«

Der Professor blieb beharrlich bei belangloser Konversation, bis Sekt und Kaviar serviert worden waren. Es schien, als fürchtete er, Sandler würde seine Bestellung rasch wieder stornieren, sobald der geschäftliche Teil erledigt war.

Er wirkte wie einer der Charaktere aus einem Werk von Dickens, dachte Sandler.

Sie brachten einen Toast aus, wünschten sich gegenseitig viel Glück und nippten an dem Sekt.

»Sie sind also nur wegen mir von New York hierhergekommen, nicht wahr?« Flytes Augen funkelten fröhlich.

»Ich möchte mich mit einigen Autoren treffen«, erwiderte Sandler. »Einmal im Jahr mache ich diese Reise, um neue Bücher aufzuspüren. Britische Autoren sind in Amerika sehr beliebt. Thriller kommen besonders gut an.«

»MacLean, Follett, Forsythe, Bagley – diese Leute?«

»Ja, einige von ihnen sind bei uns sehr bekannt.«

Der Kaviar war ausgezeichnet. Als der Professor ihn dazu aufforderte, nahm sich Sandler ein wenig davon und aß ihn mit gehackten Zwiebeln. Flyte häufte ihn löffelweise auf kleine Stücke trockenen Toasts und schlang ihn ohne Gewürze hinunter.

»Ich suche allerdings nicht nur nach Thrillern«, erklärte Sandler. »Mein Interesse gilt verschiedenen Arten von Büchern – auch von unbekannten Autoren. Hin und wieder schlage ich einem Autor ein bestimmtes Projekt vor.«

»Offensichtlich ist Ihnen da für mich etwas eingefallen.«

»Zuerst möchte ich Ihnen sagen, daß ich Ihr Buch *Der Alte Feind* faszinierend fand, als es herauskam.«

»Das ging einigen Leuten so«, meinte Flyte. »Aber die meisten haben sich darüber aufgeregt.«

»Wie ich hörte, hat Ihnen die Veröffentlichung einige Probleme beschert.«

»Eigentlich nur Probleme.«

»Welche denn?«

»Vor fünfzehn Jahren verlor ich meine Stelle an der Universität. Ich war damals dreiundvierzig, und normalerweise kann man in diesem Alter als Akademiker mit einer sicheren Position rechnen.«

»Sie haben wegen *Der Alte Feind* Ihren Job verloren?«

»So direkt haben sie sich nicht ausgedrückt«, sagte Flyte und schob sich ein Stück Toast mit Kaviar in den Mund. »Das hätte sie zu engstirnig erscheinen lassen. Die Verwaltung, der Leiter meiner Abteilung und die meisten meiner ehrenwehrten Kollegen haben beschlossen, mich indirekt anzugreifen. Mein lieber Mr. Sandler, der Konkurrenzkampf zwischen machtbesessenen Politikern oder die Rücksichtslosigkeit und Gehässigkeit bei einem Intrigenspiel von aufstrebenden leitenden Angestellten in einer großen Firma sind ein Kinderspiel gegen das Verhalten der Akademiker, die plötzlich eine Möglichkeit sehen, auf Kosten eines Kollegen die Karriereleiter in der Universität zu erklimmen. Gerüchte, die jeder Grundlage entbehren, werden verbreitet. Über mich hat man irgendwelchen Quatsch über meine skandalösen sexuellen Vorlieben verbreitet und mich beschuldigt, mit meinen Studentinnen intime Kontakt zu pflegen. Und mit meinen Studenten ebenfalls. Keine dieser Verleumdungen wurde jemals öffentlich in einem Forum diskutiert, wo ich mich hätte verteidigen können. Es gab nur Gerüchte, die im Flüsterton hinter meinem Rücken ausgetauscht wurden. Auf bösartige Weise. Mir gegenüber haben sie höflich angedeutet, ich sei inkompetent, überarbeitet, geistig ausgebrannt. Sie stellten es so hin, als würden sie mir einen Gefallen tun, aber das sah ich keineswegs so. Achtzehn Monate nach der Veröffentlichung von *Der Alte Feind* war ich meine Stelle los, und keine andere Universität wollte mich einstellen – angeblich wegen meines schlechten Rufs. Der eigentliche Grund war natürlich, daß meine Theorien für den Geschmack der meisten Akademiker zu bizarr waren. Man beschuldigte mich, ich wolle nur ein Vermögen damit machen, die Neigung einfacher Menschen zu Pseudowissenschaftlichkeit und Sensationsgier zu fördern und meine Glaubwürdigkeit verkaufen.«

Flyte machte eine kleine Pause und trank genüßlich einen Schluck Sekt.

Sandler war empört über das, was Flyte ihm erzählt hatte. »Aber das ist doch ungeheuerlich! Ihr Buch war eine wissenschaftliche Abhandlung. Es zielte nicht auf Bestsellerlisten ab. Die sogenannten einfachen Menschen hätten große Schwierigkeiten gehabt, Ihr Buch *Der Alte Feind* zu lesen. Mit so etwas ein Vermögen zu machen, ist praktisch unmöglich.«

»Das beweisen meine Einnahmen sehr deutlich«, sagte Flyte und schob sich den Rest des Kaviars in den Mund.

»Sie waren doch ein hoch geachteter Archäologe«, meinte Sandler.

»Damit war es nicht soweit her«, erwiderte Flyte bescheiden. »Auf jeden Fall war ich nie eine Schande für diesen Berufszweig, wie das später oft behauptet wurde. Wenn Ihnen das Verhalten meiner Kollegen unverständlich vorkommt, Mr. Sandler, dann kennen Sie sich nicht mit den animalischen Trieben der Wissenschaftler aus. Wissenschaftler wachsen mit der festen Überzeugung heran, daß sich alle neuen Erkenntnisse nach und nach aus kleinen Stücken bilden – so als würden Sandkörner aufeinandergehäuft, bis sich ein Hügel gebildet hat. Meistens ist das auch der Fall. Deshalb sind sie nicht auf bahnbrechende neue Erkenntnisse vorbereitet, die über Nacht ein ganzes Untersuchungsgebiet verändern. Kopernikus wurde von seinen Zeitgenossen ausgelacht, weil er daran glaubte, daß die Planeten sich um die Sonne drehen. Aber dann stellte sich heraus, daß er recht hatte. Es gibt zahlreiche solcher Beispiele in der Geschichte der Wissenschaft.« Flyte wurde rot und trank hastig noch einen Schluck Sekt. »Nicht, daß ich mich mit Kopernikus oder einem anderen dieser großen Männer vergleichen möchte. Ich versuche damit nur zu erklären, warum meine Kollegen sich automatisch gegen mich gestellt haben. Ich hätte es ahnen müssen.«

Der Kellner kam, räumte ab und stellte Sandlers Orangensaft und Flytes Früchte auf den Tisch.

Als er gegangen war, fragte Sandler: »Glauben Sie noch immer an die Richtigkeit dieser Theorie?«

»Absolut!« bekräftigte Flyte. »Ich habe recht – zumindest ist die Möglichkeit sehr groß. In der Geschichte gibt es zahlreiche Berichte darüber, wie Menschenmassen auf mysteriöse Weise verschwunden sind, und weder Historiker noch Archäologen können dafür eine einleuchtende Erklärung finden.«

Die wäßrigen Augen des Professors unter den buschigen weißen Brauen nahmen einen scharfen, durchdringenden Ausdruck an. Er beugte sich über den Tisch und starrte Sandler an, als wollte er ihn hypnotisieren.

»Am 10. Dezember 1939 verschwand eine Armee von dreitausend chinesischen Soldaten spurlos vor den Bergen von Nanking. Sie waren auf dem Weg zur Frontlinie, um gegen die Japaner zu kämpfen, aber sie gelangten nicht einmal in die Nähe des Schlachtfelds. Keine einzige Leiche wurde jemals gefunden, kein Grab, kein Zeuge. Die japanischen Historiker, die sich mit der Militärgeschichte befaßten, konnten keinen Hinweis auf einen Kampf mit dieser chinesischen Truppe finden. Die Bauern in der Gegend, durch die die vermißten Soldaten angeblich marschiert sind, hörten keine Schüsse und wurden auch nicht auf irgendeine andere Weise auf einen Kampf aufmerksam. Eine ganze Armee löste sich einfach in Luft auf. 1711 marschierte während des Spanischen Erbfolgekriegs eine viertausend Mann starke Abordnung in die Pyrenäen. Noch bevor das erster Nachtlager aufgeschlagen worden war, verschwanden alle, obwohl sie sich nicht auf feindlichem Gebiet befanden.«

Das Thema fesselte Flyte immer noch ebenso wie vor 17 Jahren, als er das Buch geschrieben hatte. Die Früchte und den Sekt hatte er völlig vergessen. Er starrte Sandler an, als würde dieses die berüchtigten Flyte-Theorien in Frage stellen.

»Das geschah in noch größerem Umfang«, fuhr der Professor fort. »Denken Sie an die großen Städte der Mayas wie Copán, Piedras Negras, Palenque, Menché, Seibal und einige andere, die über Nacht verlassen wurden. Zehntausende, Hunderttausende der Mayas verließen ungefähr im Jahr 610 ihre Heimat – innerhalb einer einzigen Woche, vielleicht sogar an einem Tag. Einige scheinen nach Norden geflohen zu sein, um dort neue Städte zu gründen, aber es gibt Anzeichen dafür, daß Tausende von Menschen einfach verschwanden – in einer erschreckend kurzen Zeitspanne. Sie haben sich nicht einmal die Mühe gemacht, ihre Töpfe, Küchengeräte und ihr Werkzeug mitzunehmen. Meine geschätzten Kollegen behaupten, das Land um die früheren Städte der Mayas sei unfruchtbar geworden und habe sie deshalb gezwungen, in den Norden zu ziehen, wo sie wieder etwas anbauen konnten. Aber wenn diese Massenauswanderung geplant war, warum haben die Menschen dann ihren Besitz zurückgelassen? Warum haben sie nicht einmal das kostbare Saatgut für Mais mitgenommen? Und warum ist kein einziger Überlebender jemals zurückgekommen, um die verlassenen Städte auszuplündern?« Flyte schlug leicht mit einer Faust auf den Tisch. »Das ist irrational! Emigranten machen sich nicht auf einen langen und beschwerlichen Weg, ohne dabei sämtliche Hilfsmittel mitzunehmen, die ihnen zur Verfügung stehen. In manchen Häusern in Piedras, Negras und Seibal haben Familien offensichtlich umfangreiche Mahlzeiten zubereitet, aber sind dann weggegangen, ohne sie zu verzehren. Das deutet doch wohl auf einen abrupten Aufbruch hin. Keine der bisher aufgestellten Theorien gibt eine plausible Antwort auf diese Frage – außer meiner, so bizarr, so unvorstellbar und unmöglich sie auch erscheinen mag.«

»Und so beängstigend«, fügte Sandler hinzu.

»Genau.« Der Professor sank atemlos auf seinen Stuhl zurück. Sein Blick fiel auf sein Sektglas. Rasch hob er es an die Lippen, leerte es mit einem Zug und fuhr sich mit der Zunge über den Mund.

Der Kellner erschien und füllte ihre Gläser nach.

Flyte machte sich rasch über seine Früchte her, als habe er Angst, der Kellner könne ihm die Treibhauserdbeeren wegnehmen, bevor er sie auch nur angerührt hatte.

Sandler empfand Mitleid für den alten Kauz. Offensichtlich

hatte der Professor schon lange kein teures Essen in einem eleganten Restaurant zu sich genommen.

»Man hat mir vorgeworfen, ich würde alle mysteriösen Fälle der Weltgeschichte, bei denen Menschen verschwanden, mit einer einzigen Theorie erklären wollen. Das ist einfach ungerecht. Ich bin nur an solchen Fällen interessiert, in denen buchstäblich Massen von Menschen oder Tieren verschwunden sind, und davon gibt es in der Geschichte Hunderte.«

Der Kellner brachte die Croissants.

Draußen zuckte ein greller Blitz über den düsteren Himmel, begleitet von einem ohrenbetäubenden Donner, der lange nachhallte.

»Wäre es nach der Veröffentlichung Ihres Buchs zu weiteren auffälligen Beispielen dafür gekommen, hätte das Ihre Glaubwürdigkeit natürlich beträchtlich gesteigert ...«, überlegte Sandler laut.

»Solche Fälle sind tatsächlich vorgekommen!« unterbrach Flyte ihn und klopfte bekräftigend mit einem Finger auf den Tisch.

»Aber das wäre doch in allen Schlagzeilen ...«

»Ich weiß von zwei Fällen. Es könnte aber noch weitere geben«, sagte Flyte unbeirrt. »In einem Fall sind Massen von Tieren niedriger Spezies verschwunden – um genau zu sein, handelte es sich um Fische. Es wurde in der Presse erwähnt, aber nur am Rande. Journalisten interessieren sich nur für Politik, Mord, Sex und Ziegen mit zwei Köpfen. Wenn man sich über so etwas informieren will, muß man wissenschaftliche Magazine lesen. Daher weiß ich auch, daß Meeresbiologen vor ungefähr acht Jahren festgestellt haben, daß in einer bestimmten Region im Pazifik der Fischbestand dramatisch abgenommen hat. Die Zahl einiger Arten ging auf die Hälfte zurück. In bestimmten wissenschaftlichen Kreisen hat diese Nachricht zuerst Panik ausgelöst. Man befürchtete, daß die Temperatur des Ozeans sich so dramatisch geändert hatte, daß alle Arten bis auf die widerstandsfähigsten Spezies aussterben könnten, doch das war nicht der Fall. Allmählich normalisierte sich der

Bestand der Meerestiere in diesem Gebiet, das einige hundert Quadratmeilen umfaßt. Niemand konnte sich erklären, was mit den Abermillionen von verschwunden Fischen geschehen war.«

»Umweltverschmutzung«, vermutete Sandler und nippte abwechselnd an seinem Orangensaft und dem Sekt.

Flyte schmierte sich Marmelade auf ein Croissant. »Nein, nein, nein. Ausgeschlossen, Sir. Dazu wäre die größte Umweltkatastrophe der Geschichte nötig gewesen. Ein Unfall dieser Tragweite wäre nicht unentdeckt geblieben. Aber es gab weder eine Ölkatastrophe noch andere Unfälle dieser Art. Selbst Ölverschmutzung hätte diesen Schaden nicht anrichten können – dafür ist die betroffene Region zu groß. Außerdem fand man an den Stränden keine toten Fische. Sie sind einfach spurlos verschwunden.«

Burt Sandler war aufgeregt. Er roch Geld. Bei manchen Büchern hatte er Vorahnungen, die sich bisher immer als richtig erwiesen hatten. Getäuscht hatte er sich nur bei dem Diätratgeber, den eine Filmschauspielerin geschrieben hatte. Einen Tag vor der Veröffentlichung war sie an Unterernährung gestorben, nachdem sie sich sechs Monate lang nur von Grapefruits, Papayas, Toast und Karotten ernährt hatte. Aber aus dieser Sache konnte ein Bestseller werden. Zwei- oder dreihunderttausend Kopien in gebundener Ausgabe und dazu zwei Millionen Taschenbücher. Wenn er Flyte überreden konnte, das trockene, akademische Material von *Der Alte Feind* auf den neuesten Stand zu bringen und auf eine allgemein verständliche Weise umzuschreiben, würde sich der Professor viele Jahre lang selbst Champagner leisten können.

»Sie sprachen von zwei Fällen von Massenverschwinden seit der Veröffentlichung Ihres Buchs«, sagte Sandler, um Flyte zum Weitersprechen zu ermutigen.

»Der zweite Fall geschah 1980 in Afrika. Drei- bis viertausend Mitglieder primitiver Stämme verschwanden aus einer relativ abgelegenen Gegend Zentralafrikas. Männer, Frauen und Kinder. Die Dörfer wurden verlassen vorgefunden. Die Stammesmitglieder hatten ihren gesamten Besitz und alle Vorräte zurückgelassen. Es sah aus, als seien sie einfach in den Busch gelaufen. Die einzigen Anzeichen von Gewaltanwendung waren einige zerbrochene Tontöpfe. Natürlich verschwinden in diesem Teil der Welt leider immer häufiger Massen von Menschen. Das liegt allerdings hauptsächlich an der Ausübung politischer Gewalt. Damals, in jenen schlimmen Tagen, wurden ganze Stämme von kubanischen Söldnern mit Waffen aus der Sowjetunion ausgelöscht, weil sie nicht bereit waren, ihre ethnische Identität für revolutionäre Ziele aufzugeben. Wenn ganze Dörfer aus politischen Gründen vernichtet werden, dann werden sie jedoch immer ausgeplündert und niedergebrannt. Für die Leichen werden Massengräber ausgehoben. Das war hier nicht der Fall. Einige Wochen später haben Wildhüter von einer unerklärlichen Abnahme des Wildbestands berichtet, aber niemand hat das mit den verschwundenen Dorfbewohnern in Verbindung gebracht. Es schien ein eigenes Phänomen zu sein.«

»Aber Sie wissen es besser.«

»Nun, ich vermute es nur.« Flyte strich sich Marmelade auf das letzte Stück des Croissants.

»Die meisten dieser Ereignisse spielen sich in abgelegenen Gebieten ab«, sagte Sandler. »Das macht es schwierig, etwas zu beweisen.«

»Ja. Auch das hat man mir vorgehalten. Wahrscheinlich kommen die meisten Fälle auf dem Meer vor, denn der größte Teil der Erdoberfläche ist mit Wasser bedeckt. Das Meer kann so weit weg sein wie der Mond, und wir haben von vielem, was sich in den Wellen abspielt, keine Ahnung. Vergessen Sie aber die zwei Armeen nicht, die ich erwähnte – die chinesische und die spanische. Diese Fälle ereigneten sich in unserer modernen Zivilisation. Wenn tatsächlich Zehntausende von Mayas dem Alten Feind zum Opfer gefallen sind, wie ich in meiner Theorie behaupte, dann sind ganze Städte, Zentren der Zivilisation, mit beängstigender Kühnheit angegriffen worden.«

»Glauben Sie, das könnte heute wieder passieren …?«

»Ohne jeden Zweifel!«

»In Städten wie New York oder London auch?«

»Sicherlich! Es könnte praktisch überall geschehen, wo die in meinem Buch beschriebenen geologischen Voraussetzungen gegeben sind.«

Beide nippten gedankenvoll an ihren Sektgläsern.

Der Regen hämmerte jetzt noch stärker gegen die Fensterscheiben.

Sandler war sich nicht sicher, ob er an die Theorie glauben sollte, die Flyte in seinem Buch *Der Alte Feind* ausgeführt hatte. Er wußte, daß sie – verständlich formuliert – die Grundlage für ein äußerst erfolgreiches Buch bieten konnte, aber das bedeutet nicht, daß er davon überzeugt sein mußte. Eigentlich wollte er nicht daran glauben, denn damit würde er das Tor zur Hölle aufstoßen.

Er sah Flyte an, der wieder an seiner verwelkten Nelke herumzupfte. »Das jagt mir eine Gänsehaut über den Rücken«, bekannte er.

Flyte nickte. »Das sollte es auch.«

Der Kellner kam mit Eiern, Schinken, Würstchen und Toast.

19
In tiefster Nacht

Das Hotel war eine Festung.

Bryce war mit den getroffenen Vorbereitungen zufrieden.

Nach zwei Stunden mühevoller Arbeit setzte er sich jetzt an einen Tisch im Restaurant und trank schluckweise entkoffeinierten Kaffee aus einer Tasse, die das blaue Emblem des Hotels trug.

Inzwischen war es halb zwei Uhr morgens, und mit der Hilfe der zehn Deputies aus Santa Mira hatten sie einiges geschafft. Der eine Raum des Restaurants war in einen Schlafsaal verwandelt worden. Zwanzig Matratzen lagen nebeneinander auf dem Fußboden – ausreichend Platz für jedes Team einer Schicht, selbst dann, wenn General Copperfields Männer eingetroffen waren. In der zweiten Hälfte des Restaurants hatten sie einige Tische in einer Ecke zusammengestellt, damit sie dort alle essen konnten. Die Küche war geputzt und vorbereitet worden. Die Lobby war eine riesige Einsatzzentrale mit Schreibtischen, Aktenschränken, Anschlagtafeln und einer großen Karte von Snowfield verwandelt worden.

Außerdem war das gesamte Hotel gründlich durchsucht worden, und sie hatten Maßnahmen getroffen, um das Eindringen des Feindes zu verhindern. Die beiden Hintereingänge – einer durch die Küche, der andere durch die Lobby – waren verriegelt und zusätzlich mit angenagelten Balken gesichert. Bryce hatte diese zusätzliche Vorsichtsmaßnahme angeordnet, um sich Wachen an diesen Eingängen zu ersparen. Auch die Tür zur Feuertreppe war auf ähnliche Weise verbarrikadiert worden, so daß niemand in die oberen Stockwerke des Hotels eindringen und sie von dort überraschen konnte. Nun war die Eingangshalle nur durch zwei kleine Fahrstühle mit den drei oberen Stockwerken verbunden. Dort hatten sich zwei Männer postiert, und eine weitere Wache stand an der vorderen Eingangstür. Ein Trupp von vier Männern hatte sich davon überzeugt, daß alle Räume in den oberen Stockwerken leer waren, und eine andere Einheit hatte sich versichert, daß alle Fenster im Erdgeschoß verschlossen waren. Die meisten Rahmen waren ohnehin so lackiert worden, daß die Fenster nicht geöffnet werden konnten. Trotzdem stellten sie einen Schwachpunkt ihrer Festung dar.

Bryce hatte sich überlegt, daß sie aber zumindest durch das Geräusch von splitterndem Glas gewarnt würden, falls jemand versuchen sollte, auf diesem Weg einzudringen.

Etliches andere hatte man ebenfalls erledigt. Stu Wargles verstümmelte Leiche war vorerst in einem Geräteraum neben der Eingangshalle abgelegt worden. Für den Fall, daß die Krise länger andauern würde, hatte Bryce einen Dienstplan aufgestellt und die nächsten drei Tage in Schichten zu jeweils zwölf Stunden eingeteilt. Schließlich war ihm nichts mehr eingefallen, was er vor Tagesanbruch noch hätte erledigen können.

Nun saß er allein an einem der runden Tische im Speisesaal, nippte an seinem Kaffee und versuchte, eine Erklärung für die Ereignisse der Nacht zu finden. Seine Gedanken kreisten immer wieder um die Sache, über die er eigentlich nicht nachdenken wollte.

Wargles Gehirn war verschwunden, sein Blut ausgesaugt – bis auf den letzten Tropfen.

Bryce schüttelte nur mit Mühe das ekelerregende Bild von Wargles verstümmeltem Gesicht ab, stand auf, um sich noch einen Kaffee zu holen, und setzte sich dann wieder an den Tisch.

Es war sehr ruhig in dem Hotel.

An einem anderen Tisch saßen drei der Männer, die die Nachtschicht übernommen hatten, und spielten Karten. Miguel Hernandez, Sam Potter und Henry Wong sprachen nicht viel dabei. Wenn sie überhaupt etwas sagten, dann flüsterten sie.

Das Hotel war sehr ruhig.

Das Hotel war eine Festung.

Verdammt, es *war* eine Festung.

Aber war es auch sicher?

Lisa suchte sich eine Matratze in einer Ecke des Schlafsaals aus, auf der sie mit dem Rücken zur Wand lag.

Jenny breitete eine der beiden Decken aus, die am Fußende der Matratze lagen, und deckte ihre Schwester damit zu.

»Willst du die andere auch noch?«

»Nein«, sagte Lisa. »Eine reicht. Es ist ein komisches Gefühl, mit den Kleidern ins Bett zu gehen.«

»Bald wird alles wieder normal laufen«, versicherte Jenny ihr, bemerkte aber selbst, wie hohl das klang.

»Legst du dich jetzt auch hin?«

»Noch nicht.«

»Ich wünschte, du würdest dich gleich auf die nächste Matratze neben mich legen«, sagte Lisa.

»Du bist nicht allein, Liebes.« Jenny strich ihrer Schwester über das Haar.

Einige Deputies – darunter Tal Whitman, Gordy Brogan und Frank Autry – hatten sich ebenfalls auf Matratzen gelegt. Außerdem standen drei schwerbewaffnete Männer die ganze Nacht über Wache.

»Wird das Licht noch gedämpft?« fragte Lisa.

»Nein. Wir können es nicht riskieren, im Dunkeln zu sein.«

»Gut. Hier ist es schon düster genug. Bleibst du bei mir, bis ich eingeschlafen bin?« Lisa sah plötzlich viel jünger als vierzehn aus.

»Natürlich.«

»Können wir noch miteinander reden?«

»Sicher. Aber leise, damit wir niemanden stören.« Jenny legte sich neben ihre Schwester und stützte ihren Kopf auf die Hand. »Worüber möchtest du dich unterhalten?«

»Egal. Nur nicht über ... über heute nacht.«

»Nun, ich wollte dich etwas fragen. Es hat nichts mit den Ereignissen der heutigen Nacht zu tun, aber es geht um etwas, was du heute abend gesagt hast. Weißt du noch, als wir auf der Bank vor dem Gefängnis saßen und auf den Sheriff warteten? Wir sprachen über Mom, und du sagtest, sie hätte ... sie hätte mit mir geprahlt.«

Lisa lächelte. »Ja, ihre Tochter, die Ärztin. Sie war sehr stolz auf dich, Jenny.«

Wie schon beim ersten Mal, brachte diese Feststellung Jenny auch jetzt wieder aus der Fassung. »Und Mom hat mir nie die Schuld an Dads Schlaganfall gegeben?«

Lisa runzelte die Stirn. »Dir? Warum hätte sie das tun sollen?«

»Na ja, ich glaube, ich habe ihm eine Zeitlang viel Kummer und Sorgen bereitet.«

»Du?« fragte Lisa erstaunt.

»Und als es dem Arzt dann nicht gelang, seinen hohen Blutdruck zu senken, und er dann einen Schlaganfall erlitt ...«

»Das einzig Schlimme, was du Moms Meinung nach jemals getan hast, war, daß du an Halloween unsere gescheckte Katze schwarz färben wolltest und dabei die Gartenmöbel ruiniert hast.«

Jenny lachte überrascht. »Das hatte ich völlig vergessen. Ich war damals erst acht Jahre alt.«

Sie lächelten sich zu und fühlten sich in diesem Augenblick mehr denn je wie Schwestern.

»Wie kommst du darauf, daß Mom dir die Schuld an Dads Tod gegeben haben könnte? Er starb eines natürlichen Todes – an einem Schlaganfall. Wie hättest du dafür verantwortlich sein können?«

Jenny zögerte. Sie dachte zurück an die Zeit vor dreizehn Jahren und empfand eine ungeheure, befreiende Erleichterung, daß ihre Mutter ihr nie die Schuld am Tod ihres Vaters gegeben hatte. Zum ersten Mal seit ihrem neunzehnten Lebensjahr fühlte sie sich wieder frei.

»Jenny?«

»Ja?«

»Weinst du?«

»Nein, alles in Ordnung.« Jenny unterdrückte ihre Tränen. »Wenn Mom es mir nie vorgeworfen hat, war es wohl ein Fehler von mir, mich schuldig zu fühlen. Ich bin sehr glücklich über das, was du mir erzählt hast.«

»Aber warum hast du dich denn schuldig gefühlt? Wenn wir uns als Schwestern gut verstehen wollen, dürfen wir keine Geheimnisse voreinander haben. Raus mit der Sprache, Jenny.«

»Das ist eine lange Geschichte, Schwesterchen. Ich werde sie dir irgendwann einmal erzählen, aber nicht jetzt. Erzähl mir etwas von dir.«

Sie unterhielten sich noch einige Minuten über Belanglosigkeiten, dann wurden Lisas Augenlider immer schwerer.

Jenny dachte plötzlich an Bryce Hammonds Augen mit dem sanften Ausdruck und den schweren Lidern.

Und an Jakob und Aida Liebermanns Augen in den abgetrennten Köpfen.

Und an Deputy Wargles Augen, die verschwunden waren. An die leeren Augenhöhlen in dem hohlen Schädel.

Sie versuchte, ihre Gedanken von dem grauenhaften Anblick des Sensenmanns abzulenken, aber sie kehrten immer wieder zu diesem Bild von monströser Gewalt und grauenvollem Tod zurück.

Jenny wünschte, auch mit ihr würde jemand reden, bis sie eingeschlafen war, so wie Lisa jetzt. Sie würde in dieser Nacht keine Ruhe finden.

In dem Geräteraum neben der Lobby und dem Liftschacht brannte kein Licht. Der Raum hatte keine Fenster.

Ein leichter Geruch nach Putzmitteln – Lysol, Möbelpolitur und Bohnerwachs – hing in der Luft. In den Regalen an der Wand standen die Gerätschaften des Hausmeisters.

In der rechten hinteren Ecke befand sich ein großes Waschbecken aus Edelstahl. Aus einem undichten Hahn tropfte Wasser – alle zehn bis zwölf Sekunden traf ein Tropfen mit einem leisen, hohlen Klang im Becken auf.

In der Mitte des Raums lag die gesichtslose Leiche Stu Wargles unter einem Tuch auf einem Tisch. Es war dunkel und ruhig. Nur das monotone Geräusch der Wassertropfen war zu hören.

Und eine atemlose Spannung hing in der Luft.

Frank Autry zog mit geschlossenen Augen die Decke um sich und dachte an Ruth. An die große, gertenschlanke Ruthie mit dem hübschen Gesicht, der ruhigen, aber trotzdem lebhaften Stimme und dem kehligen Lachen, das die meisten Menschen ansteckend fanden. Er war jetzt seit sechsundzwanzig Jahren mit ihr verheiratet. Ruthie war die einzige Frau, die er jemals geliebt hatte, und er liebte sie immer noch.

Bevor er sich hingelegt hatte, hatte er einige Minuten mit ihr telefoniert. Er konnte ihr nicht viel darüber berichten, was hier geschah – nur, daß es sich in Snowfield um einen Belagerungszustand handelte, daß man versuchte, die Sache so lange wie möglich geheim zu halten, und er heute nacht wohl nicht nach Hause kommen würde. Ruthie hatte ihn nicht nach Einzelheiten ausgefragt. In den vielen Jahren seines Militärdiensts hatte sie ihn immer unterstützt, und das tat sie auch jetzt immer noch.

Die Gedanken an Ruth waren seine wichtigste Verteidigungsstrategie. Immer wenn es Streß gab, er Angst oder Schmerzen verspürte oder deprimiert war, dachte er einfach an Ruth. Er konzentrierte sich ganz auf sie, und die Probleme dieser Welt verblaßten. Für einen Mann, der so oft gefährliche Aufgaben übernehmen mußte und dadurch nur selten vergessen konnte, daß der Tod zum Leben gehörte, war eine Frau wie Ruth eine unverzichtbare Medizin, eine Impfung gegen Verzweiflung.

Gordy Brogan hatte Angst davor, die Augen wieder zu schließen. Jedesmal, wenn er sie zugemacht hatte, war er von blutrünstigen Visionen geplagt worden, die aus seiner eigenen persönlichen Dunkelheit aufgestiegen waren. Nun lag er mit offenen Augen unter seiner Decke und starrte Frank Autrys Rücken an.

In Gedanken formulierte er ein Kündigungsschreiben an Bryce Hammond. Er würde es erst schreiben und einreichen können, nachdem die Angelegenheit in Snowfield geklärt war. Es wäre nicht richtig, seine Freunde mitten in einer Krise im Stich zu lassen. Vielleicht konnte er ihnen sogar helfen, denn so wie es aussah, würde er nicht auf Menschen schießen müssen. Aber sobald alles vorüber war und sie sich wieder in Santa Mira befanden, würde er den Brief schreiben und ihn dem Sheriff persönlich überreichen.

Er hatte jetzt keinen Zweifel mehr daran: der Dienst bei der Polizei war nichts für ihn – das war auch nie der Fall gewesen.

Er war jung und hatte noch genügend Zeit, um den Beruf zu wechseln. Unter anderem war er nur Polizist geworden, um gegen seine Eltern zu rebellieren, weil das der Beruf war, den sie sich für ihn am wenigsten gewünscht hatten. Sie hatten bemerkt, wie selbstverständlich er mit Tieren umging und innerhalb weniger Minuten das Vertrauen und die Freundschaft jedes Lebewesens auf vier Beinen gewinnen konnte. Daher hatten sie gehofft, er würde Tierarzt werden. Gordy hatte sich jedoch immer von der unermüdlichen Liebe seiner Mutter und seines Vaters erdrückt gefühlt, und die Möglichkeit, Tierarzt zu werden, zurückgewiesen, als seine Eltern ihn dazu drängten. Jetzt erkannte er, daß sie recht gehabt und es nur gut mit ihm gemeint hatten. In seinem tiefsten Inneren hatte er schon immer gewußt, daß es ihm mehr lag, zu heilen als Frieden zu stiften.

Auch die Uniform und das Abzeichen hatten ihn verleitet, denn er hatte geglaubt, als Polizist würde er seine Männlichkeit beweisen können. Trotz seiner Größe und seines muskulösen Körperbaus, hatte er immer das Gefühl gehabt, die anderen würden ihn für weibisch halten – auch obwohl er sich schon immer stark für Mädchen interessiert hatte. Als Junge hatte er sich nie für Sport begeistern können – im Gegensatz zu seinen Mitschülern, die davon ganz besessen waren. Endlose Gespräche über frisierte Wagen hatten ihn nur gelangweilt. Seine Interessen lagen auf anderen Gebieten, und deshalb hielten manche ihn für einen Schwächling. Obwohl er nur ein durchschnittliches Talent dafür besaß, spielte er Waldhorn. Die Natur faszinierte ihn, und er beobachtete leidenschaftlich gern Vögel. Nicht erst als Erwachsener, sondern bereits als Kind hatte er Gewalt verabscheut und war Konfrontationen aus dem Weg gegangen. Diese Einstellung und seine zurückhaltende Art Mädchen gegenüber hatten ihn – so glaubte er zumindest – unmännlich erscheinen lassen. Nun erkannte er aber endlich, daß er niemandem etwas beweisen mußte.

Er würde studieren und Tierarzt werden. Das würde ihn selbst zufrieden und seine Eltern glücklich machen. Sein Leben würde wieder in den richtigen Bahnen verlaufen.

Seufzend schloß der die Augen und versuchte einzuschlafen, doch aus der Dunkelheit stiegen wie in einem Alptraum Bilder von abgehackten Katzen- und Hundeköpfen und zerfleischten und gequälten Tieren vor ihm auf.

Er schnappte nach Luft und riß die Augen wieder auf.

Was war nur mit den Haustieren von Snowfield geschehen?

In dem fensterlosen, dunklen Geräteraum neben der Lobby war das monotone Geräusch der fallenden Wassertropfen verstummt.

Es war jedoch nicht völlig still. Irgend etwas bewegte sich in der Finsternis und verursachte einen leisen, nassen, kaum wahrnehmbaren Laut, während es in dem dunklen Raum umherkroch.

Jenny konnte noch nicht schlafen. Sie ging in die Cafeteria, schenkte sich eine Tasse Kaffee ein und setzte sich zu dem Sheriff an den Ecktisch.

»Schläft Lisa?« fragte er.

»Wie ein Stein.«

»Und wie geht es Ihnen? Das muß sehr schwer für Sie sein. Alle Ihre Nachbarn und Freunde ...«

»Im Augenblick kann ich nicht trauern«, erwiderte Jenny. »Ich fühle mich wie betäubt. Wenn ich die Gefühle zulassen würde, die jeder Tote bei mir auslöst, wäre ich nur noch ein Nervenbündel. Also verdränge ich sie.«

»Das ist eine normale, gesunde Reaktion. Wir machen es alle so.«

Sie tranken Kaffee und unterhielten sich.

»Verheiratet?« fragte er schließlich.

»Nein. Und Sie?«

»Ich war verheiratet.«

»Geschieden?«

»Sie ist gestorben.«

»Meine Güte, ja. Ich habe darüber etwas gelesen. Tut mir leid. Es passierte vor einem Jahr, bei einem Verkehrsunfall, oder?«

»Ein außer Kontrolle geratener Lkw.«

Jenny sah dem Sheriff in die Augen. Sie wirkten jetzt etwas trüb, und das Blau war nicht mehr so intensiv wie vorher. »Wie geht es Ihrem Sohn?«

»Er liegt immer noch im Koma. Ich glaube nicht, daß er jemals wieder aufwachen wird.«

»Es tut mir sehr leid für Sie, Bryce. Wirklich.«

Er legte seine Hände um die Tasse und starrte auf den Kaffee. »In dem Zustand, in dem Timmy sich befindet, wäre es ein Segen, wenn er für immer einschlafen würde. Am Anfang war ich wie betäubt. Ich konnte nichts mehr empfinden – psychisch und physisch. Einmal schnitt ich mich in den Finger, als ich eine Orange schälte. Die ganze Küche war voll Blut, und ich aß sogar einige blutbefleckte Orangenstücke, bevor ich bemerkte, daß etwas nicht in Ordnung war. Selbst dann fühlte ich keinen Schmerz. Erst in letzter Zeit habe ich gelernt, es zu verstehen und zu akzeptieren.« Er sah auf und begegnete Jennys Blick. »Es ist seltsam – seit ich hier in Snowfield bin, ist der Grauschleier verschwunden.«

»Grauschleier?«

»Lange Zeit war aus allem die Farbe gewichen. Alles war grau. Aber heute nacht ist das Gegenteil eingetreten. Es hat so viel Aufregung, Spannung und Angst gegeben, daß alles wieder außergewöhnlich lebendig geworden ist.«

Jenny erzählte Bryce vom Tod ihrer Mutter und von der heftigen Wirkung, die er auf sie hatte. Obwohl sie sich bereits vor zwölf Jahren entfremdet hatten, minderte das den Schicksalsschlag nicht.

Wieder war sie von Bryce Hammonds Fähigkeit beeindruckt, ihr ein Gefühl der Vertrautheit zu vermitteln. Es war, als würden sie sich seit Jahren kennen.

Jenny erzählte ihm sogar von den Fehlern, die sie im Alter von achtzehn und neunzehn Jahren gemacht hatte, von ihrem naiven und dickköpfigen Verhalten, mit dem sie ihre Eltern sehr verletzt hatte. Gegen Ende ihres ersten Studienjahres hatte sie einen Mann kennengelernt, der sie ganz in seinen Bann geschlagen hatte. Er war fünf Jahre älter als sie und gerade dabei, seine Abschlußprüfung abzulegen. Sein Name war Campbell Hudson, und sie nannte ihn Cam. Die Aufmerksamkeit, die er ihr schenkte, sein Charme und sein hartnäckiges Bemühen um sie hatten sie überwältigt. Bis dahin hatte sie ein behütetes Leben geführt, keinen festen Freund gehabt und war nicht einmal häufig ausgegangen. Sie war ein leichtes Ziel für ihn. Nachdem sie sich in Cam Hudson verliebt hatte, wurde sie nicht nur seine Geliebte, sondern auch seine begeisterte Schülerin und beinahe seine ergebene Sklavin.

»Ich kann mir nicht vorstellen, daß Sie sich jemandem unterwerfen«, sagte Bryce.

»Ich war noch jung.«

»Nun, das entschuldigt vieles.«

Jenny war bei Cam eingezogen und hatte vergeblich versucht, vor ihren Eltern zu verbergen, was diese als Sünde ansahen. Später beschloß sie, das College zu verlassen – eigentlich ließ sie es vielmehr zu, daß Cam für sie entschied. Sie arbeitete dann als Bedienung, um ihn finanziell zu unterstützen, bis er seine Doktorarbeit beendet hatte.

Nachdem Cam Hudson sie in seinem selbstsüchtigen Szenario gefangen hatte, erschien er ihr immer weniger attraktiv und charmant als früher. Sie stellte fest, daß er sehr jähzornig sein konnte. Dann starb ihr Vater, und bei der Beerdigung hatte Jenny das Gefühl, daß ihre Mutter ihr die Schuld an seinem verfrühten Tod gab. Einen Monat nach der Bestattung ihres Vaters erfuhr Jenny, daß sie schwanger war – und es bereits gewesen war, als er starb. Cam war wütend und bestand auf eine sofortige Abtreibung. Als sie um einen Tag Frist bat, bekam er einen Wutanfall und schlug sie so brutal, daß sie eine Fehlgeburt erlitt. Damit war alles vorbei. Sie war zur Vernunft gekommen und wurde abrupt erwachsen – doch es war zu spät, um ihrem Vater damit eine Freude zu bereiten.

»Seitdem habe ich hart gearbeitet«, erzählte sie Bryce. »Zu hart vielleicht. Ich wollte meiner Mutter beweisen, daß es mir leid tat und ich ihre Liebe doch verdiente. Ich arbeitete an jedem Wochenende, lehnte zahlreiche Einladungen zu Parties ab und nahm mir zwölf Jahre lang kaum einen freien Tag. Und das alles, um zu zeigen, daß ich mich gebessert hatte. Ich hätte öfter nach Hause fahren sollen, aber ich konnte meiner Mutter nicht in die Augen sehen. Und dann erfuhr ich heute abend von Lisa etwas Verblüffendes.«

»Ihre Mutter hat Ihnen keinerlei Schuld gegeben«, sagte Bryce und zeigte damit wieder die beinahe unheimliche Sensibilität und das Wahrnehmungsvermögen, das sie schon vorher an ihm bemerkt hatte.

»Genau. Sie hat mich niemals dafür verantwortlich gemacht.«

»Wahrscheinlich war sie sogar sehr stolz auf Sie.«

»Das stimmt. Sie hat mir nie die Schuld an Dads Tod gegeben. Der anklagende Ausdruck in ihren Augen, den ich zu sehen glaubte, war nur eine Reflexion meiner eigenen Schuldgefühle.« Jenny lachte leise und bitter und schüttelte den Kopf. »Es wäre witzig, wenn es nicht so verdammt traurig wäre.«

In Bryce Hammonds Augen sah sie das Mitgefühl und Verständnis, nach dem sie seit der Beerdigung ihres Vaters gesucht hatte.

»Wir sind uns in gewisser Beziehung sehr ähnlich«, sagte er. »Ich glaube, wir haben beide einen Märtyrerkomplex.«

»Jetzt nicht mehr«, erwiderte Jenny. »Das Leben ist zu kurz dazu – das habe ich heute abend gelernt. Ab jetzt werde ich leben, wirklich leben – wenn Snowfield das noch zuläßt.«

»Wir werden es schaffen.«

»Ich wünschte, ich wäre mir da sicher.«

»Wissen Sie, es könnte uns helfen, etwas zu haben, worauf wir uns freuen können«, meinte Bryce. »Wie wäre es also, wenn Sie mir das ermöglichen?«

»Wie bitte?«

»Ich meine eine Verabredung.« Er beugte sich vor. Sein dichtes, sandfarbenes Haar fiel ihm in die Stirn. »Gervasio's Ristorante in Santa Mira. Minestrone. Scampi in Knoblauchbutter. Ein gutes Gericht aus Kalbfleisch oder vielleicht ein Steak. Dazu Pasta. Sie machen dort köstliche Vermicelli al pesto. Und guten Wein.«

»Jenny lächelte. »Das klingt großartig.«

»Ich habe das Knoblauchbrot vergessen.«

»Ich liebe Knoblauchbrot.«

»Zabaglione zum Nachtisch.«

»Sie werden uns anschließend aus dem Restaurant tragen müssen«, sagte sie.

»Wir werden uns eine Schubkarre besorgen.«

Sie plauderten noch einige Minuten zur Entspannung, bis jeder soweit war, sich endlich schlafen zu legen.

In dem dunklen Geräteraum, in dem Stu Wargles Leiche auf einem Tisch lag, fielen erneut Wassertropfen deutlich hörbar in das Metallbecken.

Etwas kroch weiterhin mit einem weichen, nassen Geräusch immer wieder um den Tisch, als würde es ich durch Schlamm wälzen.

In dem Raum waren noch viele andere leise Geräusche zu hören. Das Hecheln eines müden Hundes. Das Fauchen einer wütenden Katze. Leises, silberhelles, unvergeßliches Lachen – das Lachen eines kleinen Kindes. Dann das schmerzerfüllte Wimmern einer Frau. Stöhnen. Ein Seufzer. Das Gezwitscher einer Schwalbe, deutlich, aber leise, um die Aufmerksamkeit der Wache in der Lobby nicht zu erregen. Das warnende Rasseln einer Klapperschlange. Das Brummen einer Hummel. Das höhere, bedrohliche Summen von Wespen. Das Knurren eines Hundes.

Die Geräusche verstummten so abrupt, wie sie begonnen hatten.

Es kehrte wieder Stille ein, nur durch die gleichmäßig fallenden Wassertropfen unterbrochen.

Nach etwa einer Minute raschelte das Tuch über Wargles Leiche in dem dunklen Raum. Es rutschte von dem Toten herunter und fiel auf den Boden.

Wieder das nasse Gleiten.

Und ein Geräusch, als würde trockenes Holz knacken. Ein gedämpfter, aber heftiger Laut. Ein zerbrechender Knochen.

Wieder Stille. Nur das Geräusch der Wassertropfen.

Ping. Ping. Ping.

Während Tal Whitman auf den Schlaf wartete, dachte er über die Angst nach. Das war ein Schlüsselwort, ein fundamentales Gefühl, das ihn geprägt hatte. Angst. Sein ganzes Leben lang hatte er sich heftig dagegen gewehrt, anzuerkennen, daß sie überhaupt existierte. Er weigerte sich, sie zuzulassen und sich davon einschüchtern und beeinflussen zu lassen. Keinesfalls würde er zugeben, daß es irgend etwas gab, das ihm Angst einjagen konnte. Er hatte schon früh bittere Erfahrungen gemacht und gelernt, daß man von ihrem gierigen Hunger verschlungen wurde, sobald man ihre Existenz akzeptierte.

Er war in Harlem geboren und aufgewachsen – dort, wo die Angst überall war – die Angst vor den Straßengangs, vor den Rauschgiftsüchtigen, vor Gewalt, vor Armut und davor, vom Leben in der Gesellschaft ausgeschlossen zu werden. In den Mietshäusern und auf den grauen Straßen wartete die Angst nur darauf, dich zu verschlingen, sobald du zu erkennen gabst, daß du bereit warst, sie anzunehmen.

Während seiner Kindheit war er nicht einmal in dem Apartment sicher gewesen, das er mit seiner Mutter, einem Bruder und drei Schwestern geteilt hatte. Tals Vater war nur einoder zweimal im Monat aufgetaucht, um sich das Vergnügen zu gönnen, seine Frau bewußtlos zu schlagen und seine Kinder zu terrorisieren. Seine Mutter war allerdings auch nicht besser gewesen. Sie trank zuviel Wein, rauchte zuviel Gras und behandelte ihre Kinder fast genauso gemein wie der Vater es tat.

Als Tal neun Jahre alt war, brannte das Haus ab, in dem sie wohnten – an einem der seltenen Abende, an denen der Vater zu Hause war. Tal überlebte das Feuer als einziger der Familie. Mama und sein alter Herr lagen im Bett und erstickten im Schlaf durch den Rauch. Oliver, Tals Bruder, und seine Schwestern Heddy, Louisa und die kleine Francesca starben auch, und jetzt, nach all diesen Jahren, war es schwer zu glauben, daß sie jemals gelebt hatten.

Nach dem Feuer nahm ihn die Schwester seiner Mutter, Tante Rebecca, auf. Sie lebte auch in Harlem. Becky trank nicht und rauchte kein Gras. Sie hatte keine eigenen Kinder, aber einen Job, und sie besuchte eine Abendschule. Tante Rebecca wollte nicht von fremder Hilfe abhängig sein, und sie hatte große Hoffnungen. Oft erklärte sie Tal, man brauche vor nichts Angst zu haben, außer vor der Angst selbst, und die Angst sei nur ein Schatten wie der Schwarze Mann. Man brauche die Angst nicht zu fürchten. »Gott hat dich gesund erschaffen und dir einen gut funktionierenden Verstand mitgegeben. Wenn du daraus nichts machst, bist nur du allein daran schuld – kein anderer.« Mit der Hilfe von Tante Beckys Liebe, Disziplin und Führung, war in Tal allmählich die Überzeugung gewachsen, praktisch unbesiegbar zu sein. Er hatte vor nichts im Leben Angst, nicht einmal vor dem Tod.

Deshalb konnte er auch – Jahre später – Bryce Hammond sagen, der Raubüberfall in Santa Mira, bei dem er angeschossen worden war, sei nur eine Lappalie gewesen.

Nun hatte er zum ersten Mal seit vielen Jahren die Angst wieder kennengelernt. Tal dachte an Stu Wargle, und sein Magen krampfte sich zusammen.

Die Augen waren aus dem Kopf herausgefressen worden.

Angst.

Dieser Schwarze Mann war echt.

Ein halbes Jahr vor seinem einunddreißigsten Geburtstag entdeckte Tal Whitman, daß er immer noch Angst empfinden konnte, so sehr er das auch abstreiten mochte. Seine Furchtlosigkeit hatte ihn im Leben weit gebracht, aber trotz allem, woran er bisher geglaubt hatte, war ihm nun klar, daß es auch Situationen gab, in denen es klug war, Angst zu haben.

Kurz vor der Morgendämmerung erwachte Lisa aus einem Alptraum, an den sie sich nicht mehr erinnern konnte.

Sie sah sich nach Jenny und den anderen um, die alle schliefen, und wandte sich dann dem Fenster zu. Jetzt, gegen Ende der Nacht, wirkte die Skyline Road trügerisch friedlich.

Lisa mußte zur Toilette. Sie stand auf und ging leise zwischen den Matratzen zur Tür. Der Wachposten zwinkerte ihr zu, als sie ihn anlächelte.

Im Speisesaal saß ein weiterer Mann und blätterte in einem Magazin.

Neben den Fahrstuhltüren in der Lobby standen zwei Männer Wache. Die schweren Eingangstüren aus Eichenholz mit den ovalen, facettierten Scheiben waren verschlossen, wurden aber trotzdem von einem Posten bewacht. Der Mann hielt ein Schrotgewehr in der Hand und beobachtete durch eines der ovalen Fenster die Auffahrt.

Ein vierter Mann befand sich in der Eingangshalle. Lisa hatte ihn zuvor kennengelernt. Fred Turpner hatte eine Glatze und ein aufgewecktes Gesicht. Er saß an dem größten Tisch vor dem Telefon. Anscheinend waren die ganze Nacht über pausenlos Anrufe eingegangen, denn einige große Papierbögen, die vor ihm lagen, waren dicht beschrieben. Als Lisa an ihm vorbeiging, klingelte das Telefon wieder. Fred hob eine Hand zum Gruß und nahm dann den Hörer ab. Lisa ging weiter zu den Toiletten, die versteckt in einer Ecke der Lobby lagen.

SKIHÄSCHEN SCHNEEMÄNNCHEN

Diese verniedlichenden Ausdrücke paßten gar nicht in das Hilltop Inn.

Lisa schob die Tür mit der Aufschrift SKIHÄSCHEN auf. Die Toiletten waren als sicher eingestuft worden, weil sie keine Fenster besaßen und nur durch die Lobby zu erreichen waren, in der immer Wachen postiert waren. Die Frauentoilette war geräumig und sauber und hatte vier Kabinen und Waschbecken. Der Fußboden und die Wände waren mit weißen Fliesen gekachelt und an den Seiten und an der Decke blau umrandet. Lisa benützte die erste Kabine und dann das nächstgelegene Waschbecken. Nachdem sie sich die Hände gewaschen hatte, sah sie in den Spiegel darüber – und sah ihn. *Ihn*. Den toten Deputy Wargle.

Er stand hinter ihr in der Mitte des Raums, etwa zwei bis drei Meter von ihr entfernt, und grinste.

Lisa fuhr herum. Sie war sicher, daß es sich um eine Täuschung handelte. In dem Spiegel mußte ein verzerrtes Bild entstanden sein. Sicher war er nicht wirklich hier.

Aber er *war* da. Nackt und mit einem obszönen Grinsen.

Sein Gesicht war wieder hergestellt: die dicken Backen, die fetten, schmierigen Lippen, die Schweinchennase, die kleinen, flinken Augen. Wie durch Zauberei war das Fleisch wieder da.

Unmöglich.

Bevor Lisa reagieren konnte, trat Wargle zwischen sie und die Tür. Seine Füße klatschten laut auf dem gekachelten Boden.

Irgend jemand hämmerte gegen die Tür.

Wargle schien es nicht zu hören.

Warum machten sie nicht einfach die Tür auf und kamen herein?

Wargle streckte seine Arme aus, grinste und forderte sie mit einer Handbewegung auf, zu ihm zu kommen.

Er war Lisa von Anfang an unsympathisch gewesen. Sie hatte seinen Blick aufgefangen, als er glaubte, sie wäre mit etwas anderem beschäftigt, und der Ausdruck in seinen Augen hatte sie beunruhigt.

»Komm her, Süße«, sagte er.

Sie blickte zur Tür und erkannte, daß niemand dagegen klopfte. Was sie hörte, war das rasende Pochen ihres Herzens.

Wargle fuhr sich mit der Zunge über die Lippen.

Lisa schnappte zu ihrer eigenen Überraschung plötzlich nach Luft. Sie war durch die Rückkehr des Toten so vollständig gelähmt gewesen, daß sie vergessen hatte zu atmen.

»Komm her, du kleines Flittchen.«

Sie wollte schreien, brachte aber keinen Ton hervor.

Wargle berührte sich selbst auf obszöne Weise.

»Ich wette, du würdest das gern einmal kosten, was?« sagte er grinsend. Seine Lippen waren von seiner gierig leckenden Zunge bereits naß.

Wieder versuchte Lisa zu schreien, und wieder gelang es ihr nicht. Sie schaffte es kaum, die dringend benötigte Luft in ihre brennenden Lungen zu ziehen.

Er ist nicht wirklich da, sagte sie sich. Wenn sie ihre Augen für einige Sekunden schloß, ganz fest zudrückte und bis zehn zählte, würde er sicher verschwunden sein, wenn sie sie wieder aufmachte.

»Du kleines Flittchen.«

Er war nur ein Trugbild. Vielleicht sogar Teil eines Traums. Möglicherweise gehörte es sogar zu ihrem Alptraum, daß sie zur Toilette gegangen war.

Aber sie prüfte ihre Theorie nicht. Sie schloß nicht die Augen und zählte auch nicht bis zehn. Sie wagte es einfach nicht.

Wargle kam einen Schritt auf sie zu. Er spielte immer noch an sich herum.

Er ist nicht wirklich da. Das ist nur ein Trugbild.

Noch einen Schritt.

Das ist nur eine Sinnestäuschung.

»Komm her, Süße, laß mich an deinen kleinen Titten knabbern.«

Er ist nicht wirklich hier, das ist nur ein Trugbild …

»Das wird dir gefallen, Süße.«

Lisa wich zurück.

»Einen kleinen geilen Körper hast du, Süße. Echt geil.«

Er kam weiter auf sie zu.

Nun war das Licht hinter ihm, und sein Schatten fiel auf sie.

Geister werfen keine Schatten.

Trotz seines Grinsens wurde seine Stimme immer härter und bedrohlicher. »Du dumme kleine Schlampe. Dir werde ich es ordentlich besorgen, glaub mir. Verdammt gut. Besser als die Jungs von der High School, die es dir gegeben haben. Wenn ich mit dir fertig bin, wirst du eine Woche lang nicht mehr richtig laufen können, Süße.«

Sie stand jetzt ganz in seinem Schatten. Ihr Herz schlug so heftig, daß sie befürchtete, es würde herausfallen. Lisa zog sich weiter zurück, noch weiter, bis sie mit dem Rücken an die Wand stieß. Sie stand in einer Ecke.

Jetzt sah sie sich nach einer Waffe um, nach etwas, was sie zumindest nach ihm werfen konnte, aber es war nichts da.

Jeder Atemzug fiel ihr schwerer als der letzte. Ihr war schwindlig, und sie fühlte sich schwach.

Er ist nicht wirklich hier. Das ist nur ein Trugbild.

Aber sie konnte sich nicht länger selbst etwas vormachen und an einen Traum glauben.

Wargle blieb eine Armeslänge entfernt von ihr stehen und

glotzte sie an. Er schwankte hin und her und wippte auf seinen nackten Fersen vor und zurück, als würde er einer verrückten, an- und abschwellenden Musik lauschen, die nur er hören konnte.

Verträumt bewegte er sich und schloß dabei seine haßerfüllten Augen.

Eine Sekunde verging.

Was machte er da?

Zwei Sekunden, drei, sechs, zehn.

Er hielt die Augen immer noch geschlossen.

Lisa spürte Hysterie in sich aufsteigen. Konnte sie sich an ihm vorbeischleichen, solange er die Augen geschlossen hatte? Großer Gott, nein! Er stand zu nahe bei ihr. Um zu entkommen, würde sie ihn berühren müssen. Ihn berühren? Nein, dann würde er aus seiner Trance erwachen, sie packen, und seine Hände würden so kalt sein wie der Tod. Sie brachte es nicht über sich, ihn anzufassen. Nein.

Dann bemerkte sie, daß sich seine Augen veränderten. Etwas bewegte sich, und seine Augenlider schienen nicht mehr auf die Rundungen der Augäpfel zu passen.

Er öffnete die Augen.

Sie waren nicht mehr da. Hinter den Lidern lagen nur noch leere schwarze Höhlen.

Endlich schrie sie, aber der Schrei, den sie hervorbrachte, war von menschlichem Gehör nicht wahrzunehmen. Ihr Atem entfuhr ihren Lungen wie Preßluft, und sie spürte, wie ihr Kehlkopf krampfhaft zuckte, doch kein Laut kam hervor, der ihr hätte Hilfe bringen können.

Seine Augen. Seine leeren Augen.

Sie war sicher, daß er sie auch mit diesen leeren Augenhöhlen noch sehen konnte – sie schienen sie mit ihrer Leere förmlich aufzusaugen.

Er grinste immer noch.

»Kleine Muschi«, sagte er.

Sie schrie wieder lautlos.

Komm, kleine Muschi. Küß mich, meine kleine Muschi.«

Obwohl diese knochenumrahmten Augenhöhlen so dunkel wie die Nacht waren, blitzte ein bösartiges Bewußtsein in ihnen auf.

»Küß mich.«

Nein!

Laß mich sterben, betete sie. Bitte, lieber Gott, laß mich vorher sterben.

»Ich will an deiner saftigen Zunge saugen«, sagte Wargle eindringlich und brach dann in ein Kichern aus.

Er griff nach ihr.

Sie drückte sich mit aller Kraft gegen die Wand.

Wargle berührte ihre Wange und fuhr mit der Hand daran entlang.

Sie zuckte zusammen und versuchte auszuweichen.

Seine Fingerspitzen waren eiskalt und glitschig.

Sie hörte ein dünnes, unheimliches Stöhnen und bemerkte, daß sie selbst diesen Laut ausgestoßen hatte. Dann nahm sie einen eigenartigen, beißenden Geruch wahr. Sein Atem? Der stinkende Atem eines Toten, der aus verfaulenden Lungen kam? Atmeten wandelnde Leichen? Der Gestank war kaum wahrnehmbar, aber trotzdem unerträglich. Sie würgte.

Er senkte seinen Kopf und beugte sich über sie.

Sie starrte in seine schwarzen Augenhöhlen und hatte das Gefühl, durch zwei Löcher direkt in die abgrundtiefe Hölle zu schauen.

Seine Hand schloß sich um ihren Hals. »Komm schon«, sagte er.

Sie versuchte verzweifelt, Luft in ihre Lungen zu saugen.

»Nur ein Küßchen.«

Wieder stieß sie einen Schrei aus, doch dieses Mal war er nicht lautlos, sondern so grell, daß sie glaubte, damit die Spiegel und Kacheln in der Toilette zum Zerspringen zu bringen.

Als Wargles totes, augenloses Gesicht sich langsam zu ihr herabsenkte und sie den Widerhall ihres eigenen Schreis hörte, wurde sie aus dem Wirbel der Hysterie herausgerissen. Dunkelheit umfing sie, und sie verlor das Bewußtsein.

20
Leichenräuber

In der Lobby des Hilltop Inn saß Jennifer Paige neben ihrer Schwester auf einem rostroten Sofa, das an der Wand stand, die am weitesten von den Toiletten entfernt war. Die Ärztin hielt Lisa fest im Arm.

Bryce hockte vor ihr und massierte dem Mädchen die Hand, aber sie wurde trotz seiner Bemühungen einfach nicht warm.

Bis auf die Wachen hatten sich alle in einem Halbkreis hinter Bryce um das Sofa versammelt.

Lisa sah schrecklich aus. Ihre Augen waren eingesunken und trugen einen gehetzten Ausdruck. Ihr Gesicht war so weiß wie der gekachelte Boden der Frauentoilette, auf dem sie sie bewußtlos gefunden hatten.

»Stu Wargle ist tot«, versicherte Bryce ihr noch einmal.

»Er wollte, daß ich ... ihn küsse«, wiederholte das Mädchen und blieb beharrlich bei ihrer bizarren Geschichte.

»In der Toilette war niemand außer dir, Lisa«, sagte Bryce.

»Doch. Er war da.«

»Wir sind sofort hineingelaufen, als du geschrien hast. Du warst allein und lagst bewußtlos auf dem Boden.«

»Aber er war da.«

»Seine Leiche liegt im Geräteraum.« Bryce drückte sanft ihre Hand. »Wir haben sie dort hingebracht, weißt du noch?«

»Und sie ist immer noch da. Vielleicht solltet ihr besser nachschauen.«

Bryce sah Jenny an. Sie nickte. Er rief sich ins Gedächtnis, daß hier alles möglich war, ließ die Hand des Mädchens los, erhob sich und ging auf den Geräteraum zu.

»Tal?«

»Ja?«

»Kommen Sie mit mir.«

Tal zog seine Waffe.

Auch Bryce griff nach seiner Pistole. »Ihr bleibt hier«, befahl er den anderen.

Tal und Bryce gingen nebeneinander durch die Lobby zu dem Geräteraum und blieben davor stehen.

»Ich glaube nicht, daß sie zu den Kindern gehört, die sich verrückte Geschichten ausdenken«, meinte Tal.

»Ich weiß, daß sie das nicht tut.«

Bryce dachte an Paul Hendersons Leiche, die aus der Polizeistation verschwunden war. Allerdings war das eine ganz andere Sache gewesen – Pauls Leiche war frei zugänglich und unbewacht gewesen, aber niemand hätte sich Zugang zu Wargles Leichnam verschaffen können, ohne von einem der drei Deputies gesehen zu werden, die in der Lobby Wache standen. Und es war wohl unmöglich, daß sich Wargle selbst noch einmal erhoben hatte und weggegangen war. Niemand hatte irgend etwas bemerkt.

Bryce stellte sich links neben die Tür und forderte Tal mit einer deutlichen Handbewegung auf, rechts davon in Position zu gehen.

Sie lauschten einige Sekunden lang. Es war völlig still in dem Hotel, und auch aus dem Geräteraum war absolut nichts zu hören.

Bryce lehnte sich nach vorne, ohne dabei mit seinem Körper die Tür zu berühren, und drehte langsam und lautlos den Türgriff soweit wie möglich. Er zögerte und sah Tal an, der ihm zu verstehen gab, daß er bereit war. Bryce holte tief Luft, stieß die Tür auf und sprang zur Seite.

Nichts kam aus dem dunklen Raum auf sie zugestürzt.

Tal tastete sich vorsichtig zum Lichtschalter vor. Bryce wartete geduckt darauf, bis das Licht anging, und sprang dann sofort mit gezogener Waffe in den Raum.

Die Leuchtstoffröhren an der Decke warfen ihr grelles Licht auf das Waschbecken und die Flaschen und Dosen mit Reinigungsmitteln.

Das Tuch, in das sie die Leiche eingehüllt hatten, lag zerknüllt neben dem Tisch auf dem Boden.

Wargles Leiche war verschwunden.

Deke Coover, der an der Eingangstür Wache gestanden hatte, konnte Bryce nicht weiterhelfen. Er hatte beinahe ununterbrochen die Skyline Road beobachtet und dabei mit dem Rücken zur Lobby gestanden. Jemand hätte Wargles Leiche wegschaffen können, ohne daß er es bemerkt hätte.

»Sie haben mir den Auftrag gegeben, die Straße zu überwachen, Sheriff«, sagte Deke. »Wenn Wargle nicht singend und tanzend dort herausgekommen ist und dabei in jeder Hand eine Fahne geschwungen hat, dann konnte ich ihn unmöglich gesehen haben.«

Kelly MacHeath und Donny Jessup, die beiden Männer neben dem Fahrstuhl in der Nähe des Geräteraums, waren erst Mitte Zwanzig und gehörten zu Bryces jüngeren Deputies. Sie waren allerdings beide fähig, zuverlässig und hatten bereits eine gewisse Erfahrung.

MacHeath, ein muskulöser blonder Mann mit einem Stiernacken und breiten Schultern, schüttelte den Kopf. »Die ganze Nacht über hat niemand den Raum verlassen oder betreten.«

»Niemand«, bestätigte Jessup. Er hatte drahtiges, gelocktes Haar und braune Augen. »Das hätten wir gesehen.«

»Die Tür befindet sich immerhin direkt neben uns«, sagte MacHeath.

»Sie wissen, daß wir nicht nachlässig sind«, fügte Jessup hinzu. »Wenn wir Dienst haben, dann nehmen wir das auch ernst.«

»Verdammt, aber Wargles Leiche ist verschwunden«, sagte Bryce. »Sie kann doch nicht einfach aufgestanden und durch die Wand gegangen sein!«

»Sie ist aber auch nicht vom Tisch geklettert und dann durch diese Tür verschwunden«, erwiderte MacHeath.

»Wargle war tot, Sir«, sagte Jessup. »Ich habe die Leiche zwar nicht selbst gesehen, aber nach allem, was ich gehört habe, war er wirklich tot, und Tote bleiben dort, wo man sie hinlegt.«

»Nicht unbedingt«, widersprach Bryce. »Nicht in dieser Stadt. Nicht heute nacht.«

In dem Geräteraum sagte Bryce zu Tal: »Es gibt hier keinen anderen Ausweg als die Tür.«

Langsam gingen sie durch den Raum und untersuchten ihn.

Aus dem undichten Wasserhahn fiel ein Tropfen ins Waschbecken und erzeugte einen metallischen Klang.

»Der Luftschacht«, sagte Tal und deutete auf ein Gitter unterhalb der Decke. »Was ist damit? Vielleicht sollten wir uns das einmal ansehen.«

»Meinen Sie das ernst? Die Öffnung ist nicht groß genug für einen Mann.«

»Erinnern Sie sich an den Raubüberfall in Krybinskys Juweliergeschäft?«

»Wie könnte ich den jemals vergessen? Der Fall ist immer noch ungelöst, und Alex Krybinsky erinnert mich jedes Mal ausdrücklich daran, wenn wir uns begegnen.«

»Der Räuber drang in das Erdgeschoß des Ladens durch ein unverschlossenes Fenster ein, das fast so klein war wie dieses Gitter.«

Bryce wußte – wie jeder Polizist, der Einbruchsdelikte zu bearbeiten hatte –, daß ein Mann mit normalem Körperbau nur eine überraschend kleine Öffnung brauchte, um sich Zutritt zu einem Gebäude zu verschaffen. Jedes Loch, das groß genug war, um den Kopf durchzulassen, war ausreichend, um den ganzen Körper hindurchzuzwängen. Natürlich waren die Schultern breiter als der Kopf, aber man konnte sie nach vorne schieben oder auf andere Weise so verrenken, daß man sie durchschieben konnte. Das gleiche galt für die Hüften. Aber Stu Wargle war kein durchschnittlich gebauter Mann gewesen.

»Stus Bauch wäre doch steckengeblieben wie ein Korken in einer Flasche«, sagte Bryce. Trotzdem holte er sich einen Hocker aus einer Ecke, stieg darauf und sah sich den Schacht genauer an.

»Das Gitter ist nicht mit Schrauben befestigt«, erklärte er Tal. »Es läßt sich einfach aufstecken, also wäre es möglich, daß Wargle es von innen wieder angebracht hat. Allerdings hätte er sich mit den Füßen voran in den Schacht zwängen müssen.«

Er hob das Gitter ab.

Tal reichte ihm eine Taschenlampe.

Bryce richtete den Lichtstrahl in den dunklen Schacht und runzelte die Stirn. Der enge Metallgang bog nach einer kurzen Entfernung in einem rechten Winkel ab.

Der Sheriff knipste die Taschenlampe aus und reichte sie Tal. »Unmöglich«, sagte er. »Wargle hätte hier nur durchkommen können, wäre er so klein wie ein Kind und so gelenkig wie ein Gummimensch auf dem Jahrmarkt gewesen.«

Frank Autry ging zu Bryce Hammond hinüber, der an dem großen Tisch in der Mitte der Lobby saß und die telefonischen Nachrichten las, die im Verlauf der Nacht eingetroffen waren.

»Sir, es gibt da etwas, was Sie über Wargle wissen sollten.«

Bryce sah auf. »Was wäre das?«

»Also ... ich möchte nicht schlecht über einen Toten sprechen, aber ...«

»Keiner von uns hat ihn besonders gemocht«, stellte Bryce nüchtern fest. »Jeder Versuch, sein Andenken zu ehren, wäre Heuchelei. Wenn Sie also etwas wissen, das weiterhelfen könnte, sagen Sie es mir, Frank.«

Frank lächelte. »Sie hätten sich in der Armee sicher prächtig gemacht.« Er setzte sich auf die Schreibtischkante. »Als ich gestern abend mit Wargle das Funkgerät in der Station zerlegte, machte er einige widerliche Bemerkungen über Dr. Paige und Lisa.«

»Sexuelle Anzüglichkeiten?«

»Ja.« Frank berichtete Bryce von der Unterhaltung mit Wargle.

»Meine Güte.« Der Sheriff schüttelte den Kopf.

»Mich hat vor allem gestört, was er über das Mädchen gesagt hat. Wargle hat halb im Spaß geäußert, er würde einen Annäherungsversuch machen, sobald sich die Gelegenheit dazu ergeben würde. Ich glaube nicht, daß er so weit gegangen wäre, Lisa zu vergewaltigen, aber er war fähig dazu, sehr aufdringlich zu werden und dabei seine dienstliche Autorität und seine Polizeimarke zu benützen, um sie einzuschüchtern. Ich denke allerdings, daß das Mädchen sich nicht so leicht unter Druck setzen läßt – sie hat Mut. Aber Wargle hätte es wahrscheinlich versucht.«

Der Sheriff klopfte mit einem Bleistift auf den Tisch und starrte nachdenklich in die Luft.

»Aber Lisa konnte davon nichts wissen.«

»Könnte sie vielleicht Ihre Unterhaltung mit Wargle gehört haben?«

»Nein, kein Wort.«

»Möglicherweise hat sie an Wargles Blicken gemerkt, was für eine Art Mann er ist.«

»Aber sie konnte es nicht gewußt haben«, sagte Frank. »Verstehen Sie, worauf ich hinauswill?«

»Ja.«

»Die meisten Kinder, die ein Gruselmärchen erfinden, hätten sich damit zufrieden gegeben, zu erzählen, sie seien von einem Toten gejagt worden. Sie kämen gar nicht auf den Gedanken, die Geschichte auszuschmücken und zu sagen, der Tote hätte sie belästigen wollen.«

Bryce stimmte ihm zu. »Kinder denken nicht so kompliziert. Ihre Lügen sind nicht ausgeklügelt, sondern ganz einfach gestrickt.«

»Genau. Meiner Meinung nach ist ihre Geschichte gerade deshalb glaubwürdig, weil sie erzählte, Wargle sei nackt gewesen und habe versucht, sie sexuell zu belästigen. Wir möchten alle gern glauben, daß sich jemand in den Geräteraum geschlichen, Wargles Leiche gestohlen und sie in die Damentoilette gebracht hat. Lisa sah sie, geriet in Panik und bildete sich alles andere nur ein. Und wir würden gern davon ausgehen, daß dann, nachdem das Mädchen in Ohnmacht gefallen war, jemand die Leiche auf irgendeine unglaublich geschickte Art und Weise weggeschafft hat. Aber das ist doch keine plausible Erklärung. Es muß sich hier um etwas viel Unheimlicheres handeln.«

Bryce ließ den Bleistift fallen. »Verdammt, glauben Sie etwa an Geister, Frank? An die Untoten?«

»Nein«, erwiderte Frank. »Es gibt eine Erklärung dafür, die nichts mit abergläubischem Humbug zu tun hat.«

»Das ist auch meine Meinung«, stimmte Bryce ihm zu. »Aber Wargles Gesicht war ...«

»Ich weiß – ich habe es selbst gesehen.«

»Wie ist es also möglich, daß es plötzlich wieder da war?«

»Keine Ahnung.«

»Und Lisa sagte, seine Augen ...«

»Ja, ich habe es gehört.«

Bryce seufzte. »Haben Sie sich jemals an Rubiks Würfel versucht?«

Frank blinzelte. »Sie meinen dieses alte Puzzlespiel? Nein.«

»Nun, ich schon«, sagte der Sheriff. »Dieses verdammte Ding hat mich beinahe in den Wahnsinn getrieben, aber ich gab nicht auf, und schließlich gelang es mir, das Rätsel zu lösen. Alle glauben, das sei sehr schwierig, aber gegen unseren Fall hier ist Rubiks Würfel ein Kinderspiel.«

»Es gibt noch einen Unterschied«, meinte Frank.

»Welchen?«

»Wenn man mit Rubiks Würfel nicht zurechtkommt, bedeutet das nicht die Todesstrafe.«

In seiner Zelle im Gefängnis von Santa Mira wachte Fletcher Kale, der Mörder seiner Frau und seines Sohnes, vor der Morgendämmerung auf. Er lag regungslos auf der dünnen Schaumstoffmatratze und starrte auf das Fenster, durch das er einen rechteckigen Ausschnitt des Himmels betrachten konnte. Er würde sein Leben nicht im Gefängnis verbringen. Auf keinen Fall.

Ihm war ein wunderbares Schicksal bestimmt. Das begriffen sie alle nicht. Sie sahen nur den Fletcher Kale, wie er jetzt war, aber nicht den Mann, der er einmal sein würde. Er würde alles haben: Geld im Überfluß, unvorstellbare Macht, Ruhm und Respekt.

Kale wußte, daß er sich von der Masse der anderen Menschen abhob, und dieses Wissen trieb ihn auch in schlechten Zeiten voran. Die Saat für seine Erhabenheit war gelegt, und die Größe in ihm begann bereits zu wachsen. Schon bald würde er allen zeigen, wie sehr sie sich in ihm geirrt hatten.

Wahrnehmungsvermögen ist mein größtes Talent, dachte er, während er auf das vergitterte Fenster starrte. Ich bin außerordentlich aufnahmefähig.

Er hatte erkannt, daß alle Menschen – bis auf wenige Ausnahmen – nur egoistische Ziele verfolgten. Das war in Ordnung, denn es lag in der Natur dieser Spezies. Die Menschheit war dafür bestimmt. Die meisten Menschen konnten die Wahrheit jedoch nicht ertragen. Sie träumten von sogenannten hohen Idealen wie Liebe, Freundschaft, Ehre, Ehrlichkeit, Glauben, Vertrauen und Würde. Dann behaupteten sie, an diese und noch weitere solche Dinge zu glauben, obwohl sie in ihrem Inneren wußten, daß das alles nur Mist war. Das konnten sie jedoch nicht zugeben, also beschränkten sie sich selbst durch einen sentimentalen Verhaltenskodex und gratulierten sich auch noch zu diesen hohlen Gefühlen. Im Grunde verleugneten sie damit aber ihre wahren Wünsche und verurteilten sich somit selbst, zu versagen und unglücklich zu werden.

Idioten. Meine Güte, er verachtete sie.

Mit seinem einzigartigen Scharfblick erkannte Kale, daß die Menschen in Wirklichkeit die rücksichtsloseste, gefährlichste und gnadenloseste Spezies auf der Erde war, und er freute sich über diese Erkenntnis. Er war stolz darauf, dieser Rasse anzugehören.

Ich bin meiner Zeit voraus, dachte Kale. Er setzte sich auf die Kante seiner Pritsche und stellte die nackten Füße auf den kalten Boden der Zelle. Ich bin der nächste Schritt der Evolution. Ich bin so hoch entwickelt, daß ich keine Moralvorstellungen brauche. Deshalb betrachten sie mich alle mit Abscheu. Nicht, weil ich Joanna und Danny umgebracht habe. Sie hassen mich, weil ich besser bin als sie und die wahre Natur des Menschen auf eine vollkommenere Weise auslebe.

Er hatte keine andere Wahl gehabt, als Joanna zu töten. Sie

hatte sich geweigert, ihm das Geld zu geben, und hätte ihm damit beruflich geschadet, ihn finanziell ruiniert und seine ganze Zukunft zerstört.

Es war einfach unumgänglich gewesen, sie umzubringen, denn sie hatte ihm im Weg gestanden.

Um Danny tat es ihm leid. Kale bedauerte es manchmal; nicht oft, aber hin und wieder.

Außerdem war Danny schon immer ein Muttersöhnchen gewesen. Er hatte sich von seinem Vater entfremdet. Das war natürlich Joannas Werk. Wahrscheinlich hatte sie den Jungen so lange beschwatzt, bis er sich gegen seinen Vater stellte. Zum Schluß war Danny eigentlich gar nicht mehr Kales Sohn, sondern ein Fremder gewesen.

Kale legte sich auf den Fußboden der Zelle und begann, Liegestütze zu machen. Eins-zwei, eins-zwei, eins-zwei.

Er wollte in guter Form sein, wenn sich die Gelegenheit zur Flucht bot. Kale wußte genau, wohin er dann gehen würde. Nicht nach Westen in Richtung Sacramento, denn das würden sie von ihm erwarten.

Eins-zwei, eins-zwei.

Er kannte ein perfektes Versteck. Es war hier im County, und sie würden bestimmt nicht direkt vor ihrer Nase nach ihm suchen. Wenn sie ihn nach einem Tag nicht gefunden hatten, würden sie glauben, er habe sich bereits aus dem Staub gemacht, und dann die Gegend absuchen. Nach einigen Wochen würden sie nicht mehr an ihn denken, und erst dann würde er sein Versteck verlassen und durch die Stadt nach Westen fliehen.

Eins-zwei.

Aber zunächst würde er sich in den Bergen verstecken. Die Berge boten ihm die beste Chance, den Cops nach seiner Flucht auszuweichen. Das spürte er genau. Die Berge. Ja. Er fühlte sich irgendwie von ihnen angezogen.

Der Morgen dämmerte in den Bergen. Am Himmel tauchten helle Flecken auf, durchdrangen die Finsternis und verdrängten sie.

Der Wald oberhalb von Snowfield war ruhig. Sehr ruhig.

Im Unterholz glänzten die mit Morgentau benetzten Blätter. Der angenehme Geruch von fruchtbarem Humus stieg aus dem feuchten Waldboden empor.

Die Luft war so kalt, als ob der letzte Atemzug der Nacht noch über den Boden streifen würde.

Der Fuchs stand bewegungslos auf einer Kalksteinformation an einem Hang direkt unterhalb des Waldrands. Der Wind fuhr sanft durch seinen grauen Pelz. Sein Atem bildete kleine, schimmernde Wolken in der eisigen Luft.

Eigentlich war der Fuchs kein Nachtjäger, aber heute war er bereits eine Stunde vor der Morgendämmerung auf Jagd gegangen, weil er schon seit zwei Tagen nichts gefressen hatte. Der Wald war unnatürlich still und roch nicht einmal nach Beutetieren.

Eine solche Stille hatte der Fuchs in all den Jahren noch nie erlebt. Selbst die bitterkalten Tage in der Mitte des Winters waren vielversprechender gewesen. Sogar während der Schneestürme im Januar hatte er immer noch die Witterung seiner Beute aufnehmen können – es roch immer irgendwo nach Blut.

Jetzt nicht. Er konnte nichts wahrnehmen.

Alle Tiere in diesem Teil des Waldes schienen den Tod gefunden zu haben – außer einem kleinen, hungrigen Fuchs. Es roch jedoch nicht einmal nach Tod – sogar der stechende Aasgeruch von verwesenden Tieren im Unterholz fehlte.

Als er vorsichtig durch die Kalksteinformation lief und aufpaßte, daß er nicht in eine der Spalten oder in eines der Löcher stürzte, die zu den unterirdischen Höhlen führten, nahm er endlich am Waldrand eine Bewegung war, die nicht vom Wind verursacht wurde. Er blieb wie angewurzelt auf den flachen Steinen stehen und starrte nach oben auf die schattige Begrenzung des Waldstücks.

Ein Eichhörnchen. Zwei, nein, noch mehr, fünf, zehn, zwanzig. Sie saßen nebeneinander aufgereiht im Schatten der Bäume.

Zuerst hatte er gar keine Beutetiere entdecken können, und

jetzt schienen sie plötzlich im Überfluß vorhanden zu sein. Der Fuchs sog die Luft durch die Nase ein, aber obwohl die Eichhörnchen nur fünf bis sechs Meter von ihm entfernt waren, konnte er ihren Geruch nicht wahrnehmen. Sie sahen ihn direkt an, schienen aber keine Angst vor ihm zu haben.

Der Fuchs neigte den Kopf zur Seite. Sein Mißtrauen war stärker als sein Hunger.

Plötzlich wandten sich die Eichhörnchen nach links und verließen in einer kleinen Gruppe dicht beieinander den schützenden Wald. Sie kamen direkt auf den Fuchs zu, sprangen übereinander und rollten sich so schnell in dem braunen Gras hin und her, daß ihr braunes Fell nur noch verschwommen zu erkennen war. Drei oder vier Meter vor dem Fuchs blieben sie abrupt stehen. Jetzt waren sie keine Eichhörnchen mehr.

Der Fuchs zuckte zusammen und fauchte.

Aus den zwanzig kleinen Eichhörnchen waren vier große Waschbären geworden.

Der Fuchs knurrte leise.

Ohne ihn zu beachten, stellte sich einer der Waschbären auf die Hinterbeine und begann, seine Pfoten zu putzen.

Der Fuchs richtete seine Nackenhaare auf und schnüffelte, konnte aber keine Witterung aufnehmen. Er duckte sich, beobachtete die Waschbären aufmerksam und spannte seine Muskeln an – nicht, weil er springen, sondern fliehen wollte.

Irgend etwas stimmte hier nicht.

Alle vier Waschbären hatten sich nun aufgerichtet, legten ihre Pfoten auf die Brust und zeigten dem Fuchs ihren verwundbaren Bauch. Sie beobachteten ihn.

Waschbären waren unter normalen Umständen keine Beutetiere für einen Fuchs. Dazu waren sie zu aggressiv und zu schnell mit ihren scharfen Zähnen und Krallen. Trotzdem gingen sie üblicherweise einer Konfrontation mit einem Fuchs aus dem Weg. Niemals stellten sie sich auf diese Weise zur Schau.

Der Fuchs fuhr mit seiner Zunge durch die kalte Luft und schnüffelte wieder. Dieses Mal nahm er einen Geruch wahr.

Er legte die Ohren an und knurrte.

Das war nicht der Geruch von Waschbären oder einem der anderen Waldbewohner, denen er bisher begegnet war. Es war ein unbekannter, scharfer, unangenehmer Geruch. Kaum wahrnehmbar, aber abstoßend.

Der üble Gestank stammte nicht von einem der vier Waschbären, die vor ihm saßen. Der Fuchs konnte nicht ausmachen, woher er eigentlich kam.

Er spürte, daß er sich in großer Gefahr befand, fuhr blitzschnell herum und rannte über die Kalksteine nach unten, obwohl ihm nicht wohl dabei war, den Waschbären den Rücken zukehren zu müssen.

Seine Pfoten rutschten auf der harten Oberfläche, und seine Krallen fuhren kratzend über die verwitterten Steine, während er mit ausgestrecktem Schwanz den Abhang hinunterlief. Er sprang über eine dreißig Zentimeter breite Felsspalte – und wurde mitten im Satz von etwas Dunklem, Kaltem und Pulsierendem gepackt. Das Ding brach mit brutaler, erschreckender Gewalt und Schnelligkeit aus der Felsspalte hervor.

Der Fuchs heulte gequält auf. Sein Jaulen war kurz und durchdringend.

Ebenso schnell, wie er gepackt worden war, wurde er in die Spalte gezerrt. Eineinhalb Meter unterhalb am Boden der schmalen Schlucht lag ein kleines Loch, das in die Höhlen der Kalksteinformation führte. Die Öffnung war zu klein für den Körper des Fuchses, aber obwohl er verzweifelt zappelte, wurde er so brutal hineingezerrt, daß seine Knochen brachen.

Im Bruchteil einer Sekunde war er verschwunden. Er wurde in die Erde hineingesaugt, noch bevor das Echo seines Todesschreis von den Felswänden widerhallte.

Die Waschbären waren verschwunden. Statt dessen erschien eine Flut von Feldmäusen auf den Steinen. Mindestens hundert von ihnen huschten zum Rand der Felsspalte und sahen hinunter.

Dann ließ sich eine nach der anderen in die Spalte fallen und schlüpfte durch die kleine natürliche Öffnung der Höhle.

Bald waren auch alle Mäuse verschwunden.

In den Wäldern über Snowfield herrschte wieder Stille.

Teil II

Phantome

Das Böse ist kein abstrakter Begriff. Es lebt. Es hat eine Form. Es jagt. Es ist nur allzu real.

Dr. Tom Dooley

Phantome! Jedesmal, wenn ich die Bestimmung der Menschheit auf der Welt ganz zu erfassen meine und der törichten Einbildung nachhänge, ich hätte den Sinn des Lebens erfaßt … sehe ich plötzlich Phantome in den Schatten tanzen, geheimnisvolle Phantome bei einer Gavotte, die so deutlich wie Worte sagt: »Was du weißt, ist nichts, kleines Menschlein; was du noch lernen mußt, ist unendlich.«

Charles Dickens

1
Der Knüller

Santa Mira, Montag, 1:02 Uhr.

»Hallo?«

»Ist dort die *Santa Mira Daily News*? Die Zeitung?«

»Hören Sie, Lady, wir haben geschlossen. Es ist schon nach ein Uhr morgens.«

»Geschlossen? Ich dachte, das Büro einer Zeitung wäre immer geöffnet.«

»Hier ist nicht die *New York Times*.«

»Aber Sie drucken doch jetzt gerade die Ausgabe für morgen, oder?«

»Sie wird aber nicht hier gedruckt. In diesem Gebäude befinden sich die Verwaltung und die Redaktionsbüros. Wollten Sie die Druckerei haben?«

»Na ja ... ich habe eine Story für Sie.«

»Wenn es sich um einen Nachruf oder eine Wohltätigkeitsveranstaltung handelt, dann rufen Sie morgen nach neun Uhr wieder an, und dann ...«

»Nein, nein. Es geht um einen echten Knüller.«

»Um einen privaten Flohmarkt, oder?«

»Wie bitte?«

»Vergessen Sie es. Sie müssen eben morgen noch einmal anrufen.«

»Warten Sie. Hören Sie mir zu. Ich arbeite für die Telefongesellschaft.«

»Und das soll der Knüller sein?«

»Nein, aber weil ich für die Telefongesellschaft arbeite, bin ich dahintergekommen. Sind Sie der Chefredakteur?«

»Nein, ich bin dafür verantwortlich, unseren Anzeigenteil zu verkaufen.«

»Na ja ... vielleicht können Sie mir trotzdem helfen.«

»Hören Sie, Lady. Es ist Sonntagabend – nein, bereits Montagmorgen – und ich sitze hier ganz allein in einem schäbigen, kleinen Büro und überlege verzweifelt, wie ich das Anzeigengeschäft in Gang halten kann. Ich bin müde, gereizt und …«

»Wie schrecklich für Sie.«

»Es tut mir leid, aber Sie müssen am Vormittag noch einmal anrufen.«

»Aber in Snowfield ist etwas Schreckliches passiert. Ich weiß nicht genau, was es ist, aber es hat Tote gegeben. Vielleicht sogar sehr viele. Zumindest befinden sich eine Menge Leute in tödlicher Gefahr.«

»Meine Güte, ich muß noch müder sein, als ich dachte. Die Sache fängt an, mich gegen meinen Willen zu interessieren. Erzählen Sie mir mehr.«

»Wir mußten das Telefonnetz von Snowfield umleiten, es aus dem automatischen Wahlsystem nehmen und alle eingehenden Anrufe beschränken. Jetzt kann man nur noch zwei Nummern in der Stadt erreichen, und bei beiden Anschlüssen melden sich Männer des Sheriffs. Diese Anordnung soll dazu dienen, Snowfield abzuriegeln, bevor die Reporter herausfinden, daß dort etwas nicht stimmt.«

»Was haben Sie getrunken, Lady?«

»Ich trinke nicht.«

»Und was haben Sie geraucht?«

»Hören Sie, ich weiß noch etwas. Sie bekommen dort ständig Anrufe vom Büro des Sheriffs in Santa Mira, vom Gouverneur und von irgendeiner Militärbasis in Utah, und sie …«

San Francisco, Montag, 1:40 Uhr.

»Hier spricht Sid Sandowicz. Kann ich Ihnen helfen?«

»Hey, Mann, ich will endlich einen Reporter vom *San Francisco Chronicle* sprechen – das sag ich den Leuten schon die ganze Zeit!«

»Ich bin Reporter hier.«

»Mann, schon dreimal hat man mich aus der Leitung geworfen. Was ist mit euch Idioten eigentlich los?«

»Nicht diesen Ton, bitte!«

»Ach, Scheiße!«

»Hör mal zu, weißt du eigentlich, wie viele Kinder wie du bei Zeitungen anrufen und unsere kostbare Zeit mit blöden Witzen vergeuden und uns weismachen wollen, sie hätten eine tolle Story auf Lager?«

»Woher wollen Sie wissen, daß ich ein Kind bin?«

»Weil du eine Stimme wie ein Zwölfjähriger hast.«

»Ich bin fünfzehn!«

»Gratuliere.«

»Scheiße!«

»Hör zu, mein Junge. Ich habe einen Sohn in deinem Alter, und deshalb höre ich dir zu – die anderen würden das nicht tun. Wenn du also wirklich etwas Interessantes zu erzählen hast, dann schieß los.«

»Also, mein Alter ist Professor in Stanford. Er ist Virologe und Epidemiologe. Wissen Sie überhaupt, was das ist, Mann?«

»Ja. Er erforscht Viren und ansteckende Krankheiten.«

»Genau. Und er hat sich bestechen lassen.«

»Was meinst du damit?«

»Er hat sich von dem verdammten Militär kaufen lassen und ist jetzt in irgend so einem Verein für biologische Kriegsführung. Angeblich dient seine Forschung nur friedlichen Zwecken, aber das ist natürlich kompletter Blödsinn. Er hat seine Seele verkauft, und jetzt haben sie ihn geholt. Die Kacke ist am Dampfen, Mann.«

»Wenn sich dein Vater wirklich bestechen lassen hat, mag das eine große Neuigkeit für dich und deine Familie sein, aber unsere Leser dürfte das kaum interessieren.«

»Wegen diesem Mist habe ich Sie auch nicht angerufen. Ich habe einen echten Knüller. Sie haben ihn heute nacht abgeholt. Mir wollten sie weismachen, er müßte geschäftlich in den Osten fliegen, aber ich habe mich nach oben geschlichen und an der Schlafzimmertür gehorcht, während er meiner Mutter alles erzählt hat. In Snowfield ist alles verseucht. Eine Riesenkatastrophe. Alle versuchen, es geheimzuhalten.«

»Snowfield? In Kalifornien?«

»Ja, ja. Mann, ich glaube, sie haben irgendeine biologische

Waffe an unseren eigenen Leuten ausprobiert, und das ist in die Hose gegangen. Vielleicht war es auch ein Unfall. Auf jeden Fall ist etwas Gewaltiges passiert.«

»Wie heißt du, mein Junge?«

»Rick Bettenby. Mein Alter heißt Wilson Bettenby.«

»Stanford, nicht wahr?«

»Richtig. Gehen Sie der Sache nach?«

»Möglich, aber bevor ich mich mit den Leuten in Stanford in Verbindung setze, muß ich dir noch einige Fragen stellen.«

»Nur zu. Ich werde Ihnen alles erzählen, was ich weiß. Das muß an die große Glocke gehängt werden. Er soll dafür bezahlen, daß er sich hat bestechen lassen.«

Im Verlauf der Nacht häuften sich die undichten Stellen. In Dugway, Utah, rief ein Offizier der Armee, der es eigentlich hätte besser wissen sollen, seinen heißgeliebten kleinen Bruder in New York an und erzählte ihm die ganze Geschichte – dieser hatte gerade angefangen, bei der *Times* zu arbeiten. Ein Berater des Gouverneurs erzählte es seiner Geliebten im Bett – sie war Reporterin. Diese und andere Löcher im Damm ließen den zunächst spärlichen Informationsfluß zu einer wahren Flut anwachsen.

Um drei Uhr früh war die Telefonzentrale im Büro des Sheriffs in Santa Mira völlig überlastet, und als der Morgen dämmerte, strömten Zeitungsreporter und Fernseh- und Rundfunkjournalisten in die Stadt. Wenige Stunden später schoben sich die Autos der Presseleute und Übertragungswagen der Fernsehstationen aus Sacramento und San Francisco durch die Straßen, und vor dem Büro des Sheriffs versammelten sich Reporter und Neugierige aller Altersstufen.

Die Deputies gaben es schließlich auf, die Menschen vor der Polizeistation von der Fahrbahn fernzuhalten, da es einfach zu viele waren, um sie auf die Gehsteige zu drängen. Sie sperrten statt dessen die Straße für den Verkehr und verwandelten sie so in ein riesiges Pressezentrum. Bald tauchten einige geschäftstüchtige Kinder aus der Nachbarschaft auf und verkauften Cola, Süßigkeiten und heißen Kaffee, wobei sie sich mit einer endlos langen Schlange von Verbindungskabeln zu helfen wußten. Ihr Erfrischungsstand wurde zur Gerüchteküche, wo Reporter ihre Theorien austauschten und auf die neuesten offiziellen Nachrichten warteten.

Andere Journalisten durchstreiften Santa Mira und suchten Leute, die Freunde oder Verwandte in Snowfield hatten oder einen der dorthin beorderten Deputies gut kannten. Einige Reporter belagerten die Straßensperre an der Kreuzung, wo sich die Staatsstraße und die Snowfield Road gabelten.

Trotz dieses Trubels war noch nicht einmal die Hälfte der Presseleute eingetroffen. Viele Vertreter der Medien im Osten oder ausländischer Zeitungen waren noch unterwegs. Die Behörden gaben ihr Bestes, um die Ordnung aufrechtzuerhalten, aber das Schlimmste stand ihnen noch bevor. Am Montagnachmittag würden sie sich fühlen wie in einem Zirkus.

2
Morgen in Snowfield

Kurz nach der Morgendämmerung kamen das Funkgerät und die beiden benzinbetriebenen Generatoren bei der Straßensperre an, die die Grenze der Quarantänezone markierte. Autobahnpolizisten aus Kalifornien fuhren die zwei Kleinbusse, in denen die Geräte transportiert wurden. Sie wurden durchgelassen und stellten dann die Wagen ca. zwei Meilen weiter an der Snowfield Road ab.

Nachdem sie zur Straßensperre zurückgegangen waren, funkten die Deputies einen Lagebericht an das Hauptquartier in Santa Mira. Von dort aus wurde dann Bryce Hammond im Hilltop Inn informiert.

Tal Whitman, Frank Autry und zwei weitere Männer fuhren mit einem Streifenwagen zu den Kleinbussen und holten sie ab. Auf diese Weise wollten sie die Ausbreitung einer möglichen Seuche verhindern.

Das Funkgerät wurde in einer Ecke der Lobby im Hilltop

Inn aufgestellt und durch einen Funkspruch an die Zentrale in Santa Mira überprüft. Nun waren sie auch dann nicht vollständig isoliert, wenn das Telefon nicht funktionieren sollte.

Innerhalb einer Stunde war einer der Generatoren an den Stromkreis der Straßenlampen auf der Westseite der Skyline Road angeschlossen. Der andere wurde mit der Stromversorgung im Hotel verbunden. Wenn heute nacht der Strom wieder auf mysteriöse Weise abgestellt werden sollte, würden sich die Generatoren automatisch einschalten. Es würde also nicht länger als ein oder zwei Sekunden dunkel bleiben.

Bryce war davon überzeugt, daß selbst ihr unbekannter Feind sich so schnell kein weiteres Opfer holen konnte.

Jenny Paige begann den Morgen mit einer dürftigen Katzenwäsche, auf die ein um so üppigeres Frühstück mit Eiern, Schinken, Toast und Kaffee folgte.

Dann ging sie in Begleitung von drei schwerbewaffneten Männern zu ihrem Haus, um frische Kleidung für sich und Lisa zu holen. Auch aus ihrer Praxis nahm sie einiges mit: ein Stethoskop, einen Blutdruckmesser, Zungenspatel, Watte, Gaze, Schienen, Verbandsmaterial, eine Aderpresse, Antiseptika, Einwegspritzen, Schmerzmittel, Antibiotika und weitere Instrumente und Vorräte, die sie brauchen würde, um im Notfall eine Krankenstation in einer Ecke der Lobby im Hilltop einzurichten.

In ihrem Haus war es totenstill.

Die Deputies sahen sich nervös um und betraten jeden Raum so vorsichtig, als erwarteten sie hinter der Tür ein Fallbeil.

Als Jenny in ihrer Praxis alles eingepackt hatte, klingelte das Telefon. Alle starrten es entgeistert an.

Sie wußten, daß nur zwei Apparate in der Stadt in Betrieb waren, und beide standen im Hilltop Inn.

Das Telefon klingelte wieder.

Jenny hob den Hörer ab, meldete sich aber nicht.

Stille.

Sie wartete.

Nach einer Sekunde hörte sie weit entfernt den Schrei von Möwen. Dann das Summen eines Bienenschwarms. Ein miauendes Kätzchen. Ein weinendes Kind. Wieder ein Kind, doch dieses Mal lachte es. Ein hechelnder Hund. Das Rasseln einer Klapperschlange.

Bryce hatte letzte Nacht in der Polizeistation ähnliche Geräusche gehört. Kurz darauf war die Motte gegen die Fensterscheiben geflogen. Er hatte gesagt, es habe sich um ganz normale, vertraute Tierlaute gehandelt, die ihn aber auf unerklärliche Weise trotzdem beunruhigt hätten.

Nun verstand Jenny genau, was er meinte.

Vögel zwitscherten, Frösche quakten, eine Katze schnurrte.

Aus dem Schnurren wurde ein Zischen, dann ein zorniges Fauchen, das in einen kurzen, aber entsetzlichen Schmerzensschrei überging.

Danach eine Stimme: »Ich werde deiner heißen kleinen Schwester meinen Schwanz reinschieben.«

Jenny erkannte diese Stimme. Wargle. Der Tote.

»Hörst du mich, Doc?«

Sie sagte nichts.

»Und es ist mir scheißegal, in welches Loch.« Er kicherte.

Jenny knallte den Hörer auf die Gabel.

Die Deputies sahen sie fragend an.

»Äh ... es war niemand in der Leitung«, sagte sie, entschlossen, ihnen nicht zu erzählen, was sie gehört hatte. Die Männer waren sowieso schon viel zu nervös.

Von Jennys Praxis gingen sie in Tayton's Apotheke an der Vail Lane, um sich mit weiteren Medikamenten zu versorgen: zusätzliche Schmerzmittel, ein breites Spektrum von Antibiotika, Blutgerinnungsmittel, gerinnungshemmende Mittel und alles, wovon sie dachte, sie würde es vielleicht brauchen.

Während sie einpackte, klingelte das Telefon.

Jenny stand neben dem Apparat. Sie wollte den Hörer nicht abheben, aber dann konnte sie doch nicht widerstehen.

Wieder war *es* in der Leitung.

Jenny wartete einen Augenblick und meldete sich dann: »Hallo?«

Wargle sagte: »Ich werde es deiner kleinen Schwester so besorgen, daß sie eine Woche lang nicht laufen kann.«

Jenny legte auf.

»Die Leitung ist tot«, erklärte sie den Deputies.

Wahrscheinlich glaubten sie ihr nicht. Sie starrten auf Jennys zitternde Hände.

Bryce saß an dem großen Schreibtisch und telefonierte mit der Zentrale in Santa Mira.

Die Nachforschungen über Timothy Flyte hatten nichts ergeben. Flyte wurde weder in den Vereinigten Staaten noch in Kanada polizeilich gesucht. Das FBI hatte noch nie etwas von ihm gehört. Der Name auf dem Badezimmerspiegel im Candleglow Inn blieb also ein Rätsel.

Über den vermißten Harold Ordnay und seine Frau, in dessen Zimmer Timothys Name entdeckt worden war, hatte die Polizei in San Francisco einiges herausfinden können. Den Ordnays gehörten zwei Buchläden, ein normales Geschäft und ein Antiquariat, wo seltene Exemplare angeboten wurden. Der zweite Laden brachte offenbar mehr Geld ein. Das Ehepaar war in Sammlerkreisen recht bekannt und hatte einen guten Ruf. Ihre Verwandten berichteten, daß Harold und Blanche für vier Tage nach Snowfield gereist waren, um ihren einunddreißigsten Hochzeitstag zu feiern. Keiner der Familienangehörigen hatte jemals etwas von einem Timothy Flyte gehört. Die Polizisten hatten die Erlaubnis bekommen, das private Adreßbuch einzusehen, konnten aber keinen Eintrag unter den Namen Flyte finden.

Es war der Polizei noch nicht gelungen, Kontakt mit den Angestellten aufzunehmen – das würde hoffentlich um zehn Uhr morgens klappen, wenn die Läden aufgesperrt wurden. Nun bestand nur noch die Hoffnung, daß Flyte geschäftlich mit den Ordnays zu tun hatte und daher den Angestellten bekannt war.

»Halten Sie mich auf dem laufenden«, bat Bryce den Beamten, der in Santa Mira die Frühschicht übernommen hatte. »Wie sieht's denn bei euch aus?«

»Hier ist die Hölle los.«

»Das wird noch schlimmer werden.«

Als Bryce den Hörer auflegte, kam Jenny Paige von ihrem Ausflug zurück und brachte ihre medizinische Ausrüstung mit.

»Wo ist Lisa?«

»In der Küche«, erwiderte Bryce.

»Geht es ihr gut?«

»Natürlich. Drei große, starke, schwerbewaffnete Männer sind bei ihr. Wieso? Ist etwas passiert?«

»Das erzähle ich Ihnen später.«

Bryce teilte den drei Männern, die Jenny bewacht hatten, neue Aufgaben zu und half ihr dann, in einer Ecke der Lobby eine Krankenstation einzurichten.

»Wahrscheinlich ist das hier nur Zeitverschwendung«, meinte sie.

»Warum?«

»Bis jetzt wurde niemand verwundet, sondern sofort getötet. Ich glaube, *es* schlägt nur zu, wenn es jemanden umbringen will. Mit halben Sachen gibt es sich nicht zufrieden.«

»Vielleicht. Aber bei all den schwerbewaffneten, nervösen Männern hier würde es mich nicht überraschen, wenn jemand versehentlich einen anderen verwunden oder sich selbst in den Fuß schießen würde.«

Jenny räumte die Medikamente in eine Schublade. »Das Telefon läutete zuerst in meinem Haus und dann auch in der Apotheke. Es war Wargle.« Sie erzählte ihm von den beiden Anrufen.

»Sind Sie sicher, daß es wirklich er war?«

»Ich erinnere mich sehr gut an seine Stimme. Sie klang unangenehm.«

»Aber Jenny, er war ...«

»Ja, ich weiß. Sein Gesicht war weggefressen, sein Gehirn verschwunden und sein Blut ausgesaugt. Ich weiß das, und es macht mich beinahe wahnsinnig, wenn ich darüber nachdenke.«

»Hat ihn möglicherweise jemand imitiert?«

»Unmöglich. Das war eindeutig seine Stimme. Er drückte sich genauso obszön aus, wie er das als Lebender getan hat.«

»Hat es geklungen, als wäre er ...«

Bryce brach mitten im Satz ab, und er und Jenny drehten sich um, als Lisa hereingerannt kam.

Das Mädchen winkte ihnen aufgeregt zu. »Kommt schnell! In der Küche geschieht etwas Unheimliches.«

Bevor Bryce Lisa aufhalten konnte, rannte sie bereits zurück in die Küche.

Einige Männer zogen ihre Waffen und wollten ihr nachlaufen, aber Bryce hielt sie zurück. »Bleibt hier auf eurem Posten!«

Jenny war ihrer Schwester bereits hastig gefolgt.

Bryce eilte in den Speisesaal, überholte Jenny und lief mit gezogener Pistole hinter Lisa her durch die Schwingtür in die Hotelküche.

Die drei Männer, die für die Küche eingeteilt waren – Gordy Brogan, Henry Wong und Max Dunbar –, hatten bereits Dosenöffner und andere Küchengeräte gegen ihre Waffen eingetauscht, wußten aber nicht, worauf sie zielen sollten. Sie sahen Bryce beunruhigt und verwirrt an.

»Wir tanzen um den Maulbeerbaum,
um den Maulbeerbaum, um den Maulbeerbaum.«

Der Gesang eines Kindes erfüllte den Raum. Die Stimme des kleinen Jungen war klar, hell und süß.

»Wir tanzen um den Maulbeerbaum,
so früh am Mo-horgen!«

»Der Abfluß«, sagte Lisa und deutete darauf.

Völlig verblüfft ging Bryce zu dem ersten der drei Spülbecken. Jenny folgte ihm.

Jetzt erklang ein anderes Lied, aber die Stimme blieb gleich.

»This old man, he plays one;
he plays nick-nack on my drum.
With an nick-nack, paddywack,
give a dog a bone –«

Die Stimme des kleinen Jungen kam direkt aus dem Abfluß, als sei er tief unten in den Rohren gefangen.

– this old man goes rolling home.«

Einige Sekunden lang lauschte Bryce gebannt. Er war sprachlos und warf Jenny einen Blick zu. Sie starrte ihn mit dem gleichen verblüfften Gesichtsausdruck an, den er bei den Männern bemerkt hatte, als er durch die Schwingtür gelaufen war.

»Es hat ganz plötzlich angefangen.« Lisa hob die Stimme, um den Gesang zu übertönen.

»Wann?« fragte Bryce.

»Vor einigen Minuten«, antwortete Gordy Brogan.

»Ich stand gerade am Spülbecken«, sagte Max Dunbar. Er war stämmig, behaart und wirkte rauh, doch in seinen warmen braunen Augen lag ein schüchterner Ausdruck. »Als der Gesang losging, bin ich vor Schreck mindestens einen halben Meter in die Höhe gesprungen!«

Wieder änderte sich das Lied. Jetzt klang die Stimme nicht mehr süß, sondern eine unangenehme, spöttische Frömmigkeit lag darin.

»Jesus wird mich immer lieben,
so steht es in der Bibel geschrieben.«

»Das gefällt mir nicht«, sagte Henry Wong. »Wie ist das nur möglich?«

»Die Kinder fühlen sich zu ihm hingezogen.
Sie sind schwach, aber Er ist stark.«

Der Gesang war nicht eigentlich bedrohlich, aber wie die Geräusche, die Bryce und Jenny am Telefon gehört hatten, war die zarte Kinderstimme, die aus einer so unfaßbaren Quelle emporstieg, unheimlich und beunruhigend.

»Ja, Jesus liebt mich.
Ja, Jesus liebt mich.
Ja, Jesus ...«

Abrupt brach der Gesang ab.

»Gott sei Dank«, seufzte Max Dunbar erleichtert, als sei die melodische Kinderstimme unerträglich krächzend und mißtönend gewesen. »Die Stimme ging mir durch Mark und Bein!«

Einige Sekunden lang herrschte Schweigen, dann beugte Bryce sich über das Spülbecken und sah in den Abfluß.

Jenny wollte ihn davon abhalten, doch in diesem Moment schoß etwas aus dem runden dunklen Loch.

Alle schrien auf. Lisa kreischte, und Bryce taumelte überrascht und erschrocken zurück. Er fluchte innerlich über seine Unvorsichtigkeit und zielte mit seiner Pistole auf das, was da aus dem Rohr herauskam.

Es war jedoch nur Wasser.

Ein langer, harter Strahl von außerordentlich schmutzigem, fettigem Wasser schoß beinahe bis zur Decke und sprühte in alle Richtungen. Der Ausbruch dauerte nicht länger als ein oder zwei Sekunden.

Einige übelriechende Tropfen spritzten Bryce ins Gesicht. Dunkle Flecken erschienen auf seinem Hemd. Das Zeug stank. Es war genau das, was man in einer verstopften Leitung erwarten würde: braunes Schmutzwasser, klebrige, schlammige Klumpen und die schmierigen Essensreste vom Frühstück, die durch den Abfluß hinuntergespült worden waren.

Gordy holte eine Rolle Papierhandtücher, und sie wischten sich alle die Gesichter und die Kleidung damit ab.

Sie waren noch damit beschäftigt und warteten gleichzeitig angespannt darauf, ob der Gesang noch einmal beginnen würde, als Tal Whitman die Schwingtür aufstieß.

»Bryce, wir haben gerade einen Anruf bekommen. General Copperfield und sein Team haben vor wenigen Minuten die Straßensperre passiert.«

3
Der Krisenstab

Snowfield wirkte in dem kristallklaren Licht des frühen Morgens friedlich und wie frisch geschrubbt. Eine leichte Brise fuhr durch die Bäume. Der Himmel war wolkenlos.

Bryce, Frank, Doc Paige und einige der anderen verließen das Hotel. Tal blinzelte hinauf in die Sonne und fühlte sich plötzlich an seine Kindheit in Harlem erinnert. Am Ende des Häuserblocks, in dem er mit Tante Becky wohnte, lag Boaz's Zeitungskiosk, wo er sich oft für ein paar Pennies Süßigkeiten kaufte. Am liebsten mochte er Zitronendrops – noch nie zuvor hatte er ein so faszinierendes Gelb gesehen. Und jetzt an diesem Morgen stellte er fest, daß die Sonne genau diesen Gelbton hatte – sie sah aus wie ein riesiges Zitronenbonbon und rief ihm den Anblick, die Geräusche und Gerüche des Kiosks mit überraschender Klarheit ins Gedächtnis zurück.

Lisa trat neben Tal. Sie blieben alle auf dem Gehsteig stehen, sahen den Berg hinunter und warteten auf die Ankunft der B- und C-Verteidigungseinheit.

Am Fuß des Hügels rührte sich nichts. In den Bergen war alles ruhig. Offensichtlich war Copperfields Team noch in weiter Entfernung.

Tal ließ sich von der zitronenfarbenen Sonne bescheinen und fragte sich, ob es Boaz's Kiosk an dieser Stelle wohl noch gab. Wahrscheinlich war inzwischen daraus einer der vielen leerstehenden Läden geworden, schmutzig und mutwillig zerstört. Oder dort wurden Zeitschriften, Tabakwaren und Süßigkeiten nur als Tarnung für Rauschgifthandel verkauft.

Als er älter wurde, hatte er immer deutlicher die Tendenz zur Degeneration gesehen. Gepflegte Viertel in der Nachbarschaft wurden schäbig, die bereits heruntergekommenen wirkten noch abgerissener und wurden schließlich zu Slums. Geordnete Zustände verwandelten sich in Chaos. Das konnte man heutzutage überall beobachten. Es gab mehr Morde als letztes Jahr. Die Zahl der Rauschgiftsüchtigen stieg ständig. Tätliche Angriffe, Vergewaltigungen und Einbrüche nahmen zu. Tal betrachtete die Zukunft der Menschheit nur deshalb nicht pessimistisch, weil er fest davon überzeugt war, daß anständige Leute – Menschen wie Bryce, Frank, Doc Paige und seine Tante Becky – diese negative Entwicklung aufhalten und sogar hin und wieder umkehren konnten.

In Snowfield wurde sein Glaube an die Kraft und das Verantwortungsbewußtsein dieser guten Menschen jedoch auf eine harte Probe gestellt. Hier schien das Böse unbesiegbar zu sein.

»Hört mal!« sagte Gordy Brogan. »Motorengeräusche!«

Tal sah Bryce an. »Ich dachte, sie würden erst gegen Mittag eintreffen. Sie kommen drei Stunden früher.«

»Sie wollten spätestens mittags hier sein«, erwiderte Bryce. »Copperfield wollte versuchen, es eher zu schaffen. Nach meiner Unterhaltung mit ihm habe ich den Eindruck, daß er ein harter Bursche ist und von seinen Leuten gewöhnlich genau das bekommt, was er will.«

»Genau wie Sie, nicht wahr?« fragte Tal.

Bryce sah ihn mit schweren Augenlidern scheinbar schläfrig an. »Ich? Ein harter Kerl? Ich bin doch so sanft wie ein Kätzchen.«

Tal grinste. »Ja, genau wie ein Panther.«

»Da kommen sie!«

Am unteren Ende der Skyline Road tauchte ein großes Fahrzeug auf und quälte sich den Berg herauf. Das Brummen des Motors wurde lauter.

Das Team bestand aus drei großen Fahrzeugen. Jenny beobachtete, wie sie langsam auf der steilen Straße in Richtung des Hotels herankrochen.

Der Zug wurde von einem schimmernden weißen Wohnmobil angeführt, das offensichtlich umgebaut worden war und schwerfällig über die Straße rumpelte. Es war etwa elf Meter lang, sehr breit und hatte an den Seiten weder Türen noch Fenster. Der einzige Eingang befand sich an der Rückseite. Die gewölbte Windschutzscheibe war so dunkel getönt, daß man nicht in das Innere sehen konnte, und bestand anscheinend aus viel dickerem Glas als bei gewöhnlichen Wohnmobilen. Das Fahrzeug trug keinerlei Beschriftung oder Wappen – nichts wies darauf hin, daß es Eigentum der Armee war. Das Nummernschild wies es als Privatfahrzeug aus Kalifornien aus. Allem Anschein nach war Anonymität während des Transports ein Teil von Copperfields Plan.

Hinter dem ersten Wohnmobil folgte ein zweites, und die Nachhut bildete ein unbeschrifteter LKW, der einen schlichten grauen Anhänger zog. Sogar die Windschutzscheiben des LKW waren aus getöntem Panzerglas.

Bryce war sich nicht sicher, ob der Fahrer des ersten Fahrzeugs sie bemerkt hatte, stellte sich auf die Straße und winkte mit hocherhobenen Armen.

Die Wohnwagen und der LKW waren offensichtlich schwer beladen, denn die Motoren heulten auf, als sich die Fahrzeuge mühsam mit weniger als zehn Stundenkilometern den Berg heraufquälten. Endlich erreichten sie das Hilltop, fuhren aber weiter, bogen an der Ecke nach rechts ab und hielten erst in der Querstraße neben dem Hotel an.

Jenny, Bryce und die anderen folgten dem Konvoi und sahen zu, wie die Fahrzeuge einparkten. Alle Straßen in Snowfield, die von Ost nach West führten, erstreckten sich über die abgeflachte obere Ebene der Berge. Deshalb war es leichter und sicherer, die drei Fahrzeuge dort zu parken statt an der steilen Skyline Road.

Jenny stand auf dem Gehsteig, beobachtete die hintere Tür des ersten Wohnmobils und wartete darauf, daß jemand ausstieg.

Die drei überhitzten Motoren wurden nacheinander abgestellt, und wieder herrschte bleierne Stille.

Jennys Stimmung war so gut wie noch nie seit ihrer Ankunft in Snowfield am gestrigen Abend. Die Spezialisten waren eingetroffen. Wie die meisten Amerikaner hatte sie großes Vertrauen zu Spezialisten, zu Technologie und Naturwissenschaften. Wahrscheinlich war ihr Glaube daran besonders ausgeprägt, da sie selbst eine Spezialistin in Naturwissenschaften war. Jetzt würden sie bald herausfinden, was Hilda Beck, die Liebermanns und all die anderen das Leben gekostet hatte. Fachleute kümmerten sich nun darum. Endlich war die Kavallerie da.

Zuerst öffnete sich die Tür des LKW, und einige Männer sprangen heraus. Sie waren mit ihrer Bekleidung auf eine verseuchte Atmosphäre vorbereitet und trugen die weißen, luftdichten Plastikanzüge mit den übergroßen Sichtschirmen an den Helmen, die für die NASA entwickelt worden waren.

Jeder Mann trug eine Sauerstofflasche sowie eine Abfallbereinigungsanlage in der Größe einer Aktentasche auf dem Rücken.

Eigenartigerweise fühlte Jenny sich nicht unmittelbar an Astronauten erinnert, die Männer kamen ihr eher vor wie Anhänger einer fremden Religion in weißen Priestergewändern.

Sechs Männer waren bereits geschickt aus dem LKW geklettert. Es stiegen noch mehr aus, bis Jenny auffiel, daß sie alle schwer bewaffnet waren. Sie stellten sich auf beiden Seiten des LKW auf und bezogen so Stellung zwischen ihren Fahrzeugen und den Zuschauern auf dem Gehsteig. Das waren keine Wissenschaftler, sondern die Mitglieder der Begleittruppe. Auf den Helmen über den Sichtschirmen waren ihre Namen eingraviert: SGT. HARKER, PVT. FODOR, PVT. PASCALLI, LT. UNDERHILL. Sie hoben ihre Waffen und sicherten den Bereich hinter sich mit einer Entschlossenheit, die keine Einmischung duldete.

Schockiert und verwirrt starrte Jenny in den Lauf einer Maschinenpistole.

Bryce ging einen Schritt auf die Truppe zu. »Was, zum Teufel, soll das bedeuten?«

Sergeant Harker, der Bryce am nächsten stand, richtete seine Waffe nach oben und feuerte einige Warnschüsse ab.

Bryce blieb abrupt stehen, und Tal und Frank griffen automatisch nach ihren Waffen.

»Nein!« rief Bryce. »Um Himmels willen! Nicht schießen! Wir stehen doch auf derselben Seite.«

Einer der Soldaten, Lieutenant Underhill, meldete sich mit blecherner Stimme über einen kleinen Lautsprecher, der sich in einem kleinen Kasten auf seiner Brust befand. »Bitte treten Sie von unseren Fahrzeugen zurück. Unsere oberste Pflicht ist es, die Labors zu schützen. Wir werden alles tun, um ihre Unversehrtheit zu erhalten.«

»Verdammt noch mal!« rief Bryce. »Wir wollen Ihnen doch

keinen Ärger machen. Schließlich habe ich selbst Sie ja hergerufen.«

»Bleiben Sie zurück«, forderte Underhill.

Endlich öffnete sich die Tür des vordersten Wohnmobils. Die vier Personen, die ausstiegen, waren ebenfalls mit luftdichten Anzügen bekleidet, aber keine Soldaten. Sie bewegten sich langsam und trugen keine Waffen. Eine von ihnen war eine Frau. Jenny konnte einen kurzen Blick auf ihr auffallend hübsches orientalisches Gesicht werfen. Den Namen auf ihren Helmen war keine Dienstgradbezeichnung vorangestellt: BETTENBY, VALDEZ, NIVEN, YAMAGUCHI. Das waren Zivilisten – Wissenschaftler und Ärzte, die ihr Privatleben in Los Angeles, San Francisco, Seattle oder anderen Städten im Westen für einige Zeit aufgaben, wenn eine Krisensituation entstand, bei der man den Einsatz von chemischen oder biologischen Waffen vermutete. Diese Teams, die Copperfield zur Verfügung standen, gab es nach Bryces Informationen im Westen und im Osten des Landes sowie auch in den Golfstaaten.

Aus dem zweiten Wohnmobil stiegen sechs Männer. GOLDSTEIN, ROBERTS, COPPERFIELD, HOUK. Die letzten beiden trugen keine Namensschilder auf ihren Anzügen oder Helmen. Sie schlossen sich Bettenby, Valdez, Niven und Yamaguchi an und stellten sich hinter die bewaffneten Soldaten.

Die zehn Leute besprachen sich kurz über Sprechfunk. Jenny sah, wie ihre Lippen sich hinter den Plexiglasscheiben bewegten, doch aus den Lautsprechern auf ihrer Brust kam kein Laut. Anscheinend hatten sie die Möglichkeit, sich mit diesen Geräten auch zu verständigen, ohne von anderen gehört zu werden. Im Augenblick wollten sie ihr Gespräch offenbar geheimhalten.

Aber warum? fragte sich Jenny. Sie haben doch nichts vor uns zu verbergen. Oder doch?

General Copperfield, der größte der zwanzig Personen, wandte sich von der Gruppe am ersten Wohnmobil ab, trat auf den Gehsteig und ging auf Bryce zu.

Bevor Copperfield die Initiative ergreifen konnte, trat Bryce rasch vor. »General, ich verlange eine Erklärung dafür, warum wir mit Waffen bedroht werden.«

»Das tut mir leid.« Copperfield drehte sich zu den Soldaten um, die mit versteinerten Mienen strammstanden. »Alles klar, Männer«, sagte er. »Kein Grund zur Beunruhigung. Rührt euch.«

Wegen der Sauerstoffflaschen konnten die Soldaten nicht die klassische Position einnehmen, aber sie hoben sofort mit der flüssigen Harmonie eines perfekt ausgebildeten Teams ihre Maschinenpistolen von den Schultern, spreizten die Beine exakt 70 cm breit, legten die Arme an die Seiten, blickten geradeaus und blieben unbeweglich stehen.

Bryce hatte recht gehabt, als er Tal sagte, Copperfield scheine ein strenger Zuchtmeister zu sein. Jenny war davon überzeugt, daß es in der Einheit des Generals keinerlei Probleme mit der Disziplin gab.

Copperfield drehte sich wieder zu Bryce um und lächelte ihm durch seine Sichtscheibe zu. »Besser so?« fragte er.

»Ja«, erwiderte Bryce. »Trotzdem erwarte ich eine Erklärung.«

»Das ist Standard«, erklärte Copperfield. »Die übliche Prozedur. Wir haben nichts gegen Sie oder Ihre Leute, Sheriff. Sie sind doch Sheriff Bryce Hammond, oder? Wir lernten uns letztes Jahr auf der Konferenz in Chicago kennen.«

»Ja, Sir. Aber Sie haben mir immer noch keine ausreichende Erklärung gegeben. Übliche Prozedur? Das reicht mir nicht.«

»Es besteht kein Grund dafür, mich anzuschreien.«

Copperfield klopfte mit einer behandschuhten Hand auf das Kästchen an seiner Brust. »Dieses Ding ist nicht nur ein Lautsprecher, hier ist auch ein äußerst empfindliches Mikrofon eingebaut. Wenn wir uns an einen Ort begeben, der biologisch oder chemisch verseucht sein könnte, müssen wir damit rechnen, möglicherweise von einer Menge kranker oder sterbender Menschen überwältigt zu werden. Wir sind ein Forscherteam und nicht dafür ausgerüstet, Krankheiten zu heilen oder auch nur zu lindern. Es geht nur um den pathologischen Befund, nicht um die Behandlung. Unsere Aufgabe besteht darin, alles über die Art der Verseuchung herauszufinden, damit wir dann Mediziner holen können, die sich mit entsprechender Ausrüstung um die Überlebenden kümmern. Sterbende und verzweifelte Menschen verstehen aber vielleicht nicht, daß *wir* sie nicht behandeln können – sie könnten aus Zorn und Erbitterung die Labors angreifen.«

»Und aus Angst«, sagte Tal Whitman.

»Genau«, bestätigte der General, ohne die Ironie wahrzunehmen. »Unsere psychologischen Untersuchungen, in denen wir eine solche Belastung simulieren, deuten darauf hin, daß das durchaus möglich ist.«

»Und wenn kranke oder sterbende Menschen Sie bei Ihrer Arbeit behinderten, würden Sie sie dann töten?« fragte Jenny.

Copperfield drehte sich zu ihr um. Sonnenstrahlen fielen auf sein Visier und verwandelten es in einen Spiegel. Einen Augenblick lang konnte Jenny ihn nicht sehen, doch dann bewegte er sich, und sie konnte einen Blick auf den Teil seines Gesichts werfen, der von dem Sichtschirm des Helms umrahmt wurde. Allerdings gelang es ihr nicht festzustellen, wie er wirklich aussah.

»Ich nehme an, Sie sind Dr. Paige.«

»Ja.«

»Nun, wenn Terroristen oder Agenten einer feindlichen Macht einen Akt biologischer Kriegsführung gegen eine amerikanische Siedlung begehen würden, wäre es die Aufgabe meines Teams, die Mikroben zu isolieren, zu analysieren und mögliche Gegenmaßnahmen vorzuschlagen. Damit tragen wir große Verantwortung. Würden wir es zulassen, daß uns irgend jemand – möglicherweise die leidenden Opfer – davon abhalten wollte, so würde sich dadurch die Gefahr einer Ausbreitung enorm vergrößern.«

»Sie würden also kranke und sterbende Menschen töten, wenn sie Ihre Arbeit stören würden?« fragte Jenny noch einmal.

»Ja«, erwiderte er nüchtern. »Auch anständige Menschen müssen hin und wieder das geringere Übel wählen.«

Jenny sah sich um. Snowfield wirkte im Schein der Morgensonne ebenso wie in der Dunkelheit der Nacht wie ein Friedhof. General Copperfield hatte recht. Alles, was er zum Schutz seines Teams unternahm, war das geringere Übel im Vergleich zu dem, was dieser Stadt bereits angetan worden war – und dem, was immer noch geschah.

Sie wußte selbst nicht genau, warum sie sich so gereizt verhalten hatte. Wahrscheinlich, weil sie Copperfield und seine Leute als Retter betrachtet hatte, mit deren Ankunft alle Probleme gelöst und alle Fragen beantwortet waren. Als sie dann feststellen mußte, daß das nicht möglich war, und sie sogar noch mit Schußwaffen bedroht wurde, hatte dies das Ende ihres Traums bedeutet. Sie hatte irrational reagiert und dem General dafür die Schuld gegeben.

Das sah ihr gar nicht ähnlich. Ihre Nerven mußten stärker angegriffen sein, als sie gedacht hatte.

Bryce begann, dem General seine Männer vorzustellen, doch Copperfield unterbrach ihn. »Ich möchte nicht unhöflich sein, Sheriff, aber für Vorstellungen haben wir keine Zeit. Später. Jetzt will ich mir erst einmal alles ansehen, wovon Sie mir gestern am Telefon berichtet haben, und dann möchte ich sofort mit der Autopsie beginnen.«

Er will nicht, daß ihm die Männer vorgestellt werden, weil es keinen Sinn hat, Freundschaft mit Menschen zu schließen, die sowieso zum Tode verurteilt sind, dachte Jenny. Sollte sich herausstellen, daß es sich um eine Erkrankung des Gehirns handelt, und wir in den nächsten Stunden die ersten Symptome zeigen, durchdrehen und seine Labors angreifen, wird es leichter für ihn sein, uns erschießen zu lassen, wenn er uns nicht kennt.

Hör auf damit! befahl sie sich wütend. Sie sah Lisa an und dachte: Meine Güte, wenn ich schon ein Nervenbündel bin, wie muß es dir dann erst gehen, Kleines. Aber du hältst dich genauso tapfer wie alle anderen. Ich bin froh, eine solche Schwester zu haben.

Bryce wandte sich an Copperfield. »Bevor wir Sie herumführen, sollten Sie von dem Ding erfahren, das wir gestern gesehen haben, und was dann mit ...«

»Nein, nein«, unterbrach Copperfield ihn ungeduldig. »Ich möchte Schritt für Schritt vorgehen und alles in der Reihenfolge sehen, wie Sie es vorgefunden haben. Wir haben später noch viel Zeit, um darüber zu sprechen, was in der vergangenen Nacht geschehen ist. Gehen wir.«

»Aber es sieht allmählich so aus, als könne unmöglich eine Seuche diese Stadt ausgelöscht haben«, protestierte Bryce.

»Meine Leute sind hier, um zu prüfen, ob es sich um biologische oder chemische Waffen handeln könnte«, erwiderte der General. »Das werden wir also zuerst erledigen. Danach können wir andere Möglichkeiten in Betracht ziehen. Auch das gehört zum Standard unserer Operationen, Sheriff.«

Bryce schickte den größten Teil seiner Leute in das Hilltop Inn zurück und behielt nur Tal und Frank bei sich.

Jenny nahm Lisa an der Hand und machte sich ebenfalls auf den Weg ins Hotel.

»Doktor! Warten Sie einen Moment!« rief Copperfield ihr nach. »Ich möchte, daß Sie uns begleiten. Sie sind Ärztin und haben die Leichen bereits gesehen. Wenn sich ihr Zustand verändert hat, wird es Ihnen wahrscheinlich sofort auffallen.«

Jenny sah Lisa an. »Möchtest du mitkommen?«

»Noch einmal in die Bäckerei? Nein, danke.« Das Mädchen schüttelte sich.

Jenny dachte an die unheimliche und doch süße Kinderstimme, die aus dem Abfluß gekommen war. »Geh nicht in die Küche«, sagte sie. »Und wenn du zur Toilette mußt, bitte jemanden, dich zu begleiten.«

»Aber Jenny, das sind doch Männer!«

»Das ist mir egal. Bitte Gordy darum. Er kann mit dem Rücken zur Tür auf dich warten.«

»Meine Güte, das wäre mir furchtbar peinlich.«

»Willst du vielleicht lieber noch einmal allein in diese Toilette gehen?«

Das Mädchen wurde blaß. »Nein, niemals.«

»Gut. Bleib bei den anderen. Halte dich in ihrer Nähe auf – das heißt, nicht nur im gleichen Raum, sondern direkt neben ihnen. Versprichst du mir das?«

»Versprochen.«

Jenny dachte an die beiden Anrufe von Wargle, die sie heute morgen erhalten hatte, und an die obszönen Drohungen, die er ausgestoßen hatte. Obwohl sie von einem Toten gekommen waren und damit eigentlich bedeutungslos sein sollten, hatte Jenny Angst.

»Gib du auch acht auf dich«, bat Lisa.

Jenny küßte das Mädchen auf die Wange. »Jetzt beeil dich, sonst holst du Gordy nicht mehr ein, bevor er um die Ecke biegt.«

Lisa rannte los und rief: »Gordy! Warten Sie auf mich!«

Der große junge Deputy blieb an der Ecke stehen und sah sich um.

Jenny beobachtete, wie ihre Schwester über den gepflasterten Gehsteig lief, und spürte, wie sich ihr Herz zusammenzog.

Was ist, wenn sie bei meiner Rückkehr verschwunden ist? Wenn ich sie nie mehr lebend wiedersehe?

4
Eisiger Schrecken

Die Bäckerei der Liebermanns.

Bryce, Tal, Frank und Jenny gingen in die Backstube. General Copperfield folgte ihnen mit den neun Wissenschaftlern seines Teams. Vier Soldaten mit Maschinenpistolen im Anschlag bildeten die Nachhut.

Die Backstube war überfüllt, und Bryce fühlte sich unwohl. Was wäre, wenn sie in diesem Gedränge angegriffen würden, und alle gleichzeitig fliehen müßten?

Die beiden Köpfe starrten immer noch in der gleichen Lage aus dem Sichtglas des Backofens. Auf der Arbeitsfläche lag das Nudelholz, nach wie vor im Griff der abgetrennten Hände.

Niven, einer der Männer des Generals, fotografierte die Küche aus verschiedenen Blickwinkeln und machte dann ein Dutzend Aufnahmen von den Köpfen und den Händen.

Die anderen wichen immer wieder aus, um Niven nicht zu behindern. Die Fotografien mußten gemacht werden, bevor die medizinischen Untersuchungen beginnen konnten. Diese Routine wurde auch von Polizisten am Tatort eines Verbrechens eingehalten.

Die Raumanzüge der Wissenschaftler knarrten bei jeder Bewegung, und ihre schweren Stiefel scharrten laut auf dem gekachelten Boden.

»Glauben Sie immer noch, das wäre nur ein einfach zu klärender Fall von B- und C-Waffen-Einsatz?« fragte Bryce Copperfield.

»Schon möglich.«

»Wirklich?«

»Phil, Sie sind doch hier der Spezialist für Nervengas«, sagte Copperfield. »Denken Sie, was ich denke?«

»Es ist noch zu früh für eine definitive Aussage«, antwortete der Mann, dessen Helm ein Namensschild mit der Aufschrift ›HOUK‹ trug. »Wir könnten es aber hier durchaus mit einem neuroleptischen Toxin zu tun haben. Einige Anzeichen – vor allem die extreme psychopathische Gewalttätigkeit – sprechen für T-139.«

»Das ist eine Möglichkeit«, meinte Copperfield. »Ich habe auch schon daran gedacht, als wir hereinkamen.«

Während Niven weiter Bilder machte, fragte Bryce: »Was ist dieses T-139?«

»Eines der wichtigsten Nervengase im Arsenal der Russen«, erklärte der General. »Es heißt eigentlich Timoshenko-139 und ist benannt nach Ilya Timoshenko, dem Wissenschaftler, der es entwickelt hat.«

»Eine wunderbare Art, sich unvergessen zu machen«, sagte Tal sarkastisch.

»Die meisten Nervengase verursachen innerhalb von dreißig Sekunden bis fünf Minuten nach Hautkontakt den Tod«, sagte Houk. »Aber T-139 ist nicht so human.«

»Human!« rief Frank Autry entsetzt.

»T-139 tötet Menschen nicht nur«, erklärte Houk. »Das wäre vergleichsweise human. T-139 wird von Militärstrategen als Demoralisierungsmittel bezeichnet.«

»Es dringt innerhalb von zehn oder noch weniger Sekunden durch die Haut in den Blutkreislauf, wandert dann ins Gehirn und verursacht dort im Gewebe sofort irreparable Schäden«, sagte Copperfield.

»Das Opfer behält für vier bis sechs Stunden seine volle Kraft und ist körperlich nicht beeinträchtigt, aber sein Gehirn wird geschädigt«, fügte Houk hinzu.

»Paranoide Demenz«, sagte Copperfield. »Verwirrung, Angst und Wut stellen sich ein. Der Mensch hat seine Gefühle nicht mehr unter Kontrolle und glaubt, die ganze Welt habe sich gegen ihn verschworen. Damit ist ein unbezähmbarer Zwang verbunden, gewalttätig zu werden. T-139 verwandelt die Menschen also für vier bis sechs Stunden in hirnlose Killermaschinen, Sheriff. Sie fallen übereinander her und greifen auch Leute an, die das Gas nicht eingeatmet haben. Sie verstehen wohl jetzt, welche demoralisierenden Auswirkungen das haben kann.«

»Allerdings«, sagte Bryce. »Dr. Paige hat gestern abend so etwas bereits in Betracht gezogen. Sie dachte an eine Art von Tollwut, die einige Leute umbringt und andere zu geistesgestörten Mördern macht.«

»T-139 ist keine Krankheit«, erwiderte Houk rasch. »Es handelt sich um ein Nervengas. Hätte ich die Wahl, würde ich einen Angriff mit Nervengas vorziehen. Sobald sich das Gas ausgebreitet hat, ist die Gefahr eigentlich vorbei. Ein biologisches Kampfmittel ist wesentlich schwerer zu bekämpfen.«

»Wenn es sich tatsächlich um ein Gas handelt, ist es längst verflogen, aber wir werden überall noch Spuren davon finden. Wir können die kondensierten Überreste sehr schnell analysieren«, erklärte Copperfield.

Sie wichen alle an die Wand zurück, um Niven mit der Kamera Platz zu machen.

»Dr. Houk, Sie sagten, die erste Wirkungsphase bei T-139 dauert vier bis sechs Stunden. Was geschieht dann?« fragte Jenny.

»Die zweite Phase endet mit dem Tod«, erwiderte Houk. »Sie dauert sechs bis zwölf Stunden, beginnt mit nervlich bedingten motorischen Störungen und eskaliert bis zur Lähmung der kardiovaskulären, vasomotorischen und respiratorischen Reflexzentren im Gehirn.«

»Meine Güte«, sagte Jenny.

»Können Sie uns Laien das erklären?« bat Frank.

»Das bedeutet, daß das T-139 in der zweiten Phase über einen Zeitraum von sechs bis zwölf Stunden allmählich dem Gehirn die Fähigkeit raubt, die automatischen Funktionen des Körpers – also Atmung, Herzschlag, Erweiterung der Blutgefäße, Organfunktionen – zu kontrollieren. Das Opfer leidet an unregelmäßigem Herzschlag und starken Atembeschwerden. Nach und nach versagen alle Drüsen und Organe. Zwölf Stunden mag ein relativ kurzer Zeitraum zu sein, aber dem Opfer erscheint er wie eine Ewigkeit. Es kommt zu Erbrechen, Durchfall, unkontrolliertem Urinieren und pausenlosen, schmerzhaften Muskelkrämpfen ... und wenn nur die motorischen Nerven geschädigt sind, der Rest des Nervensystems aber intakt bleibt, leidet das Opfer ununterbrochen an heftigen Schmerzen.«

»Sechs bis zwölf Stunden Höllenqualen«, bestätigte Copperfield.

»Bis der Herzschlag aussetzt oder das Opfer einfach aufhört zu atmen und erstickt«, fügte Houk hinzu.

Niemand sagte ein Wort, bis Niven seine letzten Bilder geschossen hatte.

»Ich glaube immer noch nicht, daß wir es hier mit einem Nervengas zu tun haben«, sagte Jenny schließlich. »Nicht einmal dieses T-139 könnte die Enthauptungen erklären. Außerdem hat keines der Opfer sich übergeben oder Anzeichen von Inkontinenz gezeigt.«

»Nun, wir könnten es hier mit einer anderen Form von T-139 zu tun haben, die diese Symptome nicht hervorruft. Oder mit einem anderen Gas.«

»Kein Gas könnte die Motte erklären«, meinte Tal Whitman.

»Oder das, was Stu Wargle zugestoßen ist.«

»Motte?« fragte Copperfield.

»Davon wollten Sie ja nichts hören, bevor Sie sich alles andere angesehen hatten«, erinnerte Bryce ihn. »Ich denke aber, es ist jetzt an der Zeit ...«

»Fertig«, unterbrach Niven ihn.

»Gut«, sagte Copperfield. »Sheriff, Dr. Paige – bitte verhalten Sie sich ebenso wie die Hilfssheriffs jetzt ganz ruhig, bis wir unsere Aufgaben hier erledigt haben. Danke für Ihr Verständnis.«

Das Team machte sich sofort an die Arbeit. Yamaguchi und Bettenby verstauten die abgetrennten Köpfe in mit Porzellan ausgekleidete Behälter, die luftdicht verschlossen wurden. Valdez löste vorsichtig die Hände von dem Nudelholz und legte sie in einen dritten Behälter. Houk nahm Proben von dem Mehl und schüttete sie in eine kleine Plastikflasche, um es auf Spuren eines Nervengases zu untersuchen. Außerdem löste er ein Stück Teig von dem Nudelholz. Goldstein und Roberts untersuchten die beiden Öfen, aus denen sie die Köpfe geholt hatten. Roberts saugte mit einem kleinen, batteriebetriebenen Staubsauger den ersten Ofen aus, versiegelte den Inhalt in einem Beutel und beschriftete ihn, während Goldstein den zweiten Herd genau nach Beweisstücken absuchte.

Alle Wissenschaftler waren beschäftigt, nur die beiden Männer, die keine Namensschilder auf ihren Helmen trugen, standen unbeteiligt daneben und sahen zu.

Bryce beobachtete sie und fragte sich, welche Funktion sie erfüllten.

Während die Wissenschaftler arbeiteten, beschrieben sie genau, was sie taten. Sie gaben ihre Kommentare in einem für Bryce unverständlichen Jargon ab. Dabei sprachen nie zwei Personen gleichzeitig, was – ebenso wie Copperfields

Bitte um Ruhe – darauf schließen ließ, daß alles aufgezeichnet wurde.

Schließlich bemerkte Bryce tatsächlich ein Tonbandgerät an Copperfields Gürtel, das direkt mit dem Sprechfunk des Generals in Verbindung stand. Die Spulen drehten sich.

Als die Wissenschaftler alles aus der Küche geholt hatten, was sie brauchten, sagte Copperfield: »Also gut, Sheriff, wohin jetzt?«

Bryce deutete auf das Tonbandgerät. »Wollen Sie das nicht abschalten, während wir unterwegs sind?«

»Nein. Wir haben die Aufnahme begonnen, als wir die Straßensperre passiert haben, und wir werden das Band laufen lassen, bis wir herausgefunden haben, was sich in dieser Stadt abgespielt hat. Sollte etwas schieflaufen und uns alle das Leben kosten, bevor wir die Lösung gefunden haben, wird das nächste Team über jeden Schritt informiert sein, den wir unternommen haben. Die Leute müßten dann nicht wieder von vorne beginnen, sondern bekämen vielleicht sogar einen detaillierten Bericht über den fatalen Fehler, der uns den Tod gebracht hat.«

Die zweite Station war der Kunstgewerbeladen, in den Frank Autry am Abend zuvor die drei anderen Männer geführt hatte. Wieder ging er voran durch den Verkaufsraum in das Büro und dann die Treppe hinauf zu der Wohnung im Obergeschoß.

Für Frank lag beinahe eine gewisse Komik in dieser Szene: all diese Raumfahrer, die mit theatralisch ernstem Gesichtsausdruck hinter den Plexiglasscheiben die Treppe hinaufstiegen, das Geräusch ihres Atems, das unter den Helmen verstärkt aus den Lautsprechern auf ihrer Brust herauskam und irgendwie bedrohlich klang. Es erinnerte ihn an abgedroschene Science-fiction-Film aus den 50er Jahren.

Sein Lächeln verschwand jedoch sofort, als er die Küche der Wohnung betrat und den Toten wiedersah. Die Leiche lag noch vor dem Kühlschrank an der gleichen Stelle wie letzte Nacht. Der Mann trug nur eine blaue Schlafanzughose und starrte mit weit aufgerissenen Augen ins Leere. Sein Körper war angeschwollen und verfärbt.

Frank machte Copperfields Leuten den Weg frei und stellte sich neben Bryce an den Küchentisch, auf dem ein Toaster stand.

Wieder bat Copperfield um Ruhe, und die Wissenschaftler traten vorsichtig um die auf dem Boden verstreuten Zutaten für das Sandwich herum und versammelten sich vor der Leiche. Nach wenigen Minuten hatten sie ihre erste Untersuchung abgeschlossen.

Copperfield wandte sich an Bryce. »Wir werden die Leiche zur Autopsie mitnehmen.«

»Glauben Sie immer noch, daß wir es hier nur mit einem Angriff mit B- und C-Waffen zu tun haben?« fragte Bryce noch einmal.

»Das ist durchaus möglich«, erwiderte der General.

»Aber wie erklären Sie sich die Verfärbungen und Schwellungen?« fragte Tal.

»Es könnte sich um allergische Reaktionen auf ein Nervengas handeln«, meinte Houk.

»Wenn Sie die Hosenbeine hochschieben, werden Sie diese Reaktionen auch dort feststellen, wo die Haut bedeckt war«, sagte Jenny.

»Das stimmt«, gab Copperfield ihr recht. »Wir haben das bereits überprüft.«

»Aber wie kann die Haut auf ein Nervengas reagieren, mit dem sie nicht in Kontakt gekommen ist?«

»Solche Gase dringen durch fast alle Textilien«, sagte Houk. »Eigentlich lassen sie sich nur von Kleidungsstücken aus Vinyl oder Gummi aufhalten.«

Also genau von dem, was ihr anhabt, wir aber nicht, dachte Frank.

»Hier gibt es noch eine Leiche«, erklärte Bryce dem General. »Möchten Sie sich diese auch ansehen?«

»Natürlich.«

»Hier entlang, Sir.« Frank zog seine Waffe und führte das Team aus der Küche den Gang entlang zum Schlafzimmer. Er fürchtete sich vor dem Anblick der nackten Toten auf den zerknitterten Laken. Als er an die obszöne Weise dachte, in der Wargle sich über die Frau geäußert hatte, befürchtete er sogar, Stu in einer leidenschaftlichen, aber kalten und zeitlosen Umarmung mit der blonden Toten vorzufinden, doch die Frau lag immer noch allein auf dem Bett. Ihre Beine waren gespreizt, ihr Mund zu einem ewigen Schrei geöffnet.

Als Copperfield und seine Leute die erste Untersuchung der Leiche abgeschlossen hatten, zeigte Frank ihnen die 22er Automatik, mit der die Frau offensichtlich auf ihren Angreifer geschossen hatte. »Glauben Sie, sie hat damit auf eine Wolke Nervengas gefeuert?« fragte er den General.

»Natürlich nicht«, antwortete Copperfield. »Aber sie war vielleicht bereits von dem Gas beeinträchtigt. Ihr Gehirn hatte möglicherweise schon Schaden genommen. Sie könnte Halluzinationen gehabt und auf Phantome geschossen haben.«

»Phantome«, wiederholte Frank. »Ja, Sir, so muß es wohl gewesen sein. Sie hat zehn Schüsse abgefeuert, aber wir konnten nur zwei Patronenhülsen finden – eine in dem Tisch dort drüben und die andere in dem Loch in der Wand. Das bedeutet, sie hat achtmal das getroffen, worauf sie zielte.«

»Ich kannte diese Leute«, warf Doc Paige ein und trat einen Schritt vor. »Gary und Sandy Wechlas. Sie war eine sehr gute Schützin. Im letzten Jahr hat sie auf dem Jahrmarkt einige Wettbewerbe gewonnen.«

»Es gelang ihr also, acht von zehn Schüssen gezielt abzufeuern«, sagte Frank. »Diese acht Treffer haben dieses Ding jedoch nicht aufgehalten. Es hat nicht einmal geblutet. Phantome bluten natürlich nicht. Aber wäre ein Phantom fähig, mit acht Kugeln im Körper aus dem Zimmer zu marschieren, Sir?«

Copperfield starrte ihn stirnrunzelnd an. Auch die Wissenschaftler sahen besorgt aus.

Die Soldaten runzelten nicht nur die Stirn, sondern sahen sich beunruhigt um.

Frank erkannte, daß die beiden Leichen – und vor allem der gequälte Gesichtsausdruck der Toten – ihre Wirkung auf den

General und seine Leute nicht verfehlt hatte. In ihren Augen spiegelte sich deutlich Angst wider. Sie wollten es nicht zugeben, aber sie waren hier auf etwas gestoßen, was sie trotz ihrer Erfahrungen nicht einordnen konnten. Immer noch klammerten sie sich an Erklärungen, die für sie Sinn ergaben – Nervengas, Viren, Gift –, aber allmählich wuchsen Zweifel daran.

Copperfields Leute hatten einen mit einem Reißverschluß versehenen Plastiksack bei sich. Sie verstauten die Leiche in der Küche darin, trugen sie aus dem Haus und legten sie auf dem Gehsteig ab, um sie später auf ihrem Weg zu den mobilen Labors mitzunehmen.

Bryce führte sie zu Gilmartin's Supermarkt. Bei der Kühlanlage, wo es passiert war, erzählte er ihnen, wie Jake Johnson verschwunden war. »Keine Schreie. Keinerlei Geräusche. Nur einige Sekunden lang Dunkelheit. *Wenige* Sekunden. Als die Lichter wieder angingen, war Jake verschwunden.«

»Haben Sie denn nach ihm gesucht?« wollte Copperfield wissen.

»Überall.«

»Vielleicht ist er weggelaufen«, meinte Roberts.

»Ja«, stimmte Dr. Yamaguchi ihm zu. »Er könnte desertiert sein. Nach allem, was er hier gesehen hat ...«

»Meine Güte«, sagte Goldstein. »Wenn er nun Snowfield verlassen hat? Er würde sich dann außerhalb der Quarantänezone befinden und die Infektion verbreiten ...«

»Nein, nein. Jake würde niemals davonlaufen«, erklärte Bryce. »Er war zwar kein aggressiver Officer, aber er hätte mich nie im Stich gelassen – er kannte seine Verantwortung.«

»Allerdings«, stimmte Tal ihm zu. »Außerdem war Jakes Vater früher County Sheriff, und Jake war sehr stolz darauf.«

»Und Jake war immer sehr vorsichtig«, sagte Frank. »Er neigte nicht zu impulsiven Handlungen.«

Bryce nickte. »Selbst wenn er so verängstigt gewesen wäre, daß er weglaufen wollte, hätte er einen Streifenwagen genommen. Er wäre bestimmt nicht zu Fuß aus der Stadt geflüchtet.«

»Er wußte doch, daß er an der Straßensperre nicht vorbeikommen würde«, sagte Copperfield. »Also kam die Landstraße nicht in Frage. Möglicherweise ist er durch den Wald gelaufen.«

Jenny schüttelte den Kopf. »Ausgeschlossen, General. Dort draußen herrscht absolute Wildnis. Deputy Johnson hätte genau gewußt, daß er sich dort verlaufen und sterben würde.«

»Würde sich außerdem ein verängstigter Mann in der Nacht in einen ihm unbekannten Wald stürzen?« wandte Bryce ein. »Das glaube ich nicht, General. Aber Sie sollten sich jetzt endlich anhören, was mit meinem anderen Hilfssheriff geschehen ist.«

Bryce lehnte sich an eine Kühltruhe mit Wurst und Käse und berichtete von der Motte, von der Attacke auf Wargle und dem entsetzlichen Zustand seiner Leiche. Dann erzählte er von Lisas Begegnung mit Wargle, der anscheinend wieder zum Leben erweckt worden war, und der Entdeckung, daß sein Körper verschwunden war.

Copperfield und seine Leute reagierten zunächst mit Überraschung, dann mit Verwirrung und Furcht. Während Bryce erzählte, starrten sie ihn wortlos an und warfen sich hin und wieder wissende Blicke zu.

Bryce schloß seinen Bericht mit der Geschichte über die Kinderstimme ab, die wenige Momente vor ihrer Ankunft aus dem Abfluß zu hören gewesen war. Dann sagte er zum dritten Mal: »Nun, General, glauben Sie immer noch, daß es sich hier nur um einen einfachen Fall von B- und C-Waffen handelt?«

Copperfield zögerte, sah sich in dem verwüsteten Supermarkt um und blickte schließlich Bryce in die Augen. »Sheriff, ich möchte, daß Sie und alle anderen, die diese ... Motte gesehen haben, von Dr. Roberts und Dr. Goldstein gründlich untersucht werden.«

»Sie glauben mir nicht.«

»O doch. Ich bin davon überzeugt, daß Sie wirklich denken, diese Dinge gesehen zu haben.«

»Verdammt«, fluchte Tal.

»Sie verstehen doch sicher, daß das für uns klingt, als seien Sie alle verseucht und litten unter Halluzinationen«, sagte Copperfield.

Bryce war enttäuscht von der Ungläubigkeit und der intellektuellen Starrheit dieser Leute. Als Wissenschaftler sollten sie eigentlich für neue Ideen und unerwartete Möglichkeiten ein offenes Ohr haben, aber statt dessen schienen sie fest entschlossen zu sein, das Beweismaterial ihren vorgefertigten Meinungen mit Gewalt anzupassen, um die Geschehnisse in Snowfield zu erklären.

»Glauben Sie etwa, wir hätten alle die gleichen Halluzinationen gehabt?« fragte Bryce.

»Das wäre durchaus möglich«, erwiderte Copperfield.

»Wir hatten keine Halluzinationen, General«, erklärte Jenny. »Was wir sahen, spielte sich in der Realität ab.«

»Unter normalen Umständen würde ich Ihren Beobachtungen mehr Gewicht beimessen, Dr. Paige, aber da auch Sie angeblich diese Motte gesehen haben, ist Ihr medizinisches Urteil in dieser Angelegenheit nicht objektiv.«

Frank Autry musterte Copperfield mit finsterem Blick. »Wenn das alles nur Halluzinationen waren, wo ist dann Stu Wargle?«

»Vielleicht ist er mit diesem Jake Johnson davongelaufen«, sagte Roberts. »Und Sie haben ihr Verschwinden in Ihre Wahnvorstellungen eingebaut.«

Bryce wußte aus langer Erfahrung, daß man in einer Diskussion sofort verloren hatte, wenn man seinen Gefühlen nachgab. Er zwang sich dazu, sich lässig gegen die Tiefkühltruhe zu lehnen, und sagte mit leiser Stimme langsam: »Aus Ihren Äußerungen könnte man schließen, daß unser Department in Santa Mira nur aus Feiglingen, Idioten und Drückebergern besteht.«

Copperfield hob beschwichtigend seine behandschuhten Hände. »Nein, nein. Diesen Eindruck wollten wir keineswegs vermitteln. Bitte versuchen Sie, uns zu verstehen, Sheriff. Wir sind nur ehrlich mit Ihnen und sagen Ihnen, wie die Situation in unseren Augen aussieht – wie sie für jeden aussehen würde, der über Sachkenntnis in biologischer und chemischer Kriegsführung verfügt. Halluzinationen gehören zu den Dingen, die wir bei Überlebenden erwarten. Könnten Sie uns eine Erklärung für diese Motte von der Größe eines Adlers liefern, würden wir vielleicht auch daran glauben. Aber das können Sie nicht, also bleibt uns nur die Schlußfolgerung, daß Sie Halluzinationen hatten – das ist die einzig logische Erklärung dafür.«

Bryce bemerkte, daß die vier Soldaten ihn nun ganz anders ansahen, da sie ihn für ein Opfer von Nervengas hielten. Schließlich war ein Mensch, der unter bizarren Halluzinationen litt, labil, gefährlich und möglicherweise sogar so gewalttätig, daß er anderen Leuten den Kopf abschlug und ihn dann in einen Backofen legte. Sie hoben ihre Maschinenpistolen leicht an, ohne jedoch direkt auf Bryce zu zielen. Offensichtlich betrachteten sie ihn, Jenny, Tal und Frank jetzt mit unverhohlenem Mißtrauen.

Bevor Bryce antworten konnte, wurde er von einem lauten Geräusch aus dem hinteren Teil in der Metzgerabteilung des Supermarkts erschreckt. Er trat einen Schritt von den Kühlgeräten weg, drehte sich um und legte seine rechte Hand auf sein Pistolenhalfter.

Aus dem Augenwinkel sah er, daß die Soldaten stärker auf seine Bewegung als auf das Geräusch reagierten. Als er seine Hand auf die Waffe legte, hoben sie sofort ihre Maschinenpistolen.

Irgend jemand hämmerte gegen eine Tür und rief etwas. Die Laute schienen aus dem Kühlraum zu kommen, der sich gegenüber dem Arbeitsplatz des Metzgers befand, nur knappe fünf Meter von Bryce und den anderen entfernt. Die dicke, isolierte Tür dämpfte die Schläge, und auch die Stimme war kaum hörbar, aber Bryce glaubte, jemandem um Hilfe schreien zu hören.

»Jemand ist dort eingeschlossen«, sagte Copperfield.

»Unmöglich«, erwiderte Bryce.

»Das kann nicht sein, denn die Türen lassen sich von beiden Seiten öffnen«, erklärte Frank.

Abrupt verstummten die Rufe, und auch das Klopfen hörte auf. Dann klapperte es. Das Geräusch von Metallteilen, die aneinander gerieben wurden.

Der Griff der großen Stahltür schob sich nach oben und dann wieder nach unten. Das Schloß klickte und die Tür schwang auf – allerdings nur einige Zentimeter weit.

Die kalte Luft aus dem Kühlraum vermischte sich mit der warmen Luft im Supermarkt, und Nebelschwaden bildeten sich an der offenen Tür.

Obwohl in dem Raum hinter der Tür Licht brannte, konnte Bryce durch den schmalen Schlitz nichts erkennen. Er wußte allerdings, wie es dort drin aussah, wo das tiefgefrorene Fleisch aufbewahrt wurde. Als er letzte Nacht nach Jake Johnson gesucht hatte, hatte er sich in dem Raum umgesehen. Er war kalt, etwa drei Meter breit und fünf Meter lang, fensterlos und löste Platzangst aus. Es gab eine Tür, die mit zwei Riegeln versehen war und auf die Straße führte. Dort wurden die Lieferungen angenommen. Der Betonboden war gestrichen und die Wände abgedichtet. Neonbeleuchtung, Kühlaggregate an drei Wänden, die dafür sorgten, daß kalte Luft um die Fleischstücke aus Rind, Kalb und Schwein zirkulierte, die an der Decke hingen.

Bryce konnte nur noch das laute Atmen der Wissenschaftler und Soldaten in ihren Raumanzügen hören, und selbst dieses Geräusch war gedämpft; einige von ihnen schienen die Luft anzuhalten.

Dann war plötzlich ein schmerzerfülltes Stöhnen aus dem Kühlraum zu hören. Eine schwache, mitleiderweckende Stimme rief um Hilfe. Ihr Echo wurde von den Betonwänden zurückgeworfen und drang durch den Spalt in der Tür. Die Stimme klang zittrig und verzerrt, war aber trotzdem erkennbar.

»Bryce ... Tal ...? Wer ist da draußen? Frank? Gordy? Ist da jemand? Kann mir jemand ... helfen?«

Es war Jake Johnson.

Bryce, Jenny, Tal und Frank lauschten bewegungslos.

»Bryce ... bitte ... jemand muß ...«

»Kennen Sie ihn?« fragte Copperfield. »Er ruft Ihren Namen, nicht wahr, Sheriff?«

Ohne auf eine Antwort zu warten, bedeutete der General zweien seiner Männer – Sergeant Harker und Private Pascalli –, in den Kühlraum zu gehen.

»Warten Sie!« rief Bryce. »Niemand geht dort hinein. Wir sollten hierbleiben, bis wir mehr wissen.«

»Sheriff, ich bin bereit, mit Ihnen zusammenzuarbeiten, aber Sie haben keine Befehlsgewalt über meine Männer oder mich.«

»Bryce ... ich bin es ... Jake ... meine Güte, helft mir doch. Ich habe mir ein Bein gebrochen.«

»Jake?« Copperfield sah Bryce mißtrauisch an. »Das ist wohl der Mann, der gestern abend auf mysteriöse Weise verschwunden ist.«

»Jemand muß mir helfen ... es ist so verdammt k-kalt hier. So k-kalt.«

»Es klingt so, als wäre er es«, gab Bryce zu.

»Na also«, sagte Copperfield. »Es handelt sich nicht um ein unerklärliches Ereignis. Er war die ganze Zeit hier.«

Bryce sah den General wütend an. »Ich sagte Ihnen doch, daß wir überall nach ihm gesucht haben. Auch in diesem verdammten Kühlraum. Er war nicht da.«

»Aber jetzt ist er dort drin«, sagte der General.

»Hey, ihr dort draußen! Ich friere! Und ich kann dieses ver ... verdammte Bein nicht bewegen.«

Jenny legte ihre Hand auf Bryces Arm. »Da stimmt doch etwas nicht.«

»Wir können nicht hier stehenbleiben und zulassen, daß ein Mensch dort drin leidet, Sheriff«, sagte Copperfield.

»Wäre Jake die ganze Nacht eingesperrt gewesen, wäre er jetzt bereits erfroren«, erklärte Frank Autry.

»In einem Kühlraum, wo Fleisch aufbewahrt wird, herrschen keine Temperaturen unter dem Gefrierpunkt«, entgegnete Copperfield. »Die Luft ist nur kalt. Wenn der Mann warm genug angezogen war, kann er es leicht so lange überstanden haben.«

»Aber wie ist er dort hineingeraten?« fragte Frank. »Was, zum Teufel, hat er dort gesucht?«

»Außerdem war er gestern abend nicht dort drin«, stellte Tal ungeduldig fest.

Jake Johnson rief wieder um Hilfe.

»Hier droht Gefahr«, sagte Bryce zu Copperfield. »Das spüre ich – genau wie meine Männer und Dr. Paige.«

»Aber ich nicht«, erwiderte Copperfield.

»General, Sie sind einfach noch nicht lange genug in Snowfield, um zu begreifen, daß man hier mit unerwarteten Dingen rechnen muß.«

»Wie zum Beispiel Motten, die so groß wie Adler sind?«

Bryce schluckte seinen Ärger hinunter. »Sie wissen einfach noch nicht, daß hier nichts ist, wie es scheint.«

Copperfield musterte ihn skeptisch. »Bitte erzählen Sie mir keine mystischen Geschichten, Sheriff.«

In dem Kühlraum begann Jake Johnson zu weinen. Sein flehentliches Gewimmer war kaum zu ertragen. Er klang wie ein von Schmerzen geplagter, verängstigter alter Mann und keineswegs gefährlich.

»Wir müssen diesem Mann sofort helfen«, forderte Copperfield.

»Ich setze das Leben meiner Männer nicht aufs Spiel«, erwiderte Bryce. »Noch nicht.«

Copperfield befahl Sergeant Harker und Private Pascalli noch einmal, den Kühlraum zu betreten. Obwohl er offensichtlich nicht glaubte, daß den beiden mit Maschinenpistolen bewaffneten Männern Gefahr drohte, wies er sie an, vorsichtig zu sein. Der General dachte anscheinend immer noch, der Feind sei so klein wie Bakterien oder das Molekül eines Nervengases.

Die beiden Soldaten marschierten an den Tiefkühltruhen vorbei durch das Gatter, das in den Arbeitsbereich des Metzgers führte.

»Jake konnte die Tür öffnen. Warum hat er sie dann nicht ganz aufgeschoben und sich gezeigt?« fragte Frank.

»Wahrscheinlich hat es ihn seine ganze Kraft gekostet, die

Tür zu entriegeln«, erwiderte Copperfield. »Meine Güte, Sie können doch an seiner Stimme hören, daß er völlig erschöpft ist.«

Harker und Pascalli gingen jetzt auf den Kühlraum zu.

Bryce legte die Hand auf seine Waffe im Halfter.

»Verdammt, das paßt alles nicht zusammen«, meinte Tal Whitman. »Wenn das wirklich Jake ist, warum hat er dann bis jetzt gewartet, um die Tür zu öffnen?«

»Das werden wir nur erfahren, wenn wir ihn fragen«, erwiderte der General.

»Aber es gibt noch einen weiteren Ausgang, der auf die Straße führt«, wandte Tal ein. »Er hätte diese Tür schon viel eher öffnen und um Hilfe rufen können. Die Stadt ist so still, daß wir ihn selbst im Hilltop gehört hätten.«

»Vielleicht war er bis jetzt bewußtlos«, sagte Copperfield.

Harker und Pascalli gingen an den Arbeitstischen und der elektrischen Schneidemaschine vorbei.

»Kommt jetzt endlich jemand ... Holt mich jemand?« rief Jake Johnson.

Jenny wollte noch einen Einwand vorbringen, aber Bryce unterbrach sie. »Sparen Sie sich die Mühe.«

»Können Sie als Ärztin wirklich von uns erwarten, die Hilfeschreie dieses Mannes zu ignorieren?« fragte Copperfield.

»Natürlich nicht«, erwiderte Jenny. »Aber wir sollten uns die Zeit nehmen, um uns einen sicheren Weg zu überlegen, wie wir den Raum untersuchen können.«

Copperfield schüttelte den Kopf. »Wir müssen uns sofort um ihn kümmern. Hören Sie doch! Er ist schwer verletzt.«

Jake stöhnte wieder schmerzerfüllt auf.

Harker ging auf die Tür zu, Pascalli trat einige Schritte zurück und versuchte, seinem Kollegen Deckung zu geben, so gut er konnte.

Bryce spürte, wie sich seine Muskeln im Rücken, an den Schultern und im Nacken verkrampften.

Harker stand jetzt an der Tür.

»Nein«, flüsterte Jenny.

Die Tür ging nach innen auf. Harker stieß mit dem Lauf

seiner Maschinenpistole dagegen und schob sie ganz auf. Die kalten Scharniere quietschten laut.

Das Geräusch jagte Bryce einen Schauder über den Rücken.

Jake lag nicht hinter der Tür. Er war nirgends zu sehen. Hinter dem Sergeant konnte man nur die dunklen, fettigen, blutigen Fleischstücke an den Haken erkennen.

Harker zögerte und sprang dann in geduckter Haltung über die Schwelle.

Tu das nicht, dachte Bryce.

Der Sergeant sah nach links, dann nach rechts und schwang dabei den Lauf seiner Waffe herum.

Auf der rechten Seite sah Harker offensichtlich etwas. Er richtete sich überrascht auf und wich ängstlich zurück, wobei er gegen eine Rinderhälfte stieß. »Großer Gott«, rief er und gab einen kurzen Feuerstoß aus seiner Maschinenpistole ab.

Bryce zuckte zusammen. Die Schüsse in dem Kühlraum klangen wie Donner.

Dann drückte etwas von innen gegen die Tür und schlug sie zu.

Es hatte Harker dort drin gefangen.

»Verdammt!« rief Bryce. Er nahm sich nicht die Zeit, zu dem Gatter zu laufen, sondern sprang über die hüfthohe Kühltruhe vor ihm und trat dabei auf Schweizer Käse und in Wachs verpackten Gouda. Stolpernd landete er auf der anderen Seite.

Wieder ein Feuerstoß. Dieses Mal länger – vielleicht lang genug, um das ganze Magazin der Waffe zu leeren.

Pascalli stand schon an der Tür und zerrte verzweifelt an dem Griff.

Bryce lief um die Arbeitstische herum. »Was ist los?«

Private Pascalli sah sehr jung und verängstigt aus.

»Los, holen wir ihn da raus!« rief Bryce.

»Es geht nicht. Diese verdammte Tür läßt sich nicht öffnen!«

Die Schüsse im Kühlraum hörten auf. Dann begannen die Schreie.

Pascalli rüttelte heftig an dem unbeweglichen Griff.

Obwohl die dicke, isolierte Tür Harkers Schreie dämpfte, waren sie doch gut zu hören und wurden immer lauter. Durch das Funkgerät in Pascallis Raumanzug mußten sie ohrenbetäubend sein, denn der Soldat hob plötzlich eine Hand und drückte sie gegen seinen Helm, als wolle er das Geräusch ausblenden.

Bryce schob den Soldaten zur Seite und packte den langen Hebelgriff der Tür mit beiden Händen, konnte ihn aber weder nach unten noch nach oben bewegen.

Die durchdringenden Schreie aus dem Kühlraum stiegen an, wurden leiser und dann wieder lauter, schriller und entsetzlicher.

Was, zum Teufel, macht das Ding dort drin mit Harker? fragte sich Bryce. Zieht es dem armen Kerl die Haut bei lebendigem Leib ab?

Er sah sich um. Tal war ebenfalls über die Kühltruhe gestiegen und kam auf ihn zugelaufen. Der General und Private Fodor rannten durch das Gatter. Frank war auf eine der Kühlanlagen gesprungen und behielt den Supermarkt im Auge, falls der Tumult im Kühlraum nur ein Ablenkungsmanöver sein sollte. Die anderen standen dicht beisammen in einem der Gänge.

»Jenny!« rief Bryce.

»Ja?«

»Gibt es hier auch eine Eisenwarenabteilung?«

»Natürlich.«

»Ich brauche einen Schraubenzieher.«

»Kein Problem.« Jenny rannte los.

Harker schrie auf.

Großer Gott, was für ein entsetzlicher Schrei! Wie aus einem Alptraum. Aus einem Irrenhaus. Aus der Hölle.

Der Klang ließ Bryce in kalten Schweiß ausbrechen.

Copperfield erreichte den Kühlraum. »Lassen Sie mich an den Griff.«

»Das hat keinen Zweck.«

»Machen Sie Platz!«

Bryce trat zur Seite. Der General war ein großer, muskuloser Mann – offensichtlich der stärkste Mann hier. Er sah aus, als könne er Jahrhunderte alte Eichen ausreißen. Fluchend mühte er sich ab, doch auch ihm gelang es nicht, den Griff zu bewegen.

»Das verdammte Schloß muß kaputt sein«, sagte er keuchend.

Harker schrie jetzt unaufhörlich.

Bryce dachte an die Bäckerei der Liebermanns. An das Nudelholz auf dem Tisch. An die abgetrennten Hände. So würde ein Mann schreien, wenn er zusehen mußte, wie ihm die Hände abgehackt wurden.

Copperfield trommelte wütend und frustriert an die Tür.

Bryce warf Tal einen Blick zu. Zum ersten Mal sah er, daß Whitman ganz offensichtlich Angst hatte.

Jenny kam durch das Gatter gelaufen und hielt Bryce drei in Pappe verpackte und in buntes Plastik eingeschweißte Schraubenzieher entgegen. »Ich wußte nicht, welche Größe Sie brauchen«, erklärte sie.

»Schon gut«, sagte Bryce und griff nach den Werkzeugen. »Gehen Sie jetzt so schnell wie möglich zu den anderen zurück.«

Jenny ignorierte seinen Befehl, reichte ihm zwei der Schraubenzieher und behielt den dritten in der Hand.

Harkers Schreie wurden nun so schrill und durchdringend, daß sie nicht mehr menschlich klangen.

Während Bryce eine Verpackung aufriß, zerfetzte Jenny das hellgelbe Päckchen in ihrer Hand und zog den dritten Schraubenzieher heraus. »Ich bin Ärztin, und ich bleibe hier«, erklärte sie.

»Ihm kann kein Arzt mehr helfen.« Bryce zerrte hektisch an der zweiten Verpackung.

»Vielleicht nicht, aber wenn Sie wirklich davon überzeugt wären, daß er keine Chance mehr hat, würden Sie nicht versuchen, ihn da herauszuholen.«

»Verdammt, Jenny!« Bryce machte sich Sorgen um sie, wußte aber, daß er sie nicht zum Gehen überreden konnte, wenn sie sich dazu entschlossen hatte zu bleiben. Er nahm ihr den dritten Schraubenzieher aus der Hand, schob General Copperfield zur Seite und ging zur Tür zurück.

Die Türangeln konnte er nicht abschrauben, denn da die Tür nach innen aufging, befanden sie sich auf der anderen Seite. Der Griff war jedoch an einer großen Platte befestigt, die auf dieser Seite von vier Schrauben gehalten wurde. Bryce kniete nieder, suchte sich den am besten geeigneten Schraubenzieher aus, löste die erste Schraube und ließ sie auf den Boden fallen.

Harkers Schreie verstummten, und die folgende Stille war noch schlimmer zu ertragen.

Bryce lockerte die anderen drei Schrauben.

Von Sergeant Harker war immer noch nichts zu hören.

Als er die Schutzplatte gelöst hatte, zog Bryce sie über den Griff und warf sie beiseite. Er spähte in das Schloß und stocherte mit einem Schraubenzieher darin herum. Metallspäne fielen heraus, und einige Eisenteile fielen in den Hohlraum im Inneren der Tür. Das Schloß war anscheinend von innen zerschmettert worden. Bryce fand den manuellen Entriegelungshebel und schob ihn mit dem Schraubenzieher zurück. Das kostete ihn einige Mühe, denn auch der Hebel war stark verbogen und beschädigt, doch Bryce gelang es, ihn zu lockern und nach innen zu schieben. Es klickte, und die Tür ging auf.

Bryce wich, wie alle anderen auch, rasch zurück.

Die schwere Tür schwang langsam nach innen.

Private Pascalli zielte mit seiner Maschinenpistole darauf, und Bryce und der General zogen ihre Pistolen, obwohl Sergeant Harker eindeutig bewiesen hatte, daß solche Waffen nichts nützten.

Die Tür ging jetzt ganz auf, und Bryce erwartete, daß sich etwas auf sie stürzen würde. Nichts geschah.

Er sah durch die Tür in den Kühlraum hinein und bemerkte, daß die Hintertür offenstand. Vor wenigen Minuten, als Harker hineingegangen war, war sie ganz sicher noch verschlossen gewesen. Hinter der Tür sah man die Straße im Sonnenschein liegen.

Copperfield befahl Pascalli und Fodor, den Kühlraum zu

sichern. Die beiden sprangen hinein. Einer verschwand nach links, der andere nach rechts.

Wenige Sekunden später kam Pascalli zurück. »Alles klar, Sir.«

Copperfield betrat den Kühlraum, und Bryce folgte ihm.

Harkers Maschinenpistole lag auf dem Boden.

Sergeant Harker baumelte neben einer Rinderhälfte von der Decke; seine Brust war von einem riesigen, spitzen, zweizackigen Fleischerhaken durchbohrt.

Bryce drehte sich der Magen um. Als er sich von dem Erhängten abwenden wollte, bemerkte er jedoch, daß da nicht wirklich Harker hing, sondern nur sein schlaffer, leerer Schutzanzug mit dem Helm. Das widerstandsfähige Material aus Vinyl war aufgeschlitzt, die Plexiglasscheibe des Helms zerbrochen und zur Hälfte aus der stabilen Gummifassung herausgerissen worden. Harker war aus dem Anzug herausgezogen worden, bevor dieser aufgehängt wurde.

Wo aber war Harker?

Verschwunden. Wie die anderen. Einfach weg.

Pascalli und Fodor standen draußen auf der Laderampe und beobachteten die Straße.

»Er hat so fürchterlich geschrien«, sagte Jenny und stellte sich neben Bryce. »Aber weder auf dem Boden noch auf seinem Anzug sind Blutspuren zu sehen.«

Tal Whitman hob eine Handvoll leerer Patronenhülsen vom Boden auf, die aus der Maschinenpistole gefallen waren. Das Messing blitzte in seinen Handflächen. »Hier liegen eine Menge Hülsen herum, aber ich sehe nicht sehr viele Einschußlöcher. Anscheinend hat der Sergeant das getroffen, worauf er geschossen hat. Er muß ein- bis zweihundert Mal gefeuert haben. Wieviel Schuß hat ein so großes Magazin, General?«

Copperfield starrte wortlos auf die glänzenden Patronenhülsen.

Pascalli und Fodor kamen von der Laderampe zurück. »Dort draußen ist keine Spur von ihm zu sehen, Sir«, berichtete Pascalli. »Sollen wir die Straße absuchen?«

Bevor Copperfield antworten konnte, sagte Bryce: »Sergeant Harker müssen Sie abschreiben, General. Es ist schmerzlich, aber er ist tot. Machen Sie sich keine Hoffnungen mehr. Hier geht es ums Ganze – um den Tod. Nicht um Geiselnahme, Terrorismus oder Nervengas. Um nichts anderes als um den Tod. Ich weiß nicht genau, was dort draußen lauert oder wo es hergekommen ist, aber eines ist sicher: das ist der personifizierte Tod. Wir begreifen noch nicht, in welcher Form er sich uns darstellt und welche Motive ihn antreiben. Die Motte, die Stu Wargle tötete, war nicht die wahre Erscheinungsform dieses Dings. Das spüre ich. Die Motte war so wie die auferstandene Leiche Wargles, die Lisa in der Toilette belästigt hat. Damit will *es* uns in die Irre führen – das ist alles nur ein Trick.«

»Ein Phantom«, sagte Tal und gebrauchte damit das Wort, das Copperfield vorher in einem anderen Zusammenhang gebraucht hatte.

»Ja, ein Phantom, bestätigte Bryce. »Unseren wahren Feind haben wir bisher noch nicht kennengelernt. Es muß etwas sein, das einfach gerne tötet. Schnell und lautlos wie bei Jake Johnson, aber auch langsam wie bei Harker, den es gefoltert und zum Schreien gebracht hat. Wir sollten seine Schreie hören. Harkers Ermordung war ähnlich wie die Wirkung dieses T-139: es sollte uns demoralisieren. Dieses Ding hat Sergeant Harker nicht weggeschleppt – es hat ihn erwischt, General. *Es* hat ihn erledigt. Riskieren Sie keinen Ihrer Männer mehr, um die Leiche zu suchen.«

Copperfield schwieg einen Moment lang. »Aber die Stimme, die wir hörten ... Das war doch Jake Johnson, Ihr Mann«, sagte er schließlich.

»Nein«, widersprach Bryce. »Ich glaube nicht, daß das wirklich Jake war. Die Stimme mag zwar wie seine geklungen haben, aber ich denke mittlerweile, daß wir es mit einem hervorragenden Imitator zu tun haben.«

»Einem Imitator?« wiederholte Copperfield.

Jenny sah Bryce an. »Denken Sie nur an die Tiergeräusche am Telefon.«

»Genau. Katzen, Hunde, Vögel, Klapperschlangen, das weinende Kind ... Das war so etwas wie eine Vorführung. Es wollte damit prahlen und uns zeigen, was es alles kann. ›Seht her, wie schlau ich bin‹. Jake Johnsons Stimme war nur eine weitere Darbietung seines Repertoires.«

»Wollen Sie damit andeuten, es handle sich hier um etwas Übernatürliches?« wollte Copperfield wissen.

»Nein, das ist durchaus real.«

»Aber was ist es dann? Sagen Sie es mir!«

»Verdammt, das kann ich nicht«, erwiderte Bryce. »Vielleicht handelt es sich um eine Mutation der Natur. Möglicherweise haben wir es aber auch mit etwas zu tun, das aus einem Labor für genetische Versuche stammt. Wissen Sie etwas darüber, General? Möglicherweise gibt es in der Armee eine Einheit, die sich damit befaßt, biologische Kampfmaschinen zu entwickeln und genetische Monster herzustellen, die Menschen terrorisieren und abschlachten – Kreaturen, die aus der DNA einiger Tiere entstehen. Nehmen Sie das genetische Material einer Tarantel, vereinen Sie es mit dem eines Krokodils, einer Kobra, einer Wespe und eines Grizzlybärs. Dann fügen Sie noch die menschliche Intelligenz hinzu, mischen alles in einem Reagenzglas, geben es in einen Inkubator und warten die Entwicklung ab. Was würden Sie dann wohl erhalten? Wie würde dieses Wesen aussehen? Halten Sie mich für verrückt, weil ich mich mit solchen Gedanken beschäftige? Wäre das eine moderne Form von Frankenstein? Ist man in der Neuzusammenstellung von Erbfaktoren tatsächlich schon so weit? Ich will damit nur sagen, daß alles möglich sein könnte. Und deshalb kann ich dieses Ding auch nicht benennen. Lassen Sie Ihrer Fantasie freien Lauf, General. Egal, was Ihnen einfällt – wir können nichts ausschließen. Wir haben es hier mit dem Unbekannten zu tun, das sich auch in unsere Alpträume einschleicht.«

Copperfield starrte ihn an und richtete dann seinen Blick auf Sergeant Harkers Anzug mit dem Helm, der an dem Fleischerhaken baumelte. Er drehte sich zu seinen beiden Soldaten um. »Wir werden die Straße nicht absuchen. Der Sheriff hat wohl recht. Sergeant Harker ist tot. Wir können nichts mehr für ihn tun.«

»Glauben Sie immer noch, wir hätten es hier nur mit einem einfachen Fall von B- oder C-Kampfstoffen zu tun?« fragte Bryce zum vierten Mal seit der Ankunft des Generals.

»Chemische oder biologische Waffen könnten im Spiel sein«, erwiderte Copperfield. »Wie Sie selbst sagten, können wir nichts ausschließen, Sheriff. Aber Sie haben recht – das ist kein einfacher Fall. Es tut mir leid, daß wir annahmen, Sie hätten Halluzinationen und ...«

»Ich nehme Ihre Entschuldigung an«, sagte Bryce.

»Haben Sie irgendwelche Theorien?« fragte Jenny.

»Nun, zuerst möchte ich die Autopsie und die pathologischen Tests durchführen lassen«, meinte Copperfield. »Wir werden vielleicht keine Anzeichen einer Krankheit oder eines Nervengases feststellen, könnten aber trotzdem einen Hinweis auf etwas anderes bekommen, das uns weiterbringt.«

»Fangen Sie damit an, Sir«, sagte Tal. »Ich habe das unbestimmte Gefühl, daß uns nicht mehr viel Zeit bleibt.«

5
Fragen

Corporal Billy Velazquez, der zu General Copperfields Begleittruppe gehörte, kletterte durch das Einstiegsloch in die Kanalisation hinunter. Obwohl er sich nicht besonders anstrengen mußte, atmete er schwer. Er hatte Angst.

Was war mit Sergeant Harker passiert?

Die anderen hatten bei ihrer Rückkehr einen sehr bedrückten Eindruck gemacht. Der alte Copperfield hatte gesagt, Harker sei tot. Sie wüßten noch nicht genau, woran er gestorben sei, aber das würden sie bald herausfinden. So ein Mist! Sie wußten bestimmt, woran er gestorben war – sie wollten es nur nicht sagen. Das war typisch für die hohen Tiere – aus allem mußten sie ein Geheimnis machen.

Die Leiter führte über eine schmale vertikale Röhre zu den ebenen Kanälen. Als Billy unten ankam, erzeugten seine Stiefel auf dem harten Betonboden ein lautes, hohles Geräusch. Der Tunnel war so niedrig, daß er nicht aufrecht stehen konnte. In gebückter Haltung leuchtete er den Raum mit seiner Taschenlampe ab.

Graue Betonwände. Telefon- und Stromkabel. Hier und da feuchte Stellen und Pilzbefall. Nichts weiter.

Billy trat zur Seite, um Ron Peake, einem weiteren Mitglied der Truppe, Platz zu machen, der hinter ihm in den Tunnel trat.

Warum hatten sie Harkers Leiche nicht mitgebracht, als sie von dem Supermarkt zurückkamen?

Billy leuchtete weiter den Raum ab und sah sich nervös um.

Warum hatte der alte Eisenfresser Copperfield wohl immer wieder betont, sie sollten sich hier unten besonders vorsehen?

›Sir, worauf sollen wir denn achten?‹ hatte Billy gefragt.

›Nehmen Sie sich vor allem und jedem in acht‹, hatte Copperfield geantwortet. ›Ich weiß auch nicht, ob dort Gefahr droht, und ich kann Ihnen nicht sagen, wonach Sie Ausschau halten sollen. Seien Sie auf jeden Fall verdammt vorsichtig, und wenn sich dort unten irgend etwas rührt – auch wenn es so harmlos aussieht wie eine Maus –, dann laufen Sie los und kommen wieder nach oben, so schnell Sie nur können.‹

Was, zum Teufel, sollte man mit einer solchen Antwort anfangen? Meine Güte, Billy bekam bereits eine Gänsehaut. Er wünschte, er könnte mit Pascalli oder Fodor sprechen. Sie gehörten nicht zu den verdammten hohen Tieren und würden ihm die Wahrheit über Harker erzählen – falls es dazu noch eine Gelegenheit geben würde.

Ron Peake erreichte das Ende der Leiter und sah Billy ängstlich an.

Velazquez schwenkte seine Taschenlampe in alle Richtungen, um dem anderen zu zeigen, daß es nichts gab, wovor man sich fürchten müßte.

Ron lächelte, verlegen und beschämt über seine Nervosität, und knipste ebenfalls seine Taschenlampe an.

Oben begannen die anderen Männer, ein Stromkabel durch den Einstieg herabzulassen. Es führte zu den beiden fahrbaren Labors, die wenige Meter davon entfernt abgestellt waren.

Ron packte das Ende des Kabels, und Billy ging in geduckter Haltung vor ihm her in Richtung Osten. Die Männer oben auf der Straße führten das Kabel nach.

Der Tunnel sollte angeblich unter der Skyline Road einen zweiten, größeren kreuzen. Dort sollte sich der Verteilerkasten befinden, wo verschiedene Stromleitungen der Stadt miteinander verknüpft waren. Billy ging so vorsichtig weiter, wie Copperfield es ihm befohlen hatte, leuchtete die Wände des Tunnels ab und suchte nach dem Zeichen der Elektrizitätsgesellschaft.

Der Verteilerkasten befand sich auf der linken Seite, etwa eineinhalb oder zwei Meter vor der Kreuzung. Billy ging daran vorbei, beugte sich vor und leuchtete mit seiner Lampe nach links und rechts in den anderen Tunnel unter der Skyline Road, um sich zu vergewissern, daß dort niemand lauerte. Dieser Tunnel war genauso groß wie der, in dem er jetzt stand, aber er folgte dem Straßenverlauf und fiel nach unten ab. Es war nichts zu sehen.

Als Billy Velazquez in die sich verengende, graue Röhre spähte, fiel ihm eine Geschichte aus einem Horror-Comic ein, die er vor Jahren gelesen hatte. An den Titel konnte er sich nicht mehr erinnern. Es ging darin um einen Bankräuber, der bei einem Überfall zwei Menschen erschossen und sich auf der Flucht vor der Polizei in die Kanalisation gerettet hatte. Er hatte einen Tunnel gewählt, der bergab verlief, weil er angenommen hatte, er würde so zum Fluß kommen. Statt dessen gelangte er direkt in die Hölle. Genauso sah der Tunnel unter der Skyline Road aus – wie eine Straße, die abwärts in die Hölle führte.

Billy drehte sich um und sah nach oben in die andere Richtung. Er überlegte sich, daß es dort dann wie die Straße zum Himmel aussehen müßte, doch das war nicht der Fall. Sowohl bergab wie bergauf schien der Tunnel in die Hölle zu führen.

Was war mit Sergeant Harker geschehen?

Würde ihnen allen früher oder später das gleiche passieren? Selbst William Luis Velazquez, der bis jetzt immer geglaubt hatte, ewig zu leben?

Sein Mund war mit einemmal ausgedörrt. Er drehte seinen Kopf in dem Helm herum, legte seine trockenen Lippen um den Strohhalm und sog die süße, kühle, mit Kohlehydraten, Vitaminen und Mineralien angereicherte Nährlösung ein. Eigentlich hätte er jetzt lieber ein Bier getrunken, aber bis er aus diesem Anzug wieder herauskam, blieb ihm nur diese Flüssigkeit. Wenn er sich auf einige Schlucke pro Stunde beschränkte, würde ihm sein Vorrat vierundzwanzig Stunden lang reichen.

Er wandte sich von der Straße zur Hölle ab und ging zu dem Verteilerkasten zurück. Ron Peake arbeitete bereits daran. Trotz ihrer sperrigen Schutzanzüge und der beengten Räumlichkeiten bewegten sich beide geschickt und schlossen das Kabel an das Stromnetz an.

Das Team hatte zwar einen eigenen Generator mitgebracht, aber der sollte erst zum Einsatz kommen, wenn die praktischere Verbindung mit dem städtischen Stromnetz zusammenbrechen würde.

In wenigen Minuten hatten Velazquez und Peake ihre Aufgabe erledigt. Billy meldete sich über das Funkgerät in seinem Anzug nach oben. »General, der Anschluß ist in Ordnung. Eigentlich müßten Sie jetzt bereits Strom haben.«

Die Antwort kam sofort. »Haben wir. Und jetzt kommen Sie so schnell wie möglich wieder herauf!«

»Ja, Sir«, sagte Billy. Dann hörte er etwas.

Rascheln.

Keuchen.

Ron Peake packte Billy an den Schultern und deutete auf den Tunnel unter der Skyline Road.

Billy fuhr herum, bückte sich noch tiefer und richtete seine Taschenlampe auf die Stelle, auf die der Lichtstrahl von Peakes Lampe fiel.

Tiere strömten in den Tunnel unter der Skyline Road.

Dutzende um Dutzende. Hunde. Weiße, graue, schwarze, braune, rostrote und goldgelbe Hunde aller Rassen und Größen. Die meisten waren Mischlinge, aber es waren auch Beagles, Zwergpudel, große Pudel, Schäferhunde, Spaniel, zwei dänische Doggen, einige Airdales, ein Schnauzer und zwei kohlschwarze Dobermänner mit braunen Schnauzen darunter. Auch Katzen tauchten auf. Große und kleine. Schlanke und dicke. Schwarze, getigerte, weiße und gelbe. Einige hatten einen gestreiften Schwanz, andere waren braun, gefleckt oder grau. Keiner der Hunde bellte, und keine der Katzen miaute oder fauchte. Die einzigen hörbaren Geräusche waren ihr leises Keuchen und das Trappeln ihrer Pfoten und Kratzen ihrer Krallen auf dem Betonboden. Die Tiere rannten mit einer eigenartigen Konzentration durch den Tunnel. Alle sahen starr geradeaus und warfen keinen einzigen Blick zu der Kreuzung, wo Billy und Peake standen.

»Was machen die hier unten?« fragte Billy. »Wie sind sie bloß hereingekommen?«

Copperfield meldete sich über Funk von der Straße aus. »Was ist los, Velazquez?«

Billy war über diese Prozession der Tiere so erstaunt, daß er sich nicht sofort meldete.

Nun erschienen noch andere Tiere und mischten sich unter die Katzen und Hunde. Eichhörnchen. Kaninchen. Ein grauer Fuchs. Waschbären. Weitere Füchse und Eichhörnchen. Stinktiere. Alle rannten mit starrem Blick dahin und schienen nichts um sich herum zu bemerken. Opossums und Dachse, Mäuse und Streifenhörnchen. Koyoten. Alle liefen unbeirrt die Straße zur Hölle hinunter, schwärmten aus und strömten wieder zusammen, ohne jedoch zu stolpern, zu zögern oder nacheinander zu schnappen. Die merkwürdige Parade floß so schnell, ununterbrochen und harmonisch dahin wie rauschendes Wasser.

»Velazquez! Peake! Melden Sie sich!«

»Tiere«, berichtete Billy dem General. »Hunde, Katzen, Waschbären, alle mögliche Arten von Tieren. Ein ganzer Strom!«

»Sir, sie rennen durch den Tunnel unter der Skyline Road direkt an der Öffnung vorbei«, fügte Ron Peake hinzu.

»Unter der Erde«, sagte Billy verblüfft. »Es ist verrückt.«

»Rückzug, verdammt!« rief der General eindringlich. »Raus mit euch! Sofort!«

Billy dachte an die Warnung, die der General vor ihrem Abstieg in den Kanalschacht ausgesprochen hatte: *Wenn sich da unten etwas rührt ... selbst wenn es nur eine Maus ist, kommen Sie so schnell wieder nach oben, wie Sie nur können.*

Zu Beginn war die unterirdische Tierparade verblüffend, aber nicht eigentlich bedrohlich gewesen. Nun wirkte die bizarre Prozession plötzlich unheimlich und beängstigend.

Jetzt mischten sich auch Schlangen unter die Tiere. Viele Schlangen. Lange schwarze Kletternattern, die ihre Köpfe vierzig oder fünfzig Zentimeter über den Boden hoben, kürzere Klapperschlangen, die ihre flachen, bösartig wirkenden Oberkörper niedriger hielten, sich aber genauso schnell und mit mysteriöser Zielstrebigkeit bewegten.

Sie kümmerten sich genausowenig um die beiden Männer wie die anderen Tiere, doch als sie sich am Boden wanden, wurde Billy aus seiner Trance gerissen. Er haßte Schlangen. Rasch drehte er sich um und stieß Peake in die Seite. »Los, Mann! Raus hier! Lauf!«

Irgend etwas kreischte, schrie, brüllte.

Billys Herz begann wild zu hämmern.

Das Geräusch kam aus dem Tunnel unter der Skyline Road, der Straße zur Hölle. Billy wagte es nicht, sich umzusehen.

Es war weder ein menschlicher noch ein tierischer Laut, aber er kam zweifellos von einem lebenden Wesen. Die starken Gefühlsregungen, die in dem fremdartigen, erschreckenden Schrei lagen, waren unverwechselbar: er verriet weder Angst noch Schmerz, sondern rasende Wut, Haß und gierigen Blutdurst.

Glücklicherweise kam der bösartige Aufschrei nicht aus der Nähe, sondern von weiter oben – vom Ende des Tunnels unter der Skyline Road. Das Biest – was immer es auch sein mochte – war noch nicht direkt hinter ihnen, aber es kam rasch näher.

Ron Peake hastete auf die Leiter zu, Billy folgte ihm. Die schweren Schutzanzüge behinderten sie. Sie mußten zwar nicht weit laufen, kamen aber auf dem unebenen Boden des Tunnels mit schlurfenden Schritten nur langsam voran.

Das Ding im Tunnel schrie wieder auf. Näher.

Es war ein Wimmern, Knurren, Aufheulen und Brüllen gleichzeitig, das sich zu einem gereizten Kreischen vermischte. Das Geräusch war so durchdringend und ohrenbetäubend, daß Billy das Gefühl hatte, jemand würde ihm das Herz mit einem Stacheldraht abschnüren.

Und es kam näher.

Wäre Billy Velazquez ein gottesfürchtiger Mann gewesen, der auf die Bibel schwor, hätte er vielleicht gewußt, welches Wesen einen solchen Schrei ausstoßen konnte. Hätte man ihn gelehrt, daß der Fürst der Finsternis und seine bösartigen Anhänger die Erde in menschlicher oder tierischer Gestalt heimsuchten, um sich unvorsichtige Seelen einzuverleiben, hätte er dieses Biest sofort erkannt. »Das ist Satan«, hätte er gesagt. Das Gebrüll, das durch den Tunnel hallte, war tatsächlich teuflisch.

Noch näher jetzt.

Und es kam rasch weiter heran.

Billy war jedoch Katholik, und im modernen Katholizismus wurde weniger Wert auf die Geschichten über die schrecklichen Qualen in der Hölle gelegt. Die große Gnade und unendliche Güte Gottes standen jetzt im Vordergrund. Die radikalen Protestanten sahen die Hand des Teufels in allem – vom Fernsehprogramm und den Romanen von R. L. Stine bis zur Erfindung des Push-up-Büstenhalters. Bei den Katholiken hingegen wurden diese Dinge als geringfügiger angesehen und weniger besprochen. Die römische Kirche erlaubte mittlerweile singende Nonnen, Bingospiele am Mittwochabend und Priester, die Psychologie studiert hatten. Billy Velazquez brachte daher nicht unwillkürlich übernatürliche, satanische Kräfte mit den Schreien dieses unbekannten Wesens in Verbindung – obwohl er sich lebhaft an diese alte Geschichte aus dem Comic erinnerte, in der eine Straße direkt in die Hölle führte. Billy wußte nur, daß sich diese brüllende Kreatur, die aus den Tiefen der Erde näherkam, böse war. Sogar äußerst bösartig.

Und es kam näher. Viel näher.

Ron Peake erreichte die Leiter und begann, nach oben zu klettern. Dabei ließ er seine Taschenlampe fallen, machte sich aber nicht die Mühe, sie zu holen. Er war zu langsam, und Billy schrie ihn an: »Beeil dich, du Penner!«

Das Gebrüll des unbekannten Wesens war jetzt zu einem unheimlichen Heulen angestiegen, das die unterirdischen Kanäle wie Flutwasser erfüllte. Billy konnte seine eigene Stimme nicht mehr hören.

Peake hatte den Weg nach oben auf der Leiter zur Hälfte geschafft, und Billy hatte jetzt beinahe genügend Platz, um, dicht an ihn gedrängt, ebenfalls hinaufzuklettern. Er legte eine Hand auf die Leiter.

In diesem Augenblick rutschte Peake mit einem Fuß aus und landete auf der unteren Sprosse.

Billy zog fluchend seine Hand weg.

Das Gekreische hinter ihm wurde lauter. Und kam immer näher.

Peakes Taschenlampe auf dem Boden leuchtete in den Tunnel unter der Skyline Road, aber Billy sah sich nicht um. Er starrte unverwandt nach oben ins Tageslicht. Wenn er sich jetzt umdrehte und etwas Schreckliches sah, würde ihn seine Kraft verlassen, er wäre nicht mehr fähig, sich zu bewegen, und das Ding würde ihn erwischen. Mein Gott, es würde ihn schnappen.

Peake kletterte wieder nach oben, und dieses Mal rutschte er nicht ab. Der Betonboden vibrierte wie unter dem Schritt schwerer, aber blitzschneller Füße. Billy spürte die Erschütterungen durch die Sohlen seiner Stiefel.

Schau nicht hin! Schau nicht hin!

Billy packte die seitlichen Verstrebungen der Leiter und zog sich nach oben, so schnell Peake es ihm erlaubte. Eine Stufe. Zwei. Drei.

Über ihm hatte Peake das Einstiegsloch erreicht und zog sich auf die Straße hinauf. Als er nicht mehr vor Billy stand, schien das Licht der Herbstsonne durch den Einstieg – beinahe sah es so aus, als würde ein Lichtstrahl durch ein Kirchenfenster fallen. Vielleicht, weil es Hoffnung vermittelte.

Billy war die Leiter jetzt zur Hälfte nach oben gestiegen. Ich werde es schaffen, ja, auf jeden Fall, ich schaffe es, sagte er sich vor.

Das Kreischen und Heulen hinter ihm – meine Güte, er fühlte sich wie im Zentrum eines Zyklons!

Eine weitere Sprosse. Dann noch eine.

Sein Schutzanzug war plötzlich schwerer als je zuvor. Er kam Billy vor wie eine Rüstung, die eine Tonne wog und ihn nach unten zog.

Er befand sich jetzt bereits in der vertikalen Röhre, die von dem ebenen Tunnel wegführte. Sehnsüchtig sah er nach oben in das Tageslicht und die Gesichter, die auf ihn herunterblickten, und ging weiter.

Du wirst es schaffen.

Er streckte seinen Kopf durch das Eingangsloch. Jemand reichte ihm die Hand, um ihm herauszuhelfen. Es war Copperfield.

Hinter Billy verstummte das Gebrüll.

Er stieg auf die nächste Stufe, ließ die Leiter mit einer Hand los und griff nach der Hand des Generals – doch bevor er sie erwischte, packte ihn plötzlich etwas von unten an den Beinen.

»Nein!«

Irgend etwas umklammerte ihn, riß seine Füße von der Leiter und zerrte ihn nach unten. Seltsamerweise hörte er sich selbst nach seiner Mutter rufen, als er schreiend nach unten rutschte und mit seinem Helm gegen die Wand und gegen eine Sprosse der Leiter schlug. Beinahe verlor er das Bewußtsein. Er schlug sich seine Knie und Ellbogen auf und versuchte verzweifelt, eine Sprosse der Leiter zu packen, schaffte es aber nicht und brach schließlich unter der erdrückenden Umklammerung dieses unbekannten Wesens zusammen, das ihn nun zurück in den Tunnel unter der Skyline Road zu zerren begann.

Billy wand sich, trat und schlug um sich – vergeblich. Mit festem Griff wurde er immer weiter in die Kanalisation gezogen.

In dem Lichtstrahl, der durch das Einstiegsloch drang, und im rasch schwächer werdenden Schein der Taschenlampe, die Peake hatte fallen lassen, konnte er einen kleinen Teil des Dings sehen, das ihn gepackt hatte. Nicht viel, nur einige Fragmente, die kurz aus dem Schatten auftauchten und dann wieder in der Dunkelheit verschwanden. Er sah jedoch genug, um die Kontrolle über seine Blase und seinen Schließmuskel zu verlieren. Es glich einer Eidechse, war aber keine. Es erinnerte auch an ein Insekt. Es zischte, miaute und knurrte. Mit seinem riesigen Maul schnappte es nach ihm und zerrte an seinem Schutzanzug, während es ihn weiterschleifte. Allmächtiger Gott, diese Zähne! Eine Doppelreihe rasiermesserscharfer Eisenspitzen. Es war riesig und hatte Klauen. Seine Augen waren rot und verschleiert, die langen, dünnen Pupillen so schwarz wie der Boden eines Grabes. Seine Haut war mit Schuppen bedeckt. Über seinen haßerfüllten Augen wuchsen zwei geschwungene, nadelspitze Hörner, und statt einer Nase hatte es eine Schnauze, aus der Schleim tropfte. Zwischen all diesen tödlichen Fängen zuckte eine gespaltene Zunge hervor und etwas, das aussah wie der Stachel einer Wespe.

Es zog Billy Velazquez weiter in den Tunnel. Er versuchte verzweifelt, eine Stelle an der Wand zu finden, wo er sich festhalten konnte, riß sich dabei aber nur die Handschuhe auf. Als er die kühle Luft an seinen Händen spürte, überlegte er, daß er jetzt verseucht sein könnte, doch das spielte nun wohl keine Rolle mehr.

Das Ding zerrte ihn immer weiter in das hämmernde Herz der Dunkelheit. Dann blieb es stehen, hielt Billy fest und riß seinen Schutzanzug auf. Es trommelte gegen seinen Helm und schlug gegen die Sichtscheibe, als wäre er eine wohlschmeckende Nuß in einer harten Schale.

Billy war kurz davor, den Verstand zu verlieren, aber er kämpfte verzweifelt darum, seine Sinne darauf zu konzentrieren, das alles zu verstehen. Zuerst dachte er, es könnte sich um eine prähistorische Kreatur handeln, die Millionen Jahre alt war und irgendwie durch eine Zeitverschiebung in die Kanalisation gelangt sein mochte. Aber das war verrückt.

Das Biest hatte nun den größten Teil seines Schutzanzugs heruntergerissen und drängte sich kalt und widerlich glatt an ihn. Es schien zu pulsieren und sich irgendwie zu verändern, als es ihn berührte. Billy schnappte nach Luft und weinte laut. Plötzlich fiel ihm eine Illustration in einem alten Katechismus ein. Die Zeichnung eines Dämons. Genau so sah es aus. Ja, ganz genau. Die Hörner, die dunkle gespaltene Zunge, die roten Augen. Wie ein Dämon, der aus der Hölle aufgestiegen war. Nein, nein, das war auch verrückt! Während ihm diese Gedanken durch den Kopf schossen, zerrte die gierige Kreatur weiter an ihm und riß den Helm in Stücke. In der Dunkelheit fühlte er, wie sich die Schnauze des Biests durch seinen zerbrochenen Helm schob und an seinem Gesicht schnüffelte. Dann spielte seine Zunge um Billys Mund und Nase. Billy nahm einen vagen, aber abstoßenden Geruch wahr, wie er ihm bisher noch nie begegnet war. Die Kreatur stieß ihm in den Bauch und gegen die Oberschenkel, und dann spürte er, wie sich ein seltsames und grauenhaftes Feuer in seinen Körper fraß wie eine Säure. Er wand sich hin und her und bäumte sich auf, doch all das half ihm nichts. Billy hörte sich in seinem Schmerz selbst entsetzt schreien: »Das ist der Teufel! Der Teufel!« Ihm wurde bewußt, daß er ununterbrochen geschrien hatte, seit er von der Leiter herabgezerrt worden war. Nun verbrannte das flammenlose Feuer seine Lungen zu Asche und zersetzte seine Kehle, und er war nicht mehr in der Lage zu sprechen. Er betete in einem stummen Singsang und versuchte damit, seine Angst zu unterdrücken und den Tod und das schreckliche Gefühl abzuwenden, klein und wertlos zu sein. *Muttergottes Maria, erhöre mein Flehen, erhöre mich, Maria, bete für mich … bete für mich. Maria, Muttergottes, bitte für mich und …*

Seine Frage war beantwortet worden.
Er wußte jetzt, was mit Sergeant Harker passiert war.

Galen Copperfield war ein Naturfreund und wußte eine Menge über die Tierwelt Nordamerikas. Eines der Tiere, die ihn am meisten interessierten, war die Falltürspinne. Sie baute sich mit großer Geschicklichkeit ein aus Röhren bestehendes Nest tief unter der Erde und verschloß sie mit einer Tür an einer Angel. Diese Falltür war perfekt an die Oberfläche angepaßt, so daß andere Insekten ahnungslos darüberliefen, ohne sich der Gefahr, die von unten lauerte, bewußt zu sein. Dann wurden sie blitzschnell in die Grube gezerrt und verschlungen. Es war erschreckend und faszinierend zugleich, wie schnell das geschah. In einem Augenblick stand das Opfer noch auf der Falltür, und im nächsten war es verschwunden, als hätte es nie existiert.

Corporal Velazquez war auch so schnell verschwunden, als hätte er auf die Klappe des Nests einer Falltürspinne getreten.

Einfach verschwunden.

Copperfields Männer waren schon wegen Harkers Verschwinden nervös gewesen, und das unheimliche Geheul, das aufgehört hatte, kurz bevor Velazquez in den Tunnel gezerrt worden war, hatte ihnen angst gemacht. Als der Corporal hinuntergezogen wurde, waren sie alle rasch zurückgewichen, weil sie fürchteten, etwas würde sich aus der Kanalisation heraus auf sie stürzen.

Copperfield, der gerade nach Velazquez Hand greifen wollte, als *es* sich auf ihn stürzte, sprang ebenfalls zurück und blieb dann unentschlossen stehen. Das sah ihm gar nicht ähnlich. Bisher hatte er noch nie in einer Krise gezögert.

Velazquez' Schreie tönten durch die Funkgeräte in den Anzügen.

Copperfield zwang sich, die Starre zu lösen, die ihn überfallen hatte, ging zu dem Einstiegsloch und sah hinunter. Peakes Taschenlampe lag auf dem Boden des Tunnels, aber sonst war nichts zu sehen. Kein Zeichen von Velazquez.

Copperfield zögerte.

Der Corporal schrie immer noch.

Sollte er dem armen Kerl einen weiteren Mann zu Hilfe schicken? Nein, das wäre zweifellos Selbstmord. Er dachte an Harker – nein, er durfte keine Männer mehr verlieren.

Aber diese entsetzlichen Schreie! Harkers Schreie waren noch schlimmer gewesen – sie hatten qualvolle Schmerzen ausgedrückt. Jetzt hörte man Todesangst heraus. Velazquez' Schreie waren zumindest ebenso schrecklich wie die, die Copperfield auf dem Schlachtfeld gehört hatte.

Immer wieder konnte man einige Wörter heraushören, die Billy keuchend hervorstieß. Der Corporal machte den verzweifelten Versuch, den Männern über der Erde – und vielleicht auch sich selbst – mitzuteilen, was er sah.

»... Eidechse ...«

»... Käfer ...«

»... Drache ...«

»... prähistorisches ...«

»... Dämon ...«

Zum Schluß lagen unglaublicher Schmerz und panische Angst in seiner Stimme. Der Corporal schrie: »Das ist der Teufel! Der Teufel!«

Danach waren die Schreie ebenso grauenhaft, wie sie bei Harker geklungen hatten.

Nachdem es ganz still geworden war, schob Copperfield den Kanaldeckel wieder auf die Öffnung. Wegen des Stromkabels schloß er nicht mehr ganz dicht, aber das Loch war zum größten Teil abgedeckt.

Der General postierte zwei Mann etwa drei Meter von dem Einstieg entfernt auf dem Bürgersteig und befahl ihnen, auf alles zu schießen, was dort herauskam.

Da Harker seine Schußwaffe nichts genützt hatte, bastelte Copperfield mit einigen seiner Männer Molotowcocktails. Sie holten sich etliche Weinflaschen aus dem Getränkemarkt Brookhart's an der Vail Lane, leerten sie, füllten zuerst Seifenpulver und dann Benzin hinein und verschlossen sie dann mit zusammengedrehten Lappen.

Ob Feuer helfen würde, wo alles andere versagt hatte?

Was war mit Harker und Velazquez geschehen?
Was wird mit mir geschehen, fragte sich Copperfield.

Das erste der beiden mobilen Labors hatte über zwanzig Millionen Dollar gekostet, aber das Geld vom Verteidigungsministerium war damit gut angelegt.

Das Labor war ein Wunder der technologischen Miniaturisierung. Allein der Computer – ausgestattet mit drei Zentraleinheiten und einer Kapazität von zehn Gigabytes – war nicht größer als zwei oder drei Koffer. Mit diesem hochentwickelten System konnte man komplizierte medizinische Analysen durchführen. Es besaß größere Erkennungs- und Speicherungskapazitäten als die Computer in den Pathologielabors der meisten Universitätskliniken.

Die umfangreiche diagnostische Ausrüstung in dem Wohnmobil war so gestaltet, daß sie auf kleinstem Raum die größtmögliche Nutzung brachte. Neben den Rechnern an der Wand standen etliche Geräte und Maschinen: unter anderem eine Zentrifuge, mit der man die verschiedenen Bestandteile von Blut, Urin und anderen Flüssigkeiten voneinander trennen konnte; ein Spektormeter; ein Spektrograph; ein Elektronenmikroskop mit einer Verbindung zu einem der Bildschirme, auf dem man sofort das entsprechende Bild sehen konnte; eine Anlage, mit der man Blut und Gewebeproben einfrieren und lagern konnte. Mit dieser ließen sich ebenfalls verschiedene Tests durchführen, die ganz besonders für extrahierte Substanzen in gefrorenem Zustand geeignet waren.

Hinter der Fahrerkabine befand sich ein Seziertisch, der an die Wand geklappt werden konnte, wenn er nicht gebraucht wurde. Jetzt lag die Leiche von Gary Wechlas – männlich, weiß, siebenunddreißig – auf der Edelstahlplatte. Man hatte ihm die blaue Pyjamahose vom Körper geschnitten und sie für eine spätere Untersuchung zur Seite gelegt.

Dr. Seth Goldstein, einer der drei führenden Gerichtsmediziner der Westküste, würde die Autopsie durchführen. Er stand mit Dr. Daryl Roberts an einer Seite des Tisches, auf der anderen befand sich General Copperfield und sah die beiden Ärzte über die Leiche hinweg an.

Goldstein drückte einen Knopf an einem Bedienungsfeld, das in die Wand eingelassen war. Jedes Wort, das während der Autopsie fallen würde, sollte aufgezeichnet werden; das war bei jeder Obduktion üblich. Auch eine Videoaufnahme wurde gemacht. Zwei, an der Decke befestigte Kameras waren auf die Leiche gerichtet. Sie wurden ebenfalls aktiviert, als Dr. Goldstein auf den Knopf drückte.

Goldstein begann zunächst mit einer genauen Untersuchung und Beschreibung der Leiche. Er schilderte den ungewöhnlichen Gesichtsausdruck, die Blutergüsse am ganzen Körper und die seltsamen Schwellungen. Dann suchte er nach Stichwunden, Abschürfungen, Quetschungen, Schnitten, Läsionen, Blasen, Brüchen oder anderen Verletzungen, konnte aber keine finden.

Er hielt seine behandschuhte Hand einen Augenblick zögernd über das Brett, auf dem die Instrumente lagen. Normalerweise hatte er schon vor Beginn einer Autopsie eine recht genaue Vorstellung von der Todesursache. War der Verstorbene einer Krankheit erlegen, so hatte er bereits das Krankenblatt des Hospitals eingesehen. Handelte es sich um einen Unfall, gab es sichtbare Verletzungen. War Gewaltanwendung die Todesursache, sah man die entsprechenden Anzeichen. Aber in diesem Fall gab ihm der Zustand der Leiche Fragen auf, die er nicht beantworten konnte – ungewöhnliche Fragen, auf die er bisher in seiner Laufbahn noch nie eine Antwort hatte finden müssen.

Als spüre er die Gedanken des Arztes, sagte Copperfield: »Sie müssen etwas herausfinden, Doktor. Sehr wahrscheinlich hängt unser Leben davon ab.«

In dem zweiten Mobil befanden sich viele der diagnostischen Geräte und Maschinen, die auch in dem ersten Labor vorhanden waren – unter anderem eine Zentrifuge für verschiedene Tests und ein Elektronenmikroskop, sowie einige Geräte, die es in dem ersten Wagen nicht gab. Es gab zwar keinen Seziertisch und nur ein Videogerät, aber dafür statt zwei sogar drei Computer.

Dr. Enrico Valdez saß an einem der Computer auf einem niedrigen Stuhl, der so gebaut war, daß ein Mann in einem Schutzanzug mit Sauerstofftank bequem Platz fand. Gemeinsam mit Houk und Niven arbeitete er an einer chemischen Analyse der verschiedenen Proben, die sie in Geschäften und Privathäusern an der Skyline Road und Vail Lane gesammelt hatten. Unter anderem hatten sie auch ein wenig Mehl und Teig aus der Bäckerei der Liebermanns mitgenommen. Sie suchten nach Spuren von Nervengas oder anderen chemischen Substanzen, hatten bisher aber noch nichts Außergewöhnliches finden können.

Dr. Valdez glaubte auch nicht, daß ein Nervengas oder eine Krankheit die Ursache war. Er fragte sich, ob diese Angelegenheit nicht eher in Isleys und Arkhams Bereich fiel. Das waren die beiden Männer, die keine Namensschilder an ihren Schutzanzügen trugen. Sie gehörten nicht der Truppe für Zivilschutz an, sondern arbeiteten an einem völlig anderen Projekt. Als sie Dr. Valdez bei der Einsatzbesprechung im Morgengrauen in Sacramento vorgestellt wurden und er erfahren hatte, was ihr Forschungsgebiet war, hätte er beinahe gelacht. Er hatte das Projekt für eine Verschwendung von Steuergeldern gehalten, doch jetzt war er sich nicht mehr so sicher. Er fragte sich, ob ...

Und er war sehr beunruhigt.

Auch Dr. Sara Yamaguchi war in dem zweiten Wohnwagen beschäftigt.

Sie legte Bakterienkulturen an. Mit einer Blutprobe von Gary Wechlas Leiche infizierte sie methodisch eine Reihe von verschiedenen Nährlösungen, in denen Bakterien normalerweise gedeihen. Dazu benützte sie unter anderem Nährböden aus Pferdeblut, Schafsblut und sogar Schokolade.

Sara Yamaguchi war Genetikerin und arbeitete seit elf Jahren in der DNA-Forschung. Sollte sich herausstellen, daß Snowfield von einem künstlich hergestellten Mikroorganismus befallen war, würde ihre Arbeit eine zentrale Rolle bei der Untersuchung spielen. Sie würde Form und Gestalt der Mikroben untersuchen und danach versuchen, die genaue Funktion dieses Schädlings festzustellen.

Wie Dr. Valdez hatte sie sich bereits überlegt, ob Isley und Arkham möglicherweise eine größere Rolle bei der Untersuchung spielen würden, als sie gedacht hatte. Noch am Morgen war ihr das Projekt der beiden Männer so exotisch vorgekommen wie Voodoozauber, doch nach den Ereignissen seit ihrer Ankunft in Snowfield mußte sie zugeben, daß Isleys und Arkhams Spezialgebiet immer wichtiger wurde.

Und ebenso wie ihr Kollege Dr. Valdez machte auch sie sich große Sorgen.

Dr. Wilson Bettenby, der wissenschaftliche Leiter der zivilen Abteilung für B- und C-Waffen-Abwehr an der Westküste, saß zwei Stühle neben Dr. Valdez an einem Computer.

Er führte verschiedene Programme zur Analyse von einigen Wasserproben durch. Die Proben wurden in einen Prozessor geschoben, der das Wasser destillierte, das Destillat speicherte und die herausgefilterten Substanzen einer spektrographischen Untersuchung unterzog und weitere Tests durchführte. Bettenby suchte nicht nach Mikroorganismen – dafür wäre eine andere Prozedur nötig gewesen. Diese Maschine identifizierte und maß alle Mineralien und chemischen Elemente in den Wasserproben. Die Daten wurden auf der Kathodenstrahlröhre sichtbar.

Mit einer Ausnahme waren alle Proben von verschiedenen Wasserhähnen in Küchen und Bädern aus Geschäften und Privathäusern an der Vail Lane entnommen worden. Sie enthielten keinerlei gefährliche chemische Substanzen.

Eine Wasserprobe hatte Deputy Autry mitgebracht, nachdem er sie vom Küchenboden in der Wohnung an der Vail Lane abgefüllt hatte. Nach den Angaben von Sheriff Hammond waren in mehreren Häusern Wasserpfützen und durchnäßte Teppiche gefunden worden, doch am Morgen war das Wasser bereits verdunstet, und aus den noch feuchten Teppichen konnte Bettenby keine sauberen Proben mehr entnehmen. Er schob die Wasserprobe, die der Deputy mitgebracht hatte, in den Prozessor.

Wenige Minuten später lieferte der Computer die komplette Analyse der chemischen und mineralischen Bestandteile und zeigte an, welche Rückstände nach der Destillation verblieben.

LÖSUNG IN PROZENTEN		RÜCKSTÄNDE IN PROZENTEN
Wasserstoff	11.188	00.00
Lithium	00.000	00.00
Bor	00.000	00.00
Stickstoff	00.000	00.00
Natrium	00.000	00.00
Aluminium	00.000	00.00
Phosphor	00.000	00.00
Chlor	00.000	00.00
Helium	00.000	00.00
Beryllium	00.000	00.00
Kohlenstoff	00.000	00.00
Sauerstoff	88.812	00.00
Magnesium	00.000	00.00
Silizium	00.000	00.00
Schwefel	00.000	00.00
Kalium	00.000	00.00

Der Computer arbeitete weiter und versuchte die Spur irgendeiner Substanz zu entdecken, die normalerweise identifiziert werden konnte, doch die Ergebnisse blieben bestehen. Im undestillierten Zustand enthielt das Wasser lediglich zwei Elemente – Wasserstoff und Sauerstoff. Nachdem es filtriert und destilliert worden war, konnte man keinerlei Rückstände feststellen. Autrys Probe konnte unmöglich aus einer Wasserleitung der Stadt stammen, denn sie enthielt weder Chlor noch Fluor. Das Wasser konnte auch nicht aus einer Flasche kommen, da es dann Spuren von Mineralien gezeigt hätte. Vielleicht befand sich unter der Spüle ein Filtrationssystem, aber selbst dann würden sich Reste von mineralischen Elemente finden lassen. Die Probe, die Autry mitgebracht hatte, bestand aus reinstem, laborgeeignetem, destilliertem und mehrfach gefiltertem Wasser.

Wie war das nur auf den Küchenboden gelangt? Bettenby starrte stirnrunzelnd auf den Bildschirm. War die Lache in dem Getränkeladen Brookhart's ebenfalls von dieser Qualität?

Warum sollte jemand in der Stadt literweise destilliertes Wasser auskippen? Und woher würde er solche Mengen bekommen?

Merkwürdig.

Jenny, Bryce und Lisa saßen an einem Ecktisch im Speiseraum des Hilltop Inn. Major Isley und Captain Arkham, die beide Schutzanzüge ohne Namensschilder trugen, hatten gegenüber auf zwei Hockern Platz genommen. Sie hatten ihnen erzählt, was mit Corporal Velazquez geschehen war und ein Tonband auf den Tisch gestellt.

»Ich verstehe immer noch nicht, warum das nicht warten kann«, sagte Bryce.

»Es wird nicht lange dauern«, erwiderte Major Isley.

»Mein Team steht bereit. Wir müssen alle Häuser in dieser Stadt durchsuchen, die Toten zählen und feststellen, wie viele Personen vermißt sind. Außerdem versuchen wir herauszufinden, was, zum Teufel, diese Menschen getötet haben kann. Wir haben einige Tage Schwerstarbeit vor uns, und wir können nur bei Tageslicht vorgehen. Ich werde meine Männer in der Nacht nicht mehr losschicken, wenn die Gefahr besteht, daß der Strom jederzeit ausfallen kann. Das werde ich auf keinen Fall riskieren.«

Jenny dachte an Wargles verwüstetes Gesicht und seine hohlen Augenhöhlen.

»Nur ein paar Fragen«, sagte Major Isley.

Arkham schaltete das Tonbandgerät ein.

Lisa starrte den Major und den Captain unverwandt an, und Jenny fragte sich, was jetzt in dem Mädchen vorging.

»Fangen wir mit Ihnen an, Sheriff«, begann Major Isley.

»Haben Sie in den letzten 48 Stunden vor diesen Ereignissen irgendwelche Berichte über Stromausfälle oder Störungen im Telefonnetz erhalten?«

»Bei solchen Problemen werden normalerweise die zuständigen Firmen und nicht der Sheriff benachrichtigt«, antwortete Bryce.

»Sicher, aber würden Sie nicht auch informiert werden? Bei Stromausfällen oder Störungen der Telefonleitungen vermutet man doch auch kriminelle Handlungen, oder?«

Bryce nickte. »Natürlich. Soviel ich weiß, haben wir keine Meldungen darüber bekommen.«

Captain Arkham beugte sich vor. »Gab es auch Störungen beim Empfang von Fernseh- und Radiogeräten in dieser Gegend?«

»Davon ist mir nichts bekannt.«

»Berichte über unerklärliche Explosionen?«

»Explosionen?«

»Ja«, sagte Isley. »Explosionen, einen Überschallknall oder andere laute Geräusche, die Sie nicht einordnen konnten.«

»Nein. Nichts dergleichen.«

Jenny fragte sich, worauf diese Leute hinauswollten.

Isley zögerte. »Irgendwelche Berichte über ungewöhnliche Flugobjekte in der Gegend?«

»Nein.«

»Ihr gehört nicht zu General Copperfields Team, nicht wahr? Deshalb tragt ihr auch keine Namensschilder an den Helmen«, mischte sich Lisa ein.

»Und die Schutzanzüge passen nicht richtig«, fügte Bryce hinzu. »Die anderen wurden maßangefertigt, aber Ihre sind von der Stange.«

»Gut beobachtet«, bemerkte Isley.

»Wenn Sie nicht zum Team dieser Abteilung gehören, was tun Sie dann hier?« wollte Jenny wissen.

»Wir wollten es Ihnen nicht gleich sagen, weil wir hofften, dann ehrlichere Antworten zu bekommen«, erklärte Isley. »Sie sollten zuerst einmal nicht wissen, womit wir uns beschäftigen.«

»Wir gehören nicht zum medizinischen Korps der Army, sondern zur Air Force«, fügte Arkham hinzu.

»Projekt *Skywatch*«, sagte Isley. »Das ist zwar keine geheime Organisation, aber wir bemühen uns, nicht allzusehr ins Licht der Öffentlichkeit zu gelangen.«

»*Skywatch*? Sprechen Sie etwa über UFOs?« Lisa strahlte. »Über fliegende Untertassen?«

Jenny sah, wie Isley bei diesen Worten leicht zusammenzuckte.

»Wir fahren nicht in der Gegend herum und überprüfen jeden Spinner, der angeblich kleine grüne Männchen vom Mars gesehen hat. Dafür fehlen uns auch die Mittel. Unsere Aufgabe besteht darin, die wissenschaftlichen, sozialen und militärischen Aspekte einer ersten Begegnung der Menschheit mit außerirdischen intelligenten Wesen zu planen. Wir sind eigentlich nur ein Planungsstab.«

Bryce schüttelte den Kopf. »Hier in der Gegend hat niemand fliegende Untertassen gemeldet.«

»Genau das meinte Major Isley«, sagte Arkham. »Unsere Studien weisen darauf hin, daß eine solche Begegnung so bizarr beginnen könnte, daß wir sie zuerst gar nicht erkennen. Wir gehen immer davon aus, daß ein Raumschiff vom Himmel herunterschwebt, aber es kann auch ganz anders sein. Wenn wir es mit wirklich intelligenten Außerirdischen zu tun haben, könnten ihre Raumschiffe ganz anders aussehen, als wir erwarten, und wir würden ihre Ankunft möglicherweise nicht einmal bemerken.«

»Deshalb untersuchen wir auch solche merkwürdigen Phänomene, die auf den ersten Blick anscheinend nichts mit UFOs zu tun haben«, sagte Arkham. »Im letzten Frühjahr überprüften wir einen Fall in einem Haus in Vermont, wo sich ein Poltergeist bemerkbar machte. Möbel schwebten durch die Luft, Geschirr flog durch die Küche und zerschellte an der Wand. An Stellen, wo sich keine Wasserleitungen befanden, ergossen sich Ströme in das Haus. Feuerbälle erschienen wie aus dem Nichts ...«

»Ist ein Poltergeist nicht eine übernatürliche Erscheinung?«

fragte Bryce. »Was könnten Geister mit Ihrem Interessengebiet zu tun haben?«

»Nichts«, erwiderte Isley. »Wir glauben nicht an Geister, aber wir fragten uns damals, ob es sich bei dem Poltergeist nicht um einen fehlgeschlagenen Kommunikationsversuch von Außerirdischen handeln könnte. Sollten wir einer außerirdischen Rasse begegnen, die sich uns nur auf telepathischem Weg mitteilen kann, sind wir vielleicht nicht in der Lage, ihre Gedanken zu empfangen, und die psychische Energie könnte sich dadurch in ein destruktives Phänomen verwandeln, das wir dann bösen Geistern zuordnen.«

»Und zu welchem Entschluß sind Sie schließlich bei dem Poltergeist in Vermont gekommen?« fragte Jenny.

»Zu gar keinem«, sagte Isley.

»Wir fanden den Fall nur sehr ... interessant«, fügte Arkham hinzu.

Jenny warf Lisa einen Blick zu und bemerkte, daß sich die Augen des Mädchens weiteten. Das war etwas, was Lisa verstehen und akzeptieren konnte. Auf eine solche Bedrohung war sie durch Filme, Bücher und Fernsehen gründlich vorbereitet worden. Monster aus dem Weltraum. Eindringlinge aus anderen Welten. Obwohl die Morde in Snowfield dadurch nicht weniger grausam erschienen, drehte es sich um eine bekannte Gefahr, die sie dem Unbekannten bei weitem vorzog. Jenny bezweifelte zwar stark, daß es sich hier wirklich um die erste Begegnung der Menschheit mit Wesen von einem anderen Stern handelte, aber Lisa schien nur zu gern bereit, daran zu glauben.

»Und wie steht es in Snowfield?« fragte das Mädchen. »Passiert hier auch so etwas? Ist möglicherweise etwas von ... von dort oben gelandet?«

Arkham sah Isley beunruhigt an. Isley räusperte sich. Durch den Lautsprecher auf seiner Brust klang das Geräusch blechern und rauh. »Es ist noch viel zu früh, um darüber ein Urteil abzugeben. Wir halten es jedoch für möglich, daß es bei einer solchen ersten Begegnung zwischen Menschen und Außerirdischen zu unerklärlichen Verseuchungen kommen kann. Deshalb wurden wir auch sofort von Copperfield informiert. Der Ausbruch einer unbekannten Krankheit könnte ein Indiz für die Kontaktaufnahme einer außerirdischen Kraft sein.«

»Aber wenn wir es hier wirklich mit einem außerirdischen Wesen zu tun haben, dann scheint es trotz seiner sogenannten überlegenen Intelligenz verdammt brutal zu sein«, wandte Bryce zweifelnd ein.

»Daran habe ich auch schon gedacht«, stimmte Jenny ihm zu.

Isley hob die Augenbrauen. »Es gibt keinerlei Garantie dafür, daß ein Wesen von überlegener Intelligenz friedlich und wohlwollend ist.«

»Genau, das ist ein weitverbreitetes Vorurteil«, sagte Arkham. »Man glaubt, Außerirdische hätten gelernt, untereinander und mit anderen Spezies in Frieden zu leben, aber wie es schon in einem alten Lied heißt: es muß nicht unbedingt so sein. Schließlich sind wir Menschen den Gorillas auf dem Weg der Evolution ein großes Stück voraus, aber trotzdem stiften wir mehr Kriege an als die aggressivsten Menschenaffen.«

»Vielleicht werden wir eines Tages einer wohlwollenden außerirdischen Rasse begegnen, die uns lehrt, in Harmonie zu leben«, sagte Isley. »Möglicherweise wird sie uns das Wissen und die Technologie schenken, um alle unsere Probleme auf der Erde zu lösen und sogar die Sterne zu erreichen. Vielleicht.«

»Aber die Alternative können wir nicht ausschließen«, fügte Arkham grimmig hinzu.

6

London, England

Montagmorgen. In Snowfield war es elf Uhr, in London sieben Uhr abends.

Ein grauer, verregneter Tag war in einen trüben, feuchten Abend übergegangen. Regentropfen trommelten an die Fensterscheiben der winzigen Küche in Timothy Flytes Zwei-Zimmer-Apartment unter dem Dach.

Der Professor bereitete sich auf einem Brett ein Sandwich zu. Nach dem üppigen Sektfrühstück, das Burt Sandler bezahlt hatte, war ihm die Lust auf ein Mittagessen vergangen. Auch den Tee am Nachmittag hatte er ausfallen lassen.

Er hatte sich heute mit zwei Studenten getroffen. Einem gab er Nachhilfe in der Analyse von Hieroglyphen, dem anderen in Latein. Nach dem schweren Frühstück war er in beiden Stunden beinahe eingeschlafen. Peinlich. Aber schließlich zahlten seine Studenten ihm so wenig, daß sie sich wohl kaum beschweren konnten, wenn er einmal eindöste.

Während er eine dünne Scheibe gekochten Schinken und ein Stück Schweizer Käse auf das mit Senf bestrichene Brot legte, hörte er das Telefon in der Halle der Pension klingeln. Er dachte nicht, daß das Gespräch für ihn sein könnte, denn er bekam nur selten einen Anruf.

Einige Sekunden später klopfte es jedoch an seiner Tür. Der junge Inder, der ein Zimmer im ersten Stock gemietet hatte, erklärte Timothy in gebrochenem Englisch, daß der Anruf für ihn sei. Es sei dringend.

»Dringend? Wer ist es denn?« fragte Timothy und folgte dem jungen Mann die Treppe hinunter. »Hat er seinen Namen genannt?«

»Sand-leer«, erwiderte der Inder.

Sandler? Burt Sandler?

Während des Frühstücks waren sie übereingekommen, daß er eine neue Version von *Der Alte Feind* schreiben sollte, die auf den Durchschnittsleser zugeschnitten war.

Timothy hatte in den vergangenen siebzehn Jahren seit der Veröffentlichung seines Buches immer wieder Angebote erhalten, ein neues Manuskript seiner Theorien über Massenverschwinden zu verfassen, das für die Allgemeinheit verständlicher sein sollte, doch bisher hatte er nicht eingewilligt. Seiner Meinung nach würde er mit einer popularisierten Version von *Der Alte Feind* nur das Urteil der Leute bekräftigen, die ihn auf so unfaire Weise beschuldigt hatten, aus Sensationslust und Geldgier Humbug zu schreiben. Nach den vielen Jahren, in denen er nur schwer über die Runden gekommen war, konnte er sich nun eher für diese Idee erwärmen. Sandlers Erscheinen und sein Angebot waren genau zu einer Zeit gekommen, als Timothys finanzielle Situation äußerst kritisch wurde – es war wie ein Wunder. Am Vormittag hatten sie sich auf eine Vorauszahlung von fünfzigtausend Dollar geeinigt. Bei dem derzeitigen Wechselkurs entsprach das in etwa dreißigtausend Pfund. Das war kein Vermögen, aber mehr Geld, als Timothy seit sehr langer Zeit gesehen hatte.

Das Telefon stand in der Halle auf einem kleinen Tisch. Darüber hing ein billiger Druck von einem schlechten Bild. Als der Professor die schmale Treppe hinunterstieg, überlegte er, ob Sandler die Vereinbarung rückgängig machen wollte. Sein Herzschlag beschleunigte sich.

»Ich hoffe, es handelt sich nicht um etwas Unangenehmes, Sir«, sagte der junge Inder, kehrte in sein Zimmer zurück und schloß die Tür hinter sich.

Flyte nahm den Hörer auf. »Hallo?«

»Meine Güte, haben Sie die Abendzeitung gelesen?« Sandlers Stimme klang schrill und beinahe hysterisch.

Timothy fragte sich, ob Sandler betrunken war. War das etwa die wichtige Geschichte, wegen der er anrief?

Bevor Timothy antworten konnte, sprach Sandler weiter. »Ich glaube, es ist passiert. Mein Gott, Dr. Flyte, es ist tatsächlich geschehen! Es steht in der Zeitung und wird im Radio gemeldet. Obwohl es noch keine Einzelheiten gibt, sieht es ganz danach aus.«

Der Professor machte sich jetzt keine Sorgen mehr um seinen Vertrag, sondern wurde ein wenig ungehalten. »Könnten Sie sich bitte etwas genauer ausdrücken, Mr. Sandler?«

»Der Alte Feind, Dr. Flyte. Eines dieser Wesen hat wieder zugeschlagen. Gestern. In einer Stadt in Kalifornien. Es gibt Tote, aber die meisten der Einwohner werden vermißt. Hunderte. Die ganze Stadt wurde ausgelöscht.«

»Gott möge ihnen helfen«, sagte Flyte.

»Ich habe einen Freund, der bei Associated Press arbeitet. Er hat mir die neuesten Berichte vorgelesen«, fuhr Sandler fort. »Ich weiß Dinge, die noch nicht in den Zeitungen erschienen sind. Die Polizei in Kalifornien sucht Sie. Anscheinend hat eines der Opfer Ihr Buch gelesen. Als der Angriff kam, schloß der Mann sich in sein Badezimmer ein. Bevor es ihn erwischt hat, konnte er noch Ihren Namen und den Titel Ihres Buches auf den Spiegel schreiben!«

Timothy war sprachlos. Neben dem Telefon stand ein Stuhl, und den brauchte er jetzt nötig.

»Die Behörden in Kalifornien haben keine Ahnung, was passiert ist. Sie wissen nicht einmal, daß *Der Alte Feind* ein Buchtitel ist und welche Rolle Sie dabei spielen. Im Moment denken sie, es würde sich eventuell um einen Angriff mit Nervengas, chemischen Waffen oder sogar um eine außerirdische Macht handeln. Aber der Mann, der die Nachricht auf dem Spiegel hinterlassen hat, wußte es besser. So wie wir. Im Auto werde ich Ihnen mehr darüber erzählen.«

»Im Auto?« fragte Flyte.

»Meine Güte, Sie haben doch wohl einen Reisepaß?«

»Äh ... ja.«

»Ich werde Sie abholen und zum Flughafen bringen, Dr. Flyte. Sie müssen nach Kalifornien fliegen.«

»Aber ...«

»Noch heute abend. Es gibt noch einen Platz in der Maschine ab Heathrow. Ich habe ihn bereits auf Ihren Namen reservieren lassen.«

»Aber das kann ich mir doch gar nicht leisten ...«

»Keine Sorge, das zahlt alles der Verlag. Sie müssen nach Snowfield reisen. Jetzt werden Sie nicht nur eine Neufassung von *Der Alte Feind* schreiben, sondern einen fundierten Bericht über die Ereignisse in Snowfield. Damit werden Sie all Ihre Theorien belegen können. Verstehen Sie, was ich meine? Ist das nicht großartig?«

»Aber ist es denn zu vertreten, wenn ich jetzt dort auftauche?«

»Wie meinen Sie das?«

»Nun, wäre das richtig?« fragte Timothy besorgt. »Würde das nicht so aussehen, als wollte ich aus einer schrecklichen Tragödie Kapital schlagen?«

»Hören Sie zu, Dr. Flyte. In Snowfield werden sich einige hundert Gauner herumtreiben, die bereits einen Vertrag für ein Buch in der Tasche haben. Sie werden Ihnen Ihre Theorien klauen. Wenn Sie das Buch nicht schreiben, wird einer von ihnen es auf Ihre Kosten tun.«

»Aber Hunderte sind gestorben«, sagte Timothy. Ihm wurde plötzlich übel. »Hunderte. Dieser Schmerz, diese Tragödie ...«

Sandler reagierte mit Ungeduld auf das zögernde Verhalten des Professors. »Na gut, Sie mögen ja recht haben. Vielleicht habe ich darüber noch nicht gründlich nachgedacht, aber verstehen Sie nicht, daß Sie dieses Buch schreiben müssen? Niemand kann sich bei diesem Projekt mit Ihrer Belesenheit und Ihrem Einfühlungsvermögen messen.«

»Na ja ...«

Sandler spürte die Unentschlossenheit des Professors. »Gut. Packen Sie rasch Ihren Koffer«, sagte er schnell. »In einer halben Stunde hole ich Sie ab.«

Nachdem Sandler aufgelegt hatte, saß Timothy einen Augenblick lang mit dem Hörer in der Hand da und lauschte verblüfft dem Freizeichen.

Im Scheinwerferlicht des Taxis schimmerte der Regen silbern. Im Wind sahen die Tropfen aus wie Tausende von dünnen, glitzernden Lamettafäden. Auf dem Gehsteig bildeten sich glänzende Pfützen.

Der Taxifahrer fuhr mit halsbrecherischer Geschwindigkeit über die glatten Straßen. Timothy hielt sich mit einer Hand am Türgriff fest. Anscheinend hatte Burt Sandler dem Fahrer ein gutes Trinkgeld versprochen, wenn er schnell genug war.

»In New York werden Sie einen kurzen Aufenthalt einlegen müssen«, erklärte Sandler, der neben dem Professor saß. »Einer unserer Leute wird Sie abholen und durchschleusen. Die

Pressekonferenz wird erst in San Francisco stattfinden. Machen Sie sich also auf eine Armee von wissensdurstigen Reportern am Flughafen gefaßt.«

»Könnte ich nicht einfach nach Santa Mira fliegen und mich dort mit den Behörden in Verbindung setzen?« fragte Timothy unbehaglich.

»Nein, nein!« rief Sandler. Diese Idee entsetzte ihn offensichtlich. »Wir müssen unbedingt eine Pressekonferenz abhalten. Sie sind schließlich derjenige, der die Antwort weiß, Dr. Flyte, und das müssen wir allen klarmachen. Wir müssen die Werbetrommel für Ihr nächstes Buch rühren, bevor irgendein bekannter Autor seine Arbeit über O. J. Simpson beiseite legt und sich auf diese Story stürzt!«

»Aber ich habe mit dem Buch noch nicht einmal angefangen.«

»Meine Güte, das weiß ich doch! Bis wir es veröffentlichen, wird die Nachfrage unglaublich hoch sein!«

Das Taxi raste mit quietschenden Reifen um die Ecke. Timothy wurde gegen die Tür geschleudert.

»Einer unserer Werbeagenten wird Sie in San Francisco abholen und bei der Pressekonferenz begleiten«, sagte Sandler. »Danach wird er Sie irgendwie nach Santa Mira schaffen. Die Fahrt dorthin ist ziemlich lang, also werden wir vielleicht besser einen Hubschrauber besorgen.«

»Einen Hubschrauber?« fragte Timothy verblüfft.

Das Taxi sauste durch eine Pfütze. Eine silbrige Fontäne spritzte in die Luft. Der Flughafen war bereits in Sicht.

Burt Sandler hatte während der Fahrt ununterbrochen geredet. »Noch etwas«, sagte er jetzt. »Bei der Pressekonferenz müssen Sie auch die Dinge erzählen, über die Sie mir heute morgen berichtet haben. Sprechen Sie über das Verschwinden der Mayas und der dreitausend chinesischen Soldaten – und vor allem über Fälle von Massenverschwinden, die sich in den Vereinigten Staaten ereignet haben. Auch über solche Ereignisse, die passierten, bevor es Amerika gab. Das wird der Presse gefallen. Alles, was in diesem Breitengrad geschehen ist, kommt gut an. Ist nicht sogar die erste britische Kolonie in Amerika spurlos verschwunden?«

»Ja. Das war die Kolonie auf der Roanoke-Insel.«

»Vergessen Sie nicht, das zu erwähnen.«

»Aber ich kann nicht schlüssig beweisen, daß das Verschwinden dieser Kolonie etwas mit dem Alten Feind zu tun hat.«

»Besteht die Möglichkeit, daß es doch damit in Verbindung zu bringen ist?«

Wie immer war Timothy von diesem Thema fasziniert, und es gelang ihm sogar, zum ersten Mal seit Beginn dieser selbstmörderischen Fahrt nicht mehr auf den Taxifahrer zu achten.

»Im März 1590 kam eine britische Expedition unter der Führung von Sir Walter Raleigh in die Roanoke-Kolonie zurück. Alle Siedler waren spurlos verschwunden. Einhundertzwanzig Menschen. Über ihr Schicksal wurden zahllose Theorien aufgestellt. Man vermutete, sie seien dem Indianerstamm der Croatoaner zum Opfer gefallen, die in der Nähe lebten, denn die Siedler hatten den Namen des Stammes in einen Baum geritzt. Aber die Croatoaner, die sehr friedlich waren, wußten angeblich nichts von dem Verschwinden der Siedler. Sie hatten den Kolonisten sogar geholfen, sich dort niederzulassen. Es gab keine Anzeichen von Gewaltanwendung, und man hat keine Leichen, Knochen oder Grabstätten gefunden. Wie Sie sehen, werfen die populärsten Theorien viel mehr Fragen auf, als sie beantworten.«

Das Taxi fuhr wieder um eine Kurve und bremste abrupt, um einem Lastwagen auszuweichen, doch Timothy fuhr ungerührt fort: »Mir kam die Idee, daß die Siedler den Namen der Croatoaner nicht in den Baumstamm geschnitzt hatten, um sie anzuklagen. Es könnte vielmehr bedeuten, daß dieser Stamm wußte, was geschehen war. Später las ich Berichte von britischen Forschern, die mit diesen Indianern gesprochen haben, und es gibt Beweise, daß sie tatsächlich wußten, was passiert war – zumindest glaubten sie es zu wissen; sie wurden allerdings nicht ernst genommen. Die Croatoaner berichteten, daß mit den Siedlern auch viele Tiere aus den Wäldern verschwanden, in denen sie jagten. Alle Arten waren plötzlich auf drastische Weise dezimiert. Einige Forscher berichteten, daß die Indianer eine abergläubische Angst und eine religiöse Erklärung für das Verschwinden der Lebewesen hatten. Leider interessierten sich die Weißen, die nach den Siedlern suchten, nicht für indianischen Glauben und beschäftigten sich daher nicht damit.«

»Ich nehme an, Sie haben sich mit den religiösen Überzeugungen dieser Indianer beschäftigt«, sagte Burt Sandler.

»Allerdings«, erwiderte Timothy. »Kein einfaches Thema, weil der Stamm schon seit vielen Jahren ausgestorben ist. Ich habe jedoch herausgefunden, daß die Croatoaner Spiritualisten waren. Sie glaubten daran, daß der Geist auch nach dem Tod weiterlebt und auf der Erde weilt. Er könne sich in solchen Elementen wie Wind, Erde, Feuer und Wasser zu erkennen geben. Und sie glaubten auch an einen bösen Geist – das ist für uns besonders wichtig –, der der Ursprung alles Bösen ist und mit dem Satan des Christentums verglichen werden kann. Den indianischen Namen dafür weiß ich nicht mehr, aber die ungefähre Übersetzung lautet: ›Er, der alles sein kann, aber nichts ist.‹«

»Meine Güte«, sagte Sandler. »Das ist doch eine recht gute Beschreibung des Alten Feindes.«

»Manchmal verstecken sich hinter abergläubischen Erzählungen auch Wahrheiten. Die Croatoaner glaubten, daß die Siedler und auch das Wild von diesem Wesen geholt worden seien. Ich kann nicht mit Bestimmtheit sagen, ob der Alte Feind etwas mit dem Verschwinden der Siedler auf der Roanoke-Insel zu tun hatte, aber es gibt genügend Anzeichen, diese Möglichkeit in Betracht zu ziehen.«

»Fantastisch!« rief Sandler. »Das müssen Sie morgen auf der Pressekonferenz in San Francisco erzählen! Genau so, wie Sie es mir jetzt berichtet haben.«

Das Taxi bremste mit quietschenden Reifen vor dem Flughafengebäude.

Burt Sandler steckte dem Fahrer eine Handvoll Fünf-Pfund-

Noten zu und warf einen Blick auf seine Armbanduhr. »Kommen Sie, Mr. Flyte. Das Flugzeug wartet.«

Von seinem Fensterplatz aus sah Timothy Flyte die Lichter der Stadt in den Sturmwolken unter sich verschwinden. Der Jet raste durch den Nieselregen nach oben und durchstieß die Wolkendecke. Schon kurz danach war über dem Flugzeug klarer Himmel zu sehen, und die schwachen, ein wenig unheimlich wirkenden Strahlen des Mondes erhellten die Nacht.

Als das Signal erlosch, löste Flyte seinen Gurt, konnte sich aber nicht entspannen. Seine Gedanken rasten so schnell dahin wie die Wolken vor dem Fenster.

Die Stewardeß kam vorbei und bot Getränke an; er bat um einen Scotch.

Über Nacht hatte sich sein Leben völlig verändert. Dieser eine Tag war aufregender als das ganze vergangene Jahr. Die Spannung, die ihn gepackt hatte, war ungeheuerlich, aber nicht unangenehm. Nur allzu gern tauschte er sein langweiliges Leben gegen ein neues, besseres ein – es war beinahe so, als hätte er sich neue Kleidung besorgt. Er riskierte zwar, wegen seiner Theorien wieder ausgelacht zu werden, aber es bestand auch die Möglichkeit, sie jetzt endlich beweisen zu können.

Nachdem er sein Glas geleert hatte, bestellte er sich einen zweiten Scotch und begann allmählich, sich zu entspannen.

Tiefe Nacht hüllte das Flugzeug ein.

7
Flucht

Durch das vergitterte Fenster seiner Arrestzelle hatte Fletcher Kale einen guten Ausblick auf die Straße. Den ganzen Morgen hatte er beobachtet, wie sich draußen Reporter versammelten. Irgend etwas wirklich Wichtiges mußte geschehen sein.

Einige der anderen Häftlinge tauschten von Zelle zu Zelle

Neuigkeiten aus, aber mit Kale wollte niemand etwas zu tun haben. Sie haßten ihn und nannten ihn Kindermörder. Auch im Knast gab es soziale Abstufungen, und jemand, der ein Kind getötet hatte, stand ganz unten auf der Leiter.

Es war beinahe komisch. Sogar Autodiebe, Räuber, Einbrecher und Betrüger verspürten das Bedürfnis, sich jemandem gegenüber moralisch überlegen zu fühlen. Also verspotteten und verfolgten sie jeden, der einem Kind etwas angetan hatte, und fühlten sich im Vergleich zu ihm wie Priester oder Bischöfe.

Idioten. Kale verachtete sie.

Er bat keinen von ihnen um Informationen – die Genugtuung, ihn auszuschließen, würde er niemandem geben. Statt dessen streckte er sich auf seiner Liege aus und träumte von seiner herrlichen Zukunft: Ruhm, Macht, Reichtum ...

Als sie ihn um halb zwölf zur Anklageverlesung wegen zweifachen Mordes im Gericht holen kamen, lag er immer noch auf dem Bett. Der Wärter schloß die Tür auf, und ein grauhaariger Deputy mit einem dicken Bauch kam in die Zelle und legte Kale Handschellen an.

»Wir haben heute Personalschwierigkeiten, deshalb komme ich allein«, erklärte er Kale. »Kommen Sie aber bloß nicht auf dumme Gedanken. Sie können nicht türmen – Sie sind gefesselt, und ich habe eine Waffe. Nichts würde mir mehr Spaß machen, als Ihnen eine Kugel zu verpassen.«

Sowohl dem Wärter als auch dem Deputy war deutlich Abscheu anzumerken. Kale begriff endlich, daß er möglicherweise den Rest seines Lebens im Gefängnis verbringen würde. Zu seiner Überraschung begann er zu weinen, als er aus der Zelle geführt wurde.

Die anderen Häftlinge verhöhnten und beschimpften ihn. Der dickbäuchige Mann stieß Kale in die Rippen. »Los, vorwärts!«

Kale stolperte auf wackeligen Beinen über den Korridor durch das Sicherheitsgitter, das für ihn geöffnet wurde, und dann aus dem Block in eine andere Halle. Der Wärter blieb zurück, und der Deputy stieß Kale unsanft in den Fahrstuhl.

Immer wieder schubste er ihn, obwohl das gar nicht nötig gewesen wäre. Kale spürte, wie sich sein Selbstmitleid in Zorn verwandelte.

Als der enge Lift sich langsam in Bewegung setzte, begriff Kale, daß der Deputy sich nicht mehr von ihm bedroht fühlte. Er war angewidert, ungeduldig und peinlich berührt von dem Gefühlsausbruch des Gefangenen.

Auch in Kale ging eine Veränderung vor. Als sich die Türen des Aufzugs öffneten, weinte er immer noch leise, aber seine Tränen waren nicht mehr echt. Er zitterte jetzt vor Aufregung und nicht mehr aus Verzweiflung.

Sie passierten einen weiteren Kontrollpunkt. Der Deputy reichte seinem Kollegen, der ihn Joe nannte, einige Papiere. Der Wärter sah Kale mit unverhohlenem Abscheu an. Kale wandte sein Gesicht ab, als schämte er sich, und weinte dann weiter.

Dann gingen er und Joe nach draußen und überquerten einen großen Parkplatz, auf dem etliche grün-weiße Streifenwagen vor einem niedrigen Zaun abgestellt waren. Es war ein warmer, sonniger Tag.

Kale tat immer noch so, als würde er weinen und weiche Knie haben. Er zog die Schultern hoch, hielt den Kopf gesenkt und schlurfte mutlos dahin, als sei er ein gebrochener Mann.

Außer ihm und dem Deputy befand sich niemand auf dem Parkplatz. Sie waren ganz allein. Perfekt.

Auf dem Weg zum Wagen wartete Kale auf den geeigneten Moment, um zuzuschlagen. Eine Weile dachte er schon, er würde niemals kommen.

Doch dann stieß Joe ihn gegen einen Wagen und drehte sich zur Seite, um die Tür aufzuschließen – und Kale schlug zu. Er warf sich auf den Deputy, als dieser sich vorbeugte, um den Schlüssel ins Schloß zu stecken. Der Deputy schnappte nach Luft und holte mit der Faust aus – zu spät. Kale duckte sich, schnellte dann wieder hoch und drückte Joe gegen den Wagen. Der Deputy wurde blaß vor Schmerz, als ihn der Türgriff mit voller Wucht an der Wirbelsäule traf. Während ihm der Schlüsselbund aus der Hand flog, griff er nach seiner Waffe.

Kale wußte, daß er dem Deputy mit seinen gefesselten Händen die Pistole nicht abnehmen konnte. Wenn es dem Mann gelang, die Waffe zu ziehen, war der Kampf vorbei.

Also sprang Kale dem Deputy an die Kehle. Er biß zu und spürte das Blut spritzen. Wie ein wütender Hund grub er seine Zähne in die Wunde. Der Deputy versuchte zu schreien, brachte aber nur ein schwaches Seufzen hervor, das niemand hören konnte. Die Waffe fiel aus dem Halfter auf den Boden. Beide Männer stürzten, und der Deputy schrie wieder auf. Kale rammte ihm sein Knie zwischen die Beine und sah zu, wie das Blut aus seinem Hals strömte.

»Du Bastard«, knurrte Kale.

Die Augen des Deputys wurden glasig, und der Blutstrom versickerte. Es war vorüber.

Kale hatte sich noch nie so stark und lebendig gefühlt. Er sah sich auf dem Parkplatz um. Niemand in Sicht. Rasch hob er die Schlüssel auf und probierte so lange, bis er den richtigen gefunden hatte. Er schloß die Handschellen auf und warf sie unter den Wagen. Dann rollte er die Leiche des Deputys ebenfalls unter das Auto, damit sie nicht sofort entdeckt werden konnte.

Er wischte sich am Ärmel sein Gesicht ab. Sein Hemd war schmutzig und blutbefleckt, außerdem trug er die weite, schlechtsitzende blaue Anstaltskleidung aus grobem Stoff sowie Leinenschuhe mit Gummisohlen, aber daran konnte er im Augenblick nichts ändern.

Er hatte das Gefühl aufzufallen und hastete eilig am Zaun entlang und dann durch das offene Tor. Rasch überquerte er die Straße und lief auf den nächsten Parkplatz, der sich hinter einem großen, zweistöckigen Wohnhaus befand. Er blickte nach oben und hoffte, daß niemand ihn von einem der Fenster aus beobachtete.

Auf dem Parkplatz standen etwa zwanzig Autos. Bei einem gelben Honda steckten die Schlüssel im Zündschloß. Er setzte sich an das Steuer, schlug die Tür zu und seufzte erleichtert auf. Jetzt war er außer Sicht und hatte ein Transportmittel.

Auf der Ablage stand eine Schachtel Papiertaschentücher.

Er zog eines heraus, spuckte darauf und wischte sich damit das Gesicht ab. Nachdem er die Blutspuren beseitigt hatte, betrachtete er sich im Rückspiegel und grinste.

8
Bestandsaufnahme

Während General Copperfields Team die Autopsie und verschiedene Tests in dem mobilen Labor durchführte, bildete Bryce Hammond zwei Suchtrupps, um die Häuser der Stad zu durchsuchen. Frank Autry führte die erste Gruppe an, und Major Isley schloß sich als Beobachter des Projekts ›Skywatch‹ an. Captain Arkham begleitete Bryces Team. Die beiden Trupps durchkämmten einen Häuserblock nach dem anderen und blieben dabei permanent über Walkie-talkie miteinander in Verbindung.

Jenny begleitete Bryce. Sie kannte die Bewohner Snowfields am besten und würde daher wahrscheinlich alle Leichen identifizieren können, die sie möglicherweise finden würden. Außerdem wußte sie, wie viele Menschen jeweils in einem Haushalt gelebt hatten, und konnte so dabei helfen, eine Liste der Vermißten aufzustellen.

Sie machte sich Sorgen darüber, Lisa weitere Schreckensbilder zuzumuten, konnte sich aber nicht weigern, das Team zu begleiten. Und ihre Schwester im Hilltop Inn zurückzulassen wäre ebenfalls unmöglich gewesen. Nicht nach den Vorkommnissen mit Harker und Velazquez. Das Mädchen wurde jedoch gut mit der spannungsgeladenen Atmosphäre bei den Hausdurchsuchungen fertig. Sie wollte Jenny offensichtlich beweisen, daß sie das durchstehen konnte, und Jenny war sehr stolz auf ihre Schwester.

Eine Zeitlang fanden sie keine weiteren Leichen. Die ersten Wohnhäuser und Geschäfte, die sie durchsuchten, waren leer. In einigen Häusern war der Tisch für das Abendessen am Sonntag gedeckt. In anderen waren Badewannen mit Wasser gefüllt, das mittlerweile kalt geworden war. Oft lief der Fernseher, ohne daß jemand zusah.

In einer Küche entdeckten sie das Sonntagsdinner auf dem Elektroherd. Das Essen in den drei Töpfen hatte so viele Stunden lang gekocht, daß mittlerweile sämtliches Wasser verdunstet war. Die Überreste machten einen trockenen, harten, verbrannten und nicht mehr identifizierbaren Eindruck. Die Edelstahltöpfe waren ruiniert und hatten sich innen und außen blauschwarz verfärbt. Das ganze Haus war von einem beißenden, Übelkeit erregenden Gestank durchzogen. So etwas hatte Jenny noch nie erlebt.

Bryce schaltete die Platten ab. »Es ist ein Wunder, daß das Haus nicht abgebrannt ist.«

»Wäre das ein Gasherd, hätte das sicher passieren können«, meinte Jenny.

Über den drei Töpfen befand sich eine Abzugshaube aus Edelstahl. Als das Essen angebrannt war, hatte der Sog offensichtlich die kleinen Flammen gelöscht und somit verhindert, daß sich das Feuer im ganzen Haus ausbreitete.

Als sie wieder draußen waren, holten alle tief Luft und atmeten einige Minuten erleichtert die klare Bergluft ein, um den ekelerregenden Gestank aus den Lungen zu bekommen. Nur Major Arkham, der immer noch seinen Schutzanzug trug, war davon verschont geblieben.

In dem Haus nebenan fanden sie die erste Leiche an diesem Tag. Es war John Farley, der Besitzer des Lokals ›Mountain Tavern‹, das nur während der Skisaison geöffnet war. Er war etwa vierzig Jahre alt, gutaussehend, hatte graumeliertes Haar, eine große Nase, einen breiten Mund und ein ansteckendes Lachen gehabt. Nun war sein Körper verfärbt und aufgeschwollen, seine Augen traten hervor und seine Kleidung war durch die Schwellungen aufgeplatzt.

Farley saß in der großen Küche am Frühstückstisch. Auf dem Teller vor ihm lagen mit Käse gefüllte Ravioli und Hackfleischbällchen. Daneben stand ein Glas Rotwein. Auf dem Tisch lag ein aufgeschlagenes Magazin. Farley saß aufrecht auf dem Stuhl. Eine Hand hatte er auf dem Schoß, der andere

Arm lag auf dem Tisch. Seine Finger umklammerten ein Stück Brot. Farleys Mund stand halb offen. Zwischen seinen Zähnen steckte eine Brotkruste. Offensichtlich war er gestorben, während er noch gekaut hatte. Seine Backenmuskeln hatten sich nicht mehr entspannen können.

»Mein Gott«, sagte Tal. »Er hatte anscheinend keine Zeit mehr, das Zeug auszuspucken oder runterzuschlucken. Der Tod muß ihn sehr überraschend getroffen haben.«

»Und er hat ihn nicht kommen sehen«, meinte Bryce. »Schaut euch sein Gesicht an. Es trägt nicht den Ausdruck des Entsetzens oder der Überraschung wie bei den meisten anderen Opfern.«

Jenny starrte auf die verspannte Gesichtsmuskulatur des Toten. »Ich verstehe nicht, warum sich die Muskeln nach dem Tod nicht lösen. Das ist unheimlich.«

In der Kirche in den Bergen, die Mutter Maria geweiht war, strömte das Sonnenlicht durch die blau- und grüngefärbten Glasfenster. Hunderte von verschwommenen Schatten in königsblau, türkis, aquamarin, smaragdgrün und anderen Farbschattierungen fielen auf das polierte Holzgestühl, den Mittelgang und die Wände.

Gordy Brogan fühlte sich wie unter Wasser, als er Frank Autry in das eigenartig, aber wunderschön beleuchtete Kirchenschiff folgte. Hinter der Vorhalle fiel ein dunkelroter Lichtstrahl auf das weiße Marmorbecken, in dem sich das Weihwasser befand. Im Sonnenlicht glitzerte es wie das Herzblut Christi.

Gordy war der einzige Katholik unter den fünf Männern des Suchtrupps. Er tauchte zwei Finger in das Weihwasser, bekreuzigte sich und kniete sich kurz nieder.

In der Kirche herrschte eine feierliche Stille. Niemand saß auf den Bänken, und zunächst sah es so aus, als sei die Kirche leer.

Dann warf Gordy einen Blick auf den Altar und schnappte nach Luft. Auch Frank sah es. »O mein Gott!«

Der Altarraum lag im tiefen Schatten, deshalb hatten die

Männer das scheußliche Sakrileg nicht sofort bemerkt. Die Kerzen auf dem Altar waren völlig heruntergebrannt und verloschen.

Als die Männer des Suchtrupps sich zögernd über den Mittelgang auf den Weg zum Altar machten, konnten sie das lebensgroße Kruzifix immer deutlicher sehen. Das Holzkreuz hing an der Rückwand über dem Altar. Es war kunstvoll geschnitzt, handbemalt und mit einer Jesusfigur aus Gips versehen. Jetzt wurde die Figur jedoch zum großen Teil durch einen menschlichen Körper verdeckt. Der Priester in seinem Ornat war an das Kreuz genagelt worden.

Vor dem Altar knieten zwei Ministranten. Sie waren tot, ihre Körper verfärbt und aufgeschwollen.

Die Haut des Priesters wies bereits dunkle Stellen auf und zeigte auch andere Zeichen der Verwesung. Sein Körper befand sich nicht in dem bizarren Zustand der anderen Leichen, die sie bisher gefunden hatten. Die Verfärbung seiner Haut deutete darauf hin, daß er bereits vor einem Tag gestorben war.

Frank Autry, Major Isley und die beiden anderen Hilfssheriffs gingen durch das Tor in den Altarraum.

Gordy war dazu nicht in der Lage. Er war so mitgenommen, daß er sich setzen mußte, um nicht total zusammenzubrechen.

Nachdem Frank den Altarraum durchsucht und einen Blick in die Sakristei geworfen hatte, rief er über sein Sprechfunkgerät Bryce Hammond an, der sich im Haus nebenan befand.

»Sheriff, wir haben hier in der Kirche drei Leichen gefunden und brauchen Dr. Paige, um sie zu identifizieren. Es handelt sich um eine scheußliche Sache, also sollten Sie Lisa besser mit einigen Ihrer Leute vor der Tür warten lassen.«

»Wir sind in zwei Minuten da«, erwiderte der Sheriff.

Frank verließ den Altarraum durch das Gatter und setzte sich neben Gordy. In einer Hand hielt er das Funkgerät, in der anderen seine Waffe. »Sie sind katholisch, oder?«

»Ja.«

»Es tut mir leid, daß Sie das sehen mußten.«

»Schon in Ordnung. Für Sie ist das wohl auch nicht einfacher, nur weil Sie kein Katholik sind.«

»Kennen Sie den Priester?«

»Ich glaube, er heißt Pater Callahan. Allerdings habe ich diese Kirche nie besucht. Ich ging immer zur Pfarrei St. Andrews in Santa Mira.«

Frank legte das Walkie-talkie zur Seite und kratzte sich am Kinn. »So wie es aussieht, fand der Angriff gestern abend kurz vor der Ankunft von Dr. Paige und Lisa statt. Und nun das hier. Wenn die drei also morgens während der Messe gestorben sind, dann ...«

»Es passierte wohl während der Segnung«, sagte Gordy.

»Segnung?«

»Ja. Das ist ein Danksagungsgottesdienst, der immer am Sonntagabend stattfindet.«

»Ach so. Dann stimmt der Vorfall mit den anderen Ereignissen zeitlich überein.« Frank sah sich um und betrachtete nachdenklich die leeren Bänke. »Aber was ist mit den Gemeindemitgliedern geschehen? Warum sind nur die Ministranten und der Priester hier?«

»Nun, zu diesen Abendgottesdiensten kommen nicht sehr viele Leute«, erklärte Gordy. »Wahrscheinlich waren nur drei oder vier Leute hier. Und die hat *es* sich geholt.«

»Aber warum nicht alle?«

Gordy antwortete nicht.

»Warum mußte es so etwas tun?« fragte Frank beharrlich.

»Um uns zu verspotten und uns jegliche Hoffnung zu nehmen«, sagte Gordy mutlos.

Frank starrte ihn an.

»Vielleicht haben einige von uns darauf gezählt, daß Gott uns lebend hier herausbringen würde«, fuhr Gordy fort. »Wahrscheinlich sogar die meisten. Ich habe sehr viel gebetet, seit wir hier sind. Sie möglicherweise auch. Darüber weiß *es* Bescheid, und das ist sein Weg, um uns zu zeigen, daß auch Gott uns nicht helfen kann. Zumindest sollen wir das glauben. Es war schon immer seine Art, Zweifel an Gott in uns zu säen.«

»Das klingt, als wüßten Sie genau, mit wem oder was wir es hier zu tun haben«, meinte Frank.

»Das ist gut möglich.« Gordy starrte eine Weile auf den gekreuzigten Priester und wandte sich dann wieder an Frank. »Wissen Sie es denn nicht? Wirklich nicht, Frank?«

Nachdem sie die Kirche verlassen hatten und um die nächste Ecke gebogen waren, fanden sie zwei verbeulte Autos.

Ein Cadillac war über den Rasen vor dem Pfarrhaus gefahren, hatte dabei das Gebüsch umgepflügt und war dann gegen einen Pfosten der Veranda gerast. Der Eckpfosten war beinahe in zwei Teile gespalten, und der Vorbau des Hauses drohte herunterzufallen.

Tal Whitman spähte durch ein Seitenfenster des Cadillacs. »Da sitzt eine Frau hinter dem Steuer.«

»Tot?« fragte Bryce.

»Ja, aber sie ist nicht an den Folgen des Unfalls gestorben.«

Jenny versuchte, auf der anderen Seite die Fahrertür zu öffnen, aber sie war verriegelt. Alle Türen waren von innen verschlossen, die Fenster hochgekurbelt.

Jenny erkannte die Frau hinter dem Steuer. Edna Gower sah aus wie die anderen Leichen: dunkel verfärbt und aufgedunsen. Auf ihrem verzerrten Gesicht lag ein Ausdruck des Entsetzens.

»Wie konnte *es* in den Wagen kommen?« überlegte Tal laut.

»Denken Sie doch an das verschlossene Bad im Candleglow Inn«, erinnerte ihn Bryce.

»Und an das verbarrikadierte Zimmer der Oxleys«, fügte Jenny hinzu.

»Das könnte ein Argument für die Nervengas-Theorie des Generals sein«, sagte Captain Arkham und nahm den kleinen Geigerzähler von seinem Gürtel. Eine gründliche Untersuchung des Cadillacs ergab jedoch, daß die Frau in dem Wagen nicht durch radioaktive Strahlung gestorben war.

Das zweite Auto stand einen halben Block weit entfernt. Es war ein perlweißer Lexus. Hinter ihm waren auf der Straße schwarze Bremsspuren zu sehen. Der Wagen stand schräg und blockierte die Zufahrt. Das Frontteil hatte sich in einen gelben Chevy gebohrt. Der Schaden war allerdings nicht sehr groß, da der Fahrer offensichtlich vor dem Zusammenprall mit dem geparktem Lieferwagen gebremst hatte.

Hinter dem Steuer saß ein Mann mittleren Alters mit einem buschigen Schnauzbart. Er trug abgeschnittene Jeans und ein T-Shirt mit dem Emblem der Dodgers. Jenny kannte auch ihn. Marty Sussman arbeitete seit sechs Jahren in der Stadtverwaltung. Er war ein freundlicher, gewissenhafter Mann gewesen. Nun war er tot, und auch hier war die Todesursache eindeutig nicht der Autounfall.

Die Türen und Fenster des Lexus' waren ebenso wie bei dem Cadillac von innen verriegelt.

»Es scheint, als hätten sie beide versucht, vor irgend etwas zu fliehen«, meinte Jenny.

»Vielleicht«, sagte Tal. »Möglicherweise waren sie aber auch nur auf einem Ausflug oder wollten etwas besorgen, als der Angriff kam. Wenn sie tatsächlich versucht haben, vor jemandem oder etwas zu fliehen, dann wurden sie wohl gestoppt und von der Straße abgedrängt.«

»Am Sonntag war es warm, aber nicht so heiß, daß man die Fenster schließen und die Klimaanlage einschalten würde«, sagte Bryce. »Es war ein Tag, an dem die meisten Leute es genießen, die Fenster herunterzukurbeln und die frische Luft einzuatmen. Ich glaube deshalb, daß man sie gezwungen hat anzuhalten. Sie haben die Fenster und Türen verriegelt, um etwas daran zu hindern, in das Auto einzudringen.«

»Aber *es* hat sie trotzdem erwischt«, sagte Jenny.

Es.

Ned und Sue Martin besaßen ein wunderschönes Haus im Tudorstil, das auf einem großen, von riesigen Kiefern umgebenen Grundstück stand. Sie lebten dort mit ihren beiden Söhnen. Lee Bischoff war erst acht Jahre alt, spielte aber trotz seiner kleinen Hände erstaunlich gut Klavier. Einmal hatte er Jenny erklärt, er würde der Nachfolger Stevie Wonders werden, nur ohne blind zu sein. Der sechsjährige Terry erinnerte durch sein dunkles Gesicht ein wenig an den Schwarzen Mann, war aber ein sehr liebes Kind.

Ned war ein erfolgreicher Künstler. Seine Ölgemälde verkauften sich für dreißigtausend Dollar, und für die limitierten Drucke bekam er zweitausend pro Stück.

Er war erst zweiunddreißig, litt aber bereits an einem Magengeschwür und war deshalb Jennys Patient.

Das Geschwür würde ihm jetzt keine Schmerzen mehr bereiten. Er lag tot in seinem Studio vor der Staffelei auf dem Boden.

Sue Marie war in der Küche. Wie Jennys Haushälterin Hilda Beck und viele andere Menschen in dieser Stadt war sie bei der Zubereitung des Abendessens gestorben. Sie war einmal eine hübsche Frau gewesen, doch das war jetzt vorbei.

Die beiden Jungen fanden sie in einem der Schlafzimmer.

Es war ein wunderschönes Kinderzimmer – groß, luftig und mit Stockbetten ausgestattet. In den Regalen standen die Bücher der Kinder. Einige Bilder, die Ned nur für seine Kinder gemalt hatte, zierten die Wände – ungewöhnliche Szenen, die sich sehr von den Gemälden unterschieden, mit denen Ned berühmt geworden war. Da sah man ein Schwein in einem Smoking, das mit einer Kuh im Abendkleid tanzte, die Kommandozentrale eines Raumschiffs, in der die Astronauten aussahen wie Kröten, eine etwas unheimliche, aber trotzdem beeindruckende Darstellung eines Kinderspielplatzes bei Nacht, der vom Vollmond beleuchtet wurde. Man konnte keine Kinder entdecken, sondern blickte auf einen riesigen, furchteinflößenden Werwolf, der sich fröhlich auf einer Schaukel hin- und herschwang.

Die Jungen lagen in einer Ecke hinter einem Berg von Spielzeug. Terry, der jüngere, hatte sich hinter Lee verschanzt, der offensichtlich einen tapferen Versuch unternommen hatte, seinen kleinen Bruder zu schützen. Beide schienen mit hervorquellenden Augen immer noch den Angreifer zu fixieren. Lee hatte seine dünnen Arme erhoben, um in den letzten Sekunden seines Lebens mit ausgestreckten Händen Schläge abzuwehren.

Bryce kniete sich neben die beiden Jungen und legte vorsichtig eine Hand auf Lees Gesicht, als wolle er nicht glauben, daß das Kind wirklich tot war.

Jenny ging neben ihm in die Hocke. »Das sind die Kinder der Bischoffs«, sagte sie mit zitternder Stimme. »Die ganze Familie wurde also ausgelöscht.«

Tränen strömten über Bryces Gesicht.

Jenny versuchte, sich daran zu erinnern, wie alt sein Sohn war. Sieben oder acht Jahre? Der kleine Timmy war ungefähr so alt wie Lee Bischoff und lag jetzt im Krankenhaus in Santa Mira im Koma. Seit einem Jahr vegetierte er nur noch dahin, aber vielleicht war das besser, als diese Situation ertragen zu müssen. Alles war besser als das.

Schließlich trocknete Bryce seine Tränen. Er spürte Zorn in sich aufsteigen. »Wer auch immer das getan hat, wird dafür bezahlen. Dafür werde ich sorgen.«

Jenny hatte noch nie einen Mann wie ihn kennengelernt. Er verhielt sich maskulin und bestimmt, zeigte aber dennoch, daß er zu tiefen Gefühlen fähig war.

Am liebsten hätte sie ihn in den Arm genommen. Sie wünschte sich, daß er sie festhielt, doch wie immer war sie zu zurückhaltend, um ihre Emotionen zu zeigen. Wäre sie so offen wie er, hätte sie sich wohl nie von ihrer Mutter entfremdet. Sie sehnte sich sehr danach, ihre Gefühle zu zeigen, aber es gelang ihr einfach nicht. Also beantwortete sie Bryces Schwur, die Mörder der Kinder zu erledigen, mit einer Frage. »Wenn es sich aber hier nun um kein menschliches Wesen handelt? Nicht nur der Mensch, sondern auch die Natur kennt das Böse. Denken Sie nur an die sinnlose Zerstörung, die ein Erdbeben anrichtet. Oder an das Leid, das eine Krebserkrankung mit sich bringt. Das hier könnte ebenso unbegreiflich und unberechenbar sein. Gegen ein nicht menschliches Wesen kann man auch nicht gerichtlich vorgehen. Also was dann?«

»Wer oder was, zum Teufel, das auch sein mag – es wird dafür bezahlen. Ich werde es aufhalten und erledigen«, erklärte Bryce grimmig.

Frank Autrys Truppe durchsuchte nach der Kirche drei verlassene Häuser. Das vierte Haus war nicht leer. Dort fanden sie Wendell Hulbertson, einen Lehrer, der an der High School in Santa Mira unterrichtete. Er hatte es vorgezogen, hier in dem Haus in den Bergen zu wohnen, das einmal seiner Mutter gehört hatte. Gordy hatte erst vor fünf Jahren einen Englischkurs bei ihm besucht. Sein Körper war nicht verfärbt und angeschwollen wie die der anderen Leichen. Der Lehrer hatte sich umgebracht. Er hatte sich in einer Ecke seines Schlafzimmers eine 32er Automatik in den Mund gesteckt und abgedrückt. Das hatte er wohl dem vorgezogen, was *es* ihm antun wollte.

Nachdem Bryce mit seinem Team das Haus der Bischoffs verlassen hatte, durchsuchten sie einige Häuser, ohne Leichen vorzufinden. Erst im fünften Haus entdeckten sie ein älteres Ehepaar im Badezimmer, wo sie versucht hatten, sich vor dem Mörder zu verstecken. Die Frau lag in der Badewanne, und der Mann hatte sich auf den Boden gekauert.

»Sie waren meine Patienten«, sagte Jenny. »Nick und Melinda Papandrakis.«

Tal notierte ihre Namen auf der Liste der Opfer.

Ebenso wie Harold Ordnay und seine Frau im Candleglow Inn hatte auch Nick Papandrakis versucht, eine Nachricht zu hinterlassen, die auf die Spur des Mörders führen würde. Aus dem Medikamentenschrank hatte er ein Fläschchen Jod geholt und damit etwas an die Wand gepinselt. Er hatte jedoch keine Chance gehabt, auch nur ein einziges Wort zu vollenden. Nur zwei Buchstaben und der Teil eines dritten waren zu lesen:

PRC

»Hat jemand eine Idee, was er schreiben wollte?« fragte Bryce.

Einer nach dem anderen betrat das Badezimmer, traten um Nick Papandrakis Leiche herum und sah sich die orangefarbenen Buchstaben an der Wand an, aber niemand konnte damit etwas anfangen.

Im Haus nebenan war der Küchenboden mit Kugeln bedeckt. Es lagen nicht nur Patronen, sondern auch Bleikugeln ohne Hülsen herum. Und es roch nicht nach Pulverdampf, zudem waren in den Wänden und Schränken keine Einschußlöcher zu sehen. Das ließ darauf schließen, daß hier kein Schußwechsel stattgefunden hatte. Die Kugeln lagen auf dem Boden, als wären sie vom Himmel gefallen.

Frank Autry hob eine Handvoll der grauen Metallklumpen auf. Er war zwar kein Ballistikexperte, konnte aber ohne Schwierigkeiten feststellen, daß sie aus mehreren Waffen stammten und keine Beschädigungen oder Deformierungen aufwiesen. Die meisten Geschosse schienen aus solchen Maschinenpistolen zu stammen, mit denen General Copperfields Leute bewaffnet waren.

Frank fragte sich, ob das Kugeln aus Sergeant Harkers Waffe waren. Waren das die Kugeln, die er im Kühlraum des Supermarktes abgefeuert hatte? Verwirrt runzelte er die Stirn.

Er ließ die Munition fallen, hob andere Kugeln auf und betrachtete sie. Sie stammten aus 22er, 32er und 38er Waffen. Sogar Schrot konnte er entdecken.

Während er sich eine 45er Kugel näher ansah, trat Gordy Brogan neben ihn. Frank beachtete ihn nicht, sondern starrte weiter auf die Kugel. Ihm war ein unheimlicher Gedanke durch den Kopf geschossen.

Gordy klaubte ebenfalls einige der Kugeln von dem gefliesten Küchenboden. »Sie sind gar nicht verformt.«

Frank nickte.

»Aber wenn sie etwas getroffen haben, müßten sie auch deformiert sein. Zumindest einige davon.« Er schwieg eine Zeitlang. »Sie sind mit Ihren Gedanken ja meilenweit entfernt«, sagte er dann. »Worüber denken Sie nach?«

»Über Paul Henderson.« Frank hielt Gordy die 9-mm-Kugel vor die Nase. Paul hatte eine Waffe bei sich, und er feuerte letzte Nacht drei Schüsse daraus ab.«

»Er zielte auf seinen Mörder.«

»Wahrscheinlich.«

»Na und?«

»Ich habe die verrückte Idee, daß sich bei einer ballistischen Untersuchung herausstellen wird, daß diese Kugel aus Pauls Waffe stammt.«

Gordy blinzelte verblüfft.

»Außerdem glaube ich, daß wir bei einer genauen Überprüfung noch zwei weitere hier auf dem Boden finden würden. Nicht eine und nicht drei. Genau zwei mit den gleichen Markierungen wie bei dieser Kugel hier.«

»Wollen Sie damit etwa sagen ... Meinen Sie, es handelt sich um die Munition, die Paul gestern abend abgefeuert hat?«

»Ja.«

»Aber wie sollten die Kugeln hierhergekommen sein?«

Frank gab keine Antwort. Er stand auf und drückte einen Knopf an seinem Walkie-talkie. »Sheriff?«

»Was ist los, Frank?« Bryce Hammonds Stimme tönte blechern durch den Lautsprecher.

»Wir sind immer noch im Haus der Sheffields. Ich glaube, Sie sollten besser herkommen. Es gibt hier etwas, was Sie sich anschauen sollten.«

»Weitere Leichen?«

»Nein, Sir. Es handelt sich um etwas ... etwas sehr Eigenartiges.«

»Wir sind gleich da«, versprach der Sheriff.

Frank wandte sich wieder an Gordy. »Ich denke, daß *es* irgendwann in den letzten Stunden hier in diesem Raum war. Nachdem es Sergeant Harker im Supermarkt erwischt hat, kam *es* hierher und hat alle Kugeln abgestoßen, die es gestern abend und heute morgen eingefangen hat.«

»Die Kugeln, die es getroffen haben?«

»Ja.«

»Und es ist sie einfach losgeworden?«

»Genau«, bestätigte Frank.

»Aber wie?«

»Nun, es scheint sie so abgeschüttelt zu haben wie ein Hund seine Haare.«

9
Auf der Flucht

Während Fletcher Kale in dem gestohlenen Honda durch Santa Mira fuhr, hörte er im Radio von den Ereignissen in Snowfield.

Die ganze Nation war von diesen Nachrichten gefesselt, aber er interessierte sich nicht besonders dafür. Er hatte sich noch nie große Gedanken um das Schicksal anderer Menschen gemacht.

Er streckte eine Hand aus, um das Radio abzustellen, weil er es satt hatte, davon zu hören. Schließlich hatte er selbst jede Menge Probleme. Doch dann hörte er einen Namen, den er kannte. Jake Johnson. Das war einer der Deputies, die gestern abend nach Snowfield gefahren waren. Nun wurde er vermißt und war vielleicht sogar tot.

Jake Johnson ...

Vor einem Jahr hatte Kale ihm eine stabil gebaute Holzhütte auf einem großen Grundstück in den Bergen verkauft.

Johnson war angeblich ein leidenschaftlicher Jäger und wollte die Hütte für diesen Zweck nützen. In den Unterhaltungen, die sie geführt hatten, waren dem Deputy jedoch eine Reihe von Andeutungen herausgerutscht, die darauf schließen ließen, daß er einer dieser Spinner war, die glaubten, die Welt würde bald untergehen oder eine Inflation, ein Atomkrieg oder eine andere Katastrophe würde die Menschheit demnächst vernichten. Kale gelangte zu der Überzeugung, daß Johnson aus dieser Hütte einen Zufluchtsort machen wollte, wo er Lebensmittel und Munition speichern würde, um für einen Zusammenbruch der Zivilisation gerüstet zu sein.

Für diesen Zweck lag die Hütte tatsächlich abgelegen genug. Sie befand sich auf dem Snowtop Mountain auf der anderen Seite von Snowfield. Der Ort war nur mit einem Fahrzeug mit Allradantrieb zu erreichen, da man eine kleine, unbefestigte Straße hinauffahren und dann in einen schmalen Weg einbiegen mußte. Die letzten vierhundert Meter konnte man nur zu Fuß zurücklegen.

Zwei Monate, nachdem Johnson die Hütte und das Grundstück gekauft hatte, schlich sich Kale an einem warmen Morgen im Juni dorthin. Er wußte, daß der Deputy in Santa Mira beschäftigt war, und wollte nachsehen, ob sich sein Verdacht bestätigte und Johnson die Hütte in eine Festung verwandelt hatte.

Das Haus war unverändert, doch Kale entdeckte, daß Johnson offensichtlich die Kalksteinhöhlen auf dem Grundstück ausbaute. Vor den Höhlen lagen einige Säcke mit Zement und Sand, eine Schubkarre und ein Haufen Steine.

Im Eingang der ersten Höhle fand er an der Wand zwei Gaslampen auf dem Steinboden. Kale nahm eine davon in die Hand und ging weiter in die unteren Räume.

Zuerst befand er sich in einem schmalen Gang. Der Tunnel zweigte mehrmals nach beiden Richtungen ab. Schließlich kam er in eine Art Vorkammer, die dann in einen Raum mündete.

An der Wand waren etliche Kisten mit luftdicht verschlossenen Säcken gestapelt: Milchpulver in Fünf-Pfund-Packungen, gefriergetrocknetes Obst und Gemüse, Suppenpulver, Extrakt aus Eiern, Behälter mit Honig und Getreide. Und unter anderem eine Luftmatratze. Jake war sehr fleißig gewesen.

Die erste Kammer hatte einen Zugang zur zweiten. Darin befand sich ein natürlich geformtes Loch im Boden, das einen Durchmesser von etwa fünfundzwanzig Zentimetern hatte. Merkwürdige Geräusche stiegen daraus hervor. Flüsternde Stimmen. Bedrohliches Gelächter. Kale hätte sich am liebsten umgedreht und wäre davongelaufen, doch dann begriff er, daß er nur gluckerndes Wasser hörte – einen unterirdischen Fluß, der keineswegs gefährlich war. Jake Johnson hatte einen Gummischlauch in die Quelle gelegt und eine Handpumpe installiert.

Eine Behausung mit allem Komfort.

Kale kam zu dem Entschluß, daß dieser Mann nicht nur vorsichtig, sondern besessen war.

Ende August kehrte Kale zu dem Grundstück zurück. Zu

seiner Überraschung war der Zugang zu der Höhle, die über einen Meter hoch und eineinhalb Meter breit gewesen war, nicht mehr sichtbar. Johnson hatte mit Gestrüpp eine Barriere errichtet und den Eingang damit getarnt.

Kale bahnte sich seinen Weg durch die Büsche, sorgfältig darauf bedacht, keine Spuren zu hinterlassen. Dieses Mal hatte er eine Taschenlampe mitgebracht. Er kroch durch den Eingang in die Höhle, richtete sich dann auf und ging in dem Gang um drei Biegungen. Plötzlich stand er vor einer Wand. Er wußte, daß sich hier eigentlich die erste der Kammern befinden sollte, doch jetzt war da eine Kalksteinmauer, die den Rest der Höhle verschloß.

Eine Zeitlang starrte Kale verwirrt auf diese Barriere, dann untersuchte er sie gründlich und stellte nach wenigen Minuten fest, daß die Felswand nur eine dünne Fassade war, in die Johnson geschickt eine Tür eingebaut hatte, die den ersten Raum mit den anderen Höhlen verband.

An diesem Tag im August, als er die versteckte Tür bewunderte, beschloß Kale, diesen Zufluchtsort selbst zu nützen, falls es einmal nötig werden sollte. Vielleicht hatten diese Überlebenskämpfer ja recht. Möglicherweise gab es tatsächlich irgendwelche Idioten, die eines Tages versuchen würden, die ganze Welt in die Luft zu sprengen. Sollte dieser Fall eintreten, wäre Kale zuerst hier, und wenn Johnson dann durch seine gut getarnte Tür treten wollte, würde er ihn umlegen.

Dieser Gedanke gefiel ihm. Er fühlte sich schlau und überlegen.

Dreizehn Monate später hatte er zu seiner Überraschung und zu seinem Entsetzen das Ende der Welt kommen sehen. Das Ende seiner Welt. Man hatte ihn ins Gefängnis gesteckt und des Mordes angeklagt. Er wußte, daß es nur ein Ziel für ihn gab, wenn ihm die Flucht gelingen sollte: die Berge, die Höhlen. Hier konnte er wochenlang bleiben, bis die Cops ihn nicht mehr in Santa Mira und Umgebung suchten.

Danke, Jake Johnson.

Jake Johnson ...

Jetzt saß Kale in dem gestohlenen gelben Honda. Noch vor wenigen Minuten hatte er im Gefängnis gesessen. Dann hatte er im Radio von Johnson gehört. Kale begann zu lächeln; das Schicksal meinte es gut mit ihm.

Nach seiner Flucht war das größte Problem, die Anstaltskleidung loszuwerden und sich eine geeignete Ausrüstung für die Berge zu besorgen. Er war sich nicht sicher gewesen, wie er das schaffen sollte, bis er dann im Radio gehört hatte, daß Jake Johnson mit ziemlicher Sicherheit tot war; möglicherweise befand er sich aber auch noch in Snowfield. Kale beschloß, sofort zu Johnsons Besitz in Santa Mira zu fahren. Er hatte keine Familie, also war sein Haus vorerst ein sicherer Zufluchtsort. Leider hatte Johnson nicht Kales Größe, aber er würde zumindest seine Gefängniskleidung gegen etwas aus Jakes Schrank austauschen können.

Und er würde sich Schußwaffen besorgen können. Jake Johnson, der ständig um sein Leben bangte, hatte sicher ein Arsenal in seinem Haus versteckt.

Der Deputy lebte in dem einstöckigen Haus mit den drei Schlafzimmern, das er von seinem Vater, Big Ralph Johnson, geerbt hatte. Es war keine Prachtvilla, denn Big Ralph Johnson war schlau genug gewesen, nicht zu zeigen, daß er Bestechungsgelder angenommen hatte – er hatte es gut verstanden, die Aufmerksamkeit der Steuerbehörde nicht auf sich zu ziehen. Trotzdem war das Haus bestens ausgestattet. Es lag in der Pine Shadow Lane, einer begehrten Wohngegend, wo sich große Häuser und von alten Bäumen umgebene Villen befanden. Johnsons Haus war zwar klein, aber vor der Sonnenterrasse hinter dem Gebäude war ein Swimmingpool in die Fliesen eingelassen worden. Es gab ein Zimmer mit einem antiken Billardtisch und weiteren Luxus, den man von außen jedoch nicht sehen konnte.

Kale war zweimal dort gewesen, als er die Verkaufsverhandlungen für das Grundstück in den Bergen mit Johnson geführt hatte. Ohne Schwierigkeiten fand er das Haus wieder. Er parkte den Honda in der Auffahrt, stellte den

Motor ab und hoffte, daß ihn keiner der Nachbarn sehen und beobachten konnte.

Dann ging er um das Haus herum, schlug ein Küchenfenster ein und kletterte hinein. Er machte sich sofort auf den Weg in die Garage, die groß genug für zwei Autos war. Es stand allerdings nur Johnsons großer Jeep mit Allradantrieb darin. Kale hatte gehofft, den Wagen hier vorzufinden. Er öffnete das Tor und fuhr den gestohlenen Honda in die Garage. Nachdem er die Tür geschlossen hatte, und der Honda von der Straße aus nicht mehr zu sehen war, fühlte er sich sicherer.

In Johnsons Schlafzimmer durchstöberte er den Schrank und fand feste Wanderstiefel, die ihm nur eine halbe Nummer zu groß waren. Johnson war einige Zentimeter kleiner als Kale, deshalb waren die Hosen zu kurz, aber wenn er sie in die Stiefel steckte, fiel das nicht auf. An der Taille waren sie zu weit, aber dieses Problem konnte er mit einem Gürtel lösen. Kale suchte sich noch einige Sweatshirts heraus und probierte sie an. Dann betrachtete er sich im Spiegel. »Gut siehst du aus«, sagte er zu sich selbst.

Anschließend wanderte er durch das Haus und suchte nach Waffen, konnte aber keine finden. Na gut, irgendwo mußten sie ja versteckt sein. Notfalls würde er eben das ganze Haus zerlegen.

Er fing in Johnsons Schlafzimmer an und räumte den Kleiderschrank und die Schreibtischschubladen aus. Nichts. Dann durchsuchte er die beiden Nachttische. Keine Waffen. Er riß alles aus dem Einbauschrank und zog dann den Teppich vom Boden, um nach einem Versteck zu suchen, fand jedoch nichts.

Eine halbe Stunde später schwitzte er zwar, war aber nicht müde. Er sah sich begeistert die Zerstörung an, die er angerichtet hatte, und war auf eine merkwürdige Art erfreut. Das Zimmer sah aus, als habe eine Bombe eingeschlagen.

Er ging in den nächsten Raum und machte weiter. Alles, was ihm im Weg war, zerstörte er. Er wollte diese Waffen finden.

Außerdem machte ihm das hier Spaß.

10
Einige Antworten und weitere Fragen

Das Haus war außergewöhnlich sauber und ordentlich, doch die Farben und die vornehme Ausstattung machten Bryce nervös. Alles war grün oder gelb. Einfach alles. Die Teppiche waren grün, die Wände gelb gestrichen. Das Sofa im Wohnzimmer war mit einem grellen gelb-grünen Blumenmuster bedruckt, das Augenschmerzen verursachte. Die beiden Polstersessel waren smaragdgrün, und die zwei Stühle daneben hellgelb. An den Lampenschirmen der gelben Keramikleuchten hingen grüne Quasten. Die beiden Bilder an der Wand zeigten gelbe Gänseblümchen auf einem grünen Feld. Die Tapete im Schlafzimmer war noch greller als das Stoffmuster des Sofas im Wohnzimmer. Außerdem hingen dort hellgelbe Vorhänge mit üppigen Volants an den Fenstern. Auf dem Bett lagen einige Kissen – manche waren grün mit gelbem Spitzenbesatz, andere gelb mit grüner Verzierung.

Jenny hatte erzählt, daß hier Ed und Theresa Lange, deren drei halbwüchsige Kinder und Theresas siebzigjährige Mutter wohnten.

Von den Bewohnern des Hauses war jedoch keine Spur zu entdecken. Bryce war froh, daß er keine Leichen vorfand. Hier in diesem übertrieben fröhlich eingerichteten Haus hätte eine verfärbte und aufgedunsene Leiche besonders schrecklich ausgesehen.

Auch die Küche war grüngelb gestrichen. Tal stand vor dem Spülbecken. »Das hier sollten Sie sich ansehen, Chef«, sagte er.

Bryce, Jenny und Captain Arkham gingen zu Tal hinüber, die anderen beiden Deputies blieben mit Lisa an der Türschwelle stehen. Schließlich wußte niemand, was man in einem Spülbecken in einer Stadt finden würde, über die das Unheil hereingebrochen war. Vielleicht wieder einen abgeschnittenen Kopf oder zwei abgehackte Hände. Oder etwas noch Schlimmeres.

Das war es jedoch nicht, aber es war dennoch seltsam.

»Sieht aus wie ein Juwelierladen«, meinte Tal.

Beide Spülbecken waren mit Schmuck gefüllt. Hauptsächlich Ringe und Uhren für Männer und Frauen lagen da: Timex, Seiko, Bulova, und sogar eine Rolex. Manche hingen an dehnbaren Bändern, aber keine war an einem Armband aus Leder oder Plastik befestigt. Bryce sah viele Ehe- und Verlobungsringe, an denen Edelsteine glitzerten: Granate, Amethyste, Blutsteine, Topase, Turmaline. Ringe mit Rubinen und Smaragden und mit den Emblemen von verschiedenen Universitäten. Zwischen den teuren Stücken gab es aber auch billigen Modeschmuck. Bryce grub seine Hände in diese Massen kostbarer Gegenstände wie ein Pirat in einem Kinofilm und durchwühlte die glitzernden Dinge. Er entdeckte weitere Schmuckstücke: Ohrringe, Armbänder, lose Perlen aus einer Kette, die offensichtlich abgerissen war, Goldketten, eine wunderschöne Kamee ...

»Das kann doch unmöglich alles den Langes gehört haben«, sagte Tal.

»Warten Sie mal.« Jenny nahm eine der Uhren in die Hand und sah sie sich genau an.

»Erkennen Sie sie wieder?« fragte Bryce.

»Ja. Das ist eine Cartier. Kein herkömmliches Modell mit römischen Ziffern, sondern mit einem schwarzen Ziffernblatt. Sylvia Kanarsky hat sie ihrem Mann zum fünften Hochzeitstag geschenkt.«

Bryce runzelte die Stirn. »Diesen Namen kenne ich doch, oder?«

»Ja, ihnen gehörte das Candleglow Inn«, erklärte Jenny.

»Ach ja. Das waren Ihre Freunde.«

»Sie zählen ebenfalls zu den Vermißten«, warf Tal ein.

»Dan liebte diese Uhr«, sagte Jenny. »Als Sylvia sie ihm kaufte, lief das Hotel noch nicht sehr gut. Eigentlich waren die 750 Dollar eine Ausgabe, die sie sich nicht leisten konnte. Inzwischen ist die Uhr sicherlich noch mehr wert. Dan scherzte immer, daß das wohl die beste Investition gewesen sei, die sie jemals gemacht hatten.« Sie hielt die Uhr hoch, damit Tal und Bryce die Rückseite sehen konnten. Unter dem Firmenlogo befand sich eine Gravur: FÜR MEINEN DAN. Neben der Seriennummer konnte man lesen: IN LIEBE, SYL.

Bryce blickte auf den Schmuck im Spülbecken. »Diese Sachen gehören also anscheinend den Bewohnern von Snowfield.«

»Nun, ich würde sagen, sie gehören den Vermißten«, meinte Tal. »Die Opfer, die wir bisher gefunden haben, trugen noch ihren Schmuck.«

Bryce nickte. »Sie haben recht. Denjenigen, die vermißt werden, hat man offensichtlich alle Wertgegenstände abgenommen, bevor man sie ... irgendwo hingeschafft hat.«

»Diebe hätten ihre Beute nicht einfach so liegenlassen«, sagte Jenny. »Sie hätten diese Sachen nicht gestohlen und dann in ein Spülbecken geworfen, sondern eingepackt und mitgenommen.«

»Und warum liegt das Zeug dann hier?« fragte Bryce.

»Keine Ahnung«, erwiderte Jenny.

Tal zuckte wortlos mit den Schultern.

In den beiden Spülbecken funkelte und glitzerte der Schmuck.

Das Kreischen von Möwen. Hundegebell.

Galen Copperfield sah von dem Bildschirm seines Computers auf, wo er etliche Daten überprüft hatte. Er fühlte sich verschwitzt in seinem Schutzanzug und war müde. Alle Muskeln schmerzten. Einen Augenblick lang dachte er wirklich, Laute von Vögeln und Hunden gehört zu haben.

Dann fauchte eine Katze. Ein Pferd wieherte.

Der General sah sich stirnrunzelnd in dem mobilen Labor um.

Klapperschlangen. Eine ganze Menge. Alle gaben dieses unverkennbare, erschreckende Rasseln von sich.

Summende Bienen.

Die anderen hörten es auch und warfen sich unbehagliche Blicke zu.

»Das kommt durch die Funkgeräte in unseren Anzügen«, sagte Roberts.

»Richtig«, meldete sich Dr. Bettenby aus dem anderen Labor. »Wir hören es hier auch.«

»Gut«, sagte Copperfield. »Dann soll es uns eben seine Tricks vorführen. Wenn wir miteinander sprechen wollen, tun wir das über die Außenlautsprecher.«

Das Summen der Bienen verstummte. Ein Kind begann leise zu singen. Die Stimme klang weit entfernt, und man konnte nicht erkennen, ob es sich um ein Mädchen oder einen Jungen handelte.

»Jesus liebt mich, das weiß ich genau.
So steht es in der Bibel geschrieben.
Die Kinder fühlen sich zu Ihm hingezogen.
Sie sind schwach, aber Er ist stark.«

Die Stimme war süß und melodisch, aber trotzdem unheimlich. Copperfield hatte so etwas noch nie gehört. Obwohl es sich zweifellos um die zarte Stimme eines Kindes handelte, schwang darin etwas mit, das nicht dazu paßte. Die Unschuld fehlte. Ja, es lag ein Wissen über erschreckende Dinge darin. Auch Drohung, Haß und Verachtung. Es war nicht sofort erkennbar, doch unter der Oberfläche hörte man heraus, daß da etwas auf düstere und beängstigende Weise pulsierte.

»Ja, Jesus liebt mich.
Ja, Jesus liebt mich.
Ja, Jesus liebt mich.
So steht es in der Bibel geschrieben.«

»Dr. Paige und der Sheriff haben uns darüber berichtet«, sagte Goldstein. »Sie haben so etwas am Telefon und aus der Spüle gehört. Wir haben ihnen nicht geglaubt, weil es sich so lächerlich anhörte.«

»Doch jetzt klingt das nicht mehr unglaubwürdig«, meinte Roberts.

»Nein.« Goldstein war trotz seines schweren Schutzanzugs anzusehen, daß er zitterte.

»Es funkt uns über die Wellenlänge unserer Geräte in den Anzügen an«, stellte Roberts fest.

»Aber wie?« fragte sich Copperfield.

»Velazquez«, erwiderte Goldstein plötzlich.

»Natürlich«, stimmte Roberts ihm zu. »Velazquez' Anzug war mit einem Funkgerät ausgestattet. Das Ding kommuniziert mit uns über seine Ausrüstung.«

Die Kinderstimme hörte auf zu singen. Im Flüsterton sagte sie: *»Sprecht Eure Gebete. Alle. Vergeßt nicht, zu beten.«* Dann hörte man ein Kichern.

Die Männer warteten gespannt, doch es herrschte eisiges Schweigen.

»Ich glaube, es will uns bedrohen«, sagte Roberts schließlich.

»Verdammt, lassen Sie doch dieses Gerede«, fuhr Copperfield ihn wütend an. »Wir wollen doch jetzt nicht in Panik geraten.«

»Haben Sie bemerkt, daß wir jetzt auch schon von *es* sprechen?« fragte Goldstein.

Copperfield und Roberts warfen sich einen Blick zu und sahen dann ihn an, sagten aber nichts.

»Wie Dr. Paige und der Sheriff reden wir über *es*. Heißt das, daß wir jetzt ... genauso darüber denken wie sie?«

Copperfield hörte immer noch die Stimme des Kindes, die sowohl menschlich als auch unmenschlich geklungen hatte. *Es.*

»Wir haben viel Arbeit zu erledigen«, sagte er mürrisch. Dann setzte er sich wieder an den Computer, hatte aber Schwierigkeiten, sich zu konzentrieren.

Es.

Am Montag nachmittag gegen halb fünf Uhr blies Bryce die Suchaktion ab. Es würde zwar noch einige Stunden lang hell bleiben, aber alle waren erschöpft. Sie waren todmüde, weil sie viele Treppen hinauf- und hinuntergestiegen waren. Der Anblick der Leichen und die anderen unangenehmen Überraschungen hatten sie doch arg mitgenommen. Die menschlichen Tragödien, das Entsetzen und die Angst hatten ihnen die Kehle zugeschnürt. Die ständige Anspannung war ebenso anstrengend wie die körperliche Arbeit.

Bryce hatte erkannt, daß die Männer mit dieser Aufgabe überfordert waren. In fünfeinhalb Stunden war es ihnen lediglich gelungen, einen verdammt kleinen Teil der Stadt zu begehen.

Bei diesem Tempo würde es mindestens zwei Wochen dauern, ganz Snowfield zu durchsuchen – vor allem, weil er seine Leute nur bei Tageslicht losschicken wollte. Wenn sich die Vermißten auch nach der Untersuchung des letzten Hauses der Stadt nicht finden ließen und es keinen Hinweis auf ihren Aufenthaltsort geben würde, müßten die umliegenden Wälder durchkämmt werden, und das war noch weitaus schwieriger zu bewältigen.

Letzte Nacht hatte Bryce noch nicht gewollt, daß die Nationalgarde durch die Stadt trampelte, aber nun hatten er und seine Mannschaft einen ganzen Tag lang die Stadt allein durchsuchen und bewachen müssen. Copperfields Spezialisten hatten ihre Proben genommen und dann die Arbeit damit begonnen.

Sollte sich herausstellen, daß es sich hier nicht um ein biologisches Kampfmittel handelte, würde Bryce gern das Angebot annehmen, seine Männer von der Nationalgarde unterstützen zu lassen.

Ursprünglich hatte er nur sehr wenig von der Situation gewußt und seinen Zuständigkeitsbereich nicht abgeben wollen. Daran hatte sich nichts geändert, doch er brauchte mehr Leute und war jetzt nur allzu gern bereit, die Verantwortung, die von Stunde zu Stunde schwerer auf seinen Schultern lastete, mit anderen zu teilen.

Am Montag nachmittag um halb fünf Uhr rief er daher seine Mannschaft ins Hilltop Inn zurück, telefonierte mit dem Büro des Gouverneurs und besprach sich mit Jack Retlock. Die beiden Männer vereinbarten, daß die Nationalgarde sich bereithalten und sofort anrücken würde, wenn Copperfield grünes Licht gab.

Bryce hatte gerade den Hörer aufgelegt, als Charlie Mercer vom Hauptquartier in Santa Mira anrief. Er berichtete ihm von Fletcher Kales Flucht auf dem Weg zum Gerichtsgebäude, wo der Mörder angeklagt werden sollte.

Charlie wartete ab, bis Bryces Zorn sich einigermaßen gelegt hatte. »Es kommt noch schlimmer«, sagte er dann. »Er hat Joe Fermont umgebracht.«

»Verdammt, auch das noch. Weiß Mary es schon?«

»Ja. Ich bin selbst zu ihr gefahren.«

»Wie hat sie es aufgenommen?«

»Schlecht. Sie waren 26 Jahre verheiratet.«

Wieder ein Toter. Tod überall.

»Was ist mit Kale?« fragte Bryce.

»Wir glauben, daß er sich auf dem Parkplatz gegenüber ein Auto beschafft hat. Ein Wagen wurde dort gestohlen. Wir haben sofort Straßensperren errichtet, aber ich denke, daß er mindestens eine Stunde Vorsprung hat.«

»Dann ist er wohl längst über alle Berge.«

»Wahrscheinlich. Wenn wir diesen Mistkerl bis sieben Uhr nicht geschnappt haben, muß ich die Sperren aufheben. Wir haben zu wenig Männer bei allem, was jetzt geschieht, und können es uns nicht leisten, Personal auf der Straße stehen zu lassen.«

»Wie Sie meinen«, sagte Bryce müde. »Gibt es von der Polizei in San Francisco etwas Neues über die Nachricht, die Harold Ordnay auf dem Spiegel hinterlassen hat?«

»Ja, auch deshalb rufe ich Sie an. Sie haben sich endlich bei uns gemeldet.«

»Und?«

»Sie haben mit den Angestellten in den Buchläden der Ordnays gesprochen. Celia Meddock, die stellvertretende Geschäftsführerin der Filiale, in der ausschließlich mit Raritäten gehandelt wird, konnte sich an den Namen Timothy Flyte erinnern.«

»Ist er ein Kunde?«

»Nein, Autor. Er hat nur ein Buch geschrieben. Raten Sie mal, welchen Titel es trägt.«

»Zum Teufel, woher soll ich denn das wissen! Oh, natürlich – *Der Alte Feind*.«

»Genau«, bestätigte Charlie Mercer.

»Wovon handelt das Buch?«

»Das ist das Interessante dabei. Celia Meddock sagt, darin würde das Phänomen des Massenverschwindens im Lauf der Geschichte beschrieben.«

Einen Moment lang war Bryce sprachlos. »Ist das Ihr Ernst? Soll das heißen, so etwas ist schon öfter vorgekommen?«

»Scheint so. Zumindest konnte ein Buch darüber geschrieben werden.«

»Aber wo? Wann? Warum habe ich noch nie etwas davon gehört?«

»Celia Meddock erzählte etwas über eine rätselhafte Emigration aus Städten der Mayas ...«

Das kam Bryce irgendwie bekannt vor. Ein Artikel aus einem alten Wissenschaftsmagazin fiel ihm ein, in dem von der Kultur der Mayas und verlassenen Städten berichtet worden war.

»... und dann noch etwas über die Kolonie in Roanoke. Das war die erste britische Siedlung in Amerika«, fügte Charlie hinzu.

»Darüber habe ich schon in meinen Schulbüchern gelesen.«

»Viele dieser unerklärlichen Phänomene gehen offensichtlich auf alte Zeiten zurück«, meinte Charlie.

»Meine Güte!«

»Flyte hat anscheinend eine Theorie entwickelt, die diese Ereignisse erklären könnte.«

»Und wie lautet sie?«

»Das wußte Mrs. Meddock nicht. Sie hat das Buch nicht gelesen.«

»Aber Harold Ordnay hat das offensichtlich getan. Und was er hier in Snowfield gesehen hat, muß wohl mit Flytes Theorie genau übereinstimmen. Deshalb schrieb Ordnay den Buchtitel auf den Spiegel.«

»Scheint so.«

Bryce wurde aufgeregt. »Hat sich die Polizei in San Francisco eine Ausgabe davon besorgt?«

»Nein. Mrs. Meddock hatte keine mehr. Sie sagte, Ordnay habe vor zwei oder drei Wochen ein Exemplar verkauft.«

»Können wir uns das Buch besorgen?«

»Es ist hier nie veröffentlicht worden. Das Exemplar, das verkauft wurde, stammte aus England. Das Buch wurde nur dort gedruckt und hatte nur eine kleine Auflage. Es handelt sich um eine Rarität.«

»Und wie steht es mit dem Sammler, dem Ordnay ein Exemplar verkauft hat? Haben wir seinen Namen und seine Adresse?«

»Mrs. Meddock kennt ihn kaum. Er scheint wohl kein Stammkunde zu sein. Sie meinte, Ordnay würde sich möglicherweise noch an ihn erinnern.«

»Das hilft uns nicht weiter. Hören Sie, Charlie, ich brauche unbedingt ein Exemplar dieses Buches.«

»Ich arbeite daran«, versicherte Charlie ihm. »Aber vielleicht erübrigt sich das. Es könnte sein, daß Sie die Geschichte direkt vom Autor zu hören bekommen. Flyte ist im Augenblick von London zu uns unterwegs.«

Jenny saß auf der Kante des großen Tisches in der Mitte der Lobby und starrte Bryce verblüfft an, als er sich in seinem Stuhl zurücklehnte. Sie konnte kaum glauben, was er ihr soeben erzählt hatte. »Er kommt aus London hierher? Und ist bereits unterwegs? Glauben Sie denn, er hat gewußt, was hier passieren würde?«

»Wahrscheinlich nicht«, erwiderte Bryce. »Ich denke eher, er sah seine Theorie in dem Augenblick bestätigt, als er von diesem Fall hörte.«

»Wie immer sie auch lauten mag.«

»Richtig.«

Tal stellte sich vor den Schreibtisch. »Wann wird er erwartet?«

»Kurz nach Mitternacht wird er in San Francisco eintreffen. Sein Verleger hier in den Vereinigten Staaten will am Flughafen eine Pressekonferenz mit ihm abhalten. Danach soll er sofort nach Santa Mira gebracht werden.«

»Ein Verleger in Amerika?« fragte Frank Autry. »Ich dachte, sein Buch sei hier nie erschienen.«

»Ist es auch nicht«, erwiderte Bryce. »Offensichtlich schreibt er gerade ein neues.«

»Über Snowfield?« wollte Jenny wissen.

»Keine Ahnung. Wahrscheinlich.«

Jenny runzelte die Stirn. »Meine Güte, er arbeitet aber schnell. Schon einen Tag, nachdem es passiert ist, hat er einen Vertrag, darüber ein Buch zu schreiben.«

»Ich wünschte, er würde noch rascher arbeiten und wäre jetzt bereits hier.«

Tal sagte: »Ich glaube, Doc meint damit, dieser Flyte könnte nur ein Geschäftemacher sein, der aus der Sache Kapital schlagen will.«

»Genau«, bestätigte Jenny.

»Das wäre möglich«, gab Bryce zu. »Aber vergeßt nicht, daß Ordnay seinen Namen auf den Spiegel geschrieben hat. In gewisser Weise ist Ordnay unser einziger Zeuge, und aus seiner Nachricht können wir schließen, daß sich das, was hier geschehen ist, mit den Theorien in Flytes Buch in Verbindung bringen läßt.«

»Verdammt«, fluchte Frank. »Sollte Flyte wirklich Informationen haben, die uns helfen könnten, hätte er sofort anrufen müssen, anstatt uns hier warten zu lassen.«

»Allerdings«, sagte Tal. »Bis Mitternacht sind wir vielleicht alle schon tot. Er hätte uns sagen müssen, was wir unternehmen sollen.«

»Da liegt der Hase im Pfeffer«, erklärte Bryce.

»Wie meinen Sie das?« fragte Jenny.

Bryce seufzte. »Nun, ich habe das Gefühl, Flyte hätte uns angerufen, wenn er wüßte, wie wir uns schützen sollen. Ich befürchte, er weiß zwar, mit welcher Kreatur oder übernatürlichen Macht wir es hier zu tun haben, aber er hat nicht die leiseste Ahnung, was man dagegen tun kann. Unabhängig davon, was er uns erzählen kann, wird er wahrscheinlich nicht in der Lage sein, uns das zu verraten, was wir wirklich wissen müßten – wie wir einen Ausweg finden könnten, um unser Leben zu retten.«

Jenny und Bryce tranken in der Einsatzzentrale Kaffee und sprachen darüber, was sie tagsüber entdeckt hatten. Sie versuchten, Erklärungen für all diese sinnlosen Dinge zu finden: die verhöhnende Kreuzigung des Priesters, die Kugeln auf dem Küchenboden im Haus der Sheffields, die Leichen in den von innen verriegelten Autos ...

Lisa saß neben ihnen. Allem Anschein nach war sie in ein Kreuzworträtselheft vertieft, das sie in einem der Häuser gefunden hatte. Plötzlich hob sie jedoch den Kopf. »Ich weiß, warum die Schmuckstücke in der Spüle lagen.«

Jenny und Bryce sahen sie erwartungsvoll an.

»Erstens muß man davon ausgehen, daß alle Vermißten tot sind«, sagte das Mädchen und beugte sich vor. »Sie sind tot – daran besteht kein Zweifel.«

»Aber ganz sicher ist das nicht, Schätzchen«, meinte Jenny.

»Sie sind tot«, erwiderte Lisa leise. »Ich weiß es, und ihr wißt es auch.« Ihre grünen Augen glänzten, als habe sie Fieber. »*Es* hat sie geholt und dann aufgefressen.«

Jenny dachte an Lisas Reaktion, als Bryce ihnen am Abend zuvor von den gequälten Schreien am Telefon erzählt hatte, nachdem *es* in der Leitung gewesen war. Lisa hatte gesagt: *»Vielleicht hat es irgendwo an einem dunklen Ort – in einem Keller oder einer Höhle – ein Netz gesponnen und alle Vermißten in einem Kokon bei lebendigem Leib aufgehängt. Es hebt sie sich möglicherweise auf, bis es wieder Hunger bekommt.«*

Alle hatten das Mädchen angestarrt und beinahe gelacht, doch dann begriffen sie, daß in ihren Worten ein Funken Wahrheit stecken konnte, auch wenn sie noch so verrückt klangen. Es mußte ja nicht unbedingt ein Netz, Kokons oder riesige Spinnen geben, aber um irgendein Ding handelte es sich hier. Zuerst hatte niemand es sich eingestehen wollen, doch es bestand die Möglichkeit, daß es ein unbekanntes Wesen gab, das Menschen auffraß.

Und jetzt beharrte Lisa noch einmal darauf: »Es hat sie aufgefressen.«

»Aber wie erklärt das die Sache mit dem Schmuck?« fragte Bryce.

»Nun, nachdem es die Leute verspeist hat, hat es möglicherweise die Juwelen wieder ausgespuckt«, erklärte Lisa. »So wie wir einen Kirschkern ausspucken würden.«

Dr. Sara Yamaguchi betrat das Hilltop, beantwortete an der Tür kurz eine Frage der Wache und ging dann durch die Lobby zu Jenny und Bryce hinüber. Sie trug zwar noch ihren Schutzanzug, aber den Helm, die Sauerstoffflasche und die Luftbereinigungsanlage hatte sie abgelegt. In der Hand hielt sie einige zusammengefaltete Kleidungsstücke und einen dicken Stapel hellgrüner Notizblätter.

Jenny und Bryce standen auf, um sie zu begrüßen. »Ist die Quarantäne schon aufgehoben?« fragte Jenny.

»Schon? Ich habe das Gefühl, als hätte ich jahrelang in diesem Anzug gesteckt.« Ihre Stimme klang viel angenehmer und heller als über die Sprechanlage und paßte zu ihrer zarten Figur. »Es ist herrlich, wieder frische Luft einatmen zu können.«

»Sie haben Bakterienkulturen angelegt, oder?« fragte Jenny.

»Ich habe damit angefangen.«

»Dauert es nicht vierundzwanzig bis achtundvierzig Stunden, bis man die Ergebnisse ablesen kann?«

»Doch, aber wir sind zu dem Entschluß gekommen, daß es sinnlos ist, noch länger zu warten. Mit den Kulturen werden wir keine Bakterienstämme bekommen – weder bösartige noch andere.«

Diese eigenartige Aussage verwirrte Jenny, aber bevor sie nachfragen konnte, sprach die Genetikerin weiter: »Außerdem hat Meddy uns gesagt, es sei sicher.«

»Meddy?«

»Die Abkürzung für medizinische Analyse- und Berechnungssysteme«, erklärte Dr. Yamaguchi. »Unser Computer

Meddy hat alle Daten der Autopsien und Tests umgesetzt, dann berechnet, wie groß die Möglichkeit ist, daß es sich hier um eine biologische Versuchung handelt, und ist zu dem Ergebnis gekommen, daß die Chance bei Null Komma Null liegt.«

»Und Sie vertrauen einer Computeranalyse so sehr, daß Sie ungefilterte Luft einatmen?« fragte Bryce erstaunt.

»Meddy hat sich in über achthundert Probeläufen kein einziges Mal geirrt.«

»Aber das hier ist kein Probelauf«, wandte Jenny ein.

»Richtig, doch nach allem, was wir bei den Autopsien und pathologischen Test herausgefunden haben ...« Dr. Yamaguchi hob die Schultern und reichte Jenny die grünen Blätter. »Hier. Das sind die Ergebnisse. General Copperfield meinte, Sie würden sie sich gern ansehen. Wenn Sie Fragen dazu haben, erkläre ich Ihnen gerne den Sachverhalt. Alle Männer sind jetzt in den Labors und ziehen sich die Schutzanzüge aus, und ich sehne mich auch danach. Mich juckt es bereits überall.« Sie lächelte und kratzte sich am Hals. Die behandschuhten Finger hinterließen leichte rote Streifen auf ihrer porzellanfarbenen Haut. »Kann ich mich hier irgendwo waschen?«

»In einer Ecke in der Küche haben wir ein Waschbecken aufgestellt, und es gibt dort auch Seife und Handtücher. Die Intimsphäre ist zwar leider nicht gewahrt, aber darauf wollten wir verzichten, um nicht allein zu sein.«

Dr. Yamaguchi nickte. »Verständlich. Wo finde ich dieses Waschbecken?«

Lisa sprang auf und warf das Kreuzworträtselheft zur Seite. »Ich zeige es Ihnen. Außerdem werde ich darauf achten, daß die Männer, die in der Küche arbeiten, Ihnen den Rücken zudrehen und keine neugierigen Blicke riskieren.«

Bei den blaßgrünen Blättern handelte es sich um Computerausdrucke, die auf eine Länge von 30 cm zugeschnitten, numeriert und am linken Rand mit einer Plastikschiene zusammengeheftet waren.

Bryce sah Jenny über die Schulter, während sie den ersten Teil mit Seth Goldsteins Aufzeichnungen über die Autopsie von Gary Wechlas Leiche durchblätterte. Goldstein hatte Anzeichen für ein mögliches Ersticken und heftige allergische Reaktionen auf eine unbekannte Substanz gefunden, konnte die genaue Todesursache aber nicht feststellen.

Das Ergebnis der ersten pathologischen Tests erregte Jennys Aufmerksamkeit ganz besonders. Mit Proben von Gary Wechlas Hautgewebe und Körperflüssigkeiten waren Bakterienkulturen angelegt und mikroskopisch untersucht worden. Durch eine Dunkelfelduntersuchung hatte man nach kleinsten Mikroorganismen in seinem Körper gesucht. Das Testergebnis war verblüffend.

BAKTERIENKULTUR – COMPUTERGESTEUERT
ÜBERWACHT VON BETTENBY
20 DER PROBEN WURDEN ANSCHLIESSEND
PERSÖNLICH ÜBERPRÜFT

ERSTE PROBE:
ESCHERICHIA COLI
KEINE FORMEN VORHANDEN
UNNORMALE DATEN – KEINE LEBENDEN
KOLIBAKTERIEN IM DARM

KLOSTRIDIEN
KEINE FORMEN VORHANDEN
UNNORMALE DATEN
KEINE LEBENDEN KLOSTRIDIEN VORHANDEN

PROTEUS-BAKTERIEN
KEINE FORMEN VORHANDEN
UNNORMALE DATEN

Weitere Bakterienarten wurden aufgelistet, nach denen der Computer und Dr. Bettenby gesucht hatten. Das Ergebnis war bei allen Tests gleich.

Jenny erinnerte sich an Dr. Yamaguchis Bemerkung, die sie nicht verstanden hatte: keine bösartigen oder andere Bakterien. Diese Daten waren wirklich so ungewöhnlich, wie der Computer festgestellt hatte.

»Komisch«, sagte Jenny.

»Ich verstehe kein Wort von dem, was da steht. Könnten Sie das bitte für mich übersetzen?«

»Nun, normalerweise wimmelt es in einer Leiche von Bakterien«, erklärte Jenny. »Eine Zeitlang bildet sie einen idealen Nährboden. So viele Stunden nach Gary Wechlas Tod müßten sich in seinem Körper sehr viele Klostridien befinden, die sich durch die Gasbildung entwickeln.«

»Und?«

»In der Probe finden sich keine lebenden Klostridien. Der Darm müßte eigentlich auch von Proteus-Bakterien angefüllt sein. Dabei handelt es sich um Saprophyten.«

»Erklären Sie mir das«, bat Bryce geduldig.

»Verzeihung. Das heißt, daß diese Bakterien in toten oder verfaulenden Körpern gedeihen.«

»Und Wechlas ist zweifellos tot.«

»Allerdings. Und deshalb hätte man noch weitere Bakterienarten finden müssen. Mikrokokken, zum Beispiel, oder den Bazillus mesentericus. Es gab allerdings überhaupt keine Mikroorganismen, die man normalerweise bei einer Leiche im Zustand der Verwesung vorfindet. Noch seltsamer ist, daß sich auch keine lebenden Kolibakterien im Körper befanden. Selbst vor Wechlas Tod hätten sie in einer Vielzahl dort leben müssen – und sollten eigentlich auch jetzt noch da sein. Wir alle haben Kolibakterien im Dickdarm. Sie, ich, Gary Wechlas, alle. Solange sie im Darm bleiben, sind sie üblicherweise nicht schädlich.« Jenny blätterte weiter. »Hier, sehen Sie sich das an. Bei der Suche nach toten Mikroorganismen wurden eine Menge Kolibakterien gefunden. Alle waren längst abgestorben. In Wechlas' Körper gibt es keine lebenden Bakterien.«

»Und was bedeutet das?« fragte Bryce. »Etwa, daß die Leiche nicht verwest?«

»Nicht nur das. Es wird noch unverständlicher. Der Grund,

daß die Leiche nicht verwest, ist eine massive Dosis von Sterilisierungs- und Stabilisierungsmitteln, die injiziert wurden, Bryce. Die Leiche wurde mit einem äußerst wirksamen Konservierungsmittel behandelt.«

Lisa brachte ein Tablett mit vier Tassen Kaffee, Löffeln und Servietten an den Tisch, an dem Dr. Yamaguchi, Jenny und Bryce saßen. Sie reichte jedem eine Tasse und nahm die vierte in die Hand.

Sie befanden sich im Speisesaal des Hilltop an der Fensterfront. Draußen war die Straße in das rotgoldene Licht der Nachmittagssonne getaucht.

In einer Stunde ist es wieder dunkel, dachte Jenny. Dann werden wir eine weitere lange Nacht durchstehen müssen. Sie schauderte. Den heißen Kaffee brauchte sie jetzt wirklich dringend.

Sara Yamaguchi trug nun eine hellbraune Cordhose und eine gelbe Bluse. Ihr langes schwarzes Haar fiel ihr seidig glänzend über die Schultern. »Wahrscheinlich haben Sie alle schon etliche dieser alten Tierfilme von Walt Disney gesehen und wissen, daß einige Spinnen- und Wespenarten – und auch andere Insekten – ihren Opfern ein Konservierungsmittel injizieren, um sie für späteren Verzehr oder die Fütterung ihrer Jungen aufheben zu können«, sagte sie. »Das Mittel in Mr. Wechlas' Gewebe ähnelt diesen Substanzen, ist aber komplizierter aufgebaut und wirkt viel stärker.«

Jenny dachte an die unglaublich große Motte, die Stewart Wargle angefallen und getötet hatte. Diese Kreatur konnte jedoch unmöglich ganz Snowfield ausgelöscht haben. Selbst wenn Hunderte dieser Wesen irgendwo in der Stadt gelauert hätten, wäre es ihnen nicht gelungen, alle Einwohner zu erwischen. Eine Motte von dieser Größe konnte sich auf keinen Fall Zugang zu verschlossenen Autos und Häusern oder verbarrikadierten Zimmern verschaffen. Da draußen war noch etwas anderes.

»Wollen Sie damit sagen, ein Insekt hat all diese Menschen getötet?« fragte Bryce Sara Yamaguchi.

»Die uns vorliegenden Untersuchungsergebnisse sprechen nicht dafür. Ein Insekt hätte das Konservierungsmittel mit einem Stachel injiziert. Es wäre also dann auf jeden Fall ein Einstich da. Auch wenn er winzig wäre, hätten wir ihn entdeckt. Seth Goldstein hat buchstäblich jeden Quadratzentimeter der Leiche mit einem Vergrößerungsglas untersucht. Er hat sogar die Körperbehaarung mit einer Creme entfernt, um die Haut noch genauer betrachten zu können. Es gab keinen Einstich oder eine andere Verletzung, die durch die Injektion hätte entstehen müssen. Wir befürchteten, uns getäuscht zu haben, deshalb haben wir eine zweite Autopsie vorgenommen.«

»Bei Karen Oxley«, sagte Jenny.

»Ja.« Sara beugte sich zum Fenster vor, beobachtete einen Moment lang die Straße und hielt nach General Copperfield und den anderen Ausschau. Dann drehte sie sich wieder um und sagte: »Wir haben die gleichen Testergebnisse erhalten. Keine lebenden Bakterien im Darm. Die Verwesung wurde auf unnatürliche Weise aufgehalten, und das Gewebe war mit einem Konservierungsmittel durchtränkt. Die Daten waren wieder völlig unverständlich, aber zumindest wissen wir jetzt, daß wir uns nicht geirrt haben.«

»Aber wie kam das Mittel in den Körper, wenn es nicht injiziert wurde?« fragte Bryce.

»Wir vermuten, daß es extrem leicht absorbierbar ist, durch Hautkontakt in den Körper eindringt und sich innerhalb weniger Sekunden im Gewebe verteilt.«

»Könnte es sich eventuell doch um ein Nervengas handeln? Möglicherweise ist das Präservieren der Leichen nur ein Nebeneffekt«, meinte Jenny.

»Nein«, widersprach Sara Yamaguchi. »Bei Gas hätten wir Rückstände an den Kleidern der Opfer gefunden, und das war nicht der Fall. Außerdem hat diese Substanz zwar eine toxische Wirkung, aber die chemische Analyse zeigt, daß es sich nicht um einen Giftstoff, sondern eben um ein Konservierungsmittel handelt.«

»War diese Substanz die Todesursache?« fragte Bryce.

»Sie hat sicherlich dazu beigetragen, aber genaue Aussagen können wir darüber noch nicht machen. Zum Teil wurde der Tod wohl durch die toxische Wirkung verursacht, wir haben jedoch auch Anzeichen für Sauerstoffmangel entdeckt. Bei den Opfern wurde die Luftröhre für einen gewissen Zeitraum zugedrückt oder völlig blockiert.«

Bryce beugte sich vor. »Also wurden sie stranguliert und sind erstickt?«

»Ja, aber wir wissen noch nicht genau, auf welche Weise.«

»Aber das kann doch nicht sein«, warf Bryce ein. »Das hätte mindestens ein oder zwei Minuten gedauert. Diese Leute sind aber schnell gestorben – innerhalb von wenigen Sekunden.«

»Außerdem haben wir bei den Oxleys keinerlei Anzeichen für einen Kampf gefunden«, sagte Jenny. »Menschen, die erdrosselt werden, schlagen in der Regel wild um sich und werfen dabei Gegenstände um.«

Die Genetikerin nickte. »Richtig. Das ergibt keinen Sinn.«

»Warum sind die Körper so stark angeschwollen?« wollte Bryce wissen.

»Wir halten das für eine toxische Reaktion auf das Konservierungsmittel.«

»Die Verfärbungen auch?«

»Nein. Da ... da liegt die Sache anders.«

»Inwiefern?«

Sara antwortete nicht sofort, sondern starrte einen Moment lang stirnrunzelnd auf ihre Kaffeetasse. »Die Haut und das darunter liegende Gewebe zeigen eindeutig, daß die Verfärbungen durch äußere Einwirkung verursacht wurden. Es handelt sich um klassische Prellungen, die weder auf die Schwellungen noch auf die allergische Reaktion auf das Konservierungsmittel zurückzuführen sind. Allem Anschein nach sind die Opfer wiederholt von heftigen Schlägen getroffen worden. Das ist einfach verrückt, denn wird jemand so brutal geschlagen, findet man zumindest eine Fraktur. Und noch etwas: Die Prellungen sind am ganzen Körper gleich stark. An den Oberschenkeln, den Händen, auf der Brust, überall. Das ist eigentlich völlig unmöglich.«

»Warum?« fragte Bryce.

Jenny erklärte es ihm. »Wenn jemand mit einem schweren Gegenstand geschlagen wird, werden zwangsläufig einige Körperteile stärker verletzt als andere. Niemand kann jeden Hieb mit der gleichen Wucht und im gleichen Winkel ausführen. Aber genau das wäre nötig gewesen, um diese Prellungen zu verursachen.«

»Außerdem sind auch an Körperstellen Blutergüsse vorhanden, die ein Angreifer mit einem Schlagstock oder einer ähnlichen Waffe niemals treffen würde«, fügte Sara hinzu. »Unter den Achselhöhlen, zwischen den Hinterbacken oder an den Fußsohlen. Mrs. Oxley hatte sie auch dort, obwohl sie Schuhe trug!«

»Anscheinend sind die Verletzungen des Unterhautgewebes, das die Verfärbungen verursachte, nicht durch Schläge entstanden«, sagte Jenny.

»Aber wodurch dann?« fragte Bryce.

»Ich habe keine Ahnung.«

»Und sie sind schnell gestorben«, gab Lisa noch einmal zu bedenken.

Sara lehnte sich in ihrem Stuhl zurück, kippte ihn nach hinten und sah wieder aus dem Fenster zu dem Hügel hinauf, wo die Labors standen.

»Dr. Yamaguchi, was ist Ihre Meinung?« fragte Bryce. Ich meine damit nicht Ihr sachkundiges Urteil, sondern Ihre persönliche Ansicht. Haben Sie irgendeine Theorie, was hier vor sich geht?«

Sie wandte sich ihm zu und schüttelte den Kopf. Ihr schwarzes Haar schwang hin und her und fing die Strahlen der sinkenden Sonne ein. Rote, grüne und blaue Lichtreflexe leuchteten kurz auf und schimmerten wie ein Regenbogen in einer Ölpfütze. »Nein, ich habe leider keine Theorie. Keine logische Erklärung. Nur denke ich …«

»Was?«

»Nun, ich glaube jetzt, daß es eine kluge Entscheidung war, Isley und Arkham mitzunehmen.«

Jenny stand dem Gedanken an eine außerirdische Invasion immer noch skeptisch gegenüber, aber Lisa war fasziniert.

»Glauben Sie wirklich, es kommt aus einer anderen Welt?« fragte das Mädchen.

»Vielleicht gibt es auch noch andere Möglichkeiten«, erwiderte Sara. »Aber im Augenblick fällt mir keine ein.« Sie sah auf ihre Armbanduhr und rutschte ungeduldig auf ihrem Stuhl hin und her. »Wo bleiben sie denn nur so lange?« Wieder sah sie aus dem Fenster.

In den Bäumen draußen rührte sich nichts. Die Markisen vor den Läden hingen schlaff herunter. Die Stadt war totenstill.

»Sagten Sie nicht, die Männer wollten die Schutzanzüge verpacken?«

»Schon, aber das dürfte nicht so lange dauern.«

»Wenn etwas passiert wäre, hätten wir Schüsse gehört.«

»Oder Explosionen«, sagte Jenny. »Sie haben doch Molotowcocktails gebastelt.«

»Sie hätten bereits vor fünf oder zehn Minuten hier sein müssen«, beharrte die Wissenschaftlerin. »Und es ist immer noch keine Spur von ihnen in Sicht.«

Jenny dachte an die unglaubliche Lautlosigkeit, mit der *es* sich Jake Johnson geholt hatte.

Bryce zögerte einen Augenblick lang und schob dann seinen Stuhl zurück. »Ich denke, es kann nichts schaden, wenn ich mit ein paar Männern hingehe und nachsehe.«

Sara Yamaguchi wandte sich abrupt vom Fenster ab. »Irgend etwas stimmt hier nicht.«

»Nein, das glaube ich weniger«, sagte Bryce.

»Aber Sie spüren es doch auch«, entgegnete Sara. »Das weiß ich. Meine Güte.«

»Machen Sie sich keine Sorgen«, beruhigte Bryce sie, doch der Ausdruck in seinen Augen war nicht so gelassen, wie seine Stimme klang. Während der vergangenen vierundzwanzig Stunden hatte Jenny gelernt, in diesen halbgeschlossenen Augen zu lesen. Jetzt drückten sie Anspannung und nackte Angst aus.

»Es ist noch viel zu früh, um sich aufzuregen«, fuhr Bryce fort.

Aber alle wußten es. Sie wollten es nicht wahrhaben, doch es war ihnen ganz klar.

Der Schrecken hatte wieder begonnen.

Bryce wählte Tal, Frank und Gordy als Begleitung zu dem Laborwagen aus.

»Ich komme auch mit«, erklärte Jenny.

Bryce war damit nicht einverstanden. Er hatte mehr Angst um sie als um Lisa, um seine eigenen Männer oder um sich selbst.

Eine unerwartete und außergewöhnliche Beziehung war zwischen ihnen entstanden. Bryce fühlte sich wohl in Jennys Gegenwart, und ihr schien es genauso zu gehen. Er wollte sie nicht verlieren.

»Es wäre mir lieber, wenn Sie hierbleiben würden«, sagte er deshalb.

»Ich bin Ärztin«, entgegnete Jenny, als wäre das nicht nur ihr Beruf, sondern ein Schutzschild, das jede Gefahr von ihr fernhalten würde.

»Das hier ist eine regelrechte Festung. Hier ist es sicherer.«

»Nirgendwo ist es sicher.«

»Das habe ich auch nicht behauptet. Ich sagte nur, hier ist es *sicherer*.«

»Vielleicht brauchen sie ärztliche Hilfe.«

»Wenn sie wirklich angegriffen wurden, sind sie entweder tot oder verschwunden. Bisher haben wir noch keine Verletzten gefunden, oder?«

»Es gibt immer ein erstes Mal.« Jenny drehte sich zu Lisa um. »Hol mir meinen Arztkoffer, Liebes.«

Das Mädchen rannte sofort zu der behelfsmäßigen Krankenstation.

»Lisa bleibt aber auf jeden Fall hier«, erklärte Bryce.

»Nein«, widersprach Jenny. »Sie bleibt bei mir.«

»Hören Sie zu, Jenny«, begann Bryce aufgebracht. »Hier herrscht der Ausnahmezustand. Ich kann Ihnen befehlen, hierzubleiben.«

»Und wie wollen Sie Ihren Befehl durchsetzen? Etwa mit

der Waffe?« gab sie zurück, wobei ihre Stimme jedoch keineswegs feindselig klang.

Lisa kehrte mit der schwarzen Ledertasche zurück.

Sara Yamaguchi stand bereits an der Eingangstür des Hotels und rief: »Beeilen Sie sich. Bitte kommen Sie schnell.«

Wenn *es* wirklich über das Labor hergefallen war, gab es wohl keinen Grund mehr zur Eile.

Bryce warf Jenny einen Blick zu. Ich kann dich nicht beschützen, Doc. Verstehst du das nicht? Bleib hier, wo die Fenster verriegelt und die Türen bewacht sind. Verlaß dich nicht darauf, daß ich dich beschützen werde, denn ich werde dich enttäuschen. So wie ich auch Ellen enttäuscht habe ... und Timmy.

»Also los«, sagte Jenny.

Bryce war sich seiner Machtlosigkeit schmerzlich bewußt, als er die Gruppe aus dem Hotel auf die Straße führte, wo *es* an der nächsten Ecke lauern konnte. Tal ging mit Bryce voraus. Lisa, Sara Yamaguchi und Lisa folgten ihnen, und Frank und Gordy bildeten die Nachhut.

Langsam wurde es kühl. In dem Tal unterhalb der Stadt hatte sich leichter Nebel gebildet; in knapp einer Dreiviertelstunde würde es dunkel werden. Die untergehende Sonne warf blutrote Strahlen auf die Straßen. Überall tauchten lange, verzerrte Schatten auf. In den Fenstern der Häuser spiegelte sich das Lichtfeuer – der Anblick erinnerte Bryce an die Augenhöhlen einer Kürbislaterne an Halloween.

Die Stille auf der Straße schien noch bedrohlicher als am Vorabend.

Ihre Schritte hallten, als durchquerten sie eine riesige, verlassene Kathedrale.

Vorsichtig gingen sie um die Kurve.

Drei leere Schutzanzüge lagen zusammengeknüllt mitten auf der Straße. Ein weiterer befand sich halb im Rinnstein, halb auf dem Gehsteig. Zwei der Helme waren zerbrochen.

Etliche Maschinenpistolen waren auf der Straße verstreut, einige unbenützte Molotowcocktails am Straßenrand aufgereiht.

Die hintere Tür des Wohnmobils stand offen. Im Wagen lagen weitere leere Schutzanzüge und Waffen. Von den Männern keine Spur.

»General? General Copperfield?« rief Bryce.

Grabesstille.

»Seth!« schrie Sara Yamaguchi. »Will? Will Bettenby? Galen? Meldet euch doch bitte!«

Nichts. Niemand.

»Sie konnten keinen einzigen Schuß abgeben«, sagte Jenny.

»Und auch nicht schreien«, fügte Tal hinzu. »Die Wachen an der Eingangstür des Hotels hätten das auf jeden Fall gehört.«

»Scheiße«, stieß Gordy hervor.

Bei beiden Wohnmobilen standen die hinteren Türen offen. Bryce hatte das Gefühl, daß sie dort drin etwas erwartete. Am liebsten hätte er sich umgedreht und wäre davongelaufen, aber das konnte er nicht tun. Wenn er in Panik geriet, würde das die anderen mitreißen, und Panik war eine Einladung dazu, sich töten zu lassen.

Sara ging auf die Hintertür des ersten Wohnmobils zu, aber Bryce hielt sie zurück.

»Verdammt, das sind meine Freunde!« protestierte sie.

»Ich weiß«, sagte Bryce. »Aber lassen Sie mich zuerst einen Blick hineinwerfen.«

Einen Augenblick lang konnte er sich jedoch überhaupt nicht bewegen. Vor Angst war er wie gelähmt. Doch dann ging er los.

11
Computerspiele

Bryce hatte seine Dienstwaffe gezogen und entsichert. Mit seiner freien Hand riß er die Tür weit auf, sprang zurück und richtete seine Pistole auf das Labor.

Es war leer. Auf dem Boden lagen zwei zerknitterte Schutzanzüge, ein weiterer hing über einem Drehstuhl vor einem der Computer.

Er ging weiter zu dem zweiten Labor.

»Lassen Sie mich das machen«, sagte Tal.

Bryce schüttelte den Kopf. »Nein, bleiben Sie bei den Frauen – sie sind unbewaffnet. Wenn dort irgend etwas herauskommt, nachdem ich die Tür geöffnet habe, laufen Sie los.«

Sein Herz klopfte ihm bis zum Hals, als er seine Hand auf die Tür des zweiten Wagens legte. Er zögerte und stieß sie dann vorsichtig auf.

Dieses Labor war ebenfalls leer. Außer zwei Schutzanzügen war nichts zu sehen.

Als Bryce seinen Kopf in den Wagen streckte, ging plötzlich die Deckenbeleuchtung aus. Erschrocken über die plötzliche Dunkelheit zuckte er zurück, doch eine Sekunde später brannte wieder Licht. Allerdings kam es nicht von den Lampen an der Decke. Das seltsame grüne Leuchten verwirrte ihn, bis er bemerkte, daß es von den drei Bildschirmen kam, die sich alle gleichzeitig eingeschaltet hatten. Dann erlosch es wieder. Auf den Monitoren begann es zu flackern – zuerst auf allen dreien gleichzeitig, dann abwechselnd. Immer wieder gingen sie an und aus. Schließlich waren sie alle auf einmal in Betrieb und verbreiteten ein unheimliches Licht in dem Labor.

»Ich gehe hinein«, sagte Bryce. Die anderen protestierten, doch er lief rasch über die Stufe durch die Tür. Vor dem ersten Monitor blieb er stehen und betrachtete die sechs Wörter, die hellgrün auf dem dunklen Hintergrund aufleuchteten.

JESUS LIEBT MICH – DAS WEISS ICH.

Bryce warf einen Blick auf die anderen beiden Bildschirme. Auf ihnen stand das gleiche geschrieben. Ein kurzes Flackern, dann veränderte sich der Text.

DENN SO STEHT ES IN DER BIBEL GESCHRIEBEN.

Bryce runzelte die Stirn. Was war das nur für ein Programm? Das waren doch die Worte aus dem Lied, das im Hotel aus dem Abfluß gekommen war.

IN DER BIBEL STEHT NUR SCHEISSE, teilte ihm der Computer jetzt mit und begann wieder zu flackern.

JESUS IST TOT.

Die letzten drei Wörter blieben einige Sekunden lang auf dem Schirm. Bryce hatte den Eindruck, als verbreite das grüne Licht Kälte. So wie ein Kaminfeuer warmes Licht ausstrahlte, gab dieses Leuchten eine Eiseskälte ab, die ihm durch die Knochen fuhr.

Das war kein normales Programm – und ganz bestimmt auch kein Code oder System, das General Copperfields Männer eingespeichert hatten.

Wieder flackerte es.

JESUS IST TOT. GOTT IST TOT.

Flackern.

ICH LEBE.

Flackern.

WIE WÄRE ES MIT EINEM RATESPIEL?

Bryce blickte auf den Bildschirm und fühlte eine abergläubische Angst in sich aufsteigen. Furcht und eine gewisse Scheu schnürten ihm die Kehle zu. Sein Magen verkrampfte sich, aber er wußte nicht genau, warum. Ganz tief in sich, auf einer Ebene seines Unterbewußtseins, spürte er, daß er sich in der Gegenwart von etwas befand, das böse war, aus alter Zeit stammte ... und irgendwie vertraut war. Wie aber konnte er es kennen? Er wußte schließlich nicht einmal, was *es* war. Und trotzdem ... Vielleicht kannte er es doch. Tief in seinem Inneren und instinktiv wußte er möglicherweise Bescheid. Wenn es ihm nur gelingen würde, Zugang zu den Erinnerungen an seine kulturelle Geschichte zu bekommen. Er war immer noch skeptisch, glaubte aber, daß ihm das helfen könnte, die Wahrheit über das Ding herauszufinden, das die Einwohner Snowfields überwältigt und abgeschlachtet hatte.

Wieder ein Flackern.

SHERIFF HAMMOND? WOLLEN SIE EIN RATESPIEL MIT MIR MACHEN?

Es erschreckte Bryce, seinen Namen auf dem Schirm zu lesen. Dann aber folgte eine noch größere und unangenehmere Überraschung.

ELLEN.

Da stand der Name seiner toten Frau in leuchtenden Buchstaben geschrieben. Jeder Muskel seines Körpers spannte sich an. Er wartete darauf, daß noch etwas erscheinen würde, doch eine Zeitlang war nur dieser Name zu lesen, der ihm so viel bedeutete, und es gelang ihm nicht, seinen Blick abzuwenden. Doch dann ...

ELLEN VERFAULT.

Das verschlug ihm den Atem. Wie konnte es etwas über Ellen wissen?

ELLEN FÜTTERT JETZT DIE WÜRMER.

Was war das? Und was hatte es zu bedeuten?

TIMMY WIRD STERBEN.

Die Prophezeiung glühte grün auf.

Bryce schnappte nach Luft. »Nein«, flüsterte er. Während der vergangenen Jahre hatte er oft gedacht, es wäre besser, wenn Timmy erlöst würde. Noch gestern hätte er gesagt, daß ein schneller Tod für seinen Sohn ein Segen wäre. Aber jetzt dachte er anders darüber. Snowfield hatte ihm gezeigt, daß es nichts Schlimmeres gab als den Tod. In den Armen des Todes gab es keine Hoffnung mehr, doch solange Timmy lebte, bestand sie noch. Schließlich hatten ihm die Ärzte gesagt, sein Sohn habe keine schweren Hirnschädigungen davongetragen. Wenn er also aus dem Koma erwachen würde, hätte er eine gute Chance, wieder ganz gesund zu werden. Es gab die Möglichkeit einer Heilung, und es gab Hoffnung. Also sagte Bryce nein zu dem Computer. »Nein.«

TIMMY WIRD VERFAULEN. ELLEN VERFAULT. ELLEN VERFAULT IN DER HÖLLE.

»Wer bist du?« fragte Bryce und kam sich sofort albern vor, weil er mit dem Computer wie mit einem Menschen sprach. Wenn er eine Frage stellen wollte, mußte er sie eingeben.

WIE WÄRE ES MIT EINER KLEINEN UNTERHALTUNG?

Bryce wandte sich von dem Terminal ab, ging zur Tür und lehnte sich aus dem Wagen.

Die anderen waren erleichtert, ihn zu sehen.

Er räusperte sich und versuchte seine Erschütterung zu verbergen. »Dr. Yamaguchi, ich brauche Ihre Hilfe.«

Tal, Jenny, Lisa und Sara Yamaguchi stiegen in das Wohnmobil. Frank und Gordy blieben auf der Straße und sahen sich in der jetzt rasch eintretenden Dämmerung nervös um.

Bryce zeigte Sara die Bildschirme.

WIE WÄRE ES MIT EINER KLEINEN UNTERHALTUNG?

Er erzählte den anderen, was er bisher gesehen hatte.

»Aber das ist unmöglich«, unterbrach Sara ihn. »Der Computer hat kein Programm, das dieses Vokabular enthält und es ihm ermöglichen würde ...«

»Etwas hat den Computer unter Kontrolle«, sagte Bryce.

»Unter Kontrolle? Wie denn?« fragte Sara stirnrunzelnd.

»Das weiß ich nicht.«

»Und wer soll das sein?«

»Nicht *wer*«, sagte Jenny und legte den Arm um ihre Schwester. »Ich würde eher fragen *was*.«

»Ja«, stimmte Tal ihr zu. »Dieses mordende Ding – was immer es auch sein mag – hat die Kontrolle über Ihren Computer übernommen, Dr. Yamaguchi.«

Mit skeptischer Miene setzte sich die Wissenschaftlerin an eines der Terminals und schaltete den Drucker ein. »Auf jeden Fall werde ich das hier ausdrucken lassen. Vielleicht nützt es uns ja etwas.« Sie zögerte eine Weile, bevor sie ihre schmalen, fast kindlichen Hände auf die Tastatur legte. Bryce sah ihr über die Schulter, und Tal, Jenny und Lisa schauten auf die anderen beiden Bildschirme. Plötzlich verschwand der Text. Sara starrte auf das grün leuchtende Feld, gab dann ihren Zugangscode ein und tippte eine Frage.

IST DA JEMAND?

Die Antwort erschien sofort direkt unter Saras Worten.

JA.

WER BIST DU?

ZAHLLOS.

»Was soll das bedeuten?« fragte Tal.

»Ich weiß es nicht.« Die Genetikerin stellte ihre Frage noch einmal und erhielt wieder die gleiche rätselhafte Antwort.

ZAHLLOS.

»Fragen Sie nach seinem Namen«, schlug Bryce vor.

Während Sara tippte, erschienen ihre Worte sofort auf allen drei Bildschirmen.

HAST DU EINEN NAMEN?

JA.

WIE HEISST DU?

VIELE.

DU HAST ALSO VIELE NAMEN?

JA.

NENNE EINEN DEINER NAMEN.

CHAOS.

WELCHE NAMEN HAST DU SONST NOCH?

DU LANGWEILST MICH, DU DUMME SCHLAMPE. STELL MIR EINE ANDERE FRAGE.

Die Wissenschaftlerin sah Bryce schockiert an. »Das ist ein Wort, das in diesem Computerprogramm nicht existiert.«

»Fragen Sie es nicht, *wer*, sondern *was* es ist«, schlug Lisa vor.

»Genau«, sagte Tal. »Lassen Sie sich von ihm beschreiben, wie es aussieht.«

»Ich glaube nicht, daß der Computer so programmiert ist, daß er diagnostische Aussagen über sich selbst machen kann«, wandte Sara ein. »Er wird uns nur einige Diagramme seiner Schaltungsanordnung liefern.«

»Nein«, widersprach Bryce. »Vergessen Sie nicht, daß Sie jetzt keine Programme abrufen. Das hier ist etwas anderes. Der Computer dient nur als Kommunikationsmittel.«

»Natürlich. Trotz der Worte, die es verwendet hat, möchte ich immer noch glauben, daß ich die gute alte Meddy vor mir habe.«

Sara dachte kurz nach und tippte dann: GIB UNS EINE PHYSISCHE BESCHREIBUNG.

ICH LEBE.

DRÜCK DICH GENAUER AUS, forderte Sara.

ICH BIN VON NATUR AUS UNSPEZIFISCH.

BIST DU EIN MENSCH?

AUCH DIESE MÖGLICHKEIT STEHT MIR OFFEN.

»Es spielt mit uns«, meinte Jenny. »Und amüsiert sich dabei.«

Bryce fuhr sich mit einer Hand über das Gesicht. »Fragen Sie es, was mit Copperfield geschehen ist.«

WO IST GALEN COPPERFIELD?

TOT.

WO IST SEINE LEICHE?

VERSCHWUNDEN.

WOHIN?

DU BIST EIN LANGWEILIGES DUMMES WEIB.

WO SIND DIE ANDEREN, DIE BEI GALEN COPPERFIELD WAREN?

TOT.

HAST DU SIE GETÖTET?

JA.

WARUM HAST DU SIE UMGEBRACHT?

IHR

Sara drückte rasch auf die Tasten: DEUTLICHER.

IHR SEID

UNKLAR. DEUTLICHER.

IHR SEID ALLE TOT.

Bryce sah, daß Saras Hände zitterten. Trotzdem vertippte sie sich nicht – ihre Finger flogen geschickt über die Tasten.

WARUM WILLST DU UNS TÖTEN?

DAFÜR SEID IHR DA.

SOLL DAS HEISSEN, DASS WIR NUR HIER SIND, UM GETÖTET ZU WERDEN?

JA. IHR SEID VIEH. IHR SEID SCHWEINE. IHR SEID WERTLOS.

WIE HEISST DU?

LEERE.

UNKLAR. DEUTLICHER.

NICHTS.

WIE HEISST DU?

UNZAHL.

BESCHREIB DAS DEUTLICHER.

DU LANGWEILST MICH. BESCHREIB ERST EINMAL MEINEN SCHWANZ, DU SCHLAMPE.

Sara wurde rot. »Das ist doch verrückt.«

»Man kann seine Gegenwart hier beinahe fühlen«, sagte Lisa.

Jenny legte ihre Hand ermutigend auf die Schulter ihrer Schwester und drückte sie an sich. »Wie meinst du das, Liebes?«

Die Stimme des Mädchens klang nervös und zitterte leicht. »Ich kann es spüren.« Sie sah sich in dem Labor um. »Die Luft scheint dicker zu sein, findet ihr nicht? Und kälter. Es ist, als würde etwas hier vor uns ... Gestalt annehmen.«

Bryce verstand sie sehr gut.

Tal bemerkte Bryces Blick und nickte. Er spürte es auch.

Trotzdem war Bryce sicher, daß dieses Gefühl sehr subjektiv war. Nichts würde hier Gestalt annehmen, und die Luft war auch nicht dicker als noch vor wenigen Minuten. Das kam ihnen nur so vor, weil sie alle so angespannt waren, daß es ihnen schwer fiel zu atmen. Das war nur allzu verständlich. Und es war jetzt kälter, weil die Nacht hereinbrach.

Die Bildschirme wurden für einen Moment dunkel.

WANN KOMMT ER? war dann zu lesen.

UNKLAR. DEUTLICHER, tippte Sara wieder.

WANN KOMMT DER EXORZIST?

»Mein Gott«, sagte Tal. »Was soll das denn jetzt?«

ERKLÄRE DAS, forderte Sara.

TIMOTHY FLYTE.

»Das kann ich nicht glauben«, stieß Jenny hervor.

»Es kennt diesen Flyte«, sagte Tal. »Aber woher? Und hat es etwa Angst vor ihm?«

HAST DU ANGST VOR FLYTE?

DUMME SCHLAMPE.

HAST DU ANGST VOR FLYTE? tippte Sara unbeirrt noch einmal.

ICH HABE VOR NICHTS ANGST.

WARUM INTERESSIERST DU DICH FÜR FLYTE?
ICH HABE ENTDECKT, DASS ER ES WEISS.
WAS WEISS ER?
ER WEISS VON MIR.

»Anscheinend können wir die Möglichkeit ausschließen, daß Flyte ein Betrüger ist«, sagte Bryce.

WEISS FLYTE, WAS DU BIST? tippte Sara.
JA. ICH WILL IHN HIERHABEN.
WARUM WILLST DU DAS?
ER IST MEIN MATTHÄUS.
UNKLAR. DEUTLICHER.
ER IST MEIN MATTHÄUS, MARKUS, LUKAS UND JOHANNES.

Sara runzelte die Stirn und sah Bryce fragend an. Dann flogen ihre Finger wieder über die Tasten. HEISST DAS, FLYTE IST DEIN APOSTEL?

NEIN. ER IST MEIN BIOGRAPH. ER ZEICHNET MEIN WERK AUF. ICH WILL, DASS ER HIERHERKOMMT.
WILLST DU IHN AUCH TÖTEN?
NEIN. ICH SICHERE IHM FREIES GELEIT ZU.
WAS HEISST DAS?
IHR WERDET ALLE STERBEN, ABER FLYTE WERDE ICH ERLAUBEN, AM LEBEN ZU BLEIBEN. DAS MÜSST IHR IHM SAGEN. WENN ER DAS NICHT WEISS, WIRD ER NICHT KOMMEN.

Saras Hände zitterten jetzt noch stärker als zuvor. Sie vertippte sich, mußte ihren Text löschen und neu eingeben.

WIRST DU UNS LEBEN LASSEN, WENN WIR FLYTE NACH SNOWFIELD BRINGEN?
IHR GEHÖRT MIR.
WIRST DU UNS AM LEBEN LASSEN?
NEIN.

»Bisher war Lisa für ihr Alter ungewöhnlich tapfer gewesen, doch als ihr das Schicksal, das ihr bevorstand, so schonungslos auf dem Computerdisplay mitgeteilt wurde, fing sie leise zu weinen an.

Jenny tröstete ihre Schwester so gut sie konnte.

»Was immer das auch sein mag – dieses Ding ist sehr von sich überzeugt«, meinte Tal.

»Noch sind wir nicht tot«, sagte Bryce bestimmt. »Es gibt Hoffnung, solange wir am Leben sind.«

Sara legte ihre Hände wieder auf die Tastatur.

WOHER KOMMST DU?

AUS URALTER ZEIT.

ERKLÄR UNS DAS.

DU LANGWEILST MICH, SCHLAMPE.

BIST DU EIN AUSSERIRDISCHES WESEN?

NEIN.

»Damit wäre die Sache für Isley und Arkham erledigt«, sagte Bryce, bevor er daran dachte, daß die beiden bereits tot waren.

»Außer es lügt«, warf Jenny ein.

Sara wiederholte eine Frage, die sie schon einmal gestellt hatte.

WAS BIST DU?

DU LANGWEILST MICH.

WAS BIST DU?

DUMMES FLITTCHEN.

WAS BIST DU?

VERPISS DICH.

WAS BIST DU? tippte Sara noch einmal und hieb dabei so heftig auf die Tastatur, daß Bryce befürchtete, sie würde sie zerbrechen. Anscheinend war ihr Zorn jetzt stärker als ihre Angst.

ICH BIN GLASYALABOLAS.

UNKLAR. DEUTLICHER.

DAS IST MEIN NAME. ICH BIN DER GEFLÜGELTE MIT DEM GEBISS EINES HUNDES. FÜR ALLE EWIGKEIT BIN ICH DAZU VERDAMMT, DASS MIR SCHAUM VOR DEM MUND STEHT.

Bryce starrte verständnislos auf den Bildschirm. War das ernst gemeint? Ein Geflügelter mit einem Hundegebiß? Das mußte wieder eines der Spielchen sein, an denen es Gefallen fand.

Der Bildschirm wurde dunkel, doch nach einer kurzen Pause erschienen neue Worte, obwohl Sara keine Frage gestellt hatte.

ICH BIN HABORYM. ICH BIN DER MANN MIT DEN DREI KÖPFEN. EINER IST VON EINEM MENSCHEN, EINER VON EINER KATZE UND EINER VON EINER SCHLANGE.

»Was soll denn dieser Mist?« fragte Tal niedergeschlagen.

Die Luft war deutlich kälter geworden.

Das ist nur der Wind, sagte sich Bryce. Der Wind, der durch die Tür bläst und die Kühle des Abends hereinweht.

ICH BIN RANTAN.

Der Bildschirm flackerte.

ICH BIN PALLANTRE. ICH BIN AMLUTIAS, ALFINA, EPYN, FUARD, BELIAL, OMGORMA, NEBIROS, BAAL, ELIGOR – UND VIELE ANDERE MEHR.

Die seltsamen Namen glühten für einen Moment lang auf allen drei Schirmen und verschwanden dann wieder.

ICH BIN ALLES UND NICHTS. ICH BIN NIEMAND UND JEDER.

Die Worte wurden gelöscht, und die drei Bildschirme leuchteten für einen Moment hellgrün auf. Dann wurden sie dunkel, und die Deckenbeleuchtung schaltete sich wieder ein.

»Das ist wohl das Ende des Interviews«, sagte Jenny.

Belial. Das war einer der Namen, den es sich gegeben hatte.

Bryce war zwar kein zutiefst religiöser Mensch, aber belesen genug, um zu wissen, daß Belial entweder ein Name des Satans oder einer der anderen gefallenen Engel war. Ganz sicher konnte er das nicht sagen.

Gordy Brogan war als überzeugter Katholik der Gläubigste von ihnen allen, also bat Bryce ihn, sich die Namen auf dem Ausdruck anzuschauen, nachdem er als letzter das Labor verlassen hatte.

Sie standen auf dem Bürgersteig neben dem Wohnmobil, und Gordy las im schwindenden Tageslicht die entscheidenden Zeilen. Spätestens in zwanzig Minuten würde es stockdunkel sein.

»Hier«, sagte Gordy und deutete auf das zusammengefaltete Papier. »Dieser Name. Baal. Ich weiß nicht genau, woher ich ihn kenne. Nicht aus der Kirche. Vielleicht habe ich ihn einmal in einem Buch gelesen, vielleicht. Allerdings nicht im Katechismus.«

Bryce bemerkte, daß Gordys Tonfall und sein Sprechrhythmus seltsam klangen. Das war nicht nur seine Nervosität. Manche Worte stieß er übertrieben schnell hervor, andere sprach er langsam aus und steigerte sich dann zu einem rasenden Tempo.

»In einem Buch?« fragte Bryce nach. »Vielleicht etwa in der Bibel?«

»Nein, das glaube ich nicht. Ich lese nicht sehr oft in der Bibel. Das sollte ich aber. Regelmäßig. Diesen Namen habe ich in einem anderen Buch gelesen. In einem Roman. Ich kann mich aber nicht mehr genau daran erinnern.«

»Und wer ist dieser Baal?«

»Ich glaube, das soll ein sehr mächtiger Dämon sein«, erwiderte Gordy. Irgend etwas war mit seiner Stimme nicht in Ordnung – oder mit ihm selbst.

»Und die anderen Namen?« fragte Bryce.

»Sie sagen mir nichts.«

»Ich dachte, das wären ebenfalls Namen von Dämonen.«

»Nun, wissen Sie, in der katholischen Kirche wird jetzt nicht mehr so viel über die Qualen in der Hölle gepredigt. Vielleicht ist das ein Fehler«, sagte er. Seine Stimme klang immer noch merkwürdig. »Ja, man sollte mehr davor warnen. Ich denke nämlich, daß Sie recht haben. Das sind die Namen von Dämonen.«

Jenny seufzte müde. »Also hat es wieder mit uns gespielt.«

Gordy schüttelte heftig den Kopf. »Nein, das war kein Spiel. Es hat uns die Wahrheit gesagt.«

Bryce runzelte die Stirn. »Gordy, Sie glauben doch nicht wirklich, daß es sich hier um einen Dämon, den Satan selbst oder etwas Ähnliches handelt?«

»Das ist doch alles Unsinn«, erklärte Sara Yamaguchi.

»Genau«, stimmte Jenny ihr zu. »Diese Vorführung über den Computer und dieses dämonische Bild, das es uns vermitteln will, soll uns nur in die Irre führen. Es wird uns niemals die Wahrheit über sich verraten, denn dann könnten wir eine Möglichkeit finden, es zu besiegen.«

»Und wie erklären Sie sich dann den gekreuzigten Priester über dem Altar in der Kirche?« fragte Gordy.

»Das war nur ein weiterer Akt dieser Scharade«, meinte Tal.

In Gordys Augen lag nicht nur Furcht. Man sah ihm an, daß er seelische Qualen litt.

Das hätte ich eher kommen sehen müssen, warf Bryce sich im stillen vor.

Gordy sprach mit leiser, aber eindringlicher Stimme weiter: »Ich glaube, die Zeit ist gekommen. Das Ende. Der Jüngste Tag. Genau wie es in der Bibel steht. Daran habe ich bisher nicht geglaubt. Ich glaubte an alles, was die Kirche lehrt, aber nicht an einen Tag des Jüngsten Gerichts. Eigentlich war ich der Meinung, alles würde für immer so weitergehen. Aber jetzt ist er gekommen, oder? Ja, und das nicht nur für die Menschen in Snowfield, sondern für uns alle. Das Ende. Also frage ich mich, welches Urteil wohl über mich gesprochen wird. Und ich habe Angst. Mir wurde eine spezielle Gabe in die Wiege gelegt, und ich habe sie einfach weggeworfen. Wie der heilige Franziskus konnte ich schon immer gut mit Tieren umgehen. Das ist wirklich wahr. Kein Hund bellt mich an, keine Katze kratzt mich. Wußten Sie das? Alle Tiere mögen mich und vertrauen mir. Vielleicht lieben sie mich sogar. Selbst scheue Eichhörnchen haben mir schon aus der Hand gefressen. Das ist wirklich eine Gabe. Meine Eltern wollten daher, daß ich Tierarzt werde, aber ich habe nicht auf sie gehört und mein Talent vergeudet. Statt dessen bin ich Polizist geworden und habe mich bewaffnet. Das sollte nicht sein. Ich hätte niemals eine Waffe tragen dürfen. Ich tat es zum Teil, weil ich wußte, daß meine Eltern dagegen waren. Damit wollte ich meine Unabhängigkeit beweisen, verstehen Sie? Aber ich habe vergessen, daß es in der Bibel heißt, man soll Mutter und Vater ehren, und so habe ich sie nur verletzt. Und ich habe Gott den Rücken zugekehrt, indem ich sein Geschenk nicht angenommen habe. Nein, es war noch schlimmer – ich habe auf seine Gabe gespuckt. Gestern abend habe ich beschlossen, den Polizeidienst zu quittieren und die Waffe abzulegen. Ich wollte Tierarzt werden, aber es war anscheinend schon zu spät. Das Urteil war schon gesprochen, auch wenn ich es noch nicht begriffen hatte. Ich habe Gottes Geschenk zurückgewiesen, und jetzt ... Ich habe Angst.«

Bryce wußte nicht, was er Gordy sagen sollte. Seine eingebildeten Sünden waren so weit entfernt von dem wahren Bösen, daß es beinahe lächerlich war. Wenn jemand aus ihrer Runde in den Himmel kommen würde, dann sicherlich Gordy. Allerdings glaubte Bryce nicht daran, daß der Tag des Jüngsten Gerichts gekommen war. Ihm fiel jedoch nichts ein, wie er Gordy jetzt beruhigen konnte, denn diesem großen Jungen mit dem muskulösen Körperbau konnte man seinen Irrglauben nicht mehr ausreden.

»Timothy Flyte ist Wissenschaftler und kein Theologe«, erklärte Jenny bestimmt. »Wenn Flyte eine Erklärung für die Dinge hat, die hier vorfallen, dann hat sie ganz sicher eine wissenschaftliche und keine religiöse Basis.«

Gordy hörte ihr gar nicht zu. Tränen strömten ihm über das Gesicht. Seine Augen wirkten glasig. Er warf den Kopf zurück und starrte zum Himmel hinauf. Offensichtlich sah er dort nicht den Sonnenuntergang, sondern eine himmlische Straße, auf der die Erzengel und die Heerscharen Gottes in einem Feuerball herabstiegen.

In seinem Zustand konnte man ihm keine geladene Waffe anvertrauen. Bryce zog Gordy die Pistole aus dem Halfter und nahm sie an sich. Der Deputy schien es gar nicht zu bemerken.

Bryce sah, daß Gordys merkwürdiger Monolog Lisa erschüttert hatte. Sie wirkte sehr betroffen und verwirrt.

»Alles in Ordnung«, versicherte er ihr. »Das ist nicht das Ende der Welt. Der Tag des Jüngsten Gerichts ist noch nicht gekommen. Gordy ist nur ... ein bißchen aufgeregt. Wir werden das schon schaffen. Glaubst du mir, Lisa? Meinst du, es gelingt dir, noch eine Weile so tapfer zu sein wie bisher?«

Sie antwortete ihm nicht sofort, aber dann nahm sie sich zusammen und stellte fest, daß sie tatsächlich noch ein wenig Kraft besaß. Es gelang ihr sogar, sich ein schwaches, unsicheres Lächeln abzuringen.

»Du bist ein tolles Mädchen«, sagte Bryce. »Ähnlich wie deine große Schwester.«

Lisa sah kurz zu Jenny hinüber und richtete ihren Blick dann wieder auf Bryce. »Sie sind aber auch ein toller Sheriff«, sagte sie.

Er fragte sich, ob sein Lächeln ebenso zaghaft war wie ihres. Ihr Vertrauen beschämte ihn, denn er verdiente es nicht.

Ich habe das Mädchen angelogen, dachte er. Der Tod ist noch immer hier. Und er wird wieder zuschlagen. Vielleicht bleiben wir einen ganzen Tag lang verschont. Aber früher oder später wird es wieder geschehen.

Er wußte nicht, daß einer von ihnen bereits in der nächsten Minute sterben würde.

12
Schicksal

In Santa Mira verbrachte Fletcher Kale am Montag den größten Teil des Nachmittags damit, Jake Johnsons Haus Zimmer für Zimmer zu zerstören. Er amüsierte sich prächtig dabei.

In der Speisekammer hinter der Küche fand er endlich Johnsons Versteck. Die Regale und der Fußboden waren mit genügend Vorräten in Dosen und Flaschen für mindestens ein Jahr vollgestellt. Doch der wahre Schatz lag unter dem Linoleum und den Bodenbrettern in einem Geheimfach. Dort hatte Johnson eine kleine, sorgfältig ausgewählte Waffensammlung versteckt. Die Schußwaffen waren einzeln in Plastikfolien eingeschlagen. Kale wickelte sie aus und fühlte sich dabei wie an Weihnachten. Er fand zwei Smith &

Wesson Combat Magnum – das war wahrscheinlich die beste und stärkste Faustfeuerwaffe der Welt. Wenn man sie mit 357er Munition lud, war sie die tödlichste Waffe, die man besitzen konnte. Damit ließ sich sogar ein Grizzly Bär aufhalten. Mit den leichteren 38er Patronen war sie eine äußerst nützliche und treffsichere Pistole für die Jagd auf Kleinwild. Dann war da noch eine 12-kalibrige Remington 870 Brushmaster, bei der Kimme und Korn verstellbar waren. Der Schaft des Gewehrs ließ sich herunterklappen. Es hatte einen Pistolengriff, ein erweitertes Magazin und einen Schulterriemen. Außerdem gab es zwei Jagdgewehre und eine M-1. Das beste war jedoch das bereits geladene Sturmgewehr Heckler & Koch HK91 mit acht Magazinen zu je dreißig Schuß, für das es noch eine zusätzliche Munition von mehreren tausend Schuß gab.

Fast eine Stunde lang untersuchte Kale die Waffen, spielte mit ihnen herum und berührte sie beinahe liebevoll. Sollten die Cops ihn auf seinem Weg in die Berge entdecken, würden sie sich wünschen, sie wären ihm niemals begegnet.

In dem Loch im Boden der Speisekammer lag auch eine Menge Geld. Die Scheine waren sorgfältig zusammengerollt, mit Gummiringen versehen und in fünf große Einmachgläser gestopft worden. In jedem der Gläser befanden sich drei bis fünf Bündel. Kale nahm sie mit in die Küche und stellte sie auf den Tisch. Dann suchte er im Kühlschrank nach einem Bier, mußte sich aber mit einer Dose Pepsi begnügen. Er setzte sich an den Tisch und begann, seinen Schatz zu zählen.

126880 Dollar.

In Santa Mira war in letzter Zeit das Gerücht umgegangen, daß Big Ralph Johnson mit Bestechungsgeldern ein Vermögen angehäuft hatte, das er versteckte. Offensichtlich war das der Rest von Big Ralphs geheimem Vorrat an Schmiergeldern. Das war genau der Grundstock, den Kale brauchte, um ein neues Leben zu beginnen.

Es lag eine gewisse Ironie darin, daß er das Geld erst jetzt gefunden hatte. Er hätte Joanna und Danny nicht töten müssen, wäre er letzte Woche schon darauf gestoßen. Das hier war mehr, als er gebraucht hätte, um sich die Schwierigkeiten mit High Country Investments vom Hals zu schaffen.

Als er vor eineinhalb Jahren Teilhaber bei High Country geworden war, hatte er nicht ahnen können, welches Desaster damit auf ihn zukam. Damals hatte er geglaubt, das wäre die günstige Gelegenheit, die ihm das Schicksal früher oder später zugedacht hatte.

Alle Teilhaber der High Country Investments hatten ein Siebtel der Summe aufbringen müssen, die nötig war, um ein zwölf Hektar großes Grundstück östlich von Santa Mira in den Bergen zu kaufen, in Parzellen aufzuteilen und zu erschließen. Kale war gezwungen gewesen, jeden verfügbaren Dollar zu investieren, wenn er in das Geschäft einsteigen wollte, doch der mögliche Gewinn war ihm dieses Risiko wert gewesen.

Das Highline Ridge-Projekt entwickelte sich jedoch zu einem entsetzlich geldgierigen Monster mit einem ungeheuerlichen Appetit.

Jeder der Partner hatte sich verpflichtet, sich anteilmäßig an Folgekosten zu beteiligen, sobald das zur Verfügung gestellte Kapital aufgebraucht war. Sollte Kale oder einer seiner Partner diese Vereinbarung nicht einhalten, war er nicht mehr an dem Geschäft beteiligt und würde auch keine Entschädigung für bereits investiertes Kapital erhalten. Vielen Dank und auf Wiedersehen. Die übrigen Partner müßten dann zu gleichen Teilen seinen Anteil übernehmen, erhielten aber auch den Gewinn, der ihm zugestanden hätte. Eine solche Vereinbarung sollte die Finanzierung des Projekts erleichtern und Interesse bei den Investoren wecken, die – normalerweise – sehr liquid waren. Allerdings gehörten auch Mut und starke Nerven dazu.

Kale hatte nicht mit Nachzahlungen gerechnet. Das vorhandene Kapital schien ihm mehr als ausreichend zu sein. Doch er hatte sich geirrt.

Als die erste Nachforderung von 35000 Dollar kam, war er zwar schockiert gewesen, hatte sich aber nicht geschlagen gegeben. Er wollte sich zehntausend Dollar von Joannas Eltern leihen, eine Hypothek über zwanzigtausend Dollar auf das Haus aufnehmen und den Rest irgendwie zusammenkratzen.

Allerdings machte Joanna Probleme. Sie war von Anfang an dagegen gewesen, daß er sich an dem Projekt beteiligte. Ihrer Meinung nach war es eine Nummer zu groß für ihn. Sie sagte, er solle endlich aufhören, sich für einen tollen Geschäftsmann auszugeben.

Er hatte trotzdem weitergemacht, und als die Forderung kam, hatte Joanna sich an seiner Verzweiflung geweidet. Natürlich nicht offensichtlich – dafür war sie zu schlau. Sie wußte, daß ihr die Rolle der Märtyrerin eher lag als die der Hexe. Kein einziges Mal erklärte sie: ›Das habe ich dir gleich gesagt.‹ Aber sie klagte ihn mit ihren Blicken an und behandelte ihn auf demütigende Weise.

Schließlich hatte er sie dazu überreden können, eine Hypothek auf das Haus aufzunehmen und sich Geld von ihren Eltern zu leihen. Das war nicht leicht gewesen.

Er hatte gelächelt und genickt, sich die dummen Ratschläge und die höhnische Kritik von den anderen angehört und sich dabei geschworen, daß er es ihnen irgendwann auf die gleiche Art und Weise heimzahlen würde. Wenn er erst einmal mit High Country das große Geld verdient hatte, würde er sie alle im Staub kriechen lassen. Vor allem Joanna.

Doch dann wurde zu seinem Entsetzen eine zweite Nachforderung fällig. Dieses Mal sollte jeder der sieben Partner 40000 Dollar zahlen.

Er hätte auch dieser Verpflichtung nachkommen können, wenn Joanna ihn wirklich unterstützt hätte. Sie hätte das Geld von dem Treuhandvermögen abzweigen können. Als ihre Großmutter fünf Monate nach Dannys Geburt gestorben war, hatte die alte Hexe ihrem Enkel achtzigtausend Dollar hinterlassen. Joanna verwaltete das Vermögen und hätte die vierzigtausend Dollar für die zweite Nachforderung von High Country leicht locker machen können. Doch Joanna hatte sich geweigert. »Was ist, wenn nun eine weitere Nachzahlung ansteht?« hatte sie gefragt. »Dann verlierst du alles, Fletch, und Danny besitzt nur noch die Hälfte seines Erbes.« Er hatte versucht, sie davon zu überzeugen, daß keine dritte Forderung kommen würde, aber sie hatte natürlich nicht auf ihn hören wollen. Sie gönnte ihm den Erfolg nicht und wollte lieber zusehen, wie er alles verlor, damit sie ihn demütigen und ruinieren konnte.

Er hatte keine andere Wahl gehabt, als sie und Danny zu töten. Nach den Bestimmungen würde der Trust aufgelöst, sollte Danny vor seinem 21. Geburtstag sterben. Nach Abzug der Steuern würde das Geld dann Joanna gehören. Und sie hatte in ihrem Testament ihren Ehemann zum Erben eingesetzt. Wenn er sie also beide aus dem Weg räumte, gehörte ihm nicht nur Dannys Erbe, sondern auch die zwanzigtausend Dollar aus Joannas Lebensversicherung.

Das Miststück hatte ihm keine Wahl gelassen. Es war nicht seine Schuld, daß sie sterben mußte. Sie hatte ihren Tod selbst verschuldet, weil sie alles so geregelt hatte, daß ihm kein anderer Weg offen stand.

Kale dachte an ihren Gesichtsausdruck, als sie die Leiche des Jungen und die Pistole in seiner Hand gesehen hatte, und lächelte.

Er betrachtete das Geld, das auf Jake Johnsons Küchentisch lag, und sein Lächeln wurde noch breiter.

126880 Dollar.

Noch vor wenigen Stunden war er im Gefängnis gewesen, hatte keinen Pfennig besessen und auf einen Prozeß gewartet, der ihm wahrscheinlich die Todesstrafe eingebracht hätte. Die meisten Menschen wären in einer solchen Lage vor Verzweiflung erstarrt. Fletcher Kale hatte sich jedoch nicht geschlagen gegeben, denn er wußte, daß er für große Taten vorgesehen war. Und hier war der Beweis dafür. In unglaublich kurzer Zeit hatte er aus dem Gefängnis fliehen können, war nun in Freiheit und um 126880 Dollar reicher. Er besaß ein Vermögen, Waffen, ein Transportmittel und ein sicheres Versteck in den nahegelegenen Bergen.

Endlich hatte es begonnen. Sein ganz besonderes Schicksal offenbarte sich ihm.

13
Phantome

»Wir sollten besser wieder zum Hotel zurückkehren«, schlug Bryce vor.

In einer Viertelstunde würde sich die Nacht über die Stadt senken; jetzt schon drängten sich die Schatten aus den Ecken, wo sie sich tagsüber versteckt hatten. Sie bewegten sich aufeinander zu und bildeten überall dunkle Teiche. Der Himmel leuchtete in bunten Farben – orange, rot, gelb und violett –, warf aber nur noch ein schwaches Licht auf Snowfield.

Sie ließen das Labor hinter sich, in dem *es* vor kurzem über den Computer mit ihnen in Verbindung getreten war, und gingen auf die nächste Ecke zu. Als die Straßenlaternen endlich aufleuchteten, hörte Bryce hinter sich ein Winseln und dann ein Bellen.

Alle drehten sich um und warfen einen Blick zurück.

Hinter ihnen humpelte ein Hund an dem Wohnwagen vorbei und versuchte mühsam, sie einzuholen. Ein Airedale. Anscheinend war sein linkes Vorderbein gebrochen. Seine Zunge hing ihm aus dem Maul, und sein Fell war stumpf und verfilzt. Er machte einen ungepflegten Eindruck und sah aus, als wäre er verprügelt worden. Nachdem er sich noch einen Schritt vorwärts gequält hatte, blieb er stehen, leckte sein verwundetes Bein und winselte erbärmlich.

Das plötzliche Erscheinen des Hundes verblüffte Bryce. Der erste Überlebende, den sie gefunden hatten. Auch wenn er nicht in besonders guter Verfassung war, lebte er noch.

Aber warum? Was hatte er Besonderes an sich, das ihn gerettet hatte, während alle anderen umgekommen waren?

Die Antwort auf diese Frage könnte ihnen vielleicht helfen, das hier zu überleben.

Gordy reagierte als erster.

Der Anblick des verwundeten Hundes berührte ihn tiefer als die anderen. Er konnte es nicht ertragen, ein Tier leiden zu sehen. Lieber würde er die Schmerzen auf sich nehmen.

Sein Herz schlug schneller. Dieses Mal war seine Reaktion noch stärker als gewöhnlich, denn er wußte, daß das kein normaler Hund war, der Hilfe und Trost brauchte. Dieser Airedale war ein Zeichen von Gott. Ja, Gott wollte ihm damit zeigen, daß er Gordon Brogan noch eine Chance gab, seine Begabung zu nutzen. Er konnte mit Tieren ebensogut umgehen wie Franz von Assisi, also durfte er diese Aufgabe nicht ablehnen oder sie auf die leichte Schulter nehmen. Wenn er noch einmal Gottes Geschenk zurückweisen würde, war ihm die ewige Verdammnis sicher. Aber wenn er diesem Hund helfen würde ... Tränen stiegen ihm in die Augen und rollten über seine Wangen – Tränen der Erleichterung und des Glücks. Gordy war überwältigt von der Gnade Gottes. Es gab keinen Zweifel daran, was er jetzt tun mußte. Er lief auf den Airedale zu, der etwa sechs Meter entfernt von ihm auf der Straße stand.

Jenny starrte den Hund zuerst entgeistert an, doch dann stieg eine unbändige Freude in ihr auf. Das Leben hatte über den Tod triumphiert. *Es* hatte doch nicht jedes Lebewesen in Snowfield erwischt. Dieser Hund, der sich jetzt müde hinsetzte, als er Gordy auf sich zukommen sah, hatte überlebt, und das bedeutete, daß sie es schaffen konnten, diese Stadt lebend zu verlassen.

Doch dann fiel ihr plötzlich die Motte ein. Auch sie hatte gelebt, aber sich keineswegs friedlich verhalten.

Jenny dachte an Stu Wargles Leiche, die wiederauferstanden war.

Der Hund, der nun halb im Schatten auf dem Gehsteig lag, senkte seinen Kopf und bellte winselnd darum, gestreichelt zu werden.

Gordy ging in leicht gebückter Haltung auf ihn zu und sprach dabei liebevoll und beruhigend auf ihn ein: »Keine Angst, alter Junge. Ganz ruhig. Braver Hund. Alles wird wieder gut. Nur ruhig ...«

Entsetzen stieg in Jenny auf. Sie öffnete den Mund, um zu schreien, aber die anderen waren schneller als sie.

»Gordy, nicht!« rief Lisa.

»Zurück!« schrien Bryce und Frank Autry wie aus einem Mund.

Tal brüllte: »Gehen Sie weg von ihm, Gordy!«

Aber Gordy schien sie nicht zu hören.

Als Gordy dem Hund näherkam, hob der Airedale seinen Kopf vom Boden und winselte leise und einschmeichelnd. Es war ein schönes Tier. Wenn sein Bein geheilt und sein Fell gewaschen und gebürstet war, würde er einen prächtigen Hund abgeben.

Gordy streckte ihm eine Hand entgegen.

Der Hund schnüffelte daran, leckte sie aber nicht ab.

Gordy streichelte ihn. Das arme Ding fühlte sich unglaublich kalt und ein wenig feucht an.

»Armer Kerl«, sagte Gordy.

Der Hund roch seltsam. Scharf. Eigentlich ekelerregend. Einen derartigen abstoßenden Geruch hatte Gordy noch nie wahrgenommen.

»Wo um alles in der Welt hast du dich denn herumgetrieben?« fragte er den Hund. »Worin hast du dich nur gewälzt?«

Der Hund winselte und begann zu zittern.

Gordy hörte die anderen hinter sich rufen, aber er war zu sehr mit dem Airedale beschäftigt, um sich darum zu kümmern. Er legte beide Arme um den Hund und drückte ihn vorsichtig an seine Brust. Die verwundete Pfote baumelte herunter.

Noch nie hatte er erlebt, daß ein Tier so eiskalt war. Es lag nicht nur daran, daß das Fell des Hundes naß war, sondern auch von seiner Haut schien keine Wärme auszugehen.

Der Airedale leckte Gordy die Hand. Seine Zunge war ebenfalls kalt.

Frank hatte aufgehört zu rufen und starrte Gordy an. Bisher war nichts Schreckliches passiert, also war es vielleicht wirklich nur ein normaler Hund. Möglicherweise war er ...

Dann geschah es.

Der Hund leckte Gordys Hand, und ein eigenartiger Ausdruck trat in das Gesicht des Deputys. Das Tier begann, sich ... zu verwandeln.

O Gott.

Es sah aus, als würde ein unsichtbarer Bildhauer mit geschickten Händen einen Klumpen Knetmasse umformen. Das verfilzte Fell schien zu schmelzen und seine Farbe zu verändern. Dann veränderte sich auch die Beschaffenheit des Körpers, bis er schließlich überall von grünlichen Schuppen bedeckt war. Der Kopf sank in den Rumpf zurück, der inzwischen nur noch ein formloser Klumpen aus zuckendem Gewebe war. Die Beine wurden kürzer und dicker. Der Vorgang dauerte nicht länger als fünf oder sechs Sekunden, und dann ...

Gordy starrte entsetzt auf das Ding, das er in den Armen hielt.

Ein Eidechsenkopf mit bösartigen gelben Augen begann sich aus der gestaltlosen Masse herauszubilden, in die der Hund sich verwandelt hatte. Aus dem gallertartigen Gewebe tauchte das Maul der Eidechse auf. Eine gespaltene Zunge schoß hervor, und eine Reihe spitzer, kleiner Zähne wurde sichtbar.

Gordy versuchte das Ding auf den Boden zu werfen, doch es klammerte sich an ihm fest. Großer Gott, es klebte an ihm, als wäre es um seine Arme herumgewachsen. Er hatte das Gefühl, seine Hände würden sich mitten in dieser Kreatur befinden.

Dann war es nicht mehr kalt, sondern mit einemmal warm. Und dann heiß. Schrecklich heiß.

Noch bevor die Eidechse ganz aus der zuckenden Gewebemasse aufgetaucht war, begann sie sich wieder aufzulösen, und ein neues Tier entstand. Es war ein Fuchs, der jedoch gleich wieder verschwand und die Gestalt von zwei Eichhörnchen annahm, die wie siamesische Zwillinge zusammengewachsen waren, sich aber rasch trennten und dann ...

Gordy begann zu schreien. Er schwenkte seine Arme und versuchte, das Ding abzuschütteln.

Inzwischen war es so heiß wie Feuer. Der Schmerz war unerträglich.

Bitte, lieber Gott …

Die Schmerzen breiteten sich über seine Arme und Schultern aus.

Gordy schrie und schluchzte und stolperte einen Schritt vorwärts. Wieder schüttelte er die Arme und versuchte, seine Hände zu befreien, doch das Ding ließ ihn nicht los.

Die zur Hälfte ausgebildeten Eichhörnchen zerschmolzen. Einen Moment lang erschien eine Katze, und dann bildete sich etwas anderes heraus – großer Gott, nein, nur das nicht. Ein Insekt, so groß wie der Airedale, mit sieben oder acht Augen auf einem ekelerregenden Kopf. Eine Menge stacheliger Beine und …

Der Schmerz erfaßte jetzt Gordys ganzen Körper. Er stolperte seitwärts, fiel auf die Knie und lag dann am Boden. In seiner Qual trat er wild um sich und wand sich auf dem Gehsteig.

Sara Yamaguchi starrte ungläubig auf Gordy. Das Biest, das ihn angriff, schien seine DNA-Struktur völlig unter Kontrolle zu haben. Es konnte sein Äußeres beliebig und mit unglaublicher Geschwindigkeit verändern.

Eine solche Kreatur konnte es einfach nicht geben, das wußte sie genau. Schließlich war sie Biologin und Genetikerin. Es war unmöglich, aber trotzdem spielte es sich vor ihren Augen ab.

Das spinnenähnliche Gebilde löste sich ebenfalls wieder auf, und ein neues Phantom trat an seine Stelle. Das Wesen schien in seiner natürlichen Form nur aus gallertartigem Gewebe zu bestehen – grau und rostrot gefleckt. Es wirkte wie eine Kreuzung aus einer Amöbe und einem ekelhaften Schimmelpilz. Die schleimige Masse legte sich um Gordys Arme …

Plötzlich tauchte eine von Gordys Händen daraus hervor, doch sie war kaum mehr als Hand erkennbar. Meine Güte, da waren nur noch Knochen – skelettierte Finger, steif und weiß. Das Fleisch war vollständig abgelöst worden.

Sara würgte, stolperte zurück und übergab sich.

Jenny riß Lisa ein paar Schritte von dem Ding weg, mit dem Gordy kämpfte.

Das Mädchen schrie ununterbrochen.

Der Schleim floß um die Knochenhand, packte die nackten Finger und umgab sie mit einem Handschuh aus pulsierendem Gewebe. In wenigen Sekunden waren auch die Knochen verschwunden. Sie lösten sich auf, und der Überzug rollte sich zusammen und verschmolz wieder mit dem Organismus. Das Ding wand sich auf abscheuliche Weise hin und her, schäumte, blies sich auf und fiel wieder in sich zusammen. Dort, wo sich gerade noch eine Aushöhlung befunden hatte, sah man im nächsten Augenblick eine Wölbung. Gordy wehrte sich verzweifelt, als der Schleim an seinen Armen nach oben zu den Schultern kroch. Nichts blieb übrig – keine Stümpfe, keine Knochen, einfach nichts. Das Ding fraß alles auf. Schließlich begann es sich auf seiner Brust auszubreiten. Jeder Teil von Gordys Körper, den es berührte, verschwand, als würde er in einem Faß mit stark ätzender Säure aufgelöst.

Lisa wandte sich von dem Sterbenden ab und klammerte sich schluchzend an Jenny.

Gordys Schreie waren jetzt unerträglich.

Tal zückte seine Waffe und lief auf Gordy zu.

Bryce hielt ihn auf. »Sind Sie verrückt, Tal? Wir können ihm nicht mehr helfen.«

»Wir können ihn von seinen Qualen erlösen.«

»Kommen Sie diesem Ding nicht zu nahe!«

»Wir müssen nicht sehr nah herangehen, um einen sicheren Schuß abzugeben.«

Gordys Augen spiegelten Entsetzen wider, und er begann schreiend, Jesus um Hilfe zu bitten. Er trommelte mit den Fersen auf den Boden, bäumte sich zitternd auf und versuchte immer noch, sich von der Last seines entsetzlichen Angreifers zu befreien.

Bryce zuckte zusammen. »Also gut. Schnell.«

Sie gingen einige Schritte auf den Deputy zu, der nun im

Todeskampf lag, und eröffneten das Feuer. Mehrere Kugeln trafen ihn, die Schreie verstummten.

Hastig zogen sie sich wieder zurück.

Das war kein Versuch gewesen, dieses Ding zu töten, das Gordy auffraß. Sie wußten, daß ihre Waffen ihm nichts anhaben konnten, und jetzt verstanden sie auch, warum nicht. Mit Geschossen konnte man nur jemanden töten, indem man lebenswichtige Organe oder Blutgefäße zerstörte. Dieses Ding hatte jedoch offensichtlich weder Organe, noch einen Blutkreislauf oder ein Skelett. Es schien eine Masse von undifferenzierten, aber hochentwickeltem Protoplasma zu sein. Eine Kugel würde es zwar durchbohren, aber das erstaunlich formbare Fleisch würde einfach in den Schußkanal fließen und die Wunde in Sekundenschnelle schließen.

Das Wesen begann nun, Gordy noch schneller in lautloser Raserei zu verschlingen, und innerhalb von wenigen Sekunden war keine Spur mehr von ihm zu sehen; nur der Verwandlungskünstler blieb übrig. Er war gewachsen und jetzt größer als der Hund – sogar größer als Gordy, dessen Körper er in sich aufgenommen hatte.

Tal und Bryce eilten zu den anderen zurück, aber sie flohen nicht in das Hotel, sondern beobachteten das amöbenhafte Wesen auf dem Bürgersteig, während das Dämmerlicht langsam in Dunkelheit überging.

Das Wesen nahm wieder eine neue Form an. In wenigen Sekunden hatte sich das formlose Protoplasma in einen riesigen, bedrohlichen Wolf verwandelt, der seinen Kopf zurückwarf und den Himmel anheulte.

Dann zuckte sein Kopf, und der wilde Gesichtsausdruck verschwand. Tal sah, daß das Ding menschliche Züge annahm. Die Wolfsaugen wurden zu Menschenaugen, und ein Teil eines menschlichen Kinns bildete sich heraus. Gordys Augen? Sein Kinn? Die Verwandlung dauerte nur einen Augenblick lang, dann floß das Gesicht wieder zurück in die Wolfsform.

Ein Werwolf, dachte Tal.

Aber er wußte, daß das nicht stimmte. Dieses Ding war

nichts. Auch wenn es noch so furchterregend und real wirkte, war das Bild des Wolfs ebenso falsch wie alle anderen scheinbaren Identitäten, die das Ding angenommen hatte. Für einen Moment stand *es* da und fletschte bedrohlich seine riesigen, messerscharfen Zähne. Es war viel größer als jeder Wolf, der jemals die Wälder und Ebenen dieser Welt durchstreift hatte. Seine Augen glühten wie der Sonnenuntergang in einem trüben Rot.

Gleich wird es angreifen, dachte Tal. Er schoß auf das Wesen. Die Kugeln schlugen ein, hinterließen aber keine sichtbaren bleibenden Wunden und verursachten offensichtlich auch keine Schmerzen.

Der Wolf wandte sich mit einer Art kühler Gleichgültigkeit von Tal ab, der immer noch feuerte, und trottete auf den offenen Kanaleinstieg zu, in dem das Stromkabel des fahrbaren Labors verschwand.

Plötzlich stieg etwas aus dem Kanal auf und erhob sich immer höher in das Zwielicht des Himmels. Die dunkle pulsierende Masse zitterte leicht und spritzte dann eine Fontäne in die Luft, die wie Abwasser aussah. Es war jedoch keine Flüssigkeit, sondern eine gallertartige Substanz, die eine Säule bildete, so breit wie das Einstiegsloch zur Kanalisation. In rhythmischen Bewegungen baute sie sich immer weiter auf und wuchs auf einen Meter an, dann auf zwei, auf zweieinhalb ...

Etwas berührte Tal am Rücken. Er zuckte zusammen, versuchte, sich umzudrehen und stellte fest, daß er gegen die Mauer des Hotels gestoßen war. Er war sich nicht bewußt gewesen, daß er immer weiter vor dem aus dem Kanal aufsteigenden Ding zurückgewichen war.

Er sah, daß diese pulsierende Säule sich wieder in Protoplasma verwandelte und sich veränderte – so wie vorher der Airedale zu einem Wolf geworden war. Dieses Ding war jedoch viel größer. Riesig. Tal fragte sich, was wohl unter der Straße noch verborgen war – er befürchtete, daß dieses Wesen überall in der Kanalisation war und sie hier nur einen verschwindend kleinen Teil von ihm sahen.

Als es eine Höhe von etwa drei Metern erreicht hatte, begann es sich erneut zu verwandeln. Die obere Hälfte der Säule breitete sich zu einem Schirm aus, der dem Kopf einer Kobra ähnelte. Dann floß mehr des formlosen, glitzernden Gewebes aus der Säule in den Schirm und verbreiterte ihn immer weiter, bis sich zwei riesige Flügel mit dunkler Haut herausbildeten, die an eine Fledermaus erinnerten. Sie wuchsen in rasender Geschwindigkeit aus der gestaltlosen Säule heraus. Dann nahm auch der Teil zwischen den Flügeln Gestalt an. Große, überlappende Schuppen und kleine Hinterbeine mit Klauen erschienen. Das Wesen wurden zu einer geflügelten Schlange.

Die Flügel flatterten.

Das Geräusch klang wie ein Peitschenhieb. Tal drückte sich gegen die Wand.

Die Flügel flatterten.

Lisa klammerte sich an Jenny. Die Ärztin drückte ihre Schwester an sich, aber ihre Aufmerksamkeit war auf dieses monströse Ding gerichtet, das aus der Kanalisation aufgestiegen war. Es zuckte und wand sich im Dämmerlicht hin und her – wie ein lebendig gewordener Schatten.

Wieder bewegte es seine Flügel, und Jenny spürte einen kalten Lufthauch.

Dieses neue Phantom sah aus, als würde es sich von dem Protoplasma in der Kanalisation lösen wollen. Jenny rechnete damit, daß es sich in den düsteren Abendhimmel erheben oder sie angreifen würde.

Ihr Herzschlag beschleunigte sich. Sie wußte, daß eine Flucht unmöglich war. Mit jeder Bewegung würde sie nur die Aufmerksamkeit des Wesens auf sich ziehen. Es war sinnlos, Energie auf einen Fluchtversuch zu verschwenden, da es keinen Ort gab, wo man sich vor diesem Ding verstecken konnte.

Weitere Straßenlaternen leuchteten auf, und einige gespenstische Schatten schlichen sich heimlich davon.

Jenny beobachtete gebannt, wie sich am oberen Ende der drei Meter hohen Säule ein Schlangenkopf bildete. Zwei haßerfüllte grüne Augen erschienen in dem formlosen Gewebe.

Es kam ihr vor, als würde sie zusehen, wie zwei bösartige Tumore im Zeitraffer wuchsen. Die ovalen Augen waren verschleiert und milchig – anscheinend blind. Doch sie wurden rasch klarer, und Jenny konnte zwei erweiterte schwarze Pupillen sehen. Diese Augen starrten mit einem bösartigen Ausdruck auf Jenny und die anderen. Das Wesen riß sein riesiges Maul auf und entblößte eine Reihe spitzer weißer Zähne, die aus schwarzem Zahnfleisch wuchsen.

Jenny dachte an die Namen der Dämonen, die auf dem Bildschirm erschienen waren, die höllischen Namen, die dieses Ding sich selbst gegeben hatte. Die Masse aus formlosem Fleisch, die sich in eine geflügelte Schlange verwandelte, sah tatsächlich aus wie ein Dämon aus der Hölle.

Das Phantom in Gestalt eines Wolfes, das den Kőrper von Gordy Brogan aufgesaugt hatte, erschien nun am Fuß der Säule. Es stieg gegen das pulsierende Gewebe und verschmolz dann mit ihm. In weniger als einer Sekunde hatten sich die beiden Kreaturen vereinigt.

Offensichtlich war der erste Verwandler kein eigenständiges Wesen, sondern ein Teil dieser gigantischen Kreatur, die sich unter der Straße in der Kanalisation befand. Anscheinend konnte der wesentliche Bestandteil dieses Dings Teile ablösen und ihnen spezielle Aufgaben zuweisen – wie den Angriff auf Gordy Brogan. Anschließend wurden sie zurückgerufen.

Das Geräusch der flatternden Flügel hallte durch die Stadt. Plötzlich begannen die Flügel, wieder in die Säule zu verschmelzen, die dabei immer breiter wurde. Der Kopf der Schlange verschwand. *Es* war der Vorführung wohl müde geworden. Die Beine und die Füße, die mit drei spitzen Krallen bewaffnet waren, zogen sich ebenfalls in die Säule zurück, bis schließlich nur noch die dunkel gefleckte, brodelnde Masse zurückblieb. Einige Sekunden lang bewegte das Ding sich wie eine Vision des Bösen über dem Schacht, dann begann es sich in die Kanalisation zurückzuziehen.

Kurz darauf war es verschwunden.

Lisa hatte aufgehört zu schreien. Sie schnappte nach Luft und weinte.

Bryce sah aus, als habe ihn der Blitz getroffen. »Kommt mit. Wir sollten ins Hotel zurückkehren, bevor es noch dunkler wird«, sagte er schließlich.

Vor der Eingangstür des Hotels standen keine Wachen.

»Das bedeutet Ärger«, meinte Tal.

Bryce nickte. Vorsichtig öffnete er die Doppeltür und betrat das Gebäude. Fast hätte er dabei auf eine Waffe getreten, die auf dem Boden lag.

Die Lobby war leer.

»Verdammt«, fluchte Frank Autry.

Sie durchsuchten jedes Zimmer im Haus. Die Kantine war verlassen, und auch in dem provisorischen Schlafsaal und in der Küche konnten sie niemanden entdecken.

Kein einziger Schuß war abgegeben worden. Niemand hatte geschrien, und doch war keiner entkommen.

Zehn weitere Hilfssheriffs waren einfach verschwunden.

Draußen war es wieder Nacht geworden.

14
Abschied

Die sechs Überlebenden – Bryce, Tal, Frank, Jenny, Lisa und Sara – standen in der Eingangshalle des Hilltop Inn am Fenster. Die Skyline Road lag im Spiel der Schatten und des Lichts der Straßenlaternen still und ruhig da. Die Nacht schien wie eine Zeitbombe leise zu ticken.

Jenny dachte an den überdachten Gang neben der Bäckerei der Liebermanns. Letzte Nacht hatte sie geglaubt, etwas zwischen den Dachbalken gesehen zu haben, und Lisa hatte ein Ding gesehen, das sich an die Mauer gedrückt hatte. Wahrscheinlich hatten sie sich beide nicht getäuscht. Der Verwandlungskünstler – oder zumindest ein Teil von ihm – war dort gewesen und hatte sich lautlos an den Wänden und Balken entlanggeschlichen. Später hatte Bryce in dieser Passage wohl ebenfalls ein Stück des dunklen Protoplasmas gesehen, das gerade durch den Abfluß kroch, nachdem es sie belauert hatte oder irgendeine geheimnisvolle, unergründliche Aufgabe erfüllte.

Jenny erinnerte sich auch an die Oxleys in dem verbarrikadierten Zimmer. »Die verschlossenen Räume sind nun kein Geheimnis mehr«, sagte sie. »Dieses Wesen könnte unter der Tür oder durch ein Heizungsrohr gekrochen sein. Selbst das kleinste Loch oder eine schmale Ritze wären groß genug. Harold Ordnay hat sich in seinem Badezimmer eingeschlossen, also hat das Ding ihn wahrscheinlich durch den Abfluß des Waschbeckens oder der Badewanne erwischt.«

»So war es wohl auch bei den Opfern in den von innen verriegelten Autos«, meinte Frank. »Es konnte sich um den ganzen Wagen winden und dann durch Lüftungslöcher eindringen.«

»Wenn es will, kann es sich völlig lautlos bewegen«, sagte Tal. »Deshalb wurden so viele Leute überrascht. *Es* war hinter ihnen, drang durch einen Türspalt oder den Heizungsschacht ein und wurde dann immer größer. Die Opfer bemerkten es erst, wenn es angriff.«

Aus dem Tal stieg Nebel auf und senkte sich über die Straße; die Straßenlaternen wurden in milchige Wolken getaucht.

»Wie groß es wohl ist?« überlegte Lisa laut.

Einen Moment lang antwortete ihr niemand. »Riesig«, sagte Bryce schließlich.

»Vielleicht so groß wie ein Haus«, sinnierte Frank.

»Oder so groß wie dieses Hotel«, meinte Sara.

»Möglicherweise sogar noch größer«, sagte Tal. »Immerhin hat es anscheinend die ganze Stadt auf einen Schlag überfallen. Es könnte so groß sein wie ein unterirdischer See aus lebendem Gewebe, der sich unter Snowfield erstreckt.«

»Wie Gott«, sagte Lisa.

»Was?«

»Es ist überall«, erklärte Lisa. »Es sieht und weiß alles. Genau wie Gott.«

»Wir haben fünf Streifenwagen«, sagte Frank. »Wenn wir uns also auf diese Autos verteilen und alle gleichzeitig die Stadt verlassen ...«

»Es würde uns aufhalten«, unterbrach Bryce ihn.

»Vielleicht würde es uns nicht alle erwischen. Ein Wagen könnte durchkommen.«

»Es hat eine ganze Stadt vernichtet.«

»Ja ... Sie haben recht«, gab Frank zögernd zu.

»Außerdem hört es uns wahrscheinlich im Moment gerade zu«, gab Jenny zu bedenken. »Es würde uns aufhalten, noch bevor wir in die Autos gestiegen sind.«

Alle warfen einen Blick auf die Heizungsschächte an der Decke, doch hinter den Metallgittern war nichts zu sehen. Nur Finsternis.

Sie versammelten sich um einen Tisch im Speisesaal ihrer Festung, die eigentlich keine mehr war, und gaben vor, Lust auf eine Tasse Kaffee zu haben, weil ihnen das Gefühl der Gemeinsamkeit und Normalität gab.

Bryce verzichtete darauf, eine Wache an der Tür aufzustellen – es war ohnehin sinnlos. Wenn *es* wollte, würde es sie holen.

Draußen verdichtete sich der Nebel und drückte gegen die Fensterscheiben.

Wie unter einem Zwang sprachen sie über das, was sie gesehen hatten. Sie waren sich alle bewußt, daß sie mit dem Tod rechnen mußten. Daher wollten sie verstehen, wie und warum sie sterben sollten. Der bloße Gedanke daran war schrecklich, doch am schlimmsten war, daß ihnen dieser Tod vollkommen sinnlos vorkam.

Bryce war dieses Thema nicht fremd. Vor einem Jahr hatte ihm ein Lastwagenfahrer alles beigebracht, was es über einen sinnlosen Tod zu wissen gab.

»Diese Motte«, begann Lisa. »War sie wie der Airedale? Wie dieses Ding, das Gordy gepackt hat?«

»Ja«, erklärte Jenny. »Die Motte war nur ein Phantom – ein kleines Teil dieses Verwandlers.«

»Es war nicht Stu Wargle, der dich letzte Nacht belästigt hat«, sagte Tal zu Lisa. »Wahrscheinlich hat der Verwandler Wargles Leiche in sich aufgenommen, nachdem wir den Lagerraum verlassen haben. Als es dich dann später erschreckt hat, nahm es sein Äußeres an.«

»Anscheinend kann dieses verdammte Ding die Gestalt jedes Menschen oder Tieres annehmen, sobald es das Lebewesen verschlungen hat«, meinte Bryce.

Lisa runzelte die Stirn. »Aber wie war das mit der Motte? Es kann sie nicht gefressen haben, weil es ein solches Wesen gar nicht gibt.«

»Nun, vielleicht gab es Insekten von dieser Größe vor Millionen von Jahren im Zeitalter der Dinosaurier«, erwiderte Bryce. »Möglicherweise hat der Verwandler damals diese Tiere gefressen.«

Lisa sah ihn mit großen Augen an. »Meinen Sie damit, dieses Ding aus dem Kanal ist vielleicht Millionen Jahre alt?«

»Zumindest läßt es sich nicht in den Bereich der biologischen Gesetze einordnen, die wir gelernt haben, nicht wahr, Dr. Yamaguchi?«

»Da haben Sie recht«, bestätigte die Genetikerin.

»Warum sollte es dann also nicht unsterblich sein?«

Jenny sah ihn skeptisch an.

»Haben Sie dagegen einen Einwand?« fragte Bryce.

»Gegen die Möglichkeit, daß es praktisch unsterblich ist? Nein. Das akzeptiere ich. Es könnte tatsächlich aus dem Mesozoikum stammen und die Fähigkeit besitzen, sich selbst ständig zu erneuern, so daß es unsterblich ist. Aber was ist mit der geflügelten Schlange? Es fällt mir schwer, zu glauben, daß es ein solches Wesen jemals gegeben hat. Wenn der Verwandler nur die Gestalt von Lebewesen annehmen kann, die es vorher verspeist hat, wie kann er sich dann als geflügelte Schlange präsentieren?«

»Solche Tiere hat es doch gegeben«, wandte Frank ein. »Der Pterodaktylus war ein Reptil mit Flügeln.«

»Stimmt, aber es war keine Schlange«, erwiderte Jenny. »Der Pterdodaktylus war ein Vorfahre der Vögel, aber dieses Ding war eindeutig eine Schlange, und das ist etwas ganz anderes. Es sah aus wie eine Figur aus einem Märchen.«

»Nein«, widersprach Tal. »Mich erinnerte es an einen Voodookult.«

Bryce drehte sich überrascht um. »Was wissen Sie über Voodoozauber?«

Tal wandte den Blick ab und zögerte eine Weile. »Als ich ein kleiner Junge war, lebte ich in Harlem«, sagte er schließlich. »In unserem Mietshaus wohnte eine unglaublich dicke Dame. Sie hieß Agatha Peabody und war eine *Boko.* Das ist eine Art Hexe, die Voodoozauber praktiziert, um böse Kräfte freizusetzen. Sie verkauften Zaubersprüche und half Leuten, sich gegen ihre Feinde zu wehren. Das war natürlich alles Unsinn, aber uns Kindern erschien das äußerst aufregend und unheimlich. Mrs. Peabodys Tür stand immer offen, denn ihre Kunden gingen ständig ein und aus. Einige Monate verbrachte ich viel Zeit bei ihr, sah mir alles an und hörte ihr zu. Ich entdeckte einige Bücher über Schwarze Magie mit Zeichnungen des Satans aus Haiti und Afrika. Auch Voodoofiguren und Juju-Dämonen waren dargestellt. Eine davon war eine riesige, geflügelte Schlange. Sie war schwarz, hatte schreckliche grüne Augen, und ihre Flügel glichen denen einer Fledermaus – genau wie bei dem Ding, das wir heute abend gesehen haben.«

Draußen verdichtete sich der Nebel noch mehr und legte sich in dem diffusen Licht der Straßenlaternen langsam gegen die Fensterscheiben.

»Ist das wirklich der Teufel?« fragte Lisa. »Ein Dämon aus der Hölle?«

»Nein«, erwiderte Jenny. »Das Ding gibt sich nur dafür aus.«

»Aber warum nimmt es die Gestalt des Teufels an? Und warum gibt es sich selbst Namen von Dämonen?«

»Dieser Hokuspokus scheint ihm Spaß zu machen«, meinte Frank. »Damit will es uns quälen und entmutigen.«

Jenny nickte. »Ich vermute, daß es nicht auf die Gestalt seiner Opfer beschränkt ist. Es kann wohl deren Form annehmen, sich aber auch in andere Figuren verwandeln, die in seiner Vorstellung existieren. Wenn nun eines der Opfer einmal etwas mit dem Voodookult zu tun hatte, kann *es* eben auch eine geflügelte Schlange darstellen.«

Dieser Gedanke erschreckte Bryce. »Wollen Sie damit sagen, es nimmt nicht nur den Körper seiner Opfer, sondern auch ihre Kenntnisse und Erinnerungen in sich auf?«

»Sieht ganz so aus«, bestätigte Jenny.

»Vom biologischen Standpunkt aus ist so etwas nicht unbekannt«, erklärte Sara Yamaguchi und strich sich nervös mit beiden Händen ihr langes schwarzes Haar hinter die Ohren zurück. »Wenn Sie zum Beispiel eine bestimmte Art eines Plattwurms eine Weile durch ein Labyrinth schicken, an dessen Ende sich Futter für ihn befindet, lernt er mit der Zeit, immer schneller an sein Ziel zu kommen. Zermahlt man diesen Wurm und verfüttert ihn an einen Artgenossen, wird dieser ebenfalls rasch seinen Weg durch das Labyrinth finden, obwohl er vorher noch nicht an den Tests teilgenommen hat. Irgendwie hat er wohl auch die Erfahrung und das Wissen seines Vorgängers aufgenommen, indem er sein Fleisch verspeist hat.«

»Deshalb weiß der Verwandler auch über Timothy Flyte Bescheid«, sagte Jenny. »Harold Ordnay kannte ihn, und deshalb kennt *es* ihn jetzt auch.«

»Aber woher, zum Teufel, wußte Flyte davon?« fragte Tal.

Bryce zuckte mit den Schultern. »Diese Frage kann nur er uns beantworten.«

»Warum hat es Lisa letzte Nacht in der Toilette nicht geholt? Und warum hat es uns alle nicht schon erledigt?«

»Es spielt mit uns.«

»Ja, es hat Spaß daran, uns zu quälen.«

»Das auch. Aber ich glaube, daß es uns noch leben läßt, damit wir Flyte herlocken können.«

»Es will, daß wir ihm freies Geleit zusichern.«

»Wir sind nur der Köder.«

»Genau.«

»Und wenn wir unseren Zweck erfüllt haben, dann ...«
»Ja.«

Etwas stieß von außen heftig an die Mauer des Hotels. Die Scheiben klirrten, und das ganze Haus schien zu beben.

Bryce stand so hastig auf, daß er den Stuhl umwarf.

Wieder ein Aufprall. Dieses Mal noch heftiger und lauter. Dann hörte man ein kratzendes Geräusch.

Bryce lauschte angespannt und versuchte festzustellen, woher die Laute kamen. Sie schienen von der Erde rasch nach oben zu wandern.

»Da zieht sich etwas außen an dem Gebäude hoch«, meinte Frank. »Etwas sehr Großes.«

»Der Verwandler«, sagte Lisa.

»Aber nicht in seiner gallertartigen Gestalt«, warf Sara ein. »Sonst würde es lautlos an der Wand nach oben kriechen.«

Sie starrten alle an die Decke, lauschten und warteten.

Welche Gestalt hatte das Phantom dieses Mal angenommen? fragte sich Bryce.

Wieder ein Kratzen, ein Klicken und Klappern. Das Geräusch des Todes.

Bryces Hand war kälter als der Griff seiner Waffe.

Die sechs Überlebenden gingen zum Fenster und sahen hinaus. Dicker Nebel lag über der Straße.

Dann sahen sie plötzlich, wie sich einen Block entfernt im Halbschatten einer Natriumdampflampe etwas bewegte. Ein bedrohlicher Schatten, der durch den Nebel verzerrt wurde. Bryce erkannte einen Krebs mit spinnenartigen Beinen – so groß wie ein Auto. Eine riesige, mit Sägezähnen bewehrte Klaue blitzte einen Moment lang auf und verschwand dann wieder in der Dunkelheit. Dann war noch kurz ein fiebrig zitternder Fühler zu sehen, bevor die Kreatur wieder in der Nacht verschwand.

»Eine dieser verdammten Krabben versucht, an der Wand des Hotels hochzuklettern«, sagte Tal. »Das ist ein Wesen, das eigentlich nur in einem Alptraum eines Alkoholikers im Delirium tremens vorkommt.«

Sie hörten, wie das Ding das Dach erreichte. Seine Füße aus Chitin kratzten über die Schieferziegel.

»Was hat es vor?« fragte Lisa beunruhigt. »Warum gibt es vor, etwas zu sein, was es nicht ist?«

»Vielleicht macht es ihm einfach Spaß, sich zu verstellen«, erwiderte Bryce. »Es gibt ja auch tropische Vögel, die gern Laute nachahmen, nur um sich selbst zu hören.«

Mit einemmal hörte das Geräusch auf dem Dach auf.

Die sechs warteten. Die Nacht schien sie wie ein wildes Tier zu belauern und auf den richtigen Zeitpunkt für den Angriff zu warten.

Sie waren zu unruhig, um sich wieder hinzusetzen, also blieben sie am Fenster stehen.

Draußen bewegten sich nur die Nebelschwaden.

»Jetzt verstehe ich, wie die gleichmäßigen Prellungen entstanden sind«, flüsterte Sara Yamaguchi. »Dieses Wesen hat seine Opfer umschlungen und dann erdrückt. Die Blutergüsse stammen von einem brutalen und länger andauernden Druck. So erklärt sich auch der Sauerstoffentzug – der Verwandler hat seine Opfer vollständig eingekapselt.«

»Ich frage mich, ob dieses Wesen bei diesem Vorgang auch den Konservierungsstoff produziert hat«, murmelte Jenny.

»Höchstwahrscheinlich«, erwiderte Sara. »Deshalb haben wir an den Leichen, die wir untersucht haben, auch keine Einstiche finden können. Anscheinend wird das Konservierungsmittel in die Poren gepreßt – einer Art osmotischer Anwendung.«

Jenny dachte an ihre Haushälterin Hilda Beck, die erste Tote, die sie und Lisa gefunden hatten.

Ein Schauder lief ihr über den Rücken.

»Das Wasser«, stieß Jenny hervor.

»Was?« fragte Bryce.

»Der Verwandler hat das destillierte Wasser ausgeschieden, das wir gefunden haben.«

»Wie kommen Sie darauf?«

»Der menschliche Körper besteht zum größten Teil aus Wasser. Nachdem dieses Ding sich seine Opfer einverleibt und damit jedes Milligramm an Mineralien, Vitaminen und Kalorien aufgenommen hat, stieß es ab, was es nicht brauchte – Mengen von überschüssigem, reinem Wasser. Die Pfützen, die wir entdeckt haben, sind die Überreste der Vermißten. Es gibt weder Leichen, noch Skelette – nur Wasser … Und auch das ist bereits verdunstet.«

Die Geräusche auf dem Dach waren verstummt. Es herrschte Schweigen. Die Phantomkrabbe schien verschwunden zu sein.

Draußen in der Dunkelheit waberte der Nebel, und in dem gelblichen Schein der Straßenlampen war nichts zu entdecken.

Schließlich wandten sie sich von dem Fenster ab und gingen zurück an den Tisch.

»Kann man das verdammte Ding denn nicht töten?« fragte Frank.

»Mit Kugeln nicht, das haben wir ja gesehen«, erwiderte Tal.

»Vielleicht mit Feuer«, meinte Lisa.

»Unsere Soldaten hatten Molotowcocktails vorbereitet«, erinnerte Sara sie. »Der Verwandler hat sie aber anscheinend so schnell überfallen, daß ihnen keine Zeit blieb, sich eine der Flaschen zu holen und den Docht anzuzünden.«

»Außerdem würde Feuer wohl nicht viel nützen«, sagte Bryce. »Wenn das Ding brennen würde, könnte es wahrscheinlich den Teil von sich ablösen, der in Flammen steht, und den Hauptteil seines Organismus in Sicherheit bringen.«

»Sprengstoff ist sicher auch sinnlos«, meinte Jenny. »Ich habe das Gefühl, daß man dieses Ding in tausend Teile zersprengen könnte, und es würden sich sofort viele kleine Verwandler herausbilden, die sich alle unbeschadet wieder vereinigen würden.«

»Kann dieses Ding also getötet werden oder nicht?« fragte Frank noch einmal.

Eine Weile herrschte Schweigen. Dann sagte Bryce: »Nein. Soweit ich das beurteilen kann, ist das nicht möglich.«

»Aber was sollen wir dann tun?«

»Das weiß ich nicht«, bekannt Bryce. »Ich habe keine Ahnung.«

Frank Autry rief seine Frau Ruth an und sprach fast eine halbe Stunde mit ihr. Tal telefonierte auf der anderen Leitung mit einigen seiner Freunde. Später besetzte Sara Yamaguchi fast eine Stunde lang das Telefon. Auch Jenny rief einige Leute an, unter anderem ihre Tante in Newport Beach, mit der dann auch Lisa sprach. Bryce redete mit einigen seiner Kollegen in Santa Mira, mit denen er schon seit Jahren zusammenarbeitete und die inzwischen auch seine Freunde geworden waren. Danach telefonierte er noch mit seinen Eltern in Glendale und mit Ellens Vater in Spokane.

Die sechs Überlebenden gaben sich alle sehr optimistisch und sprachen davon, daß sie mit dieser Sache bald fertig werden und Snowfield schon in Kürze verlassen würden.

Bryce wußte jedoch genau, daß sie alle nur versuchten, das Beste aus dieser schlimmen Lage zu machen. Ihm war klar, daß es sich hier nicht um gewöhnliche Telefonate handelte. Trotz des betont fröhlichen Tonfalls hatten sie nur einen düsteren Zweck: die sechs Überlebenden nahmen Abschied.

15
Inferno

Sal Corello, der Presseagent, der Timothy Flyte am Flughafen in San Francisco abholen sollte, war ein kleiner, aber muskulöser Mann mit weizenblonden Haaren und dunkelblauen Augen. Er wirkte wie eine einflußreiche Persönlichkeit. Wäre er nicht nur einen Meter siebzig, sondern einen Meter achtzig groß, könnte er durchaus mit Robert Redford konkurrieren. Seine Intelligenz, sein Witz und sein Charme machten jedoch die fehlenden Zentimeter wett. Er wußte genau, wie er das bekommen konnte, was für ihn und seine Klienten gut war.

Normalerweise gelang es Corello, mit allen Reportern so geschickt umzugehen, daß man sie beinahe für zivilisierte Menschen halten konnte, doch heute abend war das anders. Diese Story war brandheiß und erregte zuviel Aufmerksamkeit. So etwas hatte Corello noch nie erlebt. Hunderte von Reportern und Neugierigen stürzten sich auf Flyte, sobald sie ihn entdeckt hatten. Sie zerrten an der Kleidung des Professors, schoben ihm Mikrofone vor das Gesicht, blendeten ihn mit einem Blitzlichtgewitter und stießen laut und hektisch ihre Fragen hervor. »Dr. Flyte ...« – »Professor Flyte ...« – »... Flyte!« Flyte, Flyte, Flyte, Flyte ... Die Fragen waren in dem chaotischen Stimmengewirr kaum mehr zu verstehen. Sal Corella bekam Ohrenschmerzen. Der Professor war zuerst völlig verblüfft und schien sich dann zu fürchten. Corello packte den alten Mann am Arm und boxte sich mit ihm durch die tobende Menschenmenge. Er war zwar klein, konnte aber sehr bestimmt vorgehen. Als sie die kleine Plattform erreichten, die Corello und die Sicherheitskräfte in der Lounge aufgestellt hatten, sah Professor Flyte aus, als würde er gleich vor Angst sterben.

Corella nahm das Mikrofon in die Hand und brachte die Menge rasch zum Schweigen. Er bat das Publikum, Flyte eine kurze Erklärung abgeben zu lassen, und versprach den Journalisten, daß sie danach Fragen stellen könnten. Dann stellte er den Redner vor und trat zur Seite.

Als alle Timothy Flyte genau sehen konnten, machte sich Skepsis breit. Corello sah den Menschen an, daß sie befürchteten, der Professor wolle sie auf den Arm nehmen. Flyte sah tatsächlich ein wenig verrückt aus. Sein weißes Haar stand von seinem Kopf ab, als habe er gerade einen Finger in eine Steckdose gesteckt, seine Augen waren vor Angst und in dem Bemühen, gegen die Müdigkeit anzukämpfen, weit aufgerissen, und sein Gesicht wirkte wie das eines alten Säufers. Er war unrasiert, seine Kleidung war zerknittert und hing unförmig an seinem Körper. Er erinnerte Corello an einen dieser Spinner, die an den Straßenecken standen und vor dem baldigen Weltuntergang warnten.

Burt Sandler, der Agent von Wintergreen und Wyle, hatte Corello schon darauf vorbereitet, daß Flyte eventuell keinen guten Eindruck auf die Presseleute machen würde, doch darüber hätte er sich keine Sorgen machen müssen. Die Journalisten wurden bereits unruhig, als der Professor sich einige Male vor dem Mikrofon laut räusperte, doch innerhalb weniger Minuten waren sie von seinen Worten gefesselt. Er berichtete von der Kolonie auf Roanoke, den vermißten Mayas, dem mysteriösen Verschwinden vieler Seeleute und der Armee, die 1711 einfach vom Erdboden verschwunden war. Es wurde mit einemmal sehr ruhig, und Corello entspannte sich.

Flyte erzählte ihnen von dem Eskimo-Dorf Anjikuni, das fünfhundert Meilen nordwestlich der kanadischen Polizeistation in Churchill lag. An einem verschneiten Nachmittag im November 1930 war ein franko-kanadischer Pelzjäger namens Joe LaBelle in Anjikuni eingetroffen und hatte feststellen müssen, daß alle Bewohner verschwunden waren. Alle Besitztümer – darunter auch die wertvollen Jagdgewehre – waren noch vorhanden. Er entdeckte zur Hälfte verspeiste Mahlzeiten und Schlitten ohne Hunde. Das schloß die Möglichkeit aus, daß das gesamte Dorf an einen anderen Ort gezogen war. LaBelle beschrieb die Siedlung später als ›so gespenstisch wie einen Friedhof bei Nacht‹. Er wandte sich sofort an die Polizeistation in Churchill. Es wurde eine gründliche Untersuchung eingeleitet, doch von den Bewohnern Anjikunis fand man keine Spur.

Die Reporter schrieben eifrig mit und nahmen seine Rede auf Band auf. Schließlich erklärte Flyte ihnen seine oft verspottete Theorie über den Alten Feind. Es waren überraschte Ausrufe und ungläubige Zwischenfragen zu hören, doch keiner der Anwesenden griff den Professor an oder äußerte offen Zweifel.

Sobald Flyte seine vorbereitete Ansprache vorgetragen hatte, zerrte Sal Corello ihn am Arm an den Mikrofonen vorbei durch die Tür hinter der Plattform und bracht damit sein Versprechen, daß der Professor sich anschließend noch den Fragen der Presseleute stellen würde.

Ein empörtes Raunen ging durch die Menge, und die Reporter versuchten, Flyte zu folgen.

Das Sicherheitspersonal des Flughafens wartete bereits auf Corello und den Professor. Einer der Wachmänner schlug die Tür hinter ihnen zu und hielt somit die Meute der protestierenden Journalisten zurück.

»Hier entlang«, sagte er.

»Der Hubschrauber ist gelandet«, meldete einer seiner Kollegen.

Sie hasteten durch ein Labyrinth von Gängen, stiegen einige Treppen hinunter und liefen durch eine Stahltür auf das windgepeitschte Rollfeld hinaus, wo ein schnittiger blauer Helikopter – ein großer, gut ausgestatteter Bell Jet Ranger – bereits auf sie wartete.

»Das ist der Hubschrauber des Gouverneurs«, erklärte Corello.

»Ist der Gouverneur hier?« fragte Flyte erstaunt.

»Nein, aber er hat Ihnen seinen Hubschrauber zur Verfügung gestellt.«

Als sie in den geräumigen Passagierraum stiegen, begannen die Rotoren sich schneller zu drehen.

Timothy Flyte preßte seine Stirn gegen die kalte Fensterscheibe und beobachtete, wie San Francisco unter ihm in der Nacht verschwand. Er war nervös. Bevor das Flugzeug gelandet war, hatte er sich benommen und erschöpft gefühlt, doch jetzt war er hellwach und konnte es kaum erwarten, mehr über die Vorgänge in Snowfield zu erfahren.

Der Jet Ranger war ein ungewöhnlich schneller Hubschrauber. Der Flug nach Santa Mira dauerte nur knapp zwei Stunden. Corello – ein cleverer, beredter Mann, der viel und schnell sprach – half Timothy dabei, sich auf die nächste Pressekonferenz vorzubereiten. Die Reise war im Nu vorbei.

Der Hubschrauber setzte mit einem dumpfen Schlag auf

dem Parkplatz hinter der Polizeistation auf. Corello drückte die Tür gegen den Wind auf, noch bevor die Rotoren aufgehört hatten, sich zu drehen, sprang aus dem Hubschrauber und streckte Timothy die Hand entgegen, um ihm heraus zu helfen.

Eine Gruppe von Journalisten drängte sich bereits an den Zaun, hielten ihnen Mikrofone und Kameras entgegen und riefen ihnen Fragen zu.

»Wir werden später eine Erklärung abgeben, wenn wir dazu bereit sind.« Corello mußte schreien, um sich verständlich zu machen. »Jetzt wartet die Polizei bereits auf Sie, um Sie mit dem Sheriff in Snowfield zu verbinden.«

Einige Hilfssheriffs brachten Timothy und Corello rasch in ein Büro im Flughafengebäude, wo bereits ein Mann in Uniform auf sie wartet. Er hieß Charlie Mercer, war kräftig gebaut, trat so energisch und bestimmt auf wie ein erfolgreicher Geschäftsführer und hatte die buschigsten Augenbrauen, die Timothy jemals gesehen hatte.

Timothy ließ sich zu einem Schreibtisch führen und setzte sich auf einen Stuhl.

Mercer wählte die Nummer in Snowfield, unter der er Sheriff Hammond erreichen konnte und stellte den Lautsprecher an, so daß Timothy den Hörer nicht in die Hand nehmen mußte und außerdem alle anderen im Raum das Gespräch hören konnten.

Nachdem Hammond Timothy begrüßt hatte, kam er sofort zur Sache. »Dr. Flyte, wir haben den Alten Feind gesehen. Zumindest glauben wir, daß es sich um das Ding handelt, mit dem Sie sich beschäftigt haben. Es ist ein riesiges Wesen, das einer Amöbe gleicht – ein Verwandlungskünstler, der jede beliebige Gestalt annehmen kann.«

Timothy legte seine zitternden Hände auf die Stuhllehnen. »Meine Güte.«

»Ist das der Alte Feind, den Sie beschrieben haben?«

»Ja. Ein Überlebender aus einem anderen Zeitalter. Millionen Jahre alt.«

»Sie können uns sicher mehr darüber erzählen, wenn Sie

hier sind – vorausgesetzt, ich kann Sie überreden, zu uns zu kommen«, sagte Bryce.

Timothy hörte nur mit halbem Ohr zu. Er dachte an den Alten Feind – er hatte über ihn geschrieben und fest an seine Existenz geglaubt, war jedoch nicht darauf gefaßt gewesen, daß sich seine Theorie einmal tatsächlich bestätigen würde.

Hammond berichtete ihm von dem schrecklichen Tod eines Hilfssheriffs namens Gordy Brogan.

Timothy und Sal Corello waren entsetzt. Mercer und die anderen hatten diese Geschichte anscheinend schon vor Stunden gehört.

»Sie haben es gesehen und leben noch?« fragte Timothy verblüfft.

»*Es* mußte einige von uns am Leben lassen«, erklärte Hammond. »Wir sollten versuchen, Sie zu überreden, hierherzukommen. *Es* hat Ihnen freies Geleit zugesichert.«

Flyte kaute nachdenklich auf seiner Unterlippe.

»Dr. Flyte? Sind Sie noch da?« fragte Hammond.

»Was? Ja, natürlich. Was wollen Sie damit sagen? Es hat mir freies Geleit zugesichert?«

Hammond erzählte ihm eine erstaunliche Geschichte über eine Unterhaltung mit dem Alten Feind mit Hilfe eines Computers.

Bei dem Bericht des Sheriffs bracht Flyte der Schweiß aus. Er sah vor sich auf dem Schreibtisch eine Schachtel Papiertaschentücher stehen, zog eine Handvoll heraus und tupfte sich damit das Gesicht ab.

Als der Sheriff seine Geschichte beendet hatte, holte der Professor tief Luft. »Ich hätte nie damit gerechnet ...« sagte er mit belegter Stimme. »Nie hätte ich gedacht, daß ...«

»Was meinen Sie damit?« fragte Hammond.

Timothy räusperte sich. »Nun, ich habe nicht geglaubt, daß der Alte Feind sich auf einem ähnlichen Intelligenzniveau wie ein Mensch befinden würde.«

»Ich befürchte sogar, *es* ist uns überlegen«, sagte Bryce.

»Aber ich habe immer gedacht, es handle sich nur um

ein einfältiges Tier mit stark eingeschränktem Eigenbewußtsein.«

»Das ist es sicherlich nicht.«

»Mein Gott, das macht es noch viel gefährlicher!«

»Werden Sie herkommen?« fragte Bryce.

»Das hatte ich eigentlich vor«, erwiderte Timothy. »Aber wenn es ein intelligentes Wesen ist und mir freies Geleit zusichert ...«

Plötzlich erklang die klare Stimme eine fünf- oder sechsjährigen Jungen: »Bitte, bitte, Dr. Flyte, kommen Sie her und spielen Sie mit mir! Bitte! Wir werden viel Spaß miteinander haben.«

Bevor Timothy antworten konnte, hörte er eine sanfte, musikalische Frauenstimme: »Ja, lieber Dr. Flyte, besuchen Sie uns doch. Sie sind hier willkommen. Niemand wird Ihnen etwas tun.«

Dann kam die warme, herrliche Stimme eines älteren Mannes aus der Leitung: »Es gibt noch so viel, was Sie über mich erfahren sollten, Dr. Flyte. Kommen Sie hierher und beginnen Sie Ihre Nachforschungen – das wird Ihnen Weisheit verschaffen. Das Angebot für freies Geleit ist ernstgemeint.«

Schweigen.

»Hallo? Hallo?« fragte Timothy verunsichert. »Wer ist denn da?«

»Ich bin noch dran«, erwiderte Hammond.

Die anderen Stimmen waren nicht mehr zu hören.

»Jetzt bin nur noch ich in der Leitung«, fügte der Sheriff hinzu.

»Aber wer waren diese Leute?« fragte Timothy.

»Das waren keine wirklichen Menschen, sondern nur Phantome. Verstehen Sie denn nicht? Der Alte Feind hat Ihnen soeben mit drei verschiedenen Stimmen freies Geleit zugesichert, Dr. Flyte.«

Timothy sah die anderen vier Männer in dem Raum an, die alle wie gebannt auf den schwarzen Lautsprecher starrten, aus dem Hammonds Stimme und die Laute dieser Kreatur gekommen waren.

Dr. Flyte zerknüllte das bereits feuchte Taschentuch in seiner Hand und wischte sich damit noch einmal das schweißüberströmte Gesicht ab. »Ich werde kommen«, sagte er.

Jetzt richteten sich alle Augen auf ihn.

»Wir können nicht davon ausgehen, daß es sein Versprechen halten wird«, gab Sheriff Hammond zu bedenken. »Wenn Sie erst einmal hier sind, kann es auch Sie töten.«

»Aber wenn es sich um ein intelligentes Wesen handelt ...«

»Das bedeutet nicht, daß es sich an die Regeln halten wird«, unterbrach Hammond ihn. »Wir alle sind davon überzeugt, daß diese Kreatur die Verkörperung des Bösen ist, Dr. Flyte. Würden Sie sich auf ein Versprechen des Teufels verlassen?«

Plötzlich ertönte wieder die süße Kinderstimme in der Leitung. »Wenn Sie kommen, Dr. Flyte, werde ich nicht nur Sie, sondern auch die sechs Menschen verschonen, die hier in der Falle sitzen. Ich werde sie laufenlassen, wenn Sie mit mir spielen. Sollten Sie nicht kommen, werde ich mir diese Schweine vorknöpfen und sie zerquetschen. Ich werde ihnen das Blut herauspressen und ihre Gedärme zerdrücken. Wenn ich sie zu Brei verarbeitet habe, fresse ich sie auf.«

Diese Wort wurden mit zarter, unschuldiger Kinderstimme vorgetragen, und das machte sie noch bedrohlicher, als wenn sie wütend in tiefem Baß herausgeschrien worden wären.

Timothy klopfte das Herz bis zum Hals.

»Damit ist die Entscheidung gefallen«, sagte er. »Ich werde kommen. Mir bleibt keine andere Wahl.«

»Sie sollten aber nicht wegen uns kommen«, meinte Hammond. »Vielleicht wird es Sie wirklich verschonen, denn es nennt Sie seinen Matthäus, Markus, Lukas und Johannes. Uns wird es jedoch nicht entkommen lassen – egal, was es jetzt auch sagt.«

»Ich komme«, wiederholte Flyte beharrlich.

Hammond zögerte. »Also gut. Einer meiner Männer wird Sie bis zur Straßensperre vor Snowfield fahren. Den Rest des Weges müssen Sie allein zurücklegen. Ich kann es nicht riskieren, noch einen Mann zu verlieren. Können Sie fahren?«

»Ja, Sir«, antwortete Timothy. »Stellen Sie mir einen Wagen zur Verfügung, dann komme ich allein zu Ihnen.«

Plötzlich war die Leitung tot.

»Hallo?« rief Timothy. »Sheriff?«

Keine Antwort. *Es* hatte sie unterbrochen.

Timothy sah Sal Corello, Charlie Mercer und die anderen beiden Männer an, deren Namen er nicht kannte.

Sie starrten ihn an, als sei er bereits tot und läge in einem Sarg.

Wenn mich der Verwandler in Snowfield erwischt und ich sterbe, wird es keinen Sarg für mich geben, dachte er. Auch kein Grab. Und keinen ewigen Frieden.

»Ich fahre Sie bis zur Straßensperre«, sagte Charlie Mercer.

Timothy nickte.

Es war Zeit zu gehen.

16
Von Angesicht zu Angesicht

Um 12 Minuten nach drei – mitten in der Nacht – begannen in Snowfield die Kirchenglocken zu läuten.

In der Lobby des Hilltop Inn sprangen Bryce und die anderen von ihren Stühlen auf.

Die Feuersirenen heulten auf.

»Jetzt ist Flyte hier«, meinte Jenny.

Alle sechs eilten auf die Straße hinaus.

Die Straßenlaternen flackerten und warfen Schatten, die sich in den Nebelschwaden wie Marionetten bewegten.

Am Ende der Skyline Road bog ein Wagen um die Ecke. Das Licht der Scheinwerfer bohrte sich wie Speere durch den Dunst und verbreitete einen silbrigen Schimmer.

Die Laternen hörten abrupt auf zu flackern. Bryce trat rasch in einen der gelben Lichtkegel und hoffte, daß Flyte ihn dort trotz des Nebels sehen würde.

Die Glocken läuteten immer noch, und die Sirene schrillte,

während das Auto langsam den Hügel heraufkroch. Der grün-weiße Streifenwagen parkte etwa drei Meter vor Bryce am Randstein; der Fahrer schaltete die Scheinwerfer aus.

Dann ging die Tür auf, und Flyte stieg aus. Er sah nicht so aus, wie Bryce ihn sich vorgestellt hatte. Die Brille mit den starken Gläsern ließ seine Augen unnatürlich groß erscheinen. Sein dünnes weißes Haar war zerzaust und umgab seinen Kopf wie ein Heiligenschein. Irgend jemand in der Polizeistation von Santa Mira hatte ihm eine kugelsichere Weste geliehen, an der das Abzeichen des Büros des Sheriffs auf der linken Brust angebracht war.

Die Glocken hörten auf zu läuten, und auch die Sirene verstummte nach einem letzten krächzenden Geräusch. Tiefe Stille senkte sich über die nebelverhangene Straße.

Flyte sah sich um, lauschte und wartete.

»Es will sich offensichtlich noch nicht zeigen«, sagte Bryce schließlich.

Flyte drehte sich um. »Sheriff Hammond?«

»Ja. Gehen wir hinein und machen es uns gemütlich, während wir warten.«

Im Speisesaal des Hotels gab es heißen Kaffee.

Zitternde Hände stellten Tassen auf den Tisch und klammerten sich dann nervös daran fest, um ruhiger zu werden.

Die sechs Überlebenden beugten sich vor, um kein Wort von Timothy Flytes Bericht zu verpassen.

Lisa war offensichtlich begeistert von dem britischen Wissenschaftler, doch Jenny hatte ernsthafte Zweifel. Der Mann kam ihr vor wie die perfekte Karrikatur eines zerstreuten Professors. Als er jedoch über seine Theorien zu sprechen begann, war sie gezwungen, ihre ursprünglich negative Meinung über ihn zu ändern, und schon bald war sie ebenso fasziniert wie Lisa.

Er erzählte ihnen von den vermißten Armeen in Spanien und China, von den verlassenen Städten der Mayas und der Kolonie von Roanoke.

Und er berichtete von Joya Verde, einer Siedlung im südamerikanischen Dschungel, die anscheinend ein ähnliches Schicksal wie Snowfield erlitten hatte. Joya Verde – das grüne Juwel – war eine Handelsniederlassung am Amazonas, weit abgelegen von der zivilisierten Welt. 1923 verschwanden dort an einem Nachmittag sechshundertfünf Menschen. Es mußte sich irgendwann in dem Zeitraum abgespielt haben, in dem keiner der Frachter vor der Küste lag, die regelmäßig dort anlegten. Zunächst hatte man angenommen, daß die Indianer in der Nachbarschaft, die eigentlich als friedlich galten, überraschend angegriffen hatten, doch es wurden weder Leichen noch Anzeichen eines Kampfes oder von Plünderei gefunden. Auf der Tafel der Missionsschule befand sich jedoch eine Nachricht: *Es hat keine Form und kann doch jede Gestalt annehmen.* Die meisten Menschen, die sich mit dem Geheimnis von Joya Verde beschäftigten, glaubten nicht daran, daß diese neun mit Kreide gekritzelten Worte etwas mit dem Verschwinden der Bevölkerung zu tun hatten, doch Flyte dachte anders darüber – und Jenny tat es jetzt ebenfalls.

»Auch in den verlassenen Städten der Mayas wurde eine Botschaft gefunden«, berichtete Flyte. »Archäologen haben Bruchstücke eines in Hieroglyphen geschriebenen Gebets entdeckt, das wohl aus der Zeit des Massenverschwindens stammt.« Flyte dachte nach und zitierte dann: »Böse Geister leben unter der Erde. Ihre Macht schläft in einem Felsen. Wenn sie erwachen, steigen sie auf wie kalte Lava und nehmen fließend viele Gestalten an. Dann begreifen auch stolze Männer, daß wir alle nicht mehr als Stimmen im Donner sind – Gesichter im Wind, die verweht werden, als hätte es sie nie gegeben.«

Flytes Brille war ihm von der Nase gerutscht. Er rückte sie zurecht und fuhr fort: »Manche Menschen glauben, daß sich dieses Gebet auf die Gewalt von Erdbeben und Vulkanausbrüchen bezieht. Ich denke jedoch, daß es auf den Alten Feind bezogen ist.«

»Wir haben hier auch eine Nachricht gefunden«, sagte Bryce. »Den Teil eines Wortes.«

»Wir können jedoch nichts damit anfangen«, erklärte Sara Yamaguchi.

Jenny erzählte Flyte von den beiden Buchstaben P und R, die Nick Papandrakis mit Jod an die Wand seines Badezimmers gepinselt hatte. »Der dritte Buchstabe war nicht erkennbar. Es könnte sich um ein U oder ein O handeln.«

»Papandrakis«, sagte Flyte und nickte heftig. »Ein Grieche. Ja, das bestätigt, was ich Ihnen gesagt habe. War dieser Mann stolz auf sein kulturelles Erbe?«

»Ja, sehr«, erwiderte Jenny. »Warum?«

»Nun, wenn er stolz darauf war, ein Grieche zu sein, hat er sich wahrscheinlich gut in der griechischen Mythologie ausgekannt«, sagte Flyte. »Und dort kommt ein Gott namens Proteus vor. Ich nehme an, daß Mr. Papandrakis seinen Namen an die Wand schreiben wollte. Proteus war ein Gott, der auf der Erde lebte, keine eigene Gestalt besaß, jede Form annehmen konnte, die er wollte, und sich von allem ernährte, das er begehrte.«

»Was hat es mit dem Gerede von übernatürlichen Dingen auf sich?« fragte Tal Whitman nervös. »Als wir mit diesem Wesen über den Computer kommuniziert haben, hat es sich Namen von Dämonen gegeben.«

»Gestaltlose Dämonen und böse Götter, die jede Form annehmen können, die sie wollen, sind in den meisten alten Mythen und Weltreligionen häufig vertreten«, erklärte Flyte. »Eine solche Kreatur aus der Mythologie taucht in allen Kulturen dieser Welt unter verschiedenen Namen auf. Im Alten Testament erscheint Satan zuerst in Gestalt einer Schlange, dann als Ziegenbock, Widder, Hirsch oder Käfer, und er verwandelt sich auch in ein Kind, einen Bettler oder in andere Menschen. Unter anderem wird er der Meister des Chaos, der Gestaltlosigkeit und der Tücke genannt – er ist ein Biest mit vielen Gesichtern. In der Bibel steht geschrieben, daß Satan ›so veränderlich wie ein Schatten‹ und ›so klug wie Wasser‹ ist. Wasser kann sich in Dampf oder Eis verwandeln, und Satan kann jede Gestalt annehmen, die er sich wünscht.«

»Wollen Sie damit sagen, daß dieser Verwandler hier in Snowfield tatsächlich der Teufel ist?« fragte Lisa.

»Nun ja ... auf gewisse Weise schon.«

Frank Autry schüttelte den Kopf. »Nein. An solche Spukgeschichten glaube ich nicht, Dr. Flyte.«

»Ich auch nicht«, versicherte Flyte ihm. »Ich will damit nicht sagen, daß dieses Ding ein übernatürliches Wesen ist. Das ist es sicher nicht. Es ist eine reale Kreatur aus Fleisch – allerdings nicht so gebaut wie wir. Auch wenn es kein Geist oder Teufel ist, halte ich es in gewisser Beziehung für Satan, denn diese Kreatur – oder ein anderes monströses Wesen aus dem Mesozoikum – hat den Mythos von Satan entstehen lassen. Die Menschen in prähistorischer Zeit müssen einem dieser Wesen begegnet sein, und einige von ihnen haben überlebt und davon berichtet. Natürlich beschrieben sie ihre Erlebnisse in einer Sprache, die uns heute mythisch und abergläubisch erscheint. Ich glaube, daß es sich bei den meisten dämonischen Figuren in den verschiedenen Weltreligionen um diese Verwandler handelt. Die Berichte über sie wurden über viele Generationen weitergegeben, bis sie dann in Hieroglyphen, auf Schriftrollen und schließlich in gedruckten Buchstaben schriftlich festgehalten werden konnten. Es wird ein reales, sehr seltenes und gefährliches Biest mit Ausdrücken beschrieben, die man nur in religiösen Mythen findet.«

Jenny fand diesen Teil von Flytes Theorie zugleich verrückt und brillant, unwahrscheinlich, aber überzeugend. »Dieses Ding nimmt auf irgendeine Weise das Wissen und die Erinnerungen seiner Opfer auf, wenn es sie frißt«, sagte sie. »Es weiß daher, daß viele Menschen es für den Teufel halten, und es scheint ihm auf perverse Weise Spaß zu machen, diese Rolle zu spielen.«

»Anscheinend empfindet es Freude dabei, uns zu verspotten«, fügte Bryce hinzu.

Sara Yamaguchi strich sich ihr langes Haar hinter die Ohren. »Können Sie uns dafür eine wissenschaftliche Erklärung geben, Dr. Flyte? Wie kann eine solche Kreatur existieren?

Wie funktioniert es aus biologischer Sicht? Haben Sie darüber eine wissenschaftlich fundierte Theorie?«

Bevor Flyte antworten konnte, kam *es*.

Oben an der Wand unterhalb der Decke lockerten sich plötzlich die Schrauben eines Heizungsschachts, und das Gitter flog auf einen Tisch und rutschte dann scheppernd auf den Boden.

Jenny und die anderen sprangen von ihren Stühlen auf. Lisa schrie auf und deutete nach oben.

Der Verwandler quoll aus dem Schacht und blieb dunkel, naß und pulsierend an der Wand hängen. Die Masse glänzte wie blutiger Schleim.

Bryce und Tal griffen zu ihren Waffen, zögerten aber dann. Es gab nichts, was sie tun konnten.

Das Wesen floß weiter aus der Lüftung, schwoll an, bewegte sich hin und her und wuchs zu einem widerlichen Klumpen heran, der rasch die Größe eines Menschen erreicht hatte. Dann kroch es an der Wand nach unten auf den Boden und bildete dort einen immer größer werdenden Wall. Nach wie vor sickerte die Masse aus dem Schacht.

Jenny warf Dr. Flyte einen Blick zu. Sein Gesichtsausdruck wandelte sich von Erstaunen in Angst, dann sah sie Ekel und Entsetzen in seinen Augen.

Das zähflüssige, schäumende dunkle Protoplasma war jetzt so groß wie etwa drei oder vier Menschen, und noch immer strömte mehr dieser abscheulichen, Übelkeit erregenden Masse aus dem Lüftungsschacht.

Lisa würgte und wandte ihren Blick ab, doch Jenny konnte dieses Ding nicht aus den Augen lassen. Eine groteske Faszination ging von ihm aus.

In der riesigen Anhäufung des formlosen Gewebes, das sich in den Raum ergossen hatte, begannen sich Gliedmaßen zu bilden, die jedoch nach wenigen Sekunden wieder verschwanden. Arme von Männern und Frauen tauchten auf, als suchten sie Hilfe. Dünne, wild um sich schlagende Kinderärmchen wuchsen aus der gallertartigen Masse. Stumm und mitleiderregend wurden kleine Hände ausgestreckt. Es war schwer, dabei nicht zu vergessen, daß es sich hier nicht wirklich um die Arme von Kindern handelte, die der Verwandler in sich gefangen hielt, sondern um Imitationen – Phantome, die nicht menschlich waren. Sie waren nur ein Teil von *ihm*. Nun erschienen auch Krallen und Gliedmaßen von Tieren in der Brühe aus Protoplasma. Unglaublich riesige Körperteile von Insekten wurden sichtbar, die auf furchterregende Weise wild um sich schlugen, aber dann ebenso schnell wieder verschwanden, wie sie sich gebildet hatten.

Der Verwandler wälzte sich durch den Raum; mittlerweile war er größer als ein Elefant.

Jenny und die anderen zogen sich zur Fensterfront zurück, während das Ding sich weiter auf mysteriöse und anscheinend ziellose Weise veränderte.

Auf der Straße vollführten die Nebelschwaden ihren eigenen Tanz und wirkten wie eine gespenstische Reflexion des Verwandlers.

Plötzlich begann Flyte eindringlich zu sprechen und die Fragen zu beantworten, die Sara Yamaguchi ihm gestellt hatte. Es hatte den Anschein, als habe er das Gefühl, nicht mehr viel Zeit dafür zu haben.

»Vor etwa zwanzig Jahren ist mir die Idee gekommen, daß vielleicht eine Verbindung zwischen dem Massenverschwinden und dem unerklärlichen Aussterben von besonderen Arten in vormenschlichen geologischen Zeitabschnitten besteht. Ich denke da zum Beispiel an die Dinosaurier.«

Der Verwandler pulsierte und zuckte. Die Masse reichte nun fast bis zur Decke und füllte den gesamten hinteren Teil des Raums aus.

Lisa klammerte sich an Jenny.

Ein kaum wahrnehmbarer, widerlicher Geruch verbreitete sich zunehmend im Raum. Es roch nach Schwefel – beinahe wie in der Hölle.

»Es gibt viele Theorien, die versuchen, das Aussterben der Dinosaurier zu erklären«, fuhr Flyte fort. »Aber keine von ihnen kann alle Fragen restlos beantworten. Ich habe mir daher überlegt, ob die Dinosaurier nicht vielleicht einer anderen Kreatur zum Opfer gefallen sind – einem natürlichen Feind, der ihnen bei der Jagd und im Kampf überlegen war. Das müßte dann natürlich ein Wesen mit einem sehr schwachen Knochenbau gewesen sein. Möglicherweise besaß es auch gar kein Skelett, denn es wurden keine Fossilien einer Tierart entdeckt, die es mit diesen großen Sauriern hätte aufnehmen können.«

Ein Zittern durchlief die dunkle, zuckende Schleimmasse, und Dutzende von Gesichtern begannen, sich plötzlich herauszubilden.

»Wenn nun einige dieser amöbenartigen Lebewesen Millionen von Jahren überlebt haben ...« sagte Flyte.

Gesichter von Menschen und Tieren schimmerten in der formlosen Masse.

»Sie könnten zum Beispiel in unterirdischen Flüssen oder Seen gelebt haben.«

Einige der Gesichter besaßen keine Augen, andere besaßen keinen Mund. Dann aber erschienen plötzlich Augen und öffneten sich. Sie wirkten erschreckend real, und in ihnen lag ein Ausdruck des Schmerzes, der Angst und der Verzweiflung.

»Vielleicht befanden sie sich auch Tausende von Metern unter dem Meer.«

Jetzt bildeten sich Münder aus der Masse heraus. Die Lippen in den Phantomgesichtern öffneten sich zu einem stummen Schrei.

»Sie erbeuteten ihre Opfer in den Ozeanen und tauchten nur hin und wieder auf, um nach Futter zu jagen.«

Gesichter von Katzen, Hunden und prähistorischen Reptilien erschienen in dem Schleim.

»Manchmal haben sie sich vielleicht auch von menschlichen Wesen ernährt.«

Jenny hatte den Eindruck, als würden sich diese Gesichter an einen verschleierten Spiegel pressen. Keines von ihnen nahm wirklich Gestalt an, sondern mußte sofort wieder mit der Masse verschmelzen, damit sich zahllose neue Figuren bilden konnten, die aber ebenfalls sofort wieder verschwanden. Die ununterbrochen flackernden Schatten zeigten die Verlorenen und Verdammten.

Schließlich hörte die Masse auf, sich zu bewegen, und verhielt sich für einen Moment lang ganz ruhig. Sie pulsierte nur noch ganz langsam und beinahe unmerklich.

Sara Yamaguchi stöhnte leise auf.

Jenny nahm Lisa in den Arm und drückte sie an sich.

Niemand sprach. Einige Sekunden lang wagte keiner, auch nur zu atmen.

Dann gab der Alte Feind erneut eine Demonstration seiner Verwandlungsfähigkeit und streckte abrupt mehrere Tentakel aus. Einige davon waren dick und trugen Saugnäpfe wie ein Tintenfisch, andere waren dünn wie ein Seil. Manche waren glatt und andere zerfurcht. Sie wirkten furchterregender als die breiten, feuchten Tentakel. Ein Teil dieser Fangarme glitt auf dem Boden hin und her, warf Stühle um und schob Tische zur Seite, während andere in der Luft tanzten, als folgten sie der Musik eines Schlangenbeschwörers.

Dann schoß das Wesen plötzlich hervor und schlug blitzschnell zu.

Jenny stolperte zurück und prallte gegen die Wand.

Die zahlreichen Tentakel fuhren zischend durch die Luft und schnellten wie Peitschenhiebe auf sie zu.

Lisa konnte ihren Blick nicht länger abwenden und schnappte nach Luft.

Im Bruchteil einer Sekunde verlängerten sich die Tentakel, und einer der Fangarme legte sich wie ein Seil um Jennys Hand. Das Fleisch fühlte sich kalt und glitschig an.

Nein!

Sie riß sich los und war erleichtert darüber, wie leicht ihr das gelang. Anscheinend war das Ding nicht an ihr interessiert – zumindest *noch* nicht.

Lisa und sie duckten sich, als über ihnen die Tentakel durch die Luft zuckten.

Flyte versuchte hastig, dem Wesen auszuweichen und stolperte. Einer der Fangarme folgte ihm und schwebte einen Augenblick lang über ihm, als wolle er ihn erdrücken. Dann zog er sich jedoch wieder zurück. Das Wesen war wohl auch an Flyte nicht interessiert.

Bryce feuerte auf das Ding, obwohl er wußte, daß es sinnlos war. Tal schrie etwas, was Jenny nicht verstehen konnte, und trat rasch vor sie und Lisa, um sie vor dem Wesen abzuschirmen.

Der Verwandler glitt an Sara vorüber und stürzte sich dann auf Frank Autry. Offensichtlich war er derjenige, den das Wesen haben wollte. Zwei dicke Tentakel legten sich blitzschnell um Franks Körper und zogen ihn von den anderen weg.

Frank schlug wild um sich und versuchte sich zu befreien. Sein Gesicht war vor Entsetzen verzerrt.

Alle schrien auf – sogar Bryce und Tal.

Bryce lief auf Frank zu und packte seinen rechten Arm, um ihn von dem Wesen zu befreien, doch es klammerte sich unnachgiebig an ihm fest.

»Schafft dieses Ding weg!« schrie Frank. »Weg damit!«

Bryce versuchte, einen der Fangarme von Franks Körper zu lösen, doch sofort fuhr ein anderer dicker, schleimiger Tentakel in die Luft und versetzte Bryce einen so heftigen Schlag, daß er stürzte.

Frank wurde vom Boden gehoben und festgehalten. Seine Augen traten hervor, als er auf die dunkle, fließende Masse des Alten Feinds hinabsah, die sich ständig veränderte. Verzweifelt trat er um sich, doch es half ihm nichts.

Wieder bildete sich eine Gestalt aus dem Schleim heraus und erhob sich zitternd in die Luft. An einer Seite des Tentakels löste sich die grau und rotbraun gescheckte Haut auf. Rohes, nasses Gewebe trat hervor.

Lisa würgte.

Der Anblick des eiternden Fleisches verursachte ihr Übelkeit, außerdem war der widerliche Gestank noch stärker geworden.

Eine gelbliche Flüssigkeit tropfte aus der offenen Wunde an dem Tentakel. Dort, wo die Tropfen auf den Boden fielen, brodelten und schäumten sie und fraßen sich in die Fliesen.

Jenny hörte, wie jemand rief: »Säure!«

Franks Schreie wurden schriller und drückten deutlich Entsetzen und Verzweiflung aus.

Der Tentakel versprühte Säure und legte sich wie ein Halseisen um den Nacken des Hilfssheriffs.

»O Gott, nein!«

»Schau nicht hin«, befahl Jenny ihrer Schwester.

Der Verwandler führte ihnen nun stolz vor, wie er Jakob und Aida Liebermann enthauptet hatte – wie ein Kind, das sich mit seinem Können großtun wollte.

Franks Schreie erstarben mit einem blubbernden, gurgelnden Röcheln. Der Tentakel fraß sich mit erstaunlicher Geschwindigkeit durch seinen Hals. Ein oder zwei Sekunden nachdem Frank zum Schweigen gebracht worden war, löste sich sein Kopf vom Rumpf und fiel auf die Fliesen.

Jenny spürte, wie ihr die Galle hochkam, und schluckte heftig. Sara Yamaguchi schluchzte laut.

Das Ding hielt Franks kopflosen Körper immer noch in der Luft. In dem Schleimklumpen, aus dem die Tentakel wuchsen, öffnete sich jetzt ein riesiges, zahnloses Maul. Es war groß genug, um den Körper eines Mannes zu verschlingen. Die Tentakel zogen die Leiche des Deputys in den weit geöffneten Schlund. Dann floß dunkles Fleisch um seinen Leib, und kurz darauf war er verschwunden. Der Mund schloß sich und wurde unsichtbar.

Frank Autry war nicht mehr.

Bryce sah entsetzt auf den abgetrennten Kopf. Franks blicklose Augen starrten ihn an.

Bryce dachte an Ruth Autry. Sein Herzschlag beschleunigte sich, als er sich vorstellte, daß sie nun allein leben mußte. Sie und Frank hatten sich sehr nahegestanden. Es würde ihm sehr schwerfallen, ihr diese Nachricht zu überbringen.

Die Tentakel zogen sich wieder in die schleimige, pulsierende Masse zurück. Nach wenigen Sekunden waren sie verschwunden.

Das formlose, zuckende Wesen füllte nun ein Drittel des Raumes aus.

Bryce konnte sich vorstellen, wie es durch prähistorische Sümpfe floß und sich im Schlamm an seine Beute heranschlich. Ja, es hätte es sicherlich mit Dinosauriern aufnehmen können.

Bisher hatte er geglaubt, daß der Verwandler ihn und einige der anderen am Leben gelassen hatte, weil sie Flyte nach Snowfield locken sollten. Nun wurde ihm aber klar, daß das nicht der Fall war. Der Verwandler hätte die Möglichkeit gehabt, ihre Stimme am Telefon zu imitieren und somit Flyte dazu bewegen können, nach Snowfield zu kommen. Das Wesen hatte sie aus einem anderen Grund verschont. Vielleicht wollte es sie vor Flytes Augen töten, um ihm genau vorzuführen, wie das funktionierte.

Großer Gott!

Der Verwandler ragte jetzt bedrohlich vor ihnen auf. Seine riesige, gallertartige Masse pulsierte so stark, als wären etliche Herzen darin verankert.

»Ich wünschte nur, ich könnte davon eine Gewebeprobe bekommen«, sagte Sara Yamaguchi mit zitternder Stimme. »Ich würde alles dafür geben, mir das einmal unter dem Mikroskop anzusehen und die Struktur der Zellen zu untersuchen. Vielleicht könnten wir dann eine Schwachstelle finden ... einen Weg, dieses Ding zu besiegen.«

»Ja, ich möchte es mir auch genauer ansehen. Ich will es verstehen und begreifen«, sagte Flyte.

Plötzlich wucherte etwas aus der formlosen Masse heraus. Eine menschliche Gestalt begann, sich zu bilden. Bryce war entsetzt, als er Gordy Brogans Gesichtszüge erkannte. Das Phantom blieb jedoch gestaltlos – der Körper wurde klumpig und das Gesicht nur undeutlich zu erkennen. Der halb gebildete Mund öffnete sich, doch es war nicht Gordys, sondern Stu Wargles Stimme zu hören, die alle aus der Fassung brachte.

»Gehen Sie zum Labor«, ertönte es klar aus den verschwommenen Lippen. »Ich werde Ihnen alles zeigen, was Sie sehen wollen, Dr. Flyte. Sie sind mein Matthäus, mein Lukas. Gehen Sie in das Labor.«

Die unfertige Nachbildung von Gordy Brogan löste sich auf wie Rauch und verschwand wieder in der pulsierenden Masse.

Das Wesen zog sich an der Wand nach oben und begann, in den Heizungsschacht zu verschwinden.

Wieviel von diesem Ding mag sich wohl noch hinter den Wänden des Hotels verbergen? fragte Bryce sich unbehaglich. Was wartet in der Kanalisation noch auf uns? Wie groß ist dieser Gott namens Proteus?

Während das Ding sich zurückzog, öffnete es einen Mund, der nicht größer war wie der eines Menschen, doch dann bildeten sich Dutzende davon heraus, und verschiedene Geräusche waren zu hören: das Zwitschern von Vögeln, der Schrei von Möwen, das Summen von Bienen, ein Knurren und Zischen, das liebliche Gelächter eines Kindes, ein Gesang aus weiter Entfernung, das Heulen einer Eule und das unheilverkündende Rasseln einer Klapperschlange verschmolzen zu einem furchteinflößenden Chor.

Dann verschwand der Verwandler in dem Heizungsschacht. Nur Franks abgetrennter Kopf und das verbogene Gitter erinnerten daran, daß eine Kreatur aus der Hölle hier gewesen war.

Die elektrische Wanduhr zeigte jetzt 44 Minuten nach 3 Uhr; die Nacht war beinahe vorüber.

Bryce fragte sich, wie lange es noch dauern würde, bis es endlich dämmerte. Eineinhalb Stunden? Eine Stunde und vierzig Minuten? Noch länger?

Wahrscheinlich spielte es keine Rolle.

Er erwartete ohnehin nicht, den Sonnenaufgang noch einmal zu erleben.

17
Ego

Die Tür des zweiten Wohnmobils stand weit offen. Die Lichter brannten und die Bildschirme leuchteten auf. Alles war vorbereitet.

Jenny hatte versucht daran zu glauben, daß sie es doch noch schaffen würden und vielleicht eine kleine Chance hätten, den Verlauf der Ereignisse zu beeinflussen. Doch nun war auch diese geringe Hoffnung verschwunden, an die sie sich geklammert hatte. Sie waren machtlos, konnten nur tun, was *es* wollte und dorthin gehen, wohin es ihnen gestattet wurde.

Die sechs versammelten sich in dem Labor.

»Und nun?« fragte Lisa.

»Wir werden warten«, erwiderte Jenny.

Flyte, Sara und Lisa setzten sich vor die leuchtenden Bildschirme. Jenny und Bryce lehnten sich an einen Tisch, und Tal blieb an der offenen Tür stehen und sah hinaus.

Nebelschwaden zogen vorbei.

Jenny hatte Lisa gesagt, sie sollten warten, doch das war nicht einfach. Jede Sekunde war eine Tortur. Alle waren aufs Äußerste angespannt und rechneten mit weiteren schauerlichen Ereignissen.

Wo würde sich der Tod wieder zeigen? In welcher absurden Gestalt würde er erscheinen? Und wen würde er dieses Mal treffen?

»Dr. Flyte, wenn diese prähistorischen Wesen Millionen von Jahren in unterirdischen Seen, in Flüssen und auf dem Grund der Meere überlebt haben und nur aufgetaucht sind, um Nahrung aufzunehmen, warum sind dann solche Phänomene von Massenverschwinden nicht viel häufiger geschehen?« fragte Bryce schließlich.

Flyte zupfte sich mit einem seiner langen, dünnen Finger am Kinn. »Weil diese Wesen nur selten auf Menschen treffen.«

»Warum?«

»Ich bezweifle, daß mehr als eine Handvoll dieser Kreaturen überlebt hat. Wahrscheinlich sind die meisten einer klimatischen Veränderung zum Opfer gefallen. Das hat wohl die wenigen Überlebenden dazu gezwungen, sich unter die Erde und in die Ozeane zu begeben.«

»Aber selbst wenn es sich nur um wenige handelt ...«

»Es sind nur einige Exemplare«, betonte Flyte. »Sie haben sich offensichtlich über die ganze Erde verteilt und müssen wahrscheinlich nur hin und wieder Nahrung zu sich nehmen. Denken Sie zum Beispiel an die Boa Constrictor – diese Schlange kann wochenlang ohne Futter auskommen. Dieses Ding ernährt sich vielleicht nur sporadisch – möglicherweise braucht es nur alle paar Monate oder sogar nur einmal in einigen Jahren Futter. Sein Stoffwechsel unterscheidet sich so sehr von unserem, daß eigentlich alles denkbar ist.«

»Könnte es vielleicht auch eine Art Winterschlaf halten, der einige Monate oder sogar mehrere Jahre dauert?« fragte Sara.

»Ja, sicher.« Flyte nickte. »Das ist eine sehr gute Idee. Damit hätten wir eine Erklärung dafür, daß dieses Ding nur selten Menschen begegnet. Ich darf Sie auch daran erinnern, daß die Menschheit weniger als ein Prozent der Erdoberfläche bewohnt. Selbst wenn der Alte Feind regelmäßig auftauchen würde, wäre eine Begegnung mit ihm sehr unwahrscheinlich.«

»Und wenn doch, würden wir ihm höchstwahrscheinlich auf dem Meer begegnen, denn der größte Teil der Erde ist von Wasser bedeckt«, meinte Bryce.

»Genau«, bestätigte Flyte. »Würde es die gesamte Besatzung eines Schiffes erwischen, gäbe es keine Zeugen, und wir würden nie etwas darüber erfahren. In der Geschichte der Seefahrt gibt es zahllose Berichte über verschwundene Boote und Geisterschiffe, deren Mannschaft spurlos verschwunden ist.«

»Die *Mary Celeste*«, sagte Lisa und warf ihrer Schwester einen Blick zu.

Jenny dachte daran, wann Lisa dieses Schiff zum ersten Mal erwähnt hatte. Es war an dem Sonntagabend gewesen, als sie im Haus der befreundeten Santinis den eben gedeckten Tisch vorgefunden hatten.

»Das ist ein berühmter Fall«, stimmte Flyte ihr zu. »Er ist aber nicht einzigartig. Hunderte von Schiffen sind unter geheimnisvollen Umständen verschwunden, seit darüber verläßliche Berichte erstattet wurden. Es geschah bei gutem Wetter, in Friedenszeiten und ohne logische Erklärung. Zehntausende von Seeleuten sind wohl verschwunden.«

»Da gibt es doch dieses Gebiet in der Karibik, in dem so viele Schiffe als vermißt gemeldet wurden«, sagte Tal, der noch immer an der offenen Tür Wache hielt.

»Das Bermuda-Dreieck«, warf Lisa ein.

»Richtig«, erwiderte Tal. »Könnte es sein, daß ...?«

»Meinen Sie, ob dort auch einer dieser Verwandler sein Unwesen getrieben hat? Gut möglich«, sagte Flyte. »Im Lauf der Jahre gab es in dieser Gegend ein unerklärliches Fischsterben, also ist die Theorie vom Alten Feind durchaus realistisch.«

Plötzlich leuchteten deutlich einige Wörter auf den Bildschirmen auf.

ICH SCHICKE EUCH EINE SPINNE.

»Was soll das bedeuten?« fragte Flyte.

Sara begann zu tippen. UNKLAR. DEUTLICHER.

Die Nachricht wurde wiederholt. ICH SCHICKE EUCH EINE SPINNE.

DEUTLICHER.

SCHAUT EUCH UM.

Jenny sah sie zuerst. Sie saß links neben Sara auf dem Tisch. Die schwarze Spinne war nicht so groß wie eine Tarantel, aber viel größer als eine gewöhnliche Spinne.

Sie rollte sich zu einer Kugel zusammen und zog ihre langen Beine ein. Dann veränderte sie ihre Gestalt. Ihre Haut schimmerte, bevor ihr schwarzer Körper die grau-rote Färbung des Verwandlers annahm. Die Spinne verschwand, und aus dem formlosen Fleisch bildete sich eine abstoßende unnatürlich große Kakerlake heraus. Danach erschien eine kleine Maus mit zuckenden Schnurrhaaren.

Eine neue Botschaft leuchtete auf dem Bildschirm auf.

HIER IST DIE GEWEBEPROBE, DIE SIE WOLLTEN, DR. FLYTE.

»Warum ist das Ding plötzlich so entgegenkommend?« fragte Tal.

»Weil es weiß, daß wir es mit nichts bekämpfen können, was wir über es herausfinden«, erwiderte Bryce düster.

»Es muß einen Weg geben«, sagte Lisa eindringlich. »Wir dürfen die Hoffnung nicht aufgeben.«

Jenny beobachtete verblüfft, wie die Maus sich in einen formlosen Klumpen verwandelte.

DAS IST MEIN LEIB, DER FÜR EUCH HINGEGEBEN WIRD. Wieder verspottete das Wesen sie mit einem Bibelzitat.

Der Klumpen bewegte sich ständig und bildete kleine Vertiefungen und Auswüchse. Wie die größere Masse, die Frank Autry getötet hatte, schien dieses Ding sich keine Sekunde lang still halten zu können.

SEHT DAS WUNDER MEINES FLEISCHES, DENN NUR DURCH MICH KÖNNT IHR UNSTERBLICHKEIT ERLANGEN. NICHT DURCH GOTT ODER CHRISTUS. NUR DURCH MICH.

»Jetzt verstehe ich, was Sie damit meinten, als Sie davon sprachen, daß es Freude daran hat, sich über uns lustig zu machen«, sagte Flyte.

Der Bildschirm flackerte wieder auf.

IHR DÜRFT ES BERÜHREN. ES WIRD EUCH KEINEN SCHADEN ZUFÜGEN.

Alle wichen sofort vor der fremdartigen, fleischigen Masse zurück.

HOLT EUCH EINE PROBE FÜR EURE TESTS. TUT DAMIT, WAS IHR WOLLT.

Wieder ein Flackern.

ICH MÖCHTE, DASS IHR MICH VERSTEHT UND BEGREIFT, WELCHE WUNDER ICH VOLLBRINGEN KANN.

»Dieses Ding ist nicht nur selbstbewußt, sondern ausgesprochen arrogant«, sagte Flyte.

Sara Yamaguchi streckte zögernd ihre Hand aus und berührte mit einer Fingerspitze den kleinen Klumpen des Protoplasmas.

»Es fühlt sich nicht so warm an wie unsere Haut. Eher kühl und ein wenig ... fettig.«

Das schmale Stück des Verwandlers begann zu zittern.

Sara zog rasch ihre Hand zurück. »Ich brauche einen Querschnitt davon.«

»Ja«, stimmte Jenny zu. »Wir müssen ein oder zwei Scheiben abschneiden, um sie unter das Mikroskop zu legen.«

»Außerdem brauche ich einen Teil für das Elektronenmikroskop und ein größeres Stück für die chemische und mineralische Analyse«, sagte Sara.

Über den Bildschirm des Computers wurden sie von dem Alten Feind ermutigt.

MACHT WEITER. VORWÄRTS. LOS, VORWÄRTS.

18
Eine kleine Chance

Nebelschwaden wurden durch die Tür in das Labor geweht.

Sara beugte sich über ein Mikroskop. »Unglaublich«, sagte sie leise.

Jenny saß neben ihr an einem zweiten Mikroskop und untersuchte ebenfalls eine Gewebeprobe des Verwandlers. »Eine solche Zellstruktur habe ich noch nie gesehen«, erklärte sie.

»Es ist eigentlich unmöglich, aber hier haben wir den Beweis«, sagte Sara.

Bryce stand hinter Jenny und hätte nur zu gern einen Blick durch das Mikroskop geworfen. Natürlich hätte ihm das nicht viel gebracht, da er den Unterschied zwischen normaler und fremdartiger Zellstruktur nicht erkennen würde. Trotzdem wollte er sich die Proben unbedingt ansehen.

Dr. Flyte war zwar Wissenschaftler, aber kein Biologe, und wußte über Zellstruktur nicht viel mehr als Bryce – trotzdem beugte er sich über Saras Schulter, um einen Blick auf das Testmaterial zu werfen. Auch Tal und Lisa standen in der Nähe und warteten interessiert darauf, sich einen Teil dieses Teufels unter dem Mikroskops anzusehen.

Sara sah angestrengt durch das Vergrößerungsglas. »Der größte Teil des Gewebes besitzt überhaupt keine Zellstruktur«, erklärte sie.

»Bei dieser Probe hier verhält es sich ebenso«, sagte Jenny.

»Aber alle organischen Lebewesen haben eine Zellstruktur«, meinte Sara. »Das ist doch ein Zeichen, daß es sich um lebendes Gewebe handelt – gleichgültig, ob es von einer Pflanze oder einem Tier stammt.«

»Diese Masse sieht nicht organisch aus«, sagte Jenny. »Aber eigentlich kann das nicht möglich sein.«

»Stimmt. Wir alle wissen, daß dieses Ding sehr lebendig ist«, warf Bryce ein.

»Einige Zellen kann ich sehen«, sagte Jenny. »Es sind allerdings nur sehr wenige.«

»Ja, das ist hier auch so«, bestätigte Sara. »Jede dieser Zellen scheint unabhängig von den anderen zu existieren.«

»Sie sind weit voneinander entfernt und scheinen in einem Meer aus undifferenzierter Materie zu schwimmen«, erklärte Jenny.

»Die Zellwände sind sehr flexibel«, fügte Sara hinzu. »Der Zellkern ist dreifach gespalten – das ist sehr ungewöhnlich. Und er nimmt mehr als die Hälfte des Innenraums einer Zelle ein.«

»Was bedeutet das?« fragte Bryce. »Ist das wichtig?«

Sara runzelte die Stirn und lehnte sich zurück. »Das weiß ich nicht. Ich habe keine Ahnung, was das zu bedeuten hat.«

Plötzlich erschien auf dem Bildschirm eine Frage.

HABT IHR ETWA NICHT DAMIT GERECHNET, DASS DAS FLEISCH DES SATANS AUSSERGEWÖHNLICH IST?

Der Verwandler hatte ihnen einen Klumpen seines Fleisches in der Größe einer Maus geschickt. Bisher hatten sie nur etwa die Hälfte dieses Materials für die Tests benötigt. Der Rest lag in einer Schale auf dem Schreibtisch.

Die gallertartige Masse zuckte und begann sich wieder in eine Spinne zu verwandeln, die ruhelos in der Schüssel umherkroch. Dann verwandelte sie sich in eine Kakerlake, in eine Schnecke, eine Heuschrecke, und schließlich in einen grünen Käfer mit roten Punkten auf seinem Panzer.

Jetzt saßen Bryce und Dr. Flyte vor den Mikroskopen, und Lisa und Tal warteten, bis sie an die Reihe kamen.

Jenny und Sara standen vor einem der Bildschirme und beobachteten, wie der Computer die Untersuchungen eines Zellkerns des Verwandlers auswertete.

»Haben Sie schon irgendeine Idee?« fragte Jenny.

Sara nickte, ohne den Blick vom Bildschirm abzuwenden. »Im Augenblick kann ich nur Vermutungen anstellen, aber ich würde sagen, daß diese undifferenzierte Materie, aus der diese Kreatur besteht, jede beliebige Zellstruktur annehmen kann. Es kann sein Gewebe verändern, wie es ihm beliebt. Mit dieser Fähigkeit kann es die Zellen eines Hundes, eines Hasen oder auch eines Menschen nachahmen. Im Ruhezustand hat es jedoch keine eigene Zellstruktur. Die wenigen Zellen, die wir entdeckt haben, müssen wohl auf irgendeine Weise dieses amorphe Gewebe steuern. Die Zellen geben die Befehle, produzieren Enzyme und geben chemische Signale ab, die dem unstrukturierten Gewebe mitteilen, was es zu tun hat.«

»Heißt das, diese vereinzelten Zellen bleiben unverändert – unabhängig davon, welche Gestalt das Wesen annimmt?«

»Ja, das scheint so zu sein. Wenn der Verwandler zum Beispiel in Gestalt eines Hundes erscheint und wir eine Probe seines Gewebes nehmen könnten, würden wir die Zellen eines Hundes sehen. Allerdings würden wir auch auf einige Zellen stoßen, die einen dreifach gespaltenen Kern besitzen. Das würde uns verraten, daß es sich nicht wirklich um einen Hund handelt.«

»Könnte uns diese Erkenntnis helfen, uns zu retten?« fragte Jenny.

»Das glaube ich nicht.«

Der formlose Klumpen in der Schale hatte wieder die Gestalt einer Spinne angenommen. Dann löste sich das Insekt auf und Dutzende von winzigen Ameisen krochen über den Rand der Schüssel hinaus auf den Boden. Sie liefen aufeinander zu und bildeten einen Wurm, der sich einen Moment lang krümmte und sich dann in eine riesige Kellerassel verwandelte. Dann erschien ein Käfer. Die Verwandlungen schienen immer rascher abzulaufen.

»Wie das Gehirn wohl aussieht?« überlegte Jenny laut.

»Wie meinen Sie das?« fragte Sara.

»Dieses Ding muß doch ein Intelligenzzentrum besitzen. Sein Erinnerungsvermögen, sein Wissen und seine Fähigkeit, logisch zu denken, ist doch wohl sicher nicht in diesen vereinzelten Zellen gespeichert.«

»Da haben Sie wahrscheinlich recht«, erwiderte Sara. »Irgendwo in diesem Wesen befindet sich möglicherweise ein Organ, das dem menschlichen Gehirn ähnelt. Es sieht bestimmt ganz anders aus, erfüllt aber die gleichen Funktionen. Ich vermute, es kontrolliert die Zellen, die wir entdeckt haben, und diese wiederum beherrschen das formlose Protoplasma.«

»Diese Gehirnzellen hätten eine entscheidende Gemeinsamkeit mit den vereinzelten Zellen in dem amorphen Gewebe«, sagte Jenny aufgeregt. »Sie würden wohl nie ihre Form verändern.«

»Das mag sein. Es ist sehr schwer, sich vorzustellen, daß Erinnerungsvermögen, logisches Denken und Intelligenz in einem Gewebe gespeichert werden können, das nur eine unveränderliche, feste Zellstruktur besitzt.«

»Das heißt also, dieses Gehirn ist verletzlich«, sagte Jenny.

In Saras Augen leuchtete ein Funken Hoffnung auf.

»Sollte dieses Gehirn nicht aus amorphem Gewebe bestehen, kann es sich auch nicht regenerieren. Wenn man also ein Loch hineinschlägt, wird die Verletzung bleiben, und das Gehirn wird dauerhaft geschädigt sein. Und dann wäre es nicht mehr in der Lage, das amorphe Gewebe zu kontrollieren, das seinen Körper verwandeln kann. Somit würde das ganze Wesen sterben.«

Sara starrte sie an. »Jenny, ich glaube, Sie haben da etwas sehr Wichtiges entdeckt.«

»Wenn wir das Gehirn lokalisieren würden und einige Schüsse darauf abfeuern könnten, wäre es uns vielleicht möglich, dieses Ding zu erledigen«, sagte Bryce. »Aber wie sollen wir das anstellen? Ich habe das Gefühl, daß der Verwandler es gut beschützt und vor uns versteckt.«

Jennys Aufregung legte sich wieder. Bryce hatte recht. Möglicherweise war das Gehirn der Schwachpunkt dieses Wesens, aber sie hatten keine Gelegenheit, diese Theorie zu überprüfen.

Sara brütete über dem Ergebnis der mineralischen und chemischen Analyse des Gewebes.

»Hier finden sich extrem viele Kohlenwasserstoffe«, sagte sie. »Und einige von ihnen sind nicht nur spurenweise vorhanden. Der Gehalt ist enorm hoch.«

»Kohlenstoffe sind ein Grundelement jedes lebenden Gewebes«, wandte Jenny ein. »Was ist daran also so besonders?«

»Die Vielfalt des Kohlenstoffs in mehreren Formen«, erklärte Sara.

»Hilft uns dieses Ergebnis weiter?«

»Das weiß ich nicht«, erwiderte Sara nachdenklich und widmete sich wieder ihren Unterlagen, um die anderen Daten zu studieren.

Kellerassel. Heuschrecke. Raupe. Käfer. Ameisen. Wieder eine Raupe und eine Kellerassel. Dann eine Spinne, ein Ohrwurm, eine Kakerlake, ein Tausendfüßler und noch einmal eine Spinne.

Lisa starrte auf den Klumpen in der Schale. Er veränderte sich von Minute zu Minute immer schneller.

Irgend etwas stimmte hier nicht.

»Petrolatum«, sagte Sara.

»Was ist das?« fragte Bryce.

»Vaseline«, erklärte Jenny.

»Sie wollen doch nicht etwa sagen, daß dieses amorphe Gewebe aus Vaseline besteht?« fragte Dr. Flyte.

»Nein, nein«, versicherte Sara hastig. »Natürlich nicht. Hier handelt es sich ja um lebendes Gewebe. Allerdings gibt es Übereinstimmung in den Kohlestoffwerten. Die Zusammensetzung dieses Gewebes ist selbstverständlich wesentlich komplexer als die von Petrolatum. Ich sehe hier viel mehr Mineralien und Chemikalien als in einem menschlichen Körper. Auch etliche Säuren und alkalische Stoffe ... Mir ist unerklärlich, wie sich dieses Ding ernährt, wie es atmet und ohne ein Kreislauf- oder Nervensystem existieren kann. Ich weiß auch nicht, auf welche Weise es neues Gewebe bildet, ohne seine Zellstruktur zu benützen. Die Kohlenwasserstoffwerte sind allerdings enorm hoch ...«

Ihre Stimme wurde leiser, sie wandte den Blick von den Testergebnissen ab und blickte nachdenklich ins Leere.

Tal hatte das Gefühl, daß die Wissenschaftlerin plötzlich sehr aufgeregt war. Das zeigte sich zwar weder an ihrem Gesichtsausdruck noch an ihrer Körperhaltung, aber Tal spürte, daß sie irgend etwas Wichtiges entdeckt hatte.

Er warf Bryce einen Blick zu und bemerkte, daß auch er die Veränderung an Sara wahrgenommen hatte.

Beinahe unbewußt kreuzte Tal seine Finger.

»Kommt und seht euch das hier an«, sagte Lisa eindringlich.

Sie stand vor der Schale, in der der Rest der Gewebeprobe lag, der noch nicht benützt worden war.

»Schnell!« rief sie, als niemand sofort reagierte.

Jenny kam mit den anderen herbeigelaufen. Alle starrten auf das Ding in der Schüssel.

Heuschrecke, Wurm, Tausendfüßler, Schlange, Ohrwurm ...

»Es geht immer schneller«, berichtete Lisa.

Spinne, Wurm, Tausendfüßler, Spinne, Schlange, Spinne, Wurm, Spinne, Wurm ...

»Es hat sich noch nicht einmal zur Hälfte in einen Wurm

verwandelt, wenn es schon wieder die Gestalt einer Spinne annimmt«, sagte Lisa. »Anscheinend wird es immer hektischer. Seht ihr? Irgend etwas stimmt mit diesem Ding nicht.«

»Es scheint, als hätte es die Kontrolle über sich verloren«, meinte Tal.

»Ja, es wirkt, als wäre es völlig zusammengebrochen«, sagte Dr. Flyte.

Wieder veränderte sich die Beschaffenheit des kleinen formlosen Klumpens. Eine milchige Flüssigkeit trat aus, und dann brach das Gewebe zu einem nassen Häufchen lebloser Masse zusammen.

Das Ding bewegte sich nicht mehr und nahm auch keine andere Form mehr an.

Jenny wollte es berühren, wagte es aber nicht.

Sara nahm einen kleinen Spatel und stieß es damit an. Es rührte sich nicht.

Sie rührte die Masse um. Das Gewebe verflüssigte sich weiter, zeigte aber keine Reaktion.

»Es ist tot«, sagte Flyte leise.

Bryce wandte sich aufgeregt an Sara. »Was war in der Schüssel, bevor Sie die Probe des Gewebes hineingelegt haben?«

»Nichts.«

»Irgendeinen Rückstand muß es gegeben haben!«

»Nein.«

»Verdammt, denken Sie nach. Davon hängt vermutlich unser Leben ab.«

»Die Schale war absolut sauber und steril.«

»Aber irgend etwas in dieser Schüssel muß eine Auswirkung auf das Gewebe des Verwandlers gehabt haben«, sagte Bryce. »Ist das denn nicht eindeutig?«

»Und das ist unsere Waffe gegen dieses Ding«, fügte Tal hinzu.

»Richtig. Das ist es, womit wir den Verwandler töten können«, sagte Lisa.

»Nicht unbedingt«, erwiderte Jenny, obwohl es ihr leid tat, die Hoffnungen ihrer kleinen Schwester zunichte zu machen.

»Ja, das klingt zu einfach«, stimmte Flyte ihr zu. »Wir sollten uns nicht darauf versteifen.«

»Vor allem, weil es noch andere Möglichkeiten geben könnte«, meinte Jenny.

»Welche?« wollte Bryce wissen.

»Na ja ... Wie wir wissen, kann der Hauptteil dieses Dings einige Teile seines Körpers abstoßen und ihnen eine andere Gestalt verleihen. Es kann sie ausschicken und auch wieder zurückrufen – so wie es das bei Gordy gemacht hat. Aber nehmen wir doch einmal an, daß diese abgetrennten Körperteile nur eine kurze Zeit ohne ihren Versorgungsmechanismus überleben können. Dieses amorphe Gewebe braucht vielleicht ständig einen Nachschub von Enzymen, um bestehen zu können – Enzyme, die nicht in diesen Kontrollzellen gebildet werden, die sich nicht überall in dem Wesen befinden ...«

»Also Enzyme, die sich nur im Gehirn des Verwandlers entwickeln«, sagte Sara nachdenklich.

»Genau. Jedes abgetrennte Körperteil müßte sich also wieder an die Gesamtmasse anschließen, um seinen Bedarf an Enzymen oder anderen für ihn lebenswichtigen Substanzen zu erneuern.«

»Das ist nicht unwahrscheinlich«, meinte Sara. »Schließlich produziert das menschliche Gehirn auch Enzyme und Hormone, ohne die wir nicht leben könnten. Warum sollte der Verwandler nicht auf ähnliche Weise funktionieren?«

»Schön und gut«, sagte Bryce. »Aber was bedeutet das für uns?«

»Wenn das nicht nur eine Theorie ist, sondern eine wirkliche Entdeckung, könnten wir den Verwandler töten, indem wir sein Gehirn zerstören«, erklärte Jenny. »Diese Kreatur wäre dann nicht mehr fähig, Teile abzustoßen und sich in andere Lebewesen zu verwandeln. Ohne diese wichtigen Enzyme oder Hormone würden die Einzelteile zu einem leblosen Brei verschmelzen – genau wie es mit diesem Ding in der Schüssel geschehen ist.«

Bryce lehnte sich enttäuscht zurück. »Damit sind wir genauso weit wie vorher. Wir müssen herausfinden, wo sein

Gehirn sitzt, bevor wir es erledigen können, aber das wird es niemals zulassen.«

»Nein«, widersprach Sara und deutete auf die Schale mit der leblosen, schleimigen Masse. »Das hier sagt uns etwas sehr Wichtiges.«

»Was?« fragte Bryce müde. »Etwas, das unser Leben retten könnte, oder geht es nur um eine weitere unverständliche Information?«

»Wir wissen jetzt, daß dieses amorphe Gewebe in einem empfindlichen Gleichgewicht lebt, das gestört werden kann«, entgegnete Sara und wartete, bis Bryce diese Nachricht aufgenommen hatte.

Die tiefen Sorgenfalten in seinem Gesicht glätteten sich schließlich ein wenig.

»Der Verwandler ist besiegbar«, fuhr Sara fort. »Er ist nicht unsterblich – das zeigt uns dieses Gewebe in der Schale.«

»Aber wie können wir diese Erkenntnis nützen?« fragte Tal. »Wie können wir das chemische Gleichgewicht dieses Dings stören?«

»Genau das müssen wir jetzt herausfinden«, antwortete Sara.

»Haben Sie denn schon eine Idee, wie wir das anstellen sollen?« fragte Lisa die Wissenschaftlerin.

»Nein«, erwiderte Sara. »Keine einzige.«

Jenny hatte plötzlich das Gefühl, daß Sara Yamaguchi nicht die Wahrheit sagte.

Sara wollte ihnen von ihrem Plan erzählen, aber sie brachte kein Wort heraus. Ihre Strategie bot nur einen sehr dürftigen Hoffnungsschimmer, und sie wollte den anderen keinen Mut machen, um sie dann wieder enttäuschen zu müssen. Außerdem war ihr klar, daß der Verwandler ihr zuhörte. Sollte sie also wirklich eine Wunderwaffe gegen ihn gefunden haben, durfte er nichts davon erfahren – er würde ihre Pläne sonst sofort vereiteln. Es gab keinen Ort, an dem sie in Sicherheit mit Jenny, Bryce und den anderen darüber sprechen konnte. Sie konnte nur versuchen, vorläufig den Alten Feind in seiner maßlosen Arroganz und seiner angeblichen Überlegenheit zu bestätigen.

Für die Durchführung ihres Plans brauchte sie jedoch einige Stunden Zeit. Der Verwandler war Millionen Jahre alt und eigentlich unsterblich. Was bedeuteten für ein solches Wesen schon einige Stunden? Aber es würde ihre Bitte sicherlich erfüllen.

Sie setzte sich wieder an einen der Computer. Ihre Augen brannten, sie war müde und brauchte dringend Schlaf. Alle würden sich bald ausruhen müssen. Die Nacht war fast vorüber. Sara fuhr sich mit der Hand über die Augen und begann dann zu tippen.

BIST DU DA?

JA.

WIR HABEN EINE REIHE VON TESTS DURCHGEFÜHRT, tippte sie, während die anderen ihr gespannt über die Schulter sahen.

DAS WEISS ICH.

WIR SIND VON DEN ERGEBNISSEN FASZINIERT UND MÖCHTEN MEHR ÜBER DICH ERFAHREN.

KEIN PROBLEM.

WIR MÖCHTEN NOCH WEITERE TESTS DURCHFÜHREN.

WARUM?

DAMIT WIR DICH BESSER KENNENLERNEN KÖNNEN.

UNKLAR. DEUTLICHER, lautete die spöttische Antwort.

Sara überlegte einen Moment lang und tippte dann weiter.

DR. FLYTE BRAUCHT MEHR DATEN, UM DICH RICHTIG BESCHREIBEN ZU KÖNNEN.

ER IST MEIN MATTHÄUS.

DR. FLYTE BRAUCHT WEITERE ANGABEN, UM DEINE GESCHICHTE RICHTIG ERZÄHLEN ZU KÖNNEN.

Drei Linien leuchteten in der Mitte des Bildschirms auf.

BRAVOURÖS GESPIELTE TROMPETEN

DIE BESTE GESCHICHTE, DIE JEMALS ERZÄHLT WURDE. BRAVOURÖS GESPIELTE TROMPETEN.

Sara war sich nicht sicher, ob das Wesen es ernst meinte, oder ob sein Ego wirklich so groß war, daß es sich mit Christus verglich.

Wieder leuchtete der Bildschirm auf.

MACHT WEITERE TESTS.

DAFÜR BRAUCHEN WIR NOCH EINIGE SACHEN AUS EINEM LABOR.

WARUM? IHR HABT DOCH EIN GUT AUSGESTATTETES LABOR.

Saras Hände waren feucht. Sie wischte sie an ihrer Jeans ab, bevor sie weitertippte.

DIESES LABOR IST NUR FÜR EINEN BEGRENZTEN BEREICH VORGESEHEN. HIER GEHT ES NUR UM DIE ANALYSE VON CHEMISCHEN UND BIOLOGISCHEN KAMPFSTOFFEN. WIR SIND NICHT AUF EIN WESEN WIE DICH VORBEREITET, DAHER MÜSSEN WIR ZUSÄTZLICHE LABOREINRICHTUNGEN BEKOMMEN, UM UNSEREN JOB RICHTIG DURCHFÜHREN ZU KÖNNEN.

DANN LOS.

ES WIRD ALLERDINGS EINIGE STUNDEN DAUERN, UM DAS BENÖTIGTE MATERIAL HERZUSCHAFFEN, teilte Sara dem Wesen mit.

MACHT WEITER.

Sara starrte auf die grün aufleuchtende Schrift und konnte kaum glauben, daß es so leicht war, Zeit zu gewinnen.

WIR MÜSSEN IN DAS HOTEL ZURÜCKGEHEN UND VON DORT AUS TELEFONIEREN, tippte sie.

DANN MACH ENDLICH WEITER, DU LANGWEILIGE SCHLAMPE. LOS, VORWÄRTS.

Saras Hände wurden wieder feucht. Sie wischte sie an ihrer Hose ab und stand auf.

An den Blicken der anderen sah sie, daß sie genau wußten, daß sie ihnen etwas verheimlichte. Offensichtlich verstanden sie jedoch ihre Beweggründe. Woher? War sie so leicht zu durchschauen? Bedeutete das, daß *es* auch Bescheid wußte?

Sie räusperte sich. »Also los«, sagte sie mit zitternder Stimme.

»Warten Sie«, bat Timothy Flyte. »Nur ein oder zwei Minuten, bitte. Ich möchte etwas ausprobieren.«

Er setzte sich an den Computer. Obwohl er im Flugzeug ein paar Stunden geschlafen hatte, war er nicht hellwach. Er schüttelte den Kopf und atmete einige Male tief durch.

HIER IST TIMOTHY FLYTE, tippte er dann.

ICH WEISS.

WIR MÜSSEN UNS UNTERHALTEN.

DANN LOS.

MÜSSEN WIR DAS DENN UNBEDINGT ÜBER DEN COMPUTER TUN?

DAS IST BESSER ALS IN EINEM BRENNENDEN BUSCH.

Einen Augenblick wußte Timothy nicht, was das Wesen damit meinte. Als er dann den Witz verstanden hatte, hätte er beinahe laut gelacht. Dieses verdammte Ding hatte anscheinend Sinn für Humor – wenn er auch ungewöhnlich und pervers war. Er schrieb weiter.

LEBEWESEN DEINER UND MEINER SPEZIES SOLLTEN IN FRIEDEN MITEINANDER LEBEN.

WARUM?

WEIL WIR BEIDE AUF DIESER ERDE LEBEN.

AUCH DER BAUER LEBT HIER MIT SEINEM VIEH. IHR SEID MEIN VIEH.

ABER WIR SIND DIE EINZIGEN ARTEN AUF DIESER WELT, DIE INTELLIGENZ BESITZEN.

IHR GLAUBT, SEHR VIEL ZU WISSEN. IN WIRKLICHKEIT WISST IHR SO WENIG!

WIR SOLLTEN ZUSAMMENARBEITEN, forderte Flyte beharrlich.

IHR SEID MIR UNTERLEGEN.

WIR KÖNNTEN VIEL VONEINANDER LERNEN.

ES GIBT NICHTS, WAS ICH VON EURER ART LERNEN KÖNNTE.

VIELLEICHT SIND WIR KLÜGER, ALS DU DENKST.

IHR SEID DOCH STERBLICH, NICHT WAHR?

JA.

FÜR MICH IST EUER LEBEN SO KURZ UND UNBE-

DEUTEND WIE DAS LEBEN EINER EINTAGSFLIEGE FÜR EUCH.

WENN DAS DEINE MEINUNG IST, WARUM SOLL ICH DANN ÜBER DICH SCHREIBEN?

ES AMÜSIERT MICH, DASS EINER VON EUCH EINE THEORIE ÜBER MEINE EXISTENZ ENTWICKELT HAT. DAS IST BEINAHE SO, ALS WÜRDE MAN EINEM AFFEN EIN SCHWIERIGES KUNSTSTÜCK BEIBRINGEN.

ICH GLAUBE NICHT, DASS WIR DIR UNTERLEGEN SIND, tippte Flyte mutig.

VIEH.

ICH DENKE, DU WILLST NUR DESHALB, DASS ÜBER DICH GESCHRIEBEN WIRD, WEIL DU EIN MENSCHLICHES EGO ENTWICKELT HAST.

IRRTUM.

ICH GLAUBE, DASS DU ERST EINEN VERSTAND BEKOMMEN HAST, NACHDEM DU INTELLIGENTE MENSCHEN GEFRESSEN HAST.

DEINE IGNORANZ ENTTÄUSCHT MICH.

Timothy versuchte das Wesen noch weiter herauszufordern. ICH MEINE, DU HAST ERST DURCH DEINE MENSCHLICHEN OPFER WISSEN UND ERINNERUNGSFÄHIGKEIT BEKOMMEN. DAS BEDEUTET, DU VERDANKST DEINE INTELLIGENZ UND DEINEN ENTWICKLUNGSPROZESS UNS.

Keine Antwort.

Timothy löschte die Zeilen und begann wieder zu tippen.

DEIN BEWUSSTSEIN SCHEINT EINE SEHR MENSCHLICHE STRUKTUR ZU HABEN – DAS BEDEUTET EIN ICH, EIN ÜBER-ICH UND SO WEITER.

VIEH, lautete die Antwort.

Der Bildschirm flackerte kurz auf.

IHR SCHWEINE. ERBÄRMLICHE TIERE, stand dann dort geschrieben.

Nach einem erneuten Flackern erschienen die Worte: IHR LANGWEILT MICH. Dann wurden alle drei Bildschirme mit einemmal dunkel.

Timothy lehnte sich seufzend zurück.

»Das war immerhin ein guter Versuch, Dr. Flyte«, sagte Sheriff Hammond.

»Dieses Ding ist sehr arrogant«, erwiderte Flyte.

»Es hält sich anscheinend für Gott«, meinte Jenny Paige.

»In gewisser Beziehung ist es das ja vielleicht auch«, mutmaßte Lisa.

»Ja«, stimmte Tal Whitman ihr zu. »Es besitzt schließlich die Macht eines Gottes.«

»Oder die des Teufels«, sagte Lisa.

Über den Straßenlaternen färbte sich der Himmel mit den Nebelschwaden jetzt grau; die ersten Anzeichen der Morgendämmerung kündigten sich an.

Sara wünschte, Dr. Flyte hätte den Verwandler nicht so kühn herausgefordert. Sie befürchtete, daß er jetzt ein Versprechen nicht mehr einhalten würde.

Auf dem kurzen Weg vom Labor zum Hilltop Inn hatte sie ständig Angst, ein Phantom würde aus den Nebelschwaden auftauchen und über sie herfallen. Das Ding durfte sie einfach nicht erwischen. Nicht jetzt, wo es einen kleinen Hoffnungsschimmer gab.

Plötzlich erklangen aus einige Entfernung seltsame Tierstimmen und Schreie, wie Sara sie noch nie zuvor gehört hatte. *Es* führte ihnen wieder einmal vor, auf welche Weise es sich verwandeln konnte. Ein teuflischer Schrei erklang in nächster Nähe, und die Überlebenden drängten sich aneinander. Sie wurden jedoch nicht angegriffen.

Die Stadt wirkte trotz der Geräusche immer noch wie ausgestorben. Es regte sich kein Lufthauch, die Nebelschwaden hingen bewegungslos über den Straßen. Auch im Hotel erwartete die Überlebenden keine Überraschung.

Sara setzte sich an den Schreibtisch und wählte die Nummer des Standorts der zivilen Verteidigungseinheit in Dugway, Utah.

Jenny, Bryce und die anderen versammelten sich um sie und hörten gespannt zu.

Wegen der Krise in Snowfield war nicht nur die übliche Nachtschicht in dem Büro in Dugway. Captain Daniel Tersch, ein Psychologe der Armee und Spezialist für ansteckende Krankheiten, der für diesen Fall eingesetzt worden war, hatte alle Vorkehrungen getroffen, um nötige Maßnahmen in die Tat umzusetzen.

Sara berichtete ihm von ihren Entdeckungen, beschrieb die mikroskopischen Testergebnissen von dem Gewebe des Verwandlers und erzählte ihm, was sie bei den mineralischen und chemischen Untersuchungen herausgefunden hatte.

Tersch war fasziniert, obwohl das nicht sein Fachgebiet war. »Petrolatum?« fragte er überrascht, nachdem Sara ihm davon erzählt hatte.

»Dieses amorphe Gewebe ähnelt Petrolatum nur insofern, als es aus einer Mischung von ähnlichen, hochwertigen Kohlenwasserstoffen zusammengesetzt ist. Natürlich ist es wesentlich komplexer aufgebaut.«

Sie betonte diesen Punkt, weil sie wollte, daß Tersch die Information an die anderen Wissenschaftler in Dugway weitergab. Wenn sich ein anderer Genetiker oder Biochemiker mit den Daten befaßte, würde er vielleicht ihren Plan durchschauen und die Waffe bereits dementsprechend vorbereiten. Das würde ihr viel Zeit sparen und außerdem das Risiko verringern, daß der Verwandler ihr dabei auch noch über die Schulter sah.

Sie konnte Tersch nicht sagen, was sie vorhatte, denn es war sicher, daß der Alte Feind zuhörte. In der Leitung rauschte es leise ...

Schließlich zählte Sara zusätzliche Laborgeräte auf, die sie benötigte. »Die meisten dieser Dinge können Sie sich in Universitäten und Industrielabors hier in Nordkalifornien ausleihen«, erklärte sie. »Ich bitte Sie nur darum, die Genehmigung dafür und den Transport so schnell wie möglich zu organisieren.«

»Was genau brauchen Sie?« fragte Tersch. »Ich denke, ich kann dafür sorgen, daß Sie die Sachen in fünf bis sechs Stunden haben.«

Sara las ihm eine Liste von Geräten vor, die sie eigentlich gar nicht brauchte. Erst danach sagte sie: »Außerdem benötige ich so viel wie möglich von der zehnten Generation von Dr. Chakrabartys kleinem Wunder. Und dazu zwei oder drei Druckluftsprühgeräte.«

»Wer ist denn Chakrabarty?« fragte Tersch verblüfft.

»Ich glaube nicht, daß Sie ihn kennen.«

»Und das kleine Wunder? Was meinen Sie damit?«

»Notieren Sie nur Chakrabarty, zehnte Generation.« Sara buchstabierte ihm den Namen.

»Ich habe keine Ahnung, worum es hier geht«, sagte Tersch.

Gut, dachte Sara erleichtert. Ausgezeichnet.

Würde Tersch wissen, was Dr. Ananda Chakrabartys kleines Wunder war, hätte er es vielleicht ausgeplaudert, bevor sie ihn daran hindern konnte, und damit wäre der Alte Feind gewarnt gewesen.

Rasch sprach sie weiter und versuchte unauffällig, aber schnell das Thema zu wechseln. »Ich habe keine Zeit, Ihnen das jetzt zu erklären, Dr. Tersch. Einige Ihrer Mitarbeiter wissen mit Sicherheit darüber Bescheid. Jetzt sollten wir handeln. Dr. Flyte möchte seine Untersuchungen fortsetzen, und dazu braucht er alle Gegenstände, die auf meiner Liste stehen. Fünf oder sechs Stunden, sagten Sie?«

»Das müßte klappen«, antwortete Tersch. »Wie sollen wir die Sachen liefern?«

Sara warf Bryce einen Blick zu. Er würde es nicht riskieren wollen, das Leben eines weiteren Kollegen aufs Spiel zu setzen, um mit dem Wagen etwas in die Stadt zu bringen. »Wäre es möglich, die Ausrüstung mit einem Hubschrauber einzufliegen?«

»Natürlich.«

»Sagen Sie dem Piloten, er soll nicht landen. Der Verwandler könnte den Eindruck bekommen, daß wir fliehen wollen. Er würde uns und die Mannschaft überfallen und töten, sobald der Hubschrauber aufsetzt. Der Pilot soll in einer geringen Höhe in der Luft bleiben, so daß die Sachen mit einer Winde heruntergelassen werden können.«

»Das wird aber ein recht großes Paket werden«, gab Tersch zu bedenken.

»Ich bin sicher, die Leute werden es schaffen.«

»Na gut. Ich mache mich sofort an die Arbeit. Ihnen wünsche ich viel Glück.«

»Vielen Dank«, sagte Sara. »Das werden wir brauchen.«

Sie legte auf.

»Plötzlich erscheinen fünf oder sechs Stunden wie eine Ewigkeit«, meinte Jenny.

Alle warteten geduldig darauf, etwas über Saras Plan zu erfahren, aber sie wußten, daß sie jetzt nicht darüber sprechen konnten. Trotz des Schweigens spürte Sara, daß die anderen Hoffnung schöpften.

Seid nicht zu optimistisch, dachte sie beunruhigt. Es war durchaus möglich, daß ihr Plan nicht den gewünschten Erfolg brachte. Eigentlich standen ihre Chancen sehr schlecht. Sollte der Plan scheitern, würde der Verwandler wissen, was sie vorhatte und sie und die anderen auf eine besonders brutale Art töten.

Draußen dämmerte es. Die Nebelschwaden wirkten nicht mehr fahl, sondern leuchteten in den ersten Strahlen der Morgensonne blendend weiß auf.

19
Die Erscheinung

Fletcher Kale wachte in der Morgendämmerung auf.

Im Wald war es noch dunkel, nur hier und da fielen milchige Lichtstrahlen durch das dichte Laub der großen Bäume; durch die vorüberziehenden Nebelschwaden wirkte alles leicht verschwommen.

Kale hatte die Nacht in dem großen Jeep verbracht, der Jake Johnson gehörte. Jetzt stand er auf, stellte sich neben den Wagen und lauschte angestrengt, ob ihn jemand verfolgte.

Am Abend zuvor war er gegen elf Uhr auf dem Weg zu

Jake Johnsons geheimem Zufluchtsort die Mount Larson Road hinaufgefahren. Als er dann den Jeep auf die kleine unbefestigte Straße gelenkt hatte, die auf die Berge nördlich von Snowfield führte, war er auf ein Problem gestoßen. Im Scheinwerferlicht tauchte ein weißes Schild auf, auf dem in großen roten Buchstaben das Wort ›Quarantäne‹ geschrieben stand. Da er zu schnell fuhr, schaffte er es nicht, rechtzeitig zu bremsen, und hinter der Kurve sah eine Straßensperre vor sich. Zwei Hilfssheriffs stiegen aus dem Streifenwagen, der quer auf der Straße stand.

Er erinnerte sich daran, daß er gehört hatte, die Gegend um Snowfield sei zur Quarantänezone erklärt worden. Anfangs hatte er angenommen, das beträfe nur den Teil auf der anderen Seite der Berge. Er trat auf die Bremse und wünschte, er hätte sich die Nachrichten genauer angehört.

Die Fahndung nach ihm lief, und es war auch ein Foto von ihm in Umlauf gebracht worden. Diese Männer würden ihn erkennen und innerhalb einer Stunde wieder ins Gefängnis einliefern.

Jetzt konnte er nur noch auf einen Überraschungseffekt hoffen. Die Polizisten erwarteten wahrscheinlich keine Schwierigkeiten bei ihrer langweiligen Aufgabe, eine Straßensperre zu bewachen.

Das HK 91-Sturmgewehr lag auf dem Beifahrersitz unter einer Decke. Er zog es hervor, stieg aus dem Jeep und eröffnete das Feuer. Die Automatik knallte laut, und die Deputies zuckten und vollführten im Nebel einen kurzen Totentanz.

Kale rollte die Leichen in den Straßengraben, schob den Streifenwagen zur Seite und fuhr den Jeep daran vorbei. Dann ging er zurück und brachte den Polizeiwagen wieder an die Ausgangsstelle, damit es so aussah, als sei der Mörder nicht daran vorbeigekommen und in die Berge gefahren.

Er fuhr auf dem Waldweg drei Meilen weiter, bis er an einen kleinen Weg kam, der jedoch bald endete. Nachdem er den Jeep im Gebüsch versteckt hatte, stieg er aus.

Außer dem HK 91-Gewehr hatte er noch etliche Waffen bei sich, die er bei Johnson gestohlen hatte. Die 126880 Dollar hatte er in den sieben Taschen seiner Jacke verteilt, die sich alle mit einem Reißverschluß schließen ließen. In der Hand hielt er eine Taschenlampe. Mehr brauchte er nicht, denn in der Höhle waren genügend Vorräte vorhanden.

Die letzten fünfhundert Meter mußte er zu Fuß zurücklegen, doch stellte er bald fest, daß er das trotz seiner Taschenlampe nicht schaffen würde. Bei dem Nebel würde er sich mit großer Wahrscheinlichkeit im Wald verlaufen und dann im Kreis herumlaufen, bis er vollkommen die Orientierung verloren hatte. Nach wenigen Schritten kehrte Kale um und ging zu dem Jeep zurück, um hier auf die Morgendämmerung zu warten.

Selbst wenn die beiden toten Hilfssheriffs noch in der Nacht entdeckt wurden, und die Cops annahmen, daß der Mörder in die Berge geflüchtet war, würde es bis zum Morgen dauern, um einen Suchtrupp ausschicken zu können. Bis diese Leute dann hier waren, würde er sich längst in seiner Höhle in Sicherheit befinden.

Kale schlief auf dem Vordersitz des Jeeps. Es war nicht sehr bequem, aber besser als im Gefängnis.

Jetzt stand er im Morgenlicht neben dem Wagen und lauschte. Nichts war zu hören. Das hatte er allerdings auch nicht erwartet. Es war ihm nicht vom Schicksal bestimmt, in einem Gefängnis zu verrotten. Eine goldene Zukunft lag vor ihm – das war ihm klar.

Er gähnte, streckte sich und pinkelte dann gegen den Stamm einer großen Pinie.

Eine halbe Stunde später, als es heller geworden war, folgte er dem Fußweg, den er in der letzten Nacht nicht hatte finden können. Das Gebüsch war niedergetrampelt – anscheinend waren vor kurzem einige Leute hier gewesen. In der Dunkelheit hatte er das nicht sehen können.

Vorsichtig ging er weiter und streckte das Gewehr aus. Er war bereit, jeden niederzuschießen, der ihm in den Weg kam.

Nach weniger als dreißig Minuten erreichte er die Lichtung vor der Hütte und sah, wer den Weg vor ihm betreten hatte. Acht große Harleys, alle mit dem Namen der Chrom-Dämonen versehen, standen vor dem Haus.

Das war Gene Terrs Bande. Nicht alle von ihnen – wahrscheinlich ungefähr die Hälfte der Mitglieder.

Kale kauerte an einem Kalkfelsen am Rand der Lichtung nieder und sah sich um. Es war niemand zu sehen. Leise holte er Ersatzmagazin für das Gewehr aus seinem Wäschesack und schob es hinein.

Wie waren Terr und seine bösartigen Kumpels hierher gekommen? Es war äußerst schwierig, mit einem Motorrad in die Berge zu fahren, aber diese verrückten Kerle liebten wohl den Nervenkitzel und die Gefahr.

Aber was, zum Teufel, wollten sie hier? Wie hatten sie die Hütte gefunden, und warum waren sie gekommen?

Kale lauschte angestrengt auf die Stimmen der Motorradfahrer, um herauszubekommen, was sie vorhatten. Nach einer Weile wurde ihm bewußt, daß nicht einmal das Geräusch von Insekten oder Vögeln zu hören war. Absolut nichts. Das war unheimlich.

Dann aber raschelte es hinter ihm im Gebüsch. Ein leises Geräusch, das aber in dieser unnatürlichen Stille klang wie ein Kanonenschuß.

Kale, der auf dem Boden kniete, rollte sich schnell wie eine Katze zuerst zur Seite und dann auf den Rücken und riß das Gewehr hoch.

Er war bereit zu töten, aber auf diesen Anblick war er nicht vorbereitet gewesen. Jake Johnson stand etwa acht Meter vor ihm. Im Nebel tauchte er unter den Bäumen hervor und kam grinsend auf ihn zu. Splitternackt.

Dann raschelte links neben Johnson etwas im Gebüsch.

Kale sah die Bewegung aus den Augenwinkeln, drehte sich hastig um und hob das Gewehr.

Ein weiterer Mann kam aus dem Wald und stapfte mit bloßen Füßen durch das hohe Gras. Auch er war nackt und grinste breit.

Das Schlimmste war, daß auch dieser Mann Jake Johnson war.

Kale sah erschrocken und verwirrt von einem zum anderen. Die beiden Männer waren sich so ähnlich wie eineiige Zwillinge. Aber Jake war doch ein Einzelkind gewesen, oder? Von einem Zwillingsbruder hatte Kale nie etwas gehört.

Nun trat eine dritte Gestalt aus dem Schatten einer riesigen Tanne. Wieder Jake Johnson.

Kale schnappte nach Luft. Es wäre vielleicht möglich, daß Jake Johnson einen Zwillingsbruder hatte, aber er war sicher kein Drilling.

Irgend etwas stimmte hier nicht. Plötzlich waren es nicht nur diese unerklärlichen Drillinge, die Kale Angst einjagten. Mit einemmal erschien ihm alles bedrohlich: der Wald, der Nebel, die steinerne Silhouette der Berge ...

Die drei Gestalten, die sich aufs Haar ähnelten, kamen langsam von verschiedenen Seiten den Hang herauf auf Kale zu. Ihre Augen trugen einen seltsamen Ausdruck, und ihre Münder wirkten grausam.

Kale sprang auf. Sein Herz klopfte bis zum Hals. »Stehenbleiben!«

Obwohl er sein Gewehr auf sie richtete, gingen sie weiter.

»Wer seid ihr? Was seid ihr? Was soll das?« fragte Kale.

Sie gaben ihm keine Antwort. Wie Zombies kamen sie näher auf ihn zu.

Kale riß den Wäschesack mit den Waffen an sich und zog sich hastig stolpernd von dem unheimlichen Trio zurück.

Nein, inzwischen war es kein Trio mehr. Ein vierter Jake Johnson tauchte aus dem Wald auf – nackt wie die anderen.

Kales Angst verwandelte sich in Panik.

Die vier Johnsons kamen beinahe geräuschlos auf ihn zu. Nur das trockene Laub unter ihren Füßen raschelte. Die Steine, die scharfen Gräser und Dornen schienen ihnen nichts auszumachen. Einer von ihnen begann, sich gierig die Lippen zu lecken, und die anderen folgten augenblicklich seinem Beispiel.

Kales Magen krampfte sich zusammen und ihm wurde eiskalt. Er fragte sich, ob er vielleicht den Verstand verloren hatte. Dieser Gedanke war jedoch rasch wieder verschwunden. Kritische Betrachtungen seiner eigenen Person waren Kale fremd, also hielt er sich auch dieses Mal nicht lange damit auf.

Er ließ den Wäschesack fallen, nahm das HK 91-Sturmgewehr in beide Hände und eröffnete das Feuer. Dabei schwenkte er die Waffe nach allen Seiten. Er sah, daß er die Männer getroffen hatte. Wunden brachen auf, aber es trat kein Blut aus. Sie waren nur kurz zu sehen, schlossen sich dann in wenigen Sekunden wieder und verheilten.

Die Männer kamen weiter auf Kale zu.

Nein, das waren keine Männer – das mußte irgend etwas anderes sein.

Hatte er Halluzinationen? Vor Jahren während seiner Schulzeit hatte Kale sehr oft LSD genommen. Jetzt fiel ihm ein, daß man selbst nach Monaten oder sogar Jahren noch Flashbacks erleben konnte. Ihm selbst war das zwar noch nie passiert, aber er hatte davon gehört. War das hier ein Flashback? Eine Halluzination? Vielleicht.

Aber diese Männer vor ihm glänzten, als würde sich der Morgentau auf ihre nackte Haut legen, und solche Einzelheiten registrierte man bei Halluzinationen eigentlich nicht. Außerdem war diese Situation vollkommen anders als alles, was er bisher unter Drogeneinfluß erlebt hatte.

Noch immer grinsend hob einer der Doppelgänger den Arm und deutete auf Kale. Es war unglaublich – das Fleisch an seiner Hand hatte sich abgelöst und war anscheinend wie flüssiges Wachs an einer Kerze in den Arm zurückgeflossen. Das Handgelenk wurde dadurch dicker, aber von den Fingern blieben nur noch weiße Knochen zurück. Mit einem dieser Knochenfinger deutete der Mann zornig und anklagend jetzt auf Kale.

Kale wurde schwindlig. Die anderen drei hatten sich auf eine noch makabere Weise verändert. Bei einem war aus einem Teil des Gesichts das Fleisch verschwunden. Ein Backenknochen ragte heraus, und eine Reihe Zähne war zu sehen. Das rechte Auge – ohne Lid und umgebende Haut – schimmerte feucht in der kahlen Höhle. Bei dem dritten Mann fehlte ein Stück des Rumpfes. Man konnte seine spitzen Rippen und die dunklen, pulsierenden Organe sehen. Der vierte besaß nur noch ein normales Bein, das andere bestand lediglich aus Knochen und Sehnen.

Als sie näherkamen, sagte einer von ihnen: »Du Kindermörder.«

Kale ließ schreiend sein Gewehr fallen und rannte los. Als er vor der Hütte weitere Johnsons entdeckte, blieb er stehen. Es gab keinen Ausweg! Er konnte sich nur in die Höhle flüchten! Schnaufend und keuchend lief er wieder los und bahnte sich wimmernd einen Weg durch das Gestrüpp vor dem Eingang. Rasch warf er einen Blick zurück und sah, daß ihn sechs Johnsons immer noch verfolgten. Er hastete in die dunkle Höhle hinein und wünschte, er hätte seine Taschenlampe bei sich. Mit einer Hand tastete er sich an der Wand entlang und versuchte, sich daran zu erinnern, welchen Weg er nehmen mußte. Ihm fiel ein, daß es viele Abzweigungen gab, und plötzlich erschien ihm dieser Ort keineswegs mehr so sicher wie vorher. Vielleicht war er in eine Falle gelaufen. Ja, sie wollten, daß er hierher kam. Er sah sich um, entdecke zwei dieser verfaulenden Wesen und hastete weiter. Dabei hörte er sich selbst aufschreien. Immer tiefer stürzte er sich in die Dunkelheit, denn eine andere Möglichkeit hatte er nicht. Er schürfte sich die Hand an einem scharfen Stein an der Wand auf, stolperte, fuchtelte wild mit den Armen und fing sich wieder. Endlich erreichte er eine der Abzweigungen, und dann sah er die Tür vor sich. Er stürmte in die ersten Kammer und schlug die Tür hinter sich zu, obwohl er wußte, daß sie sich davon nicht aufhalten lassen würden. Dann sah er, daß in der nächsten Kammer Licht brannte. Wie gebannt ging er an den aufgestapelten Lebensmitteln vorbei darauf zu.

Das Licht kam von einer Campinglampe.

Kale betrat die dritte Kammer. Was er dort in dem blassen, weißlichen Licht der Gaslampe sah, ließ ihm das Blut in den Adern gefrieren. Es war aus dem unterirdischen Fluß aufgestiegen und durch das Loch gekrochen, in dem Jake Johnson seine Wasserpumpe installiert hatte. Es wand sich hin und her, zuckte und pulsierte. Dunkles, blutbeflecktes Fleisch. Formlos.

Flügel begannen sich herauszubilden, verschwanden aber sofort wieder.

Ein Geruch von Schwefel hing in der Luft. Er war nicht stark, aber ekelerregend.

Eine zwei Meter hohe Säule aus Schleim bildete sich, in der Augen erschienen, die ihren Blick auf Kale richteten.

Er wich zurück, prallte an die Mauer und klammerte sich daran fest, als könnte er sich damit in die Realität zurückbefördern und sich vor diesem Wahnsinn retten.

Einige dieser Augen waren menschlich, andere nicht. Sie sahen ihn durchdringend an, schlossen sich dann und verschwanden wieder.

Münder öffneten sich. Zähne und Fänge wurden sichtbar. Gespaltene Zungen fuhren über schwarze Lippen. Aus anderen Mündern schlängelten sich wurmartige Tentakel, zuckten durch die Luft und wurden dann unsichtbar. Ebenso wie die Flügel und die Augen, tauchten auch die Münder schließlich wieder in die formlose Masse ein.

Wenige Meter vor diesem pulsierenden Ding, das aus dem Schacht gequollen war, saß ein Mann im Halbschatten auf dem Boden. Sein Gesicht war nicht zu erkennen.

Als er sah, daß Kale ihn bemerkt hatte, beugte er sich vor und ließ das Licht der Lampe auf sein Gesicht fallen. Er war mindestens einen Meter neunzig groß, trug einen Bart und lange Locken. Um seine Stirn hatte er sich ein Band geschlungen. An einem Ohr baumelte ein goldener Ohrring. Er lächelte auf eine merkwürdige Weise und hob eine Hand zum Gruß. Auf der Handfläche war ein rot-gelbes Auge tätowiert.

Gene Terr.

20
Biologische Kriegsführung

Der Hubschrauber der Armee kam dreieinhalb Stunden nach Saras Gespräch mit Daniel Tersch in Dugway – also zwei Stunden eher als versprochen. Offensichtlich war er von einer Basis in Kalifornien losgeschickt worden, und anscheinend hatten Saras Kollegen auch verstanden, was ihr Plan war. Sie hatten begriffen, daß sie den größten Teil der Geräte gar nicht brauchte und ihr nur das geschickt, womit sie den Verwandler außer Gefecht setzen wollte. Sonst hätte der Hubschrauber nicht so schnell eintreffen können.

Lieber Gott, laß es wahr sein, betete Sara. Sie mußten ihr das richtige Material geschickt haben.

Der große, mit Tarnfarbe gestrichene Hubschrauber schwebte ungefähr zwanzig Meter über der Skyline Road und wirbelte die Nebelluft auf. Das Geräusch der zwei Rotoren hallte durch die ganze Stadt.

An einer Stelle wurde eine Tür geöffnet, ein Mann beugte sich heraus und sah nach unten. Er versuchte nicht, sich mit ihnen zu unterhalten – das Dröhnen der laufenden Drehflügel und des Motors machte eine Verständigung unmöglich. Mit Handzeichen, die zuerst unverständlich erschienen, erkundigte er sich, wo die Landung heruntergelassen werden sollte.

Sara wies die anderen an, sich auf der Straße in einem Kreis aufzustellen, der etwa einen Durchmesser von vier Metern hatte. Sie faßten sich nicht an den Händen, blieben aber dicht beieinander.

Ein in Leinen gewickeltes, an einem Seil befestigtes Bündel, das etwas größer war als ein Mensch, wurde aus dem Hubschrauber geschoben und mit einer elektrischen Winde langsam nach unten befördert. Es landete so sanft auf dem Boden, daß man das Gefühl hatte, darin würden rohe Eier befördert.

Bryce trat einige Schritte vor und löste den Schnappverschluß des Kabels, noch bevor Sara und die anderen bei ihm waren.

Der Hubschrauber flog sofort auf das Tal zu und zog nach oben, als er die Gefahrenzone verließ.

Sara kniete neben dem Bündel nieder, begann in fieberhafter Eile die Nylonschnur zu lösen und hatte nach wenigen Sekunden alles ausgepackt. Sie seufzte erleichtert, als sie die beiden blauen Kanister sah, auf die jemand mit einem weißen Stift etliche Zahlen und Wörter geschrieben hatte. Ihr Nachricht war richtig verstanden worden. Sie fand auch drei Sprühtanks, die so ähnlich aussahen wie die, die man zur Schädlingsbekämpfung verwendete. Allerdings wurden sie nicht mit einer Handpumpe bedient, sondern hatten mit Druckluft gefüllte Zylinder. Jeder dieser Tanks war mit einem Gurt versehen, so daß man ihn auf dem Rücken tragen konnte. Ein Gummischlauch mit einer Hochdruckdüse aus Metall von einem Meter Länge ermöglichte es, ein Ziel aus einer Entfernung von bis zu vier Metern anzusprühen.

Sara hob einen der Tanks an. Er war schwer, da er bereits mit der Flüssigkeit gefüllt war, die sich auch in den zwei blauen Kanistern befand.

Während der Hubschrauber im Westen am Himmel verschwand, fragte Lisa: »Ist das wirklich alles, was Sie angefordert haben, Sara?«

»Das ist alles, was wir brauchen«, erwiderte Sara ausweichend. Sie sah sich nervös um und erwartete jeden Augenblick den Angriff des Verwandlers. Doch es war keine Spur von ihm zu sehen.

»Bryce, Tal, könnten Sie zwei dieser Tanks tragen?« bat sie.

Der Sheriff und sein Deputy schoben ihre Arme in die Tragegurte und zogen vor der Brust die Riemen fest, bis sie das Gewicht optimal verteilt hatten.

Obwohl es ihnen niemand gesagt hatte, schienen sie zu wissen, daß diese Tanks eine Waffe enthielten, mit der sie den Verwandler vielleicht vernichten konnten.

Sara wußte, daß sie vor Neugier beinahe platzten, und war beeindruckt, daß sie ihr noch keine Fragen gestellt hatten.

Den dritten Tank hatte sie sich eigentlich selbst umschnallen wollen, aber er war viel schwerer, als sie gedacht hatte.

Wenn sie sich anstrengte, würde sie ihn vielleicht tragen, aber nicht schnell genug benützen können. Und in den nächsten Stunden kam es vor allem auf Schnelligkeit und Beweglichkeit an.

Einer der anderen mußte den dritten Tank tragen. Lisa kam nicht in Frage – sie war kaum größer als Sara. Flyte litt unter Arthritis und war zu schwach. Damit blieb nur noch Jenny übrig. Sie war zwar auch nur einige Zentimeter größer als Sara und nur fünfzehn oder zwanzig Pfund schwerer, doch schien sie in ausgezeichneter körperlicher Verfassung zu sein. Sicherlich würde sie mit dem Sprühgerät zurechtkommen.

Flyte protestierte zunächst, aber nachdem er versucht hatte, den Tank hochzuheben, gab er nach. »Ich muß wohl doch älter sein, als ich dachte«, sagte er müde.

Jenny war ebenfalls der Meinung, daß sie dafür am besten geeignet sei. Sara half ihr, den Tank anzulegen und die Gurte festzuzurren. Jetzt waren sie für den Kampf gerüstet.

Von dem Alten Feind war allerdings immer noch nichts zu sehen.

Sara wischte sich den Schweiß von der Stirn. »Gut. Sobald das Ding sich zeigt, müßt ihr sprühen. Zögert keine Sekunde damit. Sprüht es ein, bis es durchtränkt ist, weicht zurück, wenn es notwendig ist, aber versucht dann, es wieder hervorzulocken, um es weiter einsprühen zu können.«

»Ist das eine Säure?« erkundigte sich Bryce.

»Nein«, erwiderte Sara. »Es wird allerdings ähnlich wirken – wenn wir Glück haben.«

»Wenn es keine Säure ist, was ist es dann?« fragte Tal.

»Ein hoch entwickelter Mikroorganismus, der absolut einzigartig ist.«

»Bakterien?« fragte Jenny erstaunt.

»Ja. Sie schwimmen in einer Nährlösung.«

Lisa runzelte skeptisch die Stirn. »Wollen wir den Verwandler denn krank machen?«

»Das hoffe ich«, erwiderte Sara.

Nichts rührte sich. Und trotzdem spürten sie, daß dort draußen etwas lauerte und mit dem feinen Gehör einer Katze oder eines Fuchses lauschte. Das Wesen hatte Ohren, die ganz außergewöhnlich ausgestattet waren.

»Wenn wir Glück haben, wird dieses Wesen sehr, sehr krank«, fuhr Sara fort. »Eine Krankheit ist anscheinend die einzige Möglichkeit, es zu töten.«

Jetzt war ihr Leben in Gefahr, denn *es* wußte nun, daß sie es bekämpfen wollten.

Flyte schüttelte den Kopf. »Der Alte Feind ist ganz anders beschaffen als Menschen und Tiere. Krankheiten, die anderen Spezies gefährlich werden könnten, schaden ihm nicht.«

»Richtig«, bestätigte Sara. »Aber diese Mikrobe verursacht keine gewöhnliche Erkrankung. Sie ist eigentlich kein Organismus, den man als Krankheitserreger bezeichnen könnte.«

Snowfield wirkte jetzt wie ein Bild auf einer Postkarte.

Sara sah sich eine Weile unbehaglich um und erzählte ihnen dann von Ananda Chakrabarty und seiner Entdeckung.

1972 hatte General Electrics, wo Dr. Chakrabarty gearbeitet hatte und die erste vom Menschen entwickelte Bakterie geschaffen hatte, seine Erfindung patentieren lassen. Chakrabarty hatte mit Zellfusion einen Mikroorganismus hergestellt, der die Kohlenwasserstoffteile von Erdöl verzehren und verdauen konnte. Diese Bakterie konnte also bei Ölkatastrophen im Meer eingesetzt werden. Sie fraß Teile des Öls auf und machte es damit harmloser für die Umwelt.

Nach einer Reihe von starken Protesten und Klagen von mehreren Seiten, gelang es General Electrics, das Patent durchzusetzen. Im Juni 1980 erließ der Oberste Gerichtshof ein aufsehenerregendes Urteil und entschied, daß Chakrabartys Entdeckung nicht in der Geschichte der Natur lag, sondern allein ihm zuzuschreiben sei, wonach er auch das Recht auf ein Patent habe.

»Von diesem Fall habe ich schon gehört«, sagte Jenny. »Die Geschichte wurde groß aufgemacht – vor allem unter dem Aspekt, daß ein Mensch dabei gegen Gott antritt.«

»General Electrics hatten eigentlich nicht vor, dieses Projekt zu vermarkten. Der ursprüngliche Organismus war sehr empfindlich und konnte nur in einem Labor existieren, wo er ständig bewacht werden mußte. Das Patent dafür wurde dann beantragt, um herauszufinden, wie es rechtlich mit anderen Experimenten auf genetischem Gebiet aussehen würde, die vielleicht rentabler sein würden. Nach der Entscheidung des Gerichts arbeiteten dann anderen Wissenschaftler jahrelang an diesem Organismus, und mittlerweile ist er zwölf bis achtzehn Stunden außerhalb des Labors lebensfähig. Auf dem Markt ist diese Bakterienkultur inzwischen unter dem Namen Biosan-4 erhältlich und wurde schon auf der ganzen Welt zur Bekämpfung von Ölkatastrophen erfolgreich eingesetzt.«

»Und das ist in diesen Tanks?« fragte Bryce.

»Ja, als Lösung, die man versprühen kann.«

In der Stadt herrschte Grabesstille. Trotz der strahlenden Sonne am blauen Himmel war die Luft kühl. Sara hatte das Gefühl, daß *es* zugehört hatte und bald kommen würde. Wahrscheinlich befand es sich schon in nächster Nähe.

Die anderen spürten es auch. Sie sahen sich unbehaglich um.

»Erinnern Sie sich noch, was wir entdeckten, als wir die Zellstruktur des Verwandlers untersuchen?« fragte Sara.

»Sie meinen die hohen Kohlenwasserstoffwerte«, sagte Jenny.

»Ja, aber das allein war es nicht. Wir fanden alle Arten von Kohlenstoffen in hoher Konzentration.«

»Sie erzählten uns, es würde Petrolatum gleichen«, sagte Tal.

»Nur in einigen Bereichen«, erklärte Sara. »Das ist natürlich lebendes Gewebe – sehr fremdartig, aber komplex und lebendig. Ein so außergewöhnlicher Gehalt an Kohlenstoffen weist darauf hin … Ich will damit sagen, daß das Gewebe dieses Wesens ein Organ mit einem Stoffwechsel ist, das Petrolatum ähnelt. Deshalb hoffe ich, daß Chakrabartys Bakterien …«

Irgend etwas näherte sich.

»Sie hoffen, daß sie sich in den Verwandler hineinfressen wie in eine Öllache«, mutmaßte Jenny.

Es schien zu kommen.

»Ja«, antwortete Sara. »Ich hoffe, es wird die Kohlenstoffe angreifen und dadurch das Gewebe zerstören. Oder es zumindest so aus dem chemischen Gleichgewicht bringen, um dem gesamten Organismus zu destabilisieren.

Es kam näher.

»Ist das wirklich die einzige Chance, die wir haben?« fragte Flyte.

»Ich denke schon.«

Wo ist dieses Ding? fragte sich Sara und sah sich um. Die Häuser und die Straßen waren verlassen. In den Bäumen regte sich nichts. Woher kam es nur?

»Das klingt nicht sehr ermutigend«, meinte Flyte zweifelnd.

»Die Chance ist auch nur gering, aber eine andere haben wir nicht.«

Plötzlich ertönte ein Geräusch. Ein Zwitschern und Zischen, das allen die Haare zu Berge stehen ließ. Sie erstarrten und warteten.

Stille senkte sich wieder über die Stadt. Die Morgensonne spiegelte sich in einigen Fenstern wider und ließ das Glas der Straßenlampen aufleuchten. Die schwarzen Schieferdächer glänzten, als wären sie in der Nacht poliert worden. Der Nebel hatte sich auf die glatten Flächen gelegt und einen feuchten Schimmer hinterlassen.

Nichts rührte sich. Nichts geschah. Das Geräusch war verstummt.

Bryce Hammond sah Sara beunruhigt an. »Dieses Biosan – ist es schädlich für uns?«

»Völlig harmlos«, versicherte Sara ihm.

Wieder ein Geräusch. Nur ein kurzer Ausbruch, dann herrschte wieder Stille.

»Jetzt kommt etwas«, sagte Lisa leise.

Gott möge uns helfen, dachte Sara.

Bryce spürte, daß Lisa recht hatte. Auch er hatte das Gefühl, daß etwas Schreckliches auf sie zukam. Die Luft wurde dicker und kühler. Die Stille wirkte mit einemmal bedrohlich. War das Wirklichkeit oder nur Einbildung? Er war sich nicht sicher – er wußte nur, daß er es fühlte.

Das Geräusch setzte wieder ein. Diesmal war es nicht nur ein kurzes Aufheulen, sondern ein anhaltendes, schrilles Kreischen. Es war ohrenbetäubend. Beinahe klang es, als würde jemand mit einer elektrischen Bohrmaschine arbeiten, doch Bryce wußte, daß es sich nicht um etwas so Harmloses und Alltägliches handelte.

Nein, dieser kalte, metallische Klang erinnerte ihn an Insekten. Ja, das war das unnatürlich laute Summe von Bienen oder Hornissen.

»Die drei, die nicht mit einem Sprühgerät bewaffnet sind, sollten sich besser in die Mitte stellen«, sagte er.

»Genau«, stimmte Tal zu. »Wir bilden einen Kreis um euch und können euch so ein wenig schützen.«

Wenn das Biosan keine Wirkung zeigt, wird das nichts nützen, dachte Bryce.

Das seltsame Geräusch wurde lauter.

Sara, Lisa und Dr. Flyte drängten sich aneinander, und Bryce, Jenny und Tal umringten sie.

Plötzlich erschien in der Nähe der Bäckerei ein monströses Wesen am Himmel, flog über die Häuser und schwebte dann einige Sekunden lang über der Skyline Road. Eine Wespe. Ein Phantom von der Größe eines Schäferhundes. Ein solches Insekt hatte es während der Jahrmillionen, die der Verwandler schon existierte, bestimmt niemals gegeben. Das mußte wieder ein Produkt seiner bösartigen Fantasie sein, eine seiner schrecklichen Empfindungen. Die schillernden Flügel hatten eine Spannweite von über einem Meter. Sie leuchteten in den Farben eines Regenbogens. Die schwarzen, schräg liegenden Facettenaugen ragten aus dem spitz zulaufenden Kopf und trugen einen bösartigen Ausdruck. An den vier zuckenden Beinen hingen zangenförmige Füße. Der gekrümmte, zweigeteilte Körper war so weiß wie Schimmel und hatte am Ende einen etwa dreißig Zentimeter langen Stachel.

Bryce hatte mit einemmal das Gefühl, seine Eingeweide würden sich in Eiswasser verwandeln.

Die Wespe schwebte nicht mehr. Sie griff an.

Jenny schrie auf, als die Wespe auf sie herunterstieß, lief jedoch nicht davon, sondern richtete die Sprühdüse des Tanks auf das Ding und drückte auf den Knopf. Ein kegelförmiger, milchiger Strahl stieg in die Luft, hatte jedoch nur eine Reichweite von etwa zwei Metern.

Die Wespe befand sich noch in sechs Metern Entfernung, aber sie kam rasch näher.

Jenny drückte den Knopf ganz herunter. Jetzt schoß die Flüssigkeit aus der Düse fünf Meter weit durch die Luft.

Auch Bryce fing an zu sprühen. Die beiden Strahlen trafen sich, verschmolzen miteinander und stiegen nach oben.

Die Wespe kam in Reichweite. Die Strahlen trafen sie, verdunkelten die schillernden Farben ihrer Flügel und durchtränkten ihren Körper.

Das Insekt zögerte einen Moment und sank nach unten, als könne es die Höhe nicht mehr halten. Es starrte sie immer noch aus haßerfüllten Augen an, aber sein Angriff war gescheitert.

Jenny war erleichtert und schöpfte Hoffnung.

»Es funktioniert!« rief Lisa.

Doch dann griff die Wespe sie wieder an.

Gerade als Tal gedacht hatte, sie seien in Sicherheit, kam die Wespe durch den Dunst des Biosan-4 wieder auf sie zugeflogen. Sie schien zwar langsamer geworden zu sein, hielt sich aber in der Luft.

»Duckt euch!« rief Bryce.

Sie zogen ihre Köpfe ein, und die Wespe flog über sie hinweg. Von ihren grotesken Beinen und ihrem Stachel tropfte eine milchige Flüssigkeit.

Tal richtete sich auf, um ihr einen weiteren kräftigen Strahl Biosan zu verpassen.

Die Wespe versuchte sich auf ihn zu stürzen, doch noch

bevor Tal sie besprühen konnte, flatterte sie wild mit den Flügeln und stürzte dann auf die Straße. Sie summte wütend und versuchte vergeblich, wieder aufzusteigen. Dann verwandelte sie sich.

Timothy Flyte und die anderen wagten sich näher an das Insekt heran. Sie beobachteten, wie sich eine formlose Masse aus Protoplasma bildete. Die Hinterbeine eines Hundes erschienen, dann eine Schnauze, an der man erkennen konnte, daß es sich um einen Dobermann handelte. Ein Auge öffnete sich. Der Verwandler schaffte es aber nicht mehr, die Transformation zu Ende zu bringen. Der Hund verschwand wieder, und das amorphe Gewebe zitterte und pulsierte heftig. So etwas hatte Timothy noch nie gesehen.

»Es stirbt«, sagte Lisa.

Timothy starrte staunend dieses seltsame Fleisch an, daß sich immer weiter zusammenzog.

Seine Oberfläche brach an verschiedenen Stellen auf, Pusteln bildeten sich, die eine dünnflüssige gelbe Substanz absonderten. Das Ding begann noch stärker zu zucken. Weitere Wunden öffneten sich. Verletzungen jeglicher Form und Größe erschienen auf der pulsierenden Masse. Schließlich degenerierte
dieses Phantom wie die kleine Gewebeprobe in der Schale zu einer leblosen Pfütze aus stinkendem, wäßrigem Brei.

»Meine Güte, Sie haben es tatsächlich geschafft!« rief Flyte und drehte sich zu Sara um.

Drei Tentakel schwebten drei Meter hinter ihr.

Sie stiegen aus einem Abfluß hoch und kamen auf sie zu. Jeder davon war so dick wie Timothy Handgelenk. Die Spitzen glitten rasch über den Boden und waren jetzt nur noch einen Meter von Sara entfernt.

Timothy schrie auf, um Sara zu warnen, aber es war bereits zu spät.

Jenny fuhr herum. *Es* war da.

Drei Tentakel fuhren mit erschreckender Geschwindigkeit

durch die Luft, zuckten bösartig vorwärts und packten Sara. In einem Bruchteil einer Sekunde hatte sich einer der Fangarme um die Beine der Genetikerin gelegt, der zweite um ihre Hüfte, und der dritte um ihren schlanken Nacken.

Verdammt, es ist einfach zu schnell für uns, dachte Jenny. Fluchend drehte sie sich um, richtete die Düse ihres Sprühgeräts auf Sara und die Tentakel und drückte auf den Knopf.

Bryce und Tal kamen ihr mit ihren Geräten zur Hilfe, aber sie waren alle zu langsam. Es war zu spät.

Saras Augen weiteten sich. Ihr Mund öffnete sich zu einem stummen Schrei. Dann wurde sie in die Luft gehoben und wie eine Puppe hin und her geschleudert.

Nein! Jenny betete leise. *Nein.*

Saras Kopf fiel ihr von den Schultern und prallte mit einem entsetzlichen, übelerregenden Krachen auf die Straße.

Jenny würgte und stolperte zurück.

Die Tenktakel hoben sich vier Meter in die Luft. Sie zuckten und wanden sich, als das Biosan das amorphe Gewebe zerstörte. Wieder brachen Wunden auf. Wie Sara gehofft hatte, wirkten diese Bakterien auf den Verwandler in etwa wie Schwefelsäure auf menschliches Gewebe.

Tal rannte an Jenny vorbei direkt auf die drei Tentakel zu.

Was um alles in der Welt hatte er vor?

Tal lief durch die sich windenden Schatten der Tentakel und betetet, daß sich keiner dieser Fangarme auf ihn herabstürzen würde. Als er den Abfluß erreichte, aus dem sie sich geschlängelt hatten, sah er, daß sich die drei Auswüchse von der Hauptmasse des dunklen pulsierenden Protoplasmas lösten. Der Verwandler stieß das infizierte Gewebe ab, bevor die Bakterien sein Zentrum erreichen konnten. Tal steckte die Düse seines Sprühgeräts durch das Gitter des Abflusses und sprühte Biosan hinein.

Die Tentakel rissen sich vom Rest des Wesens los und wanden sich zuckend auf der Straße. In der Kanalisation zog sich der feuchte Schleim vor dem Spray zurück und stieß noch ein Stück von sich ab, das zitterte, schäumte und dann starb.

Selbst der Teufel war verwundbar. Auch Satan war nicht unverletzlich.

Ermutigt sprühte Tal noch mehr der Flüssigkeit in den Abfluß.

Das amorphe Gewebe zog sich weiter zurück und kroch zurück in den Schacht, bis es außer Sicht war. Wahrscheinlich stieß es noch weitere Teile ab.

Tal drehte sich um und sah, daß die Tentakel inzwischen nur noch eiternde Stränge waren, die wild um sich schlugen und – offensichtlich unter großen Qualen – zu einem stinkenden, leblosen Brei zerfielen.

Er richtete seinen Blick auf einen anderen Abfluß, betrachtete die verwaisten Häuser und den Himmel und fragte sich, woher der nächste Angriff kommen würde.

Plötzlich rumpelte es unter seinen Füßen, und der Straßenbelag brach auf. Flytes Brille zerbrach, als er auf den Boden geschleudert wurde. Tal taumelte zur Seite und wäre beinahe über Flyte gestolpert.

Wie bei einem Erdbeben fing der Bürgersteig wieder an, in wellenförmigen Bewegungen zu zittern – dieses Mal noch stärker als zuvor. Doch das war kein Erdbeben. *Es* kam. Nicht nur ein Teil von ihm, kein weiteres Phantom, sondern sein Mittelpunkt, vielleicht sogar seine gesamte Riesenmasse drängte sich mit unglaublicher Kraft an die Oberfläche wie ein betrogener Gott, der alles zerstören und sich in seinem furchtbaren Zorn an den Männern und Frauen rächen wollte, die es gewagt hatten, ihn zu bekämpfen. Das Wesen formte sich zu einer gewaltigen Masse aus Muskeln und Sehnen und drückte so fest nach oben, daß die Schotterstraße aufbrach.

Tal wurde zu Boden geschleudert und schlug mit dem Kinn auf. Benommen versuchte er, sich wieder aufzurichten, um das Sprühgerät benützen zu können, sobald der Alte Feind auftauchte. Der Boden schwankte jedoch so stark, daß es ihm nur gelang, sich eine Weile auf allen vieren zu halten. Dann legte er sich wieder hin und wartete.

Wir werden alle sterben, fuhr es ihm durch den Kopf.

Bryce lag ebenfalls flach auf dem Boden und versuchte, sich am Straßenbelag festzuklammern.

Lisa befand sich neben ihm. Wahrscheinlich schrie sie laut oder weinte, aber er konnte sie in dem ohrenbetäubenden Lärm nicht hören.

Der Krach steigerte sich zu einer atonalen Symphonie, die durch die Skyline Road hallte. Das Kreischen, Knirschen und die Geräusche von zersplitternden Gegenständen vermittelten den Eindruck, als würde die ganze Erde auseinanderbrechen. Aus den immer breiter werdenden Rissen in der Straße stieg Staub auf.

Die Straße neigte sich mit ungeheurer Gewalt zur Seite. Asphaltstücke flogen durch die Luft. Einige waren nur so klein wie Kieselsteine, andere so groß wie eine Faust. Manche Brocken waren aber bestimmt fünfzig, hundert oder sogar zweihundert Pfund schwer und flogen bis zu drei Metern hoch in die Luft, als die Kreatur unablässig von unten gegen die Straßendecke stieß.

Bryce zog Lisa an sich und versuchte sie zu schützen; er spürte, daß sie heftig zitterte.

Das Pflaster unter ihnen hob sich, fiel dann mit einem lauten Krachen wieder nach unten und hob und senkte sich sofort noch einmal. Geröll regnete auf Bryce und sein Sprühgerät herab. Einige Brocken trafen seine Beine und seinen Kopf, und er zuckte zusammen.

Wo war Jenny? Bryce sah sich verzweifelt um.

Die Straße hatte sich hochgeschoben, und in der Mitte der Skyline Road hatte sich ein Grat gebildet. Offensichtlich befand Jenny sich auf der anderen Seite und klammerte sich dort fest.

Sie lebt, dachte er. Mein Gott, sie muß einfach noch am Leben sein!

Ein riesiger Betonbrocken wurde links neben ihm aus der Straße gerissen und flog zwei oder drei Meter in die Luft. Bryce war sicher, er würde sie treffen, und legte seine Arme ganz fest um Lisa. Wenn der Stein wirklich auf sie fallen würde, könnte sie das allerdings auch nicht retten. Statt dessen traf er Timothy Flyte. Er fiel dem Wissenschaftler auf die Beine, brach sie ihm und klemmte sie ein. Flytes Schmerzensschreie waren so laut, daß Bryce sie trotz des Höllenlärms hören konnte.

Das Beben ging weiter. Die Straße hob sich noch weiter in die Höhe, und Trümmer des Asphalts wurden durch die Morgenluft geschleudert.

In wenigen Sekunden würde *es* die Oberfläche durchbrechen und sich auf sie stürzen, bevor sie auch nur eine kleine Chance hatten, aufzustehen und sich zu wehren.

Ein Geschoß aus Beton von der Größe eines Baseballs wurde von dem Verwandler mit enormer Gewalt aus dem Abfluß in die Luft geworfen und schlug nur wenige Zentimeter neben Jennys Kopf ein. Ein Splitter traf sie an der Wange und riß ihr die Haut auf. Einige Blutstropfen quollen hervor.

Dann ließ der Druck von unten, der die Straße aufgerissen hatte, mit einemmal nach.

Die Straße hörte auf zu beben und wölbte sich nicht mehr nach oben.

Die Geräusche der Zerstörung verstummten. Jenny hörte ihren eigenen beschleunigten und rauh klingenden Atem.

Einen Meter von ihr entfernt versuchte Tal Whitman sich zu erheben. Auf der anderen Seite des Kamms schrie jemand gequält auf. Jenny konnte nicht sehen, um wen es sich handelte.

Auch sie wollte jetzt aufstehen, doch dann begann die Erde plötzlich wieder zu beben, und sie wurde flach auf den Boden geworfen.

Tal stürzte ebenfalls laut fluchend auf die Straße.

Abrupt begann die Straße einzustürzen. Ein Seufzer wurde hörbar, dann brachen Stücke an den Seiten ab und fielen ins Leere. Es klang, als würden die Betonteile nicht in die Kanalisation, sondern in einen tiefen Abgrund stürzen. Schließlich brach der gesamte hochgeschobene Abschnitt mit donnerndem Krachen zusammen, und Jenny stand an dem schmalen Rand.

Sie legte sich auf den Bauch, hob den Kopf und wartete darauf, daß etwas aus der Tiefe aufsteigen würde. Welche Form würde der Verwandler dieses Mal annehmen?

Aber nichts geschah. Aus dem Loch kam nichts hervorgekrochen.

Die Grube war drei Meter breit und mindestens fünfzehn Meter lang. Auf der anderen Seite versuchten Bryce und Lisa aufzustehen. Als Jenny das sah, hätte sie beinahe einen Freudenschrei ausgestoßen. Sie lebten noch!

Dann entdeckte sie Timothy Flyte. Seine Beine waren unter einem riesigen Betonklotz eingeklemmt, und er war auf einem Straßenabschnitt gefangen, der über den Rand der Grube hinausragte. Jeden Augenblick konnte er abbrechen und den Wissenschaftler in die Tiefe reißen.

Jenny rutschte einige Zentimeter vor und starrte in das Loch. Es war mindestens zehn Meter tief – an einigen Stellen vielleicht noch viel tiefer. Sie konnte es nicht genau abschätzen, denn der Boden lag im Schatten. Anscheinend war der Alte Feind nicht nur aus der Kanalisation, sondern auch aus den alten Kalksteinhöhlen aufgestiegen, die weit unter der Erde lagen und früher sehr stabil gewesen waren.

Welche ungeheure Stärke und unvorstellbare Größe mußte dieses Wesen besitzen, um nicht nur die Straße, sondern auch die Felsformation darunter bewegen zu können? Und wohin war es jetzt verschwunden?

Die Grube schien leer zu sein, aber Jenny wußte, daß *es* irgendwo dort unten sein mußte. Vielleicht in den tieferen Regionen, in den unterirdischen Kammern, um sich vor dem Biosan zu verstecken. Dort wartete es wahrscheinlich ab und belauschte sie.

Sie hob den Kopf und sah, daß Bryce versuchte, Flyte zu retten. Ein kurzer, trockener Knall hallte durch die Luft. Der Sockel, auf dem Flyte saß, neigte sich und drohte abzubrechen und in den Abgrund zu stürzen.

Bryce erkannte die Gefahr. Er kletterte über einen schiefen Straßenabschnitt, um Flyte noch rechtzeitig zu erreichen.

Jenny glaubte nicht, daß er es schaffen würde.

Dann knarrte und bebte der Boden unter ihren Füßen, und ihr wurde bewußt, daß auch sie sich in Gefahr befand.

Vorsichtig stand sie auf. Der Betonboden unter ihr brach mit einem Donnerschlag zusammen.

21
Luzifer

Die Schatten an den Wänden der Höhle veränderten sich ständig, und auch das Wesen, das die Schatten warf, blieb keine Sekunde lang ruhig. In dem merkwürdigen Mondlicht der Gaslampe sah die Kreatur aus wie eine Rauchsäule, die sich hin und her bewegte. Das Wesen wirkte formlos und war blutrot.

Obwohl Kale gern geglaubt hätte, daß es nur Rauch war, wußte er es besser. Ektoplasma. Das mußte es sein. Dieses Zeug, aus dem Dämonen, Geister und andere Wesen aus einer anderen Welt bestanden.

Kale hatte nie an Geister geglaubt. Die Vorstellung, daß es ein Leben nach dem Tod gab, war für ihn nur eine Krücke, die Schwächlinge brauchten, aber nicht er. Doch jetzt ...

Gene Terr saß auf dem Boden und starrte die Erscheinung an. Sein goldener Ohrring glitzerte.

Kale stand mit dem Rücken an einer der kühlen Kalksteinwände und preßte sich dagegen. Er hatte das Gefühl, als sei er bereits mit dem Felsen verschmolzen.

Noch immer hing der abstoßende Geruch nach Schwefel in der feuchten Luft.

Von der linken Seite kam ein Mann aus dem ersten Raum des unterirdischen Verstecks. Nein, das war kein Mann, sondern einer der Doppelgänger von Johnson. Anscheinend derjenige, der ihn Kindermörder genannt hatte.

Kale stöhnte verzweifelt auf.

Das war die dämonische Version von Johnson, bei der die Hälfte des Fleisches am Schädel fehlte. Ein feuchtes Auge starrte Kale aus einer leeren Augenhöhle bösartig an. Dann wandte sich der Dämon dem monströsen Wesen in der Mitte des Raums zu. Er ging zu der zuckenden, schleimigen Säule hinüber, breitete seine Arme aus, legte sie um die gallertartige Masse und verschmolz mit ihr.

Kale beobachtete es ungläubig.

Wieder kam ein Jake Johnson herein. Ihm fehlte das Fleisch am Rumpf. Unter den freiliegenden Rippen pochte ein blutiges Herz und die Lungen weiteten sich. Trotzdem fielen die Organe nicht durch die Lücken im Körper. So etwas war doch unmöglich! Anscheinend handelte es sich auch hier um eine Erscheinung, eine teuflische Kreatur, die direkt aus der Hölle kam. Hier roch es nach Schwefel – dem Gestank des Teufels –, und deshalb war wohl alles möglich.

Kale glaubte jetzt daran. Die andere Alternative wäre gewesen, dem Wahnsinn zu verfallen.

Die übrigen vier Johnsons kamen nacheinander herein, warfen Kale einen kurzen Blick zu und wurden dann von der pulsierenden, schleimigen Masse aufgesogen.

Die Gaslampe zischte leise, und das Echo hallte von den Wänden.

Aus der gallertartigen Masse des Besuchers aus der Unterwelt wuchsen grauenhafte schwarze Flügel heraus. Sie bildeten sich jedoch nicht ganz aus und verschwanden wieder in der Säule, aus der sie gekommen waren. Dann nahmen insektenartige Gliedmaßen Form an.

Schließlich begann Gene Terr zu sprechen. Er sah aus, als befände er sich in Trance, aber seine Augen blitzten lebhaft. »Meine Kumpels und ich kommen zwei- oder dreimal im Jahr hierher. Das ist nämlich der ideale Ort für einen Todesfick, verstehst du? Hier hört oder sieht kein Mensch etwas. Kapiert?«

Jeeter riß seinen Blick von der Kreatur los und sah Kale direkt in die Augen.

»Was, zum Teufel, ist ein ... ein Todesfick?« fragte Kale.

»Na ja, so alle zwei Monate – manchmal auch öfter – taucht eine Braut bei den Chrom-Dämonen auf und will mitmachen, verstehst du? Diese Weiber wollen einen Freund aus unseren Kreisen haben. Manchmal ist es ihnen aber auch scheißegal, wer von uns es mit ihnen treibt. Sie wollen einfach nur Abwechslung haben.« Jeeter kreuzte seine Beine wie zu einer Yogaübung und legte die Hände in den Schoß. Er sah aus wie ein bösartiger Buddha. »Hin und wieder sucht einer von uns gerade nach Frischfleisch, oder die Braut ist einfach cool. Dann kann sie bei uns mitmachen. Das passiert allerdings nicht sehr oft. Meistens schicken wir sie einfach zum Teufel.«

In der Mitte der Höhle schmolzen die Insektenbeine wieder in die Schleimsäule zurück. Dutzende von Händen begannen sich zu formen, und die Finger öffneten sich wie die Blütenblätter einer fremdartigen Pflanze.

»Dann und wann meldet sich aber auch eine verdammt gut aussehende Braut, die wir aber nicht brauchen und nicht bei uns haben wollen«, fuhr Jeeter fort. »Wir wollen dann nur ein wenig Spaß mit ihr haben. Oder wir sehen einen Teenager, der von zu Hause abgehauen ist. Eine süße, sechzehnjährige Anhalterin nehmen wir immer mit – egal, ob ihr das gefällt oder nicht. Wir geben ihr ein wenig Koks oder Hasch. Dann fühlt sie sich richtig gut, und wir bringen sie hierher, wo uns niemand stört. Wir vögeln sie einige Tage lang, und wenn keiner von uns mehr einen hochbringt, machen wir sie auf irgendeine wirklich spannende Art alle.«

Das dämonische Wesen in der Mitte des Raums veränderte sich wieder. Die vielen Hände schmolzen, und eine Reihe Münder mit rasiermesserschafen Zähnen öffnete sich.

Gene Terr warf einen Blick auf diese Erscheinung, schien sich aber nicht davor zu fürchten. Er lächelte sogar.

»Heißt das, ihr bringt sie um?« fragte Kale.

»Ja«, bestätigte Jeeter. »Auf irgendeine interessante Art. Die Leichen begraben wir dann hier. Wer sollte sie in dieser gottverdammten Wildnis jemals finden? Das ist ein prickelndes Gefühl und hat uns immer echt Spaß gemacht. Bis letzten Sonntag. Am Nachmittag waren wir alle auf der Wiese vor der Hütte, haben etwas getrunken und uns mit einer Braut vergnügt, als plötzlich Jake Johnson total nackt aus dem

Wald gekommen ist. Zuerst dachten wir, er wollte die Alte auch vögeln, wir könnten ein wenig Spaß mit ihm haben und ihn dann wie die Braut später umlegen, damit es keine Zeugen gibt. Bevor wir ihn uns schnappen konnten, kam allerdings noch ein Jake hinter den Bäumen hervor, und dann ein dritter ...«

»Ich habe das gleiche erlebt«, sagte Kale.

»Dann tauchte noch einer auf, und noch einer. Wir haben auf sie geschossen und sie mitten in die Brust getroffen, aber sie kamen einfach weiter auf uns zu. Little Willie, einer meiner besten Freunde, lief auf einen dieser Johnsons zu und griff ihn mit dem Messer an, aber das hat auch nichts genützt. Dieser Jake hat sich Willie gegriffen, ihn festgehalten und sich dann plötzlich in ein seltsames Ding verwandelt. Er war nicht mehr Johnson, sondern ein formloses, blutiges Wesen. Es hat Willie aufgefressen – nein, eigentlich hat es ihn irgendwie aufgelöst. Mann, ich sage dir, dieses Ding wurde immer größer und hat sich in einen riesigen Wolf verwandelt ...«

»Mein Gott«, stieß Kale hervor.

»So einen großen Wolf hast du noch nie gesehen, Mann. Die anderen Johnsons haben sich ebenfalls verwandelt – in riesige Eidechsen mit spitzen Zähnen und in Tiere, die ich noch nie zuvor gesehen habe. Sie verfolgten uns, und wir konnten nicht auf unseren Maschinen abhauen, weil sie uns abfingen. Einige meiner Leute wurden getötet, und den Rest haben sie auf diesen Hügel gejagt.«

»Zu den Höhlen«, sagte Kale. »Bei mir war es genauso.«

»Wir wußten bis dahin noch nichts von diesen Höhlen«, erklärte Terr. »Wir kamen im Dunkeln hereingelaufen, und diese Dinger haben angefangen, noch mehr von uns umzubringen.«

Die Münder verschwanden jetzt wieder.

»Ich hörte die Schreie, wußte nicht, wo ich war, und verzog mich schließlich in eine Ecke. Ich hoffte, dieses Wesen würde mich dort nicht wittern, aber viel Hoffnung hatte ich nicht.«

Das blutige Gewebe pulsierte und zuckte.

»Nach einer Weile haben die Schreie aufgehört. Alle waren

tot. Es war unheimlich still, bis ich plötzlich spürte, daß sich etwas bewegte.«

Kale hörte Terr gebannt zu, hielt dabei aber seinen Blick auf die Schleimsäule gerichtet. Jetzt erschien wieder ein Mund, der dem Maul eines exotischen Fisches glich. Es öffnete sich gierig und saugte die Luft ein, als wäre es auf Nahrungssuche.

Kale schauderte. Terr lächelte.

Auf der Oberfläche der Kreatur bildeten sich weitere saugende Mäuler.

Jeeter lächelte noch immer und erzählte weiter. »Dann saß ich hier in der Dunkelheit, hörte etwas, aber nichts greift mich an. Statt dessen erscheint ein schwaches Licht, das immer heller wird. Einer der Jakes hat eine Gaslampe angezündet. Er sagte mir, ich solle mit ihm kommen. Zuerst wollte ich nicht, doch dann packte er meinen Arm. Seine Hände waren eiskalt, Mann, und er ist verdammt stark. Er zerrte mich hierher, wo dieses Ding aus dem Boden kommt. So etwas hatte ich noch nie gesehen. Ich hätte mir beinahe in die Hose gemacht. Er befahl mir, mich zu setzen, ging zu diesem Schleimding und verschmolz damit. Die Lampe hat er mir dagelassen. Seitdem bin ich allein mit dem Ding, das sich ständig verändert.«

Kale sah, daß es sich immer noch verwandelte. Die Mäuler verschwanden, und Dutzende von erschreckend spitzen Hörnern mit Widerhaken wuchsen aus den zitternden Flanken der Kreatur. In den verschiedenen Formen und Farben tauchten sie aus der gallertartigen Masse hervor.

»Seit eineinhalb Tagen sitze ich jetzt hier und beobachte das Ding«, sagte Terr. »Nur manchmal nicke ich ein und hole mir schnell etwas zu essen aus dem anderen Raum. Hin und wieder spricht es auch mit mir. Es scheint alles über mich zu wissen – auch Dinge, die nur meine engsten Vertrauten bei den Chrom-Dämonen erfahren haben. Es weiß von den Leichen, die wir hier vergraben haben und sogar von diesen dreckigen Mexikanern, die wir umgelegt haben, um den Drogenring zu übernehmen. Selbst über den Bullen weiß es Bescheid, den wir vor zwei Jahren in Stücke gehackt haben. Noch nicht einmal die anderen Cops haben Verdacht geschöpft, daß wir damit etwas zu tun hatten, verstehst du? Dieses seltsame, wunderbare Ding kennt alle meine Geheimnisse. Wenn es etwas noch nicht weiß, stellt es mir Fragen, und es kann verdammt gut zuhören. Es findet mich in Ordnung, Mann. Ich hätte nie gedacht, daß ich ein solches Wesen jemals kennenlernen würde, obwohl ich mir das immer gewünscht habe. Ich bete es seit Jahren an. Meine ganze Gang hat früher einmal in der Woche eine schwarze Messe gefeiert, aber ich habe nie geglaubt, daß es mir wirklich einmal erscheinen würde. Wir haben Opfer gebracht – auch Menschenopfer –, und die dafür bestimmten Gesänge gesungen, aber wir konnten es nicht anlocken. Das hier ist wie ein Wunder.« Jeeter lachte. »Mein ganzes Leben lang tue ich schon sein Werk, Mann. Ich habe es angebetet, und jetzt ist es endlich da. Das ist wie ein Wunder.«

Kale wollte das gar nicht verstehen. »Da komme ich nicht mit«, sagte er.

Terr starrte ihn an. »O doch. Du weißt genau, wovon ich rede, Mann. Du weißt Bescheid.«

Kale antwortete nicht.

»Du hast gedacht, das ist ein Dämon aus der Hölle. Aus der Hölle kommt es tatsächlich, Mann. Allerdings ist es kein Dämon. Er selbst ist es. Er! Luzifer.«

Zwischen den zahlreichen spitzen Hörnern öffneten sich kleine glühendrote Augen in dem zitternden Fleisch und starrten sie haßerfüllt und böse an.

Terr winkte Kale näher zu sich heran. »Er erlaubt mir weiterzuleben, weil er weiß, daß ich sein getreuer Jünger bin.«

Kale bewegte sich nicht. Sein Puls raste. Es war nicht nur Angst, die seinen Adrenalinspiegel hochtrieb. Da gab es noch ein anderes Gefühl, das ihn überwältigte, aber er konnte es nicht so recht einordnen.

»Er läßt mich leben«, sprach Jeeter weiter, »weil er weiß, daß ich immer sein Werk tun werde. Einige der anderen waren ihm wohl nicht so ergeben wie ich, deshalb hat er sie getötet. Aber ich bin anders. Mich läßt er leben, damit ich sein Werk fortsetze – vielleicht für immer.«

Kale blinzelte.

»Aus dem gleichen Grund verschont er auch dich«, fuhr Jeeter fort. »Das ist sicher. Auch du tust sein Werk.«

Kale schüttelte den Kopf. »Ich war nie ein ... ein Teufelsanbeter. An so etwas habe ich nie geglaubt.«

»Egal. Du tust trotzdem sein Werk – und es macht dir Spaß.«

Die roten Augen richteten sich auf Kale.

»Du hast deine Frau umgebracht«, sagte Jeeter.

Kale nickte benommen.

»Mann, du hast sogar deinen kleinen Jungen umgelegt. Das muß *sein* Werk sein, oder?«

Keines der roten Augen zwinkerte. Kale begann, das Gefühl in ihm zu begreifen. Begeisterung, Erstaunen ... religiöse Verzückung.

»Wer weiß, was du im Lauf der Jahre noch alles getan hast«, meinte Jeeter. »Vieles davon war sicher sein Werk. Vielleicht sogar alles. Du bist wie ich, Mann. Ein geborener Anhänger Luzifers. Du und ich ... das liegt einfach in unseren Genen, Mann. Verstehst du mich?«

Kale löste sich von der Wand und trat einen Schritt vor.

»Ja, so ist es gut«, ermutigte Jeeter ihn. »Komm her, näher zu ihm.«

Kale wurde von seinen Gefühlen überwältigt. Schon immer hatte er gewußt, daß er sich von den anderen Menschen unterschied. Er war besser, etwas Besonderes. Das war ihm klar gewesen, so etwas hatte er allerdings nicht erwartet. Doch nun war der unwiderlegbare Beweis da, daß er auserwählt war. Er verspürte eine unbändige Freude, die sein Herz höher schlagen ließ.

Er kniete sich neben Jeeter vor dieses wunderbare Wesen.

Endlich war er am Ziel. Sein großer Augenblick war gekommen.

Hier erfüllt sich mein Schicksal, dachte Kale.

22
Die andere Seite der Hölle

Der Boden unter Jennys Füßen brach mit einem lauten Krachen ein. Sie kroch hastig zurück, war aber nicht schnell genug. Der Straßenbelag bewegte sich und zerfiel in kleine Stücke.

Jetzt würde sie in das Loch fallen. Meine Güte, nein! Wenn der Sturz sie nicht das Leben kostete, würde *es* aus seinem Versteck kommen, sie packen und davonschleifen. Es würde sie verschlingen, bevor die anderen auch nur einen Versuch machen konnten, sie zu retten.

Tal Whitman hielt sie an den Füßen fest. Jenny baumelte kopfüber in den Abgrund unter ihr. Der Betonboden bröckelte und landete krachend auf dem Grund. Unter Tals Füßen begann die Erde wieder zu beben, und beinahe hätte er Jenny losgelassen. Doch dann gelang es ihm, sie zurückzureißen und festen Boden zu erreichen. Er half ihr auf die Beine.

Jenny wußte, es war biologisch unmöglich, daß ihr Herz sich jetzt in ihrem Hals befand. Trotzdem schluckte sie heftig.

»Mein Gott«, sagte sie atemlos. »Vielen Dank, Tal! Wenn Sie nicht ...«

»So etwas gehört zu meinen Aufgaben«, sagte er, obwohl er beinahe selbst in die Schlangengrube gestürzt wäre.

Nur eine Lappalie, dachte Jenny und erinnerte sich an die Geschichte, die Bryce ihr über Tal erzählt hatte.

Sie sah, daß Timothy Flyte auf der anderen Seite des Lochs nicht so viel Glück hatte wie sie. Bryce würde ihn nicht mehr rechtzeitig erreichen.

Der Boden unter Flytes Füßen gab nach. Ein Stück Beton – drei Meter lang und einen Meter breit – fiel in die Tiefe und riß den Archäologen mit sich. Es landete jedoch nicht sofort auf dem Boden, sondern schlitterte über eine Wand nach unten und blieb auf einem Steinhaufen liegen.

Flyte lebte noch und schrie vor Schmerzen.

»Wir müssen ihn schnell herausholen!« rief Jenny.

»Es hat keinen Sinn, es zu versuchen«, entgegnete Tal.

»Aber ...«

»Sehen Sie doch!«

Es stürzte sich explosionsartig aus einem der Tunnels heraus auf Flyte, die offensichtlich in tiefer gelegene Höhlen führten. Ein riesiges Phantom aus Protoplasma stieg zitternd auf, erhob sich drei Meter in die Luft und löste sich dann von der Hauptmasse, die sich offensichtlich in der Höhle versteckt hielt. Das Ding ließ sich auf den Boden fallen und verwandelte sich in eine unglaublich fette Spinne von der Größe eines Pferdes. Sie war nur drei oder vier Meter von Flyte entfernt und kroch mordgierig auf ihn zu.

Timothy lag hilflos auf dem Betonbrocken, mit dem er in die Tiefe gestürzt war. Als er die Spinne auf sich zukommen sah, wurden seine Schmerzen von einer Welle unbeschreiblichen Entsetzens verdrängt.

Die dünnen schwarzen Beine tasteten sich in dem Steinbruch voran. Das Ding hatte einen blassen, glänzenden Leib, der wie aufgebläht wirkte. Es kam viel schneller vorwärts, als es einem Menschen gelungen wäre. Auf den Spinnenbeinen befanden sich Tausende von borstigen, drahtigen Haaren. Jetzt war es nur noch zwei Meter von Timothy entfernt. Es stieß einen Schrei aus, der in ein Zischen überging und allen einen Schauder über den Rücken jagte.

Nur noch eineinhalb Meter. Ein Meter.

Vor Timothy blieb es stehen, und er sah den Rachen mit dem riesigen, klauenartigen Unterkiefer vor sich. Er befand sich am Rand des Wahnsinns.

Plötzlich fiel ein milchiger Regen auf Flyte herab. Einen Moment lang dachte er, die Spinne würde ihn mit Gift bespritzen, doch dann wurde ihm klar, daß es sich um das Biosan handelte. Am Rand der Grube standen die anderen und sprühten die Flüssigkeit auf ihn und das Wesen.

Auf dem schwarzen Körper der Spinne begannen sich weiße Flecken zu bilden.

Bryces Sprühgerät war durch die umherfliegenden Steine beschädigt worden. Kein Tropfen kam mehr heraus.

Fluchend schnallte er den Tank ab und legte ihn auf die Straße. Während Tal und Jenny von der anderen Seite der Erdspalte Biosan in das Loch sprühten, lief Bryce eilig zu dem Abfluß und holte sich die zwei Ersatzkanister mit der Flüssigkeit, die durch die Erdstöße über den Gehsteig gerollt waren und jetzt im Rinnstein lagen. Jeder der Behälter war mit einem Griff versehen. Bryce packte beide. Sie waren sehr schwer. Er lief damit zum Rand der Grube, zögerte kurz und kletterte dann mit beiden Kanistern hinunter. Irgendwie schaffte er es, nicht zu stolpern und beide Tanks fest in den Händen zu halten.

Er ging nicht zu Flyte. Jenny und Tal taten schon alles, was möglich war, um die Spinne zu vernichten. Also rutschte er über das Geröll auf das Loch zu, durch das der Verwandler sein letztes Phantom herausgeschickt hatte.

Timothy Flyte beobachtete entsetzt, wie die Spinne über ihm sich in einen riesigen Hund verwandelte. Es war eine Kreatur, die direkt aus der Hölle zu kommen schien. Ein Teil seines Gesichts war menschlich. An den Stellen, an denen es nicht mit Biosan bespritzt war, glänzte sein Fell noch schwärzer als der Leib der Spinne. Seine riesigen Pranken waren mit spitzen Krallen versehen, und seine Zähne waren so groß wie Timothys Finger.

Sein Atem stank nach Schwefel und nach irgend etwas noch Schlimmerem.

Als die Bakterien sich in sein Fleisch hineinfraßen, erschienen Wunden auf seiner Haut, und Timothy schöpfte Hoffnung.

Der Hund sah ihm in die Augen und sagte mit einer schrecklichen, blechernen Stimme: »Ich dachte, du wärst mein Matthäus, aber du warst mein Judas.«

Der riesige Rachen öffnete sich.

Timothy schrie auf.

Obwohl die Kreatur bereits von den Bakterien zerfressen wurde, schnappte sie zu und biß ihm brutal in sein Gesicht.

Tal Whitman stand am Rand der Grube und beobachtete gleichzeitig das grausame Schicksal von Flytes Ermordung und Bryces selbstmörderisches Unternehmen mit den beiden Kanistern.

Das Phantom löste sich zwar unter dem Einfluß des säurehaltigen Biosans auf, aber es starb nicht schnell genug. Es biß Flyte zuerst ins Gesicht und dann in den Hals.

Bryce war jetzt sieben Meter von dem Höllenhund entfernt und hatte das Loch erreicht, aus dem noch vor einigen Minuten das Protoplasma aufgestiegen war. Er begann, einen der Behälter aufzuschrauben.

Der Hund zerfleischte Flytes Gesicht. Die Hinterbeine der Kreatur lösten sich bereits schäumend auf und verloren ihre Form, aber das Phantom kämpfte darum, solange wie möglich seine Gestalt zu behalten, und Flyte zu malträtieren.

Bryce hatte nun von dem ersten Behälter den Deckel abgeschraubt. Tal hörte, wie er klappernd auf den Boden fiel, als Bryce ihn wegwarf. Er war sicher, jetzt würde gleich etwas aus den Höhlen emporschießen und Bryce in tödlicher Umarmumg umschlingen.

Flyte hatte aufgehört zu schreien.

Bryce hob den Kanister und goß die Lösung in das unterirdische Netz, das sich unter dem Loch im Boden der Grube befand.

Flyte war tot.

Von dem Hund war nur noch der riesige Kopf übrig, an dem überall eitrige Wunden aufbrachen. Obwohl ihm der Körper fehlte, schnappte er noch immer nach dem toten Archäologen.

Timothy Flytes Körper war zerfleischt und blutüberströmt.

Lisa, die allein auf einer Seite der Grube stand, wich schaudernd einige Schritte zurück. Dann ging sie zu dem Gitter über dem Abfluß, blieb stehen und begann zu zittern.

Erst jetzt bemerkte sie, wo sie sich befand. Sie dachte an die Tentakel, die aus der Kanalisation gekommen waren und Sara Yamaguchi getötet hatten. Hastig sprang sie auf den Gehsteig und warf einen Blick zurück auf die Häuser. Sie stand nicht weit entfernt von einer der Passagen zwischen den beiden Geschäften. Ängstlich starrte sie auf das geschlossene Tor.

Lauerte hinter ihm etwas und beobachtete sie jetzt?

Lisa trat einen Schritt vor, sah das Abflußgitter und ging rasch wieder zurück.

Zögernd wandte sie sich zuerst nach links und schließlich nach rechts, doch in jeder Richtung hätte sie an einer dieser Passagen vorbeigehen müssen. Das hatte keinen Sinn. Sie würde einfach hier stehenbleiben. Auch ein anderer Ort wäre nicht sicherer.

Als Bryce begann, Biosan aus dem blauen Kanister in das Loch im Boden zu schütten, glaubte er, dort unten eine Bewegung wahrzunehmen. Er erwartete jeden Augenblick den Angriff eines Phantoms, das ihn in die Tiefe ziehen würde. Rasch goß er den gesamten Inhalt des Tanks in die Höhle. Nichts rührte sich.

Schwitzend schleifte er den zweiten Kanister durch die Trümmer und gebrochenen Rohrleitungen. Er ging vorsichtig um eine funkensprühende Stromleitung herum, sprang über eine kleine Pfütze, die sich neben einem lecken Wasserrohr gebildet hatte, und lief dann an dem toten Flyte und den stinkenden Überresten des Phantoms vorbei, das den Wissenschaftler getötet hatte.

Bryce erreichte schließlich das nächste Loch im Boden. Er kniete nieder, schraubte den Verschluß des zweiten Behälters auf und schüttete den Inhalt hinunter. Als der Kanister leer war, warf er ihn zur Seite und rannte los. Er wollte aus der Grube hinausklettern, bevor das Phantom ihn auf die gleiche Weise angriff wie Flyte.

Der Aufstieg war schwieriger, als er gedacht hatte. Ein Drittel des Wegs hatte er bereits geschafft, als er hinter sich etwas Schreckliches hörte.

Jenny beobachtete, wie Bryce versuchte, sich an den Wänden der Grube nach oben zu ziehen. Sie hielt den Atem an und befürchtete, er würde es nicht schaffen.

Dann richtete sich ihr Blick auf das erste Loch, in das Bryce das Biosan geschüttet hatte. Der Verwandler stieg aus seinem unterirdischen Reich empor und legte sich auf den Boden der Grube. Das Wesen sah aus wie eine Flut von geronnenem Abwasser. An den Stellen, die von der bakteriellen Lösung getroffen worden waren, wirkte das Fleisch dunkler als vorher. Die Masse brodelte und pulsierte so stark wie nie zuvor. Vielleicht war das ein Anzeichen für Verfall. Die milchigen, durch die Infektion erzeugten Flecken breiteten sich nun deutlich sichtbar auf das ganze Wesen aus. Blasen bildeten sich, schwollen an und platzten. Häßliche Wunden brachen auf und sonderten eine wäßrige gelbe Flüssigkeit ab. Innerhalb weniger Sekunden quoll mindestens eine Tonne dieses amorphen Fleisches aus dem Loch hervor. Es war anscheinend überall infiziert, aber trotzdem sprudelte lebendes, gallertartiges Gewebe wie ein Lavastrom heraus. Aus einem anderen Loch floß ebenfalls Masse heraus. Das Gewebe kroch über das Geröll und begann, sich wieder zu verwandeln. Formlose, wild rudernde Arme tauchten auf, die sich in die Luft streckten, dann aber schnell wieder in der schäumenden, zuckenden Masse verschwanden. Aus anderen Löchern ertönten grauenhafte Geräusche: Stimmen von unzähligen Männern, Frauen und Tieren, die alle vor Schmerzen, Entsetzen und blanker Verzweiflung schrien. Jenny konnte das Heulen dieser Lebewesen in Not nicht mehr ertragen. Einige dieser Stimmen klangen vertraut – sie glaubte, ihre Nachbarn und guten Freunde schreien zu hören, und hielt sich die Ohren zu. Das laute Klagen der Leidenden war jedoch zu laut. Natürlich handelte es sich um den Todesschrei einer einzigen Kreatur, des Verwandlers, doch da *es* offensichtlich keine eigene Stimme besaß, war es gezwungen, seine inhumanen Gefühle des Entsetzens auf eine menschliche Art auszudrücken.

Das Wesen floß über das Geröll auf Bryce zu.

Bryce war bis zur Hälfte der Grube nach oben geklettert, als sich das Geheul von vielen Stimmen hinter ihm in einen Wutschrei verwandelte.

Er wagte einen Blick zurück. Schätzungsweise drei oder vier Tonnen des Gewebes waren mittlerweile in die Grube geflossen, und ständig sprudelte noch mehr nach, als wolle die Erde alles hervorbringen, was eigentlich in ihrem Inneren verborgen war. Das Fleisch des Alten Feindes zuckte und brodelte. Überall platzten eiternde Blasen auf. Das Wesen versuchte, geflügelte Phantome zu bilden, war aber anscheinend schon zu schwach dazu. Die halb herausgebildeten Vögel oder Insekten lösten sich entweder zu einem eitrigen Brei auf oder sanken kraftlos wieder in die Hauptmasse zurück. Trotzdem bewegte sich der Alte Feind immer noch wütend auf Bryce zu. *Es* hatte mittlerweile bereits fast den ganzen Boden der Grube bedeckt und streckte Tentakel aus, die sich zwar aufzulösen schienen, aber immer noch Kraft besaßen.

Bryce drehte sich rasch wieder um und versuchte, den Rand des Lochs zu erreichen.

Die beiden großen Fenster des Restaurants, vor denen Lisa stand, explodierten. Das Glas fiel auf den Gehsteig. Ein Splitter traf sie an der Stirn, aber sonst erlitt sie keine Verletzungen. Die meisten Scherben landeten vor dem Haus.

Eine abscheuliche, schattenhafte Masse schob sich durch die zerbrochenen Fenster.

Lisa wich zurück, stolperte und wäre beinahe gestürzt.

Das übelriechende, schleimige Fleisch schien das ganze Haus auszufüllen, aus dem es hervorquoll.

Etwas legte sich um Lisa Knöchel.

Aus dem Kanalgitter hinter ihr hatten sich Tentakel geschoben, die sie nun packten.

Schreiend versuchte sie, sich davon zu befreien und stellte fest, daß es ihr erstaunlich leicht gelang. Die dünnen, wurmähnlichen Fangarme fielen von ihr ab. Überall brachen Wunden auf, und innerhalb weniger Sekunden waren sie zu leblosem Schleim degeneriert.

Auch die widerliche Masse, die aus dem Restaurant kroch, fiel den Bakterien zum Opfer. Schäumende Fetzen lösten sich und klatschten auf das Pflaster. Trotzdem bewegte sich das Wesen weiter vorwärts und bildete Tentakel, die durch die Luft zuckten. Anscheinend suchten sie Lisa, aber sie reagierten nur zögernd, als seien sie nahezu gelähmt oder blind.

Tal sah von der anderen Straßenseite aus, wie die Fenster zerbarsten, doch bevor er auch nur einen Schritt machen konnte, um Lisa zu helfen, explodierten hinter ihm auch die Fenster der Lobby und des Speisesaals des Hilltop Inn. Er drehte sich verblüfft um. Beide Türen flogen auf, und aus ihnen und den zerbrochenen Fenstern quollen Unmengen von pulsierendem Protoplasma. Meine Güte, wie groß war dieses Ding eigentlich? So groß wie die ganze Stadt? Oder wie der Berg, aus dem es gekommen war? Unbeschreiblich groß? Es bildete etliche Tentakel, während es weiterrollte. Es schien zwar von der Krankheit befallen zu sein, war aber wesentlich kräftiger als der Teil von ihm, der Bryce in der Grube angreifen wollte. Bevor Tal die Düse des Sprühgeräts heben und auf den Knopf drücken konnte, hatten ihn die kalten Tentakel mit unglaublicher Kraft gepackt. Er wurde über die Straße zum Hotel gezerrt – zu der Mauer aus Schleim, die noch immer aus den zertrümmerten Fenstern hervorquoll. Die Tentakel begannen, sich durch seine Kleidung zu fressen. Die Säure fühlte sich an wie Feuer auf seiner Haut. Blasen bildeten sich. Tal schrie auf, als er die Brandmale auf seinen Armen und seinem linken Oberschenkel spürte. Ihm fiel ein, wie Frank Autry von einem dieser Tentakel enthauptet worden war, indem dieses Ding sich durch seinen Hals gefressen hatte. Dann dachte er an seine Tante Becky, und danach ...

Jenny wich einem Tentakel aus, der sie packen wollte. Sie besprühte Tal und die drei schlangenhaften Gebilde an, die ihn in ihrem Griff hatten. Zerfallendes Gewebe fiel herunter, aber sie lösten sich nicht ganz auf.

Selbst dort, wo sie das Fleisch mit der Flüssigkeit nicht

getroffen hatte, brachen nässende Wunden auf. Das ganze Wesen war infiziert und wurde von innen zerfressen. Lange konnte es nicht mehr durchhalten – aber vielleicht noch lange genug, um Tal Whitman zu töten.

Er schrie und schlug um sich.

Verzweifelt ließ Jenny die Düse fallen und ging auf Tal zu. Sie packte einen der Tentakel, die ihn umschlangen, und versuchte, ihn von seinem Körper zu lösen. Einer der anderen Tentakel griff nach ihr. Sie befreite sich ohne Schwierigkeiten von dem Ding. Anscheinend war der Alte Feind durch die Bakterien schon sehr geschwächt.

Der Tentakel in ihren Händen zerfiel in Stücke. Das tote Gewebe stank widerlich.

Jenny unterdrückte ihren Brechreiz und zerrte an den anderen Fangarmen, bis sie sich schließlich von Tal lösten. Der Deputy brach stöhnend und blutend zusammen.

Die blinden Tentakel, die durch die Luft fuhren, berührten Lisa nicht. Sie zogen sich in die ekelerregende Masse zurück, die aus dem Restaurant gequollen war. Dieses Monstrum zuckte heftig, schäumte und stieß infizierte Stücke ab.

»Es stirbt«, sagte Lisa laut, obwohl niemand sie hören konnte. »Der Teufel stirbt.«

Bryce kroch die letzten Meter auf dem Bauch an der steilen Wand aus der Grube heraus und zog sich schließlich über den Rand nach oben.

Er warf einen Blick zurück. Der Verwandler war nicht einmal in seine Nähe gekommen. Ein unglaublich großer See aus Gelatine bedeckte den Boden der Grube. Hin und wieder bildeten sich noch die Umrisse von Menschen und Tieren heraus, aber der Alte Feind verlor seine Fähigkeit, ein anderes Lebewesen zu imitieren. Die Phantome wirkten verschwommen und schwerfällig. Der Verwandler verschwand langsam unter einer Schicht aus seinem eigenen toten und sich zersetzenden Gewebe.

Jenny kniete sich neben Tal nieder. Er hatte häßliche Wunden an den Armen und auf der Brust. Sein linker Oberschenkel war aufgerissen und blutete stark.

»Haben Sie starke Schmerzen?« fragte sie.

»Während es mich festhielt, waren sie beinahe unerträglich, aber jetzt ist es nicht mehr so schlimm.« An seinem Gesichtsausdruck war jedoch deutlich zu erkennen, daß er immer noch litt.

Der riesige Berg aus Schleim, der aus dem Hilltop hervorgekrochen war, zog sich nun wieder in die Kanalisation zurück, aus der er aufgestiegen war, und hinterließ eine Bahn von dampfenden Überresten seines verwesenden Fleisches.

Das war wie der Rückzug eines Mephistopheles. Zurück in die Unterwelt und auf die andere Seite der Hölle.

Jenny war erleichtert, weil sie nun das Gefühl hatte, daß ihnen im Moment keine Gefahr drohte. Sie sah sich Tals Wunden genauer an.

»Ist es schlimm?« fragte er.

»Nicht so schlimm, wie ich angenommen hatte«, erwiderte sie und bedeutete ihm, sich wieder auf den Rücken zu legen. »An einigen Stellen ist die Haut und auch Fettgewebe herausgebissen worden.«

»Und was ist mit den Venen und Arterien?«

»Es war schon zu schwach, um sich noch tiefer einbrennen zu können. In dem Gewebe an der Oberfläche sind etliche Kapillargefäße zerstört. Daher kommen auch die Blutungen. Aber ich hätte es mir schlimmer vorgestellt. Sobald es sicher scheint, dort hineingehen zu können, hole ich meine Tasche und versuche, eine Infektion zu verhindern. Ich denke, Sie sollten sich für einige Tage zur Beobachtung in ein Krankenhaus begeben, falls sich noch eine verzögerte allergische Reaktion auf die Säure oder andere toxische Stoffe entwickelt. Meiner Meinung nach wird es Ihnen aber schon bald wieder gutgehen.«

»Wissen Sie was? Sie reden, als wäre alles vorüber.«

Jenny blinzelte und warf einen Blick auf das Hotel. Durch die zerschmetterten Fensterscheiben konnte sie den Speisesaal sehen. Von dem Alten Feind war keine Spur zu entdecken.

Sie drehte sich um und blickte auf die Straße. Lisa und Bryce kamen von der anderen Seite der Erdspalte herüber.

»Ich denke, so ist es auch«, sagte sie. »Ich glaube wirklich, es ist vorbei.«

23
Apostel

Fletcher Kale hatte keine Angst mehr. Er saß neben Jeeter und sah zu, wie das satanische Fleisch immer bizarrere Formen annahm.

Nach einer Weile spürte er, daß seine linke Wade juckte. Er kratzte sich geistesabwesend, während er weiter die wahrhaft wunderbare Verwandlung dieses dämonischen Besuchers betrachtete.

Da Jeeter sich bereits seit Sonntag in den Höhlen aufhielt, wußte er nichts von den Ereignissen in Snowfield. Kale erzählte ihm, was er davon erfahren hatte, und Jeeter war begeistert.

»Das ist ein Zeichen, verstehst du?« sagte er. »Damit zeigt er der Welt, daß seine Zeit gekommen ist. Seine Herrschaft wird jetzt bald beginnen. Er wird tausend Jahre lang die Erde beherrschen. Das steht sogar in der Bibel, Mann – tausend Jahre lang die Hölle auf Erden. Alle werden leiden – bis auf dich, mich und noch ein paar andere Leute, die so sind wie wir. Wir sind die Erwählten, Mann! Seine Apostel. Wir können mit Luzifer die Welt regieren. Sie wird uns gehören, und wir werden jedem Menschen alle abscheulichen Dinge antun können, die wir uns wünschen. Niemand wird uns jemals etwas anhaben können. Verstehst du das?« Terr packte Kale am Arm. Seine Stimme klang aufgeregt, und sein religiöser Eifer ließ ihn erzittern. Das übertrug sich auf Kale, der ebenfalls in eine krankhafte Verzückung geriet.

Als Jeeter seine Hand auf seinen Arm legte, glaubte er den feurigen Blick des rot-gelben Auges seiner Tätowierung zu spüren. Es war ein magisches Auge, das ihm direkt in die Seele schaute, die düsteren Tiefen und damit eine Blutsverwandtschaft entdeckte.

Kale räusperte sich, kratzte sich am Knöchel und an der Wade und sagte dann: »Klar verstehe ich das. Natürlich.«

Die Säule aus Schleim in der Mitte des Raums begann einen peitschenähnlichen Schweif zu formen. Flügel bildeten sich, breiteten sich aus und flatterten kurz. Große, sehnige Arme wuchsen hervor. Die Hände waren riesig und an den Fingerspitzen mit Krallen versehen. An der Spitze der Säule tauchte ein Gesicht in der zuckenden Masse auf. Kinn und Backenknochen sahen aus wie aus Granit gemeißelt, der Mund hatte dünne Lippen, hinter denen schiefe gelbe Zähne hervorblitzten. Die Eckzähne erinnerten an eine Schlange, die Nase an die Schnauze eines Schweins. Die unheimlichen dunkelroten Facettenaugen waren nicht menschlich, sondern glichen denen einer Fliege. Wie ein Zeichen eines Zugeständnisses an die christliche Mythologie wuchsen dem Wesen Hörner aus der Stirn. Die grün-schwarzen Haare schienen aus Würmern zu bestehen. Sie glänzten fettig und ringelten sich zu einem verworrenen Knoten zusammen.

Die grausame Mund öffnete sich.

»Glaubt ihr?« fragte der Teufel.

»Ja«, erwiderte Terr ehrfürchtig. »Du bist mein Herr.«

»Ich glaube auch«, sagte Kale mit zitternder Stimme und kratzte sich an der rechten Wade.

»Seid ihr mein?« wollte die Erscheinung wissen.

»Ja, für immer«, antwortete Terr, und Kale stimmte ihm ängstlich zu.

»Werdet ihr mich niemals im Stich lassen?«

»Nein, niemals.«

»Wollt ihr mir einen Gefallen erweisen?«

»Ja«, sagte Terr.

»Was immer du willst«, fügte Kale hinzu.

»Bald werde ich euch verlassen«, erklärte die Erscheinung.

»Noch ist die Zeit meiner Herrschaft nicht gekommen. Aber es wird nicht mehr lange dauern. Einige Voraussetzungen müssen jedoch vorhanden sein, um diesen Tag zu erleben. Prophezeiungen müssen sich erfüllen. Dann werde ich zurückkehren und der Menschheit nicht nur ein Zeichen geben, sondern tausend Jahre lang herrschen. Bis dahin werde ich euch mit meiner gewaltigen Macht schützen. Niemand wird euch verletzen oder eure Pläne vereiteln können. Ich schenke euch die Unsterblichkeit und verspreche euch, daß die Hölle für euch ein Ort sein wird, an dem ihr viel Freude erleben und unermeßliche Belohnungen erhalten werdet. Als Gegenleistung dafür müßt ihr fünf Aufgaben erfüllen.«

Er sagte ihnen, was sie tun mußten, um den Beweis zu erbringen, daß sie ihn verehrten. Während er zu ihnen sprach, brachen überall an seiner Oberfläche Blasen und Schwären auf, die eine dünne gelbe Flüssigkeit absonderten.

Kale fragte sich, was das zu bedeuten hatte, aber dann begriff er, daß Luzifer der Urheber aller Krankheiten war. Vielleicht war das eine eindeutige Mahnung daran, welche schrecklichen Seuchen er ihnen schicken könnte, wenn sie nicht bereit waren, die fünf Aufgaben zu übernehmen.

Die fleischige Masse schäumte und begann, sich aufzulösen. Große Stücke fielen auf den Boden, einige wurden durch die krampfhaften Bewegungen an die Wand geschleudert. Der Schwanz des Teufels brach ab und zuckte am Boden hin und her. Innerhalb von wenigen Sekunden war nur noch ein lebloser Brei übrig, der nach Tod stank.

Nachdem der Teufel ihnen gesagt hatte, was sie tun sollten, hatte er sie gefragt: »Gilt unser Pakt?«

»Ja, er gilt«, hatten Terr und Kale erwidert.

Das Gesicht Luzifers, das mit nässenden Wunden bedeckt war, schmolz ebenso wie die Hörner und die Flügel. Das Ding zuckte und wand sich hin und her und verschwand dann in den unterirdischen Fluß. Zurück blieb nur eine eitrige Flüssigkeit.

Eigenartigerweise verschwand das stinkende tote Gewebe nicht, nachdem die Erscheinung verschwunden war. Das verwesende, übelerregend stinkende Fleisch glitzerte im Licht der Gaslampe.

Allmählich legte sich Kales Verzückung. Durch seine Hose spürte er die Kälte, die von dem Steinboden ausging.

Gene Terr hustete. »Na ... also, war das vielleicht nichts?«

Kale kratzte seine juckende Wade und stellte fest, daß sie dumpf klopfend schmerzte.

Er hatte das Ende der Periode seiner Nahrungsaufnahme erreicht. Eigentlich hatte er sogar zuviel zu sich genommen. Er hatte vorgehabt, sich an diesem Tag durch die Höhlen und unterirdischen Kanäle in einen Fluß und dann ins Meer zu begeben. Er wollte an den Rand des Kontinents gelangen und in den Ozean hinausschwimmen. Zahllose Male hatte er seine Ruhephasen, die oft viele Jahre dauerten, in den kühlen, dunklen Tiefen der Meere verbracht. Dort unten, wo der Druck so hoch war, daß nur wenige Lebewesen ihn aushalten konnten, und wo die absolute Dunkelheit und Stille ihm Ruhe verschaffte, konnte der Alte Feind seinen Stoffwechsel verlangsamen und in den erwünschten Traumzustand versinken, in dem er ungestört nachdenken konnte.

Aber er würde das Meer nicht mehr erreichen. Nie mehr. Er lag im Sterben.

Diese Vorstellung war jedoch so unfaßbar, daß er sich noch nicht mit dieser grausamen Realität abfinden konnte. Unter den Snowtop Mountains hatte der Verwandler weitere Teile seines Gewebes abgestoßen. Immer tiefer hatte er sich verkrochen und war in den dunklen Fluß der Unterwelt eingetaucht und in die Behausungen des Orcus, Hades, Osiris, Erebus, Minos, Loki und Satan vorgedrungen. Immer wenn er glaubte, frei von diesen gefräßigen Mikroorganismen zu sein, stellte sich irgendwo in seinem amorphen Gewebe ein Kribbeln ein. Etwas stimmte nicht. Er verspürte einen scharfen Schmerz, der sich nicht mit menschlichen Qualen vergleichen ließ, und war gezwungen, noch mehr des infizierten Fleisches abzustoßen. Also stieg er noch tiefer hinab, in die Gehenna, nach Sheol, nach Abbadon und in den Abgrund der Hölle. Im Verlauf der Jahrhunderte hatte er gern die Rolle Satans übernommen und auch andere Figuren verkörpert, die die Menschen für die Verkörperung des Bösen gehalten hatten. Er hatte sich darüber amüsiert, wie abergläubisch sie waren. Jetzt war er zu dem Schicksal verdammt, das zu der Mythologie paßte, die er selbst geschaffen hatte. Voll Bitterkeit dachte er über die Ironie dieser Situation nach. Er war verdammt und mußte für den Rest seines Lebens in Finsternis und Verzweiflung existieren – und wahrscheinlich würden ihm nur noch wenige Stunden bleiben.

Zumindest hatte er zwei Apostel zurückgelassen. Kale und Terr würden sein Werk fortsetzen, wenn er das nicht mehr tun konnte. Sie würden Angst und Schrecken verbreiten und Rache üben. Für diese Aufgabe waren sie ausgezeichnet geeignet.

Nun war dem Verwandler nur noch sein Gehirn und ein minimaler Rest seines Stützgewebes geblieben. Er zog sich in eine kleine Nische in einem Felsen der Unterwelt zurück und wartete auf sein Ende. In seinen letzten Minuten verspürte er rasenden Haß auf die ganze Menschheit.

Kale krempelte sein Hosenbein auf und betrachtete seine rechte Wade. Im Licht der Gaslampe sah er zwei kleine roten Flecken, die anschwollen und stark juckten. Die Haut war sehr empfindlich.

»Insektenstiche«, sagte er.

Gene Terr warf einen Blick darauf. »Zecken. Sie bohren sich unter die Haut. Der Juckreiz hört erst auf, wenn man sie mit einer Zigarette ausgebrannt hat«, erklärte er.

»Hast du Zigaretten hier?«

Terr grinste. »Ich habe noch ein paar Joints. Damit funktioniert es auch, und außerdem haben die Zecken dann einen schönen Tod.«

Sie rauchten einige Joints, und Kale brannte mit den glühenden Stummeln die Zecken heraus. Es tat nicht sehr weh.

»Im Wald mußt du dir immer die Hosenbeine in die Stiefel stecken«, sagte Terr.

»Das habe ich doch getan!«

»Ach ja? Und wie sind die Zecken dann an dein Bein gekommen?«

»Keine Ahnung«, erwiderte Kale.

Sie zündeten sich noch einen Joint an. Kale runzelte die Stirn und sagte: »Er hat uns doch versprochen, daß uns niemand verletzen oder aufhalten könnte, weil wir unter seinem Schutz stehen.«

»So ist es, Mann. Wir sind unbesiegbar.«

»Aber warum habe ich dann diese verdammten Zecken im Bein?«

»Mensch, das ist doch keine große Sache.«

»Wenn er uns aber wirklich beschützen würde ...«

»Hör zu, vielleicht sind diese Insektenstiche auch ein Zeichen, um den Pakt mit ihm zu schließen. Ein wenig Blut gehört dazu, verstehst du?«

»Und warum hast du keine Zeckenbisse?«

Jeeter hob die Schultern. »Das ist doch unwichtig, Mann. Außerdem haben dich diese verdammten Viecher doch schon gebissen, bevor wir den Pakt geschlossen haben, oder?«

»Ja, stimmt.« Kale nickte. Er war von dem Gras schon leicht benebelt. »Da hast du recht.«

Eine Weile schwiegen sie. Dann sagte Kale: »Was meinst du, wann wir von hier verschwinden können?«

»Sie suchen dich sicher noch überall.«

»Aber wenn sie mir nichts anhaben können ...«

»Es hat doch keinen Sinn, sich das Leben schwerzumachen«, entgegnete Terr.

»Wahrscheinlich hast du recht.«

»Wir werden uns noch ein paar Tage ganz ruhig verhalten. Bis dahin hat sich die Aufregung gelegt.«

»Und dann legen wir die fünf um, so wie er es uns befohlen hat. Aber was tun wir nachher?«

»Wir machen einfach weiter, Mann.«

»Und wo?«

»Irgendwo. Er wird uns den Weg zeigen«, sagte Terr.

Er schwieg eine Weile. Dann sagte er: »Erzähl mir, wie du deine Frau und dein Kind umgebracht hast.«

»Was willst du denn wissen?«

»Alles, Mann. Was war das für ein Gefühl, als du deine Alte umgelegt hast? Und wie war es bei dem Jungen? Das interessiert mich am meisten. Ich habe noch nie ein Kind umgebracht. Hast du ihn ganz schnell ins Jenseits befördert, oder die Sache eine Weile hinausgezögert? War es anders als die Ermordung deiner Frau? Was genau hast du mit dem Kind gemacht?«

»Nur das, was ich machen mußte. Sie standen mir im Weg.«

»Sie waren ein Klotz am Bein, was?«

»Ja, beide.«

»Klar, das kann ich mir vorstellen. Aber was genau hast du mit ihnen gemacht?«

»Ich habe meine Frau erschossen.«

»Und den Jungen auch?«

»Nein, den habe ich mit einem Beil erschlagen.«

»Ist das wirklich wahr?«

Sie rauchten noch einige Joints. Die Gaslampe zischte, und durch das Loch im Boden stiegen die flüsternden und gurgelnden Geräusche des unterirdischen Flusses empor. Kale erzählte, wie er Joanna, Danny und die Hilfssheriffs umgebracht hatte.

Jeeter war jetzt bekifft und kicherte. »He, Mann, wir beide werden einen irren Spaß haben. Denkst du nicht auch, daß wir beide uns eine tolle Zeit machen können? Erzähl weiter. Mann, wird das ein Spaß!«

24
Sieg?

Bryce stand auf dem Bürgersteig, sah sich in der Stadt um, lauschte angestrengt und wartete. Von dem Verwandler war keine Spur zu sehen. Er konnte jedoch noch nicht glauben, daß das Ding wirklich tot war, sondern befürchtete immer noch, es würde ihn sofort anfallen, wenn er einen Moment lang nicht auf der Hut war.

Tal Whitman lag ausgestreckt auf dem Boden. Jenny und

Lisa säuberten seine Wunden, puderten die Verbrennungen mit einem Antibiotikum ein und legten ihm Verbände an.

In Snowfield war es wieder so still wie auf dem Grund eines Meeres.

Nachdem Jenny sich um Tal gekümmert hatte, sagte sie: »Wir sollten ihn sofort in ein Krankenhaus bringen. Die Wunden sind zwar nicht tief, aber es könnte doch noch zu einer allergischen Reaktion auf die Toxine des Verwandlers kommen. Er könnte plötzlich Probleme mit der Atmung oder dem Blutdruck bekommen. In einem Krankenhaus ist man auf solche Fälle vorbereitet – ich bin es nicht.«

Bryce beobachtete eine Weile die Straße. »Was ist, wenn wir alle in einem fahrenden Auto gefangen sind, und *es* zurückkommt?«

»Wir nehmen die Sprühgeräte mit.«

»Aber vielleicht haben wir keine Zeit, sie einzusetzen. Das Wesen könnte aus einem Schacht kommen, den Wagen überfallen und uns auf diese Weise töten, ohne daß uns auch nur die geringste Chance bleibt, die Geräte zu benützen.«

Alle lauschten, aber in der Stadt regte sich nichts. Nur eine leichte Brise kam auf.

»Es ist tot«, sagte Lisa.

»Das wissen wir nicht sicher«, wandte Bryce ein.

»Fühlen Sie den Unterschied denn nicht?« fragte Lisa eindringlich. »Es ist weg. Tot. Das spürt man doch an der Luft!«

Bryce wurde klar, daß das Mädchen recht hatte. Der Verwandler war nicht nur in physischer, sondern auch in psychischer Form allgegenwärtig gewesen. Er hatte seine bösartigen Absichten förmlich fühlen können. Der Alte Feind hatte anscheinend etwas ausgestrahlt, das man nicht sehen oder hören konnte. Aber diese Vibrationen, die psychische Beeinflussung war im Unterbewußtsein spürbar gewesen und hatte sich in die Seele eingebrannt. Das war jetzt vorbei. Er fühlte sich nicht mehr bedroht.

Bryce atmete tief ein. Die Luft roch sauber und frisch.

»Wenn Sie noch nicht fahren wollen, ist das in Ordnung«,

sagte Tal. »Machen Sie sich keine Sorgen um mich. Wir können auch noch eine Weile warten. Mir geht es gut.«

»Ich habe meine Meinung geändert«, erklärte Bryce. »Wir fahren jetzt, und nichts wird uns aufhalten. Lisa hat recht. *Es* ist tot.«

Als Bryce den Motor des Streifenwagens anließ, fragte Jenny: »Wissen Sie noch, was Flyte über die Intelligenz dieses Wesens gesagt hat? Als er sich mit ihm über den Computer verständigt hat, behauptete er, dieses Ding hätte sein Wissen und Bewußtsein erst erlangt, nachdem es anfing, intelligente Lebewesen zu verspeisen.«

»Ich kann mich daran erinnern«, sagte Tal, der mit Lisa auf dem Rücksitz saß. »Das hat ihm ganz und gar nicht gefallen.«

»Und? Worauf wollen Sie hinaus, Doc?« fragte Bryce.

»Nun, wenn es seine Intelligenz dadurch erworben hat, daß es unser Wissen und unsere Fähigkeit, Dinge zu erkennen, mit seiner Nahrung aufgenommen hat ... hat es dann auch die Grausamkeit und Bösartigkeit der Menschen übernommen?«

Jenny sah, daß diese Frage Bryce unangenehm war, aber sie ließ nicht locker. »Wenn man es sich genau überlegt, sind die wirklichen Teufel eigentlich die Menschen. Natürlich nicht alle von uns, aber diejenigen, die gestört und krank sind und niemals Einfühlungsvermögen oder Mitgefühl empfinden können. Wenn der Verwandler wirklich der Teufel war, den wir aus der Mythologie kennen, dann ist das Böse in den Menschen vielleicht keine Reflexion des Teufels, sondern der Teufel selbst spiegelt sich nur in der Grausamkeit und Brutalität wider, die die Menschheit anwendet. Vielleicht steckt das dahinter – wir haben uns den Teufel selbst nach unserem eigenen Bild erschaffen.«

Bryce schwieg eine Weile. »Möglicherweise haben Sie recht«, sagte er dann. »Es hat wohl keinen Sinn, Energie darauf zu verschwenden, sich vor Teufeln, Dämonen und Geistern zu fürchten, die uns in der Nacht heimsuchen könnten.

Letztendlich werden wir niemals etwas Schlimmeres erleben, als den Ungeheuern unter uns zu begegnen. Die Hölle ist das, wo wir sie uns schaffen.«

Sie fuhren die Skyline Road entlang.

Die Stadt wirkte heiter und friedlich.

Nichts versuchte sie aufzuhalten.

25
Gut und Böse

Am Sonntagabend, eine Woche nachdem Jenny und Lisa Snowfield in Grabesstille vorgefunden hatten, fünf Tage nach dem Tod des Verwandlers, besuchten sie Tal im Krankenhaus. Es hatte sich doch eine leichte toxische Reaktion auf die von dem Verwandler abgesonderten Flüssigkeiten eingestellt. Dazu kam eine Infektion, die allerdings nicht lebensgefährlich war. Jetzt war er fast wieder gesund und wartete ungeduldig darauf, entlassen zu werden.

Als Lisa und Jenny sein Zimmer betraten, saß er in seiner Uniform in einem Stuhl am Fenster und las eine Zeitschrift; Waffe und Halfter lagen auf dem kleinen Tisch neben ihm.

Lisa umarmte ihn, bevor er aufstehen konnte. Tal drückte das Mädchen an sich.

»Gut sehen Sie aus«, sagte Lisa zu ihm.

»Du noch viel besser«, erwiderte Tal.

»Sie werden noch allen Frauen den Kopf verdrehen.«

»Und wegen dir werden sich die Jungs überschlagen.«

Dieses Ritual spielten sie jeden Tag ab. Es war eine kleine Zeremonie, die die Zuneigung füreinander widerspiegelte und Lisa immer zum Lachen brachte. Jenny freute sich darüber. In den letzten Tagen hatte ihre kleine Schwester nicht oft gelächelt, und in der vergangenen Woche hatte sie kein einziges Mal gelacht.

Tal stand auf, und Jenny nahm ihn in den Arm. »Bryce ist bei Timmy«, sagte sie. »Er wird gleich kommen.«

»Ich habe den Eindruck, daß er mit dieser Situation jetzt viel besser umgehen kann«, meinte Tal. »Im letzten Jahr konnten wir deutlich sehen, wie sehr Timmys Zustand ihn belastet hat, doch jetzt scheint er damit zurechtzukommen.«

Jenny nickte. »Er hatte sich eingeredet, es wäre besser, wenn Timmy sterben würde. In Snowfield hat er seine Meinung geändert. Ich glaub', er weiß jetzt, daß es nichts Schlimmeres als den Tod gibt. Solange jemand lebt, kann man noch hoffen.«

»Ja, sie sagen hier auch, daß es noch Hoffnung für ihn gibt.«

»Wenn Timmy in einem Jahr immer noch im Koma liegt, könnte Bryce seine Meinung wieder ändern, aber im Augenblick scheint er dankbar dafür zu sein, sich jeden Tag eine Weile zu seinem kleinen Jungen zu setzen und seine Hand halten zu können.« Jenny warf Tal einen strengen Blick zu. »Warum sitzen Sie hier eigentlich in Ihrer Uniform herum?«

»Ich werde entlassen.«

»Fantastisch!« jubelte Lisa.

Zur Zeit hatte Timmy einen Zimmergenossen, der achtzig Jahre alt war und an einen ständig piepsenden Monitor und ein keuchendes Beatmungsgerät angeschlossen war.

Timmy hatte nur eine Nadel im Arm, um Infusionen zu bekommen, aber seine Bewußtlosigkeit war ebenso tief wie die des alten Mannes. Ein oder zweimal in der Stunde flatterten seine Augenlider, seine Lippen bewegten sich und ein Muskel in seiner Wange zuckte – allerdings dauerte das nie länger als eine Minute.

Bryce saß neben dem Bett, schob eine Hand durch das Gitter und legte sie vorsichtig auf die Hand seines Sohnes. Seit der Zeit in Snowfield genügte ihm dieser bescheidene Kontakt. Er freute sich darüber. Jeden Tag, wenn er den Raum verließ, fühlte er sich ein wenig besser.

Es war schon Abend und nicht sehr hell in dem Krankenzimmer. Am Kopfende des Betts war eine kleine Lampe an der Wand befestigt. Der schwache Lichtstrahl ließ jedoch nur Timmys Schultern erkennen. Sein Körper unter der Bettdecke lag im Schatten. Im Halbdunkel sah Bryce, daß sein Sohn trotz der künstlichen Ernährung viel Gewicht verloren hatte. Seine Wangenknochen traten deutlich hervor, und er hatte dunkle Augenringe. Die Kinnpartie sah sehr zerbrechlich aus. Der Junge war schon immer klein für sein Alter gewesen, aber nun schien Timmys Hand zu einem viel jüngeren Kind zu gehören. Aber sie war warm.

Bryce zog sich einige Papiertaschentücher aus einer Schachtel, stand auf, ging zum Fenster und sah auf Santa Mira.

Er weinte jeden Tag, wenn er hierherkam, aber die Tränen, die er vergoß, waren anders als früher. Sie brannten heiß, aber sie schienen das Elend wegzuschwemmen und eine heilende Wirkung zu haben.

»Entlassen?« fragte Jenny stirnrunzelnd. »Wer hat das gesagt?«

»Ich.« Tal grinste.

»Seit wann sind Sie Ihr eigener Arzt?«

»Ich dachte, ich sollte eine zweite Meinung einholen, also habe ich mich selbst konsultiert und mir empfohlen, nach Hause zu gehen.«

»Tal ...«

»Hören Sie, Doc – mir geht es bestens. Die Schwellung geht zurück, und ich habe seit zwei Tagen kein Fieber mehr. Es wird Zeit, mich zu entlassen. Wenn Sie versuchen, mich noch länger hier einzusperren, haben Sie mich auf dem Gewissen, wenn ich sterbe.«

»Wenn Sie sterben?«

»Ja. Das Essen hier bringt mich noch um.«

»Er sieht aus, als könnte er sofort auf einen Tanzball gehen«, meinte Lisa.

»Seit wann bist du Ärztin?« fragte Jenny. Dann wandte sie sich an Tal. »Also gut, lassen Sie mich mal sehen. Ziehen Sie Ihr Hemd aus.«

Rasch und ohne Mühe legte er das Hemd ab. Er schien tatsächlich nicht mehr so verspannt zu sein wie am Tag zuvor. Jenny nahm ihm vorsichtig den Verband ab und stellte fest, daß er nicht gelogen hatte. Die Schwellung war kaum mehr zu sehen, und die Wunden heilten gut ab.

»Wir haben es geschafft«, versicherte Tal ihr.

»Normalerweise entlassen wir abends keine Patienten. Die Formulare werden am Morgen ausgefüllt, und zwischen zehn und zwölf Uhr kann der Patient dann entlassen werden.«

»Gesetze sind dazu da, um gebrochen zu werden.«

»Von einem Polizisten hört man so etwas nicht gern«, sagte sie spöttisch. »Hören Sie, Tal, es wäre mir wirklich lieber, wenn Sie noch eine Nacht hierbleiben würden – nur für den Fall, daß Sie ...«

»Aber ich finde es besser, zu gehen. Ich werde hier noch verrückt.«

»Sie sind also wirklich fest entschlossen?«

»Natürlich ist er das«, warf Lisa ein.

»Sie haben hier meine Waffe in einem Safe eingeschlossen, in dem sie ihre Medikamente aufbewahren. Ich mußte bei einer ganz entzückenden Krankenschwester namens Paula meine ganze Überredungskunst aufbringen, damit sie mir die Pistole heute nachmittag brachte. Ich habe ihr gesagt, daß Sie mich heute entlassen würden. Paula ist eine sehr attraktive, alleinstehende Frau – sie ist einfach zum Anbeißen und ...«

»Das reicht«, unterbrach ihn Lisa. »Ich bin schließlich noch minderjährig.«

»Ich möchte mich mit Paula verabreden«, fuhr Tal unbeirrt fort. »Ich könnte mir vorstellen, den Rest meines Lebens mit ihr zu verbringen. Wenn Sie mich hier festhalten, Doc, dann muß ich meine Pistole wieder abgeben, und Paulas Oberschwester könnte herausfinden, daß sie mir die Waffe noch vor meiner Entlassung gegeben hat. Paula könnte ihren Job wegen mir verlieren. Dann würde sie nie mit mir ausgehen, ich könnte sie nicht heiraten, und es würde niemals kleine Tal Whitmans geben. Ich würde in ein Kloster gehen und im Zölibat leben. Sie sehen also, daß Paula die einzige Frau ist, die ich heiraten werden. Wenn Sie mich nicht entlassen, wird es auf dieser Welt niemals einen kleinen schwarzen Einstein oder Beethoven geben.«

Jenny schüttelte lachend den Kopf. »Na gut. Dann werde ich ihr Entlassungsformular ausfüllen. Heute abend können Sie gehen.«

Tal umarmte sie und zog dann rasch sein Hemd wieder an.

»Paula soll sich vorsehen«, sagte Lisa. »So wie Sie aussehen, könnte es gefährlich werden, wenn Sie anderen Frauen begegnen.«

»Was? Ich bin doch ein schüchterner Mensch. Der gute alte Tal Whitman ist kein Frauenheld.«

»Natürlich nicht«, sagte Lisa lächelnd.

»Wenn Sie ...«, begann Jenny, doch Tal drehte sich plötzlich um und schob sie unsanft zur Seite. Sie prallte mit der Schulter gegen die Bettkante und stürzte. Dann hörte sie Schüsse und sah Lisa fallen. Sie wußte nicht, ob das Mädchen getroffen worden war oder nur Schutz suchte. Einen Moment lang dachte sie, Tal hätte auf sie geschossen, doch dann sah sie, daß er erst jetzt seine Pistole aus dem Halter zog.

Noch während der Knall der Schüsse verhallte, zersplitterte das Fenster, vor dem Tal stand.

»Laß die Waffe fallen!« schrie Tal.

Jenny drehte sich um und sah Gene Terr in dem hellen Licht stehen, das durch den Gang hereinfiel.

Bryce stand im Schatten am Fenster und wischte sich die Tränen mit dem bereits feuchten Papiertaschentuch ab. Er hörte ein leises Geräusch hinter sich und nahm an, es sei die Krankenschwester. Als er sich umdrehte, sah er Fletcher Kale vor sich stehen. Einen Moment lang starrte er ihn ungläubig an.

Kale stand am Fußende von Timmys Bett. In dem schwachen Licht war er kaum zu erkennen. Er hatte Bryce noch nicht gesehen und beobachtete den schlafenden Jungen. Er grinste, und auf seinem Gesicht lag ein Ausdruck des Wahnsinns. In der Hand hielt er eine Pistole.

Bryce trat von dem Fenster zurück und griff rasch nach seiner eigenen Waffe. Zu spät fiel ihm ein, daß er keine Uniform trug und deshalb auch kein Halfter trug. Aber er hatte eine

.38er an einem Gurt in seinem Strumpf stecken. Er bückte sich, um sie herauszuziehen, doch Kale hatte ihn entdeckt.

Er riß die Waffe hoch und feuerte dreimal.

Bryce hatte das Gefühl, als hätte ihn ein Vorschlaghammer getroffen. Ein Schmerz durchfuhr seine linke Lende und breitete sich dann in seiner Brust aus. Als er stürzte, hörte er drei weitere Schüsse knallen.

»Fallen lassen«, brüllte Tal. Eine weitere Kugel prallte von dem Bettgestell ab und knallte gegen die Decke. Einige Platten der Akustikdecke fielen auf den Boden.

Tal duckte sich und feuerte zweimal. Der erste Schuß traf Jeeter am linken Oberschenkel, und die zweite Kugel schlug in seinen Bauch ein und warf ihn nach hinten. In einer Ecke blieb er blutüberströmt liegen und rührte sich nicht mehr.

»Was, zum Teufel, ist denn hier los?« fragte Tal.

Jenny rief nach Lisa und kroch auf allen vieren um das Bett herum, um nachzusehen, ob sie noch am Leben war.

Seit einigen Stunden ging es Kale sehr schlecht. Er hatte Fieber, und seine Augen brannten, als hätte er Sandkörner darin. Es war ganz plötzlich gekommen. Zuerst hatte er Kopfschmerzen, und als er am Bett des Jungen stand, wurde ihm übel, und seine Knie wurden weich. Er verstand das nicht. Angeblich wurde er doch beschützt und war unbesiegbar. Vielleicht war Luzifer ungeduldig geworden, weil sie fünf Tage gewartet hatten, bevor sie die Höhle verließen. Die Krankheit war möglicherweise eine Ermahnung, sich jetzt endlich an die Arbeit zu machen. Die Symptome würden sicher verschwinden, wenn der Junge starb. Ja, genau so würde es kommen. Kale grinste das Kind an, das im Koma lag, hob seine Waffe und zuckte zusammen, als er plötzlich einen Krampf in den Gedärmen verspürte.

Dann sah er, daß sich im Schatten etwas bewegte. Ein Mann kam auf ihn zu. Hammond. Kale eröffnete sofort das Feuer und schoß die ganze Trommel leer. Ihm war schwindlig, er nahm alles nur verschwommen wahr, und sein Arm war so schwach, daß er die Waffe kaum halten konnte. Selbst aus nächster Nähe würde er sein Ziel höchstwahrscheinlich verfehlen.

Hammond stürzte zu Boden und blieb bewegungslos liegen.

Obwohl das Licht gedämpft und Kales Blick verschleiert war, sah er Blutflecken an der Wand und auf dem Boden.

Kale lachte fröhlich und fragte sich, wann die Krankheitssymptome denn nun endlich abklingen würden. Immerhin hatte er jetzt eine Aufgabe erfüllt, die Luzifer ihm aufgetragen hatte. Kale schwankte auf Hammond zu, um ihm noch einen letzten Schuß zu verpassen. Selbst wenn der Sheriff schon tot war, wollte Kale ihm sein blasiertes Gesicht noch wegblasen. Danach würde er sich um den Jungen kümmern.

Das hatte Luzifer gewollt. Fünf Tote: Hammond, der Junge, Whitman, Dr. Paige und das Mädchen.

Kale beugte sich zu Hammond hinunter.

Plötzlich schlug der Sheriff blitzschnell zu. Er riß die Pistole aus dem Halfter, das oberhalb seines Fußgelenks befestigt war und feuerte, bevor Kale reagieren konnte.

Kale stolperte und stürzte. Er war getroffen. Seine Pistole fiel ihm aus der Hand. Er hörte das scheppernde Geräusch, als die Waffe gegen das Bettgestell flog.

Das kann nicht sein, dachte er. Ich werde doch beschützt. Niemand kann mir etwas antun.

Lisa war am Leben. Als sie hinter das Bett gefallen war, hatte sie sich nur in Sicherheit bringen wollen. Sie war nicht von einer Kugel getroffen worden. Jenny drückte ihre Schwester an sich.

Tal beugte sich über Gene Terr. Der Chef der Motorradgang hatte ein großes Loch im Bauch. Er war tot.

Eine ganze Mannschaft hatte sich in dem Zimmer versammelt: Krankenschwestern, Pfleger, einige Ärzte und zwei Patienten im Bademantel und nur mit Hausschuhen an den Füßen.

Ein rothaariger Pfleger kam angelaufen. Er sah aus, als

würde er unter Schock stehen. »Im ersten Stock hat es auch eine Schießerei gegeben!«

»Bryce«, sagte Jenny. Vor Angst wurde ihr plötzlich eiskalt.

»Was geht hier eigentlich vor?« fragte Tal zum wiederholten Mal.

Jenny rannte in den Gang hinaus, dann durch die Tür zum Treppenhaus, schlug sie hinter sich zu und hastete die Stufen hinunter.

Tal holte sie ein, kurz bevor sie den ersten Stock erreicht hatte, und hielt ihr die Tür auf. Gemeinsam liefen sie zu Timmys Zimmer.

Dort hatten sich auch bereits einige Menschen versammelt. Jennys Herz klopfte heftig. Sie drängte sich durch die Menge.

Jemand lag am Boden. Eine Krankenschwester kniete neben ihm. Jenny dachte zuerst, es sei Bryce, doch dann sah sie den Sheriff auf einem Stuhl sitzen. Eine Schwester schnitt ihm gerade das Hemd an der Schulter auf. Er war also nur verletzt.

Bryce zwang sich zu einem Lächeln. »Vorsichtig, Doc«, sagte er. »Wenn Sie immer so schnell reagieren, könnte man denken, Sie wollten Ihren Kollegen einen Patienten wegschnappen.«

Jenny brach in Tränen aus. Sie konnte nichts dagegen tun. Noch nie in ihrem Leben hatte sie sich über etwas so sehr gefreut wie über den Klang seiner Stimme.

»Das ist nur ein Kratzer«, erklärte Bryce.

»Sie sind genau wie Tal«, erwiderte sie und lachte unter Tränen. »Geht es Timmy gut?«

»Kale hat versucht, ihn umzubringen. Wenn ich nicht hier gewesen wäre ...«

»Ist das Kale?«

»Ja.«

Jenny wischte sich mit dem Ärmel die Tränen von den Wangen und sah sich Bryces Wunde an. Die Kugel hatte die Schulter durchschlagen. Wahrscheinlich waren keine Knochen gesplittert, aber sie wollte trotzdem eine Röntgenaufnahme machen lassen. Die Wunde blutete stark, deshalb gab Jenny der

Schwester die Anweisung, einige mit Borsäure getränkte Wattebäusche aufzulegen.

Bryce würde bald wieder gesund werden.

Nachdem sie den Sheriff versorgt hatte, wandte sich Jenny dem Mann auf dem Boden zu. Sein Zustand war ernst. Die Krankenschwester hatte seine Jacke und sein Hemd geöffnet und die Schußwunde in der Brust freigelegt. Er hustete, und Blut lief über seine Lippen.

Jenny bat die Schwester, eine Trage zu holen und einen Chirurgen zu benachrichtigen. Dann sah sie, daß Kale Fieber hatte. Seine Stirn war heiß und sein Gesicht gerötet. Als sie sein Handgelenk hob, um seinen Puls zu messen, entdeckte sie überall rote Flecken darauf. Sie schob den Ärmel seines Hemds hoch und stellte fest, daß sich diese Pusteln auch am Arm ausgebreitet hatten. An seinem anderen Handgelenk waren sie ebenfalls zu sehen, aber nicht in seinem Gesicht. Auch der Hals war nicht befallen. Auf seiner Brust hatte Jenny blaßrote Flecken bemerkt, diese aber für Blutspuren gehalten. Jetzt sah sie sich die Stellen noch einmal genauer an und erkannte, daß sie den Flecken an seinen Armen glichen.

Masern? Nein, das mußte etwas viel Ernsteres sein.

Die Schwester kam mit zwei Pflegern und einer fahrbaren Liege zurück.

»Wir müssen diese Etage und auch das Stockwerk darüber unter Quarantäne stellen«, erklärte Jenny. »Wir haben es hier mit einer Krankheit zu tun, die ich noch nicht einordnen kann.«

Bryce wurde geröntgt, seine Wunde frisch verbunden. Danach kam er in einen Raum, der in der Nähe von Timmys Zimmer lag. Die Schmerzen in seiner Schulter wurden immer stärker, denn die Auswirkungen des Schocks begannen nachzulassen. Schmerzstillende Mittel lehnte er ab, weil er einen klaren Kopf behalten wollte, bis er genau wußte, was hier gespielt wurde.

Jenny besuchte ihn eine halbe Stunde, nachdem man ihn ins

Bett gebracht hatte. Sie sah erschöpft aus, war aber trotzdem noch eine Schönheit. Ihr Anblick war jetzt die beste Medizin für ihn.

»Wie geht es Kale?« fragte Bryce.

»Die Kugel hat sein Herz nicht getroffen. Ein Lungenflügel und eine Arterie sind verletzt. Normalerweise hätte er gute Chancen, aber er muß sich nicht nur von seiner Verwundung erholen. Er leidet außerdem noch am Rocky Mountain-Fleckfieber.«

Bryce sah sie erstaunt an. »Fleckfieber?«

»An seiner rechten Wade befinden sich zwei Brandwunden. Offensichtlich hat er sich mit einer Zigarette Zecken aus der Haut gebrannt. Diese Krankheit wird von Zecken übertragen. Nach seinen Wunden zu urteilen, wird er wohl vor fünf oder sechs Tagen gebissen worden sein. Das ist ungefähr die Inkubationszeit von Fleckfieber. Die Symptome haben wohl erst innerhalb der letzten Stunden eingesetzt. Ihm war sicher schwindlig. Er hat gefroren und fühlte sich schwach.«

»Deshalb hat er so schlecht gezielt«, sagte Bryce. »Er hat dreimal aus nächster Nähe auf mich geschossen und mich nur einmal erwischt.«

»Dann sollten Sie Gott dafür danken, daß er Kale die Zecken unter sein Hosenbein geschickt hat.«

Bryce dachte eine Weile nach. »Es scheint tatsächlich, als hätte Gott uns geholfen, nicht wahr? Aber was hatten Kale und Terr vor? Warum sind sie das Risiko eingegangen, bewaffnet hier zu erscheinen? Ich kann verstehen, daß Kale mich und Timmy töten wollte. Aber warum hatten er und Terr es auch auf Tal, Sie und Lisa abgesehen?«

»Sie werden das jetzt kaum glauben können«, erwiderte Jenny. »Seit Dienstag hat Kale einen schriftlichen Bericht darüber verfaßt, was seit dem ›Tag der Erscheinung‹ geschehen ist. So nennt er das. Anscheinend haben Kale und Terr einen Pakt mit dem Teufel geschlossen.«

Am Montagmorgen um vier Uhr – nur sechs Tage, nachdem er über die Erscheinung geschrieben hatte – starb Kale im Krankenhaus. Kurz vor seinem Tod öffnete er die Augen, starrte die Krankenschwester mit wildem Blick an und sah dann an ihr vorbei. Es war, als würde er hinter ihr etwas Schreckliches sehen. Irgendwie brachte er die Kraft auf, seinen Arm zu heben, als wolle er sich vor etwas schützen. Dann stieß er einen schwachen, heiseren Schrei aus. Als die Schwester versuchte, ihn zu beruhigen, sagte er: »Aber das ist doch nicht mein Schicksal!« Kurz darauf war er tot.

Am 31. Oktober, mehr als sechs Wochen nach den Ereignissen in Snowfield, gaben Tal Whitman und Paula Thorn, die Krankenschwester, mit der er sich verabredet hatte, eine Halloween-Party in Tals Haus in Santa Mira.

Bryce hatte sich als Cowboy verkleidet, Jenny als Cowgirl, und Lisa kam in einem Hexenkostüm. Sie trug einen spitzen schwarzen Hut und hatte sich stark geschminkt.

Tal öffnete die Tür. »Putt, putt!« rief er. Er stand als Huhn verkleidet vor ihnen.

Ein so lächerliches Kostüm hatte Jenny noch nie gesehen. Sie lachte so laut, daß sie erst nach einer Weile bemerkte, daß auch Lisa kicherte.

Das war das erste Mal seit sechs Wochen, daß das Mädchen laut lachte. Bisher hatte sie nur hin und wieder gelächelt. Jetzt aber lachte sie so lange, bis ihr Tränen über die Wangen liefen.

»He, was soll das?« fragte Tal in gespielter Empörung. »Du siehst in deinem Hexenkostüm auch ziemlich dumm aus.«

Er zwinkerte Jenny zu, und ihr wurde klar, daß er sein Kostüm ausgesucht hatte, weil er wußte, welche Wirkung er damit bei Lisa erzielen konnte.

»Du lieber Himmel! Gehen Sie schnell wieder ins Haus«, sagte Bryce. »Was sollen denn die Leute denken, wenn sie einen Deputy so sehen? Sie werden noch den letzten Rest von Respekt vor der Polizei verlieren.«

An diesem Abend beteiligte sich Lisa an den Gesprächen und machte begeistert bei den Spielen mit. Und sie lachte viel dabei. Das war ein Neubeginn.

Im August des folgenden Jahres verbrachten Jenny und Bryce ihre Flitterwochen in Waikiki. Jenny beobachtete, wie Bryce nachdenklich vom Balkon ihres Hotelzimmers auf den Strand blickte.

»Machst du dir Gedanken, weil du nicht bei Timmy sein kannst?« fragte sie.

»Nein, aber ich habe tatsächlich gerade an Timmy gedacht. Seit einiger Zeit habe ich das Gefühl, daß alles wieder in Ordnung kommen könnte. Es ist wie eine Vorahnung. Letzte Nacht hatte ich einen Traum. Timmy wachte aus dem Koma auf, begrüßte mich und sagte mir, er wolle einen Hamburger haben. Es war ein ungewöhnlicher Traum – alles schien so real zu sein.«

»Nun, die Hoffnung hast du doch nie aufgegeben, oder?«

»Doch. Eine Zeitlang war sie verschwunden, aber jetzt ist sie wieder da.«

Sie blieben noch eine Weile schweigend auf dem Balkon stehen, genossen den warmen Wind, der über das Meer blies, und lauschten dem Rauschen der Wellen.

Dann liebten sie sich wieder.

An diesem Abend saßen sie in einem guten chinesischen Restaurant in Honolulu. Sie tranken Champagner, obwohl der Kellner höflich andeutete, daß zu manchen Gerichten ein anderes Getränk besser passen würde. Er schlug ihnen vor, Tee zu servieren, um die Geschmacksnerven nicht zu betäuben.

Beim Dessert sagte Bryce: »Timmy hat in meinem Traum noch etwas zu mir gesagt. Er sah, wie verblüfft ich war, als er endlich aufwachte. ›Daddy, wenn es einen Teufel gibt, muß es doch auch einen Gott geben‹, sagte er. ›Hast du das nicht begriffen, als du dem Teufel begegnet bist? Gott würde es nicht zulassen, daß ich mein ganzes Leben verschlafe.‹«

Jenny sah ihn unsicher an.

Bryce lächelte. »Mach dir keine Sorgen. Ich bin nicht verrückt, und ich werde auch kein Geld an die Scharlatane schicken, die ihre Predigten über irgendeinen Fernsehkanal bringen. Ich werde sie nicht bitten, für Timmy zu bitten, und ich werde auch nicht regelmäßig in die Kirche gehen. Sonntag ist schließlich der einzige Tag, an dem ich ausschlafen kann. Wovon ich spreche, hat nichts mit den üblichen religiösen Praktiken zu tun.«

»Ja, aber das war doch nicht wirklich der Teufel«, sagte Jenny.

»Meinst du?«

»Es war ein prähistorisches Wesen, das ...«

»Wäre es nicht möglich, daß es beides war?« unterbrach sie Bryce.

»Wollen wir in unseren Flitterwochen tatsächlich eine philosophische Diskussion eingehen?«

»Ich habe dich unter anderem wegen deines Verstandes geheiratet.«

Später, als sie im Bett lagen und einschlafen wollten, sagte Bryce: »Der Verwandler hat mir klar gemacht, daß es auf dieser Welt noch viel mehr Geheimnisse gibt, als ich gedacht habe. In Zukunft werde ich nichts mehr für unmöglich halten. Wenn ich bedenke, was wir in Snowfield durchgemacht haben ... Tal hatte gerade seine Pistole umgeschnallt, als Jeeter in das Zimmer kam, und Kale konnte wegen des Fleckfiebers nicht richtig zielen. Ich denke, es war uns bestimmt, zu überleben.«

Sie schliefen ein, wachten in der Morgendämmerung auf und liebten sich wieder.

»Eines weiß ich ganz sicher«, sagte Jenny.

»Was?«

»Es war vorherbestimmt, daß wir heiraten.«

»Auf jeden Fall.«

»Wohin das Schicksal uns auch getrieben hätte – wir wären uns früher oder später begegnet.«

Am Nachmittag gingen sie am Strand spazieren. Das Geräusch der Wellen erinnerte Jenny an große Räder, die sich drehten. Ihr fiel das alte Sprichwort ein, in dem es hieß, daß Gottes Mühlen langsam mahlen. Das Donnern der Wellen ließ in ihren Gedanken ein Bild von zwei riesigen Mühlsteinen entstehen, die sich aneinander rieben.

»Meinst du also, es hat einen Sinn gehabt?« fragte sie.

Bryce mußte nicht fragen, was sie damit meinte. »Natürlich. Alle Höhen und Tiefen im Leben haben einen Sinn.«

Die Wellen schlugen schäumend an den Strand.

Jenny lauschte dem Geräusch der Mühlräder und fragte sich, welche Geheimnisse und Wunder, welche Schrecken und Freuden in diesem Augenblick wohl entstanden, die in der Zukunft Wirklichkeit werden würden.

Eine Anmerkung für den Leser

Wie alle Charaktere in diesem Roman ist auch Timothy Flyte eine fiktive Person, aber viele seiner Phänomene von Massenverschwinden, von denen er spricht, sind kein Produkt der Fantasie des Autors. Sie haben sich tatsächlich ereignet. Die verlassene Kolonie in Roanoke, das Geheimnis der leerstehenden Häuser in Anjikuni, dem Dorf der Eskimos, das unerklärliche Verschwinden der Mayas und der unzähligen spanischen Soldaten im Jahr 1711, der ebenso rätselhafte Verlust des chinesischen Bataillons, der 1939 bekannt wurde, sowie einige andere Fälle, die in diesem Buch erwähnt werden, sind geschichtliche Ereignisse und als solche dokumentiert.

Es gibt auch wirklich einen Dr. Ananda Chakrabarty. Die in diesem Buch geschilderten Details wurden einer seiner Veröffentlichungen entnommen. Dr. Chakrabartys Bakterien waren außerhalb eines Labors nicht lebensfähig. Biosan-4, die widerstandsfähige Art davon, existiert jedoch nur in diesem Roman.

Auch der Alte Feind ist natürlich nur ein Produkt der Fantasie des Autors. Aber was wäre, wenn ...